도착의 수수께끼

THE ENIGMA OF ARRIVAL

The Enigma of Arrival
V. S. Naipaul

도착의 수수께끼
THE ENIGMA OF ARRIVAL

V. S. 나이폴 장편소설
최인자 옮김

문학과지성사

2015

도착의 수수께끼

펴낸날 2015년 10월 30일

지은이 V. S. 나이폴
옮긴이 최인자
펴낸이 주일우
펴낸곳 ㈜**문학과지성사**
등록번호 제1993-000098호
주소 121-894 서울 마포구 잔다리로7길 18(서교동 377-20)
전화 02) 338-7224
팩스 02) 323-4180(편집) / 02) 338-7221(영업)
전자우편 moonji@moonji.com
홈페이지 www.moonji.com

ISBN 978-89-320-2796-8

이 도서의 국립중앙도서관 출판예정도서목록(CIP)은 서지정보유통지원시스템 홈페이지
(http://seoji.nl.go.kr)와 국가자료공동목록시스템(http://www.nl.go.kr/kolisnet)에서
이용하실 수 있습니다. (CIP제어번호: CIP2015027904)

사랑하는 나의 남동생
시바 나이폴을 기억하며

(1945년 2월 25일, 포트오브스페인~1985년 8월 13일, 런던)

차례

일러두기

1. 이 책은 V. S. Naipaul의 *The Enigma of Arrival*(London: Picador, 2002)를 우리말로
   옮긴 것이다.
2. 본문의 주는 모두 옮긴이의 것이다.
3. 강조하기 위해 원서에서 이탤릭체로 표기한 것을 본문에서는 고딕체로 표기했다.
4. 맞춤법과 외래어 표기는 1989년 3월 1일부터 시행된 「한글 맞춤법 규정」과 『문교부 편
   수자료』『표준국어대사전』(국립국어연구원)을 따랐다.

1부
잭의 정원

처음 나흘 동안은 계속해서 비가 쏟아졌다. 나는 내가 있는 곳을 제대로 살펴볼 수가 없었다. 나흘 뒤에야 비가 그쳤고, 비로소 내가 지내는 시골집 앞의 헛간과 잔디밭 너머로 펼쳐진 들판과 그 들판 가장자리를 띠처럼 둘러싸고 있는 숲이 보였다. 그리고 저 멀리에 햇살이 비칠 때마다 반짝이는 작은 강이 보였다. 강물의 반짝거리는 빛은 이상하게 지평선보다 높은 곳에서 이따금 나타났다 사라지곤 했다.

그 강은 에이번 상이라고 불렸는데, 셰익스피어와 관련 있는 강*과는 상관이 없었다. 한참 뒤에—그러니까 그 땅이 내가 자라난 열대의 거리보다 내 삶에서 더 큰 부분을 차지하고 더 깊은 의미를 갖게 되었을 때—나는 실개천이 흐르는 그 평탄하고 축축한 들판을 '강이

---

* 잉글랜드 중부에 있는 에이번 강을 뜻함. 셰익스피어의 출생지가 그 근처에 있다.

범람하여 비옥해진 목초지' 혹은 '저지대 목초지'라고 생각할 수 있고, 강 너머 뒤편에 봉긋 솟은 나지막하고 부드러운 언덕들을 '구릉'이라고 생각할 수 있게 되었다. 하지만 그 당시에는 비가 막 그치고 난 뒤에, 내 눈에는—이미 20년 동안이나 영국에서 살았음에도 불구하고—그저 평평한 들판과 가느다란 강만 보일 뿐이었다.

때는 겨울이었다. 겨울과 눈은 생각만 해도 언제나 내 가슴을 뛰게 만드는 그런 말이었다. 하지만 영국에서 지내는 동안 그 단어가 갖고 있던 낭만적인 느낌은 상당 부분 사라지고 말았다. 영국에서 내가 겪은 겨울은, 저 멀리 내 고향 열대 섬에서 상상했던 것만큼 그렇게 극적이었던 적이 거의 없었기 때문이다. 1월의 스페인, 마드리드 근처의 스키 리조트, 12월의 인도 심라,* 8월의 히말라야 고지대 등 다른 여러 곳에서는 지독한 날씨를 경험해보았지만, 영국에는 그런 날씨가 좀처럼 찾아오지 않는 것 같았다. 나는 일 년 내내 거의 비슷한 옷을 입고 다녔다. 풀오버를 입을 일은 극히 드물었고 외투 따위는 별로 필요하지 않았다.

그래서 비록 여름이면 햇살이 쨍쨍하고, 겨울에는 나무들이 롤런드 힐더**의 수채화에서처럼 헐벗고 뻣뻣한 빗자루가 된다는 사실은 알았지만, 나에게 그해는—식물과 심지어 기온만큼은—그저 희미하기만 했다. 나는 계절을 구별하기가 어려웠다. 어느 달에 어떤 꽃이 피고 어떤 잎이 나는지도 알지 못했다. 하지만 나는 보는 걸 좋아

---

* 인도 대륙 최북단에 있는 히마찰프라데시 주의 수도이다. 경치가 빼어나며 한때 영국의 지배를 받았다.
** Rowland Hilder(1905~1993): 영국의 풍경화가. 삽화가.

했고 모든 것을 눈여겨보았다. 그리고 나무와 꽃들, 햇살이 빛나는 이른 아침과 어스름한 늦은 저녁의 아름다움에 감동받을 수 있었다. 내게 겨울이란 주로 낮이 짧고 퇴근 시간도 되기 전에 사방에서 전깃불이 켜지는 시기였다. 또한 눈이 올 가능성이 있는 시기이기도 했다.

혹시라도 내가 계곡에 있는 그 집에 도착했던 때가 겨울이라고 말한다면, 그것은 안개를 기억하기 때문이다. 처음 나흘 동안 비와 안개가 나를 둘러싼 풍경을 감추고 있었는데, 당시 내가 느끼고 있었던 불안감에 딱 어울리는 날씨였다. 앞으로 해야 할 작업과 영국에 오기까지 거쳐야 했던 수많은 이주들 중 하나인, 새로운 장소로의 이주에 대한 불안감이었다.

그때가 겨울이었다고 말할 수 있는 또 다른 이유는 내가 난방비 걱정을 했기 때문이었다. 그 시골집에는 가스나 기름보다 값비싼 전기만 들어왔다. 게다가 그 집은 난방이 잘 안 됐다. 집이 길고 좁은 데다가 강과 축축한 목초지가 가까이 있었고, 콘크리트 바닥은 땅 위로 겨우 30센티미터 정도 올라와 있었다.

그러던 어느 날 오후부터 눈이 내리기 시작했다. 눈은 집 앞의 잔디밭 위에도, 헐벗은 나뭇가지 위에도 소복이 쌓였다. 그러자 내가 여태껏 관심을 기울이지 못했던, 혹은 무심히 지나쳤던 잔디밭 주위의 텅 빈 낡은 건물들, 홀대받던 것들이 서서히 윤곽을 드러냈다. 그리고 내가 떨어지는 눈을 가만히 바라보는 동안, 나를 둘러싸고 서 있던 건물들이 하나씩 하나씩 모습을 갖추기 시작했다.

토끼들이 눈 위에서 뛰어놀거나 풀을 뜯어 먹으려고 밖으로 기어나왔다. 서너 마리의 새끼를 거느린 엄마 토끼는 몸을 웅크리고 있었다. 새하얀 눈 위에서 얼룩덜룩한 색깔의 토끼들은 유난히 도드라져 보였다. 이런 토끼들의 모습이, 아니 그보다는 특히 토끼들의 새로운 색깔이 겨울날의 또 다른 섬세한 풍경을 떠올리게 하거나 혹은 만들어냈다. 늦은 오후 반짝이는 눈의 광채, 점점 하얗고 선명해지면서 더욱더 눈길을 끄는, 풀밭을 둘러선 텅 빈 낯선 집들. 이 광경은 또한 내가 풀을 뜯어 먹고 있는 토끼들 뒤로 점차 하얗게 변해가는 울타리 너머에서 보았다고 생각했던 그 숲에 대한 기억을 떠올리게 했다. 하얀 풀밭, 그 주위를 둘러싼 텅 빈 집들, 풀밭 한쪽에 세워진 울타리와 그 울타리의 벌어진 틈새로 난 샛길, 그리고 그 너머의 숲. 나는 숲을 보았다. 하지만 그것은 사실 숲이 아니었다. 내가 사는 오두막집과 같은 대지에 서 있는 커다란 저택 뒤편의 오래된 과수원이었다.

나는 내 눈앞에 있는 것을 아주 분명하게 보았다. 하지만 내가 뭘 보고 있는지 몰랐다. 내게는 그것에 딱 들어맞는 단어가 없었던 것이다. 나는 여전히 일종의 림보* 속을 헤매고 있었다. 물론 내가 알고 있는 것들도 있었다. 내가 기차를 타고 찾아온 마을 이름, 그것은 솔즈베리였다. 솔즈베리는 내가 알게 된 거의 첫번째 영국 마을이자, 3학년 읽기 책에 실린 컨스터블**의 솔즈베리 대성당 그림을 보고 막연히 머릿속에 그려본 최초의 마을이기도 했다. 내가 열 살도 되기 전, 머나먼 내 고향 열대 섬에서의 일이었다. 나는 4색 인쇄의 그 복사본 그림보다 더 아름다운 그림은 한 번도 본 적이 없다고 생각했었

---

* Limbo: 라틴어로 변방 또는 경계라는 뜻으로, 가톨릭에서 천국도 지옥도 연옥도 아닌 죽은 자들이 가는 변방의 경계를 가리킨다.
** John Constable(1776~1837): 19세기 영국의 대표적인 풍경화가.

다. 나는 내가 가는 집이 솔즈베리 근처 계곡들 중 한 곳에 있다는 것을 알고 있었다.

컨스터블 그림에 얽힌 낭만적인 추억 이외에, 내 거주지에 대해 갖고 있던 지식은 언어학적인 것이었다. 나는 '에이번avon'이 원래는 단지 '강'을 뜻하는 단어였다는 걸 알고 있었다. 마치 '하운드hound'가 원래는 그저 개를, 모든 종류의 개를 의미했던 것처럼 말이다. 또한 '월든쇼Waldenshaw'—내가 있는 땅이 속한 영지이자 마을 이름인—를 이루고 있는 두 어휘, '월든'과 '쇼'가 모두 나무를 뜻한다는 것을 알고 있었다. 눈과 토끼가 만들어낸 동화 같은 분위기와는 별개로, 내가 숲을 보고 있다고 생각했던 또 다른 이유였다.

나는 또한 이 집 가까이에 스톤헨지가 있다는 사실도 알았다. 그 원형의 돌 무리 근처로 이어지는 산책로가 하나 있다는 사실도 알았고, 그 산책로 어딘가 높은 곳에 전망 좋은 지점이 있다는 사실도 알았다. 그래서 처음 나흘이 지나고 비가 그치고 안개가 걷혔을 때, 나는 어느 날 오후에 그 산책로와 전망 좋은 지점을 찾아보려고 길을 나섰다.

그곳에는 딱히 마을이라고 할 게 없었다. 나는 그 사실이 무척 기뻤다. 그렇지 않았으면 사람들을 만날까 봐 불안했을 것이다. 영국에서 그 모든 시간을 보낸 뒤에도, 나는 여전히 새로운 곳에 대해 불안감과 생경함을 느꼈다. 여전히 타인의 나라에 와 있는 나 자신을 느꼈고 낯선 나의 존재와 나의 고독을 느꼈다. 그러므로 영국의 새로운 지역으로 여행할 때마다, 다른 사람들에게는 신나는 모험일 수도 있는 일이 내게는 오래된 딱지를 뜯는 것 같은 고통이었다.

주목이 장막처럼 둘러싼 컴컴한 장원의 영지 옆으로 좁은 공공 도로가 나 있었다. 그리고 그 도로와 가시철조망 울타리와 길가 관목 숲 바로 너머에 가파르게 솟은 언덕이 있었는데, 스톤헨지와 산책로는 바로 그 방향에 있었다. 도로와 이어지는 오솔길이나 산책로가 있을 것이다. 그 길을 찾으려면 오른쪽으로 가야 할까, 왼쪽으로 가야 할까? 사실 그건 문제가 되지 않았다. 왼쪽으로 가도 길이 나왔고 오른쪽으로 가도 또 다른 길이 나왔기 때문이다. 이 두 개의 길은 언덕 너머 계곡에 있는 잭의 시골집, 혹은 잭의 시골집이 있는 오래된 농장 마당에서 합쳐졌다.

　시골집으로 가는 두 갈래 길. 두 길은 서로 딴판이었다. 하나는 무척 오래된 길이었고 다른 하나는 새로 생긴 길이었다. 옛날 길이 더 길고 평탄했다. 폭넓고 구불구불한 오래된 강바닥을 따라 형성된 이 길은 한때 짐수레들이 다니곤 했다. 자동차가 다닐 수 있도록 만든 새 길은 언덕을 따라 올라갔다가 다시 곧장 내려가기 때문에 훨씬 가팔랐다.

　공공 도로에서 왼쪽으로 꺾어지면, 옛날 길로 이어졌다. 이 길 위로는 밤나무 가지들이 길게 뻗어 있었다. 이 길은 강 바로 위에 있는 높은 언덕의 바위 턱 위로 이어지다가, 거의 강과 같은 높이로 낮아졌다. 이곳에는 농가 몇 채로 이루어진 작은 부락이 있었다. 나는 멋진 주랑현관(柱廊玄關)이 있는, 벽돌과 부싯돌로 지은 낡고 작은 집 한 채와, 강물 바로 가까이 강둑 위에 초가지붕을 얹은 하얀 담의 나지막한 집 한 채를 눈여겨보았다(그 집은 아직 짓고 있는 중이었는데, 몇 년이 지난 뒤에도 공사는 끝나지 않았다. 먼지 낀 유리창 너머로 시멘트가 반쯤 남은 시멘트 부대가 여전히 보였던 것이다). 여기, 바로 이 부락에서, 잭의 시골집으로 이어지는 옛날 길로 접어들 수 있었다.

아스팔트가 깔린 소로를 따라가다 보면, 평범한 작은 집 여섯 채가 나왔다. 그중 두세 채에는 집주인이나 건축사 혹은 설계사의 이름과 날짜를 새긴 정교한 모노그램*——그 집에서 유일하게 기발한 상상력이 느껴지는——이 붙어 있었는데 놀랍게도 전쟁 때인 1944년으로 거슬러 올라간 것도 있었다. 아스팔트길이 끝나면, 좁은 소로는 울퉁불퉁한 바윗길이 되었다. 이윽고 계곡으로 들어서면 길은 넓어졌고, 들쑥날쑥하게 줄지어 자란 억센 잡초 덤불들로 군데군데 끊어진 딱딱하게 굳은 바큇자국들이 여기저기 나 있었다. 이 계곡은 오래된 것 같았다. 왼쪽으로는 가파른 비탈이 시야를 막았다. 이 비탈은 나무나 관목 한 그루 없이 헐벗었다. 얄팍하게 덮인 매끄러운 잔디 아래로, 오래전부터 수많은 세월 동안 경작이 이어졌고 요새 또한 지어졌음을 보여주는 주름과 선들이, 마치 자국처럼 나 있는 것을 볼 수 있었다. 이 넓은 길은 구부러져 있었다. 이 길이 전부 차지하고 있는 넓은 계곡은 멀리까지 곧장 뻗어가다가, 저 멀리 낮은 언덕이 시작되면서 막혔다. 잭의 시골집과 농장 마당은 그 곧장 뻗은 길 끝에 있었고, 그곳에서부터 길이 구부러졌던 것이다.

시골집으로 가는 또 다른 길은 더 짧고 가파르고 더 최근에 생긴 길이었다. 간선도로에서부터 높은 곳으로 올라갔다가 다시 계곡과 농장 마당으로 내려가는 이 길의 북쪽으로는 어린 밤나무들이 키 큰 소

---

* 성명의 첫 글자 등을 도안화하여 짜 맞춘 글자.

나무들의 보호를 받고 있는 방풍림이 나란히 이어졌다. 한편 언덕 꼭대기에는 금속 벽으로 만들어진 현대적 헛간이 있었다. 그리고 반대편으로 조금 내려가면 방풍림 사이에 빈자리가 있었다. 그곳이 스톤헨지를 보는 전망대였다. 비록 너무 멀고 작아서 잘 보이지는 않았지만 말이다. 군대 사격장의 번쩍이는 붉은색 혹은 오렌지색의 과녁만큼 잘 보이지는 않았다. 그리고 언덕 기슭에, 방풍림 옆으로 이어지는 울퉁불퉁한 자갈길 아래쪽에 버려진 농장 건물들과 여전히 사람들이 살고 있는 시골집들이 줄지어 있었고, 그중 한 집에서 잭이 살고 있었다.

온 사방 언덕들은 희끗희끗한 갈색 혹은 희끗희끗한 녹색을 띤 수석질의 건조한 땅이었다. 하지만 언덕 기슭에 펼쳐진 넓은 길, 농장 건물들 주변의 땅은 검은 진흙이었다. 그래서 트랙터 바퀴들이 검은 진흙 위에 불규칙한 직선의 물웅덩이를 파놓곤 했다.

첫날 오후에 방풍림 옆으로 이어진 가파른 길을 걸어 내려와 농장 건물들이 있는 곳에 도착했을 때, 나는 스톤헨지로 가는 길을 물어야만 했다. 언덕 꼭대기의 전망대에서는 스톤헨지가 잘 보였다. 하지만 전망대가 있는 언덕 다음에 또 다른 언덕이 솟아 있고 비탈 다음에 또 다른 비탈이 서 있어서, 내리막길과 오솔길들이 감추어져 보이지 않았다. 게다가 진흙과 긴 물웅덩이들 때문에 제대로 걷기도 힘들고 모든 공간이 훨씬 넓게 느껴지는, 그리고 수많은 길들이 뻗어 있고 일부는 넓은 계곡 길로 빠지는 것처럼 보이는 산기슭에서 나는 완전히 방향을 잃고 말았던 것이다. 비록 그 허허벌판에서 무척이나 간단한 질문이었지만, 나는 그 첫날에 누군가에게 길을 물었던 일을 결코 잊지 못한다. 잭이었을까? 나는 그 사람을 제대로 보지도 못했다. 나는 이 산책의 이상함, 나 자신의 이상함, 그리고 내 질문의 황당함을 더 걱정하고 있었다.

나는 농장 건물들을 돌아서 오른쪽으로 꺾어진 다음, 넓은 간선도로를 쭉 따라가라는 대답을 들었다. 간선도로를 벗어나서 맞은편에 있는 숲으로 이어지는 유혹적인 마른 길들은 모두 무시하라고 했다. 그 어린 숲은 깊은 산골, 울창한 삼림의 초입인 것 같은 잘못된 착각을 불러일으켰다.

그리하여 시골집들과 농장 마당을 돌아가는 진흙탕 길을 지나고, 낡은 목재와 뒤엉킨 낡은 가시철망과 누가 봐도 버려진 게 확실한 농장 기계들 더미를 지나서, 나는 오른쪽 길로 꺾어졌다. 넓은 진흙탕 길이 점차 풀이 무성한 길로 변했다. 길고 축축한 풀이었다. 그리고 곧 농장 건물들을 뒤로하고 넓고 텅 빈 옛날 강바닥 위를 걷고 있음을 깨닫는 순간, 광활한 느낌이 밀려들었다.

풀이 무성한 그 길, 옛날 강바닥은 (내가 생각한 대로) 위로 경사가 나 있어서 시선이 하늘 한가운데를 향하게 되었다. 게다가 길 양쪽으로는 언덕의 경사면이 점점 넓어지며 하늘을 향해 우뚝 솟아 있었던 것이다. 길 한쪽에는 가축들이 있었고, 다른 한쪽에는 광활하고 탁 트인 지역인 목초지 너머로, 어린 소나무들로 이루어진 작은 숲이 있었다. 그것은 마치 고대의 풍경 같았다. 그리고 우주, 아무도 살지 않는 땅, 태초 같은 인상을 풍겼다. 집 한 채 보이지 않았고, 오직 풀이 무성한 넓은 길과 그 위로 펼쳐진 하늘, 그리고 양편의 넓은 언덕뿐이었다.

쭉 뻗은 이 길 위에서는 텅 비어 있다는 생각을 계속 간직할 수 있었다. 하지만 풀이 무성한 길 꼭대기에 올랐을 때, 그리고 주변의 높은 언덕들에 점점이 흩어져 있는 둥근 무덤이나 고분들과 같은 높이에 서서 스톤헨지를 내려다보았을 때, 솔즈베리 평원*의 사격장과 웨스트 에임즈베리의 수많은 작고 아담한 집들이 눈에 들어왔다. 내가 그 속을 걷고 있다고 느꼈던 그 광활함과 공허는 어린 소나무 숲 뒤에 삼림이 있을 거라는 생각처럼 망상이었다. 온 사방에—게다가 별로 멀지 않은 곳에—도로와 고속도로들이 나 있었고, 장난감 같은 선명한 색깔의 트럭과 자동차들이 오갔다. 스톤헨지, 하늘을 배경으로 윤곽을 드러낸 오래된 무덤과 고분들, 군대 사격장, 웨스트 에임즈베리. 오래된 것들과 새로운 것들. 그리고 그 중간 시대거나 어느 다른 시대에 속한, 계곡 기슭에 잭의 시골집이 있는 농장 마당.

많은 농장 건물들이 더 이상 사용되지 않은 채 방치되었다. 진흙 마당 주변의 헛간과 축사들—붉은 벽돌 벽과 슬레이트나 점토 타일 지붕의—은 무너져가고 있었다. 이따금 축사에 가축이 있을 때가 있었다. 무리에서 따로 격리된 병든 소나 허약한 송아지였다. 떨어져 나간 타일, 구멍 난 지붕들, 녹슬고 골진 강철, 구부러진 쇠붙이, 사방에 퍼져 있는 습기, 적갈색과 갈색과 검은색 등의 색깔들, 짓밟힌 데다 똥으로 부드러워진 축사 바닥의 진흙 위에 낀 반짝이거나 푸르죽죽한 이끼들. 마치 곧 버려질 물건들처럼, 이런 환경 속에 동물들을 홀로 격리해놓는 것은 끔찍한 일이었다.

한때는 기형으로 고통 받는 가축들이 그곳에 있었다. 이런 가축들

---

* Salisbury Plain: 선사시대 각종 문화가 접촉한 지점이며 신석기 시대의 거석(巨石) 기념물. 스톤헨지로 유명하다. 주로 목양장이 있지만 북부에는 병영이 있다.

의 사육이 어찌나 기계적이 되었는지 기형 역시 기계적인 일처럼, 생산 과정의 하자처럼 여겨질 정도였다. 기묘한 혹 덩어리가 동물들의 몸 여기저기에서 자랐다. 마치 동물들을 두 부분으로 나누어진 거푸집에서 주조한 것 같았다. 이들을 주조하기 위한 혼합물인 가축 제조 원료가 거푸집의 이음매 밖으로 새어나와 단단하게 굳었다가 살이 되어버린 것처럼 말이다. 그러고는 가축의 다른 부위와 마찬가지로 그 부위에도 하얗고 검은 프리슬란트 무늬*의 털이 자란 것이다. 어쨌든 그곳에, 황폐하고 버려지고 더럽고 이끼 낀, 새로운 것이라고는 자신이 배설한 똥밖에 없는 농장 마당에 가축들은 서 있었다. 그리고 여분의 가축 제조 원료를 황소의 군턱처럼, 무거운 커튼처럼 허리에 매단 채, 시내 도살장으로 끌려갈 날만 기다리며 이 영문 모를 상황을 묵묵히 견뎠다.

　오래된 농장 건물들에서 멀리 떨어진 곳에, 그리고 내가 잭의 시골집과 농장으로 가는 옛날 길이라고 생각했던 넓고 평평한 길 아래쪽에, 누군가의 노력 혹은 삶의 또 다른 잔재, 폐허, 유물이 있었다. 그 넓은 길 끝에는, 키 큰 나무들이 있는 길 한 옆에 납작하고 평평한 상자들이 놓여 있었다. 회색 칠을 한 그 상자들은 두 줄로 나란히 배열되어 있었는데, 벌통이라는 혹은 벌통이었다는 이야기를 나중에 들었다. 하지만 벌을 친 사람이 누구였는지는 끝내 듣지 못했다. 농장 일꾼이나 시골집에 사는 사람이었을까? 아니면 남들보다 좀 한가한 어떤 사람이 작은 사업을 벌였다가 포기하고 잊어버린 것일까? 이제 아

---

* 프리슬란트는 네덜란드의 지명으로 독일의 홀슈타인과 함께 젖소의 원산지이기도 하다. 프리슬란트 무늬란 젖소의 얼룩무늬를 말한다.

무 설명도 없이 버려진 회색 상자들은 아무도 가져가지 않을 만큼 가치가 없었지만, 울타리도 없는 공터에서 다소 불가사의하게 보였다.

그 넓은 가축몰이 길 반대편에는, 커다랗게 구부러진 그 길의 모퉁이에서부터 농장 건물들이 시작되는데, 어린 나무들과 관목 사이의 은신처에 꽤 상태가 좋은 녹색과 노란색, 빨간색의 오래된 이동주택 트레일러 한 대가 서 있었다. 알록달록하게 색칠한 이 옛날 집시들의 (내 생각에) 이동주택은 마치 말을 풀어준 지 얼마 안 되는 마차처럼 보였다. 또 다른 불가사의, 정교하게 만들어졌지만 버려진 또 다른 물건, 더 이상 사용하지 않으면서도 완전히 없애버리지는 않은 또 다른 과거의 일부였다. 마치 농장 건물 주변에 나뒹굴며 녹슬고 있는, 낡고 처치 곤란한 농장 기계들처럼 말이다.

그 넓고 곧게 뻗은 길 중간쯤에는, 벌통과 이동주택 너머 멀리, 오래된 건초 가리가 있었다. 건초 꾸러미를 초가집 모양으로 쌓아 올리고 낡고 검은 비닐로 덮어놓았다. 오래된 건초였다. 시커먼 건초에서 초록빛 싹이 움트고 있었다. 어느 여름에 조심스럽게 베어서 둘둘 말아 저장해놓은 건초가 서서히 썩어가며 거름으로 변하는 중이었다. 이제 농장의 건초는 현대적인 개방형 창고에 보관되었다. 이 창고는 지붕 꼭대기 바로 아래에 제작자 이름이 부착된 조립식 구조물로, 옛날 농장 마당의 폐물들 바로 너머에 세워져 있었다. 마치 공간은 언제든 사용할 수 있으며 오래된 어떤 건물도 땅 위에 세워져 있을 필요가 없다는 듯이. 이 창고에 쌓여 있는 건초는 신선했고 향기롭고 따뜻한 냄새가 풍겼다. 쌓아올리지 않은 건초 더미는 황금빛의 깨끗하고 따뜻한 냄새를 풍기는 단계였다. 이것을 보자, 나는 유럽을 배경으로 책에서 헛간 건초 더미 위에서 잠을 자는 사람 이야기와 밀짚을 방적기에 돌려 황금으로 만드는 이야기가 생각났다. 트리니다드에 사는 내게는 결코 이해할 수 없는 이야기였다. 그곳에서는 가축에게 항상 신선한 초록색 풀을 베어 주었고, 결코 누렇게 건초로 말리는 법이 없었다. 겨울이 되면, 습한 이 계곡 기슭에서는 높이 쌓아올린 황금빛 건초 꾸러미들이 따뜻한 황금색 단계에서 퀴퀴한 냄새를 풍기는 시커먼 덩어리로 변했다.

　오두막 혹은 초가집 모양으로 쌓인 채 썩어가는 건초 가리에서 멀지 않은 곳에, 진짜 집의 잔해가 있었다. 부싯돌과 콘크리트로 짐작되는 재료로 벽을 쌓아올린 집이었다. 토대도 없이 벽만 쌓아올려 지은 것 같은 소박한 집이었는데, 지금은 안을 다 드러내놓고 있었다. 벽은 무너지고 지붕은 사라지고 둥근 바닥은 맨땅이었다. 돌이나 콘크리트 바닥을 깔았던 흔적은 보이지도 않았다. 얼마나 눅눅했을까! 집터 주변에는 경계를 표시하는 나무들—단풍나무나 밤나무, 떡갈나무 등—이 빙 둘러서 있었는데, 높은 나무들 때문에 집이 더 작아 보였다. 한때는 거의 눈에 띄지도 않았을 저 나무들이, 집이 폐허가 되는 동안에도 계속 자라서 지금은 이 땅을 영원히 그늘이 드리워진, 서늘하고 이끼가 자라는 컴컴한 곳으로 만들고 있었다. 공공 도로 옆에 있는 좀더 작은 집들, 지난 세기에 주로 농장 노동자들이었던 불법 거주자들이 지은 집들은 건축자와 그 후손들을 위한 소유권을 획득했다. 하지만 이곳, 풀이 무성한 길가에 언덕들과 들판과 고독의 한가운데에 있는 이 집의 건축자 혹은 소유자는 아무것도 남기지 못했다. 아무것도 이룩하지 못한 것이다. 오직 그가 심었던 나무들만이 계속해서 자라고 있을 뿐이었다.

어쩌면 그 집은 그저 양치기의 쉼터였을 수도 있다. 하지만 그것은 단지 추측일 뿐이었다. 양치기의 오두막은 더 작을지도 모른다. 그곳을 둘러싼 나무들은 양치기의 오두막에 대해서도, 이따금 며칠 밤만 머물다 가는 사람에 대해서도 아무 말이 없었다.

양은 더 이상 이곳 평원의 주된 가축이 아니었다. 나는 양털 깎는 광경을 딱 한 번 보았는데, 잭이 살던 곳의 시골집들 옆에 있는 낡은 건물 중 하나―나무 벽과 슬레이트 지붕으로 된―에서 내가 듣기로는 호주 사람이라고 했던 덩치 큰 남자가 양털을 깎았다. 나는 우연히 그 모습을 구경하게 되었다. 아무 얘기도 듣지 못하고 저녁 산책을 나갔는데 때마침 그 일이 벌어진 것이다. 양털 깎는 일은 나뿐만 아니라 다른 사람에게도 뉴스거리였던 모양이다. 농장 사람은 물론 다른 곳에서 모여든 사람들까지 구경하려고 몰려들었다. 힘과 민첩함의 과시였다. 털이 복슬복슬한 동물은 번쩍 들려지는 동시에 털이 깎이고 (때로는 살점을 베이고) 벌거벗은 몸이 되어 풀려났다. 이 의식은 마치 토머스 하디 같은 작가가 쓴 옛날 소설 혹은 빅토리아 시대 시골 사람의 일기에 나오는 한 장면 같았다. 그리고 그 순간만큼은 솔즈베리 평원의 사격 훈련장도, 하늘을 나는 전투기의 꼬리에서 내뿜는 연기도, 군용 숙소와 차들이 으르렁대는 고속도로도 우리 주변에서 사라진 것 같았다. 농장 건물들과 잭의 시골집으로 둘러싸인 이 작은 공간에서 잠시 동안 시간이 정지되고 모든 것이 예전 그대로인 듯이 느껴졌던 것이다. 하지만 양털 깎기는 과거의 유물이었다. 마치 오래된 농장 건물들처럼. 다시는 움직이지 않을 이동주택 트레일러처럼. 더 이상 곡물이 저장되지 않는 헛간처럼.

　이 헛간에는 돌출된 금속 까치발이 달린 높은 창문 하나가 나 있었다. 아마도 예전에는 이 금속 까치발에, 수레와 마차에서 건초 꾸러미를 들어 올린 다음 활짝 열린 높은 창문을 통해 헛간 안으로 던져 넣기 위한 도르래 바퀴와 체인이나 밧줄이 달려 있었을 것이다. 솔즈베리 시내에 유명한 옛날 식료품점이 있던 건물 위층에 이와 비슷한 골동품 설비가 달려 있었다. 그 설비는 과거를 소중히 여기는 옛 도시에 속한 어떤 것, 일종의 트레이드마크, 골동품으로서 살아남았고 여전히 작동될 수 있었다. 하지만 이 골짜기 기슭에 있는 마을에서 골동품은 모두 쓰레기였다. 이 설비는 겨울이 지날 때마다 허물어져 가는 헛간의 일부였다. 이 헛간과 다른 낡아빠진 농장 건물들은 당연히 살아남을 수 없었다. 왜냐하면 이 보호 지역 안에서는 도시계획 법규가 오직 기존 건물이 세워져 있던 장소에만 새로운 건물이 들어서는 걸 허락하기 때문이었다.

　마치 현대적인 조립식 창고가 썩어가던 옛날 건초 더미를 대신한 것처럼, 이제는 진짜 헛간이—그러나 오래된 농장 건물들에 단순히 새 건물을 덧붙인 것이 아니라, 멀리 떨어진 곳에—방풍림 옆, 언덕 꼭대기에 세워졌다. 이 헛간은 아연 도금을 한 양철 벽으로 지어졌다. 아마 쥐도 침입할 수 없도록 되었을 것이다. 그곳에서는 모든 것들이 기계로 움직였다. (요즘에는, 아마 계곡 바닥의 오래된 헛간까지 평평한 가축몰이 길을 이용했을 마차들이 아니라) 힘센 트럭들이 공공 도로에서부터 울퉁불퉁한 자갈길을 기어올라 콘크리트가 깔린 헛간 마당 안으로 들어가면, 헛간에 설치된 홈통에서는 먼지 섞인 곡물 낟

알들이 트럭의 깊숙한 화물칸으로 쏟아져 내렸다.

짚단은 따뜻한 황금색이었고 낟알도 황금색이었다. 하지만 온 사방—콘크리트 마당, 울퉁불퉁한 자갈길, 방풍림의 소나무들과 어린 너도밤나무들 위—에 쌓이는 먼지, 낟알이 트럭 화물칸으로 쏟아진 뒤에 떨어지는 먼지는 회색이었다. 금속 벽으로 지은 헛간 옆, 금속 홈통 아래에는 헛간 안에 더 커다란 원뿔 모양의 낟알 더미에서 어떤 기계적 수단에 의해서 걸러져 나온 원뿔 모양의 먼지 더미가 소복이 쌓여 있었다. 이 먼지—그 더미의 바닥은 단단하고 꼭대기는 놀랍도록 부드러운—는 매우 미세하고 회색이었으며 황금색이라고는 단 한 점도 섞여 있지 않았다.

온갖 기계장치와 함께 이 헛간은 새것이었다. 하지만 그 건물 바로 옆, 진흙투성이 비포장도로 건너편에는 또 다른 잔해인, 전쟁 때 만든 벙커가 있었다. 위장을 위해 단풍나무들을 그 위에 심어놓은 이 둔덕에는 이제 높이 자란 나무들의 몸통 사이로 금속 환기통만이 기묘하게 삐쭉 튀어나와 있었다. 그 단풍나무들은 심은 지 적어도 25년이 지났지만, 빽빽하게 붙어 있어서 아직도 어린 나무들처럼 보였다.

*

잭은 이렇게 쓸모를 잃고 버려진 것들, 잔해 더미 속에서 살았다. 하지만 이렇게 바라보는 방식은 나중에야, 그리고 지금 글쓰기와 더불어 더 강력하게 떠오른 것이었다. 내가 처음 산책을 나갔을 때에는 그런 생각은 전혀 하지 못했다.

자기 자리를 잃고 버려지는 것 또는 쇠퇴라는 생각은 내가 나 자신에게서 느끼는 어떤 감정이기도 했다. 중년의 나이에 거의 버려진 영지의 시골집에서 휴식을 취하려고 찾아온, 지구 반대편 출신의 전혀 다른 배경을 지닌 남자. 게다가 이 영지는 현재와는 거의 연관이 없는, 지나간 에드워드 시대의 유물들로 가득 차 있었다. 계곡의 영지와 대저택들 가운데 깃들어 있는 기이함 그리고 그곳에 있는 더욱더 기이한 나. 나는 닻을 내리지 못하는 낯선 이방인 같은 느낌이 들었다. 그 초기 시절에 내가 본 모든 것, 내가 주변 환경에 익숙해지면서 방풍림 옆이나 풀이 무성한 넓은 길을 따라 날마다 산책하며 본 모든 것은 그런 느낌을 더욱 자극했다. 나는 이 오래된 계곡에 있는 내 존재가 이 지방의 역사적 과정 속에서 일어난 한 변화, 대변동 같은 어떤 것의 일부라는 생각이 들었다.

　하지만 잭 자신은 그곳 풍경의 일부처럼 보였다. 나는 그의 인생이 확고하게 뿌리박힌 진정한 삶이라고 생각했다. 그 풍경에 꼭 맞는 사람이라고. 나는 그를 과거의 유물(나의 출현이 알리는 불길한 전조를 없앨 수 있는)처럼 여겼다. 내가 처음 산책을 나가서 오직 그 경치만 볼 때에는, 내 눈에 들어오는 것들을 그저 산책길에 만나는 풍경으로, 솔즈베리 근처 시골에서 흔히 볼 수 있는 아주 오래된 이 지역 특유의 것들로만 여겼을 때에는 잭이 거의 1세기에 걸친 잔해 더미 속에서, 잡동사니 속에서 살고 있다는 생각은 결코 떠오르지 않았다. 그의 시골집 주변에 널려 있는 과거들은 사실상 그의 과거가 아니며, 잭 역시 어느 시기에는 이 계곡의 새로 온 사람이었을 거라는 생각은 결코 하지 못했던 것이다. 그의 생활 방식은 어쩌면 선택의 문제, 의식적 행동이었을지 모른다. 농장 일꾼들의 시골집(나란히 늘어선 세 채의 집 중 하나인)과 함께 그에게 주어진 작은 땅뙈기를 가지고, 어쩌면 그는 자신만을 위한 특별한 나라, 단지 그곳에 인생을 보내는 데 만족하는 것 이상의 의미를 지닌 정원(비록 사라진 생활의 잔재들, 잔해 더미에 둘러싸여 있었지만)을 창조했다는 생각이 그때는 떠오르지 않았다. 마치 시도서*처럼, 그곳에서 잭은 계절을 찬미하고 있었던 것이다.

나는 그를 과거의 잔재로 여겼다. 그리 멀지 않은 곳에 솟아 있는 고분들 사이에, 솔즈베리 평원의 사격장과 군사 훈련장이 있었다. 이 군사 지역에 사람들이 부재한 덕분에, 그러니까 이 땅을 아주 오랫동안 순전히 군사적인 용도로만 사용한 덕분에, 모의 전투와 폭파가 이어졌음에도 불구하고 모두의 예상과는 반대로 인구 밀집 지역에서는 멸종된 나비들이 이 평원에서는 살아남았다는 이야기가 있다. 나는 어떤 면에서 잭을, 우연히 사람과 교통, 군대로부터 차단된 이 계곡 기슭의 넓은 길에서 생존한 나비 같은 존재라고 생각했던 것이다.

나는 이런 것들을 하나하나씩 천천히 보았다. 그것들이 천천히 모습을 드러냈기 때문이다. 산책 중에 제일 먼저 내 눈에 들어온 사람은 잭이 아니라 잭의 장인어른이었다. 그 태곳적 풍경에서 문학 작품 속 등장인물처럼 보였던 사람도—잭이 아니라—장인이었다. 그는 마치 워즈워스 시에 나오는 인물 같았다. 광대한 레이크 디스트릭

---

* Book of Hours: 13세기부터 등장한 기도서. 사치스럽게 장식된 이 작은 책은 부자들 사이에서 크게 유행했으며, 고객의 필요에 따라 그 내용이 각기 달라졌는데 달력이 실린 것도 있었다.

트*의 고독 속에 잠긴 듯, 꼬부라진, 지나치게 꼬부라진 허리로 진지하게 자신의 농사일을 하고 있는 노인.

허리가 굽은 노인은 걸음이 매우 느렸다. 그리고 매사에 무척 신중했다. 들일을 나갈 때면 초원을 가로질러 자신만의 길로 다녔고 절대 바꾸지 않았다. 그 길을 따라가다 보면 심지어 가시철조망이 쳐진 울타리와 마주치기도 했는데, 노인은 파란색 비닐 부대(원래 비료를 담았던)로 가시철조망을 둘둘 감싼 다음 붉은 나일론 끈으로 꽁꽁 싸매놓았다. 그는 자신의 걸음걸이와 신중함에 꼭 어울리는 철두철미함으로 이 작업을 했고, 마침내 철조망 아래로 지나가거나 위로 넘어갈 수 있을 만큼, 보호막을 덧댄 안전한 통로를 만든 것이다.

이렇게 제일 먼저 노인이 눈에 들어왔다. 그리고 그다음에는 정원, 온갖 버려진 것들 한가운데에 있는 정원이었다. 내가 잭을 눈여겨보게 된 것도 바로 이 잭의 정원 때문이었다. 다른 농가에 사는 사람들은 언제 들어오고 나가는지도 전혀 몰랐고 볼 수도 없어서 결코 알지 못했다. 하지만 정원을 발견하기까지 시간이 좀 걸렸다. 그토록 여러 주 동안, 그토록 여러 번 새하얀 이회질 층과 수석질 층으로 이루어진 언덕들 사이로 스톤헨지가 내려다보이는 둔덕 높이까지 산책을 한 끝에, 계절에 대한 새로운 감각이 서서히 눈뜨기 시작함과 더불어, 나는 비로소 그 정원을 알아차렸던 것이다. 그전까지는 그저 거기 있는 것, 산책길 도중에 마주치는 흔한 것들, 일종의 이정표일 뿐, 특별히 눈에 들어오지 않았다. 그러나 나는 풍경과 나무와 꽃과 구름

---

* Lake District: 잉글랜드 서북부에 있는 국립공원. 수많은 호수가 있는 지역으로 워즈워스가 머물며 많은 시를 쓴 곳이다.

을 사랑했고 빛과 기후의 변화에 반응했다.

제일 먼저 눈길을 끈 것은 그의 산울타리였다. 산울타리는 말끔하게 다듬어져 있었는데, 가운데는 빈틈없이 단정했지만 아래쪽은 들쭉날쭉했다. 가위질한 모양새를 보고, 이 정원사는 산울타리가 벽돌이나 목재 혹은 인공적인 재료들로 만든 담처럼 완벽하고 흠잡을 데 없이 반듯하기를 원한다는 생각이 들었다. 산울타리는 과일과 꽃이 자라는 잭의 정원과 가축몰이 길 사이의 경계를 표시해주고 있었다. 이곳은 그 사이가 매우 넓어서, 헐벗은 땅이 농가들과 농장 건물들을 둘러싸고 있었는데 거의 언제나 부드러운 흙이나 진흙으로 덮여 있었다. 그래서 겨울이면 진흙탕에 깊이 파인 검은 바큇자국에 고인 긴 물웅덩이에 하늘이 비치곤 했다. 여름의 단 며칠 동안만, 시커먼 진흙이 마르면서 단단하고 뿌옇고 먼지 나는 땅이 되었다. 여름의 그 며칠 동안은, 잭이 농가와 함께 소유한 정원을 따라 서 있는 그의 산울타리 역시 땅과 바로 맞닿은 부분이나, 그 위로 30센티미터 정도는 뽀얀 먼지에 덮여 하얗게 변했다. 반면 겨울에는 진흙이 튀어서 하얗게 혹은 회색으로 말라붙었다.

산울타리는 아무것도 가려주지 못했다. 방풍림을 따라 언덕을 내려오다 보면, 전부 훤히 들여다보였다. 뒷마당의 낡고 녹슨 검은색 농장 건물들, 그 건물 앞의 때 탄 회벽 농가들, 농가들 앞의 마당과 정원들, 마당과 정원 앞의 인적 없는 텅 빈 대지. 그리고 잭의 정원 옆에 있는 잭의 산울타리. 탁 트인 가축몰이 길에 불쑥 나타나는, 진흙이 튄 초록색 작은 담. 그것은 또 다른 종류의 집과 정원과 거리에 대한 기억, 보다 완전하고 보다 이상적인 어떤 것에 대한 증표나 흔적 같았다.

　엄밀히 말하면 정원은 농가 앞쪽에 있었다. 하지만 실제로는, 오랫동안 사용하다 보니 농가의 뒤뜰이 앞마당이 되었고, 앞마당이 사실상 뒤뜰이 되어버렸다. 하지만 잭은 가축몰이 길가에 그 산울타리를 조성하고 조심스럽게 가위로 다듬도록 만든 (그리고 또한 갑자기 그 만두게 만든) 바로 그 본능을 가지고 그의 정원을 여전히 앞마당처럼 다루었다. 그의 '현관' 문에서부터 정원 한가운데까지는 자갈을 깔고 일종의 경계를 표시한 길이 나 있었다. 이 길은 원래 대문이나 포장도로, 큰길로 이어져야 했다. 물론 이곳에도 대문이 있기는 했다. 하지만 넓은 철망 울타리 사이에 세워놓은 이 대문은 단지 해마다 쟁기질을 하는, 철망 울타리에 둘러싸인 밭으로 이어질 뿐이었다. 잭이 그의 일년생 작물들을 심는 곳이 바로 여기였다. 그 앞은 개간된 언덕 초입과 가축몰이 길 사이의 아무도 살지 않는 공터였다. 하지만 잭의 오리들과 거위들이 그곳에 둥지를 틀고 있어서 똥과 깃털로 지저분했다. 비록 울타리는 없었지만, 거위와 오리들은 절대 멀리 가는 법이 없었고 정확히 가축몰이 길을 건너갔다가 건너오곤 했다.

　산울타리와 정원, 일년생 식물의 씨를 뿌리기 위한 꽃밭, 오리와 거위들을 위한 공터, 그리고 그 너머, 다른 두 채의 농가들을 위한 마당 너머, 바로 농장의 기계 경작지로 이어지는 비탈길이 시작되는 그 지점에, 잭이 채소를 기르는 밭이 있었다.

　땅의 모든 부분은 제각각이었다. 잭은 주위를 전체적으로 보지 않았다. 대신 그곳을 이루고 있는 각 부분들을 매우 분명하게 보았다. 그리고 그가 돌보는 모든 것은 그 각각에 대해 그가 가진 특별한 이상을 고스란히 드러냈다. 산울타리는 반듯반듯하게 다듬어져 있었고, 정원은 아름답고 말끔하고 변화무쌍한 색깔들로 가득했다. 반면 거위 서식지는 더러웠다. 대충 지은 우리와 에나멜 대야, 그릇 그리고 버려진 토기 목욕통이 뒹굴고 있었다. 마치 중세 마을의 축소판처럼, 잭은 정원의 모든 다양한 부분들을 오래된 농장 건물들 주위에 빙 둘러 건설했다. 그것이 잭의 스타일이었다. 이것이 내게는 옛날 소작농의 잔재처럼 보였다(내가 곧 깨달은 바와 같이 그것은 잘못된 생각이었다). 마치 솔즈베리 평원의 폭파 속에도 살아남은 나비처럼, 산업혁명과 버려진 촌락과 철도, 그리고 계곡의 대규모 농작물 재배지 조성 속에서도 이곳에 살아남은 소작농.

이런 많은 것들을, 나는 문학적인 눈으로, 혹은 문학의 도움을 받아 바라보았다. 언어와 언어의 역사, 그리고 글쓰기에 대한 지식을 지녔으며 예민한 신경을 가진 이방인으로서, 나는 내가 본 것들에서 특별한 종류의 과거를 발견할 수 있었다. 그리고 내 생각의 일부는 솔직히 환상이었다.

어느 날 아침에 나는 라디오에서 로마 제국 시대 거위들은 골 지방에서부터 로마까지 이어진 길을 따라서 시장까지 갈 수 있었다는 이야기를 들었다. 그다음부터, 머리를 높이 쳐든 채 똥을 찍찍 싸면서 계곡 기슭의 바큇자국들이 파인 진창길을 위풍당당하게 건너다니고 때로는 꽤 위협적으로 굴기도 하는 잭의 거위들이 내게는 일종의 역사적인 생명력을 지니게 되었다. 중세 소작농, 옛 영국 시골의 생활방식에서 가졌던 개념, 그리고 어린이책에 나오는 거위 그림들을 넘어서는 어떤 존재로 말이다. 그러던 어느 날, 나는 셰익스피어에 대한 갈망, 옛날 언어와 접촉하고 싶은 갈망 때문에 20년 만에 처음으로 『리어 왕』을 다시 꺼내보았다. 그리고 켄트 백작*이 마구 욕설을 퍼붓는 대목을 읽었다. '거위들아, 네 녀석들을 새럼 평원에서 길렀더라면, 꽥꽥거리는 네 녀석들을 곧장 카멜롯으로 몰고 갔을 텐데.' 이 대사가 내게는 아주 분명하게 다가왔다. 새럼 평원,** 솔즈베리 평원과 카멜롯,*** 윈체스터는 불과 30킬로미터밖에 떨어지지 않았다. 또한 나는 잭의 거위들(아마 잭이 짐작도 못할 만큼 이 땅에서 오랜 역사를 지닌 동물인)의 도움을 받아 『리어 왕』의 어떤 부분을 마침내 이해하게 되었다는 생각이 들었다. 그것은 내가 읽은 책의 편집자에 따르면, 비평가들조차 모호하다고 생각하는 부분이었다.

이 산책의 고독, 끝없이 뻗어 있는 언덕들의 공허함 때문에 나는 주변을 바라보는 걸 포기하고 나의 언어적 혹은 역사적 환상에 몰두할 수 있었다. 동시에 영국 땅에서 이방인으로 지내는 불안감을 벗을 수 있었다. 우연—들판의 모양, 그리고 어쩌면 소로와 현대식 도로의 연결, 군사적 필요성 등—은 이 작은 지역을 고립시켰고, 나는 산책을 하는 동안에는 영국의 이 역사적 부분을 혼자 독차지했다.

나는 날마다 부싯돌로 이루어진 비탈 사이의 풀이 무성한 넓은 길을 산책했다. 그리고 때때로 흙이 섞인 오래된 눈으로 뒤덮인 한여름의 히말라야 계곡처럼 보이는, 하얀 잡석이 깔린 백악질 계곡을 지나

---

 * 리어 왕의 충신.
 ** 영국의 남서쪽 지역으로 올드새럼Old Sarum과 뉴새럼New Sarum으로 나뉘는데, 뉴새럼이 오늘날 솔즈베리 평원이고 올드새럼이 새럼 평원이다.
 *** 아서 왕의 궁전이 있었다는 곳으로 정확한 위치는 알려져 있지 않지만 윈체스터에 있었던 것으로 추정된다.

갔다. 그리고 날마다 몇 세기 전에 쌓아올린 흙무덤들을 보았다. 이런 고분들이 얼마나 많았는지! 온 사방에 흩어져 있었다. 높은 곳에서 바라보면, 그 고분들은 하늘을 배경으로 윤곽을 드러내었고 마치 땅에 뾰루지가 볼쏙볼쏙 돋아나 있는 것처럼 보였다. 초반에는 산책길에 대개 나타나곤 하는 고분들 위를 밟고 지나가는 게 좋았다. 이고분들 위에 자란 풀들은 거칠었다. 색깔은 옅고 길게 날이 서 있었으며 발목이 걸려 넘어질 만큼 촘촘한 다발이나 덤불을 이루었다. 풀들이 있는 이곳에서 나무들은 바람에 쓰러져 자라지 못했다.

나는 고분들 하나하나를 전부 올라가고 내려가고 빙 둘러보며 조심해서 길을 걸었다. 초반에는 접근할 수 있는 고분이면 어느 것 하나도 놓치고 싶지 않았다. 내가 정말 열심히, 그리고 정말 오랫동안 살펴본다면, 이 종교적인 신비를 이해하는 경지까지는 아닐지라도 그노고를 이해하는 경지에는 도달할 수 있을 것 같았다.

나는 날마다 풀이 무성한 넓은 길을 산책했다. 아마 옛날에는 행렬을 위한 길로 사용되었을 것이다. 나는 날마다 계곡의 기슭에서부터 그 길의 꼭대기까지, 그리고 스톤헨지의 전망이 보이는 곳까지 올라갔다. 스톤헨지는 바로 앞쪽 언덕 아래에 있었지만 여전히 멀리 떨어져 있었다. 초록을 배경으로 선 회색 돌들은 때때로 햇빛을 받아 반짝거렸다. 풀이 무성한 이 길(아마 실제로 행렬이 이루어진 길은 어디다른 곳이었을 거라고 인정하면서도)을 올라가면서, 나는 내가 그 지나간 시대의 사람이라고, 세상만사가 다 괜찮다는 확인을 얻기 위해이 길을 올라가고 있다고 끊임없이 상상했다.

스톤헨지의 양편으로 주요 도로가 있었다. 이 두 개의 도로 위를 달리는 트럭과 밴과 승용차 들이 마치 장난감 같았다. 스톤헨지의 발치에는 관광객들이 있었다. 하지만 그렇게 눈에 띄지는 않았다. 실제로 그곳에 갔을 때, 스톤헨지 주변의 박람회장 같은 분위기 때문에 누구나 상상하게 되는 그 정도는 아니었다. 이렇게 멀리서 보니 오히려 관광객들이 눈에 띄었는데, 몇몇 여자 관광객들이 입고 있는 빨간 외투 때문이었다. 스톤헨지를 보러 온 사람들 속에서 그 빨간색을 한 번도 보지 못한 적이 없었다. 그 작은 무리 중에 누군가는 항상 빨간 옷을 입고 있었던 것이다.

관광객 무리와 고속도로와 포병 연습장(형광색이거나 또는 반쯤 발광하는 과녁들이 있는)에도 불구하고, 고색창연함에 대한 나의 느낌, 이 대지의 연륜과 이곳을 차지한 인간의 유구함에 대한 나의 느낌은 언제나 나를 떠나지 않았다. 하늘로 둘러싸인, 드넓은 신성한 묘지―이 고분들은 지금은 사실상 텅 비어 있는 이 구릉에서 어떤 무리가, 어떤 조직이, 어떤 활동을, 어떤 분주한 일들을 벌였는지 말하고 있잖은가! 고색창연함의 느낌은 주변에서 벌어지는 활동에 대해 또 다른 척도를 제공해주었다. 하지만 동시에, 드넓은 전망이 있는 이 꼭대기에서 내려다보니, 지속성의 느낌도 있었다.

인간의 현재 활동늘을 왜소하게 만들면서 동시에 고귀히게 만들어주기도 하는 고색창연함에 대한 생각은, 이 세계(비록 고속도로와 군사 바리케이드로 둘러싸여 있고, 때때로 저 하늘의 구름들조차 분주하게 날아다니는 전투기의 꼬리에서 분출된 비행기구름이기도 하지만)를 감싸고 있는 문학에 대한 생각뿐만 아니라, 수많은 저녁마다 내가 느끼곤 했던 고독이 발견한 행운으로 내게 찾아왔다.

라크힐*은 포병 군사학교의 이름이었다. 내가 이곳에 온 첫해인가 둘째 해인가에 학교 설명회 혹은 학교 개방일 같은 행사가 있어서, 그날은 병사들의 가족들이 보는 앞에서 총을 발사하기도 했다. 하지만 내가 산책길에 찾아다니던 고분들이 있는 종달새 언덕은 말 그대로 종달새들이 새끼를 기르며 시에 나오는 종달새들처럼 행동하는 언덕이었다. '저기 생생한 파랑 속에 풍덩 빠져서 종달새는 보이지 않는 노래가 되느니.'** 이것은 사실이었다. 종달새는 거의 수직으로 비행하며 솟아오르고 또 솟아올랐다. 나는 전에도 종달새 소리를 들어본 적은 있었다. 하지만 이 새들이 내 눈에 들어온 것은, 주의 깊게 관찰하고 그 소리에 귀를 기울인 것은 이번이 처음이었다. 이들은 나의 고독이 발견한 또 다른 행운, 또 다른 예상치 못한 선물이었다.

그리고 그것이 나의 전반적인 마음가짐이 되었다. 산책길에서 들장미와 산사나무가 차츰 눈에 들어오게 되었을 때, 나는 들장미와 산사나무 옆에 있는 방풍림을 대지주들이 남긴 표식으로 보지 않았다. 그들은 특정한 지점(들리는 말로는 트라팔가르 전투—아니, 워털루 전투였던가?—의 형세를 본떴다고 한다)에 나무들을 심고 보존하여 이 고독한 곳에 자신들의 흔적을 남겼던 것이다. 하지만 나는 지주들을 생각하지 않았다. 내 마음은 좀더 순수했다. 나는 길가에 핀 홑겹 장미와 향기로운 꽃송이들을 야생의 자연적인 생성이라고 생각했다.

어느 가을날—낮이 점점 짧아지면서, 벽난로와 저녁의 불빛, 책과 같은 겨울의 즐거움들에 대한 생각으로 가득 찰 무렵—, 나는 『가윈

---

* Larkhill: 종달새 언덕이라는 뜻.
** 영국 빅토리아 시대의 시인 앨프레드 테니슨의 『인 메모리엄』 중 한 구절.

경과 녹색 기사*Sir Gawain and the Green Knight*』*에서 겨울 대목을 읽고 싶은 열망 비슷한 것을 느꼈다. 나는 20여 년 전 옥스퍼드에서 중세영어 수업의 일부로 그 시를 읽은 적이 있다. 그런데 방풍림 가의 찔레 열매와 산사나무 열매들, 따뜻하지만 죽은 이 계절의 새빨간 열매들이 그 오래된 시의 겨울 여행 대목을 다시 읽어보고 싶은 마음을 불러일으킨 것이다. 나는 솔즈베리에서 그 시집을 사서 돌아오는 버스 안에서 시를 읽었다. 그렇게 해서 나는 영국에 온 뒤 처음으로, 고독 속에서 주변 풍경들과 교감할 수 있게 되었다. 잭과 그의 정원과 거위와 시골집, 그리고 그의 장인은 마치 문학과 이 고색창연함과 풍경의 소산처럼 보였다.

*

　제일 처음 내 눈에 띈 사람은 그의 장인이었다. 제일 처음 만난 사람도 바로 그였다. 꽤 일찍이 만났는데, 내가 날마다 다니는 산책로를 정하기 전, 아직까지 주변을 탐색하고 돌아다닐 때였다. 나는 산중턱에 거의 버려진 외곽 소로들을 골라서 걸어 다녔다. 진흙에 깊이 파묻혀 있거나 키 큰 풀들이 무성하게 자랐거나 나뭇가지들이 빽빽이 드리워진 소로들이었다. 초기 시절에는 그 후로 두 번 다시 가지 않은 이런 길들을 산책하고 다녔던 것이다. 그 노인을 만난 곳도 이렇게 탐색을 하며 다녔던 산책로 가운데 한 곳이었다. 방풍림 옆의 가

---

* 14세기 후반 영국의 작자 미상 시. 아서 왕의 원덕의 기사 중 한 명인 가윈 경이 녹색 기사의 도전을 받고 모험을 떠나 겪는 이야기를 다루고 있다.

파르고 바위가 많은 비탈길과 좀더 넓고 평평한 길을 이어주는 한쪽 구석의 오솔길, 인적이 드물고 반쯤 감추어진 이 오솔길 가운데 한 곳에서였던 것이다.

그의 등은 마치 짐을 실어 나르기 위해 만들어진 것처럼, 믿을 수 없을 정도로, 터무니없이 구부정했다. 그가 내게 말을 걸 때면, 그의 목에서는 이상한 쉰 소리가 흘러나왔다. 그런 목소리를 가진 사람이 낯선 이와 대화를 시도한다는 것이 참으로 놀라울 정도였다. 하지만 더욱 놀라운 것은 바로 이 꼬부랑 노인의 눈이었다. 그의 두 눈은 반짝거리고 생기에 넘쳤으며 장난기가 가득했다. 송장 같은 그의 얼굴은 기묘한 색깔, 집시 혈통을 떠올리게 하는 거무스름한 회색빛을 띠고 있었는데, 뺨과 턱에 거의 오리털 같은 하얗고 뻣뻣한 털이 난 송장 같은 얼굴에서 그 두 눈만은 경이와 확신으로 가득 차 있었다. 영원히 그의 척추를 망가뜨려버린 사고에도 불구하고, 그의 성품은 온전했다.

그가 쉰 목소리로 외쳤다. "개들은? 개들은?" 그렇게 외치는 것처럼 들렸다. 그는 일손을 멈추고 거북이처럼 목을 쭉 뺐다. 그리고 위엄 있게 한 손가락을 들어 올리며 끽끽거렸다. '개들은? 개들은?'이라고 말하는 것 같았다. 나는 그저 그 말을 되풀이할 뿐이었다. "개들이라고요?" 왜냐하면 그가 입을 다물고 다시 자기 일에만 열중하는 꼬부랑 노인으로 돌아갔기 때문이었다. 그의 눈빛은 흐릿했고 머리도 푹 숙이고 있었다. "개들은……" 그가 중얼거렸다. 그 말이 그의 목구멍에서 간신히 흘러나왔다. "꿩을 걱정해."

오솔길 옆에, 나무들로 둘러싸인 은신처에 높은 울타리를 두른 꿩 우리가 있었다. 야생이 분명한 동물이 마치 뒷마당의 닭처럼 실제로 사육되고 있는 걸 보니 나로서는 무척 새로웠다. 주변의 모든 숲들이, 그리고 밤나무와 소나무로 이루어진 방풍림 가의 개량 장미와 산사나무들 모두가 심은 것이라는 사실을 알고 새로웠던 것처럼.

그것은 으슥한 오솔길에서, 집시들에 비하자면 스무 배쯤 피부색이 검은 낯선 이에게 위세를 부리려는, 심지어 위협을 가하려는 충동적 행동이었다. 하지만 노인으로서는 잠깐 스쳐가는 충동이었다. 어쩌면 나름 친해보려는 충동적 행동이었는지도 모른다. 새로운 사람과 몇 마디 말을 나누고 싶은 바람, 그가 여태껏 마주쳤던 인간들의 목록에 또 한 사람을 덧붙이고 싶은 바람일지도.

어쨌든 그는 곧 잠잠해졌고, 반짝거리던 눈빛도 사라졌다. 나는 두 번 다시 그가 말하는 소리를 듣지 못했다.

실제로 우리 두 사람이 다니는 길은 달라서 결코 마주치는 법이 없었다. 이따금 멀리서 그의 모습을 보았을 뿐이다. 한번은 정말로 그 꼬부랑 허리에 나뭇단을 짊어지고 가는 그를 본 적이 있는데, 워즈워스라면 '땔감을 모으는 사람'이라는 시로 표현했을 만한 워즈워스 풍의 인물상이었다. 노인은 매우 느릿느릿 걸었다. 하지만 그 느린 동작, 신중한 걸음걸이에는 분명히 끝내기로 작정하고 일을 시작했다는 확신이 담겨 있었다. 그의 판에 박힌 일상에는 동물과 같은 면이 있었다. 비록 들판에서 그가 뭘 하는지 나는 확실히 몰랐지만(꿩을 기른다는 사실 말고는. 어쩌면 그것도 사실이 아닐 수 있었지만), 그는 마치 생쥐처럼 '이리저리 오가는' 것 같았다.

옛날 강이 흐르던 강바닥을 따라 난 길은 매우 넓었다. 내가 처음 이곳을 걸었을 때에는 울타리가 없었다. 내가 온 첫해인가 둘째 해에 이 넓은 길이 좁아졌다. 가시철망 울타리가 세워진 것이다. 그 울타리는 길고 곧게 뻗은 길 한가운데를 따라 쭉 이어졌다. 튼튼한 녹색 울타리 기둥들(더 두꺼운 기둥은 든든하게 버팀목까지 세워져 있었다)과 팽팽한 가시철조망은, 계곡에서의 생활을 막 시작한 처지였는데도, 왠지 내가 우연히 마주친 것들의 끝을 향해 가고 있다는 기분이 들게 했다.

넓고 광대한 느낌을 잃는 것은 얼마나 슬픈 일인지! 그것은 내 마음을 아프게 했다. 하지만 나는 이미 세상 모든 것은 변한다는 생각을 갖고 사는 데 익숙해져 있었다. 나는 이미 쇠퇴를 생각하며 살았다(나는 언제나 그런 생각을 하며 살아왔다. 그것은 마치 나의 저주 같았다. 트리니다드에서 심지어 어린아이였을 때조차, 나는 이미 절정의 순간이 지나간 세상에 태어났다는 생각을 했다). 벌써 죽음에 대한 생각에 사로잡혀 살았던 것이다. 젊은 사람은 가질 수 없는, 마음에 품기 힘든 생각. 지상에서의 시간이, 인간의 삶이 찰나에 불과하다는 생각. 끊임없이 변화하는 세상, 쇠퇴하는 세상에 대한 생각, 인생의 덧없음에 대한 이런 생각들은 많은 것들을 견디게 해주었다.

나중에는 좀더 오래전에 이 넓은 길이 잠식된 흔적까지 드러났다. 어느 여름날 종달새 언덕에서 스톤헨지를 내려다보던 중에, 그 넓은 길 양편에 자리한 옥수수 밭의 색깔 변화를 통해 오래된 마차나 수레의 바큇자국임이 분명한 흔적을 발견했던 것이다. 예전에는 수레나 마차가 이 길을 지나 스톤헨지에서 솔즈베리로 이동했다. 포장도로보다 진흙이 훨씬 넓게 깔려 있던 길이었다. 옛날 길의 가장자리 일부가—오래전에—가시철조망을 넘어 밭과 합쳐진 것이었다.

이렇게 고대의 위대한 길이 철조망 안으로 들어온 것, 고대 부족들(넓은 골짜기의 한쪽 끝에, 벌통과 이동주택 트레일러와 오래된 건초 가리와 커다란 단풍나무가 있는 황폐한 집 너머 그 제일 끝에, 서쪽 강둑 위 가느다란 풀밭 아래 고대의 밭고랑 혹은 요새의 흔적이 남아 있었다) 이 틀림없이 신성하게 여겼을 고대의 드넓은 하상을 이렇게 사유재산으로 주장하는 것, 이런 사유재산에 대한 강조는 나로 하여금 현재에 대해서, 나를 둘러싸고 있는 거대한 영지와 내가 살고 있는 영지의 잔재에 대해 생각하게 만들었다.

나는 랜드로버를 타고 순찰을 도는 농부 혹은 농장 관리인을 보았다. 그리고 언덕 꼭대기에 있는 현대식 곡물 창고를 보았다. 그 언덕을 따라 오르락내리락하는 방풍림을 보고, 그 방풍림이 최근에 심은 것임을 알았다. 그리고 자신이 보호해야 할 너도밤나무보다 빨리 자란(그리고 벌써 삼림지대, 부러진 나뭇가지와 죽은 나무가 흩어져 있는 진짜 삼림지대와 비슷한 것을 형성한) 소나무들을 보았다. 나는 사람의 손길을 보았다. 하지만 충분히 그것을 받아들이지 못했고 내가 보고 싶은 것만 보려고 했다. 오늘날 한결 좁아진 강의 흐름과는 멀리 떨어진, 옛날 강이 흐르던 계곡과 언덕들과 더불어 이곳 평야의 기대한 지형만을 보려고 했다. 나는 옛것만 보았다. 옛날 농장 마당의 잔재들만 보았던 것이다.

그 당시에 내가 보고 싶은 것만 보았다는 점에서, 나는 잭의 장인과 다소 비슷했다. 그는 가축몰이 길을 가로지르는 자신의 행로를 여러 곳에서 끊어놓은 새로운 울타리를 완전히 무시했다. 그는 새로운 출입문들(몇 개 없는)을 무시했고 자신이 늘 다니던 길을 고집했다. 울타리를 넘어 다니기 위한 층계와 계단을 만들고 가시철조망 너머로, 혹은 사이로 비닐 뭉치를 감아 통로를 내면서 자신의 오랜 방식대로 일을 했다. 파란색 비닐 부대로 가시철조망을 둘둘 감싼 다음, 새빨간 나일론 끈이나 라피아 잎을 칭칭 감아 묶었다.

기묘하게 지그재그로 움직이는 이 노인의 행로가 이제 완전히 밝혀졌다. 새 헛간이 있는 언덕 저편의 진흙투성이 그늘진 오솔길에 있는 꿩 우리에서부터, 그 오솔길을 따라 내려와 가축몰이 길을 건너서 북쪽 비탈의 오래된 숲에 이르기까지, 덤불숲이 가장자리를 두르고 있는 들판을 줄곧 걸어 올라갔던 것이다. 내가 이곳에서 맞은 첫번째 여름의 어느 날, 그 들판 출입문에서, 나는 날개를 쭉 뻗은 채 썩어가고 있는 까마귀들을 보았다. 어떤 것들은 죽은 지 얼마 안 되었고, 어떤 것들은 좀더 되었고 어떤 것들은 이미 깃털 달린 거죽만 남아 있기도 했다. 그토록 느릿느릿 움직이는 꼬부랑 노인과 이런 잔인한 행동을 연결하는 것은 좀 이상했다. 하지만 노인의 심술궂은 눈빛이, 노인의 거무튀튀하고 백인 집시 같은 피부와 완고하고 교활한 얼굴이 머릿속에 떠오르자, 이런 행동이 딱 어울려 보였다.

그 '행로'에는 인생 전체가, 쉽게 변하지 않는 품성이 온전하게 담겨 있었다. 노인의 존재를 떠올리게 하는 흔적들이 얼마나 뚜렷했는지, 그의 영혼이 계속 그의 행로에, 그의 발판과 계단과 엉뚱한 곳에 둘둘 감아놓은 비닐 부대들, 심지어 그가 아주 오래전에 둘둘 감고 끈으로 꽁꽁 묶어놓은 비닐 뭉치들 위에 떠돌고 있는 것 같았다. 그 뭉치들은 이제 갈가리 찢겨져나갔고, 광택을 잃은 비닐은 파란색이 하얗게 빠져버렸다. 이 모든 것이 느릿느릿 왔다 갔다 하면서 볼일을 보던 노인에 대해 너무 많은 이야기를 들려주어서, 꽤 시간이 흐른 뒤에야 한동안 노인의 모습을 보지 못했다는 생각이 들었다. 그러고 는 비로소 지난 몇 주 동안, 혹은 지난 몇 달 동안 내가 보아왔던 것 들이 그가 남긴 유물임을 깨달았다.

노인은 이미 세상을 떠난 뒤였다. 하지만 그 사실을 공식적으로 기 록하거나 소식을 알릴 만한 사람이 아무도 없었던 것이다. 오랜 시간 이 흐른 뒤에, 울타리 위에서 점차 낡아가던 이 비닐 뭉치 혹은 보호 대들은 계속해서 색이 빠지고 너덜너덜해졌다. 그리고 골짜기 기슭에 있는 다른 잔재들—지붕은 사라지고 벽만 남은 황폐한 집과 어린 은 빛 자작나무 아래의 노후한 농기계들, 오래된 농장 건물 뒤편 너도밤 나무들 아래의 또 다른 기계들과 버려진 목재와 금속들, 쓸모없게 된 허물어져가는 헛간 창문에 붙은 금속 까치발과 마찬가지로, 여전히 우리 곁에 남았다.

나는 그러고도 한참 뒤에야 그 노인이 잭의 집에서 살다가 죽었다 는 사실을, 그리고 그가 잭의 장인어른이라는 사실을 알게 되었다.

*

하지만 나는 잭을 알기 전에 농장 관리인을 먼저 알았다. 그리고 농장 관리인이 잭의 상관일 거라고 짐작했다(잭이 농장에 속한 농가들 중 한 곳에서 살고 있었기 때문이었다). 사실 두 사람의 관계에 대해서 는 한 번도 생각해본 적이 없었다. 나는 두 사람을 각기 별개의 인물로 생각했다.

농장 관리인은 랜드로버를 타고 순찰을 했다. 개 한 마리가 함께 다녔는데, 때로는 그의 옆자리에 앉아 있기도 했고 때로는 뒷좌석에서 밖을 내다보기도 했다.

우리는 오래된 농장 건물과 농가들이 있는 계곡 바닥에서부터 언덕 꼭대기에 있는 새로 지은 헛간으로 올라가는, 바위가 많은 길에서 마주쳤다. 그곳은 산책로 중에서도 가장 가파른 비탈길이어서, 나는 아예 신체 단련 코스라고 여기는 길이었다. 비탈길은 오른쪽 갈래 거의 끝 지점에서부터 시작되었는데, 다리 근육이 땅기는 게 느껴지고 깊은 숨을 몰아쉬어야 할 만큼 오르기 힘든 길이 길게 이어졌다. 바로 이 언덕 위에서, 어느 날 오후 농장 관리인이 걸음을 멈추고 친근하게 말을 걸어온 것이다. 마지막 남은 50미터를 태워다주겠다는 농담 어린 제안을 하면서. 그는 안경을 낀 중년 남자였다.

그 길은 폭이 좁았다. 그러므로 그가 지나가도록 내가 옆으로 비켜선 것이 어느 날 오후에 딱 한 번 벌어진 일은 아니었다. 처음에는 랜드로버만 보였다. 그러다가 그 안에 타고 있는 남자를 보았고, 그의 모습과 주변을 경계하기보다는 몹시 만족스러워 보이는, 함께 다니는 개의 표정에 친숙해졌다. 나는 이 남자가 농부거나 잘 관리된 경작지의 소유주, 혹은 임차인일 거라고 짐작했다. 따라서 그가 헛간 앞에 세운 랜드로버에서 내려 곡식이 얼마나 말랐는지 보려고, 혹은 뭔가를 살펴보려고 헛간 안으로 걸어 들어갔을 때, 나는 그에게 '농부의 걸음걸이'를, 특별한 종류의 권위를, 우리를 둘러싼 땅에 대한 특별한 태도를 부여한 것이다. 하지만 나중에 바로 그 사람의 입을 통해서, 그가 소유주가 아니라는 사실을 알았다. 그러자 나는 그를 바라보는 시각을 바꿔야만 했다. 그는 그저 농장 관리인, 고용인일 뿐이었다.

그가 차를 타고 순찰을 도는 경로가 내 산책로와 일부 겹쳤다. 방풍림 옆으로 난 길은 공공 도로까지 이어졌다. 이 길 건너편으로 물이 범람하는 지대가 바로 농장의 목장 혹은 낙농 구역이었다. 축사 뒤에는 저지대 목초지가 있었고 저 멀리에는 강둑을 따라 버드나무들과 다른 나무들이 서 있었다. 또한 농장 마당으로 들어가는 입구 쪽, 길가에는 약 1미터 높이의 나무 단이 있었다. 이 단 위에는 우유 수송차가 싣고 갈 우유를 담아놓기 위한 커다란 우유 통들이 놓여 있었다. 그다음에는 공공 도로가, 분홍색 벽에 초가지붕을 씌운 시골집과 부싯돌과 벽돌로 지은 보다 평범한 집들 앞을 지나갔다. 곧이어 장원 저택의 주목나무들과 너도밤나무들이 나타났다. 그러고는 짙은 초록색 그늘이 드리워진 넓은 입구를 지나서 내 시골집 앞의 반짝이는 잔디밭이 등장하는 곳, 바로 여기가 나의 산책이 끝나는 지점이었다.

이곳은 공공 도로의 일부였는데, 나흘 동안 쏟아지던 비가 그치고 나서 내가 맨 처음 밖으로 나갔을 때, 오른쪽으로 돌아야 할지 왼쪽으로 돌아야 할지 어리둥절했던 곳이다. 하지만 이제는 만약 관리인의 랜드로버가 뒤에서부터 달려와서 내 옆을 지나치면, 그 차가 어디로 갈지 알고 있었다. 주목들을 지나, 너도밤나무 가지가 드리워진 강 위로 높이 솟은 길을 따라 달리다가 강과 같은 높이에 있는 작은 부락으로 내려갈 것이다. 그곳에서는 초가지붕을 씌운 하얀 시골집이 한창 지어지고 있었다. 그러고는 점차 금간 곳이 많아지는 아스팔트

길이 여러 채의 작은 집들(그중 어떤 집에는 도드라지게 새긴 머리글자가 붙어 있기도 했다) 앞을 지나서, 넓고 포장이 되지 않은 가축몰이 길로 이어졌다.

폭이 넓고 풀이 무성한 이 길에 대한 나의 감정은 날로 커졌다. 나는 이곳을 고대의 강이 흐르던 오래된 강바닥으로, 거의 또 다른 지질학적 시대부터 내려온 어떤 것으로 여겼다. 내게는 이곳이 한때 솔즈베리 평원에서부터 윈체스터의 카멜롯까지 거위들을 몰아갔던 길처럼 보였고, 오래된 승합마차 길처럼 보였다.

하지만 이곳이 바로 그 근처—언제나 과거 이상의 어떤 것들을 잠식하는, 고대와 신성한 대지를 잠식하는 현재—였다. 내가 별로 주의를 기울이지 않았던 작은 집들 사이에, 포장된 도로와 낮고 작은 방갈로 한 채, 그리고 지나치게 많은 꽃—키가 큰 꽃들과 난쟁이 침엽수와 키가 큰 관상용 덤불—을 심은 정원과 더불어 말끔하게 울타리를 친 작은 구획 안에 포장된 도로 위, 이곳이 바로 내가 어느 날 그리고 그다음 날에도 랜드로버를 보았던 그곳이었다. 그리고 이곳, 고대의 강바닥 바로 가장자리에 있는 작은 교외 주거지가 바로 관리인이 살고 있는 곳이며 그의 순찰이 끝나는 지점이었던 것이다. 하지만 나는 이 집을 당연하게 여겼었다. 내 주변의 땅들이 점차 형태를 갖추게 되면서, 이 깔끔한 집은 더 이상 내 앞에 나타나지도, 눈에 들어오지도 않았다. 고대의 것들—훨씬 더 모호하고, 훨씬 더 추측에 기반을 둔 것들—이 더 쉽게 강렬한 인상을 남겼고, 나는 그것을 받아들일 준비가 되어 있었다.

농장 순찰을 시작하면 거의 곧바로, 관리인은 고대 밭고랑의 흔적이 남아 있는 거의 헐벗은 강둑을 지나서 바큇자국이 깊이 파인 가축몰이 길로 차를 달려 내려가곤 했다. 의심할 여지 없이 머릿속으로는 나무와 밭과 작물과 가축 생각을 하면서, 내가 보는 것들과는 다른 것들을 바라보면서, 이제는 가시철조망 울타리(그가 직접 세웠거나 혹은 세우는 데 원인을 제공한)로 나누어진 곧게 쭉 뻗은 가축몰이 길을 달려갔다. 이윽고 키 큰 단풍나무들로 둘러싸인 지붕 없는 돌집과 검은 비닐로 덮어놓은 시골집처럼 생긴 오래된 건초 가리를 지나고, 한 옆의 관목과 나무 그늘 아래 서 있는 이동주택 트레일러를 지나고, 이제는 반대편의 가시철조망으로 둘러싸인 공터 안으로 들어간 두 줄의 벌통을 지나고, 오래된 농장 건물들(물론 새로 지은 건초 창고도 있었지만)과 시골집들(그중 한 채는 잭의 집이었다)을 지나고, 잭의 정원과 거위 사육장을 지난 다음, 새로 지은 금속 벽의 헛간을 향해 언덕을 올라가곤 했다.

이것이 관리인이 거의 원을 그리며 도는 순찰 경로였다. 그것은 잭의 경로이기도 했고 부분적으로는 나의 경로이기도 했다.

나는 자신의 텃밭에서 일하고 있는 잭을 본 적이 있다. 농장의 경작지를 향해 가는 비탈길이 막 시작되는 지점에, 시골집 앞마당 정원 너머에 꾸며진 텃밭이었다. 잘 다듬어진 그의 뾰족한 수염이 지닌 묘한 우아함은 내 눈길을 끌었다. 비록 다른 농장 일꾼들(이들의 성격은 이들이 모는 트랙터나, 끊임없이 베어내고 또 베어냄으로써 드넓은 밭의 색깔이나 질감을 바꾸어놓는 트랙터로 하는 일을 통해 적어도 반쯤은 드러났다)보다는, 잭의 텃밭에서 그의 성격이 더 즉시 분명하게 드러나긴 했지만, 처음 내 눈에는 잭이 그저 이 풍경 속의 한 인물로밖에 보이지 않았다. 틀림없이 나 또한 그에게 그렇게 보였을 것이다. 이방인, 산책자, 그리고 이제는 사유지가 된 길에서 오래된 공공의 권리를 행사하고 있는 어떤 사람으로.

하지만 얼마쯤 시간이 흐르고 몇 주가 지난 뒤에, 아마 이 노력을 헛되게 할 수 없다는 생각이 들었을 때, 잭이 나를 받아들였다. 그리고 아주 멀리 떨어진 곳에서도 나를 보면 당장 큰 소리로 인사를 던지곤 했다. 하지만 그 소리는 명확한 단어라기보다는 일부러 고요를 깨뜨리려고 내는 소음에 더 가까웠다.

나는 그가 자신의 시골집 앞마당(또는 뒤꼍)에 있는 정원에서 일할 때 좀더 분명하게 그를 보았다. 그리고 그가 가시철조망 울타리를 두른 모종밭 늙은 산사나무 아래에서 체로 여러 번 거른 것처럼 부드럽고 검은 흙을 일구며 일을 할 때 가장 분명하게 그를 보았다. 그 모습은 내게 매우 오래된 기억을 떠올리게 했다. 트리니다드에 대한, 나의 아버지가 한때 언덕 위에 세웠던 작은 집과 아버지가 덤불을 베어낸 자리에 한번 만들어보려고 애를 썼던 정원에 대한 기억을. 또한 어둡고, 축축하고, 따뜻한 대지와 그곳에서 자라나는 푸른 식물들, 오래된 본능, 오래된 기쁨들에 대한 오래된 기억들을. 나는 잭에 대해 주체할 수 없는 감정을 갖게 되었다. 그 억센 힘과 묘하게 섬세하고 우아한 그의 갈퀴질과 체질하는 동작, 손과 발의 조화로움에 대해서. 그리고 몇 달이 지나자, 나는 또한 과장되고 특별한 그의 옷 입는 스타일을 알아차렸다. 여름이면 햇빛이 비칠 기미만 보여도 당장 옷통을 벗어던지다가, 계절이 바뀌자마자 온몸을 둘둘 감싸버리는 식이었다. 나는 점차 그의 옷차림을 특정 계절의 표상처럼 받아들이게 되었다. 마치 현대판 시도서에 나오는 어떤 것처럼.

그러던 어느 날 그가, 랜드로버를 탄 농장 관리인처럼, 농장 건물에서 방풍림 옆의 헛간으로 올라가는 가파른 언덕 위에 자신의 차를 세웠다. 잭과 농장의 다른 일꾼들은 모두 자동차를 가지고 있었다. 차가 없으면, 이런 시골집에서 살기가 쉽지 않을 것이다. 농가들은 공공 도로에서 너무 멀리 떨어져 있었고, 가게들도 수십 마일 밖에 있었다. 집배원도 일주일에 한 번만 찾아왔다.

나는 자동차 소리를 듣고 옆으로 비켜섰다. 이런 좁은 시골길에서는 그럴 수밖에 없었다(만약 몸을 숨기고 싶다면, 방풍림 속으로 들어가 서 있을 수도 있었다. 밤나무와 소나무들 사이, 부러진 나뭇가지들이 어수선하게 흩어진 그늘 아래에). 내가 농장 일꾼들을 알게 된 것도 이렇게 한 옆으로 비켜서서 자동차나 트랙터를 타고 지나가는 그들을 지켜보다가 그런 것이었다. 그들은 트랙터 운전석과 구릉지에서의 고독을 겪은 뒤라 언제나 미소를 지으며 손을 흔들어줄 수 있었다. 하지만 거기까지가 소통의 한계였다. 손짓과 미소, 인간적인 인사, 오직 그뿐이었다.

그러므로 지금 이것은 잭에게, 비록 그의 자유 시간에 자신의 차를 탄 채 멈춰 서기는 했지만, 특별한 일이었다. 우리는 서로를 쳐다보며 상대를 관찰했다. 대화라기보다는 차라리 소음에 가까운 소리를 내면서.

그의 뾰족한 수염은 항상 내 눈길을 끌었다. 나는 멀리서 볼 때에는 이 수염이 젊은 남자의 허세라고 생각했다. 밭을 일구는 그의 모습이나 훤칠한 키, 딱 벌어진 가슴, 튼튼한 두 다리, 꼿꼿하고 가벼운 걸음걸이를 보고서 그를 영락없는 청년이라고 생각했던 것이다. 하지만 이제 보니, 그의 수염은 거의 반백이었다. 아마 40대 후반은 된 것 같았다.

그의 눈은 아주 먼 곳을 보고 있었다. 그를 멀리 데려가는 것은 바로 묘하게 난폭한, 묘하게 날뛰고 있는 그의 눈이었다. 그 눈은 그가 결국은 농장 일꾼이라고, 다른 환경, 그러니까 좀더 사람들이 많았거나 경쟁이 심한 환경이었다면 그는 끝장이었을 거라고 말하고 있었다. 이런 발견은 다소 당황스러운 것이었다. 왜냐하면 (그가 옛날 소작농 제도의 잔재일 거라는 생각에서 벗어난 뒤에) 나는 그의 수염과 그의 행동거지, 그의 꼿꼿하고 편안하며 우아한 걸음걸이 속에서 자신에 대해 높은 이상을 지닌 사람, 원칙에서 벗어나 다른 방식의 삶은 거들떠보지도 않는 사람의 특성을 발견했었기 때문이다.

우리는 몇 마디 말을 나누지 않았지만 우리 사이에는 이웃이라는 유대가 생겼다. 그리고 그 유대감은 이후로도 계속해서 멀리서 소리치는 그의 외침으로 표현되었다.

그의 정원은 내게 계절을 가르쳐주었다. 나는 틀림없이 이전에도 여러 번 보았던 것들을 전혀 새롭게 알게 되었다. 나는 가지치기가 잘된 그의 사과나무에 핀 꽃봉오리를 보고 꽃봉오리의 색깔을 알게 되었고, 그것을 머릿속에 새겨 넣었다(그래서 언제든 다시 떠올릴 수 있었다). 그리고 일 년 중 특정한 때와 그것을 연결시켰다. 나는 작은 열매가 모양을 갖추고 푸릇하게 매달려 있다가 정원의 다른 것들과 함께 자라서 빨갛게 색깔이 변하는 걸 보았다.

나는 여름에도 하얗게 보일 정도로 이렇게 백악이 많고 단단한 토양에서는 불가능하다고 여겼던 풍요로움을 보았다. 영국에서 나는 정원사도 아니었고, 눈에 보이는 작은 정원들(심지어 지금, 솔즈베리로 가는 버스 안에서도 정원이 보였다)에 별로 관심이 없었다. 그 정원들을 볼 때, 나는 그저 알록달록한 색깔만 보았을 뿐, 시각적으로 이 식물과 저 식물을 구별할 능력이 거의 없었다. 하지만 저녁마다 나는 잭의 정원을 살피고, 그의 노동을 주목하면서, 그의 노동이 무엇을 탄생시키는지 지켜보았다.

나는 기쁨이 가득한 눈으로 이 모든 걸 보았다. 하지만 지식은 뒤늦게 찾아왔다. 그것은 어린 시절 트리니다드의 꽃과 식물들이 그랬듯이 거의 본능적으로 습득하는 그런 지식이 아니었다. 그것은 마치 또 다른 언어를 배우는 것 같았다. 내가 지금 알고 있는 것들을 그때 알았더라면, 나는 잭의 정원이나 그 정원에 찾아온 계절을 재구성할 수 있을 것이다. 하지만 지금 나는 봄의 구근식물처럼 간단한 몇 가지 것들만 겨우 기억할 수 있을 뿐이다. 금잔화와 페튜니아 같은 일년생 식물의 옮겨심기, 한여름의 참제비고깔과 루핀, 그리고 트리니다드와 같은 열대기후와 영국의 기후 양쪽에서 모두 피어나 나를 기쁘게 해주는 글라디올러스 같은 꽃들. 수백 송이의 꽃을 피우는, 튼튼하고 높은 장대에 가지를 붙들어 모양을 삽는 상비도 있다. 또한 언제나 가지를 잘라주는 작은 사과나무 위에는 가을이면 기적 같은 열매가 맺혔고, 세상에서 가장 따뜻한 엷은 빛깔로 그 차가운 계절을 물들였다. 그 모습은 마치 오래전에 교과서나 동화책에서 보았던 사과나무들 같았다.

그의 농가 뒤꼍(사실상 차도에서 들어가는 입구, 이제는 실제로 집의 정면이 되어버린 뒤켠)에는 온실이 있었는데, 마치 신문이나 잡지 광고에 등장하는 온실처럼 보였고 우편 주문으로 살 수 있을 것만 같았다. 옛 농장 마당과 시골집들 사이에 잡동사니들이 흩어져 있는 공터(몇 년 동안 쌓인 농장 쓰레기뿐만 아니라 시골집의 폐품들이 어지럽게 흩어져 있고, 가끔 병든 가축과 송아지들이 들어와서 이끼로 뒤덮인 시커먼 바닥에 자신이 싼 똥을 짓밟고 있는 황폐한 옛 축사에서 멀지 않은)에는 이상하게 평평하고 네모반듯하고 새것인 콘크리트 토대가 있었다. 바로 그 위에 지어진 이 온실에서, 새 나무와 깨끗한 유리로 반듯하게 지은 이 온실에서 잭은 영국 온실의 온갖 식물과 꽃들—가령 정말 예쁘다고 생각되는, 특이한 푸크시아 같은 꽃들—을 다 길렀다.

얼마나 많은 것들을 돌보았는지! 시시때때로 얼마나 수많은 다른 것들이 자라났는지! 잭은 마치 일부러 수고를 찾아다니고 일거리를 찾아다니며 자신을 끊임없이 바쁘게 만들려고 애쓰는 것처럼 보였다. 하지만 머잖아 나는 여기에 그저 분주한 일상 이상의, 그리고 돈, 잭이 그의 식물과 꽃을 팔아서 벌어들이는 별도의 수입 이상의, 하루하루에 대한 충만한 만족감이 있다는 사실을 깨달았다. 버려진 농장의 방치된 건물들 가운데에 있는 그 손바닥만 한 땅뙈기 안에서, 잭은 성취감을 발견한 것 같았다.

그의 만족스러운 삶—내가 생각했던 대로(내게는 특별한 행복의 조건인데) 자기 자신만의 삶의 배경을 갖고 있는 사람, 계절과 자신이 속한 풍경과 조화를 이루는 사람—에 대한 나의 경탄은 어느 일요일 오후에 질투심으로 바뀌었다. 점심 식사 후에 산책을 하러 밖으로 나갔을 때, 나는 잭의 소형 자동차가 일상적인 경로대로 방풍림 옆의 포장된 길을 따라 내려오지 않고, 바큇자국이 파인 넓은 가축몰이 길을 따라 그의 시골집을 향해 쿵쿵거리며 달려가는 걸 보았다. 그는 술집에 다녀오는 길이었다. 그의 얼굴은 불그레했다. 그가 나를 보았을 때—자동차 창문 밖으로 몸을 기울여 내놓은 것 같았다—외친 함성은 놀랄 만큼 마음 깊은 곳에서 우러나온 것이었다.

일요일이로구나! 하지만 그는 왜 풀이 무성한 가축몰이 길로 방향을 틀었을까? 어째서 좀더 일상적인 경로이자 자동차가 달리기에도 더 편한, 새로 지은 헛간까지 언덕을 똑바로 올라갔다가 그의 시골집까지 곧장 달려 내려갈 수 있는 포장된 도로(비록 금이 가긴 했지만)로 1킬로미터 정도 더 달리지 않았을까? 술기운 때문이었을까? 쿵쿵 부딪히며 가축몰이 길을 달리고 싶었을까? 아니면 바로 아래에는 강이 있고 앞이 전혀 보이지 않는 모퉁이도 두세 번이나 나오는, 가파른 비탈의 중턱 위로 구불구불 이어지는 좁은 길이 두려워서였을까? 그것은 아마 그 나름의 생각으로는, 일요일의 드라이브, 술집을 다녀온 뒤풀이의 절정이었을 것이다. 일요일에 마시는 맥주 한 잔의 기쁨! 그것은 자유인으로서 그의 정원에서 일하는 기쁨과 비슷한 것이었디.

*

이곳은 변치 않는 세계였다. 적어도 이방인의 눈에는 그렇게 보일 것이다. 내가 처음 이곳을 알게 되었을 때, 내게도 그렇게 보였다. 느릿느릿 흐르는 시간, 죽은 듯 고요한 생활, 개인적인 삶, 서로 가깝게 붙어 있는 집들에서 각자 살아가는 삶.

하지만 변치 않는 삶이라는 생각은 틀린 것이었다. 변화는 끊임없이 일어나고 있었다. 사람들은 죽거나 나이가 들었으며, 집들은 주인이 바뀌거나 팔려 나갔다. 그런 일들은 모두 변화의 한 종류였다. 반면 이 계곡에, 이곳 장원의 오두막집에 홀연히 나타난 내 존재는 또다른 종류의 변화였다. 곧게 쭉 뻗은 가축몰이 길에 가시철조망 울타리가 세워진 것, 그것 또한 변화였다. 사람은 누구나 나이가 들었고, 모든 것이 새로워지거나 버려졌다.

내가 관리인의 순찰 경로를 알게 된 뒤 오래지 않아, 변화가 찾아오기 시작했다. 공공 도로가에 있는, 탐스러운 장미 울타리가 둘러진 초가집에서 살던 늙은 부부가 떠났다. 그 집에는 낯선 사람들이, 일가족이 이사 왔다. 소문에 따르면, 읍네 사람들이었다. 남자는 소몰이꾼이나 낙농장 일꾼으로 농장에서 일하기 위해 왔다. 낙농장 일꾼─그들의 노동은 늘 똑같고 변함이 없어서 날마다 하루에 두 번, 엄청난 숫자의 소들이 젖 짜는 기계를 통과하는 것을 지켜보는 것인데─은 농장 일꾼들 중에서 가장 변동이 심했다. 그들 중에는 심지어 떠돌이 노동자나 부랑자들도 있었다.

새로 온 낙농장 일꾼은 못생긴 남자였다. 그의 부인 또한 추하게 생겼다. 그들의 추함은 연민을 불러일으켰다. 서로를 지지해주기 위해 추함과 추함이 만난 것이다. 하지만 그 결과는 별로 위안이 되지 않았다.

이런 변화에는 기묘한 면이 있었다. 그 작은 마을, 혹은 동네를 이루고 있는 두 군데 주거지에는 집들이 몇 채 없었다. 하지만 큰길은 사실상 사람들이 걸어 다니는 곳이 아니었고 거의 대부분의 생활이 집 안에서 이루어졌기 때문에, 그리고 사람들은 솔즈베리나 에임즈베리, 윌턴 같은 주변 도시로 나가 쇼핑을 했으며 마을에는 함께 만날 수 있는 공공장소도 없고 딱히 정해진 지역 공동체도 없었기 때문에, 변화를 알아채기까지 상당한 시간이 걸렸던 것이다. 키 큰 너도밤나무, 떡갈나무, 밤나무, 좁은 오솔길의 모퉁이들과 그늘진 곳들, 앞을 알 수 없는 구불구불한 길들, 시골의 아름다움을 비밀스러운 뭔가로 만드는 게 바로 이런 것들이었다(내가 맨 처음 이곳에 도착했을 때, 사람들, 그러니까 농장 일꾼이나 지방의회의 노동자들이라는 걸 나중에 알게 된 사람들에게서 받은 질문에 거짓으로 대답했던 것은 바로 이런 분위기, 은밀하고 아무도 지켜보는 사람이 없는 것 같은 이런 느낌 때문이었다. 그들은 친절하고 호기심이 많았다. 그리고 내가 어느 집에서 지내는지 알고 싶어 했다. 나는 집을 지었다고 거짓말을 했다. 그들이 이 동네 집들을 전부 알고 있을 거란 생각을 미처 하지 못했던 것이다).

나는 그 초가집에 살았던 노인 부부에 대해서는 거의 아는 바가 없었다. 오히려 그들이 사는 집을 더 잘 알고 있었다. 그 집은 내게 '그림 속 풍경'처럼 보였다. 폭이 좁고 벽이 분홍색인 집이었다. 초가지붕은 철사를 망처럼 엮어 고정해놓았다. 침실 창문 바로 아랫부분은 지붕을 덮은 짚단에 이끼가 끼어 새파란 초록색이었다. 지붕 용마루에는 갈대나 지푸라기를 철사로 묶어 모양을 만든 꿩이 세워져 있었는데, 그 지역의 많은 집들 지붕 위에서 볼 수 있는 것(원래는 초가지붕을 만든 이의 창작품이었겠지만 지금은 일반적인 장식물이 된)이었다.

쥐똥나무와 (수백 송이의 작은 분홍 장미꽃이 피어 있는) 장미 울타리와 함께, 그 분홍 초가집은 시골 농가의 매우 전형적인 형태를 보여주었다.

하지만 노부부가 떠나고 난 지금에서야 비로소 나는, 그 집의 시골 농가 같은 분위기, 특히 그 울타리와 정원이 오로지 두 사람의 노고와 취향, 그리고 끊임없는 관심의 결과였음을 깨달았다. 이제 아주 순식간에, 불과 몇 달도 안 돼서 정원은 엉망이 되어버렸다. 쥐똥나무는 여전히 빽빽하게 자랐지만, 가지치기를 하지 않고 내버려둔 장미 울타리는 무성하고 지저분해졌다.

그 집에 새로 온 가족에 대해서 들은 이야기—그들의 이웃인 자동차 대여업자 브레이에게서 주워듣거나 장원을 돌보는 사람들에게서 주워듣기도 하고, 이따금 저녁에 솔즈베리로 가는 쇼핑 버스 안에서 들은 말도 있었는데—는 새로 온 낙농장 일꾼과 그의 가족이 어느 도회지에서인가 무척 힘든 시절을 보냈으며 이 골짜기 마을로 와서 '목숨을 구했다'는 것이었다.

그 남자는 키가 크고 젊었으며 얼굴이 길고 머리숱이 적었다. 그의 모습은 거칠기보다는 육중해 보였다. 그는 오랫동안 학대를 참고 견뎌온 사람의 표정을 지니고 있었다. 그래도 여전히 젊어 보이는 얼굴이었다. 반면 그의 아내는 훨씬 늙어 보였다. 이 가족이 무슨 일을 겪었든지, 그것은 여자의 얼굴에 분명한 흔적을 남겼다. 남편의 어머니처럼 보일 정도였다. 그녀의 네모난 얼굴은 주름지고 일그러졌다. 그녀는 테가 없는 안경(기대하지 못했던 멋 부리기였다)을 쓰고 있었다. 그리고 몹시 내성적이었다. 남편의 얼굴에는 가끔 미소가 떠오르곤 했지만, 부인의 미소는 단 한 번도 보지 못했다.

도회지에서 무척이나 끔찍한 일을 겪은 게 틀림없으리라! 이런 사람들이, 자신의 감정과 열정을 표현할 말도 가지지 못한 사람들이 어떻게 그런 일을 헤쳐 나갈 수 있겠는가? 기껏해야 묵묵히 당하고 있을 수밖에. 그들이 겪은 고통과 굴욕은 오직 그들의 성격 속에서만 발현될 수 있었으리라. 마치 악령이 육체를 사로잡아서, 무슨 짓을 하든 육체 자체는 죄가 없는 듯 보이는 것처럼.

이 부부에게는 사내아이 두 명이 있었다. 큰아이는 아빠처럼 학대받고 이용당한 사람의 표정을 지니고 있었다. 하지만 거기에 폭력성과 심술, 은근한 사악함의 기미가 더해졌다. 동생은 엄마를 좀더 닮았다. 비록 몸집이 매우 자그맣고 회색 플란넬 교복을 말끔하게 차려입었지만, 벌써부터 엄마처럼 거리를 두고 내성적인 태도를 보였다.

이곳에는 이른 오후에 솔즈베리에서 오는 버스 한 대가 있었다. 작은 동네와 마을들에서는 오직 북쪽으로만 운행하는 학교 버스와 같은 역할을 하는 버스였다. 이 버스는 유치원에서 어린아이들을 실어가서는 돌아오는 길에 초등학교에서 좀더 큰 아이들을 실어 날랐다. 낙농장 일꾼의 두 아들도 이 버스를 탔다. 나 역시 가끔 이 버스를 이용하곤 했다. 이 골짜기에서의 생활이 어떻든 간에, 그 바람에 나는 두 아이들을 자세히 살펴볼 수 있었다. 그리고 사람들이 수군거리듯이 아이들이 비록 골짜기로 와서 '목숨을 건졌을지'는 몰라도, 여전히 도회지의 생활 방식에 물들어 있다는 생각이 들었다.

큰 아이들은 시끄럽긴 해도 대개는 예의 바른 편이었다. 버스가 만원이어서 사람들이 서 있으면 아이들이 어른에게 자리를 양보하는 것이 이곳의 예절이었다. 가끔 아이들이 소심하게 반항해도, 얼른 일어나지 않고 미적거리는 게 고작이었다. 그런데 낙농장 일꾼의 큰아들이 통학 버스의 분위기, 풍조를 바꿔놓았다. 소란스러움이 난장판으로 변해버렸다. 어느 날 나는 그 아이가 자리에서 일어나지 않고 버틸 뿐만 아니라 계속해서 옆자리에 발을 올려놓고 있는 모습을 보았다. 내가 버스에 올라타자, 그 아이는 당황했다. 나는 그의 집이 어딘지, 그의 부모님이 누군지 알고 있는 이웃 사람이었던 것이다. 하지만 그 아이 또한 친구들과 함께 있었기 때문에 자존심을 구길 수는 없었다.

버스가 그의 집과 나의 집 근처, 장원의 커다란 주목 숲 그늘 아래에 우리 두 사람을 내려놓았다.

"피터." 나는 그의 이름을 불렀다.

그는 마치 소년원의 생도처럼 고개를 바싹 쳐들고 차렷 자세를 하더니 "네, 선생님!" 하고 대답했다. 아무리 못해도 따귀 정도는 날아올 거라고 각오한 자세였다. 동시에 진심으로 사과나 인사를 할 마음은 없다는 걸 보여주는 태도였다. 이런 반응은 성질을 돋웠지만, 순간 나는 그의 과거를 힐끗 엿본 것 같은 기분이었다. 그리고 그에게는 공격성이 자기를 주장할 유일한 방법이었으리라고 이해할 수 있었다. 나는 이제 이 아이와 뭘 해야 할지 알 수 없었다. 딱히 그러고 싶지도 않았다. 나는 더 이상 아무 말도 하지 않았다.

그 아이는 버스 안에서 외톨이였다. 그리고 마을에서는 침입자와 같았다. 사실 그의 주변에는 같은 또래의 사내아이들이 없었다. 이곳 사람들은 아이들이 좀 크고 나면 외지로 내보내곤 했기 때문이었다.

그나마 어린아이들은 꽤 있었지만, 낙농장 일꾼의 둘째아들 역시 낯선 존재였다. 이 노선으로 다니는 통학 버스가 유치원에서 싣고 오는 아이들 가운데 거의 백치에 가까운 아이들이 두세 명 있었다. 섬세하면서 체구가 작은, 낙농장 일꾼의 둘째아들은 이 아이들 중 한 명에게 달라붙었다. 그 아이는 무겁고 동그란 머리통에 아둔한 인상을 지닌 땅딸막한 꼬마였는데, 어떤 때는 새빨간색, 또 어떤 때는 샛노란색 등 눈에 확 띄는 색깔 옷만 입었다. 그 아이의 옅은 금색 눈썹과 속눈썹은 묘하게도 약시 같은 느낌을 주었다. 이 뚱뚱한 아이는 버스 안에서 한시도 가만히 있지 못했다. 학교의 구속에서 벗어났다는 사실을 알고 있기라도 한 듯, 이 자리에서 저 자리로 계속 왔다 갔다 하면서 그 두껍고 축축한 입술로 버스 안에 탄 사람들을 향해 아무렇지도 않게 욕설을 내뱉었다. 혹은 내가 주워들은 어른의 말을 어디 당신도 한 번 들어보라는 듯한 말투로 태연하게 음탕한 말을 지껄였다. 이런 아이가 바로 낙농장 일꾼의 둘째아들의 친구였다.

이들은 그토록 많은 사람들이 들어와서 살기를 바라는 골짜기 마을에서의 생활과 직업 덕분에 목숨을 건졌을지 모르지만, 지나치게 튀었다. 그리고 그들이 차지한 예쁜 분홍색 농가의 정원을 완전히 망쳐놓았다. 물론 사람들의 심기를 건드리고 싶어서 그런 것은 아니었다(버스 안에서 피터가 그랬듯이). 그저 무지한 것이었다. 자신들이 집에서 살아가는 방식이 누군가에게 관심거리가 될 수 있을 거라고는 꿈에도 몰랐고 상상조차 하지 못했다. 그들이 누리는 새로운 자유의 일부는 시골의 은밀함, 남들의 시선에서 벗어난 자유로움이었다. 그들은 그것을 (내가 처음 와서 그랬듯이) 컴컴한 텅 빈 도로와 드넓은 텅 빈 벌판에서 찾았다고 생각했으리라.

전원생활에서 새롭고 무지한 기쁨과 함께 자유로움을 느끼자 낙농장 일꾼에게서는 호기심 어린 집시 혹은 말 장수의 본능이 솟아났다. 그는 병든 하얀 말 한 마리를 사다가 대로변 작은 풀밭에 묶어두었다. 이 동물은 원래 불쌍한 신세였는데, 이제 고독한 처지가 되어 더욱더 불쌍해졌다. 하얀 말은 곧 그 작은 풀밭에 난 풀을 다 뜯어 먹었다. 말은 활기가 없고 움직임이 굼떴다. 버스를 탄 사람들은 그 말의 상태에 대해 한마디씩 떠들었다.

그러다가 또 다른 일이 터져서 낙농장 일꾼이 다시 구설에 올랐다. 어느 날 저녁에 그의 소들이 우리를 빠져나온 것이다. 소들은 길을 돌아다니며 경작지와 몇몇 정원, 그리고 내 시골집 앞에 있는 장원의 잔디밭을 짓밟았다.

그러던 어느 날, 또다시 내 시골집 앞으로, 잔디밭 건너편의 소로를 따라, 낙농장 일꾼이 다리가 뭉툭하고 목도 뭉툭한 갈색과 하얀색 털의 당나귀를 끌고서 뒷마당의 작은 방목장을 향해 지나갔다. 그리고 어느 날 오후 (학교가 끝난 뒤에) 낙농장 일꾼과 그의 아들 피터가 당나귀를 거세시킨다면서 절단을 내버렸다. 그들은 피를 철철 흘리는 당나귀를 끌고 내 시골집 창문 앞을 지나서 하얀 출입문 쪽으로 향했다. 그리고 교회 마당을 지나 주목나무 아래의 컴컴한 오솔길을 지나서 대로로 가버렸다. 그들은 과연 자신들이 무슨 짓을 하고 있는지 알고나 있었을까? 제대로 훈련을 받은 적이 있었을까? 아니면 거세가 반드시 해야 할 일이라는 말을 들었던 것일까?

직접 소식을 듣지는 못했지만, 내 생각에 그 당나귀는 죽었을 것이다. 이것이 바로 동물을 돌보는 사람의 잔인함이었다. 아니, 꼭 잔인함이라기보다는 무심함에 더 가까웠다. 자신보다 힘없고 인간에게 의존할 수밖에 없는 동물들을 돌보고 그들의 삶 전체를 주관하는 사람, 애정을 쏟으면서도 이 소가 아무리 많은 새끼를 낳고 아무리 많은 우유를 짜줘도 언젠가는 덮개를 씌운 트레일러에 실려 도살장으로 끌려가야만 한다는 사실을 알면서 속 편히 지낼 수 있는 사람의 태도인 것이다.

소들과 풀과 나무, 아름다운 전원의 풍경―이것들이 내 주위를 온통 둘러싸고 있었다. 비록 이전까지는 이런 풍경을 실제로 본 적도 없었고 이런 것들 속에서 지내본 적도 없었지만, 나는 언제나 줄곧 이것들을 알고 지내온 느낌이었다. 언덕을 따라 오후 산책을 하다 보면, 이따금 특별히 한 비탈 위에 푸른 하늘을 배경으로 점박이 소들이 모여 있는 광경이 펼쳐지곤 했다. 그것은 마치 어린 시절 트리니다드에서 보았던 연유 깡통의 상표에 그려진 그림과도 같았다. 그곳에서는 이곳의 소들처럼 멋진 소들은 볼 수 없었다. 신선한 우유는 무척 귀했고 대부분의 사람들이 수입한 연유나 분유를 먹었다.

그런데 이제, 바로 그런 풍경 옆에서, 익숙한 잔혹 행위가 자행되고 있었다. 거세당하고 피를 흘리던 당나귀에 대한 기억이, 싱이 나서 머리와 사지를 버둥거리며 머리통이 커다란 부자(父子)의 손에 이끌려 주목나무 아래 하얀 출입문으로 끌려가던 그 모습이 한동안 내 머릿속을 떠나지 않았다.

이 도회지 출신 가족(이들은 브리스틀에서 왔을까? 아니면 스윈던에서? 이곳 농부들이 그런 도시들을 얼마나 끔찍하게 여기는지! 나 역시 마찬가지였다. 물론 이유는 달랐지만)은 '목숨을 건졌다.' 하지만 시골에서의 생활은 그들이 생각했던 것처럼 은밀하거나 타인의 시선을 피할 수 있는 것이 아니었다. 이제 그들은 어쩌면 도시에서보다 더 엄격하게 판단 받았다. 그리고 이토록 갖가지 말썽을 일으키며 돌출 행동을 하는 그들은 떠나야 할 때가 되었다는 분위기가 점차 무르익기 시작했다. 나는 버스에서도 이런저런 말을 들었고, 장원을 돌보는 부부에게서 더 많은 말을 들었다.

내가 그들 가족에 대해 유일하게 호의적인 말을 들은 건 바로 그들의 이웃인 자동차 대여업자 브레이(그 자신도 약간 겉도는 걸 좋아하는)에게서였다. 어느 날 저녁 브레이는 내 시골집의 다락으로 날아들었다가 빠져나오지 못한 찌르레기를 구해주러 왔다. 브레이는 간단히 그 일을 해치웠다. 그러고는 이웃들에 대해 이런저런 이야기를 하다가, 낙농장 일꾼의 큰아들에 대해서 한마디 했다. "그 녀석이 새를 아주 잘 다루더군요."

브레이는 자신이 구해낸, 반짝이는 검푸른색의 겁에 질린 새를 두 손으로 감싸 쥐고 있었다. 새가 그의 뭉툭한 손가락들에 편히 몸을 기댈 수 있도록 투박한 양손을 얌전히 모으고 있었던 것이다. 새는 그의 집게손가락과 엄지손가락 사이의 구멍으로 머리를 불쑥 내밀고 있었다. 저 두 손이라면 단박에 새를 으스러뜨릴 수도 있었다. 하지만 브레이는 오직 두 개의 엄지손가락만 하나씩 차례로 움직여서 새의 머리를 천천히 쓰다듬어주었다. 그 다정한 손길에 새가 다시 정신을 차릴 때까지. 브레이는—비록 자기 집 앞마당을 자동차 수리소로 만들어버리긴 했어도—시골 사람이었다. 새들과 그 습성에 대해 그가 들려주는 이야기는 그의 어린 시절에서, 거의 다른 시대에서 흘러나오는 것 같았다. 나는 대체 어떻게 낙농장 일꾼의 아들이 브레이처럼 새들을 이해할 수 있게 되었을까 의아했다.

작은 방목장에는 흰색과 적갈색 털이 난 당나귀 대신 키가 매우 크고 우아한 말 한 마리가 들어왔다. 내가 듣기로는 한때 명성을 날렸던 늙은 경주마라고 했다. 방목장에 이 말이 등장한 일과 낙농장 일꾼이 무슨 관련이 있을 거라고는 생각하지 않는다. 그 지역의 어떤 지주―어쩌면 낙농장 일꾼을 간접적으로 쫓아내려고 작정한 바로 그 사람이―가 저지른 일일 것이다.

나는 이 말의 이름도, 그 대단한 명성도 알지 못했다. 하지만 그저 보기만 해도 녀석의 전성기를 짐작할 수 있었다. 말은 무척 나이가 많아서 목숨이 겨우 몇 달이나 몇 주밖에 남지 않았다. 최후를 맞이하기 위해 이 골짜기로 온 것이었다. 하지만 내 눈에 말은 여전히 늠름하고 윤기가 흐르는 것처럼 보였다. 이 말은 마치 힘과 민첩성은 사라졌지만 오랜 훈련으로 다져진 육체의 우아함은 여전히 간직하고 있는 늙은 운동선수처럼 보였다.

그 말의 명성과 녀석이 거둔 위대한 기록과 승리에 대해서 들은 뒤로, 나는 방목상에 있는 그 말을 생각할 때면 녀석을 의인화하여 정신없이 질문을 던지고 있는 자신을 깨닫곤 했다. 녀석은 자신이 누구였는지 알고 있을까? 지금 어디에 왔는지 알고 있을까? 환호하는 관중이 그립지는 않을까?

어느 날 나는 그 말을 보기 위해 장원의 가장자리까지 갔다. 웃자란 풀과 널따랗게 펼쳐놓은 건초 더미, 서서히 거름으로 변해가는 축

축한 밤나무 낙엽, 노균병에 걸린 이끼 낀 사과나무들을 지나며 한쪽
으로는 숲처럼 보이는 과수원의 일부를 힐끗힐끗 구경하면서. 늙은
경주마는 호기심에 차서 내게로 고개를 돌렸다. 그때 나는, 고통과
흥분에 휩싸인 채, 말의 왼쪽 눈이 먼 것을 보았다. 내가 다가가자,
말은 맑고 전혀 경계하지 않는 오른쪽 눈으로 나를 보기 위해 고개를
돌려야만 했다. 그 눈은 내가 보기엔 전혀 늙은 말의 눈 같지 않았다.
  얼마나 키가 훤칠한 말인지! 이제 가까이 와서 보니 비로소 녀석의
털이 예전에는 얼마나 더 매끄럽고 근육은 또 얼마나 더 단단했을지
짐작할 수 있었다. 이 동물은 평생 사람들의 관심과 친절을 받는 데
익숙해져 있었다. 사람 가까이 있는 걸 편안하게 여겼다. 그래서 멀
어버린 눈을 보는 게 훨씬 더 마음이 아팠다. 그쪽 눈알은 완전히 제
거되고 가죽이 구멍을 덮고 있었다. 그 가죽은 흠 하나 없이 멀쩡했
기 때문에 다친 눈이 있는 쪽의 말머리는 마치 조각상 같았다.
  내가 사는 시골집 거실에서 비스듬히 바라보면 방목장과 그 너머
에 있는 저지대 목초지가 보였다. 지금 저지대 목초지는 소들이 풀
을 뜯어 먹는 장소였다. 소들은 젖을 짜고 난 뒤에 하루에 두 번 그
곳으로 나왔다. 그리고 육중한 몸을 흔들며 축축한 풀밭 사이를 걸
었다(가끔은 도랑 속을 걷는 걸 더 좋아했다). 하루에 두 번 내지 네
번, 낙농장 일꾼은 소들을 불러 모으거나 풀어놓으러 가면서 이 늙
은 말을 보았다.
  한쪽 눈이 먼 채, 외롭게 서 있는 고귀하고 명성이 자자한 말의 모
습이 그에게까지 영향을 미쳤다. 바로 그 방목장에서 팔팔한 어린 당
나귀를 절단내버렸던 그가, 자신의 앞날이 위태로운 처지인 그가(가

족과 함께 가까스로 도망쳐 나온 도시로 조만간 다시 돌아가야 할 처지였다), 고난으로 가득 찬 삶을 살아온 그가, 죽음을 눈앞에 둔(그가 보기에) 버려진 말의 상태에 깊은 관심을 갖게 된 것이다.

어느 일요일 저녁에 그가 우리 집을 찾아왔다. 한 번도 우리 집을 찾아온 적이 없었던 그였다.

그는 몇몇 친구들이 방문을 했는데, 그 말과 그 말이 겪고 있는 비참한 마지막 나날에 대해 이야기했다고 말했다. 그토록 이름을 날리고 그토록 많은 사랑을 받았던, 그리고 한때는 돈도 많이 벌었던 말이 지금은 대충 울타리를 두른 좁은 방목장에서 관중도, 갈채도 없이 죽음을 기다리고 있다니 부당한 일이라는 것이었다. 그 모습을 날마다 보는 것이 그에게는 끔찍한 고통이었다.

대체 그에게 이런 이야기를 한 친구들은 누구였을까? 어떤 사람들이었을까? 아내의 친구였을까? 낙농장 일꾼이 만사가 꼬이기만 했던 그 '도회지'에서 온 사람들이었을까? 그 친구들은 자기 친구가 곧 일자리를 잃을 거라는 사실을 알고 있을까? 그래서 안타까운 마음에 찾아온 것일까? 아니면 그저 시골에서 하루 지내려고 찾아왔을까?

그 일요일 오후의 끝자락에, 낙농장 일꾼이 거의 눈물을 글썽이며 찾아와 친구들 이야기까지 늘어놓으며 내게 한 부탁은 이 늙은 경주마가 이제는 세상의 노고에서 벗어나도록, 이 늙은 짐승에게 정당한 대우를 해주도록 도와달라는 것이었다.

나는 그에게 아무 약속도 해주지 않았다. 그의 감상적인 태도가 두려웠다. 그것은 뭔가 이상한 짓을 하는 데 스스로에게 가장 그럴듯한 이유를 제시할 수 있는 사람의 감상적 태도였다.

얼마 못 가서 그 말은 방목장에서 사라졌다. 숨을 거둔 것이다. 여기, 이 작은 마을에서 다른 수많은 죽음이 그랬듯이, 수많은 커다란 사건들과 마찬가지로, 말의 죽음은 무대 밖에서 벌어진 일 같았다.

겨울이 갑작스럽게 따뜻한 날씨로 바뀌었다. 태양이 얼굴을 내밀고 꽃망울이 맺혔다.

나는 산책을 나갔다가 언덕 위 헛간에서 내려오는 낙농장 일꾼을 만났다. 그는 만면에 미소를 짓고 있었다. 말에 대해서는 까맣게 잊은 지 오래였다. 그는 언덕 중턱에서 고개를 돌리며 손을 흔들었다. "2월에 메이라니요!" 그가 말했다.

그는 5월(May)을 말한 게 아니었다. 산사나무의 꽃봉오리인 '메이(may)'를 뜻한 것이었다. 내가 그 남자에게서 시골의 자연을 기쁨에 차서 표현하는 말을 들은 것은 그것이 마지막이었다. 거기에는 뭔가 연극적인 요소가 있었다. 그는 자신에게 주어진 역할대로 행동하도록 길러진 사람 같았다.

게다가 그의 말은 틀렸다. 언덕 꼭대기에 피어난 것은 산사나무(hawthorn)가 아니라 야생자두나무(blackthorn)의 꽃봉오리였다. 언덕 꼭대기에는, 농장의 포장도로와 방풍림으로 끝이 막힌, 한 옆의 긴 오솔길에 야생자두나무가 일렬로 늘어서 있었던 것이다(내가 처음 이곳에 왔을 때 잭의 장인어른을 만나 유일하게 몇 마디 나누었던 곳이 바로 이 오솔길이었다). 공공 도로에서부터 언덕을 따라 올라오다 보면, 한 옆으로 아침 햇살을 가득 받고 서 있는 이 나무들을 볼 수 있었다. 갑작스럽게 따뜻해진 날씨 탓에 일제히 꽃망울을 터뜨린 나무들은 시커먼 겨울 진흙과 트랙터 바퀴가 만들어놓은 물웅덩이 위에서 새

하얗게 변해 있었다.

*

낙농장 일꾼과 그의 가족은 소리 소문 없이, 슬그머니 떠나버렸다. 한 주 전만 해도 그들이 그 집과 정원을 차지한 채 사람들의 이목을 끌며 살고 있었는데, 그다음 주가 되자 그 집은 텅 비고 다시 좀더 순수한 집으로 되돌아갔다. 그리고 왠지 시골 농가 같은 분위기도 다시 되살아난 것처럼 보였다.

그 후로 더 큰 변화가 잇달았다. 농장 관리인이 은퇴를 했다. 그는 더 이상 랜드로버를 타고 개와 함께 순찰을 다니지 않았다. 농장은 새로운 주인 손으로 넘어갔다. 곧이어 새로운 움직임이 일어났다. 더 많은 트랙터와 더 많은 농기계, 더 커다란 분주함이.

그해에 유난히 일찍 물러가는 듯 보이던 겨울이 잠시 돌아왔다. 그리고 마침내 진짜 봄이 찾아왔다. 봄은 잭의 정원에도 깃들었다. 하지만 온 사방이, 언덕과 가축몰이 길과 들판의 오솔길 위에서, 새로운 디자인과 더 밝아진 색깔의 트랙터로 분주하게 움직여도, 잭의 경사지에서는 어떤 인간의 축하의식도, 내가 기대했던 의례들도 펼쳐지지 않았다.

가을에 가지치기를 한, 흙탕물이 튄 산울타리는 새싹을 틔우며 살아났다. 사과나무와 관목들과 장미 덤불도 뒤를 이었다. 하지만 이제 이들을 관리하는 사람의 손길은 없었다. 가지를 잘라주고 줄기를 묶어주는 이도, 잡초를 뽑아주는 이도 없었다. 온실은 그대로 방치되었고, 텃밭도 전혀 경작되지 않았다. 채소와 길 잃은 뿌리와 씨앗들이 제멋대로 자라났다. 오래된 산사나무 아래에 있는 화단의 흙은 아무도 일궈주지 않았다. 잭의 정원이 황폐해지는 동안, 잭의 농가 굴뚝에서는 연신 연기가 피어올랐다. 오직 거위와 오리만이 계속 보살핌을 받았다.

온 사방에 움직임과 변화가 있었다. 분홍색 농가는 또 다른 부부가 차지했다. 젊은 20대 부부였다. 남자는 낙농장에서 일하지 않았다. 그는 좀더 평범한 부류의 농장 일꾼이었다. 그는 새로운 경영 방식이 불러온 다른 일꾼들과 비슷했다. 이 새로운 농장 일꾼들은 어느 정도 교육을 받은 젊은 사람들이었다. 개중에는 아마 학위를 받은 사람도 있었을 것이다. 그들은 옷차림에 신경 썼다. 옷차림, 그것도 최신 스타일의 옷차림이 그들에게는 중요했다. 그렇지만 딱히 친절하지는 않았다. 이들은 진지하고 현대적인 새로운 경영 방식을 반영하는 것일 수도 있었다. 아니면 비록 농장 노동자로 일하고 있지만, 자신들은 결코 그런 부류의 사람이 아니라는 사실을 확실히 보여주고 싶어서 안달하는 것인지도 몰랐다.

분홍색 초가집에 사는 남자는 새 차, 혹은 새것처럼 보이는 자동차를 갖고 있었다. 화창한 오후면, 그의 아내는 망가진 정원에서 아무렇지도 않은 듯 가슴을 드러내고 일광욕을 즐겼다. 그녀가 추구하는 최신 패션은 그녀의 몸매를 단지 더 뚱뚱해 보이게 하는 정도가 아니었다. 덩치가 우람하고 신체 비율이 안 맞다 못해 약간 이상해 보일 정도였다. 하지만 어느 날 나는 허리선이 높고 좁으며 엉덩이를 완전히 덮는 옛날 식 긴 드레스라면 그녀에게 완벽하게 잘 어울렸을 거라는 사실을 깨달았다. 육감적인 몸매처럼 보였을 것이다. 그리고 그녀가 자기 자신을 바로 그런 식으로, 엄청나게 매력적으로 보고 있음을 알았다. 그러므로 정원의 폐허 속에서 행하는 이 일광욕, 처음 내 눈에는 축 늘어지고 살찐 몸뚱이로만 보였던 육체에 대한 이런 보살핌은 그녀가 자신의 미모에 마땅히 바쳐야 한다고 생각하는 어떤 것이었다. 물론 새 자동차라든가 남편의 신경 쓴 옷차림, 이런 것들은 그녀의 미모에 바쳐진 또 다른 공물들이었다.

역시 새로운 사람들이, 마찬가지로 젊은 사람들이었는데, 계곡 바닥에 잭의 집과 잇달아 늘어선 농가 두 채를 차지했다. 양쪽 집 모두, 개혁에 열심인 신임 관리가 부임한 셈이었다. 모든 걸 싹 쓸어버렸다. 양쪽 정원에 남아 있던 것들을 몽땅 파헤쳐버리고 땅을 평평하게 다진 다음, 잔디를 심었다.

잭의 정원은 거칠고 황량해졌다.

어느 날 나는 집 밖에 나온 잭의 부인을 만났다. 그녀는 속마음이 드러날 만한 몸짓은 전혀 하지 않으면서 새로운 이웃에 대해 이야기했다. "보셨어요? 죄다 잔디밭이라니까요. 세상에."

아이러니가 담긴 그 화법이 놀라웠다. 나는 잭의 아내가 그런 화법을 구사할 수 있을 거라고 한 번도 생각해본 적이 없었기 때문이나. 하지만 곧, 내가 그녀를 잭의 부속물 정도로만 여겨왔음을—그녀 또한 그렇게 여겨지는 데 만족하는 것처럼 보였다—깨달았다.

"게다가 말까지." 그녀가 덧붙였다.

가운데 농가에 사는 사람들은 말 한 마리를 기르고 있었다.

"잭은 어떤가요?" 내가 물었다.

"그 사람은 괜찮아요. 다시 일을 시작했어요."

"정원에 손봐야 할 게 많지요."

그러자 그녀가 말했다. "그렇게 생각하세요?"

마치 내가 사실이 아닌 걸 말하기라도 한 듯한 말투였다. 그녀는 왜 그토록 명백한 일을 부정하고 싶어 했을까? 우리는 바로 정원 옆에 서 있었다. 그녀가 생각하기에 내가 결코 언급해서는 안 되는 말이라도 한 것일까? 내가 아픈 사람에게 악담이라도 퍼부었단 말인가?

알고 보니 잭이 아팠다. 부인은 비록 남편이 다시 일을 하고 있다고 말했지만, 그는 상태가 좋지 않았다. 그해 여름 내내 이따금씩, 한 번에 2, 3주 동안, 심지어 예전 같으면 잭이 정원에서 맨몸으로 일을 한다고 칭송을 받았을 화창한 날에도, 농가 굴뚝 중 하나에서는 아픈 잭의 상징처럼, 그의 방에 누워 있는 병자가 느끼는 오한의 징표처럼 연기가 피어올랐다. 그동안 새로운 농장 일꾼들, 젊은 아내를 거느린 젊은 남자들은 새 트랙터를 몰고 드넓은 경작지를 종횡무진했고 일이 끝난 뒤에는 새 차, 혹은 새것처럼 보이는 차를 타고 외출을 나갔다.

잭의 아내는 점잖게, 아이러니한 어조로 이런 변화들을 언급했던 것이다. 하지만 그녀는 잭의 일자리와 농가, 정원을 지키는 일도, 그리고 그곳에서 보내는 자신의 시절도 끝나가고 있음을 차츰 받아들이는 듯했다.

어느 날 잭의 차가 내 옆에 와서 멈춰 섰다. 지난가을 이후로 그를 처음 보는 것이었다. 그의 얼굴은 밀랍 같았다. 나는 그 단어를 책에서 배웠다. 하지만 그 순간까지는, 새하얀 얼굴에서 그 단어가 묘사하는 게 어떤 것인지 직접 보기 전까지는, 결코 그 뜻을 진짜로 이해한 것이 아니었다. 정원에서 온종일 태양에 노출되어 있던 그의 구릿빛 얼굴은 완전히 사라지고 없었다. 그의 피부는 하얗고 부들부들했으며, 마치 밀랍으로 만들어 색칠한 가짜 과일 같은 질감과 색깔을 지녔다. 그것은 살아 있는 피부에 마치 자두처럼 붉은색이 덮여 있는 것 같았다. 그의 수염은 깔끔하게 다듬어져 있었다. 하지만 수염조차 밀랍 같은, 심지어 밀랍을 칠한 것 같았다. 별로 많은 말이 오고 가지는 않았다. 조용히 나누는 안부 인사와 호의, 격려의 말뿐. 그의 흔들리는 눈동자 또한 조용했다. 밀랍. 가을과 겨울에도 그의 농가 굴뚝에서는 연기가 피어올랐다. 그리고 이윽고 연기가 멈추었다.

*

언덕을 따라 새 헛간으로 올라갔다가 농가들과 오래된 농장 건물들로 다시 내려오는 좁은 길, 밤나무와 소나무의 방풍림 그리고 거기에 딸린 들장미와 산사나무로 이루어진 산울타리 옆을 따라 이어지는 그 좁은 길은 점차 험해지고 인적이 끊겼다. 그 길을 걷다가는 발목을 삐기 십상이었다. 새로운 농장 경영진은 봄부터 그 길을 보수하기 시작했다.
어느 평일에 인부들과 기계들이 왔다. 며칠 만에 평평하고 시커먼, 자갈을 섞은 아스팔트 포장이 순식간에 깔렸다. 시커먼 색깔과 롤러를 이용한 마무리는 도로 가장자리의 무성한 풀에 비해 새롭고 인공적으로 보였다. 그야말로 순식간이었지만 그렇게 깔린 포장도로는 영원히 지속될 것이다. 마치 그것을 서약하듯이, 도로 건설업자의 노란 표시판이 좁은 길 바로 앞, 공공 도로 위에 세워졌다. 그리고 표시판의 한쪽 귀퉁이는 방향을 나타내는 화살표 모양으로 잘렸다.

나는 변화를 좋아하지 않았다. 변화는 내가 막 들어서기 시작한 세계와 내가 발견한 것들을 위협하는 것처럼 느껴졌다. 나는 새로운 분주함과 새로운 기계들, 산사나무와 들장미를 마치 손상된 것처럼 보이게 만들어놓는 가지치기 기계를 좋아하지 않았다. 나는 농장의 좁은 길에 깔린 새로운 포장이 유지되는 걸 원치 않았다.

나는 포장도로에 난 균열이나 흠집을 열심히 찾았고, 내가 발견한 마모와 침식이 점점 퍼져 나가서 기계가 새로 아스팔트를 깔 수 없게 되기를 희망했다. 물론 나의 공상은 한낱 공상일 뿐이라는 걸 알고 있었다. 비록 그 농장은 수많은 종류의 잔해들, 인간 행위의 덧없음을 상기시키는 유물들 속에 세워졌지만, 인간의 활동에는 또 다른 측면이 있었다. 인간은 돌아왔고, 계속 살아갔고, 하고 또 했다. 대서양을 건너 지구 반대편의 균일한 역사 속으로 침입해 들어간 범선들은 얼마나 작았던가. 그 작은 범선들에 탄 인간들의 숫자는 얼마나 적었으며 그들의 도구들은 또 얼마나 하잘것없었던가. 거의 눈에 띄지도 않았으리라. 그러나 그들은 되돌아왔다. 그들은 세계의 한 부분을 영원히 바꾸어놓았다.

그러므로 비록 새로 깔린 아스팔트 포장이 트랙터 바퀴에 파여 여기저기 꺼지고, 언덕에서 흘러내려온 빗물이 침하된 부분의 모든 균열과 약한 부분들을 파고들고, 그래서 약해진 표면을 더 깊이 파헤쳐놓고, 딱딱하고 검은 아스팔트 표면과 풀로 뒤덮인 부드러운 흙 사이에 생겨난 가느다란 수로들(우리 계곡이 바로 그 유적인 거대한 수로의 작은 모형 같은)을 따라 흐르는 물이 울퉁불퉁한 표면의 가장자리를 잠식한다 해도, 그러니까 비록 이 좁은 길이 내가 맨 처음 보았을 때처럼 다시 바위투성이의 울퉁불퉁한 상태로 되돌아갈 거라고 믿게 만드는 이런 온갖 현상들이 벌어진다 하더라도, 그래도 그 좁은 길은 잘 만들어졌고, 또다시 잘 보수되었으며, 사나웠던 그해 겨울을 잘 견뎌냈다.

크리스마스에는 북서쪽에서 부는 바람과 더불어 눈보라가 쳤다. 초저녁에 밖으로 나가보니, 눈이 바람에 휘날려서 방풍림 쪽으로 쌓이고 있었다. 이윽고 좁은 길가에 눈이 둑처럼 쌓였다. 바람이 부는 쪽으로 서 있는 나무들의 줄기와 굵은 나뭇가지들은 물론 그 밖의 눈을 가로막는 모든 것에는 죄다 바람의 방향을 알려주는 날카로운 능선 같은 것이 생겨났다.

바람에 휘날리는 눈의 형상과 결을 보자, 나는 전혀 다른 기후가 떠올랐다. 얕은 개울들—소금이 섞인 민물이었는데, 조류에 따라서 소금의 농도는 진해지거나 옅어졌다—이 열대 숲에서 흘러나와 바다로 들어가는 트리니다드 해변의 기후였다. 이 개울들은 조류에 따라 높아지고 낮아지곤 했다. 물은 바다에서 삼림지대의 강 웅덩이 쪽으로 흐르다가, 다시 반대 방향으로 흐르곤 했다. 썰물 때마다 개울은 새로 쌓인 모래 위에 새로 수로를 파고 새로운 모래 절벽을 만들어냈다. 이윽고 물이 다시 차오르기 시작하면, 그것들은 잔물결을 일으키는 해류 속으로 말끔히 씻겨 내려가버렸다. 지질학적 가르침이 담긴 작은 모형이었다. 어렸을 때 나는 이 개울들을 보면 항상 태초의 세상, 즉 인간 이전의 세계, 인간이 이곳에 정착하기 이전의 세계를 떠올렸다(물론 낭만적인 공상과 무지의 소산이었다. 왜냐하면 비록 이 섬에 더 이상 토착 원주민이 남아 있지 않다고는 해도, 어쨌든 그들은 수천 년 동안 그 섬에서 살았기 때문이다).

어쨌든 여기 이 언덕 위에서 눈의 형상과 결과 무늬는 방풍림과 바람이 불어가는 쪽에 커다란 나라들의 지형도를, 물론 축소판으로, 만들어냈다. 마치 좁은 길의 새로 깔린 아스팔트 표면과 풀이 난 가장자리 사이로 흐르는 작은 물줄기들처럼. 그리고 이 축소판 지형도는 내가 생각하기에, 혹은 내가 그렇게 생각하고 싶은 것인지도 모르지만, 더 광대한 지형을 배경으로 삼았다. 낮고 완만한 언덕들 사이로 난 가축몰이 길의 골짜기는 상상할 수도 없을 만큼 먼 옛날에 드넓은 강이 수백 미터를 가로질러 이곳으로 흘렀다는 걸 말해주었다. 인간의 존재를 거부할 정도로 거대한 규모의 지형이었다. 스톤헨지(그리고 그 너머 평원까지)에서부터 잭의 시골집 앞까지, 그리고 벌통과 이동주택 트레일러와 돌벽 집과 농장 관리인의 방갈로와 교외 주택 양식의 정원이 있는 가축몰이 길을 따라 줄곧, 넘칠 듯이 일렁이는 강이 흘렀으리라. 그곳 전체가 강이었을 것이다. 잔잔한 회색 물결이, 오늘날 잔재만 남은 작고 인간적인 강이 흐르는 계곡으로 쏟아져 나오거나 그곳을 가득 채웠을 것이다. 지금은 나도 가끔 그 옆을 산책하고 관리인의 감시에서 벗어난 사람들이 송어 낚시를 하는 그곳을. 축소판 풍경에 의해 만들어진 그 드넓은 지형 안에, 그리고 한때 강의 수로였던 가축몰이 길에 대한 상상 속에, 인간이 들어설 자리는 없었다. 그것은 인간 이전의 세계에 대한 환상이었다.

언덕 꼭대기 너머는 바람이 매서웠다. 언덕이나 방풍림 같은 바람막이가 더 이상 없었기 때문이었다. 납빛의 회색 하늘이, 흐리기는 하지만 온기를 품은 하늘이 거대한 평원 위로 드리워졌다. 평원에는 고분들이 여드름처럼 볼록볼록 솟아나 있었다. 원형으로 늘어선 돌들*은 눈 속에 사라지고, 산마루에서 바라보는 전망도 흐릿했다. 선명한 색깔의 대포 과녁들도 보이지 않았다. 언덕 기슭에는, 농장 건물들(폭설로 기념관처럼 되어버린) 틈에 적막한 잭의 시골집이 있었다. 그리고 그 주변 마당(보통 때는 걷기 힘들 정도로 시커먼 진탕 길인) 위에는 대단히 깨끗한 어떤 것처럼, 세상을 다시 만드는 어떤 것처럼 하얀 눈이 내리고 있었다.

눈이 내리면 산책하기는 힘들었다. 하지만 평소 기후가 온화한 이 계곡에서 이런 날씨는 극한의 기후를 경험하고 싶었던 나의 소망을 일깨워주었다. 비록 이 추위와 습기가 결국 잭을 데려가긴 했지만 말이다. 이 축축한 골짜기 아래에서 손상된 그의 폐는 한여름에조차 그의 몸에 온기가 드는 걸 거부했다(물론 추위나 습기가 없었더라도, 뭔가 다른 것이 그를 데려갔으리라).

처음 산책을 다닐 때에는, 스톤헨지와 언덕들을 다 돌아보고 난 뒤 언덕에서 토끼들을 찾아보곤 했다. 그리고 다른 계절에는, 또 다른 언덕에서 종달새들을 찾아보았다. 종달새들이 비상에 비상을 더하며 날아오르고 또 날아오르는 모습을 한순간도 놓치지 않으려고 애썼고, 땅으로 뚝 떨어지듯 내려오는 광경도 지켜보았다. 그런데 요즘은 사슴을 찾고 있다. 어디서 왔는지 아무도 모르는 세 마리의 사슴 가

---

* 스톤헨지의 환상열석(環狀列石)을 뜻함.

족이 골짜기에 출몰한 것이다. 잘 경작되고 방목도 잘 이루어진 우리 골짜기에서, 총포가 터지는 넓은 군사 지역 때문에 위험하기도 하고 차량이 붐비는 고속도로에 의해 여러 구역으로 나누어지기도 한 이곳, 우리 곁에서, 그들이 어떻게 살아남았는지 아무도 알지 못했다.

이 사슴들 역시 자신들이 다니는 경로가 있었다. 사슴을 볼지 모른 다는 희망에—그리고 눈과 바람을 맞아 들뜬 기분에—나는 농장 건물들 주변을 돌아다니다가, 숲과 경작지가 아닌 탁 트인 산비탈이 바라보이는 지점까지 가축몰이 길을 따라 올라갔다. 사슴들이 가끔 그곳에서 풀을 뜯어 먹었던 것이다. 그런데 정말 믿을 수 없게도(나의 크리스마스 선물이었을까!) 눈 덮인 그곳에 사슴들이 있었다. 대개는 숲 사이로 사슴을 보기가 힘들었다. 백악이 섞인 초록색과 갈색의 헐벗은 산비탈을 배경으로 서 있는 따뜻한 적갈색의 사슴들은 잘 찾아봐야만 했다. 하지만 지금은 (마치 내가 산책을 나갔던 첫 주에 내 시골집 앞의 잔디밭으로 풀을 뜯어 먹으러 나왔던 토끼들처럼) 하얀 눈을 배경으로 사슴들이 짙은 회색의 얼룩처럼 보였다. 누구든 사슴을 쏘아 쓰러뜨리고 싶어 한다면, 쉽게 표적이 될 정도였다.

나는 이 사슴들이 살아남기를 간절히 바랐다. 그리고 사슴들은 살아남았다. 겨울이 끝나갈 무렵 내 농가 뒤에 있는 황무지, 강가의 늪지대에서 사슴 한 마리를 발견했다. 어린 사슴이었다. 어느 날 아침에 밟아 쓰러진 갈색의 갈대 사이로 녀석이 눈에 띄었다. 그리고 계속해서 여러 날 동안 아침마다 녀석을 보았다. 나는 시커먼 샛강 위에 놓인 썩어가는 다리 위에 서서 사슴을 지켜보았다. 녀석을 볼 수 있는 비법, 녀석을 그 자리에 그대로 서 있게 하는 비법은 그의 시선을 붙잡으면서 가만히 내버려두는 것이었다. 그냥 지켜보기만 하면, 녀석도 지켜보았다. 하지만 손가락 하나라도 까딱하는 순간, 사슴은 달아났다. 처음에는 갈대와 키 큰 풀숲 사이로 달려가다가, 웬만한 담장이나 울타리쯤은 거뜬히 뛰어넘을 수 있을 만큼 멋진 도약을 했다.

봄이 찾아왔다. 언덕으로 올라가는 좁은 길의 새 포장은 아직까지 멀쩡했다. 농장에서의 새로운 삶은 계속 이어졌다. 반면 잭의 농가와 정원의 관리는 이듬해까지도 활동과는 동떨어져 있었다. 그의 죽음과 장례식은, 몇 년 전 그의 장인의 죽음과 장례식이 그랬듯이, 은밀하게 벌어진 일 같았다. 그것은 시골 생활과 어두컴컴한 길, 여기저기 흩어져 있는 집들, 드넓은 풍경들이 가져오는 효과 중 하나였다. 잡초로 뒤덮인 그의 텃밭은 거의 눈에 띄지 않았다. 과일나무와 꽃이 자라던 그의 정원은 더욱 황량해졌고, 산울타리와 장미 덤불은 제멋대로 뻗어나갔다. 뒷마당(실제로는 앞마당)에 있는 그의 온실은 텅 비어버렸다.

그토록 전통적이고 자연스러운 일처럼, 자연 풍경의 연장처럼 보였던 일들, 시골 사람들이 하는 그 모든 일들—일년생 작물을 심고 거위를 돌보고 산울타리를 다듬고 과일나무를 가지치기하는 일—이 결국은 전통적인 것도, 본능적인 것노 아니었음이 드러난 깃이다. 이런 일을 할 잭이 없으니, 되는 일도 없었다. 오직 폐허뿐이었다. 다른 농가에 새로 온 사람들은 잭이 했던 일들을 하지 않았다. 그들은 자기 농가에 딸린 땅에 대해 아무 관심도 없는 것 같았다. 아니면 땅을 보는 관점이 전혀 다르거나, 다른 인생관을 가진 것일 수도 있었다.

잭이 병든 첫해에, 잭의 부인은 아무것도 달라진 게 없는 척, 잭의 정원은 여전히 정원인 척 굴었다. 그러나 이제는 그러지 않았다. 그녀는 떠날 준비를 하고 있었다. 그것도 지극히 사무적인 태도로 일을 처리했다. 결국 겉으로 보이는 모습이나, 그녀 아버지의 케케묵은 생활 방식, 그리고 잭의 존재에도 불구하고, 정작 그녀는 그 농가와 거기에 딸린 삶에, 정원에서의 그 숱한 세월에 거의 아무것도 쏟아붓지 않았던 것이다.

이제 그녀는 농장이나 땅과는 아무런 관계가 없었다. 지방의회에서 그녀를 위해 골짜기 마을에 있는 주택단지나 에임즈베리, 솔즈베리, 쉬루턴, 그레이트 위쉬포드 같은 근처 시내들 중 한 곳에 연립주택이나 개인주택을 구해줄 것이다. 그녀는 더 많은 사람들을 만나게 될 것이고 상점들 가까이에서 살게 될 것이다. 그녀는 이사 갈 날을 손꼽아 기다리고 있었다. 계곡 기슭에서의, 농장을 둘러싼 습지와 진흙 속에서의 '전통적인' 삶, 사람들과 동떨어진 채, 자동차가 없으면 해가 떨어진 뒤에는 오도 가도 못하는 곳에서의 전통적인 생활은 그녀의 취향이 아니었던 것이다.

그래도 여전히, 그녀는 잭이 행복한 삶을 살았다고 생각했다.

그녀는 말했다. "크리스마스 전날에 그이는 자리에서 일어나 술집으로 갔지요. 그이는 자기가 곧 죽을 거라는 걸, 그래서 이번이 마지막 기회라는 걸 알고 있었어요."

그녀는 담담한 목소리로, 일 년도 더 지난 지금에서야 내게 이 소식을 전했다. 그녀는 그저 대화를 나누고 있을 뿐이었다.

그녀가 말했다. "그이는 마지막으로 친구들과 함께 지내고 싶어 했어요."

친구들과 함께 지내기 위해, 인생의 마지막 술 한 잔을 즐기기 위해, 자기가 알고 있는 삶의 마지막 달콤함을 맛보기 위해서. 얼마나 힘든 노력이었을까! 얼음 덩어리가 가득 찬 폐를 안고서, 어떻게 해도 따뜻해지지 않는 몸으로, 지쳐 쓰러져가면서, 자리에 누워 눈을 감고 그를 온통 사로잡고 있는 환상 속으로 항해를 떠나는 것 말고는 아무것도 원하지 않았을 텐데. 하지만 그는 병상에서 일어나 옷을 차려입을 기력을 끌어 모았고 죽기 전에 마지막 휴일을 즐기기 위해 술집으로 향했던 것이다.

그는 방풍림 옆으로 난, 언덕을 오르내리는 좁은 길로 차를 몰았을까? 아니면 별로 신경 쓸 필요 없는, 바큇자국들이 나 있는 넓은 가축몰이 길로 달렸을까? 가축몰이 길, 그 길로 잭이 술집을 왔다 갔다 했을 가능성이 더 높았다. 하지만 그 때문에 그는 끔찍하게 덜덜 떨었을 것이다. 어느 봄인가 여름날 일요일 오후에 내가 보았던, 느낌은 전혀 달랐지만 여전히 덜덜 떨고 있던 그의 모습처럼 말이다. 그때 그의 고함 소리에서는 술기운이 느껴졌었다. 술집으로의 그 마지막 여정은 일상적인 삶이라는 것 말고는 아무런 대의도 없었다. 하지만 잭은 그것을 영웅적인, 심지어 시적인 행위처럼 보이게 만들었다.

*

내 시골집 잔디밭 건너편에, 돌로 지은 오래된 작은 건물이 있었다. 그 건물은 담쟁이덩굴로 뒤덮여 있었는데, 담쟁이덩굴이 어찌나 굵고 튼튼한지 비둘기들이 그 안에 둥지를 틀 정도였다. 그 건물은 평면도로 보면 사각형이었고 피라미드 모양의 지붕이 솟아 있었다. 지붕 꼭대기는 마치 열려 있는 것처럼 보였는데, 그 위에는 네 귀퉁이를 받침대 삼아 똑같은 피라미드 모양의 두번째 모형 지붕이 놓여 있었다. 그 건물은 원래 곡물 창고거나 저장고였으며 지어진 지 몇 세기나 되었다고 했다. 하지만 지금은 어떤 용도로도 사용하지 않았다. 나는 그 건물에 누군가 들어가는 걸 한 번도 보지 못했다. 건축물 자체의 아름다움 때문에, 그리고 오래된 것이기에 보존될 뿐이었다.

이 건물에서 멀지 않은 곳에, 이번에도 역시 잔디밭 맞은편으로 오래된 농가처럼 보이는 투박한 건물 하나가 서 있었다. 그 건물의 벽은 소작농들이 대충 주위 모은 잡석을 연상시키는 벽돌과 돌과 부싯돌을 뒤섞은 재료로 지어졌다. 50년쯤 된 이 건물은 장원의 부속 건물 중 하나였다. 원래 파이브즈* 코트 혹은 스쿼시 코트였지만, 주변 풍경과 어울리게 픽처레스크** 양식으로 지어졌던 것이다. 아마 한동안은 스쿼시 코트로 사용되었을 것이다. 하지만 지금은——건물의 '현관문'은 굳게 닫히고 물결 모양의 철판 지붕은 여기저기 내려앉았으며 일부 유리창들은 떨어져나간——전혀 쓸모없이 여러 해 동안 텅 비어 있었다. 강둑에 있는 보트 창고처럼. 혹은 나무들이 마구 자란 과수원 안

---

* fives: 핸드볼과 비슷한 영국의 구기.
** picturesque: '그림 같은'이란 뜻으로 1782년 윌리엄 길핀William Gilpin이 「와이 강과 남웨일스 지방의 관찰기」에서 처음 쓴 용어다. 그림처럼 아름다운 시골 풍경을 묘사하기 위한 용어로, 18~19세기 영국의 낭만주의 풍경화의 중요한 화풍이기도 했다. 『도착의 수수께끼』에 등장하는 시골 자연 풍경은 물론, 고대 유적지, 폐허가 된 수도원 등은 이 풍경화가들의 주요 소재였다.

에 원뿔 모양 초가지붕을 한 둥근 2층짜리 아이들 놀이집처럼.

장원에서의 삶은 변해버렸고, 조직은 축소되었다. 한때 대저택의 조직과 재원에 걸맞게 세분화되었던 필요들은 영원하지 않았다. 장원 역시 황폐해졌다.

곡물 창고와 가짜 농가 사이에, 그리고 장원의 담장 너머에 교회가 있었다. 처음에 내게 교회는 그저 교회일 뿐이었다. 특수한 모양의 창문이 달린, 특수한 방식으로 지어진 건물, 그것이 트리니다드에서 보았던 빅토리아 시대의 고딕 양식 교회들이 내게 심어준 개념이었다. 하지만 이 마을 교회는 날마다 내 눈앞에 서 있었고, 머잖아──행운과도 같은 나의 고독 속에서 이 새로운 세계는 내 주위에서 스스로 모양을 갖추기 시작했는데──이 교회가 개조된 건물이며 가짜 농가만큼이나 인공적인 건축물이라는 걸 알아차렸다. 일단 그 점이 눈에 들어오자, 교회가 보이기 시작했다. 교회는 그 나름의 분위기를, 빅토리아─에드워드 시대에 건물을 개조한 사람들의 분위기를 발산하고 있었다. 나는 그 교회를 '교회'가 아니라, 빅토리아─에드워드 시대가 누렸던 부와 안정의 일부로 보았다. 그 교회는 내 시골집이 속해 있는 장원과 주변의 수많은 다른 저택들과 같았다.

그 교회는 중세 이전 유적 위에 세워졌다. 전해지는 바에 따르면 그랬다. 하지만 지금의 이 교회에서 그 시대부터 전해 내려온 것은 거의 없었다. 부싯돌 한 개, 고딕 양식의 창문틀에 붙은 장식 석판 한 장도 없었다. 아마 신앙조차 오래되지 않았을 것이다.

엄청난 노고를 들여 이 평원을 묘지로 바꾸고 수 세기 동안 그 신성을 지켜온 사람들의 종교적인 충동과 삶을 상상하기조차 힘든 것처럼, 아무리 똑같은 땅을 밟고 서 있고 똑같은 날씨(하지만 지금은 똑같은 새벽이나 해 질 녘은 아니었다. 항상 비행기구름이 남아 있기 때문이다)를 겪고 있어도, 이 자리—내 집과 무척이나 가까운, 바로 잔디밭 건너편, 가짜 농가 너머에 있는—에 세워진 최초의 교회에서 예배를 드렸던 천 년 전 사람들의 정신, 즉 그들이 느낀 공포와 구원에 대한 욕망 속으로 들어가기란 어려웠다.

가짜 농가, 개조된 교회. 개조된 교회의 신앙 역시 일종의 가짜가 아니었을까? 개조한 사람들 역시 예전의 공포를 공유하고 있었을까? 아니면 이 믿음은 완전히 다른 어떤 것이었을까? 역사에 대한 의식, 지속성에 대한 확신, 자신에게 당연하게 여겨지는 것에 대한 감각으로 물든 어떤 것?

언덕 위 방풍림 안의 전망대에서 평야를 내려다보면, 서쪽으로는 스톤헨지가, 동쪽으로는 에임즈베리 읍의 초입이 보였다. 에이번 강은 에임즈베리를 지나 흘러갔다. 이 지점에서 폭이 넓어지고 얕아지는 에이번 강 옆으로 예배당과 사원들도 있었다. 지금은 현대식 가옥과 가게와 차고가 있는 군사 도시이지만, 에임즈베리는 유서 깊은 곳이었다. 아서 왕의 여왕이자 랜슬롯 경의 연인이었던 기네비어가 카멜롯 성에서 원탁이 사라졌을 때 속세를 떠나 들어간 곳이 바로 에임즈베리에 있는 한 수녀원이었으며, 윈체스터에서 30킬로미터 떨어져 있었다. 에임즈베리로 들어서기 직전, 스톤헨지에서 이어지는 길 위에 붙은 표지판은 문장이 박힌 방패와 979년이라는 날짜로 이 마을의 오랜 역사를 기리고 있었다.

그런 표지판을 세우게 만든 역사의식은 또한 에임즈베리의 예배당

과 사원들을 복원하도록 만들었다. 내 시골집 잔디밭 건너편에 서 있
는 교회도 마찬가지였다. 종교, 혹은 종교의 연장선처럼 자기 자신의
구원과 영광이라는 생각으로서의 역사.

하지만 표지판에 적힌 979년에 에임즈베리 읍이 건설되기 전, 잘
알려지지 않은 암흑시대가 있었다. 그보다 5백 년도 더 전에, 로마군
이 영국을 떠났다. 그리고 로마군이 오기 훨씬 오래전에, 스톤헨지가
세워졌고 폐허가 되었다. 드넓은 묘지는 그 신성함을 잃었다. 결국
그토록 수많은 폐허와 복원이 반복된 이곳에서 역사란, 사이사이에
골짜기 혹은 어둠으로의 소멸이 있는 빛의 고원 같았다.

우리는 여전히 그런 역사적 빛의 고원에서 살고 있었다. 비록 개인
의 영광은 쇠퇴하고 말았지만, 979년에 건설된 에임즈베리, 역사, 영
광, 스스로 옳은 일을 하고자 하는 소망으로서의 종교, 이런 이상들
이 여전히 주변 골짜기에 사는 사람들의 마음속에 남아 있었다. 그리
고 새로 지은 집들과 정원들은 지난 세기와 금세기 초반에 조성되었
던 거대한 사유지의 시시한 잔재처럼 보였다. 이 사람들은—비록 그
들 중 많은 이들이 다른 곳에서 왔지만—여전히 후계자요 상속자라
는 이상을 간직하고 있었다. 우리 계곡에 새로 온 많은 사람들이 복
원된 교회에 기는 까닭이 바로 역사적 상속과 계승이라는 생각 때문
이었다. 그 교회는 그런 사람들을 위해 복원된 것이었다. 그것이 그
들의 욕구를 충족시켰던 것이다.

이런 점에서 그들은 자동차 대여업자인 브레이와 달랐다. 브레이
는 평생을 이 계곡에서 살았지만 절대 교회에 나가지 않았고, 교회
다니는 사람들의 동기를 비웃었다. 교회에 가는 사람들 또한 객과는

달랐다. 잭은 자기 인생의 가장 좋은 시절을 언덕 위의 시골집에서 보냈고, 기운이 넘치는 동안에는 모든 계절을 자기 나름의 의례를 통해 찬양했다. 일요일이면 잭은 오전에는 정원에서 일을 하고 정오에는 술집에 갔다가 오후에는 다시 정원에서 일을 했다.

*

교회는 오래된 집터 위에 서 있었다. 나는 그 말을 믿을 수 있었다. 교회 마당 너머에는, 교회 건물과 교회 마당을 둘러싼 오래된 돌담, 그리고 반대편의 나무들에 가려 거의 보이지 않는, 낙농장 건물들과 헛간들이 있었다. 그 건물들도 오래된 집터 위에 세워졌을까? 나는 아무 망설임 없이 그렇다고 믿었다. 왜냐하면 세상에—특히 이런 곳에는—완전히 새로운 것이라고는 없으니까 말이다. 언제나 앞서갔던 게 있기 마련이다. 처음에는 '월든', 그다음에는 '쇼', 그리고 결국 월든쇼라고 불리는 숲 속의 얕은 여울이 있던 자리에는 농장 이전에 또 다른 농장이, 교회 이전에 사당이나 성소가 있었다. 강변 도로 위에 있는 수많은 부락들 중 하나인, 저지대 목초지와 부싯돌이 깔린 구릉들 사이의 부락.

계곡에 처음 왔을 때 나는, 이방인으로서의 불안감을 사라지게 해주는 고독, 혹은 거의 그것에 가까운 고독을 누릴 수 있다는 행운에 완전히 압도되어, 모든 것을 완벽하게 발전한, 일종의 완성체로 보았다. 하지만 세상이 변하기 시작하자, 이 땅과 이곳에서의 생활 역시 내 주변에서 아주 힘들게 자기 모습을 갖춰 나가고 있다는 사실을 나는 가까스로 알아채기 시작했다. 그러고는 내가 발견한 완벽한 것들을 파괴하거나 바꾸거나 위협하는 모든 일—죽음, 울타리, 떠남 등—때문에 느끼는 깊은 상심과 맞서 싸우기 위해, 예전에 가졌던 생각, 그러나 이제는 쇠퇴가 아니라, 흘러감과 끊임없는 변화에 대한 생각으로 되돌아갔다.

내가 살고 있는 이 장원 저택의 완벽함은 40, 50년 전에 절정을 이루었을 거라고 말할 수 있다. 에드워드 시대 풍의 저택이 아직 새로웠던 때, 부속 건물들도 제 기능을 다 하고 정원도 잘 가꾸어지고 생활도 훨씬 풍족했던 때였다. 하지만 제국의 시대에 생겨난, 그 완벽한 세계에는 정작 내가 끼어들 자리가 없었을 것이다. 이 저택을 지은 사람이나 이 정원을 설계한 사람은, 그들의 세계관으로는, 먼 훗날 나 같은 사람이 이 장원 안에 들어와 살게 될 거라고는, 그리고 이곳을 소유한 것 같은 기분을 느낄 거라고는 상상조차 할 수 없었다. 시골집, 잔디밭 주위에 서 있는 그림 같은 빈 집들, 장원 마당, 거친 정원들—계획하지 않았던 절정의 아름다움을 보여주며 살아 있는 이곳. 나는 있는 그대로의 이런 쇠락한 모습이 좋았다. 그래서 가지를 치거나 잡초를 뽑거나 바로 세우거나 고치는 걸 원하지 않았다. 물론 이대로 계속 지속될 수는 없었다. 하지만 이대로 지속되는 동안은, 이곳은 완벽했다.

뭔가 새로 탄생하는 순간에조차, 쇠락의 가능성, 그 확실성을 보는 것은 나의 기질이었다. 이런 신경과민은 트리니다드에 살았던 어린 시절부터 가정환경에 의해 일부 생겨난 것이다. 우리는 반쯤 허물어진 혹은 쓰러져가는 집들에서 살았고 수없이 이사를 다녔으며 늘

앞날이 불확실했다. 이런 감정의 방식은 점점 심해졌는데, 나를 만든 역사(단지 만사가 인간의 뜻대로 움직이지 않는다는 사상을 가진 인도의 역사뿐만 아니라, 지난 세기에 곤궁한 내 인도 조상들이 실려 왔던 트리니다드의 식민지 농장, 혹은 영지들——지금 내가 살고 있는 이 윌트셔 영지는 그것의 절정이었는데——의 역사이기도 한)와 더불어 물려받은 조상의 유산이기도 했다.

50년 전만 해도 이 영지에는 내가 들어설 자리가 없었을 것이다. 지금도 나의 존재는 사실 있을 수 없는 일이었다. 하지만 단순한 우연 이상의 어떤 힘이 나를 이곳으로 데려왔다. 아니, 오히려 나를 복원된 교회가 내다보이는 이 장원의 시골집으로 데려온 연속된 우연 속에는 분명한 역사적 고리가 있었다. 대영제국 내에서, 그러니까 인도에서 트리니다드로의 이주는 내게 영어를 자신의 언어로 안겨주었다. 그리고 특정한 종류의 교육도 받게 해주었다. 이것은 부분적으로 특정한 방식의 작가가 되고 싶다는 내 소망의 씨앗이 되었고, 20년 동안 영국에서 내가 추구했던 문학적 경력을 쌓을 수 있도록 해주었다.

내 교육과 야망이 불러온 자기 인식과 함께, 늘 나를 따라다니는 역사, 그 역사가 나를 사라진 영광에 대한 의식을 가진 이 세계로 보냈다. 그리고 영국에서 내게 가장 쓰라린 이방인의 불안감을 안겨주었다. 그런데 이제 아이러니하게도——혹은 적절하게도——, 이 몰락한 영지의 장원 안에서 살면서, 산책을 위해 밖으로 나다니면서, 그 불안감이 서서히 가라앉았다. 그리고 이 거친 정원과 저지대 목초지 옆의 과수원에서 나는 내 기질과 완벽하게 어울리고, 내가 어린 시절 트리니다드에서 영국의 자연에 대해 그릴 수 있었던 그 모든 이상적인 모습에 정확히 부합하는 자연의 아름다움을 발견했던 것이다.

내가 들은 바로는 이 영지의 규모가 한때는 어마어마했다. 물론 그 일부는 제국의 번영에 의해 만들어진 것이었다. 하지만 그 이후로 영지는 조금씩 사람들의 관심에서 멀어졌다. 직계, 방계 할 것 없이 다양하게 가지를 친 장원의 가족들은 다른 곳에서 번성했다. 이제 이곳 계곡에는 오직 장남이자 독신자인 내 집주인만이 시중드는 사람들과 함께 살고 있었다. 그는 몇 년 전에 병에 걸린 데다가 지금은 신체적 장애까지 찾아왔다. 어떤 병인지 나로서는 정확히 알 수 없었지만, 수도사들의 질병이기도 하고 중세시대의 질병이기도 한 영적 무기력증 같은 것으로 판단되었다. 그가 속한 배경이 아무리 든든하고 그가 타고난 세속적인 축복이 아무리 차고 넘쳤어도, 질병이 그를 덮쳤던 것이다. 이 무력증은 그를 은둔하게 만들었고 아주 가까운 친구들만 접촉할 수 있었다. 그리하여 나는 언덕 위의 산책길에서와 마찬가지로, 장원 안에서도 일종의 고독을 누릴 수 있었던 것이다.

나는 내 집주인에게 깊은 공감을 느꼈다. 그의 병을 이해할 수 있다고 생각했다. 그 질병이 나 자신의 또 다른 면처럼 보였기 때문이다. 나는 내 집주인이 실패했다고 생각하지 않았다. 실패나 성공 같은 그린 말은 어울리지 않았다. 오직 위대한 사람만이, 혹은 자신의 인간적 가치에 대해 위대한 이상을 품은 사람만이 자신의 장원 영지가 지닌 높은 화폐 가치를 무시하고, 반쯤 폐허가 된 이곳에서 만족하고 살 수 있는 법이다. 이 장원에 대한 나의 고찰은 제국의 쇠퇴에 대한 것이 아니었다. 오히려 나는 우리 두 사람을 이곳으로 데려온 역사적 연쇄에 놀라워했다. 그는 그의 저택으로, 나는 그의 시골집으로. 이 야생의 정원은 그의 취향이었고(내가 들은 바에 따르면) 또한 나의 취향이기도 했다.

나는 이 장원 마당 안에서 내가 누리는 삶이 일시적이며 영원할 수 없다는 걸 알고 있었다. 미래는 쉽게 예측할 수 있었다. 호텔이나 학교, 혹은 재단이 저택을 차지하고, 황폐한 구역은 정비될 것이다. 지금 내가 그토록 기쁨 속에 산책하고 있는 곳, 그리고 어른이 된 이후 처음으로 내 지식이 늘어가면 갈수록 자연 세계와 조화를 느끼는 바로 그곳에서. 나는 이곳과 가축몰이 길, 양쪽 모두에서 일어나는 변화를 두려워했다. 그리고 그것이 바로 도중에 깊은 상심과 맞닥뜨린 내가 옛날, 아마 조상의 감정 방식, 그러니까 사라진 영광의 방식에 몰두하고, 끊임없이 흘러가는 세상이라는 생각에 의지하게 된 까닭이었다. 바로 신의 오른손에는 창조의 북이, 신의 왼손에는 파괴의 불꽃이 들려 있다는 세계관이었다.

그렇게 해서 한두 주 동안은 두 가지 감정—두려움과 흘러가는 세상이라는 생각—사이에서 균형을 유지할 수 있었다. 그런데 그때 교회와 교회 마당 너머에서 불도저 소리, 혹은 그와 비슷한 소리가 들려왔다. 그 소리는 장원 마당 전체에 울려 퍼졌다. 창문을 닫는다고 막을 수 있는 소음이 아니었다.

교회 마당 너머에 있는 축사와 낙농장 건물들이 헐리고 있었다. 기와와 붉은 벽돌로 지어진 이 구조물들은 내가 산책을 마치고 언덕을 내려올 때면 보이는 전망의 상당 부분을 차지했는데, 어찌나 자연스럽고 적절했는지 나는 별로 주의를 기울이지도 않았다. 하지만 이제 그 건물들이 사라지고 나자, 그곳이 휑하고 심심하게 보였다. 그리고 뒤편에 있던 강가 목초지와 강둑의 나무들이 훤히 드러났다. 지붕에서 걷어낸 기왓장들과, 지붕의 대들보들도 수북이 쌓여 있었다(건물들은 그토록 오래되어 보였는데, 이것들은 얼마나 새롭게 보였는지). 그러고는 아주 금방 탁 트였던 시야가 다시 가로막혔다. 나무 널빤지로 벽을 두른 넓은 조립식 창고가 들어선 것이다. 지붕 한가운데 바로 아래에 창고 제작자의 이름이 찍힌 나무판 혹은 금속판이 붙어 있었다(이전 주인, 혹은 관리자가 있을 때, 이와 비슷한 창고—하지만 널빤지 벽은 아닌—를 언덕 너머 옛 농가 마당 가장자리, 잭의 시골집에서 멀지 않은 곳에 세운 적이 있다. 가축몰이 길 위에 검은 비닐 포장으로 덮어놓은 시골집 모양의 건초 가리를 대신해 건초를 저장하기 위해서였다. 이제 건초 가리는 썩어 무너지고 있었고, 풍파에 시달린 검은 비닐 포장은 애초의 광택과 팽팽함을 잃어서 바람에 펄럭일 때도 더 이상 바스락 소리를 내지도 않았다. 그리고 이제 그 표면은 마치 시든 장미 꽃잎처럼 아주 늙은 사람의 피부 같았다).

변화! 새로운 사고, 새로운 효율성. 전에는, 낙농장 마당으로 들어가는 입구 도로변에 커다란 우유 통을 올려놓은 나무 단이 있었다. 우유 수송차나 트럭이 쉽게 우유를 가져갈 수 있도록 그 높이에 설치한 것이었다. 이제 우유 통은 없었다. 대신 냉장 탱크가 있어서 그것으로 우유를 모았다.

언덕 꼭대기에 있는 금속 벽으로 지은 헛간 옆에는 또 다른 조립식 축사가 세워지고 있었다. 그리고 바로 옆에는 현대식 착유장 건물이 세워지고 있었다. 이 착유장 혹은 '착유실'(좀 특이한 단어로)은 뭔가 기계화된 것처럼 보이는 물건이었다. 경사진 들판에 세워진 콘크리트 바닥은 마치 콘크리트 단상처럼 보였다. 여기에는 파이프와 계량기와 계기가 있었다. 그리고 착유실에서 일하는 사람들은 똥 묻은 가축들을 우리나 수로로 몰아넣는 일도 했는데, 어딘가 산업 노동자들 같은 엄격함이 있었다.

그들은 밝은 색깔(초록색과 갈색 그리고 흰색이 뒤섞인 언덕들의 부드러운 색깔과 나뭇잎을 벗은 겨울나무들의 뿌연 검은색을 배경으로 그 색깔들은 높은 곳에서도 눈에 확 띄었다)의 자동차를 타고 착유실까지 갔다. 줄지어 주차되어 있는 이 자동차들은 착유실과 헛간과 새로 설치된 조립식 창고가 마치 언덕 꼭대기에 세워진 작은 공장처럼 보이는 데 일조했다.

착유실은 기계 작동과 전기로 쉭쉭거렸다. 하지만 새로 지은 조립식 창고는 똥 냄새를 풍겼다. 착유실의 기반을 세우기 위해서 파헤친 흙더미의 일부가 착유실과 포장도로 사이에 버려졌다. 이 구역 안, 쓰레기장에, 잡초와 길에 떨어진 밀이 흩뿌려져 파릇파릇한 풀이 빽빽하게 자라났다.

밝은 색깔의 자동차들, 착유실 기계의 윙윙거리고 쉭쉭하는 소리(심지어 똥이 묻은 소들도 기계적 관리 대상으로 전락시키고 마는), 옷차림에 신경 쓰는 딱딱한 태도의 젊은 남자들, 청바지와 셔츠, 콧수염과 자동차—이런 것들이 우리 앞에 등장한 새롭고도 지나치게 과장된 것들의 모든 면모였다.

하루에 두 번, 우유 수송차가 부르릉거리며 언덕을 올라가 새로 포장된 도로를 지나 새로 지은 착유실의 냉장 우유 탱크를 비웠다. 농장 트랙터와 새로 온 일꾼들의 자동차 때문에, 방풍림 옆의 좁은 길을 따라 걷는 나의 산책은 때때로 공공 도로 위를 걷는 것과 비슷했다. 나는 차들이 지나가는 걸 지켜봐야만 했다.

한편 공공 도로변에 있는, 지붕 용마루에 밀짚으로 만든 꿩을 세워 놓은 분홍색 벽의 초가집은 처음 가졌던 특징을 약간 잃어버렸다. 내가 처음 그 집을 보았을 때, 장미 울타리와 반짝반짝 윤이 나는 작은 창문이 있는 그 집은 정말 예뻤고, 그림엽서 같았으며, 사람들이 항상 알았던 어떤 것과 비슷했다. 낙농장 일꾼도 틀림없이 그 집을 사랑했을 것이다. 하지만 내가 처음에 그랬듯이, 그 사람 역시 그 집의 아름다움이 시골 풍경의 자연스러운 특징이라고 여겼을 것이다. 그리고 그의 출신지인 도시의 집에서 살았던 그대로 그 집에서 살았다. 자신과 가족이 살고 있는 그 집에 어떤 의무를 진다는 생각은 전혀 하지 않았다. 평생 동안 그는, 설사 자신이 살고 있는 집이어도, 집이란 다른 사람들의 것이라고 여겼다. 대야와 항아리와 냄비와 종이 쪼가리와 양철통과 빈 상자들이 정원 마당에 버려졌다. 그 잡동사니 중 일부는 낙농장 일꾼과 그의 가족들이 떠난 뒤에도 여전히 남아 있었다.

이제는 산울타리와 가시철조망의 일부분이 철거되었다. 새로 온 부부의 자동차를 공공 도로에서 벗어난 곳에 주차시키기 위해서였다. 새로 온 부부에게는 자동차가 중요했다. 집보다도 더 중요했다. 그들은 아이가 없는 젊은 부부였다. 그리고 새로운 방식으로 집을 관리했다. 그곳은 잠깐 쉬어가는 곳일 뿐, 더 이상은 아니었다. 임시 직업을 위한 임시 거처였다. 아내는 틈이 날 때마다 집 앞 정원에서 일광욕을 했다. 대문이 종종 열려 있었던 것은 바로 그 때문이었을 것이다. 활짝 열린 대문은 매우 불안해 보였다.

감정이나 희망을 전달할 수 있는 (혹은 전달하려는 위험을 무릅쓸 수 있는) 곳이 아니라, 잠깐 쉬어가는 곳으로서의 집, 이 초가집에 대한 새로 온 부부의 이런 태도는 땅에 대한 좀더 일반적인 새로운 태도와 잘 맞는 것 같았다. 새로운 일꾼들에게 땅은 단지 일하는 대상일 뿐이었다. 그들은 기계를 가지고 마치 자연의 모든 불규칙한 것을 직선이나 매끈한 곡선으로 바꾸어놓겠다고 작정한 듯이 작업했다.

어느 날 나는 일꾼 중 하나가 어린 풀들이 자란 들판 위로, 육중하고 폭이 넓은 롤러를 트랙터에 매달아 끌고 다니는 걸 보았다. 이미 꽤 자라기는 했지만 어린 풀들은 아직 파릇파릇해 보였다. 롤러는 이 풀들의 줄기를 꺾어놓으면서 마치 스펙트럼처럼 두 가지 색깔의 줄무늬 잔디밭을 만들고 있는 것 같았다. 이런 일을 하는 까닭이 뭐요? 내 질문을 받은 젊은 남자는 어리벙벙해했다. 아마 내 질문을 이해하지 못했을 것이다. 그가 뭐라고 중얼거렸지만 나는 알아들을 수가 없었다. 대화를 하는 순간 남자의 스타일이 완전히 무너졌다(그리고 잭의 장인이 "개들은? 개들은. 꿩을 걱정해"라고 하던 그 숨통이 막힌 것 같은 목소리, 갈라진 목구멍에서 나오던 꺽꺽거리는 소리를 연상시켰다). 젊은 남자의 말이 내 귀에 분명하게 전달되었을 때조차, 뜻이 통하지 않았다. 그 남자는, 더 튼튼하게 자라라고 줄기들을 밟아주는 거라고 말했던 것이다.

결국 다른 날, 다른 사람이 이 롤러의 목적은 '윌트셔 부싯돌들'을 땅속으로 박아 넣기 위한 것이라고 알려주었다. 그래야만 시기가 되었을 때, 풀 베는 기계에 손상을 주지 않고 풀을 벨 수 있다는 것이었다. '윌트셔 부싯돌 하나'가 이 기계들에 무려 수천 파운드의 손상을 입힐 수 있다고—월트셔와 내가 날마다 산책을 다니는 언덕들의 부 싯돌이 나는 결코 생각지도 못했던 엄청난 중요성을 지니고 있었던 것이다—그 남자는 말했다.

특히 내가 주목했던 새로운 기계가 있었다. 이 기계는 건초를 말 아 거대한 롤을 만들었다. 말하자면 건초로 만든 스위스 롤*인 셈이 었다. 그런데 이 롤이 어찌나 거대했는지 사람 손으로는 들거나 펼칠 수도 없고, 마치 커다란 전갈의 꼬리 같은 금속 갈고리 손이 달린 또 다른 인상적인 기계를 사용해야만 했다. 이 롤을 보관하는—마치 빙 하시대를 대비하여 건초 저장이라도 하는 듯 2층으로 겹쳐 쌓은—창 고는 오래된 농장 건물들에서 멀리 떨어진 곳에 지어졌는데, 정상에 서면 스톤헨지가 무척 가깝게 보이고 종달새와 고분들이 있는 그 언 덕 바로 아래, 가축몰이 길에서 좀 떨어진, 울타리가 쳐 있지 않고 부 싯돌이 깔려 있는 계곡에 세워졌다.

결국 서로 다른 세 곳에 건초 저장소가 있었다. 이곳에는 스위스 롤, 옛 농장 마당 가장자리에 새로 지은 건초 창고에는 황금빛 직사 각형의 건초 꾸러미들, 그리고 쭉 뻗은 가축몰이 길의 중간쯤에 역시 직사각형의 건초 꾸러미를 쌓아놓은 썩어가는 건초 가리. 그런데 스 위스 롤을 만드는 이유기 뭘까? 전통적인 긴초 꾸러미보다 어떤 장점 이 있는 걸까? 나는 이곳에서의 나의 시절이 다 끝나는 몇 년 후에까 지 그 답을 끝내 알 수 없었다. 건초 포장 기계로 단단하게 묶인 건초 꾸러미들은 손으로 일일이 풀어헤친 뒤에 가축들을 위해 펼쳐줘야만

---

* 안에 잼을 넣은 롤 카스텔라.

했다. 반면 커다란 롤은 그냥 다시 풀기만 하면 끝났고, 기계는 단 몇 분 만에 그 일을 해치웠다.

그 세련됨이라니! 하지만 어쩌면 그 척도——농장을 운영하기 위한——가 잘못된 것이었는지도 모른다. 어쩌면 일상에서 시간은 그렇게 귀중한 것이 아니었을지 모른다. 일상의 일과가 그렇게 빡빡해지면, 그들은 너무 쉽게 잘못된 길로 빠질 수가 있었다. 단 하나의 고리만 끊어져도, 인간의 모험은 언제나 잘못될 가능성이 있었다. 전체의 모든 작동이 고장 날 수가 있는 것이다.

새로운 농장에서 벌이는 일들은 모두 규모가 컸다. 시골집에서 멀지 않은 곳에, 방풍림 옆의 좁은 길 바로 건너편 언덕 기슭에 아주 커다란 사료 저장 구덩이가 파였다. 이 사료 저장 구덩이에서 찾아볼 수 있는 옛날 방식은 딱 한 가지였다. 검은 비닐 포장으로 구덩이 위를 덮고, 비닐 포장을 단단히 고정하기 위해서 내 경험으로는 예전에도 똑같은 목적으로 사용했던 바로 그 물건을 여느 때와 같은 그 자리에 올려놓았다는 것이다. 바로 낡은 타이어였다. 엄청나게 많은 타이어를 구입했다. 틀림없이 수십 개의 타이어를 사용했을 것이다. 그리고 그중 수십 개는 한때 잭의 거위 사육장이었던 곳 바로 건너편, 가축몰이 길에, 계곡 기슭 부근에 있었다.

타이어들, 그리고 새로 판 깊은 사료 저장 구덩이(나무판자로 버팀대 벽을 두른), 그리고 구덩이를 파면서 나온 자갈 무더기들, 그리고 바닥에서 조금씩 흘러나오는 검은 갈색의 사료 혼합물, 이런 모든 것이 잭이 살았을 때에는 거위와 오리들이 돌아다니곤 했던 가축몰이 길 부근을 쓰레기장처럼 보이게 만들었다.

오래된 농장 일꾼들의 경우에는 처음에는 낯선 이들을 경계하다가 일단 상대방을 파악하고 나면 무언의 친근감이 이어지곤 했다. 트랙터를 타고 들판에서 홀로 몇 시간을 보내야 하는 사람들의 시골스러운 사교성이었다. 반면 새로 온 일꾼들은 시골에 온 도시 사람들, 혹은 좀더 큰 작업장에 있는 도시 사람들 같아서 그런 종류의 친근함이라고는 전혀 없었다. 그들은 이 계곡에 머물러 살기 위해 온 사람들이 아니었다. 그들은 자신을 새로운 종류의 직업과 기술을 가진 사람으로 보았다. 그들은 거의 농업 노동자 이주민들로, 계속 떠도는 사람들이었다. 잠시 왔다가 떠날 뿐이었다.

나는 잭의 아내가 떠난 뒤로 잭의 집에 새로 이사 들어온 사람들 어느 누구에게서도 미소를 받아본 적이 없었다. 잭의 부인은 첫번째 새로운 이웃들에 대해서 옛날식 시골 정원보다 잔디밭과 말에 관심을 갖는 '속물들'이라고 말하곤 했다. 몇 번의 이사가 더 있고 나서, 마침내 그런 표현에 딱 들어맞는 사람들이 잭의 시골집에 정착했다.

한때 잎을 늘어뜨린 식물들로 온통 푸르렀던, 그리고 한때 잡지에서 구입한 것처럼 보였던 잭의 온실은 텅 비어버렸다. 온실 유리창은 먼지와 비로 뿌옇게 되었고, 나무 골조는 비바람에 낡아버렸다. 어느 날 온실이 무너지면서 콘크리트 바닥이 드러났다. 시간을 잡아먹는 온갖 잡일들이 필요했던, 공들여 가꾼 정원은 밋밋해졌다. 사람의 관심이 그다지 필요하지 않은 것들만 남았다. 이제 모종을 심지도 않았고 산사나무 아래의 땅을 일궈주지도 않았고, 여름에 피는 참제비고깔도 없었다. 정원은 그저 밋밋했다. 장미 덤불 두세 그루와 잭이 곧고 두꺼운 나무 몸통 꼭대기에만 가지들이 몰려 있는 식으로 가지치기를 해주던 사과나무 두세 그루만 남았다. 땅은 풀로 뒤덮였다. 한때 꼭대기는 매우 빈틈 없이 잘 다듬어져 있고 밑동에만 진흙이 튀고 들쭉날쭉하던, 그리고 정원과 바큇자국이 나 있는 농장 길 사이를 반쯤 혹은 4분의 1쯤 가로막아주던 산울타리는 마구 자라서 나무가 되기 직전이었다.

이제 그 어느 때보다도 시골집들은 앞도 뒤도 없는 것처럼 보였다. 그리고 일종의 쓰레기장 위에 우뚝 서 있는 것 같았다. 이런 풍경은 새로 온 사람들과 그곳을 대하는 그들의 태도와 어울렸다. 새로운 농장 경영 방식과도 어울렸다. 논리는 극단적이 되었고, 대지는 그 신성함을 끝내 빼앗기고 말았다. 한때 장미 산울타리에 둘러싸여 아름답기 그지없었던 공공 도로변의 분홍색 초가집이 그곳을 그저 임시 거처로만 생각하는 사람들에 의해 고향집 같은 분위기를 잃고 말았던 것처럼.

하지만 이것도 다만 내가 그렇게 보는 것인지 모른다. 나는—잠깐 동안이지만—가시철조망 울타리 없이 탁 트여 있던 곧게 쭉 뻗은 가축몰이 길을 알고 있었으니까. 내가 이곳에 온 첫해에 길 가운데로 울타리가 세워졌고 지금까지 그대로 남아 있었다. 하지만 나는 그 이전 풍경을 여전히 마음속에 간직하고 있었다. 나는 잭의 정원을 지켜보면서, 그리고 그의 정원에서 보았던 것들에다 강과 장원 강둑에서 일어난 사건들을 더하면서, 계절에 대한 나의 감수성을 되찾았다. 하지만 이곳을 바라보는 또 다른 방식도 있었다. 잭 자신은 아무 의미 없는 산울타리—그의 정원 옆으로 이어지다가 갑자기 끊어지는—에 온갖 정성을 다 쏟으면서 뭔가 다른 것을 보았다. 틀림없이.

어쩌면 잭의 시골집에 새로 들어온 사람들의 어린아이들은 이곳을 또 다른 식으로 보았을지 모른다. 그들은 솔즈베리에 있는 초등학교에 다녔다. 오후에 아이들을 싣고 돌아오는 버스가 그들을 공공 도로 위에 내려놓으면, 아이들의 엄마가 자동차로 데리고 갔다. 종종 오후 산책 중에 나는 그녀의 자동차가 지나가도록 포장된 좁은 길 한 옆으로 비켜서야만 했다. 하지만 그 여자는 길을 비켜주는 나를 전혀 거들떠보지도 않았다. 마치 이 좁은 길이 공공 도로이며 자기 자동차가 당연히 다닐 권리가 있는 것처럼 굴었다. 나 또한 그 여자가 어떤지 한 번도 제대로 살펴본 적이 없었다. 나는 그저 아이들을 데리러 가거나 혹은 아이들을 태우러 돌아오기 위해서 언덕을 쏜살같이 달려 올라가거나 내려오는 자동차의 색깔과 모양으로만 그녀의 성격을 짐작할 뿐이었다.

나는 이 농장 시골집에 사는 아이들 모두가 학교 버스에서 내려 어떤 풍경과 마주했을지 궁금하다. 이 계곡 기슭에서 살았던 시절의—비록 그 시기가 아무리 짧다 해도—어떤 광경이 그들 머릿속에 남게 될지! 얼마나 광대한 풍경들인가! 수석질의 구릉 비탈을 넘고 드넓은 가축몰이 길을 달려 내려갈 때 그 탁 트인 막막함에 대한 기억이라니!

언덕을 내려가는 포장된 좁은 길의 끝부분, 사료 구덩이 맞은편에 사람이 거의 다니지 않는 좁은 소로가 있었다. 풀들이 무성해서 길처럼 보이지도 않는 이 소로는 언덕의 내리막길을 따라가다가 버려진 작은 농장 건물까지 이어졌다. 풍파에 시달리고 좀처럼 눈에 띄지도 않는 이 건물은 아마 지난 세기부터 내려온 것 같았다. 바로 그 소로에서 어느 토요일 오후, 아이들이 학교와 등교 버스로부터 해방된 날에, 나는 잭의 옛 시골집에 사는 아이들이 놀고 있는 모습을 보았다. 마치 선사시대 아이들처럼 엄청나게 쓸쓸한 그곳에서. 하지만 아이들은 사료 구덩이를 만들고 남은 타이어들(일부는 이미 아이들의 장난감으로 변해서, 아이들은 뗏목을 타고 노를 젓는 시늉을 하고 있었다)과 구덩이를 파느라 생긴 하얀 자갈 더미와 둔덕(샛노란 꽃과 연한 녹색의 잡초들이 듬성듬성 핀), 그리고 건물에서 떨어져 나온 콘크리트 블록들 사이에서 신나게 놀고 있었다.

*

우정의 방식은 저마다 특이하다. 나는 장원을 관리하는 필립스 부부를 떠올렸다. 40대인 이들은 완고하고 자부심이 강하며 장원 관리 일에 매여 살았지만 만족해했다. 그리고 어느 도회지에 살고 있는 오랜 친구들과 개인적이고 훨씬 덜 엄격한 여가생활을 즐기곤 했다. 하지만 그 뒤로는 이곳 사람들과 우정을 키웠는데, 나는 한동안 이 우정 때문에 장원에서의 내 생활이 위협받는다고 느꼈다.

내가 사는 시골집 잔디밭 건너편에는, 농가도 아니고 스쿼시 코트도 아닌 스쿼시 코트의 '농가' 벽 앞에, 그러니까 부싯돌과 붉은 벽돌 조각과 약간의 돌이 뒤섞인 부자연스러운 혼합물로 이루어진 벽 앞에 오래된 배나무 세 그루가 자라고 있었다. 한때는 정성스럽게 가지치기도 하고 다듬어주던 나무들이었다. 지금도 정형화된 모양을 만들기 위해 커다란 가지들을 벽에 고정해놓아서, 나무들이 마치 커다란 샹들리에처럼 보였다. 계절은 이 나무들을 매번 다른 옷으로 갈아입혔다. 덕분에 내 시골집에서 바라보는 전망은 언제나 풍성했다. 이 나무들은 열매도 맺었다. 그것은 언제나 놀라운 일이었고 언제나 갑작스러운 일처럼 보였다. 하지만 내게 그것은 먹기 위한 열매가 아니었다. 단지 그 열매가 장원의 소유였기 때문만이 아니라, 풍경의 일부였기 때문이었다.

장원이 가장 번창했던 시절에는 열여섯 명의 정원사들이 뜰과 과수원 그리고 담장이 둘러진 채원(菜園)을 관리했다. 그렇게 들었다. 열여섯 명이라니! 종묘장을 운영하는 사람이 아니고서야, 요즘 누가 열여섯 명의 정원사를 구하거나 봉급을 줄 수 있겠는가? 그 시절에 인근 부락이나 마을들은 얼마나 달랐을 것이며 그 작은 집들에는 얼마나 많은 일꾼들이 살았겠는가!

내가 사는 시골집은 한때 정원 관리사무소였다. 그런데 지금은 정원에서 아무 일도 하지 않는 내가 살고 있는 것이다. 정원사는 한 명밖에 없었다. 그는 제 나름의 체계가 있었다. 내 시골집 앞과 장원의 옆과 뒤에 있는 잔디밭은 잔디 깎기 기계를 사용해서 초봄에 매우 짧게 깎은 다음, 여름에 두세 번쯤 깎아주었다. 초봄에는 또한 차도와 시골집 잔디밭 주변의 지갈이 깔린 옛날 길과 풀로 완전히 뒤덮이지 않은 모든 오솔길에 제초제를 뿌렸다. 일 년에 한 번, 8월 말이면, 그는 오래된 과수원에 웃자란 풀과 가늘고 긴 잡초를 베어냈다. 그곳에서는 봄이면 돌보는 사람 없는 나무들의 옹이구멍 속에서 갓 깨어난 새끼 새들이 짹짹거렸다. 나무들은 저절로 자라났고 때가 되면 정확히 꽃을 피우고 열매를 맺고 열매를 떨어뜨렸으며 말벌을 끌어들였다. 가을이면 정원사는 엄청난 낙엽 더미를 쌓았다. 하지만 대부분의 시간 동안 그가 주로 하는 일은 높은 담장으로 길과 차단되어 있는, 내 시골집 뒤편에 있는 정원의 채소와 꽃을 돌보는 것이었다. 이 체계는 효과가 있었다. 정원에는 거칠고 황량한 곳도 있었다. 강이 범람하는 목초지는 습지가 되어버렸다. 하지만 그밖에 다른 곳은, 기계를 이용하여 미약하나마 규칙적으로 돌보는 정원사 덕분에 관리하는 손길이 느껴졌다.

정원사의 이름은 피턴이었다. 나는 처음부터 끝까지 그를 피턴 씨라고 불렀다.

어느 해에 '농가' 벽에 붙어 자라는 배나무들에 대해 이야기를 나누다가, 전치사 'in'의 새로운 한정적 용법을 내게 가르쳐준 사람이 바로 피턴이었다. 배가 무르익었다. 새들이 배를 쪼아 먹었다. 나는 피턴이 그 모든 일을 혼자 다 하느라 미처 알아채지 못한 줄 알고, 그렇게 얘기해주었다. 하지만 그는 알고 있다고 말했다. 배는 그의 지대한 관심사였다. 이제 언제든 따서 '들여놓을(in)' 생각이었다. 배를 따서 들여놓는다(To pick the pears in). 나는 '들여놓는다(in)'는 그 표현이 좋았다. 나는 그 단어를 가지고 말장난을 하며 몇 번이고 되풀이했다. 비록 피턴이 또다시 그런 식으로 그 단어를 사용하는 걸 들은 적은 없었던 것 같지만, 내게 그 단어는 그를 연상시켰다.

얼마 후에 피턴도 떠나야만 했다(독자들은 이 책의 뒤에 가서 좀더 자세한 사정을 알게 되겠지만). 장원은 정원사를 고용할 여유가 없었다. 한때 열여섯 명의 정원사가 있었던 그곳에, 더 이상 정식 정원사는 없었다. 이제 담장이 둘러진 정원의 채소들을 돌보거나, 가축몰이 길과 오솔길의 풀을 베고 제초제를 뿌리거나, 배를 따고 배나무의 나뭇가지들을 스쿼시 코트의 벽에 고정하는 사람은 아무도 없었다.

바람이 벽에서 풀려난 나무 한 그루의 위쪽 가지를 부러뜨렸다. 벽에 유령처럼 보이는 시커먼 초록색의 윤곽을 남긴 채, 나무줄기가 앞으로 기울어졌다. 나뭇가지들은 축 늘어졌고 나무는 당장 부러질 것처럼 보였다. 하지만 그러지 않았다. 나무는 꽃을 피웠다. 여름 동안 벽 아래와 피턴이 한때 제초제를 뿌렸던 길가에는 기다란 잡초들이 자랐다. 어쩌면 초록색의 음영, 서로 다른 투명도, 잎사귀의 다양한 크기에 따라 회화적 효과를 위해 선택된 것인지도 모른다. 그 위로 섬세한 하얀색의 배꽃이 마침내 튼실한 열매로 변해가고 있었다. 그리고 새들도 슬슬 관심을 갖기 시작했다. 이제 공식적으로는, 배를 딸 사람이 아무도 없었다.

하지만 얼마 후 어느 일요일에, 내 침실 창문 너머로, 이상한 옷차림을 한 사람이 배나무를 빤히 쳐다보다가 요리조리 살피더니 조심스레 낮은 나뭇가지에 달린 배를 따는 광경을 보았다.

낯선 사람들이 장원 안으로 들어오는 일은 여러 번 있었다. 피턴이 있을 때에는 신분이 확실한 사람들만 들여보냈다. 장원을 관리하는 필립스 부부에게는 친구들과 손님들이 찾아왔다. 그리고 그들이 고용한 임시 일꾼들이 있었다. 매우 드물게 장원 주인과 관계있는 사람들도 있었다. 이상한 옷차림을 한 사람은 흔치 않았다. 하지만 그가 침입자인지, 그저 배를 따는 사람인지, 어떤 권리가 있는 사람인지, 그래서 장원 주인이나 혹은 장원 주인이 인정한 사람들이 쓸 수 있도록 배를 따서 들여놓으려고 하는 것인지, 나는 알 도리가 없었다.

그는 옷차림이 이상했다. 얼룩덜룩한 군복 같은 무늬의 헐렁한 바지, 긴 상의를 입고 테가 둥근 모자를 쓰고 있었다. 그 옷들은 군대 재고품 같지는 않았다. 적어도 재고품 가게의 진열장에 놓여 있던 물건도 아니었다. 카무플라주* 무늬와 부드러운 색깔은 멋과 허세를 부린 티가 났다. 그런데 묘하게도, 위장복 같은 그런 옷차림 때문에 그 남자는 마치 침입자처럼 위험한 인상을 풍겼다.

그 남자는 나무를 살펴다가 머뭇거리는 손길로 낮게 매달린 배를 땄다. 그러면서 때때로 장원 저택의 안뜰 쪽으로 고개(남자의 얼굴은 여전히 카무플라주 무늬의 옷깃과 모자에 가려져 있었다)를 돌렸다. 마치 누군가 보지 않을까 두려워하는 사람처럼. 하지만 잠시 후에 피턴이 사용했던 창고, 스쿼시 코트 옆에 있는 정원 창고에서 사다리를 가지고 나와 담장에 기대 세웠다. 그러고는 맨 위에서부터 배를 따기 시작해서 제일 아래쪽까지 조직적으로, 꼼꼼하게 작업을 했다. 새가 쪼아 먹을 열매는 단 한 개도 남기지 않고, 군복 비슷한 옷을 입은 남자는 몇 양동이 가득 배를 땄다. 그는 배를 따서 '들여놓고' 있는 것이 분명했다. 저택에 근무하는 필립스 부부의 총애를 받은 덕분에 오래된 과수 나무들의 배를 따고 있는 것이었다.

처음에 그 남자는 마치 누군가 등 뒤에서 나타나기를 기다리는 사람처럼 불안하고 수상쩍어 보였다. 그리고 그가 사다리 위에 올라가 있는 동안, 기다리던 사람이 나타난 게 틀림없었다. 왜냐하면 잠시 후에 분명 만족한 사람처럼 배를 따는 일에 몰두했기 때문이다.

---

* 군복처럼 얼룩덜룩한 무늬.

나타난 사람은 아가씨, 아니 젊은 부인이었다. 내게 그녀는 어딘지 낯이 익었다. 그녀는 바로 내 시골집 창문 앞을 지나서 잔디밭 위를 걸어갔다. 필립스 부부는 절대 내 시골집 창문 앞을 지나가는 법이 없었다. 잔디밭을 향해 창문을 열어놓고 지낼 수 있도록 내 사생활을 지켜준 것이다. 그러므로 일부러 신경을 써서 스쿼시 코트와 배나무들 옆에 있는 멀리 떨어진 길로 다녔다. 이 여자는 딱히 어딘가 가는 길도 아니었다. 그저 잔디밭을 어슬렁거리기 위해 저택에서 나왔던 것이다. 그녀는 키가 작고 엉덩이가 뚱뚱했다. 몸에 꼭 끼는 청바지 때문에 그녀의 느리고 짧은 걸음걸이가 더욱 두드러졌다. 그녀는 장원 영지 안에서 자유를 허락받고 그 순간에 처음으로 새로운 자유를 맛보기 시작한 사람 같았다.

그녀 또한 옷차림이 이상했다. 그녀의 상의는 난잡해 보였는데, 셔츠 단을 가슴 바로 아래까지 올려 묶은 채, 배꼽을 다 드러내놓고 있었다. 그 계절에는 전혀 어울리지 않는 옷차림이었다.

아까부터 그 여자는 어딘지 계속 낯이 익었다. 그리고 이제야 나는 그녀가 누군지 깨달았다. 초가지붕을 씌운 시골집의 황폐한 정원에서 일광욕을 즐기던 그 여자였다. 내 머릿속에서 그녀는 그 시골집과 정원, 지동차, 그리고 활짝 열어놓은 현관문과 너무 밀접하게 연결되어 있었기 때문에, 좀더 탁 트인, 또 다른 배경에서 이렇게 가까이 보니 낯선 사람 같았던 것이다. 결국 사다리 위에 있는 군복을 입은 남자는 그녀의 남편인 농장 일꾼이었다.

일요일 오후에 그들은 이곳, 장원 마당 안에 들어와 있었다. 여자는 잔디밭 주위를 어슬렁거리고 있었는데, 질긴 청바지가 터질 듯이 팽팽한 그녀의 엉덩이는 수평으로 쫙 벌어져 있었다. 그리고 거의 직선으로 양쪽 옆이 뾰족하게 튀어나왔다. 한편 그녀의 남편은 나무에서 잘 익은 과일, 배를 따고 있었다. 그 오래된 나무들은 담장을 설계한 사람이 일부러 그 앞에 심어놓은 것 같았다. 한때 정성 어린 보살핌을 받았던 나무들은 소홀히 방치된 지 몇 년이 지났는데도 여전히 그때 보살핌의 흔적을 보여주고 있었다.

미드리프*를 입은 여자와 군복 스타일의 카무플라주 무늬 옷을 입은 남자는 어떤 식으로든 필립스 부부의 환심을 산 게 분명했다. 어쩌면 여자들끼리 친해졌거나 아니면 남자들끼리 친해졌을 수도 있고, 아니면 남녀 간에—필립스 부부가 열 살에서 열다섯 살 정도 나이가 많았다—모종의 호감이 오고 갔을 수도 있었다. 미드리프를 입은 여자가 이 관계에서 중요한 인물인 듯 보였다. 어쨌든 네 사람의 관계는 이 여자의 지지 혹은 부추김이 없으면 존재할 수 없었다.

주로 황폐해진 그녀의 정원에서 싸구려 알루미늄 안락의자 위에 누워 있는 모습을 얼핏 보곤 했던 나는 이미 이 여자에 대해 궁금증을 갖고 있었다. 그녀는 내게 열정의 중심이자 고통의 원인일 것 같은 인상을 주었다. 그녀의 아름다움이 잠시 그 순간 그녀를 소유할 수 있게 된 남자에게 고통을 가져다줄 것 같았고, 여자도 그 사실을 알고 있는 것 같았다.

그저 멀리서 보고 받았던 그런 인상은, 이제 잔디밭 위를 걷고 있는 그녀를 보다 분명하게 제대로 보고 나니 더욱 강해졌다. 가느다란

---

* 몸통 부위를 드러낸 여자 옷.

허리, 풍만한 엉덩이, 탄탄한 허벅지와 팔뚝, 가슴, 일광욕용 끈 없는 상의에 반쯤은 납작 눌리고 반쯤은 드러나 있는 근육 없는 풍만한 살에다가, 이제는 불안하게 빛나는 눈동자의 (불꽃이라기보다는 차라리) 강렬한 응시와 아랫입술이 약간 더 도톰해 보이는 입술에서 드러나는 탐욕스러움, 그리고 살짝 벌어진 앞니까지 육감적인 매력을 더했다.

그리고 그녀가 여기, 장원 안마당에 있었다. 그녀는 마치 남편이 농장에서의 일자리와 함께 얻은(그래서 그녀는 그 집을 진짜 집이라고 여길 수가 없었다), 초가지붕이 올라간 시골집의 어수선함과 비좁음으로부터 불과 몇 발자국밖에 떨어져 있지 않은 자기 소유의 공원을 거니는 사람처럼 보였다. 자기 스타일에 더 잘 어울리는 휴양지를 발견한 것이었다.

그녀는 마치 새로운 즐거움에 익숙해지려는 듯, 천천히 잔디밭을 왔다 갔다 하고 있었다. 군복을 입은 남자는 사다리 위에 서서 여자에게 등을 돌린 채, 배를 따고 있었다. 마치 아내가 그와 함께, 지금 그 자리에 있는 게 만족스러운 듯, 아내를 돌아다보지도 않았다.

아마 이들 부부와 필립스 부부는 시골에서 일은 하지만, 시골 사람들의 생활과는 동떨어진 '도회지' 사람들로서 함께 어울렸던 것 같다. 네 사람 모두 하인이지만, 특별한 스타일과 자부심을 가진 이 도회지 사람들은 이제 장원 저택의 마당과 특권을 함께 나누며 환대를 갚고 있었다.

그 네 사람 중에 누가 이 관계를 통해 가장 큰 이득을 보고 있는지는 말할 수 없었다. 하지만 가장 위태로운 사람은 농장 일꾼인 레스였다. 그는 아내와 몇 시간씩 떨어져 지내야만 했다. 홀로 트랙터 운전석에 앉아, 드넓은 고원(아마 나무도 방풍림도 없는)에서 천천히 왔다 갔다 하며 특정 작업이 물리적으로 표현되는 지루한 광경을 바라봐야만 했다. 틀림없이 그의 생각은 종종 초가지붕의 시골집에 남아 있는 부인에게 향했을 것이다.

장원 저택의 화려함, 안마당, 정원, 강, 이런 것들이, 시골에서 발견할 수 있는 또 다른 면과 함께 지금 그가 부인에게 선물해줄 수 있는 것들일 것이다. 남들은 아름답다고 생각하는 이 계곡에서, 그리고 남들은 '그림 속의 풍경'(하지만 오직 다른 종류의 재원과 자신이 소유한 것에 대해 다른 생각을 가지고 다른 종류의 삶을 사는 사람의 눈에만) 같다고 생각하는 초가지붕의 시골집에서 지내는 부인의 쓸쓸하고 외로운 삶에 대한 작은 보상이었다.

나는 브렌다가 신경에 거슬렸다. 그녀는 나를 별로 대단하게 여기지 않았다. 그녀는 존경받을 만한 사람들에 대한 제 나름의 기준이 있었다. 그리고 내가 사는 방식(중년 남자가 작은 시골집에서 사는 것)이나 내가 하는 일(만약 그녀가 무슨 일인지 알았더라면)은 전혀 그 기준에 들어맞지 않았다. 이런 점에서 그녀는 필립스 부부와 달랐다. 그들은 나를 고용주의 '예술적' 분신쯤으로 여겼고 항상 조심스러워했다. 이 점에서 세대 차이가 있었다. 하지만 네 사람의 관계의 핵심이 바로 이 차이(공통의 관심사 이상으로)에 있었다. 나이 든 사람들은 젊은 사람들의 스타일과 대담함에 매혹되었던 것이다.

브렌다는 필립스 부부가 휴가를 가거나 하루 쉬고 싶을 때면, 장원 저택을 관리할 수 있도록 훈련받는 중이었다. 필립스 부부는 오랫동안 적당한 인물을 찾고 있었다. 친구가 될 수 있으면서도 그들의 자리를 위협하지 않을 만한 인물을. 또한 브렌다가 장원에서 편한 시간 제 일자리를 얻을 수 있고, 작고 황량한 영지와 정원, 과수원, 강둑의 산책길을 관리할 수 있을 거라는 전망은 젊은 부부와 필립스 부부를 연결하는 끈이 되었다.

브렌다와 레스처럼 그렇게 열정적이고, 자신의 개성과 스타일, 피부와 머릿결에 그토록 신경을 쓰는 사람들이, 또한 자부심도 강하고 어느 면에서 뽐내기를 좋아하는 사람들이 몇 계층 아래로 떨어져서 하인이 되려면 마음이나 영혼, 혹은 정신의 어느 한 구석에서 미리 준비를 해야만 했으리라는 것은 어느 정도 이해가 되는 일이었다. 이들은 하인이었다. 네 사람 모두 다. 이런 상황(이것이 그들을 이도저도 아니게 만들었음이 틀림없다)에서 그들의 모든 열정은 소진되어버렸다. 하지만 이것은 나의 특별한 편견, 나의 세련되지 못한 지나친 생각이었는지도 모른다. 나는 한때 대규모 농장 사회였던 식민지 출신이었고, 그곳에서 하인이란 훨씬 비참한 처지였기 때문이다.

레스는 압박에 시달리고 있었다. 농장에서의 일과 이 커다란 모험에서 앞으로 어떤 일이 일어날지 모른다는 불확실성 때문이었다. 이모험이 실패하면, 그는 이곳을 떠나서 또 다른 자리를 찾아야만 할것이다. 브렌디에 대한 집착도 그에게 압박이었다. 지나치게 눈에 길띄는 그녀의 미모는 그를 괴롭혔다. 그녀에 대한 불완전한 소유는 끊임없이 그녀를 잃을지도 모른다는 불안을 불러일으켰다. 필립스 부부와 점점 더 종속적인 관계가 되는 것 역시 그에게는 압박이었다.

그는 장원에서 얻은 출세의 발판을 잃고 싶지 않았다. 또한 브렌다가 장원 저택 마당의 자유(그녀에게는 중요한 문제였다)를 계속 누릴 수 있기를 바랐다. 그러기 위해서 그는 어떤 면에서는 필립스 부부의 손아귀에 자신을 맡겨야만 했다. 자신의 노역을 마친 후에 다시 어느 정도는 이들 부부를 섬겨야만 했던 것이다.

그는 다양한 종류의 풀밭에서 풀을 베어야 했는데, 엄청난 일이었다. 토요일과 일요일에도 망치와 톱을 가지고 저지대 목초지를 흐르는 샛강(썩은 나뭇잎들 때문에 물이 시커먼) 위의 다리들을 수선하고 강둑으로 이어지는 길을 청소하느라 바빴다. 심지어 소로들 사이에 있는, 담장이 둘러진 정원의 채원을 되살려보려고 애를 쓰기도 했다. 여러 번 가래질을 하고 비료를 준, 잘 갈아놓은 이 오래된 땅에는 잡초들이 무성했다. 하지만 전체적으로 정원은 여전히 수십 년 동안 꼼꼼하게 관리되어온 그 형식을 유지하면서 (배나무처럼) 원래 모양을 잘 드러내고 있었다. 심지어 피턴이 떠난 후로 정원과 마당을 관리했던 숱한 임시 고용인들이 뭔가 의도했다가 버리고 떠난 그 모든 잔재들, 철망이니 닭장, 엉성한 목공품, 대야 따위가 널려 있음에도 불구하고.

레스는 농장에서 일을 마친 뒤에 저녁에는 채원에서 일을 했다. 그 넘치는 활력이라니! 하지만 채원에서의 오후 작업은 내게는 짜증스러운 일이 되었다. 그는 스프링클러를 사용했는데, 물을 틀 때마다 내 시골집 밑을 통과하는 오래된 금속 수도관이 날카로운 소리를 내며 진동했던 것이다. 그래서 스프링클러가 작동하는 동안, 내 시골집은 윙윙거리며 쉭쉭 소리를 냈다.

피턴과 그의 후임자들은 낮에 정원용 호스나 스프링클러를 사용했었다. 그리고 그때는 한낮의 소음 때문에 그 소음이 묻혔다. 하지만 오후의 고요, 시골의 오랜 고요(심지어 온 사방 도회지의 하늘이 전깃불로 환하게 밝아도), 때로는 10킬로미터쯤 떨어져 있는 솔즈베리 기차역을 오가는 기차 소리까지 들릴 정도로 순수한 고요 속에서는, 쉭쉭거리는 파이프 소리가 또렷하게 들렸고 도저히 무시할 수가 없었다.

나는 지금까지 한 번도 하지 않았던 행동을 했다. 장원 저택에 사는 필립스 부인에게 전화를 걸어 불평을 한 것이다. 나는 부인이 친구를 보호하며 전투적으로 나올 거라고 기대했다. 놀랍게도 부인은 전혀 호들갑을 떨지 않았다. 그녀는 저녁마다 쉭쉭거리는 배수관이 불러일으키는 독특한 불쾌감에 대한 나의 불평을 받아들였고, 자기가 직접 가서 스프링클러를 끄겠다고 말했다. 그리고 정말 그렇게 했다. 갑작스러운 정적—처음에는 귓가나 머릿속에서 울리는 종소리나 매미 울음소리처럼 찾아왔던—은 축복과도 같았다.

어떤 우연한 일들이 나를 이 시골집의 삶으로 이끌었던가! 어떤 우연한 일들이 이 삶을 보호해주었던가! 또 얼마나 사소한 일들이 그곳에 대한 느낌 전체를 바꾸어놓고 나를 몰아내었던가! 늦은 저녁의 스프링클러 같은 소동, 너무 자주 내 창문 앞을 지나다니는 브렌다의 산책, 바깥 잔디밭을 자유롭게 드나드는 너무 많은 낯선 사람들, 장원의 고용인들 숙소에서 벌어지는 너무 잦은 파디와 방문객들.

필립스 부인은 줄곧 협조적이었다. 하지만 나는 이 일 이후로 그녀와 좀 서먹한 사이가 될 거라고, 또한 브렌다와 레스와도 (오랫동안 쌓여왔지만) 좀더 드러내놓고 서먹해질 거라고 예상했다. 그것이 바로 나의 마음가짐, 변화의 필연성에 대한 나의 순응, 세상 모든 것은 정해진 시기가 있다는 나의 생각이었다. 그것은 늘 이렇게 중얼거리며 나 자신을 훈련시킨 결과였다. '그래, 적어도 1년은 이걸 누렸잖아,' 혹은 '적어도 2년은 이걸 가졌어'라고. 나는 이 사유지에서의 내 생활이 영원히 달라졌다고 느낄 마음의 준비를 반쯤 하고 있었다.

하지만 필립스 부인이나 필립스 씨는 전혀 서먹함이 없었다. 레스와도 전혀 서먹해지지 않았다. 사실은, 그때까지 나와 거의 교류가 없었던 레스가 내게 우호적으로 다가왔다. 그것도 바로 다음 날.

평소 같으면 스프링클러가 작동되었어야 할 바로 그 시간에, 그리고 나는 부엌문 옆에 서서 수평으로 퍼지는 원형 혹은 부채꼴의 물줄기가 채원의 높은 담장 위로, 오후의 남쪽 하늘을 배경으로 최면에 걸린 듯 사라졌다 나타났다, 커졌다 작아졌다 하는 광경을 바라보고 있었을 시간에, 바로 그 시간에 그가 내 부엌문을 두드렸다. 정확히 말하자면, 그것은 뒷문이었다. 하지만 내 시골집을 드나들 때 내가 사용하는 유일한 문이었다.

나는 문에 달린 높은 유리창을 통해 그를 보았다. 내가 문을 열었을 때, 그는 모자를 벗고 있었다. 군용 모자(군대 용품의 유물인)를 한 손에 든 채로, 그는 채소가 담긴 그릇을 내밀었다. 뭔가를 권하는 그 태도는 우아하고 고전적이었다. 게다가 그는 미소를 짓고 있었다. 그 모습은 그 후로도 내 머릿속에 남았다. 여위고 홀쭉한 뺨과 햇볕에 그을린 얼굴, 한 손에 쥔 모자, 두 손으로 들고 있는 채소가 담긴 그릇, 그 미소.

하지만 아름답지 못한 그의 용모 또한 눈에 띄었다. 그리고 그제야 그 사실을 알아차렸다. 왜냐하면 나는 그의 체격과 행동거지, 옷차림 등으로 미루어 꽤 잘생긴 남자를 예상했기 때문이었다. 그의 턱은 둔

110

탁했고 치아는 못생겼다. 그 점이 그의 미소를 망치고 있었다. 그의 피부에는 상처 자국이 있었다. 하지만 그는 열심히 자기 외모를 가꾸었다. 그의 머리는 세련되게 손질되었고 방금 감아서 부드럽고 싱그러웠다. 나는 그제야 그가 항상 독특하거나 우아한 모자를 쓰는 이유를 알 수 있었다. 모자가 도움이 되었던 것이다. 멀리서 보면 모자를 쓴 그는 잘생겨 보였다. 또한 내가 그에게서 느끼는 브렌다에 대한 불안감도 얼마간 이해할 수 있었다. 그뿐만 아니라 여전히 많은 것을 가진 여자의 태도, 브렌다의 태도에 대해서도 좀더 이해할 수 있었다.

필립스 부부가 휴가를 떠나자 브렌다가 장원을 맡았다. 그녀는 필립스의 숙소로 아예 옮겨왔다. 반면 레스는 여전히 초가지붕이 있는 시골집에 머물렀다.

이때 나는 며칠 동안 떠나 있어야만 했다. 다시 돌아온 다음 날 아침, 나는 장원 저택으로 내 편지를 찾으러 갔다. 내가 집을 비울 때면, 내게 온 편지들은 그곳에 맡겨졌다. 필립스 부부와 그렇게 합의가 되어 있었다.

나는 장원 저택의 안마당으로 들어가 부엌문의 초인종을 눌렀다. 집 안에서 음악 소리가 들렸다. 브렌다는 한참 뒤에야 나왔다.

브렌다는 필립스 부부의 숙소 안쪽 깊숙이 들어가 있었던 모양이었다. 이들 부부는 멋진 방들을 갖고 있었다. 뒤쪽 잔디밭을 향해 난 석조 테라스가 딸린 응접실도 있었는데, 50년 혹은 그보다 더 예전에 조성한 이 잔디밭에는 커다란 나무들과 꽃밭 그리고 오래된 장미꽃과 오래된 정원 조각상들이 있었다. 그리고 저 멀리에는 저지대 목초지의 습지와 강, 그리고 반대편 강둑 위의 초원과 언덕이 펼쳐졌다.

여기에 더해서, 필립스 부부는 석조 테라스 바로 바깥에 새 모이통과 늘어뜨린 씨앗 모양의 종 장식을 매달아놓아서, 박새와 다른 새들이 날아와 모이를 쪼아 먹곤 했다.

브렌다는 잔뜩 신경 써서 꾸미고 있었다. 청바지와 블라우스 차림에 도톰한 입술은 빨갛게 칠해져 있었고 속눈썹에도 뭔가 발라서 불안정한 푸른 눈동자의 시선이 더 도드라져 보였다. 동시에 그녀의 모습은 필립스 부부의 숙소에서 한없는 게으름을 만끽하고 있었음을 드러내고 있었다. 하인이면서 하인이 아니었고, 지금은 내게 특별히 정중하지도 않았다. 그녀는 아무 편지도 못 봤다고 말했다.

그녀의 등 뒤로는 장원 저택의 커다란 부엌이 있었다. (내가 그들에게 들은 바에 따르면) 필립스 부부가 이 부엌을 수리했다고, 혹은 부엌 때문에 무척 고생을 했다고 한다. 두꺼운 벽, 커다란 화덕과 수많은 선반들, 쐐기 모양으로 깊이 파인 구멍에 달린 작은 창문들, 환한 전등 불빛이 있고, 복도로 이어지는 문들과 줄지어 서 있는 커다란 방들이 넓고 보호받는 느낌을 주는 따뜻하고 기분 좋은 부엌이었다.

그녀가 집으로 돌아간 직후에, 필립스 부인이 내게 전화를 걸어서 장원 저택에 내 편지가 많이 있다고 말했다. 편지를 가지러 부엌에 들어간 나는 필립스 부인에게 브렌다가 내게 온 편지가 전혀 없다고 했다고 말했다. 필립스 부인은 그 말을 듣고도 화가 난 것 같지 않았다. 아무런 설명도, 언급도 하지 않고 그저 고개만 까딱할 뿐이었다. 그녀는 새로운 소식을 잘 소화시켜서 자신이 이미 갖고 있는 정보들에 첨부하는 그런 사람 같았다.

하지만 나는 필립스 부인이 브렌다에 대한 생각을 바꿨다는 걸 알

앗다. 또다시—그녀가 휴일 대체 인력으로 시험해보았던 다른 사람들의 경우에 그랬듯이—필립스 부인은 낯선 사람을 자신의 부엌과 집 안에 들이는 걸 삼가야 할 이유를 찾은 것이다. 네 사람의 관계가 시작될 때에는 브렌다가 중심인물이었을지 모르지만, 이제는 필립스 부인이 더 중요했다.

브렌다가 장원 저택에 더 이상 나타나지 않았을 때, 나는 놀라지 않았다. 하지만 어느 날 필립스 부인이 전해준 소식은 전혀 뜻밖이었다. "그 여자는 마이클 앨런과 이탈리아로 달아났어요." 부인이 말했다.

마이클 앨런은 중앙난방 공사 도급자였다. 그는 다소 새로운 방식의 사업을 하는 젊은이였다. 그는 기존의 중앙난방과 배관 회사들의 옛날식 경영 방식 덕분에 이득을 보고 있었다. 이런 회사들은 큰 집들을 공사하고 좋은 평판을 듣는 데 익숙했지만, 비싼 시내 중심가에 있는 사업장과 예전 시대와 같은 많은 직원들 때문에 부담을 안고 있었다.

장원의 보일러가 터져서 마이클 앨런이 수리하러 왔다 간 뒤로, 나는 그를 알게 되었다. 나는 그에게 내 시골집의 쉭쉭거리는 배관에 대해 물어보았다. 그는 쾌활한 어조로, 이 장원에 있는 다른 모든 것들과 마찬가지로 유일한 해결책은 배관 시스템 전체를, 노후한 금속 배관들을 몽땅 뜯어내는 것뿐이라고 말했다. 나는 그의 자신감 넘치는 모습을, 걸음걸이와 내 집으로 들어올 때의 태도를 기억했다. 사실 그는 약간 으스대는 편이었다. 그는 촌사람이자 대단한 떠버리였다. 우리가 몇 마디 이야기를 나눈 그 짧은 시간 동안, 그는 많은 자랑을 늘어놓았다. 하지만 나에 대해서는 아무것도 묻지 않았다. 그는 직원이 여섯 명이며 마흔 살이 되면 은퇴할 예정이라고 했다.

런던처럼 좀더 큰 도시에서는, 마이클 앨런 같은 사람들은 정말 아무 존재감도 없다. 그런 사람들의 존재는 눈에 띄지도 않고, 아무도 신경 쓰지 않는다. 그들이나 그들의 직원들은 거리에서 나와서 자기 할 일을 하고 다시 거리로 돌아간다. 그들은 그저 사라질 뿐, 자신의 이름도 없다. 오히려 전화번호나 명함으로 더 기억된다. 하지만 이 골짜기 마을과 같은 곳에서는, 똑같은 종류의 인간이 당신의 집으로 들어온 것이 좀더 사교적인 일이 된다. 그는 좀더 읽기 쉬운 속성들과 좀더 많은 접촉점들을 가지고 들어오기 마련이다. 그의 마을이나 소도시, 때로는 그의 이웃들, 그의 교육, 성장 배경, 그가 일을 다녔던 집들과 사람들, 그와 당신이 함께 이용하고 있는 가게들과 서비스들.

마이클 앨런은 으스댔다. 그는 자신을 활력과 야망에 가득 찬 사나이라고 생각했다. 이 때문에 사람들이 한탄하는 일시적인 불경기에도 흔들리지 않았다. 그는 자기 사업을 시작할 배짱이나 용기가 없어서 다른 사람 밑에서 일하는 데 만족하는 보통 사람들보다 자신이 몇 수 위라고 여겼다. 그의 외모는 그런대로 봐줄 만했다. 콧수염을 길렀고 최신 유행에 뒤처지지 않았다. 하지만 그때 만남 이후로, 나는 그의 터무니없는 자부심과 허세, 마치 내게 무슨 호의라도 베풀어 이 일을 해준다는 듯이 호주머니에 손을 꽂고 거드름을 피우며 집으로 들어오던 모습이 좀더 기억에 남았다.

나는 가끔 솔즈베리에서 그의 밴을 보았다. 세이프웨이의 슈퍼마켓 바깥에서 그의 밴과 그를 본 적도 한두 번 있었다. 마이클은 좋아하지 않았다. 그의 밴을 자가용처럼 사용하는 모습을 보이길 싫어했던 것이다. 나는 브렌다와 레스의 오두막집 밖과 장원 앞마당에서도 그의 밴을 보았다. 하지만 놀라운 일은 아니었다. 나는 골짜기를 오르락내리락하는 그의 밴을 보는 데 익숙해졌다. 장사꾼은 결코 빈둥거리지 않는 법이니까.

하지만 이탈리아라니! 대체 어떤 케케묵은 낭만적 생각이 마이클과 브렌다를 그곳까지 가게 한 것일까? 영화일까 텔레비전 쇼일까? 아니면 그저 단순하게, 마이클이 그곳으로 여행사 단체여행을 다녀온 적이 있어서 기왕이면 자기가 아는 곳이 안전하다고 생각했던 것일까? 하지만 해외로 간다는 사실 자체가 잠깐의 불장난이라는 신호가 아니었을까? 마이클이 어떻게 여섯 명의 직원과 그 지역에서의 평판과 옆면과 뒷면에 그의 이름이 그려진 밴을 포기할 수 있겠는가? 그가 자신의 명성과 경력뿐만 아니라 예전 생활로 되돌아가기를 바라기까지 얼마나 걸릴까?

결국 그런 일이 일어났다.

브렌다는 다시 돌아왔다. 하지만 장원 안에 나타나지는 않았다. 막간극은 끝이 났다. 레스는 이미 브렌다가 도망가기 전부터 장원에 오지 않았다. 채원이며 주말의 망치질, 영지에서 잡일을 하는 것도 다 포기했다. 제대로 일을 해보려는 모든 노력이, 몸과 마음을 다 바친 모든 노력이 헛수고가 되어버린 것이다. 장원은 그 모든 노력을 삼켜버렸다. 비록 헛수고였지만, 장원은 대신 과실을 주고, 기쁨을 주고, 레스에게 여러 주 동안 황량한 장원 마당에서의 자유를 주었다. 마치 레스와 브렌다가 초가지붕이 있는 시골집으로 오기 전에, 시골 생활과 은밀해 보이는 시골의 겉모습이 도회지에서 온 젖 짜는 일꾼에게 세상의 아름다움에 대한 새롭고 진실한 어떤 생각을 안겨준 것처럼 말이다.

이제 장원은 예전과 같아졌다. 레스는 초가지붕이 있는 그의 시골집에 틀어박혔다. 그에게는 한 번도 낭만적으로 느껴진 적이 없었던 그 집이 이제는 틀림없이 세상에서 가장 비참한 장소가 되었을 것이다. 그는 산등성이의 광활한 언덕을 오르락내리락하며, 때로는 시커멓고 때로는 갈색이고 때로는 하얀 먼지와 흙을 바라보며 트랙터 운전석의 소음과 고독 속에, 그리고 들판에서의 사무치는 외로움 속에 파묻혔다. 하지만 나는 그의 인생에서 가장 행복한 순간이었을 때의 그를 보았다. 채소를 들고 문 앞에 서서 지극히 정중한 태도로 바구니를 건네주던 모습을, 그리고 순수한 선의로 가득 찬 미소를. 당시에는 사랑하는 사람에게서 약간이나마 사랑을 받고 주변 사람들에게 약간의 사랑을 나누어주던 한 남자의 미소를.

브렌다로서는 이 귀환이, 단지 이탈리아에서 돌아왔다는 사실만이 아니라 이탈리아에서 다시 이 시골집으로 돌아왔다는 사실이 참으로 끔찍한 일이었을 것이다. 장원 마당에서 반쯤은 여왕 행세를 한 뒤로는, 그리고 필립스 부부의 숙소에서 2주 동안 내내 여왕 행세를 하며 잔디밭과 조각상과 오래된 나무들과 강이 바라다 보이는 응접실의 멋진 전망을 즐긴 뒤로는 더구나. 그녀는 자신의 미모를 내세워 너무 많은 것을 요구했고, 그리고 또다시 너무 많은 것을 요구했다.

필립스 부인은 브렌다에 대해 "마이클한테 차였대요"라고 한마디 말하고 끝이었다.

마이클이라니! 이렇게 이름을 부른다는 것은 필립스 부인 입장에서는 새로운 친근감, 술집이니 클럽, 호텔 바와 같은 '도회지' 생활에서 생겨난 무엇, 그리고 한때는 필립스 부부와 브렌다와 레스 그리고 마이클 앨런, 이들이 모두 공유했을 어떤 새로운——혹은 오랜——공감의 표시였다.

가을이 성큼 다가온 것은 다행스러운 일이었다. 이제 아무도 브렌다가 모습을 나타내지 않는 것에 대해 묻지 않았다. 그녀는 부끄러워하지 않으며 삶은 계속되고 있다는 사실을 애써 입증할 필요도 없었다. 그녀는 현관문을 꼭 닫고 집 안에 숨어 있을 수 있었다. 마치 레스가 트랙터를 몰고 나가 운전석의 짙게 선팅한 플라스틱 창 뒤에 숨을 수 있었던 것처럼.

이 도회지 사람들을 골짜기 마을로 보냈던(그리고 골짜기의 일부를 자기들 나름대로 개조했던) 농장조합은 내가 잘 모르는 어떤 이유로 점차 쇠퇴했다. 농장조합의 그런 모험적인 시도들은 마치 우리가 종종 목격하는 지상이나 공중 군사 훈련 같았다. 보기에는 뭔가 굉장하지만, 뭘 하는 건지 이해할 수 없었던 것이다.

소문에 따르면, 레스는 다른 일자리를 알아보고 있었다. 나는 서너 번쯤 길에서 검붉은색 자동차를 타고 가는 브렌다와 레스를 보았다. 그들은 담장과 산울타리의 일부를 히물고 정원에 주차 공간을 만들었다. 이제 초가지붕의 이 시골집은 정말로 그저 일시적인 쉼터에 불과한 곳이 되어버렸다. 이 집에 대해 더 이상 감정으로 애착을 갖는 것은 쓸데없는 일이 되었다. 레스가 장원 마당에서 저녁과 주말마다 했던 작업들보다 더욱 쓸데없는 일이었다.

그들이 장원에 오지 않게 된 뒤로 내가 자동차에 탄 그들을 처음 만났을 때, 레스는 약간 알은체를 했다. 브렌다는 전혀 모르는 척했다. 내 편지—필립스 부인이 이유로 내세운—때문에 부인과 어떤 문제가 생겼고 그래서 날 용서하지 못하는 것일 수도 있었다. 어쨌든 그 뒤로는 내가 그들을 보아도 전혀 알은체도 하지 않았다. 우리의 짧은 친분은 그렇게 끝났다.

나는 또한 밴을 보았다. 중앙난방 사업으로 굉장히 중요한 일을 하는 듯 돌아다니는 마이클 앨런의 밴이었다. 시골 마을에서 성공을 거둔 것이다! 마이클은 내게 이곳 물정의 일면을 언뜻 보여주었다. 하지만 이탈리아라니! 누가 저런 밴과 밴의 양쪽 옆구리와 뒷면, 3면에 페인트로 써놓은 그 이름을 보고 낭만적인 사랑을 떠올릴 수 있겠는가? 그 밴을 볼 때마다 나는 필립스 부인의 말이 생각났다. "마이클한테 차였대요." 틀림없이 다른 사람들도 그 말을 들었을 텐데, 이런 수군거림 속에서 사는 것이 레스와 브렌다에게 얼마나 힘든 일이었겠는가!

낮이 점점 짧아졌다. 공공 도로에서부터 장원 출입구와 내 시골집으로 이어지는 주목나무 아래의 길은 오후 4시만 되면 너무 어두워져서, 오후 중반쯤 버스를 타고 솔즈베리로 쇼핑을 나갈 때면 버스 정류장에서 돌아오는 짧은 길을 위해 손전등을 챙겨 가야 할 정도였다.

시골의 어둠이란! 엄청난 사건도 거의 쥐도 새도 모르게 일어날 수 있을 정도였다. 그리고 짚으로 만든 꿩이 꼭대기에 달린 초가지붕이 있는 시골집에서 바로 그런 일이 일어났다.

내게 그 소식을 알려준 사람은 필립스 부인이었다.

부인은 그 사건이 일어난 지 이틀 뒤에 말했다. "브렌다가 죽었어요."

그리고 평온하게 들리는 어조로 한마디 덧붙였다. "레스가 부인을 살해했어요."

'살해했다'는 말은 '죽였다'는 말보다 좀더 형식적인 단어였다. 우리는 큰 사건일 때 비록 공허한 표현일지라도 형식적인 단어를 사용하기 마련이다.

나는 그 두 사람이 잔디밭에 나타나 배를 따던 모습을 떠올렸다. 밝고 얼룩덜룩한 색깔의 두 마리 새 같던 그 모습을. 그리고 부엌문 앞에 서서 내게 채소들을 내밀던 만족한 연인의 얼굴도 떠올랐다. 그것은 행복한 남자의 선물이었다. 뒤이어 이탈리아와 밴을 몰고 다니면서 동네방네 이름을 알리며 돈벌이가 되는 사업을 하고 있는 마이클 앨런 생각이 났다. 그동안 레스는 빨간 자동차를 타고 새로운 일자리를 찾아다녔다.

불과 몇백 미터 밖에서 벌어진 그 물리적인 행동, 그 배경, 마지막 결말, 시신에 대해서는 생각조차 하기 힘들었다. 대신 나는 내가 물을 수 있는 가장 주제넘지 않은 질문을 생각해냈다. "어디서 그랬죠?"

"바로 그 시골집에서요. 토요일 밤에."

토요일 밤이라! 그날이 술과 화풀이의 밤이었을까? 내가 그들 부부에 대해 생각했던 것과는 달랐다.

필립스 부인이 말했다. "여자가 남자를 도발했대요."

'도발'이라는 말 역시 '살해'라는 말만큼이나 전문적인 용어처럼 들렸다. 그 말에는 성적 의미가 담겨 있었다. 그녀가, 이탈리아로 도망갔던 여자가 성적 도발을 했던 것이다. 그녀는 부끄러워하며 돌아오지 않았다. 그녀는 상대방을 도발하고 괴롭혔다. 이탈리아에서의 실패를 누군가에게 앙갚음하기 위해서, 틀림없이 얼마나 자주 그를 '도발'했겠는가! 그녀가 자신이 무슨 일을 초래하고 있는지 전혀 몰랐을 거라고는 생각하기 힘들었다. 그리고 그는 광기가 사라지고 목숨이 끊어질 때까지 얼마나 찔렀겠는가! 일단 파괴의 작업——부엌칼을 사용했는데——을 시작한 뒤로는, 설사 마음 한구석에서 아무리 이 모든 일을 지우고 다시 무마할 수 있기를 바랐다 하더라도, 일단 시작한 뒤로는 순식간에 되돌아갈 길은 사라졌다. 그 모든 일이 황폐해진 정원이 있는 작은 초가지붕 시골집에서 벌어졌다.

일벌은 죽는 순간까지 일만 한다. 일벌이 죽으면 다른 벌들이 그 시체를 내다버리고 벌집을 깨끗이 청소한다. 벌들은 일을 하고 깔끔하기 때문이다. 그래서 소리 소문 없이, 많은 사람들이 모르게, 심지어 버스를 타는 사람들까지 모르게 시골집은 말끔히 청소되었고, 그 집에서의 한때 소중했던 삶, 그리고 한때 소중했던 열정은 말끔히 지워졌다.

그녀가 그를 '도발했다', 이것이 사람들의 평결이었다. 그래서 모든 연민은 살아남은 자, 생존자, 남자에게 향했다. 만약 상황이 반대였다면, 사람들은 여자 편을 들었을 것이다. 경찰은 신중했다. 사건 자체만큼이나 은밀하게 움직여서 거의 눈에 띄지도 않았다. 바로 이웃에 사는 사람들보다 지역 주간 신문에서 더 많은 정보를 얻을 수 있을 정도였다. 이웃 사람들은 거의 본 게 없었고 어느 한쪽을 더 비난하고 싶어 하지 않았다. 모든 사람이 지금 이 순간에는 브렌다와 레스를 가깝게 느꼈고, 그들을 기억하려고 했으며, 바로 옆에서 벌어진 이 사건에 대해 거의 자기 가족의 비극처럼 반응했다.

한 가지 그 고장의 형식적인 절차가 남아 있었다. 브렌다의 유품을 수습하는 일이었다. 그리하여 몇 주일 뒤, 봄의 돌풍과 더불어 겨울에서 봄으로 넘어가기 직전에, 브렌다의 언니가 아무도 살지 않는 그 시골집에서 브렌다의 유품을 거두어가기 위해 찾아왔다. 검붉은색의 자동차는 더 이상 그곳에 없었다.

죽은 사람의 유품을 수습하는 일—그것은 마치 구세계에 속한 어떤 것, 신성함이라는 개념의 일면, 제대로 격식을 갖춘 장례, 죽은 자에 대한 경의의 일면 같았다. 그리고 뭔가 예식이 필요할 것 같았다. 하지만 그런 것은 전혀 없었다. 죽은 여자의 물건을 가지러 오는 일은 지극히 무미건조한 절차였다. 만약 브렌다의 언니가 찾아왔을 때, 필립스 부인과 사소한 청구서 몇 가지를 처리하기 위해 장원 저택의 부엌에 있지 않았더라면, 나는 그 일에 대해 알지도 못했을 것이다.

필립스 부인은 브렌다의 언니를 알고 있었다. 그것은 필립스 부부의 '도회지' 생활, 장원과 마을 바깥에서의 생활에 대한 또 다른 암시였다. 브렌다의 언니가 찾아온 이유를 밝혔을 때, 필립스 부인은 훨씬 더 침통한 표정이 되었다. 나는 감동했다. 우리는 인사를 나눈 뒤에 다 함께 필립스 부인의 응접실로 자리를 옮겼다. 언덕과 강과 강이 범람하는 목초지와 정원의 커다란 포플러들, 오래된 석조 테라스, 항아리, 이끼, 반점이 있는 돌, 새들을 위한 모이통, 빨랫줄 등 대저택의 정원과 일반 가정집의 뒷마당을 섞어놓은 것 같은 전망이 한눈에 바라다보이는 응접실이었다. 내가 장원 영지에 도착한 첫날, 필립스 부부를 방문했을 때에도, 나는 내가 어디 있는지도 잘 모른 채 눈

앞에 보이는 것들을 제대로 이해하지도 못하는 상태로, (비와 안개 속에서) 그 전망을 보았었다. 그 뒤로는 오직 (내가 해외에 나가지 않은 해의) 크리스마스에 필립스 부부에게 내 선물을 주기 위해 방문할 때에만 그 전망을 볼 수 있었다.

브렌다의 언니는 당장 봐서는 브렌다와 닮은 구석이 없었다. 더 늙었고 더 뚱뚱했다. 그 뚱뚱함, 잔뜩 부풀어 오른 몸은 비만이라기보다는 어떤 병리학적인 상태, 질병을 연상시켰다. 브렌다의 육중함, 특히 엉덩이와 허벅지의 튼실함과는 달랐다. 그것은 칭찬에 길들여져 버릇이 나빠진 사람, 자신의 미모 정도라면 사치스러운 즐거움을 누릴 자격이 있다고 생각하는 사람, 그리고 동시에 자신의 미모가 어느 정도의 방종은 허용해준다고 생각하는 사람을 떠올리게 했다. 하지만 얼마 지나지 않아, 언니의 얼굴에서 브렌다의 도톰한 입술과 사나운 눈빛이 보이기 시작했다. 나는 부풀어 오른 살에 묻혀버린, 혹은 변해버린 이목구비를 보았고, 그녀가 아가씨였을 때에는 자신과 자신의 장래에 대해 높은 기대감을 불어넣어주었을 매끄러운 피부와 맑은 안색도 보았다. 하지만 이제 그런 것들은 쌕쌕 숨소리를 내는 병든 여자의 일부분일 뿐이었다. 이 자매는 일이 잘 풀리지 않았다. 각자 다른 방식으로, 그들이 받은 미모라는 선물은 그들에게 고통이 되었다.

브렌다의 언니는 솔즈베리와 본머스 사이에 있는, 남쪽의 작은 신도시에서 살고 있었다. 도시도 아니고, 시골도 아니고, 아주 외진 곳도 아닌 이곳에서 그녀는 여생을 마칠 거라고 생각했다.

필립스 부부의 응접실에서 한동안 브렌다의 언니는 순수하게 사교적인 방문으로 찾아온 듯 보였다. 하지만 잠시 후에 그녀는 갑자기 찾아온 목적이 생각난 것 같았다.

그녀는 말했다. "모든 걸 간직하고 싶다가도 몽땅 다 내버리고 싶어지는 법이죠." 그녀의 목소리가 갈라지고 눈가가 촉촉해졌다. "동생은 남긴 게 거의 없더군요. 옷가지 몇 벌밖에." 그녀는 미소를 지으려고 애썼다. "동생은 옷에 대해 꽤 유별나긴 했어요. 하지만 제가 동생 옷을 가지고 뭘 하겠어요."

악의도, 분노도, 복수에 대한 갈망도 없었다.

그녀는 말했다. "그 남자에게 동생은 너무 과분했어요. 그 남자는 동생을 감당할 수 없었죠."

필립스 부인은 브렌다의 언니가 떠들도록 내버려두었다.

브렌다의 언니가 말했다. "동생은 심지어 그 남자가 동성애자가 아닐까 생각했다니까요. 그거 알고 계셨어요? 동생은 제게 남편이 매일 아침 머리를 감는다고 했어요. 일이 끝난 저녁이 아니라 말이죠. 머리가 젖은 채로 자고 싶지 않기 때문이라나요. 하지만 아침에 머리를 감다니. 그 남자는 우리 아들 레이먼드와 비슷해요. 하지만 우리 아들이 그런다고 해서 걔를 동성애자로 생각하지 않길 바라요. 레이먼드는 순전히 같은 학교 여자애들 때문에 그러는 거니까요."

나는 항상 레스에게 옷을 잘 차려입으라고 부추기는 사람이 브렌다일 거라고 짐작하고, 그녀가 남편에게 옷을 골라준다고 생각했었다. 머리 감기에 대한 이 새로운 이야기는 생각보다 더 외롭고 더 절망적인 남자의 모습을 떠올리게 했다.

브렌다의 언니는 계속 떠들었다. "동생은 인생에 대한 기대가 너무 컸어요. 우리 어머니는 전쟁 전에 남편에게 뭔가 대단한 일이 생기지 않을까 기대하며 작은 군인 주택에 살면서 얼마나 고생을 했는지, 우리 귀에 못이 박이도록 이야기하셨죠. 우리에게 일어난 일은 그게 전부였어요. 우리는 작은 군인 주택에서 살았어요."

그녀가 우리에게 들려준 이야기는, 어떤 공장에서 일한 경험이 있는 평범한 군인이었던 그녀의 아버지가 전쟁 초반에 아주 잠깐 동안 놀라운 착상을 떠올린 순간이 있었다는 것이었다. 그는 비행기 꼬리에 총을 탑재하는 새로운 방법을 생각해냈다. 그리고 일개 군인이었던 그는 몇 달 동안 군 기관에 의해 발탁되었다. 하지만 아버지 혼자만이 아니었다. 그처럼 아이디어를 가진 사람들은 많았던 것이다.

"아버지는 항상 곧 국방부에 들어갈 거라고 했죠. 국방부, 국방부, 주야장천 그 말만 들었어요. 오늘 신문 광고에서 똑같은 단어를 보았는데, 또 그 생각이 나더군요."

나는 그녀가 이야기를 꾸며냈다고는 생각하지 않았다. '국방부'라는 단어를 관사 없이—보통 사람이라면 'the'를 붙이고 싶어 했을 것이다—쓴 걸 보면 신빙성이 있었다. 그것은 그녀의 말대로 그녀가 그 단어를 잘 알고 있음을 뜻했다.

결국 그녀의 아버지에게는 아무 일도 일어나지 않았다. 비행기 모양이 바뀌고 기종이 변경되면서 총도 바뀌었다. 그는 다시 평범한 군인이 되었다. 하지만 그의 딸들은 어머니에게서 무한한 낙관주의와 더불어 영광스러운 미래에 대한 꿈을, 희망을 갖고자 하는 소망과 희망에 대한 조바심을 물려받았다. 그것이 기질과 좌절, 자기 파괴를 낳았다. 그것은 우리 조상들에게 일어났던 사건들의 결과가 우리 모두의 일부를 구성하는 것과 마찬가지이다. 마치 태어나기도 전에 우리가 여러 가지 면에서 이미 프로그램되는 것처럼, 혹은 우리 인생이 반쯤 결정되어 있는 것처럼 말이다.

브렌다의 언니가 말했다. "나는 할 말이 없어요. 나도 잘하지 못했거든요."

그녀는 건설업자와 결혼했다. 마침내 그 작은 군인 주택에서 나와 세상으로 나올 때에는 말할 수 없이 전도유망하고 멋지게 보이는 남자였지만, 그 후로는 점점 초라해졌다. 그는 몇 번의 불운을 겪고, 운을 바꿔보기 위해 독일에서 사업을 시작했지만 상황은 더 나빠졌다. 그러고는 브렌다의 언니가 한때 그랬듯이 그의 예절 바른 태도에 홀딱 반한 젊은 여자와 바람을 피웠다. 결국 그는 아내와 아이를 버리고 집을 떠나버렸다.

"오래된 이야기죠." 브렌다의 언니는 이렇게 말했다. 극적 사건을 대수롭지 않게 표현하는 것, 그것이 그녀가 말하는 방식이었다. "늘 그렇듯이, 멍청한 인간만 끝까지 모르고 살잖아요." 지금 그녀의 모든 애정은 아들에게 향했다. 아들이야말로 그녀의 유일한 관심사였다. 그녀는 아들에게 맞춰 살고 있었다.

그녀가 그렇게 요점 정리해서 말하지는 않았지만, 결국 그녀의 인생에는 일정한 패턴이 있었다. 남편이 아버지를 대신하고, 아들이 남편을 대신했을 뿐, 그녀의 인생은 반복이었다. 그녀는 늘 같은 인생을, 혹은 똑같은 인생의 여러 판본을 살아온 것이었다. 혹은 다른 식으로 보자면, 거의 시작하자마자, 선택과 열정의 그녀의 삶은 끝나버린 것이었다. 마치 그녀의 아버지, 그녀의 어머니, 그리고 아마도 그녀의 조상 대대로 그랬듯이.

브렌다의 언니는 아무도 묻지 않았는데 자신에 대한 이런 모든 이야기를 술술 쏟아냈다. 그리고 히스테리가 눈에 보일 정도로 심해졌다. 그러므로 전망이 훌륭한 필립스 부인의 응접실에서 심지어 형식적으로 보일 만큼 침착했던 처음 모습 이후에, 브렌다의 언니를 병자로, 브렌다보다도 가족의 과거(대단한 사건이라고는 한 번도 없었던)에 더 깊이 영향을 받은 사람으로 보는 것은 가능한 일이었다. 동시에 브렌다의 외모를 점점 더 상기시키는 사람일 뿐만 아니라, 브렌다의 열정의 어떤 다른 면을 상기시키는 사람으로 보는 것도 가능했다.

잠시 후에 여전히 매끄러운 피부와 맑은 피부색을 간직한 이 히스테릭한 여인은 자신의 사회적 품위를 기억했다. 방문은 끝났다. 그녀는 여기 와서 할 일을 다 했다. 남긴 게 거의 없는 여동생의 유품을 수습하는 것이었다.

우리는 응접실을 나왔다. 두꺼운 벽과 중간에 돌로 된 세로 창틀이 있는 유리창과 커다란 부엌으로 들어가는 문이 있는 복도를 지났다. 기둥이 있는 현관에서 필립스 부인은 작별 인사를 했다.

우리가 장원 마당을 벗어나서 자갈이 깔린 울퉁불퉁한 차도로 나섰을 때, 브렌다의 언니가 갑자기 입을 열었다. 응접실에서는 모든 걸 신뢰하는 듯이 보였던 그녀로서는 뜻밖이었다. "나는 필립스 부인을 영원히 용서할 수 없을 것 같아요."

그녀는 몹시 비통해했다. 나는 그녀와 함께 큰길 쪽으로 걸어가기 시작했다. 주목 아래를 지나면서, 그녀는 내게 이탈리아로 달아났던 브렌다 이야기를 해주었다.

마이클 앨런은 비행기로 떠났고 브렌다는 기차로 떠났다. 기차를 타고 가는 동안—영어라고는 거의 들리지도 않고 딱히 말할 사람도 없이—브렌다는 자신이 무슨 짓을 하고 있는지 많은 생각을 했고 점차 두려워졌다. 그리고 로마에 도착할 무렵이 되자, 마이클에게 가지 않기로 결심했다. 그녀는 일단 호텔에 머물면서 레슬리*에게 데리러 오라는 전갈을 보낼 생각이었다. 며칠은 지낼 수 있을 만한 약간의 돈을 갖고 있었다. 그녀는 기차역 근처에 있는 한 호텔에 투숙했다. 초가지붕이 있는 시골집에는 전화기가 없었으므로, 장원에 전화를 걸어서 레슬리에게 말을 전해달라고 부탁했다.

하지만 아무 일도 일어나지 않았다. 레슬리는 아무 답신도 없었다. 브렌다는 자존심을 죽이고(이웃 사람들과 사이가 안 좋았기 때문이다), 잭의 오래된 시골집에 사는 이웃에게 전화를 걸었다. 평일 오후마다 학교 버스에서 내리는 아이들을 태우기 위해 자동차를 몰고 쏜살같이 언덕을 올라가면서 내게는 한 번도 미소를 보인 적이 없는 여자였다. 잭의 정원을 평평하게 갈아엎어버린 여자이기도 했다. 하지만 레슬리는 여전히 감감무소식이었다. 그때쯤에는 브렌다의 돈도 바닥났다. 그녀는 하지 않겠다고 결심했던 일을 저지르고 말았다. 결국 마이클 앨런을 찾아가서 그와 함께 지낸 것이다. 우리 모두 들었던 바와 같이, 마이클이 그녀를 걷어차버릴 때까지.

그녀는 상처 입고 분노하며 집으로 돌아왔다. 자신이 온전한 남자가 아니라 동성애자라고 여기는, 혹은 여기는 척했던 남자를 마구

---

* 레스를 말한다.

비웃어주고 싶은 마음이었다. 그녀는 로마의 기차역 근처 한 호텔에서 한동안 자신을 지탱해주고 짜릿한 전율을 안겨주었던 낭만적인 충동(자신을 도움의 손길이 필요한 소녀, 위험에 처한 소녀, 반대편 끝에 있는 연인을 그리워하는 연인으로 생각했던)에 조롱을 당한 느낌이었다. 레슬리는 모든 걸 다 팔고 무슨 짓을 해서라도 어떻게든 그녀에게 왔어야만 했다. 하지만 레슬리에게서는 아무 연락도 오지 않았던 것이다.

브렌다의 언니가 말했다. "필립스 부인은 레슬리에게 그 말을 전하지 않았어요. 브렌다가 호텔을 나와서 마이클에게로 가버린, 4, 5일 뒤에야 비로소 전해주었죠. 깜빡 잊었다고 하더군요. 계속 다른 일들이 생겨서 그랬다고요. 별로 중요한 일이 아니라고 생각했대요. 하지만 내 생각에는 일부러 그랬을 거예요."

잭의 오래된 집에 사는 그 여자한테는 애당초 아무 기대도 하지 않았다고 브렌다의 언니는 말했다. 하지만 이 이야기는 오후마다 학교 버스에서 내리는 아이들을 데리러 가느라 언덕을 달려 올라가는 그 여자(그리고 그녀의 자동차의 색깔과 모양)에게 새로운 성격을 덧붙여주었다.

어느 늦여름날, 오래된 농장 건물들과 한때 잭의 시골집과 정원이었던 곳—잭이 바라보는 세상에서는 결코 그 일부분을 이룬 적이 없었던 쓰레기와 폐기물들이 나날이 늘어나서 이제는 현관에서 대문으로 이어지는 차도에 산업 폐기물 같은 쓰레기를 태우려고 백악으로 만든 소각 구덩이까지 생겼다—을 지나고 있을 때, 그러니까 어느 날 농장과 그 널브러진 잡동사니들을 지나서, 그 위에 새싹이 돋아

빛나는 초록색이 섞인 검은색으로 이미 변해가고 있는 스위스 롤 건초가 쌓인 곳까지 올라갔을 때, 나는 어린 나무들——이제는 더 이상 그렇게 어리지 않았지만——뒤에서 커다란 불길이 치솟는 소리를 들었다.

나는 나무들 뒤에서 불타는 소리를 들었고 검은 나무줄기 사이로 연기를, 그리고 그 너머 들판에서 불길을 보았다. 일렁이는 열기 때문에 구식 유리창처럼 시야가 어른거렸다. 뜨거운 열기가 느껴졌다. 곧이어 순식간에 소음이 덮쳤고, 그 소리는 빠르게 딱딱 불꽃이 튀는 폭발음으로 커졌다. 그 순간 나는 25년 전 남아메리카 북동부 고지대에서 좀더 자주 들었던 또 다른 소리를 떠올렸다. 그것은 커다란 폭포 소리였다. 물과 불——이 두 가지는 엄청난 혼란 속에서 똑같은 소리를 냈다. 그리고 불길이 무시무시한 굉음을 내며 고원을 지나 나를 향해 달려올 때에는 모든 물질이 하나인 것 같았다.

그리고 돌아오는 길에——불길은 재빨리 타올랐다가 숲 뒤편 들판에 재만 남기고 꺼져버렸다——, 산책에서 돌아오는 길에 그리고 그 이후에도, 빈 집의 초가지붕에 난 지붕창 아래 두껍게 끼어 있는 이끼, 이상하게 빛나는 초록색, 한때 그 초가집이 지닌 아름다움의 일부였던 그 초록색 이끼가 단순한 식물 이상의 뭔가를 상징하는 것처럼 느껴졌다.

이제 초가지붕 집은 적막하기 짝이 없었다. 한때 여름이면 수십 송이의 작은 장미꽃들이 만발한 산울타리에 둘러싸였던 산뜻하고 아담한 정원은 완전히 망가져버렸다.

그리고 반대편에 서 있는 언덕 너머, 계곡 기슭도 너무나 고요했다. 풀이 무성한 들판 사이로 난 오래된 소로가, 버려진 작은 농장 건물까지 이어졌다. 경사진 작은 분지에 온통 시커멓고 녹슨 그 건물은, 내가 토요일인가 일요일 오후에 그 아이들을 보았을 때, 텅 빈 고원의 적막함 속에서 너무나 고요하기만 했다. 그리고 잭의 시골집에서 살았던 아이들은 자갈(노란 꽃이 핀 잡초가 군데군데 피어 있는 하얀 자갈 더미)과 사료 구덩이의 타이어 틈에서 뛰어놀고 있었다.

*

어쩌면 그곳에서, 이 골짜기를 완전한 장소로 보는 잭의 꿈은 계속 이어지고 있는지도 모른다. 내가 바라보는 것 같은 타락과 부패가 없는 꿈, 어른의 머릿속에서 펼쳐지는 어린 시절의 꿈이.

이 골짜기와 가축몰이 길을 쇠퇴가 없는 곳으로 보는 또 다른 사람들이 있었다. 어느 날 산책길에서, 오래된 농장 건물들을 지나고 자작나무들 아래에 새로 쌓인 잡동사니들과 백악으로 된 소각 구덩이의 불 옆을 지나서 어린 숲을 향해 언덕 위로 방향을 돌렸을 때, 저 멀리 누군가의 모습이 보였다.

나는 산책 중의 고독에 익숙해져 있었다. 이렇게 멀리서 사람 모습이 보이고 앞으로 10분 내지 15분 뒤에 마주칠 것이 예상되면, 남은 산책뿐만 아니라 돌아오는 길의 산책까지도 몽땅 망쳐버릴 수 있었다(왜냐하면 마주치는 사람도, 대개는 고속도로 중 하나와 연결되는 도로 제일 끝에 세워놓은 차까지 다시 걸어서 돌아온다든지 할 가능성이 있기 때문이다). 그러므로 나는 앞에서 걸어오는 사람을 보면, 차라리 산책을 포기하고 되돌아가는 편을 택했다.

하지만 이번에는 그러지 않았다. 내가 가까이 다가간 사람은 중년 여성이었다. 그녀는 상당히 왜소했다. 멀리서, 특히 하늘을 배경으로 보았을 때에는 그녀는 체구가 당당해 보였다. 광활한 곳에서는 사람들이 돋보이기 마련이다. 우리가 서로 지나치기 직전에 던진 그녀의 인사는 소탈하고 편안했다. 우리는 걸음을 멈추고 이야기를 나누었다. 그녀는 쉬루턴에서 온 직원이었다. 자신이 에임즈베리에서 살 때, 지금 우리 두 사람이 하고 있는 산책을 규칙적으로 했다고 말했다. 그리고 지금은 사슴을 보러 나온 것이었다. 그것도 우리의 공통점이었다. 그녀는 예전에 사슴의 이동로를 조사한 적이 있다고 말했다. 그래서 사슴들이 어디쯤에서 공공 도로를 건너다니는지 대충 알고 있었다. 차들로 분주한 고속도로가 삼 면을 둘러싸고 있고 나머지 한 면은 심지어 군대의 사격 훈련장인 땅덩어리에서 사슴 일가족이 생존한다는 것은 참으로 놀라운 일이었다.

그 여인의 눈에 쇠퇴란 없었다. 넓은 구릉지와 도로들, 사슴들, 이런 자연 세계의 경이로움은 언제나 그랬듯이 여전히 유효했다.

늙은 농장 관리인의 눈에도 쇠퇴란 없었다. 어느 날 나는 산마루에 무덤과 종달새가 있는 동산 앞에, 한쪽에는 숲이, 다른 한쪽에는 나무 하나 없는 들판 혹은 초원이 펼쳐진 도로의 비탈진 구간을 그가 말을 타고 지나가는 모습을 보았다. 예전에는 랜드로버를 타고 이렇게 멀리까지 시찰을 나오는 일이 거의 없었다. 하지만 이제는 은퇴를 했고 한가롭게 돌아다닐 수 있었다. 게다가 말을 타고 있다는 것은 좀더 확실한 여유로움의 표시였다.

하얀색 혹은 회색 반점이 있는, 혹은 적갈색 반점이 점점이 박힌 아름다운 색깔의 커다란 말이었다. 다루기 어려운 말이라고, 그는 말했다. 결혼해서 글로스터셔에서 살고 있는 딸이 준 선물이었다. 그의 딸(말을 능숙하게 다루는)과 딸이 선물한 말(그 말이 그녀에게는 아무 문제도 아니었다), 그가 한 이야기는 그게 전부였다.

아주 오래된 차도의 제일 끄트머리에 있는 그의 교외 주택, 잘 손질된 그의 정원, 다 커서 떠나버린 그의 딸, 그리고 이제 텅 빈 나날들. 그의 시간은 얼마나 빨리 지나가버렸는지! 인생은 얼마나 눈 깜짝할 사이에 흘러가는지! 실제로 얼마나 빠른지, 그저 통상적인 짧은 기간에 연속해서 3대의 인생 주기를 지켜보고 파악하는 게 가능할 정도였다.

하지만 내가 그를 만났을 때, 이런 생각을 한 건 아니었다. 너무 다루기 어렵다고 하는 말을 탄 그를 만났을 때(그는 나와 이야기를 나누며 한숨 돌리려고 말에서 내렸다), 내 머릿속에 맨 처음 떠오른 생각은 오직 사람들 말이 대개는 맞다는 것이었다. 활동적인 혹은 육체적으로 활기찬 생활을 한 뒤에 은퇴한 사람은 빨리 늙는다는 말이었다. 그는 나이가 들었다. 허리는 구부정했으며 걸음걸이는 뻣뻣했다(내가 처음 그를 보고 전형적인 농부 '유형'이라고 생각했던 때에는, 그의 걸음걸이에서 '농부의 걸음'이 엿보였다).

또 다른 생각, 인간의 활동 주기, 그의 활동 기간이 짧다는 생각은 나중에, 내가 장원과 시골집을 떠나게 되었을 때 떠올랐다. 내 인생의 한 시기가 끝나고, 내 기력과 행동이 더 이상 완전히 나의 통제 아래 있지 않음을 스스로 느끼기 시작했을 때, 모든 사람에게는 특정한 분량의 기력이 주어졌으며, 그 기력을 다 쓰고 나면 기진해버린다는 걸 깨달았을 때였다. 내가 다루기 힘든 말을 타고 있는 농장 관리인을 만나고 나이와 기력과 앞날에 대한 전망에서 우리 사이에 큰 간격이 있다고 느낀 지 불과 몇 년 지나지 않아서였다. 하지만 어떤 사람들에게는 중년이, 혹은 그 연령대와 관련된 쇠약이 갑작스럽게 찾아오는 법이다. 그때 내 눈에 나이 든 관리인에게 노년이 갑작스럽게 찾아온 듯이 보였던 것처럼, 내게는 갑작스럽게 중년이 찾아왔다.

나는 사실 예전 관리인에게서 새로 온 농장 사람들 이야기를 듣고 싶었다. 어쩌면 그때, 내가 주변에서 일어나는 농장 일을 보고 이해하기 때문이라기보다는 내 과거에 중요한 한 사람인 그에게 바치는 존경의 표시로서, 내가 얼마나 그의 관리 방식을 더 좋아하는지 말했어야 했는지도 모른다. 하지만 그는 관심이 없었다. 결국 우리의 결속은 표현되지 못하고 지나갔다. 그리고 그러길 잘한 일이었다. 왜냐하면 종국에는, 불가사의하게도(적어도 내가 보기에는) 새로운 모험적 사업이 실패했기 때문이었다. 혹독하고, 메마른 여름이 두 번 지난 뒤였다. 그해 여름이 어찌나 혹독했는지 내 시골집 밖에 있는 오래된 오렌지나무의 꽃봉오리가 시들어버릴 정도였다.

두 번의 가뭄 중 하나를 겪고 있을 때, 나는 버스에서, 그리고 자동차 대여업자인 브레이에게서 가축들에게 물을 끌어다주는 게 아니라 가축들을 물이 있는 곳으로 실어갈 거라는 이야기를 들었다. 어쩌면 웨일스까지 실어갈 수도 있다니! 새로운 모험적 사업의 규모와 방식, 그리고 명성이 가히 그 정도였다. 나는 정말 그런 일이 일어날 것인지, 아니면 그저 시골 사람들의 허풍인지 알 수 없었다. 하지만 곧 그건 아무 상관없는 일이 되었다. 모험적 사업이 실패해버린 것이다. 심지어 이 실패—그토록 많은 사람들에게 영향을 미치고 궁극적으로는 그토록 수많은 논밭의 풍경에 영향을 미칠 만큼 커다란 사건인— 조차 조용히 일어나는 듯 보였다.

내가 이 실패를 알아채기까지는 시간이 좀 걸렸다. 기계들은 그곳에 있었다. 가축들도 그곳에 있었다. 사람들은 자동차를 타고 언덕을 오르내렸으며, 커다란 트럭들이 와서 금속 벽으로 지어진 헛간에서 곡물들을 실어갔다. 하지만 그 실패는, 중심으로의 축소는 점차 모습을 드러내기 시작했다. 헛간 옆에 세워진 조립식 축사는 앞뒤 문을 다 열고 분뇨와 짚을 말끔히 치웠다. 그리고 문이 활짝 열린 채, 깨끗하고(비록 얼룩은 있었지만) 텅 빈 상태로 외양간과 배수로가 있는 콘크리트 바닥, 널빤지로 만든 벽만이 남았다. 널빤지 틈새로 가느다랗게 스며들어온 햇살은 수많은 각도로 빛을 발산하며 이 헛간의 내부를 환하게 비추었다. 새로 지은 채유장 혹은 착유실은 허물어버렸다. 그러므로 새로 만든 콘크리트 지반—남은 것은 그게 전부였는데—만이 언덕 중턱에서 여전히 너무나 새롭고 생경하게 보였다. 그것은 역시 콘크리트 바닥만 남은 책의 온실과 비슷했다.

또다시, 이곳에서, 너무 큰 규모의 건물들이 세워졌던 것이다. 인간에게는 너무 큰 규모의 건물이. 필요가 지나치게 과장되었고 세분화된 다음에는, 뒤에 폐허만 남겼다. 텅 빈 축사는 결국에는 철거되어 어디론가 팔려갈 것이다. 착유기는 뒤에 콘크리트 단상만 남긴 채, 틀림없이 벌써 팔려갔을 것이다. 한때 한편에서는 정해진 시간에 금속 레일 통로 안으로 쫓겨 들어간 똥 묻은 소들이 신기할 정도로

얌전하게 기계가 젖을 짜기를 기다리고 서 있다가 그 일이 끝나면 소모는 여인의 외침(젖 짜는 신성한 의식에서 유일하게 남은 인간의 역할)에 따라 언덕 위로 기어 올라가는 동안, 착유기가 윙윙거리며 쉭쉭 소리를 내고 계기판들이 이것저것을 계속 확인해주던 그 단상은 이제 텅 빈 공터에서 무척 작아 보이기만 했다.

마침내 소들마저도 사라졌다. 몇몇 소들은 팔려 갔을 것이다. 하지만 팔려 갔든 아니든 간에, 소들에게 일어난 일은 그들의 때가 되었다고 판단되었을 때 항상 일어난 일이었으리라. 정기적으로 한 무리의 소들이 덮개를 씌운 밴에 실려 도살장으로 가곤 했기 때문이다.

나는 언덕 중턱에서 하늘을 배경으로 고개를 숙이고 풀을 뜯어 먹거나, 혹은 지나가는 사람들을 호기심 어린 눈초리로 소심하게 쳐다보는 소들을 구경하곤 했다. 그 소들은 어린 시절 트리니다드에서 내가 알았던 연유 상표에 그려진 소들과 흡사했다. 그것은 내게 어딘가 다른 곳, 아름다운 것에 대한 어린아이의 환상, 그 낭만의 절정이 낳은 결과처럼 보이는 어떤 것이었다. 내가 고원 위에서 그것을 보았을 때, 내가 항상 알고 있던 어떤 것과 비슷한 것 같았다. 나는 그 커다란 눈망울을, 이따금 그들의 목초지 안에서 얌전하게 몰려다니는 소떼를 보았다. 소들은 자기들에게 뭔가 맛있는 걸 삿다술 거라고, 혹은 자기들이 좋아하도록 길들여진 뭔가가 있는 곳으로 데려가줄 거라고 믿고서 앞서 걸어가는 사람 뒤를 졸졸 따라다녔다. 나는 새카맣고 촉촉하게 젖은 커다란 코와 귀에 매달린 방충제 통을 보았다. 소들은 그것을 무거운 부채처럼 펄럭거리곤 했다. 사람은 자기가 본 것만 보는 법이다. 보지 않은 것, 실재하지 않은 것을 상상하기란 어려운 일이다.

새끼를 낳은 소들에게서 우유가 나오지만, 매우 병약한 새끼들 말고는 정작 송아지들이 보이지 않는다는 사실을 나는 한참 후에야 깨달았다. 병든 새끼들은 지푸라기가 든 검은색과 흰색 혹은 갈색과 흰색의 늘어진 자루처럼 보였고, 여전히 자궁에서 막 태어난 것 같았다. 송아지를 거느린 암소는 한 마리도 없었다. 그레이*의 「비가 Elegy」에 나오듯이 음매 하며 이곳 초원 위를 배회하는 암소들도 없었고 「황폐한 마을The Deserted Village」**에 나오듯이 해가 저물녘에 새끼를 맞이하며 음매 우는 '차분한' 암소들도 없었다.

연유 상표에 그려진 소들의 이상적인 모습에 어울리는, 한때 특별한 아름다움이었던 것들의 그림들, 시의 이런 구절들. 그것은 정말 특별한 아름다움이었다. 왜냐하면 우리 섬에는 그런 소들이 없었기 때문이다(비록 나는 '차분한'이라는 그 사랑스럽고도 적절한 단어를 잘 알고 있었고, 밤에 소들의 외양간에 짚을 깔아주는 의식도 알았지만 말이다). 우리 섬은 기후도 맞지 않고 초원도 없었다. 그 섬은 대규모 사탕수수 재배를 위해 개발되었다. 소가 있기는 했다. 내 친척 중 몇몇은 다른 시골 사람들처럼 우유나 사랑이나 종교 때문에 소를 한두 마리 길렀다.

우리는 옛 아리안들의 소 숭배 사상이 거의 사라져가는 세대였다. 그것이 없었더라면 인간의 삶은 훨씬 힘들었을 것이고 어떤 기후와

---

* Thomas Gray(1716~1771): 18세기 영국의 시인.
** 아일랜드 태생의 영국 수필가이자 극작가, 시인, 소설가인 올리버 골드스미스(Oliver Goldsmith, 1730~1774)의 시.

땅에서는 아예 생존조차 불가능했을, 바로 그 우유를 제공해주는 소에 대한 숭배. 이 숭배 사상은 우리 선조들이 인도 시골에서 올 때 함께 가져온 것이었다. 내가 어렸을 때, 우리는 여전히 이 사상을 단지 기억도 나지 않는 먼 과거와의 연결 고리로서만이 아니라, 그 자체로 존중했다. 우리들 사이에서 방금 새끼를 낳은 어미 소에게서 나온 신선한 우유는 거의 신성한 것이었다. 소의 주인은 무척이나 진한 그 우유로 특별한 후식을 만들어서 친구들과 친척들에게 보내주곤 했는데, 마치 종교의식에서 나온 신성한 제사 음식인 양 아주 조금씩만 보냈다.

몇 마리 안 되는 우리 소들(어쩌면 그레이나 골드스미스의 소 떼처럼)은 저 언덕 위에 있는 건강하고 덩치 큰 소들에 비하면 초라하고 볼품없었다. 하지만 언덕 위의 저 짐승들에게는 그 아름다움에도 불구하고 사람들의 지속적인 관심, 신성함이 없었다. 나는 소들이 마치 어린아이처럼 그것을 갈망한다고 생각했다. 울타리를 두른 초원 혹은 목초지에 있는 저 소들은 엉덩이에 숫자가 새겨져 있었다. 그리고 태어날 때도, 죽을 때도 신성함이라고는 전혀 없었다. 그저 덮개를 씌운 뱀뿐이었다. 이따금, 잭의 시골집 뒤편에 있는 이끼 낀 버려진 마당이 한때 그랬듯이, 잘못된 수정이나 임신을 도와주던 기억을 떠올리게 하는 것들이 있었다. 한동안 기형으로 태어난 송아지들이 멀쩡한 새끼들과 격리되어, 그곳 우리 안에 가두어졌다. 그 새끼들은 마치 모형 소의 반쪽이 갈라진 틈새로 원료가 새어나온 것처럼, 허리에 불필요한 살과 털(검은색과 흰색의 프리슬란트 무늬가 있는) 덩어리가 늘어져 있었다.

이제 소들이 사라짐에 따라, 옛날 길과 새 길, 그리고 농장 주변의 언덕길에는 정지, 어중간한 긴장의 순간이 찾아왔다. 커다란 사업 활동이 벌어졌던 곳에 이제는 어느 때보다 커다란 폐허가 남았다.

그 영지에서 내가 살았던 장원은 수많은 공간들을 폐쇄했다. 장원의 정원과 숲처럼 보이는 과수원, 그곳에 있는 원뿔 모양의 초가지붕 (초가지붕은 썩어가고 있었고, 한 군데에서는 축축한 갈대 한 다발이 철망 밖으로 삐져나와서 갈대 밑동을 비스듬하게 잘라놓은 것 같은 모양이 되었다)이 있는 아이들 놀이집, 스쿼시 코트도 농가도 아닌 스쿼시 코트, 두 개의 피라미드가 겹쳐진 지붕이 있는 옛날 곡물 창고.

수리한 교회 너머에 있는 오래된 농장 건물들을 허물고 그 자리에 조립식 축사를 세웠지만, 지금은 그마저 텅 비었다. 축사 마당으로 들어가는 입구에 붙어 있는 동그란 은색 볼록거울만이 한때 바쁘게 들락거리던 차들을 상기시켰다. 녹색 얼룩이 있는 초가지붕과 그 지붕 위에 가느다란 지푸라기로 만든 꿩이 세워져 있던 분홍색 집, 그 집의 정원은 이제 쓰레기장이 되었다. 소나무와 너도밤나무(이 나무들은 내가 처음 봤을 때보다 훨씬 높이 자랐다)의 방풍림이 있는 언덕 꼭대기에 세워진 새 헛간과 반쯤 박판을 덧댄 새 축사. 언덕 기슭에 있는, 흙을 파헤친 비탈면에 두꺼운 널빤지(크레오소트*로 얼룩져 있었다) 벽을 세워서 만든 사료 구덩이. 그리고 온 사방에 널려 있는 타이어들. 이런 물건들을 취급하는 사람들에게서 대량으로 사들인, 수많은 도로를 수십 킬로미터 달린 끝에 매끄럽게 닳아버린 타이어들.

---

* creosote: 목재 방부용 기름.

그리고 구덩이를 파면서 나온 자갈들. 백악의 흰색과 풀과 잡초가 무성한 작은 둔덕을 이룬 자갈 더미.

이런 것들이 더 오래된 폐허들 사이에 놓여 있었다. 언덕 기슭에 풀이 무성한 소로가 끝나는 지점에서 오른쪽으로 멀리 떨어져 있는, 아마 지난 세기에 지어졌을 오래된 작은 농장 건물들. 그리고 잭의 시골집 뒤편에 있는 아주 오래된, 수많은 모든 농장 건물들. 가축몰이 길을 따라 놓여 있는 벌통, 집 모양의 오래된 건초 가리, 오래된 돌집, 홀로 남아 있는 무너진 벽들. 내가 처음 봤을 때에는 그 폐허 주변을 빙 둘러서서 그 위로 가지를 드리우고 있던 키가 큰 나무들이 이제는 10년이나 더 나이를 먹었다. 식물은 끊임없이 움직이고 돌은 움직일 수 없었다.

그리고 반대 방향으로 난 산책로, 늙은 관리인이 모는 오래된 랜드 로버의 경로에서 멀리 떨어진 산책로에는, 숲(얼마나 **빽빽**하게 자랐는지!)과 종달새 언덕 사이의 빈터에 여전히 쌓인 거대한 건초 스위스 롤. 그리고 하늘을 배경으로 올록볼록 솟은 여드름처럼 보이는 고대의 무덤들이 고원을 차지하고 있는 종달새 언덕. 이제 건초 스위스 롤은 더 오래된 건초 꾸러미만큼이나 흙처럼 검은색이 되었다. 한편 가축몰이 길의 반대편 끝에 쌓인 더 오래된 건초 꾸러미는 너덜거리는 비닐 포장 아래에서 진짜 흙으로 변해버렸다. 풀이 건초가 되고 다시 흙으로 돌아간 것이다.

＊

이곳에서의 나의 시간도 거의 끝나가고 있었다. 장원의 시골집에서 그리고 골짜기의 특정 지역에서의 나의 시간이, 자연을 보고 배우는 나의 두번째 어린 시절이, 나의 첫번째 삶으로부터 그토록 멀리 떨어진 곳에서 시작된 나의 두번째 삶이 저물어가고 있었던 것이다.

나는 처음부터 이 마지막 순간을 준비하려고 노력해왔다. 강둑 위에서의 경이롭고 빛나는 첫번째 봄—새로 자라난 갈대와 수정처럼 깨끗한 물(내가 배운 표현에 따르면 '신선하고 맑은'), 하지만 강둑에 빽빽하게 자란 다육식물들의 그림자가 드리워진 곳, 특히 나무 아래의 강물은 푸른 올리브색을 연상케 하는 검은색과 녹색을 띠면서 수심이 꽤 깊은 것 같은 착각을 불러일으켰다—, 그 첫번째 봄을 지낸 뒤에 나는 이렇게 중얼거리곤 했다. '적어도 여기서 한 번의 봄은 지냈잖아.' 그다음에는 또 이렇게 중얼거렸다. '적어도 여기서 한 번의 봄과 여름은 보냈어.' 그리고는 '적어도 여기서 일 년은 지냈어.' 해가 지나면서 나의 위안은 이런 식으로 계속 이어졌다. 시간이 겹쳐지고 경험 자체가 변하기 시작할 때까지. 새로운 계절은 더 이상 진정으로 새롭지 않게 되었고, 예전의 기억을 상기시키는 것만큼 새로운 경험을 안겨주지는 않았다. 어느덧 지나간 세월을 쌓아놓고 세기 시작했고, 쌓아놓고 세어보는 데서 즐거움을 찾기 시작했다.

어느 가을날 오후에 잭의 옛 시골집과 방치된 옛 농장 마당을 지나고 있을 때, 나는 살짝 호흡곤란을 일으켰다. 그 증세는 내가 모퉁이를 돌아서 농장 마당을 치우고 너도밤나무(소각 구덩이 근처에 있는 자작나무가 아니었다. 자작나무들은 길 반대편에 있었다. 이 너도밤나무들은 농장 마당 가장자리에 서 있었는데, 이제 한창 전성기를 맞은 우람한 나무들이었다. 너도밤나무의 제일 아래 가지들은 매우 낮게 자라서, 조지 보로*의 『로마니 라이*The Romany Rye*』와 『라벵그로*Lavengro*』**에서의 방랑을 생각나게 하는 한여름에 짙고 아늑한 멋진 그늘을 만들어주었다) 밑에 오래된 금속 조각과 뒤엉킨 전선과 목재 쓰레기들을 두고 나올 때쯤 사라졌다. 너도밤나무와 농장을 지나서 풀이 무성한 오솔길의 익숙한 고독 속으로 들어서자, 나는 다시 편하게 숨을 쉬기 시작했다. 농장 마당 주변에는 뭔가 신경을 자극하는 것이, 일시적인 알레르기 같은 것이 공기 중에 떠돌고 있다고, 나는 생각했다. 그리고 집에 돌아와서 아무 조처도 취하지 않았다. 그런데 바로 그날 저녁에 똑같은 증세가 다시 나타났다. 잭의 시골집 근처에서 찾아왔던 그 순간의 연속 같았다. 하지만 이번에는 꽤 오래 지속되었다. 거의 두세 시간 동안, 나는 심각하게 아팠다.

이 질병은 내게 남아 있는 모든 젊음(꽤 많이 남아 있었다)을 앗아가버리고, 내 기력을 점차 사라지게 하고, 회복기 동안 한 주 두 주, 한 달 두 달 시간이 흐를수록 나를 중년으로 떠밀었다.

이것으로 내게는 장원의 시골집 또한 끝이었다. 언덕과 고원, 강과 강둑도——이곳의 지형은 단순했다——끝이었다. 언덕을 따라 흐른 물

---

* George Henry Borrow(1803~1881): 영국 소설가, 여행 작가.
** 조지 보로가 집시 무리에 끼어서 영국 시골을 방랑한 경험을 술회한 여행기로 자전적 작품이다.

은 강을 이루었다. 비가 내리고 나면 방풍림 옆 포장도로 위에 자갈이 깔린 작은 개울이 생겨나곤 했다. 나는 아스팔트와 풀밭 가장자리 사이를 따라 흐르는 물을 자세히 관찰한 적이 있었다. 공공 도로로 흘러내려간 물은 도로 표면 위를 지나서, 혹은 지하수로를 통해서 강으로 향했다. 또한 비가 온 뒤에는 이런 작은 개울들이, 그러나 땅에 떨어진 너도밤나무 열매—어떤 때는 신선한, 또 어떤 때는 시든—를 잔뜩 실은 작은 개울들이 내 부엌문 앞을 빠르게 흘러갔다. 그러고는 길 위에 온통 물살에 실려 온 작은 부스러기들(주로 너도밤나무 열매의 잔해)을 남겨두곤 했다. 내 시골집은 추웠다. 내가 사랑해 마지않는—특히 그 따뜻한 돌 색깔 때문에—단단한 돌과 부싯돌로 만든 벽이 항상 냉기를 유지했다. 시골집을 둘러싸고 있는 너도밤나무도 줄곧 햇볕을 가렸다. 그래서 심지어 여름에도 이 집은 절대 따뜻해지는 법이 없었다. 오래된 오렌지나무의 꽃봉오리를 말라죽게 한 여름 가뭄 중에도 밤이면 난방을 해야 했다.

　이곳의 아름다움, 점차 깊어진 이곳에 대한 나의 커다란 사랑, 내가 알았던 다른 어떤 장소에 대한 애정보다도 더 커다란 사랑이 나를 너무 오랫동안 이곳에 머물게 했다. 결국 나는 건강이 나빠졌다. 하지만 그때에도, 그리고 지금도 나는 개의치 않았다고 말할 수 있다. 언제나 일종의 거래가 있기 마련이다. 나의 경우에는 작가로서의 재능과 자유 대신, 글 쓰는 삶의 노고와 좌절감, 그리고 내 고향에서 멀리 떨어져 지내야 하는 대가를 치렀다. 또한 나 자신의 장소를 갖지 못하는 상실감 대신, 윌트셔에서의 두번째 인생이라는 선물을 받았다. 그것은 더 행복한 두번째 유년기, 숲 속의 아지트를 갖고 싶은 어

린아이의 꿈의 성취와 더불어 자연에 대한 인식에서 두번째 탄생이
었다. 하지만 시골집의 냉기와 눈부시게 아름다운 강둑의 습기와 안
개가 있었다. 그리고 선천적으로 폐가 약한, 혹은 성장하면서 폐가
약해진 사람들에게 찾아오는 질병이 있었다.

내가 다시 산책을 나가기까지 상당한 시간이 걸렸다. 나는 중요한
책을 작업하고 있었는데, 그런 종류의 노동은 어느 단계에 이르면 정
신적인 힘과 육체적인 힘이 하나가 되어버리기 마련이다. 어느 한쪽
의 힘을 쓰면 다른 한쪽도 고갈되어버리는 것이다. 충분히 회복되었
을 때, 나는 거의 모든 힘을 나의 책에 쏟았다.

나는 또한 슬프게도 떠날 준비를 하고 있었다. 겨우 몇 킬로미터
떨어진 건조한 고원지에 버려진 농가 두 채를 집으로 개조하고 있었
던 것이다. 이 시골집들은 매우 오랜 이름을 가진 옛날 농촌 부락 터
위에 80년 전, 혹은 그 이전에 지어졌다. 옛날 부락은 사라지고 이제
는 아무것도 없었다. 서로 나란히 붙어 있는 몇몇 평평한 집터들과
조그만 녹색 단상 혹은 테라스만이 풀밭에 남아 있을 뿐이었다. 내가
살 집을 공사하는 동안, 녹음이 우거진 완만한 비탈이 사방을 둘러싸
고 있는 곳에서 한 세기 전의 옛날 벽돌담과 벽돌 토대, 그리고 옛날
변소의 시커먼 흙이 나오기도 했다. 나는 기껏해야 백아이나 나올 거
라고 예상했던 곳이었다.

노동자들 집의 토대와 벽이었다. 농사꾼들이 대대로 그 터에서 살
았던 것이다. 심지어 두 채의 시골집까지 내가 개조하는 중이었다. 그
집들은 금세기 초반 옛날 부락의 잔해와 터 위에 세워졌으며, 대대로
노동자들이, 혹은 수많은 다른 사람들이 살아왔다. 이제 외부인인 내

가 다른 사람들이 하고 있다고 생각했던 그 일, 즉 잠재적인 폐허를 만드는 일을 하면서 그 땅의 모습을 약간 바꾸고 있었던 것이다.

(나중에, 그곳으로 이사한 후에, 노인들이 예전에 자신이 살았던, 혹은 방문했던 시골집을 둘러보려고 찾아왔을 때, 나는 몹시 부끄러웠다. 한 번은 죽음이 멀지 않은, 매우 나이 많은 부인이 손자를 데리고 시골집을 보러 온 적이 있었다. 소녀 시절에 양치기인 할아버지와 이 집에서 여름 한 철을 보낸 적이 있는 부인은 완전히 달라진 시골집을 보고 너무 어리둥절한 나머지 자기가 잘못 찾아왔다고 생각했다. 그때 나는 심지어 그 집에 사는 사람이 아닌 척했다.)

나는 깨끗하게 정리를 하고 어디 다른 곳으로 떠났어야만 했다. 하지만 나의 첫번째 삶과 단절을 겪은 후에, 그리고 그 앞선 단절 이후로 20년 만에 뜻밖에도 두번째 삶을 발견하는 행운을 누리고 나자, 나는 너무 멀리 떠나기가 싫었다. 내가 발견한 것들과 가까이 머물고 싶었다. 그리고 장원의 시골집에서 발견한 것들을 가능한 한 다시 만들어내고 싶었던 것이다.

어느 날, 발병한 지 9개월 내지 10개월쯤 되었을 때, 나는 예전에 다니던 산책을 나갔다. 이제 새로운 연상들이 예전 연상에 덧붙여졌다. 그리고 마치 내 기분에 맞추려는 듯이 방풍림 옆으로 언덕을 내려가기 시작하자마자, 나는 여태껏 알았던 어떤 변화보다 더 큰 변화를 계곡 기슭에서 목격했다.

줄지어 서 있던 농가 세 채가—그중 한 채가 잭의 시골집이었는데—한 채의 커다란 집으로 개조되는 중이었다. 기초 공사는 이미 다 끝났다. 세 채의 시골집, 혹은 겉으로 시골집처럼 보이는 그것들은 커다란 거실로 바뀌었다. 그리고 이 커다란 중앙 거실에 새로운 공간들과 방들이 덧붙여졌다. 이제 지붕이 올라가는 중이었는데, 붉은 황금색의 새 서까래들이었다. 집의 디자인이 우아하지는 않았다. 하지만 방이 많고 살기 편안한 집이 될 것이다. 그리고 이 집의 모든 창문들은 차도나 구릉의 비탈, 자작나무와 너도밤나무 숲, 혹은 한 옆의 오솔길을 따라 줄지어 서 있는 산사나무와 자두나무들이 바라다보이는, 녹색의 경이로운 전망을 갖게 될 것이다.

오래된 농장 건물들은 대부분 사라졌다. 하지만 뒤쪽에 있는 어떤 건물들은 여전히 남아 있었는데, 그중에는 한때 짐마차에서 곡물 포대나 건초 꾸러미를 들어 올려 창고 안으로 던져 넣는 도르래와 케이블이 달려 있던 금속 까치발과 짐이 드나들 수 있는 높은 창문이 달려 있는 오래된 창고도 있었다.

건설 인부들은 슬레이트를 단단히 붙이며 지붕 위에서 작업을 하고 있었다. 건축업자의 이름이 적힌 밴이 마당 차도 위에 세워져 있었다. 한때는 잭의 거위들이 돌아다니던 곳이었다. 아직 완성되지 않은, 안이 비어서 소리가 울리는 건물 안 어딘가에서 라디오가 큰 소리를 내고 있었다. 건축업자들, 이 도회지 사람들은 도회지 출신 농장 일꾼들보다 더 환영받지 못했다.

건축업자들의 손에 들어간 집은 얼마나 적나라하게 벌거벗겨진 것처럼 보이는지! 한때 친숙했던 방이 단순한 공간으로 변할 때, 신성함이란 완전히 사라진다. 벽이나 가운데 마루가 없어진 잭의 시골집(나는 지금까지 그 내부를 한 번도 본 적이 없었다)은 순수하게 건축업자의 공사 공간이 되어버렸다. 지금 건축 단계에서는 여전히 순수한 공간이었다. 마당 차도에 커다란 단풍나무들이 서 있는 황폐한 석벽 집처럼. 그 공간 어딘가에서 잭은 생애 최고의 용감한 결정을 내렸을 것이다. 임종의 침상에서 일어나서 마지막 크리스마스 휴일을 마당 차도 끝에서 그리 멀지 않은 평범한 술집에서 친구들과 함께 보내기로. 그리고 그는 질병과 황홀, 체념 혹은 어쩌면 화해를 가슴에 안고 다시 그 공간으로 돌아와 임종을 맞았다.

나는 여름에 이 새로운 건물이 뽀얀 백악 먼지 속에 지어지는 것을 보았다. 하지만 겨울에만 해도, 내가 알기로, 계곡 기슭에 자리 잡은 이 집터는 수십 센티미터까지 푹푹 빠지는 진흙과 물의 땅이었다. 그 것이 바로 잭에게 기관지염과 폐렴을 안겨준 습기의 근원이었다. 하지만 이제는 그 진창과 습기가 해결되었다. 잭의 정원과 거위들의 운동장이었던 마당 전체에, 그리고 다른 시골집들의 정원과 풀이 자라는 곳은 전부 콘크리트를 발라서 대저택을 위한 앞마당을 만들어버렸던 것이다.

집 뒤에 있던 잭의 온실의 콘크리트 바닥은 이제 보이지 않았다. 이 땅은 대저택의 새로운 주거 공간으로 완전히 통합되었다.

그리하여 마침내, 잭의 삶과 죽음이 그 집에서 말끔히 지워진 것처럼, 그가 아끼고 돌보았던 땅은 결국 사라졌다. 하지만 콘크리트로 덮어버린 그의 정원 아래에는 분명히 몇 알의 씨앗이, 몇 가닥의 뿌리가 살아 있을 것이다. 그리고 어쩌면 어느 날 콘크리트가 제거되었을 때(분명히 언젠가는 그런 일이 일어날 것이다. 영원한 거처란 없으니까), 관목이나 꽃이나 덩굴 안에 간직되어 있던 잭에 대한 어떤 기억이 다시 살아나리라.

한때, 어쩌면 몇 세기 동안 농장이나 시골 일꾼들의 숙소 혹은 집이 서 있던 그 자리에 커다란 집이 들어섬으로써, 하나의 순환이 완성된 것이다.

한때는 강을 따라 얕은 여울목 근처에 농장 일꾼들과 양치기들의 주거지, 수많은 부락들이 있었을 것이다. 이 부락들은 점차 줄어들었고, 기계가 도입되면서 더욱 빠르게 쇠퇴했다. 점점 더 일손이 필요 없게 되었다. 그러다가 양을 키우지 않게 되자, 양치기마저 필요 없게 되었다.

장원 저택의 정원, 이제는 울창한 숲처럼 보이는 과수원의 일부는 사라져버린 부락 터 위에 자리하고 있었다. 이렇게 뭔가 세워졌던 자리에 또 뭔가를 세우는 일은 전에도 여러 번 일어났을 것이다. 그 부락 혹은 마을의 이름인 월든쇼, 두 가지 동의어—이미 다른 언어에 흡수된 지 오래인 두 부족의 언어에서 똑같은 뜻(숲 혹은 나무라는 뜻)의 단어—로 이루어진 그 이름이 그림 같은 강과 습한 목초지와 더불어 바다를 건너온 침략자들과 고대의 전쟁들과 이곳에서 일어난 강탈에 대해 말해주고 있었다.

이런 역사는 반복되었고, 말하자면 밖으로 확산되었다. 빅토리아 에드워드 시대 풍의 대저택, 그 정원과 부속 건물들을 위한 막대한 부는 해외에서의 모험, 제국에서 나온 것이었다. 한때 장원 영지는 내가 오후 산책을 다니는 수십 에이커의 땅을 다 포함하고 있었다. 하지만 그 영광은 한 세대밖에 지속되지 못했다. 가족들은 다른 곳으로 이주했고, 영지는 저택과 저택 안마당만 남았다. 영지는 농장과 땅을 잃었다. 다른 사람들이 그 땅을 차지했고 마을이나 혹은 한

때 일하는 사람들로 가득했던 부락이 있던 자리에 커다란 새 건물들을 지었다. 그리고 이제 가축몰이 길을 따라 마지막 남아 있던 소작농 혹은 농장의 시골집들까지 건축업자들 손에 넘어갔다. 한때는 오직 농가 주택에만 적합한 환경─농장 바로 옆에, 도로와 온갖 편의시설로부터 멀리 떨어진─이라고 판단되었던 곳이 이제는 오히려 매력적인 장소가 되었다. 농장은 사라졌다. 대로에서 멀리 떨어져 있다는 바로 그 점이 크나큰 장점이었다. 그렇게 이 장소의 특성 혹은 속성은 변하고, 과거는 완전히 파괴되었다.

나는 이 골짜기 마을로 온 직후부터, 내가 찾은 완벽함의 임박한 소멸에 대한, 그 변화에 대한 생각 속에서 지냈다. 그런 생각은 내가 경험하는 아름다움, 계절이 지나가는 것에 통렬한 아픔을 느끼게 했다. 나는 매년 봄이 오고 가을이 올 때마다, 가축몰이 길과 단풍나무 아래 황폐한 집과 이동주택 트레일러, 농장 건물들, 잭의 시골집, 정원, 그리고 거위 사육장을 기록으로 남기기 위해 카메라를 사겠다고 (혹은 최소한 내가 갖고 있는 카메라 사용법이라도 배우겠다고) 거듭거듭 다짐하곤 했다. 하지만 정작 산책길에 카메라를 갖고 나간 적은 단 한 번도 없었다. 어쩌면 내가 이런 것들에 대한 어떤 물리적 기록도 남기지 못했기 때문에, 더욱더 가슴이 쓰라린지도 모른다. 왜냐하면 아주 금방 이 모든 것들이 오직 내 머릿속에만 존재하게 되었던 것이다.

나는 불안정했던 나의 과거─가난한 소작농의 인도, 식민지 트리니다드, 내 개인의 가정환경, 내가 가진 야심의 원대함과는 전혀 어울리지 않았던 식민지의 협소함, 글 쓰는 직업을 위해 뿌리째 뽑혀야 했던 나의 자아, 가진 것 하나 없이 떠나야 했던 영국으로의 이주, 그리고 여전히 가진 것 하나 없이 후퇴해야만 했던 나의 과거—때문에, 변화에 순종하지 않는 세계에 대해서 특별히 따뜻한, 혹은 예민한 감정을 갖게 되었다고 생각했었다.

나는 잭을 그의 땅에 깊이 뿌리내린, 견고한 존재로 보았다. 하지만 나는 또한 그를 과거에 속한 어떤 존재, 지나간 시간의 유물, 내 카메라가 사진을 찍기 전에 쓸려 나가버릴 어떤 것이라고 생각했었다. 결국 잭에 대한 내 생각은 틀린 것이었다. 그는 과거의 유물이 아니었다. 그는 자신의 삶, 자신의 세계, 거의 자신만의 대륙을 창조했다. 하지만 본인은 그토록 잘 사용하고 즐겼던 그 세계는 너무나 값비싼 것이어서 다른 사람들은 사용할 수가 없었다. 하지만 잭이 세상을 떠나고, 그의 빈자리를 차지했던 도시 노동자들까지 떠난 후에야 겨우, 그때서야 비로소 나는 이 모든 사람들이 자기가 일을 하거나 살고 있는 그 땅을 잠시 차지했던 것이 얼마나 하잘것없는 일이었는지 깨달았다.

잭 자신은 땅에 매달리는 것이 하잘것없는 일이라는 사실을 무시했었다. 그리고 남들이 다 보는 걸 보지 못하는 사람처럼, 늪지와 황폐한 농장 마당 가장자리에 정원을 창조했다. 그는 변화하는 계절에 응답했고, 각 계절의 영광을 발견했다. 그의 주변은 온통 폐허로 둘러싸여 있었다. 사방의 모든 것이 변화였고, 성장과 창조의 주기가 얼마나 짧아졌는지를 상기시키는 것들뿐이었다. 하지만 잭은 삶과 사람이 진정한 신비라는 걸 느끼고 있었다. 그리고 신앙 비슷한 어떤 것을 가지고 삶과 사람이 최우선임을 확신했다. 그의 인생에서 가장

용감하고 경건했던 행위는 죽음을 맞이하는 그의 방식이었다. 인생의 마지막 순간까지, 그는 삶 너머에 있는 어떤 것이 아니라, 삶 자체가 최우선임을 확신했던 것이다.

*

계곡에서 지내는 나의 시간은 끝이 났다. 장원의 시골집과 마당과 사계절의 특별한 신호, 그리고 언덕과 강둑 위 산책로에서의 그 특별하고 리드미컬한 시간이. 비록 멀리 이사하지는 않았지만, 나는 내게 허락되었던 두번째 삶이 끝나버린, 그런 느낌이었다. 내가 계속 수리하고 있던 시골집은 같은 버스 노선에 있었다. 그 버스는 점점 더 많은 돈을 벌어들이기 위해 더 적은 승객을 태우고 더 짧은 거리를 운행하고 있었다.

어느 날 중년 여자가 내게 말을 걸었다. 버스에 탄 사람들은 더러 내게 말을 걸곤 했다. 하지만 어떤 이들은 12년이 지나도 절대 말을 붙이지 않았다. 나는 내게 말을 건 그 여자가 누군지 알아보지 못했다.

여자가 말했다. "잭, 잭의 부인이에요."

그러자 그녀의 얼굴과 수척하고 눈매가 사나웠던 그녀 아버지의 얼굴이 떠올랐다.

그녀는 잭에 대해 이야기할 때면 언제나, 함께 사는 남편이 아니라 그저 알고 지내는 남에 대해서 말하듯이 이렇게 거리를 두었다.

그녀가 말을 이었다. "이 머리 때문에 알아보지 못하는 거예요."

그녀는 자기 머리카락을 손으로 만지작거렸다. 짧은 머리였다.

이것은 잭의 새로운 일면이었다. 멀리서 보면, 덥수룩한 수염과 꼿꼿한 자세 때문에 잭은 마치 초기 사회주의자(내 환상 속의)처럼 낭만적으로 보였다. 그런데 어쩌면 그는 그저 나이 든 사람의 수염을 따라 한 것일 수도 있었다. 어쩌면 결국, 남의 눈을 의식하며 특정한 방식의 삶을 살았던 것일 수도 있었다. 또 어쩌면 그 나름대로, 부인에게 긴 머리와 동그랗게 묶는 머리 스타일뿐만 아니라, 그녀가 넌더리나게 싫어하는 생활 방식과 스타일을 강요했던 폭군이었을 수도 있었다.

그녀는 이제 또 다른 계곡에 있는 작은 마을의 소규모 공영주택 단지에서 살고 있었다. 그녀는 그 동네와 자기 집, 이웃들을 좋아했다. 그리고 자신이 그 오랜 세월 동안 살았던 장소에 커다란 집이 지어진다는 사실을 신기하게(단지 그뿐이었다) 여겼다.

그녀는 말했다. "그거 참 웃기는 일 아닌가요?"

잭의 아내로서는 그 시골집에서 멀리 이사한 것이 잘된 일이었다. 그녀는 자신의 인생을 작은 성공 사례로 생각했다. 아버지는 그저 평범한 사냥터지기였고 잭은 농장 일꾼이자 정원사였지만, 이제 그녀는 반쯤은 도회지 여성이 되었다.

장원이 영지에서, 시골집에서의 나의 한 주기가, 농장 건물들 사이와 농장 위에서의 또 다른 한 주기가, 그리고 잭의 아내의 인생에서도 또 다른 한 주기가 끝났다.

2부

여행

책과 그의 시골집 그리고 그의 정원에 대해 글을 쓰는 것은, 내가 그 계곡에서 두번째 삶을 시작하기 위해서, 그리고 자연 세계에 두번째로 눈을 뜨기 위해서 꼭 필요한 일이었다. 하지만 그 이야기에 대한 구상은 이 계곡으로, 장원 마당 안에 있는 시골집으로 온 지 불과 며칠 만에 떠올랐다.

당시 그 시골집에는 전에 살던 사람들이 쓰던 가구와 책들이 여전히 남아 있었는데, 그중에 일반 종이 표지이 소책자보디도 더 작고 불과 몇 페이지밖에 안 되는 아주 얇은 책이 한 권 있었다. 이 소책자는 '손바닥 예술 문고' 시리즈의 하나로 조르지오 데 키리코*의 초기 그림을 다룬 책이었다. 책에는 조르지오 키리코의 초기 그림 열두 편

---

* Giorgio de Chirico(1888~1978): 이탈리아 화가로 형이상학적 회화 화풍을 창시했다.

이 실려 있었는데, 코딱지만 한 복사본 그림들은 기술적으로 밋밋하고 단순해 보였고 별로 흥미롭지 못했다. 그림의 내용도 깊이가 없었다. 고전풍과 현대풍이 반반 섞인 어정쩡한 배경에, 수도교니 기차, 아케이드, 장갑, 조각상 따위의 전혀 연관성 없는 소재들을 닥치는 대로 모아놓은 아상블라주* 같았다. 그러고는 이따금 평이하게 신비로운 분위기를 살짝 덧입혀 놓았는데, 예를 들어 어떤 그림에서는 둥근 모퉁이에서 다가오는 정체 모를 인물의 그림자가 지나치게 과장되게 그려져 있었다.

하지만 그 그림들 중에서 내 눈길을 끄는 작품이 하나 있었다. 아마 '도착의 수수께끼The Enigma of Arrival'라는 제목 때문이었으리라. 나는 그 제목이 내 경험의 어떤 면을 시적으로 에둘러 표현해주고 있다는 느낌이 들었다. 나중에야 키리코의 이 초현실주의 그림들에 제목을 붙인 사람은 작가 자신이 아니라 시인 아폴리네르였다는 사실을 알았다. 1918년, 전쟁터에서의 부상에 뒤이은 독감으로 젊은 나이에 세상을 떠남으로써 피카소와 다른 사람들을 비탄에 빠뜨렸던 그 시인 말이다.

「도착의 수수께끼」라는 그림 자체에서 흥미로운 점은, 어쩌면 여전히 그 제목 탓일지 모르겠는데, 내 기억 속에서 그림이 변해갔다는 사실이었다. 원본 그림(혹은 '손바닥 예술 문고' 속의 복사본)은 언제나 놀라움을 안겨주었다. 지중해 연안, 고대 로마 같은 고전적 분위기의 배경(적어도 내가 보기에는 그랬다), 성벽과 성문들(마치 도려낸 그

---

* assemblage: 잡동사니나 폐품을 모은 예술과 그 작품.

림 같은) 너머로 고대 양식 선박의 돛 꼭대기가 보이는 선창, 그리고 그들만 아니었다면 완전히 적막했을 거리의 전경에 두 사람의 형체가 보인다. 둘 다 어둡고 흐릿하게 그려졌지만, 아마 한 사람은 방금 도착한 여행자이고 다른 한 사람은 이 항구의 원주민이리라. 그 장면은 쓸쓸하고 신비롭기까지 했다. 그 그림은 도착의 수수께끼에 대해 말하고 있었다. 아폴리네르에게 그랬듯이, 나에게도 말해주었다.

월트셔의 장원에서 지낸 그 회색 겨울, 안개와 비의 연속이었던 첫 나흘 동안, 명료한 것이라고는 거의 아무것도 없었을 그때, 키리코 그림 속의 그 장면에 대해 언젠가 내가 쓸 것만 같았던 이야기의 착상이, 당시 내가 작업하고 있던 책 위로 둥둥 떠다니다가, 불현듯 떠올랐던 것이다.

내 이야기의 배경은 고전 시대의 지중해 연안이었다. 내 화자는 자신의 시대에 대한 역사적 설명을 하거나 시대적 문체를 흉내 내는 어떤 시도도 없이, 담백하게 글을 쓸 것이다. 그는 오려낸 그림 같은 성벽과 출입구가 있는 고전적 항구에—내가 아직 구상하지 못한 어떤 이유로—도착할 것이다. 그는 부둣가에 있는 어둡고 흐릿한 두 사람 앞을 지나쳐 가리라. 그는 그 침묵과 황량함, 공허함을 떠나 출입구 혹은 문으로 갈 것이다. 그곳으로 들어간 화자는 사람들로 붐비는 도시(나는 인도의 전통시장 같은 장면을 상상했다)의 소음과 활기에 삼켜질 것이다. 그가 이곳에 찾아온 임무—가문의 사업, 학업, 종교적 입문—는 그에게 우연한 만남과 모험을 가져다줄 것이다. 그는 집과 사원 내부에 들어가기도 할 것이다. 하지만 점차 자신의 임무가 무엇이었는지 잊어버리고, 어딘지 모르는 곳에 왔다는 느낌이 들 것이다.

그리고 오직 자신이 길을 잃었다는 사실만을 깨닫기 시작할 것이다. 그의 모험심은 점차 공포로 바뀐다. 그는 이곳에서 도망쳐서 부두와 자신의 배로 돌아가길 원할 것이다. 하지만 방법을 알지 못한다. 나는 친절한 사람들의 손에 이끌려 그가 의도치 않게 참여하게 된 어떤 종교의식에서 자신이 희생 제물로 예정되어 있음을 깨닫게 되는 상상을 했다. 절체절명의 순간에 그는 어떤 문 앞에 도달하고, 문을 열어보니 다시 처음 도착했던 부두로 돌아와 있는 자신을 발견한다. 그는 구원받은 것이다. 그 세계는 그가 기억하고 있는 그대로이다. 다만 한 가지가 빠져 있을 뿐이다. 오려낸 그림 같은 성벽과 건물들 위로 돛대가, 배가 보이지 않는 것이다. 그 고풍스러운 배는 떠나버렸다. 여행자는 그의 인생을 끝마쳤다.

　나는 이 이야기를 역사소설로 생각하지 않고 상상력의 무임승차에 더 가까운 것으로 여겼다. 그러므로 자료 조사 따위는 없었다. 어쩌면 바다와 여행과 계절이라는 소재는 베르길리우스에서 따오고, 로마 제국의 지방자치 조직의 느낌은 복음서와 「사도행전」에서 얻었는지 모른다. 또한 고대 종교라는 착상과 그 분위기는 아풀레이우스*에게서, 사회적 배경에 대한 힌트는 호라티우스**와 마르티알리스,*** 페트로니우스****에게서 가져왔을 수도 있다.

---

　　* Lucius Apuleius(124?~170?): 고대 로마의 시인, 철학자, 수사가.
　　** Quintus Horatius Flaccus(기원전 65~기원전 8): 고대 로마 공화정 말기의 시인.
　*** Marcus Valerius Martialis(40?~104?): 고대 로마의 시인으로 로마 제국 초기의 사회 모습을 풍자했다.
**** Gaius Petronius Arbiter(20~66): 고대 로마의 문인으로 네로 황제의 총애를 받아 집정관을 지냈다.

내 상상 속에서 고전 로마 세계에서 살아가기라는 착상이 내게는 무척 매력적이었다. 그것은 아름답고 명료하며 위험한 세계, 내가 속한 환경과는 아주 동떨어진 세계였다. 그 이야기는, 이야기라기보다는 어떤 분위기를 떠올린 것에 더 가까웠지만, 내가 작업하고 있던 책과도 완전히 달랐다. 몹시 어려운 책이어서 8, 9개월 동안 매달렸지만 여전히 초안도 완성하지 못하고 있었다.

내가 쓰고 있는 그 책은 아프리카의 어느 한 나라를 배경으로 하는 이야기가 중심이었다. 백인과 아시아인 주민이 사는 그 나라는 한때 식민지였다가 독립했다. 갑자기 일어난 부족 전쟁이 급작스럽게 식민지의 질서와 소박한 삶을 덮친 시기에 두 명의 백인이 자동차를 타고 하루 종일 여행하는 이야기였다. 아프리카는 이 두 백인 모두에게 기회를 주고 그들을 성장시키며 잠재력을 이끌어낸다. 그리고 이제 그들이 더 이상 어린아이가 아닌 성인이 되었을 때, 그들을 소모해버린다. 이것은 폭력적인 책이었다. 일어나는 사건들이 아니라, 거기 담긴 감정이 폭력적이었다.

이것은 또한 두려움에 대한 책이었다. 이 두려움은 모든 농담을 침묵시켜버렸다. 나는 내가 글을 쓰고 있는 곳인 계곡 위를 맴도는 안개와 일찌감치 깔리는 어둠, 내가 있는 곳에 대한 지식의 부재 등, 이 계곡에서 발산되는 모든 불확실성을 나의 아프리카로 옮겨놓았다. '도착의 수수께끼'라는 이야기는 내 아프리카 이야기의 어두움과 창작의 고통에서 벗어나기 위한 일종의 도피였는데, 그 지중해 이야기가 실은 내가 이미 쓰고 있는 작품의 또 다른 판본에 지나지 않는다는 생각을 당시에는 결코 하지 못했다.

그것이 또한 1년 넘게 나를 괴롭혀온 꿈, 혹은 악몽에 일관성을 부여하려는, 서사를 찾으려는 시도라는 생각도 미처 떠오르지 않았다. 그 꿈속에서는 언제나 꿈의 서사가 절정에 도달하는 순간, 내 머릿속에서 폭발이라고밖에는 묘사할 수 없는 일이 일어나곤 했다. 모든 꿈이 사람들 앞에서나 거리에서나 사람들이 꽉 들어찬 방에서나 어디에서든 나를 벌렁 나자빠지게 만드는 폭발로 끝났다. 나는 서 있는 사람들 한가운데 이렇게 민망한 자세로 내던져졌고 잠에서 깨어나보면 나는 그 자세로 자고 있었다. 내 머릿속에서 일어나는 폭발이 어찌나 요란하고 진동이 심하고 느리던지, 나는 산산조각이 나서도 여전히 생각을 하고 결론을 내릴 수 있는 기적적인 뇌를 가지고, 제아무리 다른 꿈에서는 결국 꿈으로 끝났다 하더라도 이번 폭발에서야말로, 이 꿈에서야말로 살아남을 수 없겠구나, 정말 죽겠구나, 의식이 깨어 있는 상태로 나 자신의 죽음을 생생히 겪고 있구나, 혹은 목격하고 있구나 생각하곤 했다. 그리고 꿈에서 깨어나면, 머리가 어지럽고 혼란스럽고 기운이 다 빠졌다. 마치 내 머릿속에서 진짜로 뭔가 터지기라도 한 것처럼 말이다.

이 꿈, 혹은 악몽, 혹은 내적 극화——어쩌면 내 머릿속의 일시적인 장애가 내가 사람들 앞에서 쓰러지던 거리와 카페, 파티장, 버스에 대한 정밀화를 만들어낸 것인지도 모른다——는 1년 이상 계속되었다. 정신적 피로와 깊은 슬픔 같은 어떤 감정이 이런 꿈을 가져온 것이다.

나는 많은 글을 썼고 무척 힘든 작업을 했다. 그리고 학창 시절부터 다소간 압박을 받으며 공부했다. 글을 쓰기 전에는 계속해서 배움의 과정이 있었다. 나는 글쓰기를 느리게 터득했다. 그전에는 옥스퍼드 시절이 있었다. 그리고 그전에는 옥스퍼드 장학금을 따기 위해 열심히 공부했던 트리니다드에서의 학창 시절이 있었다. 작가가 되기 위한 오랜 준비 과정이 있었던 것이다! 그런 다음에도 나는 작가가 된다는 것이 (내가 상상했던 것처럼) 딱 도달하거나 머물러 있는 상태—혹은 어떤 능력이나 성취, 명성, 내용물—가 아니라는 사실을 깨달았다. 이 직업에는 특별한 고통이 따라다녔는데, 어떤 글쓰기의 노고가 있었든지 간에, 어떤 창조적인 도전을 하고 만족을 얻었든지 간에, 시간은 언제나 그것에서부터 나를 멀리 데리고 가버린다는 사실이었다. 그리고 시간이 흘러감에 따라, 내가 이미 이룩해놓은 것에 조롱당하는 기분이 들었다. 그것이 이제는 영원히 지나가버린 과거, 혈기왕성했던 시절의 것처럼 느껴지기 때문이었다. 공허감, 불안감이 다시 쌓이고, 그러면 오직 나의 내적 자원만 가지고 또다시 새로운 책을 시작해야만 했다. 그리고 결국 다시 그 소모적인 과정에 들어가게 되는 것이다.

나는 마침내 무너지고 말았다. 내 정신은 붕괴되었다. 그 정신적 붕괴는 내가 이 골짜기에 오기 직전에 일어났다. 2년 동안 나는 내가 태어난 지방에 관한 역사서를 쓰고 있었다. 그 책은 점차 분량이 늘었다. 그리고 (특정 길이를 넘어선) 긴 책은 짧은 책보다 더 쓰기 힘들었고 심신을 지치게 했다. 나는 책이 길어지지 않게 하려고 안간힘을 썼다. 하지만 그때 나는 그 책의 이야기에 도취되어 있었다. 역사가들은 인간의 사건들에서 추상적인 원리를 찾고자 한다. 그러나 나의 접근법은 반대였다. 2년 동안 나는 최대한 인간의 이야기를 재구성하기 위해 내가 찾아낸 기록들 속에 파묻혀 살았다.

그것은 힘든 노고였다. 열 편 혹은 열두 편의 기록──거의 개인적 기억과 같은 기억에서 다시 불러낸──이면 꽤 짧고 간단한 이야기 한 문단을 채울 만한 상세한 사실들을 제공해주었을 것이다. 하지만 나는 내 이야기, 그 이야기가 건드리는 주제들──발견, 신세계, 발견된 섬들의 원주민 몰살, 노예제, 식민지 농장의 건설, 혁명 사상의 도래, 그렇게 만들어진 사회에서의 혁명 이후의 혼돈 등──에 한껏 고무되어 있었다.

이 2년은 강도 높은 엄청난 지식 습득의 기간이었다. 나는 지난 12년 동안 찾지 못한 내 작품의 독자들을, 이 책을 통해 비로소 찾게 될 거라고 생각했을 만큼, 내가 쓰고 있는 원고에 대해 너무나 커다란 믿음을, 내 이야기의 훌륭함에 대해 너무나 강한 확신을 갖고 있었다. 그리고 어리석은 행동을 했다. 원고에 대한 반응을 기다리지도 않고, 내가 영국에서 혼자 힘으로 이루어낸 소박한 삶을 포기하고 자유로운 사람이 되기 위해 떠날 준비를 했던 것이다.

오랫동안, 멀리 떨어진 그 섬(내가 그곳의 역사를 발견하고 글을 써온)에서, 나는 영국에 가는 순간만을 꿈꾸었다. 하지만 영국에서의 내 삶은 무미건조하고 몹시 초라했다. 나는 내 식민지 고향의 미숙하고 다듬어지지 않은 예민함을 고스란히 영국으로 가지고 갔다. 그리고 그 예민함은 어느 정도 남아 있었다. 물론 초기에 그 예민함은 상당 부분 육체적으로나 성적으로나 불완전하고 재능이 다 개발되지 않은, 경험 없는 젊은이의 예민함이었다. 나는 한때 고향에서 영국으로 가는 꿈을 꾸었던 것처럼, 영국에서 사는 몇 년 동안 내내 영국을 떠나는 꿈을 꾸었다. 그리고 이제, 내가 처음 영국에 도착한 지 18년

이 지났을 때, 때가 온 것 같았다. 나는 내가 조금씩 이룩한 삶을 해체했다. 그리고 떠날 준비를 했다. 내가 직접 사서 개조한 집은 팔아치웠다. 내 가구와 책, 원고는 창고에 보관했다.

파국은 넉 달 뒤에 일어났다. 내가 그토록 믿었던 원고가, 나를 그토록 소진시킨 원고가 정작 그 원고를 의뢰한 출판업자의 마음에 들지 않았던 것이다. 서로 오해가 있었다. 그는 내 이름만 알고 있을 뿐, 내 책의 성격은 알지 못했다. 나 또한 나에 대한 그의 관심을 잘못 알고 있었다. 그는 나를 진지한 작가로 대하긴 했지만, 내가 쓴 원고보다는 훨씬 더 단순한, 단지 여행자들만을 위한 원고를 원했던 것이다. 그래서 나는 허공에 뜬 상태가 되었고, 결국 영국으로 돌아가야만 했다.

돌아가는 여정—내가 새로운 꿈을 가지고 찾아왔던 대륙과 섬에서부터, 내가 막 그것에 대해 글을 썼던 신세계의 구석, 그곳에서부터 미국과 캐나다를 거쳐 영국으로 돌아가는 그 여정—은 19년 전, 내가 청년, 아니 거의 소년이었을 때 작가가 되기 위해 영국, 그러니까 작가라는 직업이 어떤 의미가 있는 나라로 떠났던 여정을 어찌나 고스란히 되풀이하며 풍자하는지, 나는 그 모든 잔인한 아이러니를 고스란히 느끼지 않을 수 없었다.

아프리카에 대한 구상이 문득문득 떠오른 것은 3, 4년 전부터였지만, 내가 나의 아프리카 이야기를 쓰기 시작한 것은 이 슬픔, 눈물을 흘리거나 분통을 터뜨리기에는 너무 깊은 이 슬픔—머리가 폭발하는 꿈을 통해 부분적으로 표현되기 시작한 슬픔—때문이었다.

작가로서 내가 하루하루 안고 살았던 아프리카인의 두려움, 미지의 윌트셔, 잔인했던 영국으로의 귀환, 두번째 실패에 대한 걱정, 정신적 피로, 이 모든 것들이 하나로 합쳐져서 잭의 시골집 쪽으로 산책을 하며 그 앞을 지나가던 남자의 정신을 짓누르고 있었던 것이다. 그는 단지 관찰자, 새로 이사 온 사람일 뿐만 아니라, 여러 가지 일들을 겪고 여러 가지에 시달리던 사람이었다.

그리고 그 작가에게 일종의 해방구로서, 목가적인 시로서 '도착의 수수께끼'라는 그림에서 암시를 받은 그 배 이야기, 고대의 부두 이야기가 떠오른 것은 바로 그러한 감정적 부담 때문이었다. 그 이야기에 대한 착상은 작가 자신조차 그 머나먼 곳에 대한 이야기 속에 자기 삶의 얼마나 많은 부분이, 여러 가지 면들이 담겨 있는지 의심하지 못할 만큼, 자연스럽게 떠올랐다. 하지만 그것이 바로 어떤 특정한 이야기 혹은 사건이 작가의 마음을 사로잡는 이유, 혹은 인상을 남기는 이유이며, 작가들이 집착을 갖는 것처럼 보이는 까닭이다.

*

나는 매일 저녁 산책을 나갔다. 그리고 내 작품을 끝마쳤다. 작품을 수정하는 동안 저술에 대한 공포는 되살아나지 않았다. 나는 치유되기 시작했다. 아니, 단순한 치유 이상이었다. 이 계곡과 내 시골집이 있는 장원의 영지에서 기적이 일어난 것이었다. 영국의 오래된 심장부, 내게는 완전히 낯선 장소인 이 비현실적인 환경에서, 나는 두번째 기회, 새로운 인생이 주어졌음을 깨달았다. 다른 어느 곳에서보다도 훨씬 더 풍요롭고 충만한 인생이었다. 처음에는 그저 세상과 멀리 떨어진 은신처로만 보였던 이곳에서 나는 가장 훌륭한 작품을 완성했다. 나는 여행을 했고 글을 썼다. 밖에 나가 모험을 하고, 그 경험을 내 시골집으로 가지고 와서 글로 썼다. 그렇게 몇 년이 지났다. 나는 치유가 되었다. 나를 둘러싼 삶이 변했고, 나도 변했다.

그러다가 어느 날 오후에 질식할 것 같은 발작이 찾아왔다. 오래전에 세상을 떠난 잭의 옛날 시골집 옆을 걸어가고 있을 때였다. 그 질식할 것 같은 발작은 몇 시간 후에 발병한 심각한 질병의 전조였다. 그리고 몇 달 후에 병에서 회복했을 때, 나는 중년 남자가 되어버린 자신을 발견했다. 일하는 게 더 힘들어졌다. 나는 자신이 새로운 일을 맡고 싶어 하지 않는다는 걸 깨달았다. 나는 일에서 벗어나고 싶었다.

내가 이 계곡에 왔을 때, 내 꿈은 피곤함과 불행으로 인한 꿈—폭발하는 머리, 죽음의 확신에 대한 꿈—이었던 반면, 이제는 죽음에 대한 생각 자체가 내 잠 속으로 찾아왔다. 그것은 예전 꿈속에서처럼 그림이나 이야기로서의 죽음이 아니라, 사람이 가장 나약해졌을 때 잠을 자는 동안 찾아와서 그의 심장을 노리는 어둠, 세상의 종말로서의 죽음이었다. 인간의 삶과 행위를 모두 무의미하게 만드는 죽음, 이런 죽음에 대한 생각(나는 아침마다 그 때문에 깨어나곤 했는데)이 어찌나 내 기운을 빼앗았는지 다시 세상을 현실로 인식하고 행동하는 사람이 되는 데 한나절이 걸리곤 했다.

이전에는 쇠약으로 인한 꿈이었다면, 이번에는 궁극적인 공허에 대한 무의식적 생각으로 인한 쇠약이었다. 이것 또한 골짜기 마을을 산책하며 사람들과 사건들을 지켜본 사람에게 일어난 어떤 일이었다.

그것은 마치 작가라는 직업, 그 소명처럼 내게 일시적인 성취감 이외에는 아무것도 줄 수 없는 것이었다. 그래서 그것은 또다시, 내가 키리코의 그림을 보고 그 이야기에 대한 구상을 떠올린 지 몇 년 후에 다시, 바로 내 인생에서 '도착의 수수께끼' 이야기의 또 다른 버전이 되었다.

*

실제로 오래전에 한 차례 여행을 했다. 다른 모든 여행의 씨앗이된 여행, 그리고 간접적으로는 고전 세계에 대한 환상을 길러준 여행. 한 번의 여행, 그리고 한 척의 배가 있었다.

그 여행은 나의 열여덟 번째 생일을 앞둔 어느 날에 시작되었다. 나는 그 여행을 허락받지 못할까 봐 일 년 내내 노심초사했다. 심지어 여행 전부터, 여행에 대한 불안감을 안고 살았던 것이다. 그것은 바로 나를 나의 섬, 트리니다드에서부터 베네수엘라의 북부 해안을 거쳐 영국으로 데려간 여행이었다.

제일 먼저, 비행기가 한 대 있었다. 통로가 좁고 낮게 날아가는 그 시절의 소형 비행기였다. 이 비행기는 내게 첫번째 새로운 발견을 가져다주었다. 그것은 바로 공중, 그렇게 높지 않은 공중에서 내려다본 나의 어린 시절의 풍경이었다. 내가 땅에서 보던 그곳의 길가 풍경은 너무나 궁색하고 지저분했고, 오막살이집들과 시궁창, 휑뎅그렁한 앞마당들과 축 늘어진 무궁화나무 울타리들 그리고 추레한 뒷마당들로 가득 차 있었다. 하지만 공중에서 내려다본 풍경은 질서정연하고 커다란 무늬를 이루고 있었다. 반듯반듯하고 규칙적인 직선의 베틀로 짠 카펫 같은 사탕수수 밭은 높은 곳에서부터 어찌나 드넓게 펼쳐져 있는지 섬의 가장자리를 빼놓고는 사람이 살 공간이 거의 남아 있지 않았다. 또한 거대한 미지의 습지대, 이상하리만큼 고요한 맹그로브 숲과 눈부신 녹색의 습지대 나무들은 희뿌연 녹색의 수면에 검은 그림자를 던지고 있었다. 높은 산맥의 숲이 우거진 산봉우리들과 언덕들 그리고 계곡들도 보였다. 도로변의 지저분한 모습을 모두 감추어버린 뚜렷한 무늬—카무플라주처럼 짙은 녹색과 짙은 갈색으로 이루어진 무늬—와 지형선이 그려내는 그 풍경은 마치 책에서나 보던 풍경, 진짜 어엿한 한 나라의 풍경 같았다. 그렇게 거의 이륙의 순간에, 그곳을 떠나는 순간에 바라본 내 어린 시절의 풍경은 내가 놓쳐버린 어떤 소중한 것, 내가 한 번도 보지 못했던 어떤 것 같았다.

몇 분 뒤에, 바다. 그것은 테니슨의 시 한 구절처럼 주름이 잡혀 있었다. 바다는 햇빛에 반짝였고, 푸른색보다는 오히려 회색과 은색에 가까웠다. 또다시 테니슨의 시 한 구절처럼 그것은 구물구물 일렁거렸다. 그렇게 또다시, 내가 그때까지 평생 살았던 그 세계는 내가 한 번도 보지 못한 세계였다.

곧이어 소형 비행기는 구름 위로 곧장 솟아올랐고, 우리가 푸에르토리코에 도착할 때까지 구름 바로 위를 그렇게 날아갔다. 나는 5년 전에 아마 이것보다 더 작은 비행기를 타고 자메이카로 여행을 다녀온 사람에게서 하늘에서 내려다본 구름이 얼마나 아름다운지 들은 적이 있었다. 그러므로 어느 정도 마음의 준비가 되어 있었던 경험이자 아름다움이었는데도, 나는 완전히 압도되고 말았다. 구름 위에서 언제나 빛나는 저 태양! 참으로 견고하고 참으로 순수한 구름. 나는 그저 보고 또 보기만 할 수 있을 뿐이었다. 그 아름다움을 진짜로 소유하거나, 그 특별한 경험의 끝까지 도달했다고 느끼는 것은 불가능했다. 극히 소수의 사람들만 볼 수 있는 광경을 보다니! 눈에 보이는 저것, 구름 위의 세계가, 심지어 지각하지 못할 때조차도, 언제나 그곳에 있었다. 앞으로, 그리고 영원히 머릿속으로 돌아갈 수 있는 저 위에(그리고 가끔 해 질 녘에는 구름 아래에도).

우리는 푸에르토리코로 순조롭게 날아갔다. 늦은 오후였다. 불과 몇 시간 만에 벌써 다른 나라에 오다니. 여행을 한 것이다! 다른 언어, 여러 인종이 뒤섞인 사람들, 물라토*이지만 내 고향의 물라토들과는 미묘하게 다른 사람들.

격납고(내 눈에는 그렇게 보였다. 딱히 공항 터미널이라고 할 만한 장소가 없었던 것이다. 비행기 여행은 비록 사치스러운 일이었지만, 그 시절에는 여전히 임시변통인 면이 있었다)에 흑인 한 명이 있었다. 그 흑인은 소형 비행기를 타고 왔다. 나는 그에게 트리니다드에서 왔느냐고 물었다. 물론이었다. 나도 알고 있었다. 비행기 안에서 그를 보았던 것이다. 그런데도 나는 그에게 물었다. 왜였을까? 우정을 나누려고? 하지만 나는 우정이 필요 없었다. 나는 내 행동에서 허위를 알아차렸다. 그 격납고 혹은 창고에는 다른 비행기를 타고 온, 혹은 다른 비행기를 기다리는 사람이 또 한 명 있었는데 그는 그 날짜 『뉴욕타임스』를 읽고 있었다. 이 거대한 세계는 줄곧 내 작은 섬 밖에 존재하

---

* mulato: 라틴아메리카의 백인과 흑인의 혼혈인종.

고 있었다. 마치 지각하지 못할 때도 언제나 저기, 구름 위에 태양이 존재하는 것처럼. 그리고 이제 이 거대한 세계가 손 닿을 수 있는 곳에 있었다!

8시간(아니, 13시간이었던가?) 동안 우리는 뉴욕을 향해 캄캄한 하늘을 날아갔다. 모든 것이 심심하기만 하고 심지어 빛조차도 생기를 죽이는 특성이 있는(내가 생각하기에) 내 고향 섬에서의 삶에서 고작 몇 시간을 날아왔을 뿐인데, 나는(난생처음 도시에 온 시골뜨기들이 다 그러하듯이) 경이의 세계에서 살고 있었다. 나는 이런 세계가 존재한다는 사실을 늘 알고 있었다. 하지만 단지 교통 요금만 내면 나도 이 세계에 들어갈 수 있다는 사실을 발견하는 것은 여전히 어마어마한 충격이었다. 하지만 동화에서처럼, 경이와 더불어 위협감이 찾아왔다. 소형 비행기가 밤하늘을 날아가면 갈수록 뉴욕에 대한 생각 때문에 점점 겁이 났다. 하지만 도시보다도 도착의 순간에 대한 두려움이 더 컸다. 나는 그 순간을 상상할 수가 없었다. 그것은 내가 처음 경험한 여행자의 공포였다.

내 옆에 앉은 승객은 영국 여자였다. 그녀는 아이 한 명을 동반하고 있었다. 영국 여자와 어린아이, 나는 그런 식으로밖에는 그들을 보지 못했다. 내게는 그들의 신분을 가늠하고 판단할 만한 잣대가 아무것도 없었다.

나는 일기를 썼다. 그럴 목적으로 겉표지 주머니에 편지봉투가 들어 있는, 줄 쳐진 값싼 편지지철을 사가지고 왔다. 나는 또한 '지워지지 않는' 자주색 연필도 가져왔다. 그 당시 트리니다드에서 중요한 사람들, 특히 공무원들이 사용하던 것과 같은 연필이었다. 연필 끝에

침을 묻히면 색깔이 진해졌다가, 침이 마르면 다시 희미해졌다. 내가 편지지철과 연필을 사가지고 온 까닭은 작가가 되기 위해 여행을 하고 있었기 때문이었다. 그리고 나는 첫걸음을 떼야만 했다.

나는 여승무원에게 연필을 깎아달라고 부탁했다. 일면 비행기 여행의 호사를 누려보고 싶은 마음도 있었다. 비행기는 작았지만, 여러 가지 소소한 서비스들을 제공하고 있었던 것이다. 적어도 항공사 광고에는 그렇게 적혀 있었다. 여승무원에게 이런 요구를 한다는 것은 일종의 모험이었다. 그런데 놀랍게도 백인이며 미국인인, 게다가 내 눈에는 눈부시게 아름답고 어른으로 보이는 여승무원이 나의 요구를 진지하게 받아들였고 연필을 예쁘게 깎아서 가져다주었다. 그리고 열여덟 살이 되려면 아직 2주나 남은 내게 '승객님'이라고 존칭을 붙였다.

나는 일기를 썼다. 하지만 기록할 가치가 있는 많은 일들을 빼놓았다. 몇 년 뒤에 나는, 그중에 많은 일들이 그때 일기장에 적어놓은 것들보다 훨씬 더 중요했다고 생각하게 될 것이었다. 비행기 안에서 쓴 일기에는 트리니다드 공항에서 있었던 가족들과의 대대적인 송별식도 적혀 있지 않았다. 아스팔트 활주로 가장자리에 작은 정원이 딸린 조그만 목조 주택이 바로 트리니다드의 공항 건물이었다.

가족들과의 송별식은 내가 마지막으로 참여한 힌두교식 혹은 아시아식 큰 행사였다. 이 송별식(또 다른 지역, 또 다른 대륙, 또 다른 종류의 여행에서 비롯된 관습으로, 그때 여행자는 우리 중 많은 이들이, 혹은 우리의 할아버지들이 다시는 인도로 돌아가지 못했듯이, 실제로 두 번 다시 돌아오지 못할 수도 있었다)을 위해 사람들은 하루벌이를 포기하고 자신의 일까지 쉬면서 작별 인사를 하러 먼 길을 찾아왔다.

그러나 실제로는 작별 인사를 하기 위해서가 아니라, 자신을 보여주기 위해서, 커다란 집안 행사에 참여하여 일가족으로서의 결속을 다지기 위해서였다. 비록 이제는 커져버린 집안의 다양한 분가들 사이에 차이가 생기고, 대화 속에서는 이미 서로서로, 혹은 일방적으로 생색내기나 사회적 긴장감이 드러나고 있었지만(혹은 그렇기 때문에 더욱).

나는 소형 비행기 안에서 우아한 팬아메리칸월드항공의 여승무원이 깎아준 지워지지 않는 연필로 나의 작가 일기에 이 행사를 기록하지 않았다. 그 행사가 내가 쓰고 있는 배경과는 너무 동떨어졌다는 게 한 가지 이유였고, 또 다른 이유는 그 행사, 활주로 가장자리에 있는 목조 건물 주변에 우르르 몰려선 한 무리의 부자연스러운 사람들과의 송별식이 내가 생각하는 작가 일기라는 개념에, 혹은 내가 준비하고 있는 작가의 경험에 맞지 않다고 생각했기 때문이었다.

나는 공항에서 만난 사촌과 그의 조언—몇 년 지나지 않아서, 내 경험의 성격을 이해하기 위한 작업을 시작했을 때, 분명히 기록해놓고 싶어 하게 될 어떤 사실이었지만—에 대해서도 적지 않았다.

이 사촌은 아둔하다고 할까, 확실히 좀 모자란 친구였는데 열네 살 쯤부터 아랫배가 나오기 시작해서 평생 그 모습을 유지했다. 그리고 영어나 다른 어떤 언어에 대해서도 문법적 지식이나 감각이라고는 없었지만 편법을 써서 신문기자가 되었다. 그는 나에 대해 좋은 감정을 갖고 있지 않았다. 심지어 악의를 갖고 있었을 수도 있다. 아마 내 모습을 한 인형을 바늘로 찌르는 것과 맞먹는 일이라도 쉽사리 해치웠을 것이다. 어떤 적극적인 악의 때문이 아니라, 자기 성격에 맞는 냉담함과 가족 간의 증오라는 단순한 원칙 때문에 말이다.

하지만 그는 이 송별식에 감동을 받았다. 혹은 이 상황에 걸맞은 행동을 해야겠다고 생각한 모양이었다. 공항에 작별 인사를 하려고 모인 사람들 속에서, 몇몇 사람들(그중에는 내가 모르는 사람들도 있었다)은 심지어 눈물을 짜내기까지 했는데, 사촌이 내게 다가오더니 마치 최고위 정보통이나 공항 관리자나 팬아메리칸월드항공의 사장이나 혹은 하느님이 직접 기자인 자신에게 대단한 비밀이라도 알려준 것처럼 이렇게 속삭였다. "비행기 뒤쪽에 앉아라. 거기가 더 안전하니까"(배나 비행기를 타고 가는 여행은 여전히 모험이었다. 그리고 어쩌면 비행기 뒤쪽 좌석에 대한 사촌의 말이 맞을지도 모른다. 하지만 아마—이쪽일 가능성이 더 높은데—사촌의 충고는 비행기가 추락하면 곧장 수직으로 떨어져서 앞쪽을 들이박는다는 아이들 만화의 내용에 근거한 것일 터이다).

어쨌든 나는 내 비행기 일기장에 이 사촌과 그의 충고에 대해 적지 않았다. 왜냐하면 가족들의 송별식과 마찬가지로, 내 인생에서 시골뜨기 아시아인으로서의 잔재, 이런 시시한 조언은 그 글에 어울리지 않아 보였기 때문이었다. 그것은 세상에 대한 좀더 서사시적인 꿈과 좀더 서사시적인 개인적 모험에 대한 글이었다. 아니, 아예 송별식이나 사촌의 조언에 대해 써야겠다는 생각조차 떠오르지 않았을지 모른다. 그러니 그 주제를 거부하고 말고 할 것도 없었다.

비록 내 주제는 개인적 모험이었지만, 나는 좀더 중요한 사실에 대해, 그 여행과 고독이 이미 일으키기 시작한 내 인성의 변화에 대해서 쓸 수 있을 만한 처지가 아니었다. 이 변모에 대한 암시는 지극히 미미했다. 5년 만에 나는 가족들의 송별식과 사촌의 충고가 '소재'라는 걸 매우 분명하게 깨달았다. 하지만 내 인성의 변화들 혹은 이런 변화에 대해 내가 느끼기 시작한 미미한 암시들, 그 첫날의 모험의 미세한 파편들이었던 암시들이 정당한 자기 몫을 차지하기까지는 그 후로도 여러 해가 지나야만 했다.

푸에르토리코의 격납고 혹은 공항 건물에 그 흑인이 있었다. 우리의 소형 비행기는 몇 시간 만에 처음으로 오후 늦게 그곳에 기착했다. 벌써 빛이 달랐다. 세계가 달라진 것이다. 이 세계는 더 이상 식민지가 아니었다. 나에게는 그랬다. 사람들의 가치도 이미 달라졌다. 이 흑인도 마찬가지였다. 그는 할렘으로 가는 중이었다. 불과 몇 시간 전만 해도 그는 고향에서, 그의 동족들 사이에서 부러움을 한 몸에 받던 사람이었다. 그의 여행은 형언할 수 없이 매혹적인 일이었다. 하지만 이제 그는 그저 자기 옷이 아닌 게 확실한, 역도 선수(당시 우리들 사이에서는 역도가 대유행이었다) 같은 그의 어깨에 너무 꼭 끼는 밀짚 색깔의 양복을 입은 흑인일 뿐이었다. 그는 그 양복을 입고 허세를 부리며 어떻게든 체통을 잃지 않으려고, 한낱 미국인 검둥이가 되지 않으려고, 비행기와 백인들에게 주눅 들지 않으려고 기를 쓰고 있었다.

그는 교육받은 사람이 아니었고, 고향에서라면 내가 애써 사귀고 싶어 할 사람은 아니었다. 하지만 이미 나는 그와 친해지려고 애썼고 심지어 동포임을 주장했다. 왜 그랬을까? 나는 친근한 태도를 취하는 순간에도 그런 태도가 거짓임을 느꼈다. 몸에 꽉 끼지만, 꽤 괜찮은 양복을 입은 그는 나를 그저 덤덤하게 대했다. 나는 그게 한편으로는 기뻤다. 왜냐하면 그와의 우정을, 대화를 원했던 것은 아니었기 때문이었다. 그런데도 나는 그런 태도를 보였다. 만약 내게 외롭고 나약한 기분이 들었느냐고 묻는다면, 오히려 정반대였다고 대답했을 것이다. 나는 완전히 흥분 상태였고 세상 모든 것을 사랑했다. 그 위대한 날의 반나절 동안 그때까지 내 눈에 보이는 모든 것들은 그저 새롭고 놀라웠다.

그 트리니다드 남자는 초연했다. 단추를 목까지 꼭 채운 채, 눈빛은 평온했고 얼굴에는 들떠서 흥분한 기색도 없었다. 오히려 맥없고 굳은 표정이 긴장감을 드러내고 있었다. 나는 그를 그냥 내버려두었다. 나는 혼자 있었다. 햇빛이 노랗게 되더니 어두워졌다. 이윽고 우리는 다시 비행기에 올랐다.

소형 비행기는 날아가고 또 날아갔다. 이런 형태의 여행이 지닌 단조로운 반복성은 예기치 못한 새로운 깨달음이었다. 이 여행이 내가 여태껏 경험한 가장 빠른 여행임에도 불구하고, 또한 배로 가는 것에 비하면 터무니없이 짧은 여행이라는 걸 알고 있음에도 불구하고, 정말 '지루하다'는 생각이 드는 것은 결코 허풍도 허세도 아니었다.

내 옆에는 한 여자와 그녀의 아이가 앉아 있었다. 그녀는 앞서 말했던 것처럼, 영국인이었다. 나는 그때까지 그 나이 대의 영국 여자를 한 번도 만난 적이 없었다(사실 영국 여자라고는 딱 한 명밖에 만나보지 못했다). 게다가 그녀의 성격이나 지성 혹은 교육 정도를 읽어낼 만한 아무 잣대도 없었다. 또한 나는 아이들에게 관심이 없었다. 아이를 데리고 다니는 여자들에게 관심이 없었다. 하지만 나는 이 여자—아이에게 온통 정신이 팔린—에게 우정을 제안하고 있는 나 자신을 발견했다.

나는 뉴욕까지 가는 길에 바나나를 갖고 있었다. 바나나는 비닐 가방에 담겨서 아마 바닥에 놓여 있었을 것이다. 음식을 싸가지고 다니던 옛날 시골 사람들의 여행 습관의 잔재였다. 비행기에서 그리고 뉴욕 호텔에서 제공될 음식에 대한 신실한 힌두인의 불신이기도 했다. 바나나가 냄새를 풍겼다. 따뜻한 비행기 안에서 매시간 익어가고 있었던 것이다. 나는 여자에게 바나나를 권했다. 여자가 그걸 받아 아이에게 주었던가? 기억이 나지 않는다. 분명한 사실은 내가 권유했다는 것이었다. 비록 나는 이 여자의 호의나 대화를 원하지 않았는데도, 또한 아이에게 아무런 관심도 없었는데도 말이다.

그날을 간절히 기다려왔음에도, 진짜로 흥분에 들떠 있었음에도, 여전히 여행에 대한 어떤 두려움이 있었던 것일까? 사람들에게 이렇게 다가서려 했던 것은 외로움에 대한 반응이었을까? 내 평생 처음으로 혼자였기 때문에? 뉴욕에 대한 두려움이었을까? 분명히 그랬을 것이다. 그 도시, 그곳에 도착하는 순간의 내 행동, 어디서 어떻게 그날 밤을 보낼 것인지 막상 도착했을 때의 실질적인 세부 사항들을 상상조차 할 수 없는 나의 무능력—이런 것들이 비행기가 앞으로 날아갈수록 점점 커지는 근심이었다.

나는 내 인성의 이런 변화를 목격했다. 하지만 이것을 하나의 주제로 인식조차 하지 못했고, 내 일기장에 그런 이야기는 한 마디도 적지 않았다. 그리하여 일기를 쓰는 사람과 여행자 사이에 벌써 틈이 벌어지고 있었다. 이미 그 사람과 작가 사이에는 간격이 있었다.

그 사람과 작가는 동일한 인물이었다. 하지만 그것은 작가로서 깨달은 가장 위대한 발견이었다. 그런 통합에 도달하기까지는 시간이 (그리고 얼마나 많은 글쓰기가 필요했는지!) 걸렸다.

그날, 모험과 자유와 여행과 발견의 첫날에 그 사람과 작가는 새로운 경험에 대한 열망으로 하나로 결합되어 있었다. 하지만 그날의 경험은 내 인성을 구성하고 있던 두 가지 요소의 분리를 촉진했다. 작가, 혹은 작가가 되기 위해 여행하고 있는 소년은 교육받은 사람이었다. 그는 정식 학교 교육을 받았고, 자신이 헌신하기 위해서 여행하고 있는 바로 그 직업의 고귀함에 대해 높은 이상을 갖고 있었다. 하지만 그 사람, 작가가 단지 그 일부분(비록 그를 추동하는 중요한 부분이긴 하지만)을 이루고 있는 사람은 가장 근본적인 방식(사회적 존재로서)에서 아무런 가르침도 받지 못했다.

그는 자신이 속한 아시아 인도인들의 촌락 공동체 생활 방식과 가까웠다. 그날 아침, 공항에서의 송별식 같은 그들의 관습을 본능적으로 이해했고 공감했다. 그 공동체의 생활 방식은 그에게 깊이 배어 있었다. 그것은 인도의 소작농에서부터, 신세계의 식민지에서 살기 시작한 두세 세대 정도밖에 떨어져 있지 않았다. 하지만 이 사람에게는 또 다른 면이 있었다. 그는 그 공동체의 삶과 관습에 완전히 속해 있지 않았다. 그것은 그가 정식 학교 교육을 받았기 때문만은 아니었다. 그는 또한 회의적이었다. 대가족 안에서 불행했던 그는 더 큰 공동체 집단을 불신했다.

하지만 그 반쪽짜리 인도 세계, 시간과 공간상으로 인도와 떨어진 세계, 그 언어를 절반도 채 알아듣지 못하고 그 종교와 종교의식을 이해하지 못하는 남자에게는 수수께끼와도 같은 세계, 그 세계가 남자가 알고 있는 유일한 사회였다. 그에게 학교 이외의 세계는 그것이 전부였다. 그리고 책과 영화를 통해 길러진 상상 속의 삶이 있을 뿐이었다. 그 촌락 공동체 세계는 그에게 편견과 열정을 심어주었다. 그는 독립 이전과 이후의 인도 정책에 관심이 많았고 열성적이었다. 하지만 그는 자신이 속한 트리니다드의 공동체에 대해서는 아는 게 거의 없었다. 그는 자신이 거기에 속해 있기 때문에 그 공동체를 이해한다고 생각했다. 그리고 공동체의 생활을 그의 가족생활의 확장 같은 것으로 생각했다. 그는 다른 공동체에 대해서는 전혀 아는 바가 없었다. 그는 오직 인종적으로 뒤섞인, 식민지적인 배경 속에서 그의 시대에 대한 편견들만을 갖고 있을 뿐이었다. 그는 심오하게 무지했다. 그는 식당에 들어가본 적도 없었고 외국인의 손으로 만든 음식을 먹는다는 생각만으로 몸서리쳤다. 하지만 동시에 이국에서의 성공을 꿈꾸었다.

그는 모험을 찾았고, 바로 첫날에 발견했다. 하지만 그는 또한 자신의 무지함과도 대면해야만 했다. 이 무지는 작가를, 혹은 작가의 야심을 무너뜨리고 조롱했으며, 그 작가가 짐짓 가장하고 싶어 하는 인성 ─ 우아하고 해박하고 의연한(서머싯 몸처럼, 혹은 좀더 진솔한 비교를 하자면, 푸에르토리코의 격납고 혹은 창고에서 몸에 꼭 끼는 빌린 양복을 입고 있던 트리니다드의 흑인처럼. 그는 할렘과 또 다른 황홀한 마법의 이상을 향해 가는 중이었다) ─ 을 허튼수작으로 만들어버렸다.

그날 밤 늦게 뉴욕에 도착했던 기억은 희미하다. 이제 애써 돌이켜보니, 좀더 상세한 기억들이 떠올랐다. 매우 환하게 밝았던 건물, 눈부신 불빛들, 좁은 공간에 모여 있는 군중, 매우 날카로운 '미국식'

억양으로 몇몇 승객들의 이름을 부르던 여자 사무원.

내 앞으로 남겨진 쪽지가 있었다. 나를 마중하기로 한 영국 대사관 직원이 있었는데, 비행기가 너무 지연되자 이 쪽지만 남기고 집으로 돌아가버린 것이었다. 쪽지에는 그가 나를 위해 예약한 호텔 이름만 달랑 적혀 있었다. 그는 나를 보호해야만 했다. 하지만 그는 도심까지 데려다줄 택시 운전사의 자비에 나를 맡겨버렸다. 택시 운전사는 나를 속이고 터무니없이 많은 요금을 받았다. 그러고는 내가 얼마나 고분고분한지 알아채자, 팁이라고 주장하며 내게 남은 몇 달러까지 몽땅 빼앗았다(나는 가방 속에 얼마 안 되는 돈을, 정말 적은 돈을 숨겨 놓고 있었다). 나는 이 굴욕이 어찌나 뼈아팠던지 그 기억을 금방 지워버렸다. 그러고는 여러 해 동안 완전히 잊으려고 애썼다.

나는 차라리 그 택시 기사를 수다스러운 사람으로 기억하고 싶었다. 택시 기사들은 대개 그런 식이니까. 그래서 나는 그가 했던 말을 열심히 떠올려보았다(우리가 고철 쓰레기를 일본 놈들에게 팔면, 그놈들은 곧장 그걸로 우리에게 총알을 쏜단 말이야). 또한 책이나 영화에 나오는 흑인들처럼 말하던('이 도시 절대 잠들지 않아' 혹은 '잠들지 않지, 이 도시, 이봐'라고) 흑인을 기억했다(틀림없이 호텔에서 우연히 만났을 것이다). 나는 그에게 팁을 주지 못했는데, 돈이 한 푼도 없었기 때문이었다.

수다스러운 택시 기사, 억양이 이상했던 흑인, 나는 그들을 소중하게 마음에 간직했다. 왜냐하면 내가 그들을 안다고 생각했기 때문이었다. 나는 그들이 내가 이제까지 읽었던 것들을, 나의 사전 정보들을 매우 확실하게 확인해주고 있다고 생각했다. 그들은 내가 정말로 여행을 하고 있으며 이미 뉴욕에 왔음을 입증해주었다. 친숙하다는 면에서 그들은 작가에게 적합한 소재였다. 하지만 그 두 만남과 각기 연결된 굴욕(택시 기사의 도둑질과 흑인에게 팁을 주지 못한 내 무능력. 그 흑인은 내가 주어진 역할에 충실해서 자신에게 팁을 줄 거라고 기대하고 있었다)이 방해가 되었다. 그래서 20년 동안 두 사람은 내 기억에서 확실하게 삭제되었다. 그들은 내가 그날 저녁 호텔에서 (벌써 약간 뭉툭해진) 지워지지 않는 연필로 (극적 효과를 더하기 위해 호텔 메모지에) 쓴 일기에도 등장하지 않았다.

수천 마일 밖에서 오전에 가족들과 작별한 일, 나의 과거, 식민지에서의 나의 과거, 시골 출신 아시아인으로서 과거와 작별하기. 그리고 곧 이은 상승. 내가 한 번도 보지 못했던 들판과 산들을 일별한 일, 구불구불 넘실거리는 혹은 주름진 바다, 뒤이어 위에서 내려다본 구름, 그리고 세계의 시작에 대한 생각, 시작도 끝도 없는 시간에 대한 생각, 강렬한 아름다움을 경험한 것. 뒤이어 찾아온 희미한 공포, 설사 겉으로 꾸민 공포일지라도. 그리고 자꾸만 작아지는 자아에 대한 감각. 억압되었지만 반은 진실인, 단지 진실일 뿐만 아니라 강력한 진실인, 뉴욕 웰링턴 호텔의 컴컴한 작은 방에서 써 내려간 일기 속의 존재. 그리고 벌써부터 길을 잃은 것 같은 느낌, 진실을 완전히 대면하지 못한 느낌, 내가 움켜쥔 거대한 세계가 밤이 되자 다시 아주 작아져버린 것 같은 느낌.

나는 뉴욕으로 올 때 바나나를 가지고 왔는데, 몇 개는 비행기 안에서 먹고 나머지는 버려두고 내렸다. 마음이 꺼림칙했지만 옳은 판단이었다(어차피 입국할 때 빼앗길 게 거의 확실했다). 나는 또한 구운 닭 반 마리를 받아가지고 왔다. 시골뜨기 인도 출신의 힌두교 신자인 우리 가족은 내가 부정한 음식을 먹을까 봐 몹시 걱정했다. 이 구운 닭은 그날 하루만이라도 그런 사태를 막아보려는 시도였던 것이다. 하지만 나는 칼도, 포크도, 접시도 없었다. 호텔에서 그런 것들을 얻을 수 있는지도 몰랐고, 특히 이렇게 매우 늦은 시간에는 어떻게 요청해야 할지도 몰랐다.

결국 나는 긴 여행 끝에 흥건하게 흘러나온 기름과 냄새를 의식하며 휴지통을 밑에 받치고서 닭을 먹었다. 내 일기장에는 온갖 거창한 것들이, 작가에게 어울릴 만한 이야기들이 적혀 있었다. 하지만 정작 그 일기장의 작가는 시골뜨기, 본래 모습으로 돌아간 시골뜨기처럼 컴컴한 방에서 남몰래 닭을 먹어 치우고는 지독한 음식 냄새의 증거를 어떻게 지울까 전전긍긍하며 하루를 마치고 있었다. 나는 남은 걸 몽땅 휴지통에 넣어버렸다. 그런 다음에는 목욕, 혹은 샤워를 해야만 했다.

샤워장은 내 방에 딸려 있었다. 엄청난 사치였다. 나는 공동욕실을 써야 하는 줄 알고 내심 두려워했다. 한쪽 수도꼭지에 '온수'라고 표시되어 있었다. 그것은 내가 평생 한 번도 보지 못한 세밀한 구별이었다. 트리니다드에서는, 그 엄청난 더위 속에서는 언제나 보통 온도의 물, 즉 그냥 수도꼭지에서 흘러나오는 물로 목욕을 하거나 샤워를 했다. 더운 물 샤워라니! 나는 중요한 날이면 우리 어머니가 나를 위해 (향이 나는 약재인 님나무 이파리를 넣어) 준비해주시던 따뜻한 목욕물 (양동이에 담긴) 정도의 미지근한 물을 예상했다. 하지만 웰링턴 호텔의 온수는 그 정도가 아니었다. 온수는 말 그대로 온수였다. 나는 샤워 부스에서 얼른 몸을 피해 가까스로 화상을 모면했다.

대단했던 하루는 그렇게 끝이 났다. 나는 그 이후로 침대에 들어가자마자 곯아떨어져서(이것은 나의 특별한 재능이었다. 그리고 이 재능은 거의 20년 동안 수많은 위기 때마다 내게 큰 도움이 되었다) 저절로 눈이 떠질 때까지 한 번도 깨지 않았다.

대낮의 호텔 방에 대한 기억은 아무것도 남아 있지 않았다. 잠에서 깨어났을 때 방에 대한 기억도 전혀 없었다. 아마 어떤 당혹스러운 일이 기억을 지워버린 모양이었다. 고향을 떠난 지 불과 24시간도 안 됐는데, 굴욕감만 쌓여가고 있었다. 자아에 대한 나의 발달된 감각은 이제 자아에 대한 또 다른 감각을 더하고 있었다. 바로 그때부터 여러 해 동안 나의 인상 전부를(심지어 가장 의기양양했을 때조차도) 결정짓게 되는, 노골적인 소심함과 예민함이었다. 하지만 아침에 대한 인상과 마찬가지로, 내 기억 속에 남은 인상들(도착의 굴욕과 전날 저녁의 굴욕 이후에 받은 인상들)은 낭만을 되찾았다.

아래층, 웰링턴 호텔 로비에 있는 신문 가판대도 이 낭만의 일부였다. 이 작은 가게 안에 한 사람이 살고 있었다. 이 사실이 내게는 무척 새로웠고 매력적이었다. 나는 가판대 주인에게서 담배 한 갑을 샀다. 주인은 키가 크고 머리가 희끗희끗한 남자였는데, 옷을 잘 차려입고 정중했으며 내 생각에 교사 교육을 받은 것 같았다(우리 고향 마을의 인도인 가게 주인들과는 완전 딴판이었다. 그들은 일부러 지저분하고 허름한 옷을 입었는데, 오만해지는 것을 막고 질투와 사악한 눈길을 피하기 위해서는 더러울수록 더 좋다는 식이었다. 자신의 '상점'을 운영하는 중국인들과도 달랐다. 소매가 없는 조끼와 카키색 반바지를 입고 나막신을 신은 그들은 온종일 문밖으로 나오지 않았다. 그리고 굶주림에 시달리고 아편에 찌든 것 같은 병약한 모습에도 불구하고, 행복한 흑인 정부나 무표정하고 가슴이 납작한 중국인 아내에게서 끊임없이 자식을 낳았다).

키가 크고 머리가 희끗희끗한 남자에게서 나는 올드 골드 한 갑을 샀다. 나는 담배 맛을 잘 몰랐기 때문에 담배 상표들 간의 차이를 구별하지 못하고 그저 이름 비슷한 것으로 여겼다. 트리니다드에서는 가게에서 오직 현지 담배나 영국 담배만 팔았다. 미국 담배는 비공식적으로, 다량으로만 살 수 있었다. 미군 기지가 있었기 때문이었다. 하지만 가게에서는 절대 팔지 않았다. 그러므로 미국 담배가 상표별로 즐비한 가운데 한 갑만 살 수 있다는 것은 경이로운 일이었다. 게다가 15센트라는 가격에 성냥 한 묶음까지 얹어주다니, 이렇게 후할 수가!

부드러운 미국 담뱃갑의 심미적 감각이란! 그 셀로판지와 상표, 담배 모양의 윤곽을 드러내는 포장지, 셀로판지를 벗길 수 있도록 담뱃갑 위쪽에 둘러진 가느다란 붉은 종이 끈, 그리고 그 달콤한 냄새. 내게 담배는 언제나 심미적 경험이었다. 나는 태우는 담배 맛이 어떻든 전혀 신경 쓰지 않았다. 그래서 담배에 중독되자, 무척 심각했다. 내가 고향에서 벌써 여러 차례 담배를 끊었던 것은, 걱정에 사로잡혀 지냈던 지난 해 동안, 영국과 옥스퍼드로 갈 수 있는 장학금을 놓치지 않기를 바라는 간절한 마음에서 몇 달이나 여러 가지 것들을 스스로 금욕했기 때문이었다. 어느 단계에서는 심지어 (아무도 모르게) 음식조차 끊기도 했다. 하지만 옥스퍼드에 가고 싶은 소망보다는 트리니다드를 벗어나서 드넓은 세상을 보고 작가가 되고 싶다는 소망이 더 컸다. 그런 열정, 그런 열망이 이 여행을 시작하게 했고, 그 여정은 불과 하루도 지나지 않았던 것이다!

마치 교사처럼 보이는 희끗희끗한 머리의 가판대 남자에게서 나는 『뉴욕타임스』도 한 부 샀다. 내가 전날 푸에르토리코에서 보았던 어제 날짜 신문이었다. 나는 신문에 관심이 많았고 신문이 세상의 전령들 중 하나임을 알고 있었다. 하지만 난생처음으로 신문을 읽는 것은 마치 상영이 시작되고 한 시간이 지나서 영화관에 들어가는 것과 비슷하다. 신문은 연재물과 같다. 기사를 이해하려면, 그와 관련한 지식을 갖추어야 한다. 그리고 가장 유용한 지식은 바로 신문이 제공하는 지식이다. 그 신문은 나를 이방인으로 느끼게 만들었다. 하지만 1면 하단에 내가 반응을 보일 수 있는 기사가 있었다. 나도 함께 겪고 있는 경험을 다룬 기사였기 때문이다. 그것은 바로 날씨 기사였다. 7월 말인데 명백히 계절에 맞지 않는 춥고 흐린 날씨였다. 기사로 다룰 만큼 계절에 맞지 않는 날씨였던 것이다.

그 신문이 아니었다면, 나는 날씨가 계절에 맞지 않는다는 사실을 몰랐을 것이다. 하지만 빛의 마법을 알아보는 데에는 신문이 필요하지 않았다. 호텔 내부의 빛과 바깥의 빛이 비슷했다. 건물 바깥의 빛은 마법과도 같았다. 나는 한편으로 창피함을 느끼면서도, 발걸음을 멈춘 채 멍하니 올려다보던 높은 빌딩들이 그 빛을 만들고 있나고 생각했다. 실내의 빛이 실외의 빛 속으로 흘러들어갔다. 트리니다드에서는 아침 7시나 8시부터 오후 5시까지 엄청난 열기에 시달렸다. 바깥에 나가는 것은 곧 따가운 햇볕에 그을리고 더위와 불쾌감을 느끼는 것을 의미했다. 그러므로 이 회색 하늘과 회색의 빛, 이글이글 타오르지 않는 빛은 덮개가 씌어진, 보호된 세계를 연상시켰다. 건물

밖으로 나갈 때마다 열기와 눈부신 빛에 맞설 각오를 할 필요가 없는 그런 세계였다. 보호막으로 감싸인 것 같은 기분이 드는 거리와 높은 빌딩들의 도시는 묘하게 부드러운 색을 띠었다. 내가 전혀 예상치 못했던 일이었다. 그런 사실은 사진에서 본 적도, 책에서 읽어본 적도 없었다. 뉴욕 거리의 색은 트리니다드에서라면 '죽은' 색깔처럼, 죽은 것들, 메마른 풀, 죽은 채소, 땅, 모래, 죽은 세계(거의 색깔이 전혀 없는)의 색깔처럼 보였을 것이다.

나는 산책을 나갔다. 내 기억 속에 남은 산책은 한 번뿐이었다. 하지만 이제 생각해보니, 두 번 나갔던 것 같다. 그리고 그사이에 택시를 한 번 탔다(그날 오후에 나를 데리고 떠날 배의 출항 시간을 확인하기 위해서). 여행 가방 속에 감춰둔 돈이 없었다면, 나는 땡전 한 푼 없는 신세가 되었을 것이다. 최소한 그렇게 조심한 게 도움이 되었다.

나는 레뮈*가 출연한 「마리우스Marius」**라는 영화 광고를 보았다. 그 광고는 움직이는 글자들로 이루어져 있었다. 나는 평생 한 번도 프랑스 영화를 본 적이 없었다. 하지만 프랑스 영화에 대해서는 잘 알았다. 그에 관한 책을 읽었고, 프랑스 문화 일반 시험에 한 문제라도 나올까 봐 '공부'도 했다. 내가 받은 교육의 상당 부분이 그런 식의, 추상적인 기억력 테스트였다. 마치 유명한 도시들을 방문할 수 있는 기회를 거부당한 사람이 그 대신 거리 지도를 공부하는 것과 같았다. 내가 받은 교육의 상당 부분이 속세와는 멀리 떨어져서 공부만 하는, 중세의 수도승과 비슷했다.

* Raimu: 프랑스 배우 쥘 오귀스트 뮈레르(Jules August Muraire, 1883~1946)의 예명.
** 프랑스 극작가 마르셀 파뇰의 희곡으로 1929년에 초연되었으며 이후 영화화에도 성공했다.

마리우스, 레뮈Marius, Raimu. 그것은 's'를 중심으로 한쪽이 다른 쪽의 애너그램인 것처럼 보였다(수도승 같은 나의 공부 방식과 관찰 방식 덕분에 이 단어들이 기억에 남았다). 만약 그때가 오후였다면, 그리고 내가 배를 타야 하지 않았다면, 나는 영화를 보러 갔을 것이다. 고향에서 내가 가장 깊이 푹 빠져 살았던(상상 속에서) 것이 바로 영화였기 때문이다. 문학적 야망이라는 그럴듯한 핑계 아래, 혹은 너머에는, 사실 엄청나게 단순한 나의 성격이 있었다. 나는 내가 태어난 곳인 신세계의 농업 식민지에 대해 거의 아는 게 없었다. 그리고 나의 아시아 힌두 공동체, 이식된 소작농 공동체에 대해서도 내가 아는 것이라고는 오직 나의 대가족뿐이었다. 내 모든 삶은, 내가 자의식을 갖게 된 그 순간부터 공부, 내가 어떤 이상을 부여하려고 애써온 추상적인 종류의 공부에 바쳐졌다. 그리고 곧이어 이 추상적인 공부에 대한 이상은 타국에서의 문학적 삶에 대한 이상으로 바뀌었다. 그것은 나로 하여금 더욱 필사적으로, 더욱 소모적인 공부에 매달리게 했고, 나를 더욱 움츠러들게 했다. 나의 진정한 삶, 나의 문학적 삶은 다른 곳에 있었다. 동시에 고향에서 나는 영화 속 상상에 빠져 살았다. 그것은 외국 생활에 대한 맛보기였다. 토요일 오후마다 1시 30분에 시작하는 휴일 특별 공연(우리는 다른 사람들이 마티네*에 대해 말하듯이 그 공연을 간단하게 '1시 반'이라고 불렀다) 이후에, 세 시간 이상 살았던 머나먼 왕국과 어두운 영화를 떠나 선명한 색깔의 현실 세계로 다시 나오는 것은 무척 가슴 아픈 일이었다. 하지만 프랑스 영

---

* matinée: 낮 공연 혹은 낮 행사.

화는 한 편도 보지 못했다. 트리니다드에서는 프랑스 영화가 한 번도 상영된 적이 없었던 것이다. 설사 상영했더라도, 먼 이국땅에 사는 관객들의 상상력까지 자극할 수 있는 할리우드 영화처럼 보편적이지 않은, 특정 지역이나 국가의 영화였기 때문에 아마 영국 영화가 그렇듯이 관객을 찾지 못했을 것이다. 나는 프랑스 영화를 책을 통해, 특히 로저 만벨*의 『필름Film』을 통해서 알았다. 나는 이 책에 실린 스틸 사진들을 모조리 알고 있었다. 경탄할 만한 그의 문장력과 학교에서 내게 심어준 문명국 프랑스에 대한 열렬한 동경심 때문에, 빛이 너무 많이 들어가고 복사 상태도 좋지 않은 이 작은 사진들이 내게는 탁월한 미덕을 지닌 것처럼 보였다.

그런데 이제 대모험에 나선 지 불과 하루도 안 되어서, 극장 간판에 적힌 '마리우스'라는 이름과 그 이름의 철자 순서를 바꿔놓은 것 같은 '레뮈'라는 이름을 보자, 나는 (교육이나 타고난 재능, 훈련과 열망, 희생 등에 의해) 마땅히 내 것인 뭔가에 가까이 왔다는 느낌이 들었다. 마치 『뉴욕타임스』처럼 말이다. 하지만 『뉴욕타임스』는 (내가 그것을 구입했을 때) 겨우 절반밖에 채우지 못한 십자말풀이처럼 완전히 나를 사로잡지는 못했다.

마땅히 내 것이라고 믿었던 것에 의해 좌절당한 그런 비슷한 기분은, 내가 서점을 발견하고 안에 들어갔을 때에도 느꼈다. 이곳 대도시들은 프랑스 영화를 상영하는 극장들만이 아니라 서점들도 갖추고 있었다. 내 고향 같은 식민지 마을이나 개척지에는 서점이 없었다.

---

* Roger Manvell: 20세기 영국 필름 아카데미의 초대 감독으로 영화에 관한 많은 책을 썼다.

포트오브스페인*의 오래된 식민지 중앙광장—고색창연한 지붕들과 한때 빨간색이나 흰색과 빨간색 줄무늬로 칠해졌던 골함석 차양, 오래된 목공품, 빅토리아풍의 장식적인 철 세공품이 지붕 꼭대기 장식으로 달려 있는 낡은 박공지붕들, 그리고 목재와 장식적인 철 세공품과 골함석이 배에 실려 들어오는 항구에서부터 우리가 얼마나 멀리 떨어져 있는지 내게 알려주는 건축물들이 있는—에는 교과서나 어쩌면 어린이책과 색칠공부 책을 파는, 그리고 선반 한 칸 정도의 책과 어쩌면 펭귄북 선집이나 콜린스 클래식(마치 성서처럼 보이는) 선집도 몇 권 갖추고 있는 잡화점이 있었다. 하지만 식민지 주민들을 위한 도매상점과 같은, 그 시절의 여느 잡화점만큼이나 시시한 잡화점이었다. 그곳에서는 꼭 필요한 물건들만 (드물게 모기장이나 콜린스 클래식과 같은 특별한 물품과 함께) 외국에서 들여와서 최대한 밋밋하고 실용적인 방식으로 진열했다.

그런데 여기, 뉴욕에는 서점이 있었다. 마치 오직 이곳에 들어가기 위해 긴 여행을 한 것처럼, 내가 마땅히 들어가봐야 하는 장소였다. 나는 책을 사랑했고, 독서가였다. 적어도 내 고향에서 나는 그렇게 평판이 나 있었다. 하지만 내가 읽은, 혹은 아는 책은 몇 권 안 됐다. 아버지의 서가에 책이 몇 권 있었다. '에브리맨' 시리즈**외 고전들과 종교 서적들, 힌두교와 인도에 관한 책들이었다. 힌두교와 인도에 관한 책들은 포트오브스페인에 있는 소규모 시장 거리의 한 인도

---

* Port of Spain: 트리니다드토바고공화국의 수도.
** J. M. 덴트 출판사에서 1906년부터 '에브리맨즈 라이브러리Everyman's Library'라는 이름으로 출간하기 시작한 세계 고전 문학 시리즈.

물건 거래상에게서 구입했는데, 대부분 인도 민족주의의 발로였을 뿐이다. 아버지는 그 책들을 거의 읽지 않았고 나는 한 권도 읽지 않았다. 한편 내가 학교에서 공부했던 책들과 중앙도서관에서 본 책들이 있었다. 하지만 실제로 내가 아는 것이라고는 오직 고전의 이름과 학교에서 공부했던 프랑스, 스페인, 영어 책들, 그리고 아버지가 알려주신 매우 유명한 이름들밖에 없었다.

이 뉴욕의 서점에 들어간 나는 불경스러운 이름들에 둘러싸인 자신을 발견했다. 나는 작가가 되기 위해서 먼 여행을 떠났는데, 정작 내가 걸어 들어간 이 현대적 글쓰기와 출판의 세계는 내가 접촉할 수 있는 어떤 것이 아니었다. 온통 낯설고, 불경스러운 이름들 속에서, 결국 나는 익숙한 책들, 그러니까 내가 (박탈감과 소외감을 느끼며) 포트오브스페인의 어두컴컴한 식민지 잡화점에서, 온갖 종류의 수입 상품들(옷가지와 석탄화로)을 파는 도매업자 바로 옆에, 트럭들 사이로 당나귀가 끄는 수레와 말이 끄는 수레, 그리고 손수레가 오고 가는 남쪽 부두의 식료품 도매상에서 가져온 다양한 요리용 기름과 눅눅한 생설탕과 향신료들의 따뜻한 냄새가 가득 찬 그곳에서 종이 뭉치와 공책 더미 사이로 찾아 헤매던 바로 그 책들, 고전들, 통일된 표지의 문학선집들을 찾아보았다.

이 서점은 나에게 좀더 친숙한 영국 서적이 아니라 미국 서적을 취급하는 곳이었다. 결국 나는 아쉬운 대로 현대 문학 시리즈를 찾은 것에 만족하기로 하고, 『남풍*South Wind*』*을 샀다. 글을 쓰겠다는 나

---

* 영국 작가 조지 노먼 더글러스(George Norman Douglas, 1868~1952)가 1917년에 발표한 소설.

의 야심을 안 영어 선생님이 추천해준 책이었다. 나는 트리니다드의 중앙시장에서 이 책을 찾으려고 필사적으로 노력했다. 그런데 뉴욕의 엄청난 부의 일부분인 이곳에서는 즉시 그 책을 구입할 수 있었다. 나는 1달러 28센트를 지불했고, 틀림없이 나보다 여덟 살 내지 열 살은 더 많아 보이는 서점 직원은 나를 '선생님'이라고 불렀다.

『남풍』! 하지만 나는 그 책을 끝내 읽지 못했다. 이 책을 읽어보려던 나의 첫번째 시도는 그 후로 이어진 다른 모든 시도들과 늘 비슷했다. 그 시도는 데니스라는 청년과 주교, 그리고 네펜데라는 섬이 등장하는 이 책이—올더스 헉슬리와 D. H. 로렌스, 그리고 아버지나 학교 선생님들을 통해 이름을 주워들은 다른 현대 작가들의 책과 마찬가지로—지극히 이국적이며 나의 어떤 경험과도 동떨어져 있고 나의 이해를 넘어선다는 사실을 내게 보여주었던 것이다. 하지만 책의 이국적인 느낌이 비록 읽는 데 방해가 되기는 했지만(나는 한 번도 『남풍』의 제1장을 넘기지 못했다), 경탄하는 마음까지 막지는 못했다. 바로 그 이국적 느낌, 접근 불가능성이 낭만적 모험—장차 어떤 방식으로든 작가가 될 나 자신에게 보상으로 주어질—에 대한 약속 같았다.

내가 받은 교육의 많은 부분이 추상적이었기 때문에 나는 이런 식으로 살고 이런 식으로 느끼고 생각할 수 있었다. 가령 나는 프랑스 고전 희곡에 대해 공부했지만 정작 그 희곡을 탄생시킨 나라나 왕실에 대해서는 아무 개념도 없었고, 프랑스의 역사적 현실을 이해할 만한 능력도 없었다. 그리고 실제로 서문이나 교과서에서 배운 왕과 성직자, 귀부인, 종교전쟁 따위는 한낱 옛날이야기로 무시해버리곤 했다. 이런 것들은 내 경험에서 너무 멀리 벗어나 있었고 나는 납득할 수가 없었던 것이다. 내가 아는 것이라고는 오직 내 섬과 내 공동체 그리고 우리 식민지의 생활 방식뿐이었다. 나는 단순히 책과 논문을 읽고 프랑스와 소비에트 영화에 관한 평론을 준비했다. 그리고 예술과 건축의 위대한 인물들 역시 똑같은 방식으로 배웠다.

그러므로 비록 이제 뉴욕에서 자유인이었으며 이 책은 내가 대도시에서 산 첫번째 책이었고 이 사건이 내게는 대단히 중요하고 역사적이며 낭만적인 일이었음에도 불구하고, 나는 학교 교육에서처럼 추상적인 태도를 취했다. 머리 좋은 소년, 장학생으로 행동했던 것이다. 물론 이번에는 선생님들이나 가족을 위해서가 아니라 오직 자기 자신을 위한 것이었지만 말이다.

그러나 내 여행의 첫 24시간 동안, 드넓은 세상에서 맞이한 나의 첫 24시간 동안에 겪은 굴욕, 그리고 점점 커져가는 이 세상에 홀로 남겨졌다는 느낌과 더불어, 나는 내가(이제 고향의 청중들을 가지지 못한, 아니 어떤 청중도 갖지 못한) 아무런 기쁨도 느끼지 못한다는 사실을 깨달았다. 가게의 젊은 점원은 나를 선생님이라고 불렀고, 그것은 예상치 못한 친절이었다. 하지만 나는 그것이 사기라고 느껴졌다. 나는 이제껏 한 번도 되어본 적이 없는 나 자신의 또 다른 모습으로 밀려 떨어진 느낌이었다.

하늘 위에서 그 마법 같은 풍경, 사탕수수 밭과 숲이 우거진 산들과 계곡들 그리고 일렁거리는 바다와 태양 위로 빛나는 구름들을 본지 24시간도 채 지나지 않았을 때였다. 하지만 나는 벌써 나 자신이 둘로, 작가와 한 인간으로 갈라지고 있는 것을 느낄 수 있었다. 그리고 벌써 자기 자신에 대한 고통스러운 의구심이 들었다. 어쩌면 작가란 단지 추상적인 교육을 받은 한 인간일지 모른다. 집중할 수 있는 능력과 마음으로 세상을 배울 수 있는 능력을 지닌 인간. 나는 바로 이날을 위해, 이 모험을 위해 그토록 열심히 노력해오지 않았던가! 나의 고독, 이 위대한 모험 길에서 만날 거라고는 결코 예상치 못했던 고독의 새로운 침묵 속에서, 나는 심지어 첫째 날부터 분열되고 한없이 작아지는 자신의 두 자아를 가만히 지켜보았다.

그리고 바로 그날 오후, 뉴욕의 한 부두에서, 몇 년 동안이나 그 주소—낭만적인 모험이 아니라 굴욕과 불확실함을 떠올리게 하는 주소—를 외웠지만 지금은 잊어버린 부두에서, 앞으로 며칠 동안 계속될 항해 여행이 시작되었다. 포트오브스페인에서 푸에르토리코까지, 그리고 다시 뉴욕까지는 비행기, 뉴욕에서 사우샘프턴까지는 배였다.

*

그 항해 여행은 오랫동안(그래봤자 몇 주일, 혹은 몇 달이었는데, 고작 열여덟 살 소년에게는 무척 오랜 기간이었다) 나에게 작가로서 가장 소중한 소재가 되었다. 혹은 그렇다고 생각했다. 그리고 오랫동안 나는, 런던의 얼스코트에 있는 하숙집이나 옥스퍼드 대학의 쓸쓸한 기숙사 방에서, 혹은 그보다 훨씬 더 쓸쓸한 방학 때 머물던 단칸방에서, 쉽게 지워지지 않는 펜이나 워터맨 만년필이나 내 일주일 치 생활비를 초과하는 거금 10파운드를 주고 런던에서 구입한 매우 오래된 타자기(꽤 비싸기는 했지만 전쟁이 끝난 지 얼마 안 된 그 당시에는 여전히 새 타자기를 구하기가 쉽지 않았다)를 가지고 내가 '축제의 밤'이라고 제목을 붙인 작품을 애지중지 쓰고 또 다듬었다.

이것은 메트로폴리탄*적인 소재를 기반으로 한 나의 첫번째 글쓰기였다. 이것은 건방진 일이었는데, 경험과 여행자를 전제하는 소재였기 때문이다. '축제의 밤'—이런 글은 수많은 축제의 밤을 지켜본 사람이나 써야 했을지 모른다. 무슨 일을 하는지 알고 있고, 그 이름들의 가치를 알고 있다면, 뉴욕이니 대서양, S. S. 콜롬비아 호, 유나이티드 스테이츠 라인즈,** 사우샘프턴(이름으로는 이 마지막 이름이 특히 아름다웠다) 같은 쟁쟁한 이름들을 쉽게 가지고 놀았으리라.

이 묘사적인—이야기가 아니라—작품의 소재를 제공해준 축제의 밤은 우리가 대서양을 여행하는 마지막 날, 선상 위에서 벌어졌다. 아침에 우리는 아일랜드 코브***에 기항했다가 저녁에는 사우샘프턴에 정박했다. 대부분의 승객들이 사우샘프턴에서 하선했고, 나머지 승객들은 다음 날 아침에 르아브르****에서 내릴 예정이었다. 축제의 밤은 저녁 식사 이후에 투어리스트 클래스*****의 사교장에서 열린 무도회였다. 하지만 성적 충동이 어떻게 내가 알고 지내던 사람들, 남자와 여자들의 이성을 흐리게 하고 망가뜨려놓는지 지켜보는 것은—하지

---

*   간단히 '대도시'라고 번역할 수도 있겠지만, 여기서는 식민지와 대조되는 본국의 도시, 즉 영국의 중심부인 런던이라는 의미를 동시에 내포하고 있기 때문에 원어를 그대로 살려 번역했다.

**   United States Lines: 1921년부터 1989년까지 대서양에서 화물선을 운행한 미국의 선박 회사.

***   아일랜드 코크 만의 해항이자 해군기지.

****   프랑스 북서쪽에 있는 도시.

*****   가장 값이 싼 선실.

만 내게는 어떤 선상 로맨스도 찾아오지 않았기 때문에 마치 동물들의 생활을 연구하는 사람처럼 멀찌감치 떨어진 채—충격적인 일이었다. 당시 여자를 좋아하기만 할 뿐 숫총각이었던 나는, 마침내 알게 된 여자들의 일그러진 모습에 특히 마음이 어지러웠다.

나와 시에 대해 이야기를 나누던 고상한 아가씨가 있었다. 그런데 특별한 학식이나 자질도 없는 남자와 함께 어울리는 그녀의 모습을 보는 게, 그리고 마치 그녀의 통제를 넘어선 어떤 힘이 작동하는 것처럼 촉촉하게 젖은 그녀의 눈을 보는 게 얼마나 이상하던지! 이제 그녀의 눈에 나는 보이지도 않았다. 게다가 지금까지 다정했던 사람들이 딴 데 정신이 팔려서는 얼마나 열정적이고 쌀쌀맞게 변하던지! 또한 다른 때에는 기꺼이 환영하던 나와의 대화를 얼마나 짜증스러워하던지! 샌프란시스코에서 온 한 미국인 남자가 있었다. 그는 전쟁 동안 유럽에서 전투를 치르기도 했다. 우리는 전쟁과 군인의 삶에 대해 이야기를 나누었다. 그는 내게 자신이 본 진정한 전쟁 영화는 오직 「태양 속의 산책A Walk in the Sun」*밖에 없다는 말도 했다. 그런데 이제 그의 생각은 완전히 다른 데 가 있었다.

또 다른 곤란한 문제는 축제의 밤이 술을 마시는 행사라는 점이었다 그 당시에 나는 술을 입에 대지도 않았다. 장학금을 받기 위해, 나는 공부로 나 자신을 벌주었다. 그리고 일이 잘 풀리기를 바랐기 때문에, 금욕적인 자책으로 가득 차 있었다.

결국 나는 내가 쓰는 글 속에서 나의 무지와 순진함, 나의 결핍(금

---

* 1945년에 발표된 제2차 세계대전을 그린 영화로 해리 브라운의 원작 소설을 영화화한 것이다.

욕주의는 그 결핍을 드러내는 거짓된 신호였다)과 좌절을 기록하고 있었던 셈이다. 하지만 글을 쓰고 있는 열여덟 살 소년의 의도 속에서 「축제의 밤」은 모든 걸 잘 알고 환상에 빠지지 않은 글이었다. 그러므로 사람뿐만 아니라 글에도 균열이 있었다. 정말 잘 아는 사람이 본다면, 이 작품은 여러 군데에서 금방 정체가 탄로 났을 것이다.

나는 작품의 결말로 향하면서 그 배의 야경꾼이었던 한 인물에게 집중했다. 그 남자는 무도회가 열리고 있는 사교장 바깥에 서 있었다. 그는 자신과 함께 바깥에 서 있는 불운하고 쓸쓸한 남자들에게 말을 걸기 시작했다. 그들은 고상한 아가씨들이 한껏 들뜨고 몽롱해지는 이런 자유분방한 분위기 속에서도 아무런 선상 로맨스도 찾지 못한 사람들이었다. 그 남자는 나만큼이나 분열되어 있었고, 아마 그의 말을 듣고 있는 다른 사람들도 마찬가지였을 것이다. 그들의 침묵에는 괜한 심술 같은 게 있었다. 그 야경꾼은 생기가 넘쳤다. 그는 마치 모든 걸 다 아는 사람처럼 말했다. 50대의 건장한 남자인 그는 강의하는 자세를 취하고 서서, 두 손을 양옆으로 쭉 뻗어 자신이 몸을 기대고 있는 난간을 붙잡고 있었다. 그는 한 문장마다 말을 끊고서, 자신이 묘사하는 사악함이 사람들의 마음속 깊이 스며들 때까지 기다렸다. 딱히 누군가를 쳐다보지도 않으면서, 그는 입을 꾹 다물고 서 있다가 잠시 후에 마치 혼잣말을 하듯이 다시 말을 시작했다.

사람들은 배에서 3일만 지내면 달라진다고 그는 말했다. 신앙심 깊은 부인들과 여자 친구들도 신앙을 잃어버렸다. 3일만 지나면 언제나 남자들은 폭력적이 되었고, 언제든 여자를 두고 싸움을 벌일 태세가 되었다. 사랑스러운 젊은 아내에게 방금 작별 인사를 하고 돌아선 남자들조차 그랬다. 그는 이렇게 말했다(혹은 「축제의 밤」의 여러 판본에서 나는 이 남자로 하여금 이렇게 말하도록 했다). "나는 바로 이 자리에서 선장이 한 사내를 죽이는 지경까지 가는 걸 본 적도 있소."

'지경' '죽이다' '사내' '바로 이 자리'——여자와 남자에 대해 어떤 환상도 없다(그 말이 담고 있는 맹렬한 비판과 환상의 부재는 일면 큰 위로가 되기도 했지만, 동시에 거의 보편적 현상에 가깝다는——그럼에도 불구하고 우리만 쏙 비껴간——방종에 대한 설명은 무척 가슴 아팠다)는, 그 말의 내용도 내용이지만, 이 야경꾼은 마치 영화 속 등장인물처럼 말했다. 이 남자가 글의 소재로 내게 그토록 소중했던 이유는 바로 그 때문이었다. 그 때문에 나는 딱딱한 잘 지워지지 않는 연필로, 그 희미한 글씨(물이 묻으면 선명해지면서 보라색으로 변하는)로 그가 했던 말을 몇 번이나 쓰고 또 썼던 것이다.

「축제의 밤」에서 나는 메트로폴리탄적인 소재를 찾고 있었다. 그러므로 내 눈에 이런 자질을 갖고 있는 것처럼 보이는 사람들에게 바싹 달라붙었다. 원래 중동 출신인 데다 이름 또한 무슬림식이었지만 완전히 미국인인 한 남자가 있었다. 그는 자신이 연예인이라고 말했다. 그리고 내가 영화에서나 보았던 유명한 스타들과 친숙한 듯이 말했다. 이런 연예인이 왜 여행을 하고 있을까 하는 의문 따위는 내게 결코 떠오르지 않았다. 평범한 3일이 지난 뒤에, 그는 내게 자신이 갖고 있는 소재의 일부를 읽어주었다. 그 '소재'——그는 그것을 그렇게 불렀다——는 짧고 단순한 농담들을 타자로 쳐놓은 것이었다. 그렇게 시시한 '소재'를 타자기로 쳤다는 사실이, 그런 격식을 부여했다는 사실이 내게는 인상적이면서 낯설고 '미국적'으로 느껴졌다. 그 사실만

큼이나 인상적이었던 것은 그가 만화영화를 만들던 시절에 대해 이
야기하는 방식이었다. 동시에 많은 만화영화를 만들었다고 그는 말했
다. "우리는 그걸 만들고 녹음했지(We make them and we can them)."
나는 녹음하다(can)라는 그 단어에 완전히 매료되고 말았다. 그토록
지식이 있어 보이면서도 자연스럽고 전문적인 어휘라니. 그의 '소재'
가 내 글쓰기 소재의 일부가 된 것처럼, 그의 언어 또한 내 소재의 일
부가 되었다. 결국 나는 그에게 양다리를 걸친 셈이었다. 작가로서
그의 메트로폴리탄적인 지식을 이용하고 내 것인 양 차지하면서도,
한편으로는 그와 철저하게 거리를 유지했다(물론 실제 배 위에서가 아
니라 「축제의 밤」이라는 내 글 속에서만). 마치 그는 한낱 연예인(여행
하는 여행자)이고 미심쩍은 미국인이기에 일종의 어릿광대(내가 쓰고
자 하는 종류의 글쓰기에서는 마땅히 그런 인물이 역할을 맡게 되어 있
는 어릿광대)인 양, 그리고 나는—겨우 식민지에서 받은 추상적인 교
육 한 가지 믿고 세상을 떠돌고 있는—마치 그보다 더 확고한 기반
위에 서 있는 사람인 양 말이다.

내 소재 중에는 두 명의 구세군 아가씨들도 있었다. 이들은 유럽
어딘가에서 열리는 회의에 참석하러 가는 중이었다. 하지만 두 사람
모두 시시한 불장난에 뛰어들 자세가 되어 있었다. 종교적인 아가씨
들의 이런 경박함은 내게 몹시 낯설게 느껴졌다. 나의 결핍으로 인해
서, 나는 아무것도 아닌 일에서 기이함을 보았던 것이다. 남쪽 나라
에서 온 젊은이도 있었다. 그는 연예인과 선실을 함께 썼다. 그는 뚱
뚱했고 얽은 자국이 있었으며 안경을 쓰고 있었다. '축제의 밤'에 그
는 속옷 바람으로—이 광경을 어찌나 자주 썼는지 내 상상 속에 그

의 모습은 영원히 남아 있다―나타났다. 그리고 위층 침대 위에 걸터앉아 흐릿한 천장 불빛 속에서 오렌지를 까먹으며 아가씨들, 아마도 구세군 아가씨들에 대해 떠들었다.

그는 오렌지를 내려다보며 이렇게 말했다. "나는 끈기 있게 노력하는 사람이야. 나는 내가 뭘 원하는지 잘 알고 그걸 손에 넣지. 알겠어?"

그것은 나를 위한 소재였다. 나는 내가 세상을 안다는 걸 세상에 보여줄 수 있었다. 그런 것들을 관찰하고 그렇게 글을 씀으로써 한마디로 나는 이렇게 말할 수 있었다. '나 또한 이걸 보았다. 그리고 나 또한 그것에 대해 글을 쓸 수 있다.'

하지만 첫번째 일화와 상관없는 또 다른 기억이 있었다. 나는 「축제의 밤」의 어떤 판본에서 이 일화를 써먹었다가, 또 다른 판본에서는 삭제했다.

남부 출신의 한 젊은이가 '유색 인종'에 대해서 떠들고 있었다. 그는 이렇게 말했다. "요즘 같으면 그자들이 당신 침대에까지 기어들어가 함께 자고 싶다고 할걸요."

나는 그 말에 몹시 당황하며 깜짝 놀랐다. 그토록 인종차별적 감정으로 가득 찬 사람이 마치 나를 유색인으로 보고 있지 않다는 듯이 내게 그런 말을 할 수 있다는 사실이 놀라웠던 것이다. 하지만 인종이라는 이야깃거리―비록 그것은 세상에 대한 나의 지식을 입증해 보일 수 있는 친숙하고 좋은 소재였지만―는 「축제의 밤」의 한 부분을 구성하지 못했다. 그것은 나의 분리된 두 개의 자아, 나의 취약점, 나의 불안에 너무 근접한 소재였다. 그것은 작가가 취하고 싶어 할 종류의 인물상이 아니었다. 그가 다룰 소재가 아니었던 것이다.

그래서, 비록 경험을 갈망하고 내 경험에 집중하며 글을 쓰기 위해 여행을 떠났지만, 나는 그 여행에서 나 자신을 닫아버리고 내 기억에서 그것을 편집해버렸던 것이다. 내게 과다한 요금을 물린 공항의 택시 운전사를 지웠고—그 굴욕감이 너무 컸기 때문에—, 호텔에서 만난 흑인을 지워버렸다.

작가로서 나는 또 다른 기억, 끔찍하게 불안했던 뉴욕에서의 하루 역시 인정할 수 없었다. 정기선을 타고 대서양을 가로지르는 여행은 당연히 순수한 낭만이어야만 했다. 그날 오후 뉴욕에서 승선하는 일 또한 순수한 낭만이어야만 했다. 하지만 낭만은 내 머릿속의 오직 한 부분에만 있었고, 다른 부분에는 다른 것이 있었다. 나는 선실을 같이 쓰는 일로 불안해하고 있었다. 지난 몇 달 동안 대서양을 횡단하는 여행에서 바로 그 부분을 걱정해왔다. 공격적이거나 불쾌한 사람들, 혹은 성(性)적으로 문제가 있는 사람들과 함께 있게 될까 봐 두려웠다. 나는 왜소했고 나의 육체적 허약함을 느끼고 있었다. 나는 공격당할까 두려웠고 누군가의 적대감을 살까 봐 무서웠다.

그것이 내게는 크나큰 걱정이었다. 하지만 배에 올라탔을 때, 그런 걱정은 기적처럼 해결되었다. 하지만 나는 내가 되고 싶었던 그런 부류의 작가가 되고 싶은 소망 때문에, 「축제의 밤」에 그런 일은 쓸 수가 없었다.

뉴욕에 있는 영국 부영사가 다른 사람의 배표를 예약했는데, 막상 그 사람이 뉴욕 부두에서 배에 올라타고 보니 전혀 영국인처럼 보이지 않자, 사무장은 몹시 당황했다. 나는 그 일이 이제야 비로소 기억

난다. 「축제의 밤」이 기억을 지워버리는 데 그토록 성공적이었던 것이다. 이제야 비로소, 「축제의 밤」의 소재를 한쪽으로 밀어젖히고, 그들이 나를 어느 방에 넣을지 결정하는 동안 몇 시간이나 아무것도 하지 못하고 멍하니 서 있어야만 했던 기억이 떠오른다. 배가 부두를 떠나는 동안에도 나는 방을 배정받지 못한 채, 얼마 안 되는 내 짐 보따리를 걱정하며 멍하니 서 있었을 것이다. 뉴욕 항구와 유명한 스카이라인의 풍경은 그렇게 어쩔 줄 모르고 서 있던 기억으로 얼룩졌으리라. 이윽고 누군가 결정을 내렸고 그 문제는 기적적으로 해결되었다.

나에게 전적으로 혼자 쓸 수 있는 2등 선실이 주어진 것이다. 그리고 제일 값싼 선실과 2등 선실 사이를 가로막고 있는 문을 열 수 있는 열쇠도 주어졌다. 나는 그곳에서 계속 지낼 수 있고 낮에는 식사도 할 수 있었다. 이것은 엄청난 행운이었다. 내 불안한 마음이 당장 사라졌다. 나는 이 일이 미래에 대한 매우 좋은 징조라고 생각했다. 나는(여전히 선실이나 객실, 호텔 욕실 등을 함께 쓰는 것에 공포를 갖고 있는데) 그때 내가 '여행자의 행운'이라고 생각했던 축복을 받았다고 생각했다.

하지만 그날 밤 자고 있을 때, 소동이 일어나 잠에서 깨어났다. 선실의 천장 불이 켜졌다. 그리고 목소리가 들렸다. 그때 나는 무슨 일이 일어나게 될지 알았다. 누군가 나와 함께 지내게 된 것이었다. '여행자'들 중에 또 다른 사람이 칸을 나누고 있는 그 문의 열쇠—그날 저녁 몇 시간 동안 내가 매우 개인적인, 심지어 거의 비밀스러운 소지품이라고 생각했던—를 받게 된 것이었다. 그리고 바로 그런 식으로 천장 불을 켜는 것, 목소리를 높이는 것은 몹시 무례한 짓이었다. 나는 두 눈을 꼭 감았다. 마치 어린아이처럼. 마치 마술을 부리려는 사람처럼. 내가 잠자는 척하고 있으면, 아무것도 모르는 척하면, 아무 일도 일어나지 않고 방에 들어왔던 사람들도 모두 그냥 떠날 것처럼.

하지만 문제가 생겼다. 선실로 안내되어 들어온 사람이 소란을 일으켰다. 그는 이 선실을 거부했다. 그는 점점 언성을 높였다. "내가 유색인이라서 나를 이 녀석과 함께 여기다 집어넣은 것이잖소!"

유색인이라니! 그러니까 그는 흑인이었다. 이곳은 내게 주어진 작은 게토* 특실이었던 것이다. 나는 흑인이나 혹은 다른 누구와도 함께 지내고 싶지 않았지만, 특히 흑인과는 함께 지내고 싶지 않았다. 흑인이 주장했던 바로 그 이유 때문이었다.

결국 그는 나와 함께 선실을 쓰지 않았다. 천장 불이 꺼졌고 선실 문이 닫혔다. 방에 들어왔던 사람들이 나갔다. 그 흑인은 틀림없이 칸막이 문을 통해 제일 값싼 칸으로 안내되었을 것이다. 그리고 복잡하지만 백인들이 함께 쓰는 3등 선실이나 4등 선실에 들어갔을 것이다. 그 남자, 그 흑인에게는 더할 나위 없는 결과였다. 하지만 거대한 대서양을 건너서 여행하는 며칠 동안 긴장과 압박으로 어떤 대가를 치러야 했겠는가. 다른 사람의 내쫓김과 박탈을 슬쩍 보는 것만도 겁나는 일이었다. 하지만 나는 그들이 그 흑인을 내 선실로 데려왔다는 사실 또한 수치스러웠다. 나의 그 모든 야망에도 불구하고, 내가 이

---

* 특정 사회 집단의 거주지.

모험에 쏟아부은 그 모든 것들에도 불구하고, 그 사람들이 내게서 보는 것은 그게—내가 생각하는 자아상과도 너무나 멀고 내가 되고 싶은 자아상과도 너무나 먼—전부라는 사실이 수치스러웠다. 그들이 선실 안에 들어왔을 때, 내가 계속 눈을 감고 있었던 것도 바로 수치심 때문이었다.

그 흑인은 다음 날 아침에 3등 선실 라운지에서 나를 찾아 사과했다. 그는 키가 크고 호리호리하며 옷을 잘 차려입었다. 그의 얇고 멋진 여름 양복 아래로 뼈가 드러난 날렵한 몸매를, 뼈가 앙상한 무릎과 날카로운 정강이를 짐작할 수 있었다. 그는 말솜씨가 좋았고 선실에 들어왔을 때보다 내 옆에서 좀더 조용했다. 그는 사무장의 사무실에서 나온 사람들이 그를 데리고 3등실 문을 지나 더 안으로 들어갔을 때, 순수하게 그에게 좀더 한적하고 좋은 선실을 제공하려 한다고 생각했었다고 말했다. 하지만 나를 보자 생각이 바뀌었다. 그는 내가 작은 게토의 핵심임을 알았다고, 자신은 미국인들을 안다고 했다. 그리고 또 무슨 말을 했던가? 인종차별에 대한 분노 말고 그에게 또 무엇이 있었던가? 그가 그토록 한정된 인물이었던가? 다른 기억은 전혀 남아 있지 않다. 그와 또 만났는지도 기억나지 않는다.

어느 날 갑판에서 한 여자—열여덟 살인 나보다는 나이가 많은—가 내게 그에 대해 좀더 자세한 이야기를 해주었다. 그가 몇몇 승객들에게 강한 인상을 남긴 것이 분명했다. 그는 미국인들의 편견에 지쳤다고 여자는 말했다. 그녀는 그에 대해 깊은 이해와 일종의 존경심을 담아서 말했다. 그는 앞으로 독일에서 살 것이라고 했다. 그의 부인은 독일인이었다. 두 사람은 그가 독일에서 군 복무를 하는 동안 만났고,

그는 독일 사람들을 좋아하게 되었다. 얼마나 기이한 인생행로인지!

푸에르토리코에서는 몸에 꼭 끼는 양복을 입고 할렘으로 가는 트리니다드 출신의 흑인이 있었다. 그리고 이곳에는 독일로 가는 할렘 출신의 남자, 혹은 흑인 미국인이 있었다. 이들은 제각기 나 자신의 일면이기도 했다. 하지만 나는 내 아시아 출신 배경을 내세우며 그런 비교에 저항했다. 게다가 나는 작가가 되기 위해 여행하는 중이었다. 또 다른 사실을 받아들이기가, 또 다른 사실과 직면하기가 너무 두려웠다. 그것은 인간과 작가로서 작아지는 일이었다. 그리고 인종적 축소는 내가 장차 되고자 길을 떠난 그런 종류의 작가가 다룰 만한 소재가 아니었다. 스스로를 작가라고 생각하며, 나는 자기 자신에게 스스로의 경험을 숨기고 있었다. 그리고 마침내 작가가 되었을 때조차, 나는 여러 해 동안 그 문제를 다룰 수 있는 아무런 방법도 갖지 못했다.

나는 지워지지 않는 연필로 글을 썼다. 나는 대화를 기록했다. 나의 '나'는 초연하게 멀리 떨어진 채, 기록을 하고 모든 걸 아는 사람이었다.

밤낮으로 한 남자가 뱃전에 서서 전방의 회색 바다를 주의 깊게 살폈다. 그리고 마침내 사우샘프턴 섬에 내렸을 때, 지난 5일간 배가 움직였던 것처럼 잠깐 동안 내 발밑의 땅이 흔들리는 것 같은 기분 좋은 느낌이 들었다.

드디어 영국에 도착한 것이었다. 나는 배로 여행을 했다. 승객 터미널은 새것이었다. 사우샘프턴이라는 예쁜 지명의 이곳은 전쟁 동안 엄청난 폭격을 당했던 것이다. 새로 지은 터미널은 미래를 향하고 있었다. 하지만 줄을 선 승객들은 곧 과거의 유물이 될 것이었다.

*

회색빛 대서양 이후에 마침내 색깔이 나타났다. 런던으로 가는 기차에서부터 밝은 색깔이 보였다. 늦은 오후의 햇살. 오래 지속되는 박명은 밤과 낮의 길이가 거의 똑같은 열대지방에 익숙했던 사람에게는 새롭고 매혹적이었다. 고향에서는 벌써 밤이 되었을 시간에 햇빛과 박명이라니.

하지만 우리가 워털루 역에 도착했을 때에는 이미 밤이었다. 나는 그 역의 크기와 수많은 플랫폼과 커다랗고 높은 천장이 좋았다. 나는 불빛이 좋았다. 고향에서 오직 자연광이 있는 낮에만 일하던 공공장소들—혹은 내가 아는 학교나 상점, 사무실 같은 곳—에 익숙해 있던 나는 밤에도 불을 환하게 밝히고 바쁘게 움직이는 기차역의 들뜬 분위기가 좋았다. 나는 전깃불 밑에서 일하는 기차역 직원들과 여행자들을 마치 연극 속 인물들처럼 바라보았다. 기차역의 불빛은 보호된 세계, 광대한 집 안 같은 인상(뉴욕 거리에서 이미 느꼈던 것과 같은)을 주었다.

정기선 위에서 닷새를 지낸 뒤라 나는 외출을 하고 싶었다. 특히 극장에 가고 싶었다. 런던에서는 영화가 계속해서 상영된다는 말을 들은 적이 있었다. 우리 고향에서는 정해진 시간에만 상영하는 걸 당연하게 여겼다. 연속 상영—정신없이 바쁜 거대한 군중을 함축하는 그 모든 것과 더불어, 메트로폴리탄의 일처리 방식으로서—이라는 발상 자체가 무척 매력적이었다. 하지만 아무리 런던이라고 해도, 혹은 런던의 대도시 군중이라고 해도 너무 늦은 시각이었다. 나는 곧장 얼스코트의 하숙집으로 갔다. 옥스퍼드로 가기 전까지 두 달 정도 머무를 수 있는 방을 그곳에 예약해놓았던 것이다.

작고 좁고 길쭉한 방이었다. 어두운 색의 커다란 가구들 때문에 컴컴해 보였다. 그밖에도 아무것도 걸려 있지 않은 벽 때문에 휑해 보였다. 콜롬비아 호의 내 선실만큼이나 휑하고 뉴욕에서 그날 밤 묵었던 웰링턴 호텔의 방보다 더 휑했다. 나는 심장이 오그라들었다. 하지만 한편으로는 몇 층 올라온 내 방 창문에서 내다보이는 풍경에 기뻐했다. 밝은 오렌지색 가로등 불빛과 그 불빛에 비친 나무들의 그림자가 보였던 것이다.

정기선의 뜨거운 고무 냄새, 밀폐된 선실과 복도의 에어컨 냄새에 이어서, 아침에는 새로운 냄새가 났다. 물리도록 달콤한 우유 냄새였다. 신선한 우유는 내게 무척 희귀한 것이었다. 우리는 주로 클림 분유와 연유를 사용했다. 진하고 달콤한 우유 냄새는 검댕이 냄새와 뒤섞였다. 그리고 그 냄새는 답답하고 고약한 해묵은 먼지 냄새와 겹쳐졌다. 그런 것들이 아침 냄새였다.

하숙집 뒤편에 있는 정원 혹은 마당 혹은 텃밭은 높은 담장까지 이어졌다. 그리고 높은 담장 너머에는 지하철역이 있었다. 얼마나 낭만적이었는지! 꼭두새벽부터 온종일 지하철 소리가 끊이지 않았다! 이제야 뉴욕의 호텔에서 만난 흑인이 했던 말이 내게 직접적으로 다가왔다. 결코 잠들지 않는 도시라는 말이.

하숙집에는 층마다 복도 제일 끝에 화장실과 욕실이 있었다. 어쩌면 두 층마다 하나씩 있었는지도 모르겠다. 왜냐하면 내가 아래층으로 내려갈 때면 아시아 청년 한 명이 올라오곤 했기 때문이다. 키가 작고 체구도 왜소한 그 청년은 핏기 없는 노란 얼굴에 안경을 썼는데, 그가 입기에는 너무 헐렁한, 정교하게 만든 동양풍 목욕 가운을 두 팔에 안고 있었다. 자수가 놓인 넓은 소맷부리는 그의 손을 다 덮을 정도였다. 그는 방울 소리 같은 목소리로 "구우웃 - 모 - 닝!"이라고 외치고 황급히 지나갔다. 샴 사람이었을까, 미얀마인이었을까, 아니면 중국인이었을까? 고향에서 멀리 떠나온 그는 쓸쓸해 보였다. 하지만 여전히 런던에 대한 경탄과 이 도시에 오는 데 성공했다는 도취감으로 가득 차 있던 나는 정작 자기 자신에 대해서는 똑같은 판단을 내리지 못했다.

그때 나는 지하에 있는 식당으로 내려가는 중이었다. 이 하숙집은 잠자리와 아침을 제공했다. 그리고 나는 아침 식사를 하러 내려가고 있었다. 건물 정면 쪽에 위치한 식당은 지하철의 소음은 차단되고 오직 진동만 느껴졌다. 그곳에는 두세 명이 앉아 있었고, 꼿꼿한 등받이가 있는 갈색 의자들이 많이 있었다. 식당 벽은 내 방의 벽처럼 휑했다. 그리고 우유와 검댕이가 뒤섞인 냄새가 강하게 풍겼다. 아침이라 바깥은 날이 환했지만, 이곳은 희미한 전구가 켜져 있었다. 벽은 반들거리는 노란색이었다. 벽, 불빛, 냄새. 그것들이 경이로운 런던 아침의 모든 부분들이었다. 거리로 올라가는 좁고 가파른 계단 끝에서 내 눈에 들어온 것이 난간과 보도였듯이. 나는 지금까지 한 번도 지하실에 들어가본 적이 없었다. 지하실은 우리 고향의 건축 방식이 아니었다. 하지만 나는 책에서 지하실에 대해 읽은 적이 있었다. 그러므로 태양이 빛나는 환한 대낮에 전깃불을 켜놓은 이 방이 내게는 무척 낭만적으로 보였다. 나는 소설의 세계, 책의 세계로 들어온 사람 같았다. 진짜 세계로 들어온 것이다.

이후에 나는 위층으로 올라가서 손님들에게 개방되어 있는 곳을 둘러보았다. 건물 정면 쪽에 있는 방은 의자들, 꼿꼿한 등받이가 있는 의자들과 낮고 펑퍼짐한 소파들로 가득 차 있었고, 벽은 다른 모든 곳과 마찬가지로 휑하니 비어 있었다. 이곳이 라운지였다(아래층에서 그렇게 들었다). 하지만 방 안이 어찌나 정적에 잠겨 있던지(시커먼 양탄자와 길게 늘어진 오래된 커튼에서는 케케묵은 검댕이 냄새가 났다) 전혀 사용하지 않는 방 같았다. 나는 이 건물이 설립자나 최초의 소유자가 의도했던 대로 더 이상 사용되지 않고 있다고 느꼈다. 그리고 한때는, 아마 전쟁 전에는 개인 주택이었을 것이라고 생각했다. 또한 (비록 런던의 주택에 대해서 아무것도 몰랐지만) 이 집의 위상이 추락했다고 느꼈다. 런던을 향한 나의 애정, 혹은 런던에 대한 나의 이상이 그 정도였다. 그리고 나는 하숙집 동료들—대륙과 북아프리카에서 온 유럽인들, 아시아인들, 지방에서 올라온 몇몇 영국인들, 값싼 숙소에 묵는 소박한 사람들—을 보면 볼수록, 우리 모두가 어떤 면에서는 대저택에서 야영하는 사람들 같다고 느꼈다.

매일 밤—런던 관광 일주를 마친 다음—이 황량한 집으로 되돌아오면서, 나는 이곳 분위기에 서서히 물들었다. 나는 이 분위기를 내가 본 것에 투영했다. 내겐 건축에 대한 안목이 없었다. 고향에서는 그런 안목을 기를 만한 기회가 전혀 없었다. 런던에서 나는 보도와 상점들, 상점 블라인드(거의 하나 건너 한 집마다 블라인드 제일 밑에는 제조업자 J. 딘, 푸트니*라는 문자가 스텐실로 찍혀 있었다), 가게 간판들, 획일적인 건물들을 보았다. 런던 관광을 하며 나는 규모가 큰 것들을 찾아다녔다. 그것은 나의 작은 섬을 떠나 여행을 시작하면서 내가 찾고자 했던 것들 중 하나였다. 나는 홀번 비아덕트**와 임뱅크먼트,*** 트라팔가르 광장 주변 지역에서 규모와 힘을 찾았다. 그리고 이런 웅장한 것들 다음에 얼스코트의 하숙집이 있었다. 결국 나는 웅장함은 지나간 시절의 것이고, 잘못된 시기에 영국을 찾아왔다고 점차 느끼게 되었다. 그리고 영국, 제국의 심장부—사실은 내가 상상속에서 만들어낸(마치 지방 사람들처럼, 제국의 머나먼 한 구석에서) 것인데—를 찾기에는 내가 너무 늦게 왔다고 생각했다.

방금 도착한 도시에 대해 이 얼마나 엄청난 판단이었는지! 하지만 그것은 내 안에 항상 간직되어 있던 어떤 정서이기도 했다. 우리 아시아계 인도 공동체 사람들—특히 결코 어떻게든 영어를 사용하거나 낯선 인종들에게 익숙해질 수 없는 가난한 사람들—은 인도를 회상하며 점점 더 그곳이 황금의 땅이었던 것처럼 기억하는 경향이 있었다. 그들은 트리니다드에서 살다가 트리니다드에서 죽을 것이었다. 하지만 그들에게 트리니다드는 잘못된 장소였다. 그런 어떤 정서가 내게도 전해져 내려오고 있었던 것이다. 물론 나는 인도를 회상하지는 않았다. 그럴 수도 없었다. 나의 야심은 내 시선을 앞과 바깥으로, 영국으로 향하도록 했다. 하지만 그것은 잘못된 곳이라는 유사한 감

---

* 런던 남서쪽에 있는 한 구역.
** 런던에 있는 다리 이름이자 그 다리가 놓인 거리 이름.
*** 19세기에 런던 템스 강을 따라 건설한 제방.

정을 낳았다. 트리니다드에서 나는 스스로 동떨어져 있다고 느끼며, 세상 중심에서의 인생을 위해서, 스스로를 억눌렀다. 게다가 가만히 물러서서 기다리는 분위기를 장려하는, 내 어린 시절의 물리적 배경이 한 몫을 하기도 했다.

트리니다드에서 우리는 더 이상 생산되지 않는, 혹은 전쟁과 운송의 어려움 때문에 구매할 수도 없는 물건들의 광고에 둘러싸여 지냈다(미국 잡지 속 광고들. 도저히 닿을 수 없을 만큼 멀리 떨어진 다른 세계에 속한, 크리스 크래프트*나 스타틀러 호텔**이나 그와 비슷한 것들에 대한 광고들). 트리니다드의 광고들은 주로 구식 치료약과 강장제 광고였다. 그런 광고들은 깡통에 붙여서 에나멜 칠을 했다. 그리고 가게에 장식물로 사용되었다. 그 광고들은 정작 팔고 있는 상품과는 아무 관련이 없었지만, 점차 가게 주인이 하는 장사를 나타내는 표상처럼 여겨졌다. 나중에는, 전쟁 동안 포트오브스페인의 동쪽에 있는 소택지에 판자촌이 마구 생겨나기 시작했을 때, 에나멜 칠을 한 광고가 부착된 양철통은 더러 건축 자재로 사용되기도 했다.

그러므로 나는 의미 없는, 혹은 적어도 그 기호를 만든 이들이 의도했던 의미는 없는 기호들의 세계에서 사는 데 익숙해 있었다. 그것은 내가 받은, 추상적이고 임의적인 성격의 교육과 같은 맥락이었다. 앞서 말했듯이 거리 지도만 보고서 도시를 알려고 노력하는 사람 같은 능력, 영화 한 편 보지 않고 프랑스나 러시아 영화를 '연구'할 수

---

* 19세기 말에 설립된 미국의 보트 제조사로 특히 1920년대에서 1950년대까지 명성을 날렸다.
** 미국의 가장 초기 호텔 체인점 중 하나.

있는 내 능력처럼.

트리니다드에서 진실인 것은 다른 곳에서도 똑같이 진실인 것처럼 보였다. 포트오브스페인의 식민지 중앙시장 어딘가 도서 판매 구역에는 전시에 출간된 값싼 펭귄 페이퍼백(좁은 여백, 우리 고향의 축축한 기후에서 금방 녹슬어버리는 스테이플로 엉성하게 찍은 제본, 하지만 놀라운 색깔과 질감 그리고 종이 냄새의)들이 선반 한두 칸을 차지하고 있었다. 그런데 나는 전시에 출간된 펭귄 시리즈 뒷면에 가끔 트리니다드에서는 결코 구입할 수 없고 지금은 (광고에 실려 있듯이, 전쟁 때문에) 더 이상 생산되지도 않는 영국 물건들―초콜릿, 신발, 면도 크림 같은―광고가 있다는 사실을 한 번도 이상하게 여긴 적이 없었다. 그 광고들은 예전 제조업자들이 오직 전쟁 동안에도 상표를 살리려고, 그리고 전쟁이 잘 끝나기를 바라는 희망에서 실은 것이었다. 이 광고―실제로 구매할 가능성은 이중, 삼중으로 사라진 물건들에 대한―들이 이상하다는 생각은 한 번도 해본 적이 없었다. 내게는 그 광고들이 지금 내가 다가가려고 애쓰고 있는 세계의 낭만적인 일면처럼, 무척이나 낭만적인, 약속을 내포한 약속처럼 다가왔다.

그러므로 나는 런던에서 발견한 그 세계가 그동안 내가 온 힘을 다해 추구하던 완벽한 세계에 미치지 못하는 곳이라고 상상할 준비를 다 갖추고 있었던 셈이다. 트리니다드에서 어린 시절을 보내며 나는 이 완벽한 세계를 아주 먼 곳, 런던에서 찾았다. 이제 런던에 온 나는 이 완벽한 세계를 다른 시대, 보다 예전 시대에서 찾을 수 있었다. 하지만 정신적, 혹은 감정적 과정은 동일했다.

지하철역에는 금속판에 글자를 도드라지게 새긴, 육중한 구식 자판기들이 아직도 서 있었다. 이제는 사탕도 초콜릿도 나오지 않았지만, 10년 동안 아무도 이 기계를 치우는 수고를 하지 않았다. 그것은 무너지거나 버려진 집에 아무도 치우지 않아 그대로 남겨진 물건들 같았다. 얼스코트에 있는 내 하숙집에서 건물 두 채를 건너면 폭탄이 떨어진 자리가 있었다. 내가 살고 있는 하숙집처럼 그 집의 지하 식당이 있었을 길거리 공터에는 깨진 벽돌 조각만 쌓여 있었다. 그런 자리들이 도시 곳곳에 널려 있었다. 나는 처음에는 그것을 좀 살펴보다가, 곧 그만두었다. 세인트폴 성당 옆에 패터노스터 로 거리는 거의 남아 있지 않았다. 하지만 그 지명은 수많은 출판사의 런던 주소로 책의 속표지에 여전히 등장하곤 했다.

나의 런던 도보여행은 무식했고 아무 즐거움도 없었다. 나는 이 거대한 도시가 내 눈 앞에 툭 튀어나와 당장 나를 사로잡을 거라고 기대했다. 그래서 런던에 가는 날을 손꼽아 기다렸다. 하지만 곧, 일주일도 안 돼서, 나는 무척 외로워졌다. 만약 내가 좀 덜 외로웠더라면, 배 위에서의 생활과 같은 뭔가 있었더라면, 아마 런던과 하숙집에 대해서도 좀 다르게 느꼈을 것이다. 하지만 나는 외톨이였다. 그리고 대서양을 건너던 5일 동안 내가 누렸던 그런 종류의 사교 모임을 찾아낼 방법도 없었다.

영국 문화원이 있었다. 그곳에서는 나와 같은 외국인 학생들을 위해 만남의 자리를 마련해주었다. 하지만 어느 날 저녁, 처음 참석한 자리에서, 나는 어느 지루한 여학생과 대화를 나누다가 육체적 고통이라는 화제를 꺼내고 있는 자신을 발견했다. 그것은 내가 갖고 있는 무서운 강박관념이었는데 전쟁으로 인해 더욱 두려워졌다(그리고 내가 이런저런 시기마다 수행하는 고행에 대한 또 하나의 설명이기도 했다). 나는 고문에 대해서 이야기하기 시작했고, 그렇게 하는 게 옳지 않다는 걸 알면서도 이야기를 계속했다. 그리고 나 자신을 이렇게 왜곡하는 것(뉴욕으로 비행하던 중에 보였던—처음에는 푸에르토리코의 흑인에게, 그다음에는 바로 옆자리에 앉았던 영국 여자에게 보였던—것보다 훨씬 왜곡된 행동)에 깜짝 놀라서 두 번 다시 영국 문화원에 가지 않았다. 부끄러웠기 때문이었다.

결국 내게는 하숙집과, 영국인들, 변방을 떠도는 유럽인들, 그리고 영어가 힘든 소수 아시아계 학생들이 뒤섞인 기묘한 침묵의 동거인들밖에 없었다. 만약 내가 현대 영국 소설을 많이 읽었더라면, 하숙집 생활은 좀더 많은 의미를 갖게 되었을지 모른다. 가령 불과 11년 전의 바로 이 지역을 배경으로 한 『행오버 광장Hangover Square』* 같은 소설 말이다. 그런 책들은 이 지역을 소설 속의 인물들이 사는 낭만적인 장소로 만들어주었을 것이다. 그리고 항상 책에서 이런 증거들을 얻어야만 하는 내게 좀더 예민한 자의식을 심어주었으리라.

하지만 학교 교육에도 불구하고, 나는 독서가 부족했다. 런던에 대해 내가 뭘 알았겠는가? 교과서에 찰스 램이 극장 구경에 대해 쓴 에세이가 한 편 있었다. 그리고 다른 교과서에는, 「아서 새빌 경의 범죄 Lord Arthur Savile's Crime」**에서 인용한 임뱅크먼트를 묘사한 사랑스러

---

* 영국의 극작가이자 소설가인 패트릭 해밀턴Patrick Hamilton이 1941년에 발표한 소설로 런던의 얼스코트 지역을 배경으로 알코올 중독에 빠져 기억상실증에 걸린 한 남자의 살인 이야기를 다루었다. 1945년에 존 브람 감독이 영화로 만들었다.
** 1887년에 오스카 와일드가 『궁정과 사회 리뷰』라는 잡지에 발표한 단편소설.

운 문장이 두세 줄 나오긴 했다. 하지만 셜록 홈스의 베이커 거리는 그저 이름뿐이었다. 또한 서머싯 몸이나 이블린 워나 다른 작가들의 작품에 나오는 런던 묘사는 머릿속에 그림이 그려질 정도는 아니었다. 그 작가들은 독자들이 런던에 대해 이미 잘 알고 있을 거라고 가정했기 때문이다. 내가 알고 있는 런던, 혹은 상상 속에서 나를 사로잡은 런던은 디킨스의 작품에서 읽은 런던이었다. 나에게 이 도시에 대해 잘 알고 있다는 환상을 심어준 사람이 바로 디킨스—그리고 그의 삽화가—였다. 그러므로 나는, 비록 그걸 깨닫지는 못했지만, 디킨스의 런던을 아직도 현실로 믿고 있다는 이야기를 듣고 내가 경악했던 러시아인들과 사실 다를 바가 없었다.

몇 년 후에, 나 자신이 열심히 글을 쓰고 있을 때, 디킨스를 다시 읽어보고 나는 런던 묘사자로서 디킨스가 가진 독특한 힘을 좀더 이해할 수 있었다. 그리고 런던에 대해 쓴 다른 모든 작가들과의 차이도 알 수 있었다. 먼 나라에 있는 어린아이였던 내가 초기 디킨스 작품을 읽고 그와 함께 런던이라는 어두운 도시로 들어갈 수 있었던 것은, 일부분 내가 나의 단순함을 그에게 투영하고 나의 환상을 그에게 맞추었기 때문이었다. 130년 전의 런던은 거의 나만큼이나 디킨스에게도 낯설고 이상했을 것이다. 어른이었음에도 마치 어린아이가 묘사하듯이 런던을 묘사할 수 있었던 것이 바로 디킨스의 천재성이었다. 건축에 대한 지식이나 취향을 드러내지도 않고 전문적인 용어를 사용하지도 않고, 오직 '구식'과 같은 단순한 단어들만 사용해 거리 전체를 묘사하는 것. 숙련되지 못하거나 무식한 독자마저 당황하거나 어려워할 만한 단어는 일절 사용하지 않는 것. 디킨스는 저 멀리 열대의 나라, 골함석과 박공으로 만든 지붕들에 돋을새김 장식을 하고, 지붕 꼭대기에는 빛과 신선한 공기가 들어오면서도 비는 들이치지 않게 경첩 달린 미늘살창문이 나 있는 곳에 사는 어린아이가 쩔쩔맬 만한 어떤 단어도 사용하지 않았다. 그는 오직 단순한 단어와 단순한 개념만을 사용해서 단순한 부피와 표면과 빛과 그림자를 창조해냈다. 그렇게 함으로써 모든 사람이 각자 자신이 가진 소재만으로 재구성할 수 있는─자기가 이미 알고 있는 것들을 사용해 소설 속에 묘사된 전혀 모르는 것들을 재창조할 수 있는─도시 혹은 환상을 창조해 냈던 것이다.

디킨스에게는 환상을 통해 이렇게 자신의 주변 환경을 풍요롭게 만드는 것이 소설의 좋은 점들 중 하나였다. 내가 어린아이로서 품었던 이상, 내가 받은 추상적 교육, 내 직업에 대한 나의 지극히 단순한 생각과 더불어, 디킨스의 어린아이 같은 시각이 내게, 장차 그곳에서 내 직업적 소명을 꽃피우게 될 것이라고 기대했던 도시에 대해 완벽한 지식을 갖고 있다는 환상을 심어주었으리라(동시에, 그것들이 아무리 환상이라고 해도, 또 다른 것, 즉 규모와 제국의 영광에 대한 19세기 후반의 이상들을 위한 여지를 남겨주었다. 하지만 정작 내게 그 이상을 보여준 것은 버킹엄 궁전도, 웨스트민스터 사원도, 화이트홀도 아니었다. 나는 위대한 빅토리아 시대의 토목공학적 작품인 패딩턴과 워털루역에서, 그리고 홀번 비아덕트와 임뱅크먼트에서 그것을 발견했다).

나는 내가 매우 잘 아는 장소라고 생각하며 런던에 왔다. 그러나 낯선 미지의 도시를 발견했을 뿐이었다. 이 도시의 건축양식이나 구역 이름조차 내 하숙집만큼이나 낯설었고, 그것은 전혀 예상치 못한

일이었다. 런던은 내가 뉴욕에서 그 문화를 이해하기 위해 샀던 『남
풍』의 영어만큼이나 낯설고 해독 불가능한 도시였다. 이 낯섦과 직면
했을 때, 나의 상심은 이루 말할 수 없이 컸다. 그것은 내가 뉴욕에서
당연히 내 영역이라고 생각하며 서점에 들어갔지만, 정작 나를 위한
것은 거의 없다는 사실을 알았을 때 느꼈던 상심보다 몇 배 더 나를
초라하게 만들었다.

그리고 바로 이 초기 시절에, 처음 런던에 도착하고서 며칠 동안,
또 다른 일이 있었다. 줄곧 나의 일부였고 몇 년 동안 내게 무척 소
중했던 한 가지 능력이 사라진 것이었다. 나는 언젠가 가게 될 먼 나
라와 미래를 꿈꾸고 환상을 키우는 능력을 잃어버렸다. 고향에서 나
는 영화에 완전히 푹 빠져 지냈다. 그곳에서는 정시 상영이 시작되기
전에 영화관 급사가 햇빛이나 가로등 불빛을 막기 위해서 사방에 이
중문들을 전부 닫고 높은 나무 유리창을 열어놓기 위한 긴 끈들을 다
풀었다. 이 캄캄한 홀에서 나는 어딘가 다른 곳에서의 삶을 꿈꾸곤
했다. 하지만 이제, 그 오랜 세월 동안 '어딘가 다른 곳'이었던 바로
그 장소에 오니, 더 이상 꿈꾸는 게 불가능해진 것이다. 런던에 도착
한 첫날밤에 나는 소문으로만 들었던, 내게는 메트로폴리탄적인 분주
함의 정수처럼 여겨지는 연속 상영을 보기 위해 극장에 가고 싶었다.
그런데 얼마 지나지 않아, 영화에 대한 생각, 캄캄한 홀에 들어가 영
화를 본다는 생각만 해도 숨이 막혔다.

나는 영화에서 얻는 즐거움을 내가 장차 누리게 될 성인으로서의
인생에 대한 맛보기쯤으로 생각했었다. 하지만 이제는 마음속 깊은
곳 그 수많은 곳에서 온갖 종류의 수치심과 함께, 그것이 환상임을

느꼈다. 나는 『행오버 광장』을 읽어본 적이 없었고 심지어 이런 책이 있다는 것도 몰랐지만, 영화는 보았다. 이 할리우드 영화 속 런던은 내 머릿속에서 「하숙인The Lodger」* 속 런던과 하나로 합쳐졌다(아마도 제목의 연상 작용 때문일 것이다). 이제 나는 그 런던이 한낱 환상이며 내게 무가치하다는 사실을 알았다. 그토록 내 안에 깊숙이 스며들었고, 추상적인 공부만 하던 메마른 시절에 내게 그토록 든든한 버팀목이 되어주었던 영화의 즐거움이, 그 즐거움이 이제 칼로 내려치듯 단숨에 잘려 나가버린 것이다. 그리고 10년 혹은 20년 후에, 내가 다시 영화로 돌아갔을 때에는 내가 알던 할리우드는 죽어버렸다. 영화가 활짝 피어날 수 있었던 특별한 환경은 더 이상 존재하지 않았다. 미국 영화는 프랑스나 영국 영화처럼 이기적인 지역 영화가 되어버렸다. 그리고 영화와 나 사이에는, 책이나 그림과 나 사이만큼이나 먼 거리가 있었다. 환상은 더 이상 불가능했다. 이제 나는 몽상가나 환상가로서가 아니라, 한 사람의 비평가로서 영화관에 갔다.

　나는 기록할 게 거의 없었다. 나의 런던 도보 여행은 어떤 모험도 안겨주지 않았고, 건물이나 사람들을 보는 내 안목을 날카롭게 해주지도 못했다. 내 삶은 얼스코트 하숙집에 한정되어 있었다. 그곳에는 특별한 종류의 삶이 있었다. 하지만 나는 그것을 보는 데 실패했다. 왜냐하면 아이러니하게도, 비록 자신이 이미 메말라버렸다고 느끼면서도, 나는 계속해서 자신을 작가로 생각하고, 작가로서 여전히 적당한 메트로폴리탄적인 소재를 찾고 있었기 때문이었다.

---

* 1927년 히치콕이 만든 무성영화로 런던에서 금발 미녀를 상대로 일어나는 연쇄살인사건을 다루었다.

메트로폴리탄적인 것. 대체 내가 그걸 무슨 의미로 썼을까? 나는 그저 막연한 개념만을 갖고 있을 뿐이었다. 그것은 나로 하여금 특정 작가와 경쟁하거나 혹은 어깨를 겨룰 수 있도록 만들어줄 소재를 의미했다. 그것은 또한 나로 하여금 특별한 종류의 글을 쓰는 개성을 드러낼 수 있게 해줄 소재를 의미했다. 가령 만찬 식탁 밑으로 틈틈이 기록을 남겼을 『힌두 홀리데이*Hindoo Holiday*』의 J. R. 애커리.* 모든 곳에서 멀리 떨어져 있었지만, 당연하게도 엄청나게 박식했던 서머싯 몸. 모든 종류의 지식들로 가득 차 있었고, 성에 대한 지식 역시 해박했던 올더스 헉슬리. 정말 자연스러운 우아함이 넘쳤던 이블린 워. 이런 종류의 작가가 되길 바랐던 나는 커다란 얼스코트 하숙집의 떠돌이들에게서는 소재를 발견하지 못했던 것이다.

*

런던에 온 지 얼마 되지 않은 어느 일요일에 나는 하딩 부부에게서 점심 초대를 받았다. 하딩 씨는 하숙집 관리인이었다. 하지만 나는 하딩 씨나 그의 부인은 거의 보지 못했다. 오히려 안젤라를 더 자주 보았는데, 그녀의 성은 좀처럼 불러본 적이 없어서 결국 잊어버리고 말았다. 안젤라는 이탈리아 사람으로 남부 출신이었다. 20대 중반이거나 후반이었는데, 나는 사실 잘 구별할 수가 없었다. 어쨌든 나

---

* Joe Randolf Ackerley(1896~1967): 영국 소설가, 편집자. 특히 주간지 『리스너*Listener*』의 문학 담당 편집자로서 영국의 뛰어난 시인과 소설가들을 발굴했다. 『힌두 홀리데이』는 그가 당시 영국 식민지였던 인도에서 5개월 동안 지낸 경험을 쓴 코믹 회상록이다.

보다는 나이가 적어도 열 살은 많았다. 그래서 나는 그녀를 매우 성숙한 어른으로 생각했다. 그녀는 전쟁 내내 이탈리아에서 지내다가, 그녀의 많은 친구들처럼 어찌어찌해서 런던으로 왔다.

안젤라는 하숙집에 방이 있었고 일종의 직책이 있었다. 하지만 나는 그 직책이 무엇인지 잘 몰랐다. 그녀는 가끔 지하에 있는 식당에서 아침 식사를 나르기도 하고, 때로는 저녁에 일하기도 했다. 또한 어떤 날 저녁에는 얼스코트 역에서 멀지 않은 베네치아인가 하는 이름의 이탈리아 식당에서 종업원으로 일했다. 그녀는 2실링 6펜스짜리 식사나 3실링 6펜스짜리 식사를 날랐다. 나는 그곳에서 몇 번 식사를 했는데, 아는 종업원이 있는 식당에서 식사를 하는 것은 내게 형언할 수 없는 기쁨을 주었다. 비록 메뉴를 이해할 수 없고 딱히 그 음식을 좋아하는 것도 아니었지만 말이다.

안젤라는 내가 가족 이외에 알게 된 첫번째 여자였다. 처음부터 그녀와는 편했다. 나는 그녀가 매우 매력적이라고 생각했고, 여전히 숫총각이었던 나는 그녀와 반쯤 사랑에 빠졌다. 안젤라와의 교유는 내게 잠깐이나마 약간 대도시적인 흥분을 안겨주었다. 그리고 내가 고향에서 멀리 떨어져서 유럽의 대도시에 있음을 일깨워주었다. 하숙집, 건물 뒤편을 지나는 지하철, 그리고 바로 모퉁이만 돌면 수많은 플랫폼이 있는 기차역 입구, 이탈리아 식당, 잘 아는 여종업원. 나는 이 배경과 소품이 마음에 들었다. 그들은 드라마의 일부였다. 그리고 다만 1, 2분 동안이라도 내가 대도시 사람이라고 느끼게 해주었다.

안젤라는 내게 많은 격려를 해주었다. 그녀는 내 피부색이 자기 나라 사람들과 비슷하다면서 날 좋아한다고도 말했다. 하지만 그녀의 인생에는 한 남자가 있었다. 전쟁 동안 이탈리아에서 만난 영국 남자였다. 그는 거칠고 상스러웠으며 툭하면 폭력을 휘둘렀다. 나는 그 남자를 한 번도 보지 못했다. 그 남자를 그렇게 묘사한 사람은 바로 안젤라 자신이었다. 반쯤은 그 남자를 비난해주고 또 반쯤은 자신을 동정해주길 바라면서, 마치 결코 피할 수 없는 무엇인 것처럼 그 관계에 대해 이야기했다.

그녀는 어느 날 밤에 말다툼을 하다가 남자가 너무 사나워지는 바람에, 손에 잡히는 대로 코트 하나만 걸치고 맨몸으로 방에서 도망쳐 나왔다고 말했다. 그 일 이후에 그녀는 혼자 살겠다고 결심했다. 그리고 바로 그때 얼스코트 하우스로 이사를 왔던 것이다. 그녀의 애인은 곁에 없었다. 적어도 나는 그 남자를 본 적이 없었다. 외국으로 떠난 것일까? 나는 다른 사람들이 떠드는 말을 주워듣고 남자가 감옥에 들어간 모양이라고 짐작했다. 하지만 안젤라에게 물어보지 않았고, 그녀도 말하지 않았다. 그녀에게 물어봤어야 했는지 모른다. 하지만 그녀에 대한 내 감정 때문에 나는 물어보고 싶지 않았다. 그럼에도 불구하고 그녀는 그 남자에게 충실했다. 그리고 그녀가 내게 던지는 추파는 이상하게 정숙했다. 그녀의 방은 내게 항상 열려 있었지만, 그녀가 내게 수작을 걸어보라고 자극할 때는 반드시 다른 손님이 함께 있을 때뿐이었다. 마치 목격자가 있으면 내가 희롱을 해도 괜찮은 것처럼 말이다. 다른 손님이 없을 때면, 그녀는 좀더 거리를 두고 조심했다.

내가 하숙집 관리인인 하딩 씨와 그의 부인에게 일요일 점심 초대를 받은 것은 안젤라―사실은 안젤라의 친구로서―때문이었다. 나는 하딩 씨를 거의 본 적이 없었다. 심지어 이 점심 식사—이것은 내가 여름에 런던에서뿐만 아니라 이후 가을에 옥스퍼드에서까지 몇 달 동안 강박적으로 쓰고 있는 '메트로폴리탄적인' 소재의 일부가 되었는데, 나는 내가 생각하는 좋은 소재의 개념에 맞도록, 나 같은 사람이 글쓰기에 적합하도록 현실을 바꿔서 썼다—이후에도, 그리고 그 모든 글쓰기 이후에도 나는 이 남자와 아내가 어떻게 생겼는지 인상조차 떠올릴 수 없었다.

점심은 하숙집 1층 뒤편에 있는 커다란 방에서 먹었다. 하숙집 정면 쪽의 방은 '라운지'였는데, 갈색 가구들이 숨이 막힐 지경으로 들어차 있었고 거의 사용하지 않았다. 뒤편 방은 그렇게 가구들이 꽉 차 있지는 않았지만, 마치 전쟁이 직접 어떤 재앙, 혹은 약탈로 이 건물을 덮치기라도 한 것처럼 하숙집의 다른 방들과 마찬가지로 벽의 칠이 벗겨져 있었다. 나는 이 뒤편 방이 하딩 부부가 하숙집 관리인으로서 즐겨 사용하는 본부 혹은 집무실의 일부일 거라고 짐작했다.

커다란 창문들이 지하철역의 높은 벽돌담까지 펼쳐진 정원—좀더 정확하게 말하자면 돌보지 않은 마당—을 향해 나 있었다. 나무 한 그루가 있었고, 이웃집 정원에 있는 나무들이 보였다. 마당은 지하철역의 벽돌담 그늘에 가려 살풍경했다 나는 그 풍경이 싫지 않았다. 나는 그 색깔이 좋았다. 사방이 막히고 그늘졌지만 시원한 공간의 느낌을 좋아했다.

하딩 부부의 다른 친구들도 그 자리에 있었다. 하딩 씨가 점심 식사의 주인공이었다. 내 생각에는 약간 취한 것 같았다. 정신은 말짱해 보였지만, 줄곧 술을 마셨다. 하딩 부인—역시 부인의 모습도 전혀 떠오르지 않는다──과 안젤라가 식사 시중을 들었다. 하딩 씨는 이야기를 했다. 그는 단지 주인공이었을 뿐만 아니라 웃기는 재주가 있었다. 그는 자신의 신분에 대해 확고한 생각을 갖고 있었고 자신이 잘 아는 사람들, 자신의 농담에 기꺼이 웃어주고 자신의 예절에 감명받은 사람들 속에서 남자다운 확신을 가지고 말했다.

그는 집에서, 하숙집 어딘가 있는 방에서 술을 마시곤 했을까? 아니면 술집에 갔을까? 내게는 런던 술 문화에 대해 물어보거나 짐작할 만한 사교적 지식이 없었다. 나는 술집에 대해서는 전혀 아는 게 없었다. 술집이라는 개념조차 싫었다. 사람들이 오직 술을 마시기 위해 가는 공간이라는 생각이 몹시 못마땅했다. 나는 술집이라고 하면 고향에서 보았던 럼주 가게의 만취를 연상했다. 그리고 런던 거리의 보통 사람들이 술 취한 사람을 증오하지 않고 우스꽝스럽게 여긴다는 사실에 경악했다. 역시 지금도, 손님들이 점심 식탁에서 술을 마시는 하딩 씨를 경멸하지 않고 오히려 관용과 심지어 존경심을 갖고 대한다는 사실에 약간 놀랐다. 사람들은 그의 말을 경청했다. 나는 그의 억양이 어떤 것인지 잘 구별할 수는 없었지만, 마치 영화에서 흘러나오는 대사처럼 내 귀에는 근사하게 들렸다.

그 점심 식사의 가장 기억할 만한 순간은 하딩 씨가 어떤 이야기를 하고 있을 때 찾아왔다. 나는 하딩 씨가 이야기하는 동안, 낄낄거리던 안젤라와 희극배우의 조연 노릇을 하던 하딩 부인을 기억한다.

하딩 씨가 무슨 이야기를 했는지는 기억나지 않는다. 하지만 그가 천천히 "내 아내 중 하나였는데, 오드리, 그래, 오드리였어"라고 말했을 때, 바로 그 순간이 찾아왔다. 일부러 술 취한 사람의 말투를 흉내

내는 그의 목소리가 방 안 가득 울려 퍼졌다. 곧이어 그는 곧장 하딩 부인에게 물었다. "오드리를 기억하오?" 그러자 하딩 부인은 웃지도 않고 미소도 짓지 않고 하딩 씨를 똑바로 쳐다보지도 않으면서 자신에게 주어진 희극배우의 조연 노릇을 충실히 이행했다. 하딩 부인은 말했다. "나는 오드리를 사랑했어요. 정말 사랑스러운 아이였죠."

나는 오고 가는 이 대화의 문장에 경탄을 금치 못했다. 내게는 이 것이 영화나 연극이나 책에 등장하는 어떤 것처럼 세련된 대도시의 어떤 것으로 여겨졌다. 내가 런던까지 와서 찾으려고 했던 바로 그런 종류의 것, 나를 작가로 규정하도록 도와줄 수 있는 그런 종류의 소재였다. 나는 런던의 하숙집에서, 그리고 나중에는 옥스퍼드에서 학기 중이나 방학 동안에 내가 쓰려고 시도했던 많은 작품 속에 그 대화를 집어넣었다. 비록 내게는 그런 대화를 시작하게 만들 만한 사교적 지식이 없었지만 말이다. 비록 나는 하딩 씨가 그날 아침에 무엇을 했으며 어디에서 왔고 그날 오후에 어디로 갈 것인지 전혀 알지 못했지만. 또한 이 사람을 거의 알 수도, 그의 말을 판단할 수도 없었지만. 그리고 그에게 전쟁에 나가 싸웠는지, 아니면 얼스코트에서 술이나 마시며 시간을 보냈는지 물어볼 생각조차 하지 못했지만 말이다.

하딩 씨와 그 대화에 대한 글에는, 물론 배경이 있었다. 런던 저택에서의 일요일 점심. 나는 몇몇 글에서 모든 사람의 처지를 개선해보려고 시도했다. 나 자신의 처지 또한 개선(공공연한 자랑은 하지 않고)했다. 왜냐하면 그 대화를 듣고 기록하는 일이, 사람들 틈에서 활동할 때 작가라면 마땅히 이래야 한다고 내가 생각했던 것만큼 '아는 것이 많은' 사람으로 나를 만들어주었기 때문이었다. 그 대화는 하딩 씨와 하딩 부인에게만큼이나, 작가로서 내게도 커다란 기쁨을 주었다.

하지만 하딩 씨에 대해서는 어떤가? 그 인물을 좀더 완성하기 위한 또 다른 단서가 내게 있는가? 그는 정말로 내 기억에서 지워졌는가? 살짝 머리가 벗어진 중년의 백인 남자, 느리고 유려한 말투 말고는 더 이상 기억나는 게 없는가? 자신의 점심 식사 손님 중에 열여덟 살 청년이 자신의 말을 소중히 간직했다가 방으로 올라가서 기록했다는 사실을, 과연 그가 알았을까? 당연히 알 수 없었을 것이다. 그 세련된 농담, 그 연극은 식탁에 앉아 있던 사람들을 위한 것이었다. 그것은 하딩 씨가 마구 써버릴 수 있는 것이었다. 이제 그런 약간의 추론과 더불어 돌이켜 생각해보니, 그가 내가 당시에 그에 관해 썼던 것보다 좀더 흥미로운 사람이었다고 느껴진다. 내게 작가라는 지위를 부여해줄 수 있는 메트로폴리탄적인 경험과 소재를 모으겠다는 나의 열정, 내가 이미 다른 작가들의 작품을 통해서 반쯤 알고 있는 소재들을 찾겠다는 나의 성급한 마음, 바로 나의 헌신적인 자세가 진실을 기록하는 데 방해가 되었던 것이다. 내 머릿속이 좀 덜 어수선했더라면, 혹은 내가 교육을 좀 덜 받았더라면, 그 진실이 보다 분명하게 보였을 것이다.

하딩 부부 사이에서 오고 간 대화를 글로 쓸 때, 나는 앞서 말했듯이 종종 모든 사람의 처지를 개선하곤 했다. 하지만 장원 저택에서 필립스 부부를 겪어보고 자동차 대여업자인 브레이를 알게 된 지금, 나는 얼스코트 하숙집에서의 그 점심 식사가 그 당시 내 눈에 보였던 것만큼 그렇게 대단한 일이 아니라는 걸 안다. 그 자리에 참석한 사람들은 고용인들이었으며, 그 장소도 과거의 지위를 잃고 퇴락한 곳이라는 걸 안다. 원래 이 고용인들이 섬겨야 했던 귀족들은 전쟁과 함께, 이제는 외국인들로 가득 찬 약탈당한 집을 버려둔 채 떠나버렸다. 어쩌면 하딩 씨의 유려한 말솜씨는 술 마신 다음에 으레 나타나는 상습적 술꾼의 유창함일 뿐만 아니라, 고용인의 예의 바른 엄격함이었을지 모른다. 내막에 밝은 사람들이라면 그가 발음하는 모음을 듣고 그의 신분을 알아차렸을지 모른다. 하지만 그 점심 식사에서 하딩 씨는 안전했다. 그의 영국인 친구들에게 그의 세련된 척하는 태도와 재치는 사랑받는 친숙한 행동의 일부였을 것이다. 그리고 그의 영국적인 특징은 그 자리에 참석한 외국인들(안젤라와 나, 두 사람 모두)에게—놀랄 만큼—효력을 발휘했다.

설사 하딩 씨가 당시 내가 글에서 묘사한 것보다 시시한 인물이었을지라도, 그렇기에 더욱더 대단한 인물이기도 했다. 내 글에서 나는 그를 그의 재치에 걸맞은 대단한 인물로 만들기 위해서, 하숙집이라는 배경을 감추었다. 하지만 진실의 일부분을 억누르면서, 그 이상의 일도 했다. 기억까지 억눌렀던 것이다. 나는 이번 장을 쓰기 위해 그 일요일 점심 식사에 생각을 집중하기 시작하고 나서야 비로소, 그 점심이 무척 특별했다는 사실을 기억해냈다. 그 이유를 나는 한 번도 내 글에서 언급한 적이 없는데, 그 점심이 하딩 부부가 그 집에서 먹은 마지막 점심 식사였기 때문이었다. 그들은 해고당했다. 그들 자리는 안젤라가 대신할 예정이었다. 그러니까 그 술자리와 재치와 '내 아내 중 한 명'에 대한 부수적 연기, 그리고 하딩 부인의 '나는 오드리를 사랑했어요'라는 말에는 감탄할 만한 대단한 허장성세의 요소가 있었던 것이다. 하지만 그것은 내가 찾고 있던 소재가 아니었고, 따라서 내가 기록으로 남긴 소재가 아니었다.

안젤라에 대해서는, 내 글 속에서, 벌거벗은 몸에 모피 코트만 달랑 걸친 채 폭력적인 애인의 방 혹은 작은 아파트에서 도망쳐 나온 사건에 집중했다. 나는 그 모피 코트를 알고 있었다. 비록 그 품질을 평가할 수준은 아니었지만(지금도 마찬가지다), 그 코트는 내게 성적 매력(거의 반나체로 밤에 도망친 이야기를 하면서 틀림없이 안젤라 자신도 그랬을 것이다)을 느끼게 했다. 구체적인 성적 묘사는 성적 지식을 암시했다. 저자의 순진함을 감추어주었던 것이다. 하지만 나는 그 소재를 가지고 거의 아무것도 할 수 없었다. 아예 경험의 출발점조차 갖지 못한 방면에 대해 창작을 하기가, 작가로서 이야기를 꾸며내기가 싫었던 나는 그것을 일종의 침범이라고 생각하고 안젤라라는 소재를 매우 재빨리 끝내버렸다.

하딩 씨와 마찬가지로, 나는 안젤라가 어디 출신인지 몰랐다. 그녀가 런던에서 보낸 과거와 얼스코트 하숙집 밖에서의 생활 역시 내게는 수수께끼였다. 런던에 처음 온 나로서는 그녀의 애인이 묵는 방 혹은 공동주택의 가구 비치나 그의 집안 배경, 지역적 배경은 물론이고, 그의 대화는 더욱더 상상해볼 엄두조차 낼 수 없었다. 안젤라가 이탈리아에서 지낸 시절 역시 수수께끼였다. 그곳에서 어떤 사연이 있었을 것이다―그때 그 생각을 했어야 했는데. 그 사연을 알아낼 방법도 있었다. 나는 그녀에게 물어볼 수 있었다. 하지만 나는 그녀에게 물어볼 생각을 아예 하지 못했다. 나는 그 단계에 도달하지 못했던 것이다.

그녀는 애인을 어떻게 만났을까? 전쟁 동안 이탈리아에서의 삶은 어땠을까? 그녀의 다른 가족들에겐 무슨 일이 있었을까? 그리고 그녀의 방으로 찾아오는 이탈리아인들과 몰타인들, 스페인인들, 유럽 출신의 모로코인들, 다양한 그녀의 친구들—그들의 사연은 또 무엇이었을까? 이 사람들은 어떻게 영국에 그리고 얼스코트 하숙집에 오게 되었을까?

피난처를 찾아든 사람들에게는 이제 너무 커다란 런던 저택에 모인, 끔찍한 전쟁이 끝난 지 얼마 안 된 유럽의 표류하는 사람들, 그것이 그 하숙집의 진정한 소재였다. 하지만 나는 그걸 알지 못했다. 어쩌면 나는 작가로서 질문을 해서는 안 된다고 생각했는지도 모른다. 어쩌면 예민하고 박식한 작가로서 단지 관찰하는 것만으로 충분하다고, 아니 충분해야만 한다고 믿었는지 모른다. 하지만 그곳에는 나만의 것이 될 수 있었던 주제가 있었다. 나의 잘 지워지지 않는 펜을 좋은 목적에 활용할 수 있게 해주었을 어떤 주제가.

왜냐하면 1950년 런던에서 나는 20세기 후반에 일어난 민족의 대이동이 막 시작하는 시점에 서 있었던 것이다. 그것은 본질적으로 유럽인들이 신세계인 미국으로 이주한 것보다 훨씬 대대적인 이동과 문화적 뒤섞임이었다. 그리고 모든 대륙 간의 대이동이기도 했다. 장차 10년 이내에 얼스코트는 전쟁 전이나 전쟁 초기와 같은 『행오버 광장』과의 연관성을 다 잃어버리게 될 것이었다. 그리고 장차 대규모로 벌어질 민족들 간의 혼합을 예고하는, 런던 내의 오스트레일리아인과 남아프리카인, 백인 식민지인의 고립된 소수민족 지역이 될 것이다. 런던과 같은 도시들은 변화하고 있었다. 그 도시들은 더 이상 어느 한 나라의 도시가 아니었다. 그 도시들은 나 같은 섬사람이나 언어와 문화적으로 훨씬 더 동떨어진 나라 사람들의 눈에, 대도시라면 마땅히 그래야만 한다는 표본을 세우면서 세계의 도시, 현대의 로마가 되어가고 있었다. 그 도시들은 전 세계의 모든 야만인 종족들, 아랍인, 아프리카인, 말레이인 같은 사막과 밀림의 종족들이 학문과 우아한 상품과 예의범절과 자유를 위해 방문하는 도시들이 되었다.

고향을 떠난 지 2주일 만에, 작가로서 기록할 만한 일이 거의 없다고 생각하고 있을 때, 그리고 고작 열여덟 살의 나이에, 사실 나는 엄청난 주제를 발견했던 것이다. 물론 내가 그걸 알아볼 수 있는 눈이 있었다면 말이다. 엄청난 주제들은 소소한 드라마를 통해 가장 잘 드러나는 법이다. 얼스코트의 하숙집에는, 안젤라의 친구 혹은 손님이라는 이름으로 유럽의 여러 나라들과 북아프리카에서 온 유랑자들이 최소한 열 명에서 열두 명 정도는 머물고 있었다. 그리고 그들은 나의 조사에 언제든 노출되어 있었다. 그 남자들과 여자들 중 일부는 전쟁 중에 끔찍한 일들을 목격했고 당시에는 런던에서 평온을 찾아 조용히 지내고 있었다. 외롭고 낯설게, 때로는 빈둥거리거나 때로는 반(半)범죄자처럼. 이 사람들의 가장 중요한 재산은 바로 그들의 사연이었고, 그 사연은 언제든 그들 입에서 술술 흘러나왔다. 하지만 나는 한 마디도 기록해놓지 않았다. 아무 질문도 던지지 않았다. 나는 그들을 당연하게 여겼고, 그들 너머만 바라보았다. 결국 그들의 얼굴이며, 옷차림, 이름, 외국인 어투는 기억에서 사라졌고 이제는 떠올릴 수가 없다.

만약 내가 좀더 직접적이고, 좀 덜 당연하게 여기는 시각을 갖고 있었더라면, 단지 내가 보았던 것들을 기록해놓기만 했더라도, 나중에 (글쓰기 훈련을 통해서) 갖게 된 미래에 대한 보장을 그 시절에 내가 갖고만 있었더라도, 그래서 당장 내 앞에 있는 남자들과 여자들에게 언제나 깊은 관심을 기울일 수 있고 그들과 이야기하는 법을 배울 수만 있었더라도, 아니, 아주 약간의 보장이라도 있어서 바로 내 앞을 지나가는 것들을 솔직하고 단순하게 기록하기만 했더라도, 어떤 소재든 얻지 못했겠는가! 하지만 내가 처음 도착했던 그 당시의 런던에 관한 책을 쓰기 위해 관련된 소재를, 전문적으로 수집할 시기가 곧 찾아왔더라도, 나는 거의 아무것도 찾을 수 없었을 것이다.

내 기억에 남아 있는 것은 내가 그 초기 시절에 강박적으로 집착하며 썼던 내용들뿐이었다. 그리고 그 대부분은 안젤라의 성적 매력에 관한 것이었다. 그녀의 방 침대 위에서 나와 나란히 벽에 등을 기댄 채, 비스듬히 눕거나 앉아 있었을 때 느꼈던 그녀의 젖가슴의 감촉 (그녀의 낯선 친구들로 가득 찬 방에서 안젤라는 자기 가슴을 만지도록 허락해주었다). 혹은 그녀의 입 모양, 전시에 유행했던 반짝이는 붉은색을 칠한 그녀의 입술, 그녀의 모피 코트의 감촉, 그리고 예기치 못한, 하지만 온몸이 짜릿했던, 식당에서 앞치마를 두른 그녀의 모습.

안젤라의 과거와 그 당시 이탈리아에 대해서 나는 단 한 줄도 적지 않았으며, 물어볼 생각조차 하지 않았다. 오직 그녀가 이탈리아 남부의 신부들에 대해 욕을 퍼부었던 일만 기록했다. 전쟁 동안 다들 모두 굶주리고 있는데 그 신부들만 푸둥푸둥 살이 올랐다는 것이었다. 이제 기억나는데, 내가 그 말을 기록했던 이유는 순전히 반(反)교회주의적이었기 때문이었다. 그리고 그것은 트리니다드의 퀸스 로열 칼리지에서 교사의 강의록과 추천 교재를 통해 내가 배워야 했던 유럽 역사의 추상적인 주제들 중 하나였기 때문이었다. 나에게 역사란 프랑스 영화나 러시아 영화만큼 추상적인 학문이었다. 나는 프랑스 역사에 대한 아무런 이해도 없이, 이 오래된 위대한 나라의 정부나 사회 조직에 대해, 왕과 신하, 종교 분파에 대해 아무것도 모른 채 프랑스 역사에 관한 논문을 쓸 수 있듯이, 그 영화들에 관한 논문을 쓸 수 있었다.

사실 세상에 대한 나의 지식이 어떻게 추상적이고 막연하지 않을 수 있었겠는가? 열여덟 살에 내가 알고 있는 세상이라고는 고작 오리노코 강* 입구에 있는 작은 섬의 식민지 세계, 그리고 그 섬 안에서도 인도인 소규모 공동체 안의 내 가족이라는 세계가 전부였다. 그런데다 나는 내가 속한 공동체에 대해서도 잘 몰랐으며, 다른 공동체들에 대해서는 아예 몰랐다. 내게는 역사라는 개념이 없었다. 우리 섬에다 '역사'처럼 거창한 개념을 갖다 붙이기는 어려웠다. 정부라는 개념 역시 없었다. 내가 아는 것이라고는 식민지 총독과 의회와 행정부 그리고 경찰이 전부였다. 그러므로 내가 역사와 다른 사회에 대해 읽은 모든 것이 대부분 추상적일 수밖에 없었다. 나는 내가 읽은 것을 오직 내가 알고 있는 사실과 연결할 수 있을 뿐이었다. 모든 종류의 독서가 나를 환상 속으로 빠뜨렸다.

1950년에 나는 높은 신앙심을 지닌 중세인들, 신세계로 건너온 가

---

* 남아메리카 북부에 있는 강으로 브라질과 베네수엘라 국경 부근에서 발원해 트리니다드 섬을 지나 대서양으로 흘러든다.

장 초기 스페인 여행자들 같았다. 그들은 신이 만든 세계의 경이로움을 보기 위해 여행했지만, 그 경이로움은 어느새 당연하게 받아들이게 되고, 오직 그들이 스페인을 떠나기 전부터 이미 찾을 거라고 알고 있었던 것만을 위한 질문(그리고 진실한 꿈)을 간직했던 것이다. 오직 황금을 찾기 위해. 진정한 호기심은 발전의 후반 단계에나 찾아왔다. 영국에서 나는 바로 그 초기, 중세 스페인 사람들과 같은 단계였다. 내가 받은 교육과 문학적 야심, 그리고 나의 학구적 노력은 스페인 사람들의 신앙과 여행자들의 인내와 맞먹는 것이었다. 스페인 사람들과 마찬가지로, 나 역시 그토록 힘든 노력 끝에 도착하고서, 정작 제대로 본 것은 거의 없었다. 또한 오리노코 강이나 아마존 강을 따라 길고 험난한 여행을 했던 스페인 사람들처럼, 제대로 기록한 것도 거의 없었다.

결국 나는 내가 기록해놓을 만한 안젤라의 이탈리아 시절 이야기 중에서 겨우 반교회주의적 발언만 적어놓았다. 그 발언은 그때까지 줄곧 추상적이기만 했던 것에 대한 확증이었다. 그 발언이 나를 감동시킨 이유는 순전히 내가 유럽에서 발견할 거라고 예상했던 것이었기 때문이었다.

전쟁 이후 유럽의 표류하는 사람들, 그것은 내가 놓친 한 가지 주제였다. 그리고 그와 관련된, 또 한 가지가 있었다.

안젤라가 하딩 부부의 직책을 넘겨받은 직후, 어느 토요일 오후에 '뭔가' 보여주겠다며 나를 어느 방으로 데려갔다. 그녀는 마치 그 '뭔가'가 방금 발견한 것인 양, 그리고 퇴직한 하딩 부부가 책임져야 했던 것인 양 굴었다. 하지만 그럴 리는 없었다. 안젤라는 꽤 오랫동안

이 하숙집과 인연을 맺고 있었다.

그녀는 3층 혹은 4층에 있는 어느 방으로 나를 데려갔다. 내 방보다 훨씬 넓은, 커다랗고 어두컴컴한 방이었다. 커튼이 내려져 있었다. 방에서는 케케묵은 먼지와 오줌, 오랫동안 빨지 않은 옷가지, 씻지 않은 몸에서 풍기는 냄새가 났다. 마치 그 방의 어둠 위에 냄새가 깔려 있거나, 어둠이 냄새의 표현인 것 같았다. 침대 위에는 한 노인이 있었는데, 그가 바로 냄새의 근원이었다. 그 병자는 침대에 비스듬히 몸을 기대고 있었다. 안젤라가 침대에 있는 사람에게 말했다. "당신을 보고 싶어 하는 사람을 데려왔어요."

그는 아무 관심도 보이지 않았다. 대신 장난스럽게, 그리고 안젤라에게 커다란 즐거움을 안겨주도록 침대에 기대어놓은 지팡이를 집어 들고 그녀의 치마를 들어 올리려고 했다. 그녀는 이 노인과 노인의 성적 희롱을 이상한 구경거리로 내게 보여주었고, 나도 그렇게 받아들였다. 그녀는 노인에 대해 아무 말도 해주지 않았고 나 역시 묻지 않았다. 그리고 겨우 이제 와서야 의문이 생겼다. 그 노인은 전쟁전에 이 저택에 왔을까? 라운지가 여전히 라운지로 사용되고 만찬장이 진짜 만찬장이던 시절에? 그는 전쟁 내내 그곳에서 지내다가 이제는 너무 늙어 다른 곳으로 가지 못했던 것일까? 하딩 부부는 그에게 식사를 가져다주었을까? 그리고 이제는 안젤라가 그 일을 하고 있을까? 그는 하숙집을 운영하는 사람들에게 전적으로 의존하는 신세였을까?

만약 내가 생각한 대로(비록 겨우 열여덟 살이었던 나로서는 노인들의 나이를 짐작할 아무런 방도도 없었지만) 그 노인이 여든 살쯤 되었다면, 1870년에 태어났다는 뜻이었다. 디킨스가 죽고 알프레드 더글 러스 경*이 태어난 해, 프로이센이 프랑스를 무찌른 해에 태어난 것이 다. 다른 각도에서 생각하면, 그해는 마하트마 간디가 태어난 이듬해 이기도 했다. 젊은이로서 그 노인은 19세기의 첫 10년까지 기억할 수 있는 사람들과 알고 지냈을 것이다. 어쩌면 인도 원주민 폭동**을 최근 에 벌어진 사건으로 기억하는 사람들 틈에서 살았을지도 모른다. 그 리고 이제 두 차례의 전쟁 이후에, 간디와 네루 이후에, 노인은 빅토 리아 시대에 발달한 런던의 한 구역인 빅토리아 런던의 대저택들 중 한 곳에서 생의 마지막 나날을 보내고 있었던 것이다. 그 구역의 집 들(대단히 많은 집들이 살아남았는데)은 이제는 사람들이 살기에 너무 컸다. 크고 어두운 방에 누워 있던 노인은 이 저택에 사는 사람들 틈 에서 이방인 같았다. 이런 저택들에 새로운 사람들의 물결이 밀려들 고 있었다. 나처럼, 그리고 그 집에 살던 다른 아시아인들과 안젤라와 다른 지중해 출신 사람들처럼 아직도 자신이 어디에 있는지 잘 모르 는 사람들이었다.

나는 나중에 또 한 번 그 노인을 보았다. 그는 계단참에서 발을 질 질 끌며 서성이고 있었다. 주름진 그의 얼굴에는 기묘하고 익살스럽 게 보이는 초조함이 비쳤다. 어쩌면 그의 얼굴 근육과 살이 그렇게 굳어져버린 것인지도 몰랐다. 그는 나를 전혀 거들떠보지도 않았다. 오직 고정된 표정인 것처럼 보이는 미소를 짓고 있을 뿐이었다. 그

---

* Alfred Douglas(1870~1943): 오스카 와일드의 동성 연인으로 유명한 시인이자 번역가.
** 1857년 5월에 일어난 세포이 항쟁을 뜻함. 인도인 용병들이 영국 제국주의에 저항하며 벌 인 항쟁이다. 이 사건을 계기로 영국의 동인도회사가 해체되었다.

는 계단에만 모든 신경을 집중하고 있었다. 그에게는 그것이 현관과 거리까지 내려가는 기나긴 길처럼 느껴졌을 것이다. 늦은 8월, 여름이었다. 하지만 그는 외투를 입고 있었다. 검푸른색의 무거워 보이는 외투였다. 얼마 전에 치수를 재서 만든 것 같았다. 그는 키가 컸다. 그리고 비록 보온을 위해 입긴 입었지만, 그 외투는 그의 어깨에 너무 무거워 보였다. 노인은 지팡이를 짚고 있었다. 그의 몸에서 풍기는 악취는 그보다 먼저 와서 그보다 더 오래 남았다. 나는 그가 잠깐 산책을 나가는 모양이라고 생각했다. 준비하는 데만 오랜 시간이 걸렸을 것이다.

그 노인에게도 찾아오는 사람이 있었을까? 돈은 어디서 났을까? 하지만 나는 결코 묻지 않았다. 옥스퍼드에서 첫 학기를 보낸 다음 크리스마스 휴일을 지내기 위해 두번째이자 마지막으로 하숙집에 돌아왔을 때에도, 나는 그 노인에 대해서는 한마디도 묻지 않았다. 안젤라 역시 그에 대해 어떤 이야기도 해주지 않았다. 그 후로 나는 두 번 다시 그 노인을 보지 못했다. 내 짐작으로는, 계단참에서 무거운 푸른색 외투를 입고 있는 그의 모습을 본 뒤로 12주쯤 뒤에 세상을 떠난 것 같았다. 과거에 대한 나의 감정과 더불어 내게 무척이나 귀중한 과거와의 연결 고리였는데. 하지만 나는 그 노인에 대해 묻지 않았다.

*

그것은 단지 내가 열여덟 살에 너무 미숙했거나 혹은 앞으로 무엇에 관한 글을 쓸지 아무 생각이 없었기 때문만은 아니었다. 내가 받은 교육이, 그 교육 중에서도 더 '문화적'이고 가장 훌륭한 부분이, 작가는 분별력을 지닌 사람이며 내적 성장을 기록하고 보여줄 수 있는 사람이라는 개념을 내게 심어주었던 것이다. 그렇게 예상치 못한 방식으로, 19세기 말 미학 운동의 이상과 블룸즈버리그룹*의 이상, 본질적으로 제국과 부와 제국의 안전에서 탄생된 이상이 트리니다드에 있는 내게까지 전달되었다. 그런 종류의 작가(내가 해석한)가 되기 위해서 나는 거짓을 가장할 수밖에 없었다. 내가 아닌 다른 사람, 나와 같은 배경에서 나올 수 없는 다른 사람인 척해야만 했던 것이다. 글 쓰는 인격체 아래에 식민지 출신의 힌두인이라는 자아를 감추면서, 나는 나 자신과 나의 글쓰기 소재에 상당한 손상을 입혔다.

질문을 던질 수 있으려면, 진정으로 창조적인 호기심(거의 듣자마자 잊어버리고 마는, 가십거리에 대한 아무 생각 없는 호기심이 아니라 창조적인)을 살아 움직이게 하려면, 내가 이미 갖고 있는 지식으로 어떤 생각의 틀을 만들 필요가 있었다. 하지만 그런 종류의 틀은 1950년의 나를 넘어서는 일이었다. 작가에 대한 나의 고정관념 때문에, 나는 눈에 보이는 모든 것을 너무 당연하게 여겼다. 명석한 학생처럼 내가 이미 모든 걸 알고 있다고 생각했기 때문이었다. 나는 작가로서 내가 이미 책에서 읽은 것, 그리고 이미 알고 있는 것만 발견하면 된다고 믿었다. 그리고 금방—축제의 밤과 하딩 부부와 안젤라에 관한 많은 글들 이후에—, 나는 더 이상 기록할 것이 없어졌고 기록을 멈출 수밖에 없었다.

---

* 20세기 초반, 영국 런던의 블룸즈버리 구에 살면서 교제를 나누었던 예술가와 철학자들의 모임을 말한다.

사물들, 물건들은 계속 남아 있었다. 내가 트리니다드에서 팬아메리칸월드항공 비행기에 가지고 탔던 그 작은 기록장—표지 안쪽 주머니에 든 편지봉투와 함께, 폴더 혹은 바인더에 줄 그어진 싸구려 종이를 끼워놓은 5센트짜리 값싼 문구—은 지워지지 않는 연필과 마찬가지로 여전히 내 곁에 남아 있었다. 하지만 바로 첫째 날 이후로 그 종이에 진정한 흥분이 전달된 적은 한 번도 없었다. 그곳에는 보다 사소한 일들, 거짓된 내용들이 기록되었다가 차츰 아무것도 기록되지 않고, 결국 한 옆으로 밀려났다. 연필은 살아남아서 계속 사용되었다. 그 시절에는 펜이든 연필이든, 글쓰기 도구를 던져버리지는 않았다. 그 위로 물을 떨어뜨렸을 때만 밝게 빛나던, 그 지워지지 않는 연필은 점점 짧아지고 뭉툭해졌지만 원래 주어졌던 순수한 문학적 임무가 사라진 뒤에도 오랫동안 살아남았다. 이 연필로 편지를 썼고, 구입한 책의 첫 장에 내 이름을 쓰기도 했다. 내가 산 책들 중 상당수는 『남풍』처럼 '문화'와 연관된 영국 책들로, 내가 그 책에 대한 설명을 읽었거나 혹은 좀더 교양 있는 내 선생님들이 작가가 되기 위해 영국으로 가고자 하는 소년에게 추천해주었던 책들이었다.

　트리니다드에서 뉴욕으로 가는 긴 항공 여행에서부터 시작된 작가로서의 나와 한 인간으로서의 나의 분리는 마침내 완성되었다. 그리고 인간과 작가 모두 왜소해졌다. 몇 해 동안의 준비가 단 몇 주 만에 무위로 끝난 것 같았다. 그러고 나서 개인과 작가는 다시 하나가 되었지만, 그 일은 아주 천천히 이루어졌다. 내가 받은 추상적인 교육이 내게 주입한 환상들에서 벗어나는 데는 거의 5년—옥스퍼드를 마치고 1년 뒤, 그리고 안젤라와 얼스코트가 내 시야에서 벗어난 지 한

참 뒤에야—이나 걸렸다. 작가로서 나의 소재는 무엇일지, 그런 각성이 간절할 즈음, 어느 날 불현듯 내게 비전이 주어지기까지 거의 5년이라는 세월이 흐른 것이다.

나는 우선 내 기억 속에 있는 가장 단순한 일들을 매우 단순하고 빠르게 적었다. 나는 어린 시절을 보냈던 포트오브스페인의 거리에 대해서 글을 썼다. 어린 시절 몇 달 동안, 안전하게 떨어져 있는 나의 가족생활과 집에서부터 열심히 연구했던 거리에 대해. 글을 쓰는 동안, 빠르게 깨달음이 찾아왔다. 그 깨달음, 나 자신에 대한 인정(그전까지는 그토록 힘들었지만 그 이후에는 무척이나 쉽고 매우 명백한 일인)과 더불어, 나의 호기심도 빠르게 자라났다. 나는 또 다른 작업을 했다. 그리고 이런 구체적인 방법을 통해, 나와 매우 밀접한 것이어서 쉽게 찾아온 작업의 결과로, 나는 나 자신을 규정지었다. 그리고 나의 주제는 나의 감수성이나 나의 내면적 성장이 아니라, 내가 몸담고 있는 세계, 내가 살고 있는 세계임을 알았다. 결국 나의 주제는, 고향을 떠나고 얼스코트 하숙집에서 전쟁 이후 유럽의 난민들 틈에 있는, 너무 커다란 집에 있는 나 자신을 발견한 지 2주 후에 우연히 마주친 그 세계, 내게는 미지의 것이었던 그 세계의 한 판본이었음이 드러난 것이다.

그런 각성이 들기 전까지, 나는 내가 한 개인으로서나 작가로서 대체 어떤 종류의 인물인지, 그리고 그 두 가지가 정말로 동일한 것인지 알지 못했다. 가장 단순하게 표현하자면 이런 것이었다. 나는 진지한 사람일까? 아니면 웃기는 사람일까? 똑같은 소재에 대해서도 너무나 수많은 입장과 어조들이 가능했고 얼마든지 가정할 수 있었다. 거대한 정신적 안개를 뚫고, 거리에 대한 착상이 내게 찾아왔다. 그리고 단숨에, 불과 며칠 안에, 소재와 어조와 글쓰기 기법이 하나로 결합되더니 함께 발전해 나가기 시작했다.

나는 적절한 시기에 첫번째 영감의 끝에 도달했다. 그리고 1956년, 고향을 떠난 지 6년 만에 돌아갈 수 있었다. 6년! 그것은 배를 타고 여행을 다니던 시절에 사람들이 가질 수밖에 없었던 시간의 단위였다. 해외로 간다는 것은 실제로 영원한 작별을 의미했다. 트리니다드 공항에서의 대대적인 가족 환송식은 여러 면에서 관습적인 행사이기도 했지만, 장차 내가 떠나야 하는 여행의 성격을 암시해주는 것이기도 했다. 영국에서 6년이라니!

이제는 여행이 좀더 흔한 일이 되었고, 좀더 평범한 사실이 되었다. 하지만 고향으로 돌아가거나 영국으로 돌아오는 여행은 언제나 이전 여행에 새로운 의미를 부여했고, 하나의 감흥 위에 또 다른 감흥이 덧입혀지곤 했다.

나는 1956년에 증기선을 타고 영국에서 곧장 고향으로 돌아갔다. 서서히 변하는 날씨를 경험하고, 마침내 두 팔로 몸을 감싸 안을 필요가 없을 만큼 부드럽고 따뜻한 바람이 불어오기 시작한 날을 기쁘고 놀라운 마음으로 기록하면서. 선상 생활의 각종 예식들을 경험하기도 했는데, 화려하게 인쇄된 메뉴판이나 고급 선원들이 온대 기후에서 입던 검은색 제복을 열대기후에 적합한 하얀색 제복으로 갈아입는 모습 따위를 보았다. 대서양에서 13일을 보낸 끝에, 나는 어느 날 아침 갑자기 찾아온 정적 때문에 잠에서 깨어났다. 밤낮으로 증기 엔진 소리를 13일 동안이나 듣고 난 뒤라, 정적이 귓속을 가득 채우는 것처럼 느껴졌다.

우리는 바베이도스에 도착했다. 내 선실의 작은 창문마다 눈부시게 환하고 깜짝 놀랄 만큼 아름다운 그림들을 액자에 끼워놓은 것처럼 보였다. 새파란 하늘과 하얀 구름, 초록의 식물들. 고향으로 돌아가는 나의 첫번째 여행에서 처음 육지에 내렸을 때, 나는 잠시 어디를 가든 널리 알려져 있고 기대했던 것들만 보는 여행자가 된 것 같았다. 이것이 바로 내가 어렸을 때 배웠던, 우리 섬과 이 고장의 풍경을 그리고 색칠하는 방식이었다. 또한 포트오브스페인에 있는 프레더릭 거리와 마린 광장의 전통 공예품 제작자인 물라토들(오래된 건물들의 돌출된 처마 아래 보도 위에 노점을 차리고 있는 사람들)이 무어맥코맥 여객선에서 잠시 내려 한두 시간 도시를 돌아다니는 관광객들을 위해 지역 풍경을 그려주는 방식이기도 했다.

나는 그런 방식의 시각을 믿지 않았다. 그것은 포스터나 미국 잡지 광고를 위한 틀에 박힌 관례라고 생각했다. 실제로, 우리 일행이 해안에 내렸을 때 내 앞에 드러난 섬의 모습은 선박 창문을 통해 보였던 아름다운 그림과는 아무 관련이 없었다. 바베이도스 섬은 단조롭고 밋밋했다. 사탕수수 밭과 사람들에 의해 닳아버린 것 같았다. 길은 좁았고, 판잣집들은 무척 작았다. 얼마나 작은지 마치 아무런 실체도 없이 평평한 땅 위에 살짝 놓여 있는 것처럼 보였다. 몇 세기 동안이나 사람들이 농사를 짓고 살아온 섬인데도, 그리고 도처에 어린아이들이 돌아다니고 있는데도 불구하고 말이다.

아이들은 모두 흑인이었다. 바베이도스에는 우리 트리니다드에서처럼 인종 간의 혼혈이 없었다. 그리고 특히 인도나 아시아계 이주민들이 없었다. 하지만 영국에서 6년을 보낸 뒤에, 그리고 바다에서 13일을 보낸 뒤에 갑자기 이런 바베이도스의 풍경과 마주하자, 풍경을 보고 있다기보다는 오히려 나 자신의 일면을, 내가 벌써 지나왔다고 생각한 과거를 아주 선명하게 보고 있는 것 같은 기분이 들었다. 과거의 초라함, 그 초라함에 대한 수치심. 그것은 작가로서 내가 쉽게 인정할 수 있는 것들이 아니었다. 그것은 「축제의 밤」과 「안젤라」 「런던 생활」과 같은 글을 쓴 작가가 영원히 뒤에 남겨두고 떠나왔다고 생각한 것들이었다. 그러므로 아침 관광(함께 빌린 택시를 타고 돌아보는)이 끝나고 배로 돌아갔을 때, 나는 기뻤다.

마치 배에 있으면 안전한 것처럼, 다음 날 아침에 이 배가 내 고향 섬에 나를 내려놓지 않을 것처럼. 그리고 고향 섬에 도착했을 때, 나는 모든 것이 바베이도스 섬의 규모로 줄어들었음을 발견했다. 하지만 고통은 바베이도스에서보다 더했다. 이곳에서 나는 풍경보다는 나의 오랜 개인적인 고통을 보았다. 6년 전—그때 나이에는 성인이 된 이후의 6년은 인생의 절반이나 다름없었는데—에는 포트오브스페인의 모든 것이 나의 영광스러운 작별의 광채로 빛나고 있었다. 노면이 불룩한 거리들과 판잣집들, 커다란 잎사귀가 달린 나무들, 나지막한 상점들, 아침 햇살과 저녁 햇살 속에 끊임없이 펼쳐지는 노던 레인지*의 산들. 이 모든 것들이 뉴욕, 사우샘프턴, 런던, 옥스퍼드와 같은 유명한 곳으로 향하는 출발과 장거리 여행의 흥분으로 빛났고, 작가로서의 장래와 대도시에서의 삶에 대한 환상과 기대로 빛났던 것

* Northern Range: 트리니다드 섬의 북부를 가로지르는 높은 산맥.

이다. 6년이 지난 지금, 내가 뒤에 남기고 떠났다고 생각했던 그 세계가 나를 기다리고 있었다. 그 세계는 왜소하게 줄어들었고, 나도 함께 왜소해진 것 같았다.

나는 작가로서 첫걸음을 뗀 상태였다. 하지만 내가 쓴 두 권의 책은 아직 출간되지도 않았다. 앞으로 가야 할 길도, 다른 책들도 보이지 않았다. 6년 전에 나는 책임질 사람도 없었고, 그저 환상을 좇는 소년일 뿐이었다. 이제 아버지는 돌아가시고, 빚만 남았다. 가족에 대한 책임도 있었다. 하지만 내게는 누구 하나 도와줄 방법이 없었다. 내 한 몸도 가까스로 건사하는 처지였다. 가진 것이라고는 이제 막 발견한 재능뿐이었다. 내가 할 수 있는 일은, 나 자신을 돌볼 수 있는 유일한 방법은 영국에 머무는 것이었다. 이제는 더 이상 환상의 땅이 아닌, 단지 책이 출간되기를 기다리는 동안, 내가 작가로서 라디오 대본이나 짧은 기사를 쓰며 근근이 생활을 이어갈 수 있는 그곳에서.

6주 뒤에 나는 떠났다. 고향으로 돌아오는 여비는 1950년에 나를 영국으로 나가게 해주었던 장학금이 제공해주었다. 하지만 영국으로 가는 두번째 여행은 쥐꼬리만 한 저금에서 빼낸 귀중한 돈으로 내가 지불해야만 했다. 나는 자메이카를 경유하는 또 다른 바나나 운송선을 타고 떠났다. 그리고 킹스턴에서 하선했다가 3일 뒤에 안토니오 항구에서 바나나를 선적하고 있는 그 배에 다시 탑승했다. 초록빛 해변, 검푸른 바다 쪽으로 튀어나온 석호 안의 암녹색 식물들에 대한 기억, 그리고 그 풍경을 편히 즐길 수 없는 나의 어쩔 수 없는 무능함과 나 자신의 불안성함에 대한 쓰라린 아픔을 가슴에 안고서. 이윽고 배는 나를 북쪽으로, 낮이 점점 짧아지는 한겨울의 영국으로 데려갔다.

겨울 자체는, 거의 텅 빈 화물선이 떠 있는 출렁이는 회색 바다는 별로 걱정하지 않았다. 사실 나는 아직도 겨울을 좋아했다. 내 어린 시절의 열대기후와 정반대되는, 그 극적 날씨 때문이었다. 나를 괴롭히는 것은 반대편 끝에 있는 불확실함이었다. 그리고 이제 나 자신만의 '행로'의 어느 편 끝에는 불확실함이 있다는 인식이었다. 이 여행의 끝에 기다리고 있는 것은 장학금도, 옥스퍼드와 글쓰기에 대한 막연하지만 흐뭇한 생각도 아니었다. 안젤라와 얼스코트의 하숙집도, 지하철의 소음이 들리는 대도시의 중심에 있다는 뿌듯함도 아니었다. 그 끝에는 얼스코트와 그곳의 오래된 빅토리아풍의 대저택 대신, 노동자 계급이 사는 시커먼 회색 벽돌의 킬번 하우스가 있었다. 그 건물에 나는 욕실과 화장실을 다른 사람들과 함께 사용해야 하는 방 두 개짜리 셋집을 얻었다.

배에는 영국인 양조업자가 타고 있었다. 키가 크고 육중하고 나이가 든 남자였다. 나는 그가 누군가에게 말하는 소리를 듣고 양조업자인 줄 알았다. 그가 바나나 운송선의 작은 도서관에서 책을 빌릴 때, 선원에게 자신의 이름과 직함을 알려주는 소리도 들었다. 배에 탄 사람들이 몇 명 되지 않았는데도, 직함을 알려주었다. 바로 그 양조업자와 영국인 숙녀 네다섯 명, 자메이카 출신의 혼혈 한 명, 그리고 나뿐이었다. 숙녀들은 함께 카드놀이를 했다.

6년 전이라면, 나는 양조업자와 이 숙녀들을 아주 자세하게 관찰했을 것이다. 하지만 지금은 아니었다. 나의 경험과 너무 동떨어져 있거나 낯선 사람들이라서가 아니었다. 작가로서 내 주제에 대해 어떤 실마리를 잡은 뒤로, 나는 그저 영국인일 뿐인 영국인들에게는 더 이상 관심이 없었다. 1950년에 내가 메트로폴리탄적인 소재라고 여겼던, 책에서 읽은 것들에 대한 확증을 찾으려고 굳이 애쓰지도 않았다. 숙녀들 중 한 사람은 영국의 남쪽 해안에서 하숙집을 운영했다. 그녀는 카리브 해 크루즈 여행 중이었다! 나는 그녀의 대화 속에서 그 단어를 들었고, 그녀의 눈을 통해 그곳을 보았으며 그녀가 영국으로 돌아갔을 때 친구들에게 이야기할 여행담 속에서 그곳에 대한 설명을 들을 수 있었다. 여행 경험 자체는 그녀가 떠들어댈 여행담보다 덜 중요한 것 같았다. '카리브 해'라는 그 말이 그녀와 내게 얼마나 다른 가치를 지녔는지! 아마 우리는 같은 파이프스* 바나나 수송선들, 카비나 호, 골피토 호, 카미토 호** 등을 타고 여행했겠지만, 우리의 여행은 서로 얼마나 달랐던가!

그리고 4년 뒤에 내게는 모든 게 달라졌다. 이 세상, 내 마음가짐, 내 꿈, 그리고 저 대서양까지. 영국으로 돌아간 그 겨울의 끔찍한 두려움에서 벗어나서, 4년 동안 나는 열심히 작업을 했고 내가 생각하기에 꽤 중요한 책을 한 권 완성했다. 그리하여 고향을 처음 떠나온 지 10년이 지났을 때, 나는 완전히 새로운 안정감, 마침내 자신이 되고자 했던 인물이 된 사람이 가질 수 있는 안정감을 가지고 그 섬으로 돌아갔다.

그때는 내가 보고 느끼고 경험하는 모든 것들이 나를 축하하는 듯

---

* 영국의 바나나 수입업자 엘더&파이프스가 운영하던 해운 회사.
** 파이프스 해운 회사의 승객 수송용 바나나 보트들로 영국과 트리니다드 섬 사이를 왕복했다.

했다. 그 언덕들, 여기저기 흩어져 있는 오두막들, 무더위, 라디오 프로그램, 라디오 광고, 소음, 노선 택시들. 그 풍경들—해변, 시장의 여인들, 코코넛나무, 바나나나무, 태양, 잎이 커다란 나무들 등, 그 모든 식민지 혹은 휴가지의 풍경들—은, 내가 처음 알았던 이후로 언제나 불안의 풍경, 심지어 공포와 희생의 풍경이었다. 나를 만들어준 교육은 언제나 경쟁, 경주와 같았다. 그 속에서 실패에 대한 두려움은 소멸에 대한 두려움과 같았다. 나는 어린아이로서 한 번도 자유를 느껴보지 못했다. 1960년인 지금은 차를 타고 외출을 나가거나 늦게까지 점심을 먹으며 빈둥거릴 수도 있는 이런 오후 시간에, 나는 날마다 책을 붙잡고 앉아 있어야만 했다. 지금은 친구를 방문하거나 그저 수다를 떨고 있을 수 있는 이런 밤에도, 나는 장학생으로서 날마다 늦은 시간까지 공부를 하거나 암기를 해야만 했다. 나의 추상적인 배움은 얼마나 값비싸게 얻은 것인지!

내 경력의 이 단계에서 내가 얻은 자유, 마침내 작가가 되었고 이제 작가로서 살 수 있게 되었다는 사실을 축하하기에 가장 적합한 장소가 있다면, 그곳은 바로 여기, 나의 두려움과 야망을 키우고 나의 어린 시절 환상을 길러준 이 섬이었다. 1956년, 첫번째 귀향 때 이곳저곳을 돌아다니며 내 어린 시절과 청소년 시절에 알았던 장소가 한없이 작아진 것을 눈으로 본 것처럼, 이번에 나는 이곳저곳을 돌아다니며 축하하는 나의 기분을 전했다. 그리고 각기 다른 시기에 여러 가지 이유로 그 장소들에 대해 내가 가졌던 두려움을 씻어버렸다. 멀리 영국에서, 나는 이곳의 풍경을 내 책 속에 다시 창조해냈다. 책 속에 그려진 그 풍경은 내가 그런 척했던 것만큼 그렇게 정확하거나 완전하지는 않았지만, 어쨌든 그런 창작 행위를 통해서, 이제 나는 원래 고향의 풍경을 마음속에 소중히 간직할 수 있게 되었다.

그리고 이런 특정한 종류의 달성을 이룩함으로써, 또한 특정한 종류의 두려움에 종지부를 찍음으로써, 내 고향 섬과 나와의 관계 또한 완전히 끝이 난 것 같았다. 왜냐하면 이번 여행 이후로 나는 딱히 고향에 돌아가고 싶은 마음이 다시는 들지 않았기 때문이다. 어떤 두려움도, 나의 성공을 축하하고 싶은 마음도 없는 지금, 그 섬에 대한 나의 관심은 단 하루면 충족되다 못해 넌더리가 났다. 도착한 날 아침에 공항에서부터 숙소로 가는 길에는 그 눈부신 원색에 감동받아 몇 날, 몇 주라도 머물고 싶은 기분이 든다. 하지만 첫째 날 낮과 밤이 지나고, 어둠이 꾸물거리는 동 트기 전 새벽과 정원에서 지저귀는 새들을 한 번 보고 나면, 나는 초조한 마음이 들면서 얼른 떠나고 싶어 안달이 나는 것이었다.

사람들은 새로울 것이 없었다. 그들은 재빨리 자신을 드러냈다. 한때 내 마음을 강하게 끌어당겼던, 그들의 인종적 강박관념은 그들을 단순한 사람들로 만들어버렸다. 내가 어린 시절부터 키웠던 소멸에 대한 두려움도 부분적으로는 인종에 대한 강박관념과 관계가 있었다. 그것은 무조건 이편 아니면 저편—내 편 아니면 나와 반대편—이라는 단순한 논리에 의해 삼켜져버릴 것 같은, 혹은 소멸되어버릴 것 같은 두려움이었던 것이다.

이 장소가, 이 작은 섬과 이곳의 사람들이 더 이상 나를 붙잡지 못한다는 사실이 좀 이상했다. 하지만 이 섬은—이 섬이 내게 일깨워준 보다 넓은 세상에 대한 호기심, 문명이라는 이상, 고대 세계라는 이상과 더불어—나에게 작가라는 세계를 선사해주었고, 20세기 후반에 들어 무척 중요해진 주제들을 선사해주었다. 그리고 나를 메트로폴리탄으로, 하지만 「축제의 밤」과 「런던 생활」 「안젤라」를 쓸 때 내가 처음 이해했던 그 단어의 의미와는 완전히 다른 방식의 메트로폴리탄으로 만들어주었다.

1960년, (앞서 묘사한 것처럼) 작가로서 성공을 축하하는 기분에 젖어 있을 때, 나는 처음으로 여행 서적을 쓰기 시작했다. 그 작업은 심리적으로나 육체적으로나 내 삶이 시작된 나의 작은 식민지 섬에서부터 비롯되었다. 그 책은 임무의 성격을 띠고 있었다. 나는 카리브 해 연안과 남아메리카의 기아나에 아직도 남아 있는 제국의 잔재들, 식민지들을 쭉 돌아볼 예정이었다. 나는 메트로폴리탄 여행자, 유럽에서 출발한 사람이라는 그 개념을 알고 있었고 거기에 완전히 매료되었다. 사실 내가 갖고 있는 여행자 모델이라고는 그런 종류밖에 없었다. 하지만 나와 매우 가까운 식민지 주민 중 한 명으로서, 나는 그런 종류의 여행자는 될 수 없었다. 아무리 내가 그런 여행자와 똑같은 교육과 문화를 나누었고 똑같은 모험심을 갖고 있다 하더라도 말이다. 특히 내게는 다시 돌아가서 '여행 보고서'를 들려줄 메트로폴리탄 청중이 없다는 사실을 잘 알고 있었다. 여행 작가라는 매력적인 존재에 대한 나의 이상과 식민지 주민들 사이를 여행하는 식민지인으로서의 나의 예민하고 불편한 신경 사이의 다툼은 글쓰기를 방해했다. 여행이 끝나고, 노트와 일기장을 가지고 런던으로 돌아갔을 때에도 문제는 해결되지 않았다. 나는 유머—삶에서와 마찬가지로 글쓰기에서도 종종 혼란을 감추기 위한 수단이 되는 희극, 익살,

풍자적인 반사 등——에서 도피처를 찾았다.

이런 종류의 글쓰기를 더 잘하기 위해서는 나 자신을 좀더 제대로 인식할 필요가 있었다. 곧 그런 기회가 찾아왔다. 첫번째 여행기를 끝마친 지 얼마 되지 않아서, 나는 다른 일을 하기 위해 인도로 갔다. 이번에는 영국에서 바로 떠났다. 인도는 영국에 특별한 곳이었다. 그러므로 2백 년 동안 숱한 영국인 여행자들의 보고서와 최근에는 소설들까지 나왔다. 나는 그런 종류의 여행자는 될 수 없었다. 인도를 여행하면서, 나는 비영국인의 환상, 하지만 인도의 인도인들은 모르는 환상 속을 여행했다. 나는 내 인도인 할아버지가 트리니다드에서 재창조하고자 했던 소작농의 인도, 부분적으로는 내가 자라난 환경이기도 한 '인도', 우리의 과거가 갑자기 멈춰버린 곳, 그래서 내 머릿속에서 마치 제대로 매듭짓지 못한 결말같이 남아 있는 인도를 여행하는 중이었다. 이 탐험에 나를 위한 모델은 없었다. 여기서는 포스터E. M. Forster도 애커리J. R. Ackerley도 키플링도 나를 도와줄 수 없었다. 글쓰기에서 어디든 도달하려면, 나는 무엇보다 먼저 나 자신에게 나 자신을 매우 분명하게 정의 내려야만 했다.

그렇게, 트리니다드의 출발점에서부터 나의 지식과 자기 인식은 점점 자라났다. 내가 어린 시절의 대부분을 보낸 포트오브스페인의 거리, 트리니다드에서 나의 '인도인' 가족의 재구성, 카리브 해와 남아메리카 식민지들 여행, 특별한 선조들의 땅인 인도 여행. 나의 호기심은 온 사방으로 펼쳐졌다. 한 곳을 탐험할 때마다, 한 권의 책을 쓸 때마다 나의 지식은 더해갔고, 나 자신과 세상에 대한 나의 어릴 적 생각들도 더욱 성숙해갔다.

하지만 출발점이자 중심이었던 트리니다드 자체는 더 이상 나를 붙잡지 못했다. 그것은 내 머릿속에 더 이상 대서양 횡단, 2주일 동안의 선박 여행과 연결되지 않았다. 배 위에서 거행되던 의전행사, 변화무쌍한 날씨, 이틀에 한 번씩 아침마다 시곗바늘을 뒤로 돌리던 일, 바다와 하늘의 빛깔, 파도와 잔물결, 허공에 무지개를 쏘던 물보라, 돌고래들, 물 위를 날아가는 물고기(언젠가 한번 카리브 바다로 들어갔을 때, 밤이면 물고기들이 배의 불빛을 향해 날아올랐다. 그리고 가끔 아침에 갑판 위에서 숨을 헐떡이며 퍼덕거리는 미끄러운 물고기들을 발견하곤 했다). 여객선들은 더 이상 트리니다드나 다른 어떤 곳으로도 운행하지 않았다. 트리니다드는 비행기들의 기착지가 되었고, 그 공항은 비행기들이 무미건조하게 도착하고 떠나는 배경이 되었다. 그리고 나는 이따금 내 어린 시절의 풍경에 대해 향수를 느낄 때마다, 도착 날의 빛나는 환희와 첫날 새벽의 빛나는 환희 다음에 둘째 날부터 찾아올 그 권태를 머릿속에 떠올리기만 해도 쉽게 그리움이 사그라지곤 했다.

그때 나는 미국의 한 출판사로부터 여러 도시들에 대한 책을 써달라는 청탁을 받았다. 나는 나의 고향 도시인 포트오브스페인을 선택했다. 그편이 쉬울 거라고 생각했고, 또 별로 쓸 내용도 없을 거라고 생각했기 때문이었다. 트리니다드는 처음 발견되고 원주민들이 절멸된 이후에 18세기 말까지 다시 사람들이 살거나 정착하지 않았던 것이다. 나는 그저 몇 달이면 끝낼 수 있는 일거리라고, 두꺼운 책표지만 씌울 뿐 신문 기사 같은 글이라고 생각했다. 그런데 참고할 원전이 전혀 존재하지 않는다는 사실을 발견했다. 우리 중 많은 이들이 역사적 진실은 거의 신성시되는 책의 형태로, 거의 신성에 가까운 보호를 받으며 도서관 어딘가에 보존되어 있을 거라고 생각할 것이다. 하지만 책이라는 것도 필요를 충족하기 위해 창작되거나 제작되는 물리적 사물이다. 그리고 트리니다드에는 거의 신성시되는 원전 같은 것은 없었다. 나는 기록된 문서들을 직접 찾아다녀야만 했다. 무척 짜증스러운 일이었지만, 머잖아 기록 문서들이 내 관심을 끌기 시작했다. 그리고 기록 문서를 더 오래 붙잡고 있으면 있을수록, 그 기획을 포기하기가 어려워졌다.

그 책 뒤에 깔린 아이디어, 서사적 구성은 오리노코 강 입구에 있는 작은 장소, 한 섬을 콜럼버스와 엘도라도 탐험, 월터 롤리 경* 같은 위대한 이름들이나 위대한 사건들과 연결하는 것이었다. 그로부터 2백 년 뒤에 노예 대농장의 성장. 그리고 이어지는 혁명들. 미국 혁명과 프랑스 혁명, 그리고 그에 따른 부산물로 카리브 해에서 일어난 아이티 흑인 혁명, 남아메리카 혁명, 그리고 그 혁명의 위대한 이름들인 프란시스코 미란다,** 볼리바르. 발견되지 않은 대륙에서부터 혁명의 혼란과 속임수까지, 신대륙의 발견과 콜럼버스 그리고 그가 1498년에 이 섬의 남쪽(내가 알고 있는 해안들, 산림지대에서부터 흘러나온 민물이 작은 수로를 이루며 바다까지 흘러들어가는 드넓은 해안들을 따라서 누런 오리노코 강물이 대서양과 뒤섞이는 곳)에서 목격했

---

* Sir Walter Raleigh(1554~1618): 영국의 정치인, 탐험가, 작가, 시인으로 1584년 오늘날 미국의 노스캐롤라이나 지역에 있는 로어노크 섬에 영국의 첫 식민지를 건설했다.
** Francisco de Miranda(1750~1816): 프랑스 대혁명에 참가한 베네수엘라의 장군으로 1811년 일단의 무장 세력을 규합하여 누에바그라나다에서 베네수엘라공화국을 선포했다.

던 수풀이 우거진 원주민 인디언의 '정원'에서부터, 다시 말해 중세 유럽 사람인 콜럼버스의 발견에서부터 19세기 스페인 제국의 종말까지—이것이 내 이야기가 다루고 있는 역사적 범위였다. 내 이야기의 마지막 시기쯤에 남아메리카와 베네수엘라와 스페인 제국에서 떨어져 나온 트리니다드는 완전한 영국의 서인도 식민지로 설탕과 노예의 섬(원주민들은 완전히 사라지고 잊힌)이 된다. 그러고는 몇 년 이내에 노예제가 폐지되고 설탕도 더 이상 가치를 갖지 못하게 되면서, 신세계의 이 작은 구석은 이제 폐기된 미래에 대한 약속들과 더불어 19세기 내내 잠든 식민지 땅으로 가라앉고 말았다. 그동안 혁명의 베네수엘라는 스페인 제국의 일부에서 벗어나 혼돈의 세기를 시작했다.

나는 이런 후대의 기록들을 통해서 내가 자라난 세계의 윤곽을 그려볼 수 있었다. 아시아 인도인 이민자들은 19세기 동면기에 들어왔다. 학생일 때 나는 이런 무기력함이 섬의 지리적 위치나 기후, 빛의 특성과 연관된, 항상 지속되어온 어떤 것인 줄 알았다. 내가 알고 있는 이 활기 없는 단조로움이 사람 때문에 생긴 것이라고는, 이곳에도 다른 전망과 다른 풍경들이 있었을 거라고는 꿈에도 생각하지 못했다.

스페인 통치 시절에 포트오브스페인에서 다른 노예를 살해한 한 흑인 노예의 재판 기록(기적적으로 보존된)을 읽고, 그 당시 집들과 거리 생활, 뒷마당 혹은 노예 구역에서 벌어지는 연애 사건과 치정에 대한 장황하고 시시콜콜한 이야기들을 수집하면서, 나는 2백 년 전의 포트오브스페인의 거리로 되돌아간 나 자신을 쉽게 떠올릴 수 있었다. 나는 그 사람들을 눈앞에서 보고, 그 말과 억양을 들을 수 있었다. 내 어린 시절의 대부분을 보냈던, 그리고 그곳에서의 삶과 사람들이 내 첫번째 책의 주제가 되었던 그 거리에서 포트오브스페인의 맨 처음 모습을 볼 수 있었다.

어릴 때 내가 그토록 열심히 관찰했던 나의 포트오브스페인 거리가 글쓰기의 소재가 될 수 있다는 생각은 1955년에 계시처럼 떠올랐다. 내가 영국으로 온 지 꼭 5년 만이었다. 또한 「축제의 밤」과 「런던생활」 「안젤라」 그리고 메트로폴리탄적인 글쓰기의 또 다른 몇몇 시도들 이후 5년 만이었다. 그 계시는 여전히 어느 정도 내게 남아 있었다. 나는 아직도 내 글 속에서 그 깨달음의 모든 함의들을 찾아가는 중이었다. 하지만 내 글쓰기의 소재인 그 거리에서의 삶이 그런 과거를 가졌다는 사실을 알고서 나는 무척 놀랐다. 내가 어린아이로서 목격했던 거리의 삶, 혹은 그와 비슷한 어떤 것이 1790년의 포트오브스페인에 존재했던 것이다. 그때는 트리니다드가 여전히 예전 대스페인 제국의 일부였다. 여전히 노예제도가 존재했고, 폐지되려면 44년이나 지나야만 했다. 프랑스 혁명은 아직도 새로운 사건이었고 아이티 흑인 혁명이 일어나려면 아직 1년이 더 지나야만 했다.

내가 이 거리에 살고 있을 때에는 이런 역사적 관계들—스페인 제국과 아이티 혁명에 관한—을 생각하지 못했다. 학교에서 이 지역에 관한 역사적 사실들을 배워야 할 때(교과 과정의 일부로서)도, 그것들은 전혀 내 상상력을 자극하지 못했다. 그곳의 더러움과 하찮음과 추레함—닭장과 뒷마당, 하인 방, 그리고 좁은 땅뙈기와 오물 구덩이 위에 세워진 수많은 작은 집들까지 새것처럼 보였다. 포트오브스페인의 모든 것이 최근에 아무렇게나 주워 모아 만든 것 같았고, 고색창연함이나 과거라고는 전혀 찾아볼 수 없는 낡은 것에 불과했다. 여기에 어린아이의 무지함까지 더해졌다. 게다가 이민자의 후손, 인도인 어린아이가 가질 수밖에 없는 특별한 결함이 있었다. 우리의 과거는 하루아침에 뚝 끊어졌고, 인도와 앤틸리스 제도* 사이의 깊은 구렁 속으로 굴러떨어졌던 것이다.

그러므로 1950년 팬아메리칸월드항공을 타고 이륙하는 순간에 갈색과 녹색의 일정한 무늬를 그리고 있는 들판(내 고향 섬을 하늘에서 찍은 어딘가 다른 장소처럼 보이게 만드는)을 보고 깜짝 놀랐던 것처럼, 이제 나는 런던에서 내 고향 섬에 관한 기록들을 읽고서 내가 속한 그 땅의 유서 깊음에 놀라움을 금치 못했다. 사실 얼마나 간단한 일인가! 단지 그 섬이 이 지구의 일부임을 알고, 이 지구의 오랜 역사를 함께 공유했음을 아는 것뿐이었는데! 그러나 이토록 간단한 일들이 내게는 놀라운 계시로 다가왔다. 그만큼 트리니다드에서 나는 한 세기 동안 계속된 식민지의 무기력함과 대공황의 끝에 이루어진 길가 풍경에, 즉 평지에서 그 농업 식민지를 보는 것에 익숙해져 있었던 것이다. 이 책을 쓰는 동안 내 머릿속에서 보이는 풍경은 앞서 쓴 책의 풍경과는 그 느낌과 연상하는 바가 완전히 달라졌다.

처음 시작할 때 여섯 달이면 될 거라고 생각했던 작업이 2년까지 늘어났다. 내가 써야 할 주제들을 판별하기 시작한 이래로, 마침내 나는 한 권의 책에서 이 세계들과 나를 형성한 문화들의 통합에 도달할 수 있으리라는 희망을 가졌다. 한 세계를 다른 세계와 분리하는,

---

* 서인도제도의 일부.

또 다른 글쓰기의 방식이 사실 더 쉽기는 했다. 하지만 나는 그것이 내 경험의 본질을 속이는 것 같았다. 그리고 이 역사 속에서 그런 통합을 이룬 것 같았다. 하지만 이 작업은 나를 지치게 했다.

이 책을 완성하기 몇 달 전부터, 나는 영국에서의 나의 시간에 종지부를 찍었다는 생각이 들었다. 피로가 몰려왔다. 글쓰기의 피로뿐만 아니라, 영국 생활의 피로—외국인으로서 나의 과민한 신경, 나의 사회적, 인종적, 재정적 불안에서 비롯된 피로—가. 그리고 마침내 내가 고향을 떠난 바로 그날부터 시작된 내 인성의 왜곡이 끝났다는, 팬아메리칸항공 비행기가 그때까지 평생 살아온 섬의 수천 피트 상공 위로 나를 데려가서 내가 한 번도 보지 못한 들판의 모양과 색깔의 규칙적인 무늬를 보여주었던 바로 그날부터 시작된 여행, 중간에 몇 번의 귀향과 또 다른 여행이 있었음에도 여전히 분열된 채로 남아 있던 그 오랜 여행이 끝났다는 생각이 들었다.

나는 집을 팔았다. 아직 몇 주일 분량의 원고가 남아 있었다. 그리고 이사한 집에서 나는 지독한 피로를 느끼기 시작했다. 나는 하루에 두 번 목욕을 하곤 했다. 첫번째 목욕은 아침 식사 후에 했는데, 밤 동안 내 정신을 쉬게 해주었던 수면제 효과를 씻어내기 위해서였다. 수면제는 끊임없이 단어를 고르고, 내 책의 여러 부분들에 나타나는 문제들을 해결하려는 노력을 잠시나마 멈추게 해주었다. 그리고 이 모든 문제가 하나로 합쳐져서 해결할 수 없는 놀라운 위협처럼 보이는 것을 막아주었다(낮이 되면 나는 이런 글쓰기 문제들이 하나씩 차근차근 해결된다는 걸 알았다). 두번째 목욕은 하루 일과가 끝날 때 했다. 나는 아침저녁마다 한 번에 10분 내지 15분 정도 따뜻한 물에 몸을 푹 담그곤 했던 것이다. 그런데 어느 날 아침, 내가 마치 강이나 개울 바닥에 가라앉은, 물살에 이리저리 흔들리는 송장 같다는 생각이 들었다. 나는 아침 목욕을 포기했다. 하지만 송장에 대한 생각은 쉽게 떨쳐지지 않았다. 내가 목욕을 할 때마다 그 생각이 떠올랐다.

마침내 원고를 넘기고 나는 영국을 떠날 수 있었다. 장기적인 계획 따위는 전혀 없었다. 나는 오직 자유가 눈앞에 있다는 생각뿐이었다. 더 이상 써야 할 원고가 없는 자유, 내가 원하는 대로 매일매일을 보낼 수 있는 자유, 이곳저곳으로 옮겨 다니면서 작별 인사를 할 수 있는 자유. 나는 한동안 호텔에서 지내면서 떠돌아다닐 작정이었다. 또한—마침내—미국에서 얼마 동안 시간을 보낼 계획이었다. 그전에 신문에 기고할 원고를 좀 써야 했다. 세인트키츠 섬과 앵귈라 섬 같은 카리브 해 섬들과 관련한 기사 몇 편과 중앙아메리카에 대해 내가 처음으로 쓴 원고, 즉 영국령 온두라스*인 벨리즈에 대한 글 몇 편이 었다.

나는 제일 먼저 나의 섬, 트리니다드로 갔다. 나는 지난 2년 동안 나의 상상 속에서 전혀 새로운 방식으로 살아왔던 그 섬을 보고 싶었다. 내가 하나의 온전한 세계로 회복시켜놓은 그 섬, 이제 내가 깊은 낭만적 사랑을 느끼는 그곳을.

그러나 나는 인종적 긴장이 팽배한, 그래서 거의 혁명 직전에 있는 섬을 발견했을 뿐이었다. 내가 그곳에 대해 새로운 개념에 도달하자

---

* 중앙아메리카 동쪽 해안 지역. 원래 마야인들이 살았던 곳을 스페인이 점령했으나, 다시 영국이 침입해 1862년에 정식으로 영국의 식민지가 되었다. 1963년에 자치국임을 선포하고, 1973년에 벨리즈라는 국호로 독립을 선언했다.

마자, 그곳은 더 이상 나의 섬이 아니었다.

글쓰기——지식과 호기심이 번갈아 자양분을 제공해준——를 통해서 나는 나 자신과 내 세계에 대해 새로운 사고에 도달했다. 하지만 세계는 가만히 멈춰 있지 않았다. 1950년 런던의 하숙집에서 나는 전쟁 이후 인구 대이동이 시작되는 걸 목격하는 자신을 발견했었다. 세계의 대격동, 옛 문화와 옛 사상의 대변동의 시작을. 내가 했던 여행이 나를 변화시키고, 포트오브스페인의 퀸스 로열 칼리지에서 내가 명석한 학생으로서 상상했던 그 모든 것을 넘어서는 새로운 생각들과 해답을 찾도록 했던 것과 마찬가지로, 새로운 자아의 개념이 다른 많은 사람들을 어디론가 몰아가고 있었다. 그리고 그중에는 내가 말 그대로 완전히 뒤에 남겨두고 떠났다고 생각했던 사람들도 포함되어 있었다.

푸에르토리코에서 만난, 몸에 꼭 끼는 튼튼한 스포츠 재킷을 입고 할렘으로 가는 중이었던 근육질의 역도 선수 같은 트리니다드 출신의 흑인. 또한 S. S. 콜롬비아 호에서 만난, 자기 몸을 조심스럽게 다루고 미국 생활보다 그가 더 선호하는 독일 생활로 되돌아가는 길이었던 또 다른 흑인. 나는 이 사람들에게서 나 자신의 일면을, 내 여행의 반항과 그 여행을 돌이키고 싶은 갈망을(인도의 엉큼과 미극으로 가득 차 있는 힌두교 인도인답게, 마지못해) 발견했었다. 1950년에 이 사람들은 고립되었고 상처받기 쉬웠으며, 그들의 신경은 예민하게 곤두서 있었다.

그 이후로 그들 같은 사람들은 점점 더 많아졌다. 그들 모두가 고향을 떠나 성취를 이룬 것은 아니었다. 그렇다고 완전히 닳아 없어지지도 않았다. 이제 내가 돌아간 트리니다드에서는 흑인들 사이의 날카로운 신경과민이 집단 질병처럼 퍼져 있었다. 그것은 무시할 수 없는 현상이었다. 그리하여 오리노코에 있는 나의 섬으로의 귀향은, 나로 하여금 그곳에 대한 낭만적 시각을 갖도록 만든 20년 동안의 글쓰기 이후에 이루어진 그 귀향은 더 이상 나의 섬이 아닌 곳으로의 귀향이 되어버렸다. 적어도 내가 어렸을 때, 내가 이 섬이 나의 것인지 아닌지 생각조차 하지 않았을 때와 같은 나의 섬은 더 이상 없었다.

그 낭만적 이야기는 이제 자기 혼자만의 소유물이었다. 그 섬은 다른 사람들에게 다른 것을 의미했다. 세계에 대한 이해, 혹은 과거에 대한 인식에 응답하는 또 다른 방식들이, 자기를 주장하는 또 다른 방식들이 있었다. 푸에르토리코의 격납고에서 만난 흑인과 콜롬비아호의 그 남자는 예의를 주장했었다. 그들의 소망은 구질서 안에서 살아가는 것, 다른 사람들처럼 대접받는 것이었다. 그리고 20년 뒤에 트리니다드의 흑인들은 미국의 흑인들을 따라서 분리를 주장하고 있었다. 그들은 과거를 단순화하고 과거를 감상적으로 대했다. 그들은 과거를 나처럼 낭만적 이야기로 소유하고 싶어 하지 않았다. 그들은 새로운 모양의 머리카락을 썼다. 한때 장애와 수치의 근원이자 노예제의 표지였던 머리카락을, 이제 그들은 공격의 상징으로 머리에 썼다. 나는 낭만적 이야기라는 나의 생각을 간직하기 위해, 예전에 트리니다드에서 그랬듯이—그러나 이번에는 새로운 방식으로—선택적으로 봐야만 했다.

(런던에서도 그것은 필요한 일이었다. 내 이야기의 한 부분에, 내가 방금 썼던 역사 속에 이 섬의 첫번째 영국 총독에 관한 내용이 있다. 그

는 불법적으로 어린 물라토 소녀의 고문을 지시했다고 고발당했다. 이 사건의 모든 목격자들이 1803년에 런던으로 불려왔고, 정부의 비용으로 몇 년 동안 런던에서 지냈다. 그중 한 사람이 소호의 제라드 거리에 머물렀다. 하지만 내가 글을 쓰고 있을 때 제라드 거리는 홍콩에서 온 중국인들로 넘쳐났다. 식당들과 반찬 가게, 보도 위에 버려진 포장지들. 내가 그곳에서 과거를 볼 수 있었을까? 그럴 수 있었다. 지상에 있는 차이나타운 위로 20세기 후반 제국의 역류를 볼 때면, 나는 과거를 볼 수 있었다. 평평한 건물 정면에서, 혹은 그 위로 나는 19세기의 잔재를 볼 수 있었고 그 방을 상상할 수 있었다. 런던 건축물에 대한 나의 지식은 이제 디킨스가 불러일으키는 공상의 수준을 뛰어넘은 것이다.)

이제 트리니다드에서—사람들과 광기에 가까운 분노는 일단 제쳐두고—내가 지난 2년 동안 나의 상상력을 통해 창조해낸 풍경을 보기 위해서, 콜럼버스 이전의 섬의 원래 모습을 찾기 위해서, 나는 눈에 들어오는 거의 모든 것들을 무시해야만 했다. 그리고 열대지방과 이 지역 특유의 것으로, 우리의 관광 엽서에 등장하는 아름다움의 한 부분으로 보도록 훈련받았던 거의 모든 식물—코코넛, 사탕수수, 대나무, 망고, 부겐빌레아, 포인세티아—을 못 본 척해야 했다. 왜냐하면 모든 식물과 나무들은 식민지 농장과 이주민 정착과 더불어 나중에 수입되었기 때문이다. 이제 과거의 풍경은 오직 파편으로만 존재했다. 그런 파편 하나를 보기 위해서 나는 쓰레기가 흩어져 있는 고속도로와 휘어지고 쭈그러진 중앙난간과 불타는 쓰레기장과 노던 레인지의 언덕들 위의 오두막들을 싹 무시하고, 포트오브스페인 바깥에 메말라가는 맹그로브 습지—초록색의 두꺼운 잎사귀, 검은 뿌리,

시커먼 진흙——를 보았다. 라벤타일 언덕 꼭대기, 오두막들 사이에서 파리아 만——회색 혹은 납빛이지 결코 푸른빛은 아닌——과 그 만의 아주 작은 섬들을 선택적으로 내려다보면서, 나는 이 모든 것들의 시작점에 있는 나 자신을 상상할 수 있었다.

혼자만의 그 광경을, 혼자만의 낭만적 이야기를 나는 나 자신에게 억지로 밀어 넣었다. 나의 역사관이 거리를 행진하며 또 다른 거짓된 혁명을 일으키겠다고 위협하고 있는 젊은 흑인들의 역사관은 아니었다. 내 책이 끝난 지점에서 이야기가 끝나는 것은 아니다. 그 이야기는 앞으로도 계속될 것이다. 앞으로 2백 년 동안 또 다른 아이티가 탄생을 준비할 거라고 나는 생각했다. 고통이 차고 넘치며 부패했다고 판단한 세상을 무너뜨리겠다는 소망을 품고. 그 세상을 개선하기보다는 차라리 등을 돌려버리겠다는 열망을 갖고서. 이 책을 쓰고 난 후, 의기양양한 상태로 2년이 지났을 때, 나는 그 분노를 양쪽에서 보았다. 한쪽은 그 머리 모양을 한 사람들, 아프리카 흑인들이었고, 다른 한쪽은 흑인도 백인도 아닌, 주로 위협받는 대상인 사람들, 아시아계 인도인 공동체였다.

나는 2주 후에 신문 기고문을 쓰기 위해 세인트키츠 섬과 앵귈라 섬으로 갔다. 세인트키츠는 3만 명이 사는 아주 작은 섬이었다. 이곳에는 아시아계 인도인 주민이 없었고, 따라서 내게는 개인적으로 얽힌 복잡한 관계도 없었다. 그곳의 흑인들에게 나는 그저 피부가 검지 않은 어떤 사람, 낯선 머리카락을 가진 이방인일 뿐이었다. 그만큼 이곳에서는 판단도 단순할 수 있었다. 개인적으로 얽힌 복잡한 관계의 부재, 지형의 단순함과 협소함은 이 섬의 과거를 놀랄 만큼 도식적으로 만들었다.

세인트키츠는 카리브 해에 있는 최초의 영국 식민지로, 스페인이 물러간 지역에 세워졌다. 꼬리 부분만 빼면 섬은 둥근 모양이었다. 섬 중앙에 산이 있는데, 그 꼭대기에는 숲이 우거졌다. 그리고 평평한 사탕수수 밭으로 뒤덮인 비탈이 바다까지 줄곧 이어졌다. 섬의 가장자리에는 좁은 아스팔트 도로가 둘러져 있었고, 이 길을 따라 노예의 후손들과 노동자들의 작은 집들이 서 있었다. 설탕과 노예제가 이렇게 단순하고, 이렇게 비자연적인 식물과 풍경을 만들어낸 것이다.

이 해안도로에서 멀지 않은, 얕고 메마른 여울에 사탕수수 사이로 둥근 돌들이 있었다. 그 둥근 돌에는 매우 투박한 그림들이 새겨져 있었다. 원주민들의 작품이었다. 먼 옛날, 노예제 이전의 끔찍한 공포를 상기시키는 흔적이었다. 이제 세인트키츠 섬에 원주민들은 존재하지 않았다. 3백 년 전 영국인들과 프랑스인들에게 모두 학살당했던 것이다. 이 둥근 돌들 위에 투박하게 새겨진 그림만이 원주민들이 남긴 유일한 기념물이었다. 그나마 접근할 수 있는 과거는 영국 교회와 교회 마당—열대 풍경 속에—뿐이었다. 주목은 없었다. 대신 대왕야자수라고 알려진, 곧고 우람한 회색 줄기의 야자수들이 자라고 있었다. 그 줄기를 따라 흉터 자국 같은 우둘투둘한 옹이가 쭉 나 있었는데, 각각의 옹이는 나뭇잎이 자랐던 자리를 표시해주고 있었다(영국에서 교회 마당을 보고 연상되는 것과 이 식민지 배경 속에서 영국식 교회 마당을 보고 연상되는 것은 얼마나 다른지!). 작은 읍내의 폴 몰이라고 하는 18세기 중앙광장에서도 과거에 접근할 수 있었다. 이곳은 아프리카에서 새로 도착한 노예늘이 노예 수용소에서 휴식을 취한 후에 팔려 나가던 곳이었다. 150년 동안 세인트키츠 섬에서 이런 과거의 기억들은 잠들어 있었다. 이제 트리니다드와 미국과 다른 여러 곳을 모방하면서, 그 기억이 더 이상 굴욕감을 안겨주는 것이 아니라, 대신 정치적 자극제로, 분노와 감상에 찬 집단적 수사(修辭)로 쓰이게 되었을 때, 그 기억은 되살아났다.

한편 세인트키츠 섬보다 더 작은, 나무도 없고 생산성도 떨어지는 앵귈라 섬은 3백 년에 걸친 노예제가 가져온 단순함의 또 다른 면을 보여주고 있었다. 앵귈라 주민들은 순수한 흑인이 아니었다. 그들은 그들만의 과거를 갖고 있었고, 그 과거가 세인트키츠 섬의 주민들과 이들을 구별지어주었다. 앵귈라 섬의 인구는 전부 6천 명 정도인데, 영국식 이름을 가진 소수 물라토 씨족들로 이루어져 있었다. 그들은 자신들의 역사에 대해서, 어떻게 자신들이 대륙에서, 심지어 다른 섬들에서도, 이렇게나 멀리 떨어진 카리브 해의 평평한 불모지로 오게 되었는지에 대해 아주 막연한 생각을 갖고 있었다. 어떤 이들은 난파 때문이었다고 말하기도 했다.

나는 내가 쓴 책의 주문에 홀려서, 이 모든 걸 보았다. 내가 저 멀리 영국에서 문서를 통해 발견해낸 과거, 마치 내 소설을 창작했듯이 거의 내가 창작한 것처럼 느껴지는 그 과거의 주문에 홀려서. 그리고 여전히 그 주문에 홀린 채, 벨리즈로 갔다. 그러기 위해서 나는 먼저 자메이카로 가야만 했다. 자메이카에서 출발하는 비행기가 일주일에 한 대 있었다.

그 비행기는 과테말라 시에 잠시 머물렀다. 컴컴한 공항 건물─비행기가 착륙할 때마다 모습을 드러내는, 삐죽삐죽한 진흙 색깔의 화산 분화구 너머에 집들이 다닥다닥 붙어 있는 평지 위로 마치 거대한 개미탑이나 동화 속의 엄청나게 높은 탑처럼 우뚝 솟아 있는——안에서, 공항 건물의 라운지에서 계산대 뒤에 서 있는 키가 작고 통통한 아가씨들의 얼굴과 유리 상자 안에 든 신선한 채소 혹은 신선한 후추 양념을 보았을 때, 나는 난생처음 중앙아메리카에 왔다는 사실이 떠올랐다. 코르테스*와 그 후계자들에 의해 폐허가 되어버린 땅에 처음으로 발을 들여놓은 것이다. 아가씨들은 중국인처럼 생겼지만 중국인은 아니었다. 어딘가 낯익은 모습이 그들을 오히려 무척 낯설고 멀리 떨어진 존재처럼 느껴지게 했다. 그리고 유리 상자 안에 잘게 썰어놓은 채소 향신료들도 거기에 걸맞게 낯선 인상을 풍겼다. 음식은 각 문화와 심지어 역사적인 시기까지도 구별해준다(고대 로마 시대의 음식은 어땠을까?). 나는 어디선가 몬테수마**의 황실에서는 단지째 마시는 초콜릿 음료를 차고 씁쓸하고 맵게 해서 마신다는 이야기를 들었다.

힐끗 보기만 한 그 낯선 음식에서, 계산대 뒤에 서 있는 아가씨들의 중국인 같지만 중국인이 아닌 그 낯선 얼굴에서, 스페인어로 쓰여 있지만 스페인 음식이 아닌 메뉴판에서, 건물 바깥의 동화 속 한 장면 같은 화산 탑에서, 맑고 온화한 공기 속에서 이상할 정도 크고 반짝반짝 윤이 나는 식물들과 꽃들에서, 나는 신세계의 경이로움과 스페인 침략의 비극과 비애를 어렴풋이 느꼈다.

---

* Hernán Cortés(1485~1547): 스페인의 정복자로 아스테카 왕국을 멸망시키고 멕시코 땅을 스페인 왕의 영토로 만들었다.

** Montezuma(1466~1520): 고대 멕시코의 제9대 아스테카 황제로 스페인에서 온 정복자 코르테스를 신의 자손이라고 생각해 저항하지 않고 잡혀 살해되었다.

벨리즈 시까지는 짧은 비행이었다. 벨리즈—옛 영국령 온두라스이
자 스페인 제국 해변을 영국이 무단 점유한 곳, 영국의 마호가니 식
민지, 과테말라 사람들의 벨리즈에 대한 주장의 기원(바로 내 기사의
주제인)이고 런던의 판매장에 있는 수많은 조지 시대 양식의 가구들
(이제 벨리즈에는 마호가니나무가 없었다. 모두 싹 베어버렸기 때문이
다)의 기원인 곳. 해안가에는 흑인들 중에 마호가니 벌목꾼 노예의
후손들도 있을 것이다. 내륙에는 마야 족과 위대한 마야 문명의 유
적들이 있었다. 그중 한 유적의 그늘 아래에 서 있던 마야 소년은 내
가 그 기념물에 대해 물어보려고 하자, 키득거리며(그의 속마음은 어
땠는지 모르겠지만) 웃었다. 그는 입을 가리고 키득거렸다. 당황한 것
같았다. 그 아이는 마치 오래전에 저지른 어리석은 짓에 대해 용서를
구하는 사람처럼 보였다. 비록 마호가니 식민지라는 이름에 필적할
만한 영국 식민지의 건축물은 없고, 모든 기념물은 마야 족의 것이
었지만. 북쪽으로, 멕시코 국경선 근처에 아직도 거의 발굴되지 않은
마야 족의 도시가 있었다. 스페인 사람들이 오기 전 몇 세기 동안이
나 버려져 있던 이 도시는 이제 숲으로 뒤덮였고, 가파른 계단이 있
는 사원들은 모두 녹색 언덕을 이루었다.

런던에서 트리니다드로, 다시 세인트키츠와 앵귈라로, 그리고 과테
말라 시와 벨리즈로. 이것은 시간을 거슬러 올라가고 싶은 사람, 구
체적으로 표현된 자신의 과거를 눈으로 보고 싶은 사람이 계획했을
만한 여행이었다. 내 책을 완성한 후 몇 주일 동안, 나는 내가 기록을
통해 창조해내고 꿈꿨던 세계에 대한 확증을 찾으면서, 계속해서 그
영감과 의기양양한 흥분 속에서 살았다.

나는 나 자신에게 과거를, 과거의 낭만적 이야기를 안겨주었다. 내 마음속에 제대로 매듭짓지 못한 결말들 중 하나가 사라졌다. 미세한 균열 하나가 채워진 것이다. 비록 아이티의 무정부 상태 같은 것이 나의 작은 섬을 위협하는 듯 보였지만, 또한 물리적으로 나는 더 이상 그 섬에 속해 있지 않았지만, 어쨌든 나는 낭만적 이야기를 통해 그곳을 나머지 세계에 연결시켰으며 그 낭만적 이야기는 나의 다른 소설책들에 등장하는 상상의 세계들만큼이나 여전히 계속해서 나의 소유였다.

하지만 내가 쓴 원고에 대해 미국의 출판사나 에이전트 쪽에서는 여전히 아무 말이 없었다. 다시 이동해야 할 때가 되었다. 나는 원래 계획대로 밀고 나가기로 했다. 일단 미국으로 가서, 내가 받을 수 있을 거라고 기대하는 출판 인세 선금을 가지고 한동안 여행을 하겠다는 계획이었다.

나는 자메이카를 떠났다. 2월이었다. 북쪽은 날씨가 안 좋았다. 비행기는 자메이카를 가로지르자마자, 다시 몬테고베이에 착륙했다. 우리는 여러 시간 동안 그곳에 머물렀다. 호텔에서는 퉁명스럽고 무례한 흑인 웨이터가 점심 시중을 들었다. 그는 여행객들의 시중을 들면서 그들을 무시하는 데 이력이 난 놈이었다(한때, 그러니까 12년도 더 지난 예전에, 불안과 거의 슬픔으로 가득했던 시절에, 나는 이 섬의 반대편 끝에서 바나나 운송선을 타고 안토니오 항구에서 영국으로 떠났었다). 오후 늦게 우리는 다시 탑승했다. 비행기는 밤하늘을 날아가고 또 날아갔다. 그러고는 밤하늘을 회전했다. 우리는 몇 시간을 날아갔다. 연료가 다 떨어질 때까지 날아가다가 볼티모어에 잠시 착륙해 다시 연료를 주입했다. 하지만 승객들은 비행기에서 내릴 수 없었다. 볼티모어는 공식 입국 공항이 아니었기 때문이었다. 우리는 다시 이륙했고 몇 시간을 더 날아갔다. 마치 비행기 납치를 당한 승객들처럼. 19년 전, 팬아메리칸월드항공사의 소형 비행기를 타고 여행(나로 하여금 매시간 싸구려 종이철에 뭔가를 적게 만들었던)할 때처럼 길고 지루한 비행이었다. 한동안 우리는 날씨, 폭설 때문에 착륙하지 못하고 빙빙 돌고만 있었다. 그렇게 착륙할 수 있게 될 때까지 우리는 하늘에 떠 있었다. 그리고 자정이 한참 지났을 때, 우리는 착륙했다.

동전도, 미국 전화기에서 들리는 갖가지 신호음에 대한 아무런 지식도 없었다. 그 엄청난 추위 속에 비행기에서 내린 나는 그날인가 그다음 날인가, 작업을 의뢰한 출판업자가 내 원고가 부적합하다는 판단을 내렸다는 사실을 알았다. 그것도 이미 몇 주 전에 결정이 나 있었던 것이다. 내가 한창 취재 여행을 다니면서, 20년 동안 소명에 헌신해온 끝에 마침내 찾아온 나 자신만의 낭만적 비전에, 글쓰기의 산물에 한껏 부풀어 있었을 때 말이다.

나는 처음 하룻밤을 머물렀던 1950년 이후로 뉴욕에는 두 번 잠깐 다녀온 적이 있었다. 하지만 나중에 본 뉴욕은 내가 처음 보았던 그 도시, 레뮈와 「마리우스」와 『남풍』, 그리고 차양에 덮인 듯 보이던 하늘의 도시와는 전혀 다른 곳이었다. 그런데 오직 지금, 처음 뉴욕에 도착했을 때와 비슷한 불안감에 사로잡힌 이 순간에 비로소, 나는 그 도시를 찾았다는 생각이 들었다. 오직 지금에서야 택시 운전사가 나를 속였을 때 느꼈던 굴욕감을, 호텔에서 그 흑인에게 팁을 줄 수 없었을 때 느꼈던 굴욕감을 인정할 수 있었다.

나는 호텔 이름이 기억났다. 웰링턴 호텔. 호텔 메모지도 기억났다. 극적 효과를 내기 위해서, 나는 도착한 날 밤에 거기에 일기를 적었었다. 그 메모지에는 호텔 건물로 짐작되는 그림 옆에 호텔 이름이 비스듬하게 누운 글씨체로 새겨져 있었다. 그 호텔이 아직도 있을까? 세인트키츠와 앵귈라에서 발간되는 자신의 신문에 내 기사를 실어주던 내 친구 로버트 실버스는 "그곳은 음악가들이 묵는 호텔이야"라고 말했다.

하지만 어느 날 분주한 거리에서 버젓이 운영 중인 그 호텔을 우연히 발견했을 때, 나는 깜짝 놀랐다. 그곳은 내 머릿속에 새겨진 그 호텔의 신화적 성격에 걸맞게 고고학적인 장소여야만 했다. 하지만 메모지에 그려져 있던 마천루에도 불구하고, 길에서 보는 건물은 무척 수수했다. 출입문, 로비, 무엇 하나 기억나는 게 없었다. 이 호텔은 마치 아주 어린 시절의 어떤 일처럼 내 기억 속보다는 상상력 속에 살아 있었던 것이다. 주변을 온통 감싸고 있던 어둠(나는 몹시 지치고 불안에 떨며 아침 일찍 도착했었다)에 대한 인상. 그리고 그 어둠 속에서, 장면들보다는 감각이 남아 있었다. 쓰레기통 위로 고개를 숙이고 닭고기를 먹던 기억, 작은 욕실에서 화상을 입을 만큼 뜨거운 물을 아슬아슬하게 피했던 기억. 기억이라기보다는 꿈에 가까웠지만, 어쨌든 내게는 그 시기에 딱 들어맞는 기억이었다. 왜냐하면 바로 그날부터 공간과 시간이 하나가 되었기 때문이다. 바로 그날의 마지막에 공간과 시간 양쪽 모두가 내 과거에서 나를 분리시켰다. 그리고 바로 그날부터 시작된 작가로서의 여행은 끝나지 않았다.

미국에 가면 출판 인세 선금을 받아 쓸 계획이었다. 이제 선금은 없었다. 하지만 나는 계획대로 밀고 나가기로 하고, 갖고 있던 돈을 썼다. 몸에서 피가 줄줄 흐르는 걸 지켜보는 심정이었다. 마침내 나는 멀리 서쪽 끝까지 갔다. 그리고 브리티시컬럼비아 주,* 빅토리아 시의 가구가 딸린 신축 임대 아파트에서 다시 작업을 시작했다. 그것이 작가의 삶이었다. 기분이 어떻든 간에, 언제나 자신을 추스르고 다시 시작해야만 했다.

나는 자유와 상실에 관한 연속물을 쓰기 시작했다. 이 아이디어는 3년 전, 동아프리카에서 처음 떠올랐다. 케냐의 나이로비와 우간다의 캄팔라 사이를 온종일 차를 타고 달려가던 어느 날 오후에 불현듯 생각난 것이다. 원래는 아프리카의 그 지역에서 종종 장거리 운전을 하며 느꼈던 상쾌함과 주변 풍경에 어울리는, 장난스럽고 코믹한 아이디어였다. 당시에 내가 가진 작가로서의 밑천이라고는 그 아이디어가 전부였다. 그리고 내가 쓴 역사 책과 나의 좌절, 그리고 내가 스스로 자초한 실향, 표류의 분위기가 스며들었다. 나는 말하자면—예전에도 종종 그랬듯이—자신이 만든 인물 중 하나가 되었던 것이다.

몇 주가 지나자, 나는 처음 가졌던 추진력이 다 바닥나고 더 이상 글을 쓸 수가 없었다. 내가 하고 있는 작업에 대한 믿음이 사라졌다. 글을 쓸 때에는 휙휙 지나가던 빅토리아에서의 시간이 한없이 늘어지기 시작했다. 이윽고 영어로 글을 써서 생계비를 벌지만 미국 독자라고는 한 명도 없는 사람으로서, 내가 돌아갈 곳은 오직 영국뿐이라는 간단한 사실에 직면했다. 영국이라는 압박감에서 벗어나고 싶다는

---

* 캐나다 서쪽 끝에 있는 주.

내 소망은 좌절되고 말았다. 결국 1950년에 내 고향 섬에서 벗어난 것—그것이 함축하는 실향과 표류와 갈망, 그 모든 것과 더불어—이 마지막이었던 것이다.

빅토리아에서 밴쿠버로의 비행. 매우 짧은 치마를 입은 매우 키가 큰 여승무원. 끔찍하게 천박함. 토론토에서 런던으로. 몇 시간이고 계속된 비행기 엔진의 맷돌 가는 소리. 마지못해 돌아가는 여행길에 내가 거쳐 간 단계들이었다. 그렇게 20년 만에 나는 내 첫번째 여행을 그대로 모방한 여행을 하고 있었다. 20년 전이라면, 나는 그래도 작가로서, 혹은 점점 발전하는 재능을 지닌 어떤 사람으로서 일말의 가능성을 인정받을 수 있었을 것이다. 그리고 자신의 이름이 붙은 책들만 있어도 스스로 축복받았다고 생각했을 것이다. 물론 나도 여전히 그 축복을 축복이라고 느꼈다. 하지만 사랑에는 고통이 뒤따르듯이 그 축복에는 실망이 뒤따랐고, 나는 그것을 끔찍한 고독으로 느꼈다.

내게는 집이 없었다. 런던에서 나는 돌핀 광장에 있는 이런저런 서비스가 제공되는 아파트를 빌렸다. 매주 꼬박꼬박 상당한 금액의 분담금을 내느라 갖고 있던 돈을 다 써버렸다. 여자의 손글씨로 적힌 청구서가 올라오곤 했다. 글씨의 아랫부분이 규칙적인 거의 부채꼴 모양의 장식 무늬를 이룬, 둥글둥글하고 힘들이지 않고 쓴 글씨체였다. 글씨체는 걱정이라고는 전혀 없는, 성적으로도 만족스럽고 완벽하게 평온한 여자가 썼음을 말해주고 있었다. 나는 그녀의 이 평온함이, 야망의 부재가 몹시 부러웠다. 그래서 청구된 금액을 지불하러 관리실로 내려갈 때마다, 저 여자들 중에—월급 노예들로 보이는 저 직원들 중에—누구인지, 어쩌면 자신이 얼마나 축복받았는지도 모른

채, 나의 강렬한, 그러나 점차 약해지고 있는 요구를 글씨체로 그려낸 여자가 누구인지 알아내려고 애를 썼다.

여름이 지나갔다. 영국에서 19년 만에 처음으로, 옷이 얇다는 생각이 들면서 추위를 느꼈다. 그때까지 나는 여름이나 겨울이나 늘 같은 옷을 입었다. 목까지 올라오는 스웨터나 따뜻한 속옷, 심지어 외투조차 필요한 줄 몰랐다. 서리가 내리는 날씨, 짧은 한낮, 일찍 찾아온 오후의 불빛을 항상 고대했었다. 그러나 이제, 점점 커져가는 따뜻한 옷가지의 필요성과 함께, 나는 비로소 겨울을 겨울로, 어둠으로 느끼게 되었다.

어느 날, 내 창문 아래 어딘가에 노동자들이 서 있었다. 그들은 서로 이야기를 나누기 시작했다. 마치 연극을 듣고 있는 것 같았다. 다른 목소리들, 조심스러운 대화, 등장인물들, 대사, 아이디어, 재능 과시, 연기, 연극 양식. 영국에 있는 동안 내내, 나는 한 번도 노동자들이 그렇게 이야기하는 걸 들어본 적이 없었다. 공개된 장소에서 그토록 오랫동안, 그토록 큰 소리로 떠드는 것을. 미지의 나라와 같은 이런 대화를 엿듣는 것이 약간 겁이 나기도 했다. 나는 영국의 다른 면만 알고 있었다. 옥스퍼드와 흩어진 사람들, 작가들. 나는 그토록 오랫동안 이 나라에서 살아왔으면서도, 이런 세계와는 한 번도 접촉한 적이 없었다. 내가 지금 대화를 엿듣고 있는 이런 노동자들에 대해서는 읽은 적도 없었고, 영화를 본 적도 없었던 것이다.

결국 나는 글로스터에 있는 개인 집에서 지내려고 그곳으로 갔다. 축축한 날씨였다. 기차역은 세번 강이 근처에 있음을 알려주는 듯, 춥고 눅눅했다. 글로스터는 글로스터 대성당과는 멀리 떨어진, 초라하고 평범한 작은 마을이었다. 내가 자진해서 갈 만한 곳은 아니었다. 하지만 당장은 이 마을이 집과 쉴 곳과 환대를 제공해주었다.

그 집은 마을 변두리에 있었다. 마을이라고 해봤자, 집들이 한가운데를 차지한 들판마저 초라해 보이게 만드는 곳이었다. 가지가 잘려나간 버드나무와 산업 쓰레기들이 둥둥 떠다니는 좁고 더러운 개울은 도시의 빈민굴을 방불케 했다. 내가 골라서 살고 싶은 그런 집은 결코 아니었다. 하지만 누군가 살기 위해 지은 집이었고 그럴듯한 가구와 분위기도 갖추고 있었다. 그것은 바로 환대의 분위기였다.

첫째 날 점심때엔 석탄불도 제공했다. 프랑스식 창문은, 겨울을 대비해서 갈퀴질을 하고 말끔히 손질해놓은, 길고 좁은 정원을 향해 나 있었다. 멀리서 철도 조차장의 소리가 들려왔는데, 이 정도 거리에서 들으니 묘하게 마음을 편안하게 해주었다. 이 집에 관한 모든 것이 따뜻하고 좋았다. 이렇게 아무런 야망도 없는 소박한 환경에서 나는 보호받고, 고립되고, 내가 알았던 모든 상처 주는 것들로부터 멀리 떨어져 있는 느낌이었다. 몇 주 만에 처음으로 나는 마음이 편해졌다.

그날 오후, 오래되었지만 잘 보존된 가구들이 있는 그 집 현관방에서 나는 몇 주 만에 처음으로 빅토리아에 있을 때 시작하려고 노력했던 작품의 타이프라이터 원고, 그러니까 자유와 상실에 관한 연속물을 다시 들여다보았다. 그리고 글을 쓸 때 생각했던 것보다, 그 작품이 더 훌륭하다는 걸 알았다. 심지어 문장들이 살아 움직이는 것이 보였다. 고도의 집중에서, 언어에 의해 창조된 분위기에서 나온 문장이었다. 그런 결정적인 창작의 순간을 내가 빅토리아에서 놓쳤던 것이다. 아마 그 글쓰기에서 어떤 내용이 이어질까 하는 걱정 때문이었을 것이다. 또한 빅토리아 다음에는 무슨 일이 일어날까 하는 걱정 때문이기도 했다.

이제, 그 좋은 문장의 타당성을 깨달았으므로, 나는 그 말들이 창조한 풍경에, 그 말들이 뒤따르고 있는 또 다른 풍경들에 모든 걸 맡겼다. 나는 아프리카의 분위기를 다시 불러일으켰고, 아프리카의 분위기, 그 문장이 써졌던 분위기에 푹 젖어들었다. 나는 내 이야기의 각기 다른 무대들에서 오고 간 대화의 단편들을 들었다(혹은 창작했다). 연속물로 이루어진 이 이야기는 대화로 가득 차 있었던 것이다. 나는 짧게 기록했다. 그리고 그 분위기에서 깨어난 다음에야, 그러니까 그 집중에서 벗어난 다음에야 비로소 내가 얼마나 멀리 갔다 왔는지 이해했다.

작가로서 초기 시절, 그러니까 내 재능이 이제 막 드러나기 시작했을 때, 나는 시끄럽고 어지러운 상황 중에도 집중하고 글을 쓸 수 있는 능력을 길렀다(혹은 발견했다). 그것은 마치 지나치게 과부하가 걸린 엔진이 툭 꺼지는 것처럼 갑자기 뒤로 물러나서 다급한 걱정거리조차 다 떨쳐버리고 세상일은 한쪽으로 밀쳐둔 채, 담이 둘러진 정원이나 울타리(종종 내 머릿속에 떠오르는 이미지인) 안으로 들어가듯이 내 글쓰기 속으로 들어갈 수 있는 능력(분명하게 한두 시간이 주어진다면—그보다 시간이 짧으면 효과가 없었다)이었다. 글쓰기는 내게 힘을 주었다. 그것은 불안과 걱정을 없애주었다. 그리고 이제 글쓰기는 나를 회복시켰다. 내 책이 내게 다시 돌아온 것이다. 나는 하루하루 천천히 글을 쓰기 시작했다.

여름의 책이 겨울에 내게 돌아왔다. 그 책과 매일의 창작 활동이 없었다면, 그 힘든 시기를 어떻게 넘겼을지 모르겠다. 나의 경우, 모든 것이 글쓰기에서 시작되었다. 나를 영국으로 보내준 것도, 영국에서 멀리 떠나게 한 것도 글쓰기였다. 내게 낭만적 이야기의 비전을 제공해주었는가 하면 실망감으로 거의 낙심하게 만든 것도 글쓰기였다. 그리고 이제 하루하루에 흥미와 가능성을 제공해주고, 하룻밤 또 하룻밤 나를 지탱해주는 것도 글쓰기, 바로 그 책이었다.

나는 글로스터에 일주일 정도 머무를 예정이었다. 하지만 결국 거의 석 달 가까이 머물렀다. 무엇보다도 그 장소의 좋은 마법에서 벗어나기 싫었다.

원래 구상한 내용이 몇 주 분량쯤 남았을 때, 나는 글로스터를 떠나 윌트셔, 그 계곡으로 갔다. 처음 나흘 동안은 줄곧 비가 내리고 안개가 끼었다. 주변이 잘 보이지도 않았다. 내게는 물론 나의 아프리카에 관한 작품 창작에도 딱 좋았던 글로스터 집의 현관방에서 떠나오기에 좋은 환경이었다. 책을 위해서도 좋았다. 그것은 여전히 잠정적이고 예민한 초벌 원고 상태에 머물러 있었던 것이다. 책이 그런 상태일 때에는, 나를 둘러싼 주변의 것들이 밀고 들어와서, 서사의 감정적인 몫의 일부가 될 수 있었다. 그리고 일단 책으로 쓰이면 끄집어내기가 힘들었다. 그래서 나는 책을 쓰는 동안에는 어수선한 일들을 피하려고 애썼다. 그런 점에서 윌트셔의 안개는 딱 좋았던 것이다.

내 상상 속에서 나는 내 이야기의 무대인, 허구의 아프리카에서 살고 있었다. 그곳은 (내 필요에 따라) 르완다의 비가 내리는 높은 고원과 우간다 서쪽, 키제지의 계단식 논이 있는 습한 언덕들이 뒤섞인 동화 속의 풍경이었다.

트리니다드에서 어렸을 때, 나는 책에서 읽은 모든 것을 트리니다드의 풍경에 투사해보곤 했다. 트리니다드의 시골과 포트오브스페인의 거리에(나는 디킨스와 런던조차 포트오브스페인의 거리에 합쳐버리곤 했다. 그렇다면 영국인 등장인물들, 백인들도 내가 아는 사람들로 바꿔버리곤 했던가? 이런 질문은 색깔 있는 꿈을 꾸는지, 흑백 꿈을 꾸는지 묻는 것만큼이나 시시한 것이다. 하지만 디킨스의 인물들까지 내가 아는 사람들로 바꿔버렸던 것 같다. 물론 내 머릿속의 절반, 혹은 4분의 1쯤은 디킨스의 인물들이 모두 영국인이라는 걸 알고 있었지만, 나의 디킨스 배역, 내 머릿속에서 설정한 배역은 다양한 인종들로 이루어져 있었다). 읽은 것을 트리니다드, 내가 알고 있는 유일한 세계인 열대 식민지 다인종 나라에 투사하는 능력은 나이가 들면서 점차 사라졌다. 어느 면에서는 내 지식과 자의식, 그리고 나의 환상이 만들어낸 작품에 대한 당혹감이 점점 더 커진 결과이기도 했고, 또 한편으로는 작가들 때문이었다. 디킨스처럼 만국 공통의 어린아이 같은 시각을 가진 작가는 매우 드물었던 것이다. 그러고는 1950년에 내가 영국에 도착하자, 그런 상상의 재능은 당장 발휘할 수 없게 되었다. 마침내 내가 현실에 굴복했을 때, 영국 문학은 더 이상 보편적인 것이 아니었다. 더 이상 상상의 제재가 아니었기 때문이었다.

이제, 겨울을 맞은 윌트셔에서, 독자라기보다는 작가로서, 나는 그 어린아이의 상상력을 다른 방식으로 작동시켰다. 한없이 고독하고 광막하고 위압적인 나의 아프리카를 나를 둘러싼 이 땅에 투사한 것이다. 그리하여 나흘 뒤에 드디어 안개가 걷히고 산책을 나갔을 때, 내 이야기 속의 아프리카가 눈앞에 보이는 그 땅과 하나로 붙어 있었다.

나는 껍질이 벗겨진 너도밤나무들 사이와 가지치기를 하지 않은 빽빽한 짙은 녹색의 오래된 주목 사이로 산책을 나갔다. 그리고 공공 도로를 따라 걷다가 부싯돌과 벽돌로 지은 초가집들(아직 잘 보이지는 않았지만)을 지나서, 방풍림 옆으로 꼭대기에 헛간이 있는 언덕을 올라갔다. 방풍림 사이로 스톤헨지가 보였다. 고분들이 볼쏙볼쏙 솟아 있는 언덕들이 드넓게 펼쳐졌다. 나는 기슭에 있는 농장 건물들을 향해 언덕을 내려왔다. 그리고 어떤 사람에게 스톤헨지로 가는 길을 물었다. 그는 농장 건물들을 지나서 오른쪽으로 꺾어진 다음, 풀이 자란 넓은 길을 따라가라고 알려주었다. 농장 근처 땅은 트랙터 바퀴가 흙탕물을 일으키는 진창이었다. 물웅덩이들은 회색 하늘을 비추고 있었다. 그곳에 서면 스톤헨지가 매우 가깝게 보이는 고분들로 향하는 비탈길에 자란 풀들은 키가 크고 축축했으며 마구 뒤엉켜 있었다.

또 다른 날에는 공공 도로를 따라서 다른 방향, 솔즈베리 쪽으로 산책을 나갔다. 그리고 표시판이 붙은 오솔길을 만났다. 그 길은 진흙이 푹푹 빠졌다. 나는 2, 3백 미터쯤 갔다가 되돌아왔다(마치 4년 전 우간다의 키제지에서 그랬듯이. 그때 나는 어느 비 오는 오후에 차에서 내려 조각조각 분리된 작은 계단식 밭들이 만들어진 언덕들과 오두막집들, 저녁 짓는 연기가 있는 마을로 들어갔다. 그 매혹적인 풍경의 한가운데에 있고 싶다는 바람 때문이었다. 하지만 나는 동물의 배설물 더미에 빠진 채, 갑작스러운 나의 침입에 어리둥절해진 아프리카인들의 끊임없는 접근과 시선으로 고문당하는 처지에 놓였을 뿐이었다. 결국 나는 그만 돌아 나와 다시 차를 타고 떠나야만 했다).

그 후로는 공공 도로를 많이 탐사하지 못했다. 표시판이 붙은 모든 공용 오솔길들을 가보지 못한 채, 내버려두었다. 나는 언덕과 풀이 자란 넓은 길과 계곡 기슭의 농장 주변 산책로만 고집했다. 그리고 창작과 산책의 반복된 리듬 속에서 순조롭게 글쓰기를 계속했다. 오전에는 아프리카에 관한 글을 쓰다가, 점심 식사를 마치고 한 시간 반쯤 후에는 윌트셔에 관한 글을 썼다. 나는 아프리카를 윌트셔에 투사했다. 그리고 윌트셔─내가 산책하고 다니는 윌트셔─는 나에게 아프리카를 발산하기, 혹은 되돌려주기 시작했다. 그리하여 사람과 작가는 하나가 되었다. 하나의 원이 완성된 것이다.

내 상상 속의 아프리카는 케냐, 우간다, 콩고, 르완다 같은 직접 소재가 된 국가들뿐만이 아니었다. 그곳은 또한 트리니다드, 내가 낭만적 꿈을 안고 돌아갔다가 위협적인 머리 모양을 한 흑인들을 보았던 트리니다드이기도 했다. 이제 그곳은 윌트셔이기도 했다. 그곳은 또한 폭발하는 머리에 대한 꿈으로 표현된, 나의 고통과 소진으로 창조해낸 땅이었다. 일 년도 더 지난 예전에, 신세계에 대한 책이 끝나갈 무렵에, 나는 시체가 되어 어느 강(마치 트리니다드의 초등학교에서 내가 사용한 책인 『넬슨의 서인도 독본』에 실려 있던, 라파엘 전파 그림인 「물에 빠진 오필리아」에 나오는 강 같았다. 하지만 결국 꿈속의 강은 내 시골집 뒤편에 흐르는 윌트셔의 강과 비슷한 것으로 드러났다) 바닥의 갈대 사이를 둥둥 떠다니는 백일몽을 꾸었었다. 그리고 이제 매일 밤 어느 단계에서 내 머리통이 폭발하는 일이 휙 지나가는 꿈속에서, 일어나면 나는 이제 꼼짝없이 죽었구나, 이 계속되는 엄청난 소음에 살아남지 못하겠구나 하는 확신이 들면서, 잠에서 깨어나곤 했다.

나의 아프리카에서, 내가 매일 밤 석탄으로 불을 지피는 나의 든든한 돌집에서 그런 폭력이 벌어지다니! 내 환상의 아프리카 속으로 너무 많은 것이 침투해 들어온 것이다. 그리하여 나는 소소한 휴식 삼아, 일종의 기분전환, 혹은 긴장 완화를 기대하며, 고대 지중해 연안에 대한 착상을 가볍게 다루어보기로 했다. 그 착상은 키리코의 「도착의 수수께끼」라는 그림을 보고 떠오른 것이었다.

텅 빈 부두, 살짝 끝만 보이는 고대 선박의 돛대, 출입구들, 사악하고 정신을 홀리는 도시로 걸어 들어가는 망토를 뒤집어쓴 두 인물.

이틀 동안 그들은 해안 가까이 머물면서 바다를 떠돌았다. 셋째 날에 선장이 갑판 승객을 깨우더니 해안 도시를 가리켰다. "저기, 당신은 저기요. 당신 여행은 끝났소." 하지만 승객은 아침 아지랑이 속으로 그 도시를 보더니 두려움에 경련을 일으켰다. 저 바다 위에 떠 있는 이름 없는 도시, 무척이나 유명하면서도 이름 없는 도시의 잔해——썩은 과일, 싱싱한 나뭇가지들, 목재 조각, 부목 따위——를 보면서. 승객은 선장이 건네주는 쌉쌀한 꿀차를 홀짝거리며 마셨다. 그는 주섬주섬 자기 짐을 챙기는 척했지만 배에서 내리고 싶어 하지 않았다.

하지만 그는 육지에 내려야만 했다. 햇빛이 비치는, 칼로 잘라낸 것 같은 성벽 안에서 엄청난 모험들을 겪게 될 것이다. 배에서 바라보면 무척이나 고전적으로 보이지만, 안으로 들어가면 무척이나 이국적이고, 신들과 종교도 무척이나 낯선 도시. 내 주인공은 끝내 도망자 신세가 되었다. 좀더 깨끗한 공기를 찾아 어떻게든 밖으로 나가려고 하는 사람. 그는 필사적으로 출구를 통과했다. 그러나 다시 부두에 있는 자신을 발견했다. 하지만 부두의 성벽 위로 돛대가 보이지 않았다. 배는 없었다. 그의 여정, 그의 인생 여정은 끝난 것이었다.

유쾌한 환상으로 내 머릿속에 떠올랐던 이 이야기가 이미 일어났으며 나 자신의 모습이었다는 사실을 나는 미처 깨닫지 못했다.

나는 나를 둘러싼 이 풍경이 실제로 자애롭다는 걸, 그리고 나에게 꼭 맞는 특성을 지닌 최초의 풍경이라는 걸 알 길이 없었다. 이곳에서 내가 치유 받게 될 거란 사실도, 더 나아가 이곳에서 두번째 인생이라고 부를 만한 어떤 것을 경험하게 될 거라는 사실도, 안개가 자옥했던 처음 그 나흘—새벽녘에 산책을 나가기 이전의—이 내게는 재탄생과도 같은 순간이었다는 사실도 알지 못했다. 내가 영국에서 스무 해를 보낸 끝에, 마침내 이곳에서 계절에 대해 배우게 될 줄도, 마침내 자연의 온갖 사건들, 나무에 피는 이파리와 꽃들, 투명한 강물 등을 특정한 달과 연결시킬 수 있게(어린 시절 트리니다드에서 한때 그랬듯이) 될 줄도 몰랐다. 또한 가장 있을 법하지 않은 경로를 통해, 뒤늦은 나이에, 먼 타국의 시골에서, 트리니다드에서도 인도에서도(양쪽 모두 서로 다른 고통의 근원이었다) 결코 경험해보지 못한 방식으로 자연 풍경과 조화를 이루고 있는 나 자신을 발견하게 될 거라고는 생각지도 못했다. 글쓰기를 통해 내가 도달하게 될 그 모든 해답과 솔직함이 주변 환경의 물리적인 평화와 평행을 이루리라고는. 내 마음과 정신이 깨끗해지고, 10년 동안 내 고향의 풍경과는 완전히 다른 이 언덕과 구릉의 풍경을 내가 전력을 기울이고 있는 작품의 배경으로 바꿔놓을 것이라고는.

잭의 시골집 앞을 산책하며 지나간 그 사람은 마치 난생처음 보듯이 사물을 보았다. 문학적 암시는 그에게 자연스럽게 찾아왔다. 하지만 자기 자신의 눈으로 보기 위해서는 성장해야만 했다. 20년 전에는 이렇게 분명하게 볼 수 없었다. 그렇게 보았더라면, 그는 단어나 어조를 발견하지 않았을지도 모른다. 단순함과 솔직함이 그에게 찾아오기까지 오랜 시간이 걸렸다. 그는 많은 것들을 지나와야만 했다.

오랜 시간이 흐른 뒤에, 언제나 내가 가진 소재와 나의 세계, 나 자신의 안목이 발전하는 과정의 통합만을 추구하다가, 나는 문득 현재 쓰고 있는 이 책을 생각했고 과거의 삶으로 돌아갔다. 그리고 실제로 첫 장, 혹은 첫 단락을 쓰는 동안 비로소 내가 런던에 와서 첫번째 일주일에, 안젤라의 하숙집에 머물면서 어떤 일이 있었는지 기억났다. 작가가 되겠다는 나의 야망, 나의 사회적 미숙함과 불안감 등, 그 공백기에 꾹꾹 억눌려 있었던 그토록 많은 것들이 내 기억에서 지워졌던 것이다.

나는 관광을 하러 외출을 하곤 했다. 그것은 관광객들이 하는 일이었다. 어느 날, 런던 중심가 어디쯤에서, 아마 임뱅크먼트를 따라가던 중이었던 것 같은데, 나는 S. S. 콜롬비아 호에 탔던 어떤 사람이 동상 아래 벤치에 앉아 있는 걸 보았다. 그는 마치 그 기념 동상의 한 부분 같았다. 그는 새까만 양복을 입고 있었다. 무더운 8월에 체구도 왜소한 사람이(그 날씨와 달은 나중에 각기기 끼워 맞췄다). 그는 피곤했다. 아마 내가 그랬듯이 자신이 뭘 하고 있는지 잘 모르면서 관광을 다니는 중이었다. 여행은 생각 속에서나 커다란 즐거움이고 나중에 이야기 속에서나 뭔가 대단한 것이 되는 법이다.

콜롬비아 호를 타고 온 그 사람, 나는 그가 집사라고 생각했다. 어쩌면 배 위에서 그가 내게 말해주었는지도 모른다. 아니면 어떤 영화에 나오는 집사와 그 남자와의 유사점을 발견하고, 내가 그렇게 단정 지었을 수도 있다. 그 사람은 내게 약간 냉담하게 굴었다. 콜롬비아 호에서 축제날 밤에 야경꾼이 말했던 대로였다. 그때 야경꾼은 무도 회장 바깥에 있는 우리들에게 인간 행동의 변덕스러움에 대해 한바 탕 설교를 늘어놓았다. 3일간의 항해 끝에 모든 사람이 신앙심을 잃 었다고 그는 말했다. 하지만 물론 육지에 내리면 사람들은 다시 본모 습으로 돌아가고 배 위에서의 로맨스나 면식조차 까맣게 잊어버린다 는 것이었다.

집사는 프랑스로 가는 중이었다. 일주일쯤 그곳에(틀림없이 파리 에) 머물면서 좀더 관광을 한 다음, 르아브르나 셰르부르에서 또 다 른 배를 타고 뉴욕으로 갈 것이다. 그리고 이곳저곳을 떠도는 휴가 생활은 끝날 것이다. 그는 집으로 돌아갈 것이고, 호텔과 매일 반복 된 도보 여행과 피로와 낯선 음식에서 자유로워질 것이다. 나는 간절 히 그와 함께 가고 싶었다. 나는 그와 친구가 되고 싶지도, 그와 이 야기를 나누거나 그의 집이나 아파트에서 함께 지내고 싶지도 않았 다. 나는 다만 바로 그 순간의 그가, 이동 중인 그가 되고 싶었다. 나 는 비록 런던에 막 발을 디딘 처지였지만, 간절히 런던에서 벗어나고 싶었다. 하지만 고향으로 돌아가고 싶지는 않았다. 그곳에는 아무것 도 없다는 걸 나는 알고 있었다. 나는 다만 그날, 어떻게든 냉담한 집 사와 이야기를 나누려고 애쓰면서, 낯선 런던에서 그와 친분이 있다 는 걸 주장하려고 애쓰면서, 그날 나 역시 영국에 잠시 머무르고 있 을 뿐이라는 기분을 느끼고 싶었다.

20년 후, 내가 처음 이 계곡에 왔을 때 내 머릿속에 떠오른 그 이야기 속의 등장인물처럼, 나는 계속 배에 머무르고 싶었다.

*

그 골짜기로 이사를 한 지 10년도 더 지났을 때, 그곳에서, 장원의 시골집에서 지내는 나의 시간, 나의 두번째 인생도 거의 끝나갈 무렵, 나는 영국에 처음 와서 맞은 첫번째 일주일에 대한 기억이 생생하게 떠올랐다. 안젤라에게서 편지를 받았던 것이다.

30여 년 동안 나는 그녀의 소식도 듣지 못했고, 그녀에게서 연락도 받지 못했다. 마침내 그녀의 이름조차 낯설어지고, 예전 시절을 회상할 때면 더듬거리며 애써 기억을 떠올려야 할 지경이 되었다. 안젤라가 보낸 편지는 한마디 말이나 짧은 쪽지 정도가 아니었다. 그것은 여러 날에 걸쳐서 쓴 여러 장의 긴 편지였다. 그리고 필체에 나타나듯이, 다양한 기분 속에서 쓴 것이었다.

그것은 둥글고 부드럽고 가느다란 글씨체로, 어떤 때는 똑바로 썼다가 어떤 때는 오른쪽으로 살짝 기울여 쓰기도 했다. 또 어느 줄은 곧게 쭉 이어지다가 어느 줄은 삐뚤삐뚤했다. 어떤 글자는 정성들여 썼고, 어떤 글자는 위로 올라갔다 내려갔다 하면서 쓰다 만 것도 있었다. 하지만 그 서체의 근본적인 양식은 둥글고 부드러운 여성적 영어 글씨체였다. 둥글둥글한 글자 모양이 가끔 납작해지면서 위보다 옆으로 더 넓어지기는 했지만, 달걀 모양의 글씨체는 수동적인 감수성을 말해주고 있었다. 서체가 어찌나 영국적이던지 놀라울 정도였다. 물론 안젤라는 순수하게 영국에서 살면서 그런 글씨체를 익혔을 테지만 말이다. 편지봉투에는 버킹엄셔 주에 있는 한 마을의 소인이 찍혀 있었다. 중산층이 사는, 도시로 통근 가능한 교외 지역이었다.

안젤라는 편지 말미에 (괄호 안에) 영국 성을 적었다. 나는 그녀의 이탈리아 성을 거의 부르지 않았고 그만 잊어버렸다. 하지만 이 영국 이름은 내가 알고 있는 사람과 어울리지 않는 것 같았고 왠지 이상했다. 그녀는 나를 빅터라고 불렀다. 내 힌두, 혹은 산스크리트어 이름이 그녀에게는 너무 어려워서 사용할 엄두가 나지 않는다고 했었다. 30년이 지난 지금도 그녀는 그 이름을 기억하고 있었다. '친애하는 빅터에게.' 사실 나는 깜짝 놀랐다. 하지만 어쩌면 자신의 추종자를 잊어버리는 사람은 아무도(아주 유명한 배우나 무용수, 운동선수, 연예계 종사자들처럼 다른 사람들에게 받는 물질적 찬사로 먹고사는 사람들을 제외하고) 없을지 모른다. 그리고 어쩌면 이런 주장은 여자들에게 더 진실에 가까울지 모른다. 여자들은 나이를 먹을수록 옛 애인들과 연애 모험담을 들여다보고 또 들여다보면서 세어보기 마련이다.

'친애하는 빅터에게'. 이 한마디 말은 내게도 효과를 발휘했다. 안젤라가 내게 붙인 그 호칭은, 그 사이에 끼어든 모든 관능, 내 신체에 부여된 모든 기능을 통해, 런던 초기 시절과 안젤라의 여종업원 복장과 새빨간 입술이 제시하는 것처럼 보였던 거짓된 약속과 수수께끼를 다시 떠올리게 했다. 그리고 심지어 그녀가 입었던 모피 코트(그녀의 이야기에 따르면 애인이 너무 사납게 돌변해버린 어느 날 밤에 애인의 방, 혹은 집에서 도망쳐 나올 때 입고 있었던)의 감촉이며 그녀가 자기 방에서 다른 사람들——그녀의 친구들, 유럽과 북아프리카에서 온 난민들——과 함께 있을 때면 장난삼아 만질 수 있도록 허락해주던 젖가슴의 감촉까지 불러일으켰다. 그것은 또한 내가 거의 잊고 있던—그 이후로 무척이나 많은 진정한 글쓰기가 이어졌기 때문에—, 그 당시에 어떻게든 안젤라를 글쓰기에 적합한 소재로 바꿔놓으려 했던 나의 시도(나의 엄청난 무지에서 비롯된)들을 상기시켰다. 얼마나 여러 번 그녀에 관한, 그녀의 가슴과 모피 코트에 관한 글을 썼던가! 얼마나 자주 자기소개를 했으며, 얼마나 자주 모든 사람들의 상황을 좋게 바꿔 쓰거나, 혹은 좋게 바꿔 쓰려고 노력했던가!

그녀는 라디오에서 내 소식을 들었다고 편지에 썼다. 내 소식을 여러 번 들었으며 심지어 텔레비전에 나온 나를 본 적도 있다고 했다. 하지만 지금까지는 괜히 나를 성가시게 할 생각이 전혀 없었다고 썼다. 그녀는 자신을 다시 소개했다. 그리고 한때 내가 그랬듯이 자신의 과거를 다시 썼다. 그녀는 내가 옥스퍼드로 가기 전에 잠깐 머물렀던 '켄싱턴'에서 '호텔'을 '운영하고' 있다고 했다. 얼스코트 로드에 있던 이탈리아 식당에 대해서는 한 마디도 언급이 없었다. '당신은 모르겠지만, 내게는 딸이 하나 있었어요. 내가 데려올 수 있을 만한 처지가 될 때까지 언니가 이탈리아에서 돌봐주고 있었죠. 그런데 빅터, 이제는 그 딸이 아이들과 사랑스러운 여자 아기를 가진 서른다섯 살의 여인이 되었어요. 그애가 영어로 말하면 당신은 그녀가 이탈리아 사람인지 절대 모를 거예요.' 그것이 편지의 첫 부분의 마지막 문장이었다. 첫 부분은 모두 반듯하고 날쌔고 강한 한 가지 글씨체로 쓰여 있었다. 다만 끝으로 가면서 조금 흐트러졌을 뿐이었다.

그다음부터는 줄이 기울어지기 시작하더니, 글자들이 더욱 심하게 옆으로 눕고 띄어쓰기도 불규칙해졌다. 편지의 첫 부분을 쓴 뒤로 많

은 시간이, 어쩌면 며칠이 지난 게 분명했다. '나는 당신이 전혀 좋아
하지 않았던 사람과 교제를 했죠. 솔직히 말하면, 빅터, 나도 그 사람
을 그렇게 좋아한 건 아니었어요. 하지만 그때는 전쟁 때였고, 모든
게 다르게 보였죠. 당신은 낯선 사람들과 섞여야 했고요. 당신은 신
부들을 증오하고, 그들이 무슨 말을 하든 상관하지 않죠. 그리고 젊
은이들이 얼마나 무지하다는 걸 알잖아요.'

'교제를 했다walk out with'는 말은 일상적이지 않은 언어였다. 나
는 누군가 그런 표현을 쓰는 걸 한 번도 들어본 적이 없었다. 범죄자
이자 내가 그녀를 알고 지내던 시절에는 감옥까지 갔었던 그런 폭력
적인 남자와 안젤라의 관계를 표현하기에는 지나치게 얌전하고 색다
르고 예스러우며 수줍은 말이었다. 두 사람은 전쟁 기간에 이탈리아
에서 만났다. 안젤라는 기꺼이 남자를 따라서 전쟁 이후 혼란스러운
이탈리아를 떠났다. 그리고 평화롭고 안정된 런던으로 왔다. 비록 런
던에 대해서 나만큼이나 아는 게 없었지만.

'당신이 옥스퍼드로 떠나고 호텔에 찾아오지 않게 된 뒤로 상황은
나빠졌어요. 나는 당시 당신이 신문에서나 읽었던 매 맞는 아내처럼
되었죠. 다만 나는 정식 아내가 아니었을 뿐. 그가 호텔까지 찾아와
서 여러 차례 추태를 부리기 시작하자, 나는 곧 해고당할 거라고 생
각했어요. 그런데 어느 날 누군가 호텔을 찾아왔죠. 트위드 코트를
입은 키 큰 남자였는데, 침착하고 흔들림 없는 시선을 지닌 그와 이
야기를 나누기 시작하자마자, 나는 하느님이 보내주신 사람이라는 생
각이 들었어요. 빅터, 당신도 알다시피 내가 대단한 신앙인은 아니지
만, 그곳에서 하느님의 손길을 보았다고 분명히 말할 수 있어요. 나

는 성당으로 가서 촛불 하나를 밝혔죠. 어렸을 때 이후로 한 번도 하지 않은 일이었어요. 당신의 좋은 친구는 무슨 일이 벌어지고 있는지 소식을 듣고는 한걸음에 호텔로 달려왔어요. 피를 흘릴 각오를 하고요. 나는 그 남자가 대체 뭘 기대했는지 모르겠어요. 하지만 자기가 상대해야 할 사람을 보자마자 그만 미쳐버리더군요. 그 남자가 그렇게 울보였다니 참 딱한 일이지 뭐예요. 내가 다 창피했어요. 그런데 역시 사람의 품격은 속일 수 없나 봐요. 저는 그때 알았어요. 영국 신사는 절대 이길 수가 없다는 걸. 영국 신사를 알기 전까지는 영국을 알았다고 말할 수 없다니까요, 빅터. 우리의 좋은 친구는 그만 꼬리를 내리고 가버렸어요. 하지만 늘 그렇듯이 오래된 계략을 쓰려고 내게 전화를 걸어서 온갖 입에 담지 못할 말을 하더군요. 그리고 트위드 코트에 대해서 할 말 못할 말을 쉬지 않고 퍼부었어요.'

트위드 코트를 입은 그 남자는 안젤라와 결혼했다. 비록 그녀가 영국까지 따라왔던 첫번째 남자와 마찬가지로, 이번에도 그 남자의 배경이나 인생에 대해서는 거의 아는 바가 없었지만 말이다. 그녀는 이탈리아에서 딸을 데려왔다. 그리고 남편이 세상을 떠날 때까지 함께 버킹엄셔에서 살았다. 안젤라의 편지에서 이 행복했던 몇 십 년은 짧게 언급되고 지나갔다. 그녀에게 행복한 시간을 안겨주었던 그 남자는 거의 등장하지도 않았다.

안젤라의 편지는 대부분 그녀의 구원자였던 남편의 사망 이후에 일어난 문제들에 대한 것이었다. 주로 그녀의 딸, 그녀가—매우 타당한 이유에서—난폭한 애인을 따라 런던으로 가기 위해 몇 년 동안 이탈리아에 남겨두었던 딸에 대한 이야기였다. 안젤라가 버킹엄셔 집에서 함께 살기 위해 데려온 딸은 그 동네 학교에 들어갔다. 하지만 성인이 되자, 갑자기 안젤라를 원수처럼 대했다. 안젤라에 따르면 딸아이의 남자 친구들이 항상 말썽이었다. 그다음에는 딸아이의 남편이 정말 못된 놈이어서 심지어 감옥까지 갔다 왔다. 딸과 사위는 안젤라를 몹시 괴롭혔다. 안젤라의 남편이 세상을 떠난 뒤로는 특히 심해졌다. 그들은 안젤라와 손녀들 사이를 갈라놓았고 급기야는 그들 집에도 오지 못하게 했다.

이런 이야기들이 안젤라의 편지의 대부분을 차지했다. 결국 그녀가 편지를 쓰겠다고 마음먹은 까닭은 과거보다는 이 일 때문이었던 것이다. 이 편지는 그녀가 각기 다른 시기에, 다른 기분에 젖어, 다른 안정감 속에서, 다른 글씨체로 쓴 것이었다. 틀림없이 그녀는 지방 학교에서 교육을 받은 딸과 남편, 두 사람에게서 글씨체를 배웠을 것이다.

편지의 이 대목은 특히 읽기가 힘들었다. 가끔 엉뚱한 집착에 사로잡힌 사람들이 내게 보내온 편지들과 무척 흡사했다. 내 앞으로 보내기는 했지만, 실제 내게 쓴 편지는 아니었던 것이다. 나는 제대로 연결해서 읽을 수가 없었다. 나는 편지를 한 장 한 장 건너뛰며 드문드문 읽었다.

'하지만 난 알아요, 빅터. 어린 손녀는 곧 자라서 전화기 사용하는 법을 배우겠죠. 비록 그 아이의 엄마는 그렇게 생각하지 않지만 말이죠. 그리고 어린 손녀는 자기를 사랑하는 할머니에게 전화를 걸고 싶어 할 거예요. 빅터, 당신은 내 주소와 전화번호를 알고 있지만, 나는 당신 번호를 몰라요. 그러니 부디 전화해줘요. 우리 한 번 만나서 좋았던 옛 시절 얘기나 나누도록 해요. 나는 항상 그 시절이 제일 좋았

다고 말해요.'

나는 이 편지를 내 시골집에서 읽었다. 나는 나를 둘러싼 주변 환경의 이질성을, 그곳과 내 존재의 무관함을 매우 날카롭게 느끼고 있었다. 정원 담장 너머, 저지대 목초지가 시작되는 곳에 거대한 사시나무들이 있었다. 나는 그 나무들이 자라는 모습을 줄곧 지켜보았다. 돌풍이 부는 어느 겨울에는 실제로 거대한 사시나무 두 그루가 뚝뚝 부러지면서 삐죽삐죽하게 하얀 속살이 그대로 드러난 그루터기를 남기는 걸 본 적도 있었다. 그 그루터기에는 힘찬 어린 가지들이 돋아나면서 점차 껍질이 벗겨지고 속살이 드러난 모습은 사라졌다. 나는 그런 것들에 슬픔을 느끼지 않도록 나 자신을 훈련했다. 변화란 영원히 계속된다는 믿음을 갖도록 나 자신을 훈련했다. 그 시골집 반대편에서는, 한쪽 방향으로 빠르게 자라는 야생 단풍나무와 가지치기를 하지 않은 회양목 산울타리 너머로 저지대 목초지가 보였다. 그리고 반대 방향으로는 오래된 너도밤나무들과 주목들, 나무 그늘이 드리워진 컴컴한 오솔길에서부터 큰 길이 보였다. 비록 한 번도 그렇게 기록한 적은 없었지만, 나는 얼스코트에서 안젤라와 그녀의 친구들을 처음 보았을 때, 끊임없이 흘러가는 세계, 요동치는 세계에 처음 입문했던 것이다. 우리 두 사람 모두 우리의 오랜 행로를 따라 여러 버전의 여행을 계속해온 것처럼 보였다. 우리 두 사람 모두 둥근 궤도를 맴도는 여행을 계속하면서, 우리의 출발점처럼 보이는 어떤 지점으로 가끔씩 되돌아가곤 했던 것이다.

나는 끝내 그녀를 만나러 가지 않았다. 전화도 걸지 않았다. 그녀가 사는 곳까지 찾아가는 일은 내게 육체적으로 무리였을 것이다. 게

다가 끔찍한 전쟁과 그 이후에 런던에서 보낸 시절(안젤라는 그때를 결코 이해할 수 없었다) 때문에 생겼음이 분명한 그녀의 불안정함과 혼란스러움―어쩌면 그녀에게 항상 있었지만, 열정에 불타는 청년이었던 내가 그녀의 입술 색깔과 입매를 보느라 알아채지 못한―이 내가 감당하기에는 지나치게 어지러웠다. 나 역시 가까스로 균형을 유지하고 있었던 것이다.

나는 또한 한 책에 깊이 빠져 있었다. 내 생각은 멀리 떨어져 있는 나라들의 완전히 새로운 젊은 세대에게 온통 쏠려 있었다. 여행이 아니라, 오랜 확신들의 붕괴로 인하여 불안하고 불확실하게 된 그들은 단순하게 계시된 종교의 정신을 평온하게 받아들이는 수련에서 거짓된 위안을 찾고 있었다. 안젤라는 잠시 나를 과거로 데려갔다. 하지만 나는 지적으로나, 상상 속으로나 더 이상 그곳에서 살고 있지 않았다. 내 세계와 주제는 내가 안젤라에 대해 글을 쓰는 것을 멈추고 한참 뒤에 찾아왔다.

그녀의 편지는 곧 내 시골집 여러 곳에 높이 쌓여가는 다양한 문서 더미에 파묻혔다. 그리고 몇 달이 지나자, 쉽게 찾을 수도 없게 되었다. 그녀는 두 번 다시 내게 편지를 쓰지 않았다.

3부

담쟁이 덩굴

나는 내 장원 주인과 한 번도 이야기를 나눈 적이 없었다. 그의 세입자로 몇 년을 사는 동안 단 한 번 그를 보았을—혹은 힐끗 스쳐갔을—뿐이었다(한 번 더 스친 적이 있는데, 아주 잠깐, 먼발치에서 그의 뒷모습을 힐끗 본 게 전부였다). 제대로 본 것은 어느 날 오후, 내가 산책을 마칠 무렵 공공 도로에서였다. 하지만 마음의 준비도 되어 있지 않았고 워낙 짧은 순간에 벌어진 일이라 나중에 내 장원 주인이 어떻게 생겼는지도 기억나지 않았다.

그날 나는 종달새 언덕을 지나 고분들과 스톤헨지의 전망대가 있는 곳까지 올라가지 않고, 좀더 짧고 평지에 있는 다른 산책로를 걸었다. 언덕 기슭에 있는 농장 마당에서 나는 넓고 곧게 쭉 뻗은, 지금은 가시철조망 울타리로 나누어진 길로 내려갔다.

넓은 길의 개방된 부분을 따라 내려가던, 바로 그곳에서였다. 일요일 한낮에 술집에서 술을 마시고 오후 일찍이 차를 몰고 집으로 돌아가는 잭과 마주친 것은. 잭을 태운 그의 오래된 자동차는 굉음과 함께 여기저기 부딪히면서 거친 바다를 가르는 보트처럼 무성한 풀숲을 헤쳐 나가고 있었다. 잭이 죽기 직전인 토요일 크리스마스에 술집에서 친구들과 마지막 저녁을 보내기 위해, 갈 때 한 번, 돌아올 때 한 번, 이렇게 두 번 차를 몰고 지나간 길도 바로 이 길이었다.

가시철조망 울타리 위에는 잭의 장인이 지나다니는 통로에 감아놓았던 비닐 뭉치의 너덜너덜한 잔재가 여전히 한두 개 남아 있었다. 그리고 그 길을 따라 군데군데 잭이 알았을 법한 더 오래된 유물들이 흩어져 있었다. 길 한 옆에는 텅 빈 채로 버려진 회색 벌통들이 갈고리 모양을 그리며 두 줄로 풀숲에 놓여 있었고, 그 반대편에는 덤불과 은빛 자작나무 그늘 아래에 지붕이 위로 휘어진 알록달록한 색깔의 버려진 집시 이동주택 트레일러가 있었다. 트레일러 자체는 아직도 작동되는 것처럼 보였다. 그리고 같은 쪽에, 어린 나무를 지나 좀 더 내려가면 초가집 모양의 해묵은 건초 더미가 있었는데, 세월이 지나 가장자리가 너덜너덜해진 검은 비닐 덮개가 씌워져 있었다. 반짝이는 윤기와 빳빳한 탄력이 사라진 비닐 덮개는 너덜너덜해지고 탈색되어 마치 시든 장미 꽃잎이나 아주 나이가 많은 노인의 피부 같았다. 그 너머에는 벽들만 남아 있는 뭔가 수상한 분위기의 폐가가 있었는데, 높이 자란 단풍나무들이 그 주변을 빙 둘러서 있었다. 일정한 간격으로 벌어져 있는 단풍나무들은 이제 이 장소가 풍기는 수상쩍은 분위기의 한 부분 같았다. 처음 심었을 때, 그리고 그 후에도 여러 해 동안 묘목들, 혹은 어린 나무들은 서로 꽤 멀리 떨어져 있는 것처럼 보였을 것이다. 그리고 이 넓은 길에 아무런 영향도 미치지 못했을 것이다. 하지만 이제 억센 나무줄기 위에 놓인 나뭇잎 왕관들은 서로 맞닿았고, 가장 무더운 여름에조차 그 아래에서는 풀 한 포기 자라지 못할 정도로 서늘하고 짙은 그림자를 드리우고 있었다. 그리하여 폐가 주변의 땅은, 단단한 수석질의 토양임에도 불구하고, 마치 양들이 밟고 다니는 땅처럼 언제나 시커멓고 축축했다.

가축몰이 길의 곧게 쭉 뻗은 구간은, 옛날에는 농경지나 요새였음을 의미하는 줄무늬들과 불룩 솟은 자리, 움푹 파인 자리의 흔적이 남아 있는 가파르고 헐벗은 산비탈 앞에서 끝났다. 그리고 가축몰이 길 자체는 옆으로 구부러져서 산비탈의 가장자리로 계속 이어졌다. 이 산비탈은 그렇게 높진 않았지만 앞이 탁 막혀 있어서 눈길이 저절로 하늘로 향했다. 줄무늬가 남아 있는 이 오래된 산비탈에는 이제 풀도 거의 자라지 않고 아무것도 없었다. 오직 가축들을 위한 물통 하나만 놓여 있었는데, 그 주변에는 풀 한 포기 자라지 않았고 오랫동안 짓밟힌 수석질의 토양은 시커먼 진흙으로 변해 있었다. 가끔 수송아지들을 그곳 오래된 하늘을 배경으로 윤곽을 드러낸 비탈길 위쪽 우리에 가두어놓곤 했는데, 천진난만하고 건강하고 배가 통통한 송아지들은 가까이 다가오는 모든 사람에게 반응을 보였다. 그리고 이제는 덮개를 씌운 트레일러에 실려 골짜기 사이의 구불구불한 도로를 지나 시내에 있는 도살장으로 끌려갈 날만 기다리고 있었다.

그 길의 반대편에는 숲까지 완만하게 경사를 이루며 이어지는 드넓은 농경지가 있었다. 이런 단단한 수석질의 토양(크고 묵직한 부싯돌늘이 나올 수도 있었다)을 일구는 것은 새로운 경작 방식이었다. 내가 들은 바로는, 이런 방식이 시작된 건 불과 얼마 전 전쟁 때부터라고 했다. 그때 이런 토양은 깊이 갈아줄 필요 없이 그저 슬쩍 긁어주기만(물론 덧붙여서 비료도 주고) 하면 된다는 사실이 밝혀진 것이다. 산꼭대기의 숲에서는 사냥을 위한 꿩들이 사육되고 있었다. 다 자란 꿩들은 골짜기를 온통 헤매고 돌아다녔다. 내가 이 골짜기에 와서 첫 주 동안, 나중에 산사나무라는 걸 알게 된 어떤 나무들 아래의 진창길로 산책을 다니다가 잭의 장인을 만난 곳이 바로 이 숲 속이었다.

가축몰이 길은 바큇자국이 깊이 파여 있었는데, 파인 자국의 양쪽 두둑에는 긴 잡초 덤불이 자라고 있는 반면, 좁게 파인 자국은 자갈들만 흩어져 있는 단단한 석회질의 맨땅이었다. 그래서 이곳에서는 자칫하면 발목을 삐끗하기 쉬웠고 걷기도 힘들었다.

이 길 위에서 어느 날—토끼들이 여전히 나를 즐겁게 해주고 나도 산책을 나갈 때마다 토끼들을 찾아보곤 하던 나의 첫해 혹은 두번째 해에—, 나는 먼지투성이의, 너덜너덜해지고 반쯤 썩은, 죽은 산토끼를 보았다. 이 지역은 산토끼로 유명한 곳이었다. 19세기의 여행가 윌리엄 코빗*이 한때 여기서 그리 멀지 않은 곳에서 산토끼가 가득한 들판을 보았던 것이다. 게다가 이곳은 여전히 산토끼 사냥이 이루어지고 있었다. 고용된 몰이꾼들이 언덕 위의 산토끼들을 가축몰이 길 위의 건초 더미 뒤에 숨어 있는 사냥꾼들 쪽으로 몰아주는 이 행사는 묘하게도 어느 면에서는 대단히 봉건적이면서도, 동시에 지주들

---

* William Cobbett(1763~1835): 영국의 급진주의적 문필가이자 정치가로 산업주의 사회를 비판하고 농민과 노동자들의 복고적 감정에 호소하여 인기를 끌었다. 농촌의 피폐한 현실을 기록한 『전원기승』 등을 저술했다.

과 노동자들 그리고 근처 작은 마을 사람들을 오래된 시골의 본능으로 똘똘 뭉치게 만들기도 했다. 아마 이 죽은 산토끼는 사냥 기간 중에 총에 맞았을 것이다. 어쩌면 상처 입은 토끼를 개가 가축몰이 길까지 끌고 와서 토막을 내버렸는지도 모른다. 숨이 끊어지고 곧 쓸모없어진, 곧 썩은 고기에 불과하게 된 이 토끼는 아마 어떤 농장 일꾼이나 산책자가 호기심에 한번 뒤집어보았다가 깊게 파인 자국 옆으로 내던지거나 밀어버렸을 것이다. 결국 말라비틀어지거나 썩어 없어지도록.

얼마나 튼튼한 뒷다리인가! 죽어서 옴츠린 다리(이런 유해, 혹은 죽음을 상기시키는 어떤 것을 나는 10년 뒤, 트리니다드 남서쪽과 베네수엘라 사이의 좁은 수로 한가운데에 있는 높고 바위가 많은 작은 섬에서 다시 한 번 보았다. 그곳은 펠리컨과 군함새의 섬이었지만 주로 펠리컨이 많았다. 펠리컨들은 그곳에서 살다가 그곳에서 죽었다. 이 작은 섬 중앙의 우묵한 부분은 구아노*로 땅이 질척질척했다. 그리고 바위 턱들마다 펠리컨의 온전한 모양의 뼈들이 놓여 있었다. 마치 자신들의 성소에 들어왔다는 걸 알고 있는 것처럼, 이 커다란 새들은 힘찬 두 날개를 얌전히 접은 채, 그대로 죽음을 맞았다. 그 작은 섬—스페인어로 솔다도 Soldado, 즉 '병사'라고 부르다가 나중에는 영어로 '병사의 바위섬'이라고 부르게 된—의 펠리컨 뼈들은 그 죽은 토끼의 힘센 뒷다리—흙투성이의 털이 아직 붙어 있는 뼈—처럼 보였다).

한편 가축몰이 길 한편의 오래되고 헐벗은 비탈은 뒤로 물러나면

---

* guano: 바닷새의 배설물이 바위에 쌓여 굳어진 덩어리로 비료로 쓰인다.

서 더 높아지고 가파르게 되었다. 그리고 가축몰이 길 한편에는 작은 방목장 혹은 들판 같은 게 생겨났다. 이 들판에는 연못이 하나 있었고, 가파르고 높은 비탈에는 여러 다양한 지점에 나무들이 심어졌다. 뭐라 설명할 길 없는 작은 연못과 가파르고 높은 비탈. 여기저기 흩어져 있는 나무들—이 땅에는 어딘지 기묘하고, 아득히 오래된, 심지어 신성하기까지 한 분위기가 감돌았다.

가파른 비탈 기슭에 펼쳐진 작은 방목장 혹은 들판의 느릅나무들은 모두—골짜기에 있던 다른 모든 느릅나무들처럼—베어지고, 이제는 뿌리 가까이 혹은 거의 땅과 같은 높이로 잘린 평평한 그루터기만이 남았다. 방목장에는 한두 마리의 말이 있었다. 굴레조차 쓰지 않고, 딱 벌어진 등에 약간 지나치게 기울어진 것 같은 주둥이의 말들은 육중하고 원시적인 동물처럼 보였다. 그리고 그 풍경 속에 있는 다른 모든 것—작은 방목장, 느릅나무 그루터기들, 나무들이 여기저기 흩어져 있는 가파른 초록의 산비탈, 완벽한 그림자를 던지고 있는 각각의 나무들—과 마찬가지로 상징적으로 보였다. 마치 원시 그림 속에서, 이곳의 모든 요소들이 완벽하게 실현되었고, 개별적으로도 실현된 것 같았다. 이 경치의 바로 그 단순함과 명료함 속에 일종의 신비스러움이 깃들어 있었다. 이것은 한쪽 방향으로 이어진 헐벗은 구릉들은 물론, 다른 한쪽 방향으로 이어지는 푸르게 우거진 강가의 식물들, 저지대 목초지와도 연결되지 않았다.

바큇자국이 깊게 파인 가축몰이 길은 작은 집과 정원들(그중 하나가 알록달록한 교외의 영국식 정원이 딸린 오래된 농장 관리인의 집이었다) 앞을 지나면서 포장도로로 변했다. 그리고 그때부터 급속도로 신비스러운 분위기를 잃어버리면서, 공공 도로와 만났다. 이 도로는 강 바로 위에 있는 언덕을 깎아 만든 길이나 산중턱까지 뻗어 있었다. 이곳이 바로 잭이 일요일 점심에 술을 한 잔 마신 다음, 가지 않기로 결정한 그 도로였다. 강으로 뚝 떨어지는 가파른 언덕도 있었다. 그 오른쪽으로는 둑이 있었다. 그리고 그 너머에는 컨스터블이 150년 전에 그렸던 저지대 목초지와 똑같은 저지대 목초지가 있었다.

고색창연함 다음으로, 컨스터블과 좀더 가까운 과거. 내가 잭의 시골집과 오래된 농장 건물들에서부터 가축몰이 길 건너편에 있는 집시 이동주택 트레일러를 보았을 때, 매우 막연하게 맨 처음 떠오른 사람이 바로 오거스터스 존*이었다. 그다음으로 트레일러가 상기시키고, 동시에 현실감을 불어넣어준 것이 『버드나무에 부는 바람』**에 실린 E. H. 셰퍼드의 색채 삽화와 소묘들이었다. 그 책 자체가, 지금 내가 보고 있는 것과 같은 강에 대한 이야기인데, 지금도 여전히 새롭고 현대적으로 느껴졌다. 그리고 트레일러—그토록 멀쩡해 보이고 최근에 세워놓은 것 같은—를 그린 그림은 여전히 어찌나 뛰어난지 어느 날 그 트레일러가 다시 도로를 달리는 장면을 쉽게 상상할 수 있었다. 그러고는 가축몰이 길(은빛 자작나무 옆에)의 모퉁이를 돌면 바로, 여전히 계속되고 있는 옛 세계—한때 그 트레일러도 실제 지기 자리가 있었던—와 마주칠 것만 같았다.

바로 이 길 위에서, 이제 저지대 목초지는 컨스터블과 현재 사이의

---

* Augustus Edwin John(1878~1961): 웨일스의 화가로 섬세한 데생과 에칭에 능숙했다.
** 영국의 소설가 케네스 그레이엄이 1908년에 출간한 아동 소설로 강가에 사는 물쥐, 두더지, 오소리, 두꺼비 등이 등장한다.

간극을 파괴하는 효과(마음 한구석에서)를 발휘하고 있었다. 그 화가, 물감과 붓과 화판을 든 그 남자는, 지금 그가 우리에게 보여주는 것 (어느 날 그가 그리기로 결심한 수로들과 가지를 친 버드나무들)만큼이나 가깝고 동시대적으로 느껴졌다. 이 화가에 대한 이런 생각, 화가의 시각에 대한 이런 일별은 과거를 일상적으로 만들었다. 과거가 손을 뻗어 닿을 수 있고 붙잡을 수 있는 어떤 것처럼 느껴졌다. 마치 바로 앞에 실체를 가지고 있는 어떤 것, 그 안으로 걸어 들어갈 수 있는 어떤 것처럼.

셰퍼드와 컨스터블, 그들은 오래된 풍경에 자신들의 비전을 부여했다. 하지만 이제 그들의 비전에는 또 다른 어떤 것, 현대적 픽처레스크가 더해졌다. 1백 년이나 된 너도밤나무들이 좁은 길가에 줄지어 서 있었다. 수백, 수천 그루의 어린 너도밤나무들이, 언덕 가장자리에 줄지어 서 있는 커다란 너도밤나무들과 아스팔트가 깔린 도로 사이에 있는 낙엽으로 뒤덮인 비탈에서 자라고 있었다. 그리고 그 도로에서부터 강까지 내려가는 좀더 가파른 비탈에는 수천 그루가 넘는 어린 나무들이 자라고 있었다. 온갖 색조의 햇빛에 비친 섬세한 초록색이, 겹겹이 매달린 투명한 초록색 잎사귀들이 그 길을 뒤덮고 있었다.

이 너도밤나무들은 세기가 바뀔 무렵, 나의 장원 주인의 아버지가 심은 것이었다. 그리고 이제는 아버지의 화려하고 빛나던 시절에 대한 자연 기념물 — 하지만 소모적인 — 같았다. 그 화려함은 일찍이 산업혁명 초기에 확립되고, 제국의 시대 동안 확장되어 굳게 다져진 가문의 재산에서 나온 것이었다. 이 가문은 다른 곳에 뿌리를 내렸다. 이제 이 가문의 많은 후손들은 다른 곳에서 번성하고 있었다. 하지만 나의 장원 주인은 이곳—한때 그의 가문이 거의 모든 땅과 수 많은 집들을 소유했던 곳—에, 몇 에이커 안 되는 강 근처 땅에 살고 있었다.

그리고 내가 나의 장원 주인을 처음으로, 그리고 유일하게 제대로 힐끗 보았던 곳이 바로 여기, 이 길 위였다. 내 산책이 끝나는 지점, 아들인 장원 주인이 태어나기도 전에 그의 아버지가 심어놓은 이 나무들 아래였던 것이다.

그나마 정신없는 와중에 힐끗 스쳐 지나간 것이었다. 그 길은 좁고 구불구불했다. 나는 자동차 때문에 신경이 곤두서 있었다. 앞이 안 보이는 곡선 구간이 많은 이 길에서는 모든 차량을 항상 조심했다. 곧—좀 뒤늦게—나는 그것이 장원 저택의 자동차라는 걸 깨달았다. 그리고 필립스 씨를 보고 인사를 해야겠다고 생각했다. 필립스 씨는 미소를 짓고 있었다. 다정하고 행복한 미소였다. 매우 권위적이고 방어적인 태도와 본능을 지닌 사람으로서는 이상한 일이었다. 사람들 앞에서 그의 평소 표정은 근엄하고 신경질적이었다. 그때, 그 미소, 그 유쾌함과 편안함은 그 나들이가 특별한 것이며 그의 승객이 특별한 사람임을 말해주고 있었다.

그 순간 나는 알았다. 필립스 씨 옆에 앉은 저 사람이 내 장원 주인이라는 생각이 즉각 떠올랐다. 장원 저택에 사는 사람, 내가 보지 않고 지내는 데 익숙해진 사람. 하지만 내가 그 낯선 사람을 주의 깊게 보기—필립스 씨의 미소와 그 길의 위험 따위는 까맣게 잊어버린 채—전에 자동차는 지나가버렸다. 내가 내 장원 주인을, 그의 얼굴을 잠시라도 본 것은 이때가 유일했다. 하지만 내가 뭘 봤는지도 확실하지 않았다.

둥근 얼굴과 벗어진 머리, 양복(갈색 양복), 온화한 인상만이 내 기억에 남았다. 내가 가장 똑똑히 기억하는 모습──너무 구체적인 모습이라서 상상력이 만들어낼 수 있는 것은 아니라고 내가 확신했던──은 낮게 천천히 흔들던 손이었다. 운전석 계기판 바로 위로 흔들던 손. 그래서 길에 서 있던 내게는 앞 유리창 아래에서 포물선을 그리고 있는 그의 손가락 끝만 보였다.

우리는 한 번도 만난 적이 없었다. 필립스 씨가 내가 누구인지 알려준 게 틀림없었다. 그리고 그가 앓고 있다고 알려진 온갖 병들 중 하나인 나쁜 시력에도 불구하고, 그는 내가 그를 보기 전에 먼저 나를 보았을 것이다. 게다가 필립스 씨를 옆에 앉힌 채 안전하게 차에 타고 있었으므로, 내가 그를 본 것보다는 더 똑똑히 나를 보았을 것이다. 반면 나는 당황스러운 순간──놀람과 깨달음의 빠른 연속 끝에 찾아온──에 아주 잠깐, 서둘러서 힐끗 보았기 때문에, 내가 보았다고 생각하는 상세한 모습들이 사실 내 상상력의 산물은 아닌지, 이미 내 머릿속에서 창조된 인물의 모습을 그의 모습이라고 생각하는 것은 아닌지 의심스러울 정도였다.

어쨌든 나는 그 손짓에서 온화한 인상을 받았다. 하지만 저녁에 필립스 씨와 전화 통화를 하면서, 그 인상에 대해 의심을 가질 만한 일이 생겼다. 필립스 씨는 그날 오후 차에 타고 있던 그 남자에게서 내가 보았던 바로 그 선량한 미소를 넘겨받은 것 같은 웃음을 지으며, 내가 차에서 본 그 남자가 장원 주인이 맞다고 말하더니 마치 내 의심을 풀어주려는 듯, "그분은 차 안에서는 항상 검은 안경을 쓴답니다. 그렇지 않으면 멀미가 일어나고 편두통이 생기거든요"라고 덧붙였던 것이다. 그렇다면, 그 사람이 검은 안경을 쓰고 있었다면, 어떻게 나는 그의 눈빛에서 온화한 인상을 보았단 말인가?

결국 내 장원 주인을 힐끗 본 것—뜻밖에도 몹시 평범한 누군가를 힐끗 본 것—이 그를 더욱더 알 수 없는 인물로 만든 셈이었다. 사실 그 사람보다도 그 상황 자체가 더 기억할 만한 것이었다. 이 장원의 설립자이자 저 나무들을 심은 사람의 후손을 태운 장원의 자동차가 강과 저지대 목초지 바로 위쪽, 언덕 가장자리 바위 턱 위의 너도밤나무 아래를 지나가고 있었던 것이다. 그러므로 내게는 어느 때보다도 더, 그 사람의 인성이 그의 배경에 의해, 공공 도로 위의 너도밤나무와 영원히 굳게 닫힌 장원의 대문과 뒤편의 풀이 웃자란 정원에 의해 계속해서 표현되었던 것이다.

나의 상상력은 내게, 갈색 양복을 입은 온화한 노인이 차 안에서 수줍게 손을 흔들고 있는 모습을 힐끗 보았다는 생각을 심어주었다. 하지만 이 모습—스쳐 지나가는 자동차만큼이나 순식간에 만들어진—은 나 자신의 소망이 낳은 환상일 뿐이었다. 그것은 정말 뜻밖에 어른이 되어 처음으로 내게 평화를 가져다준 이 땅의 주인에 대해서 내가 막연히 바라던 모습이었던 것이다.

나는 곧 그 모습이 사실이 아님을 깨달았다. 내가 평소 필립스 씨가 이따금 들려주는 사소한 이야기들을 바탕으로 상상했던, 반대로 약간 고약한 모습 역시 사실이 아니었다. 양복 단추를 끝까지 잠그고 검은 안경과 모자를 쓴, 뚱뚱하고 얼굴이 둥근 남자. 다른 때라면 결코 쳐다보지도 않을 시골을 한 바퀴 순찰하기 위해 저택 밖으로 나오는 사람. 자신은 한발 물러서 있는 세계를 아슬아슬한 기분으로 하지만 안전한 자리에서 힐끗 쳐다보는(마치 탑 꼭대기의 안전한 난간 뒤에서 밑을 내려다보는 어린아이처럼) 사람. 하지만 그렇게까지 짜릿한 전율은 아닐 것이다. 이곳은 런던이 아니고 그저 시골 마을이니까. 그가 매우 잘 아는 몇몇 사람들의 집들과 날씨가 좋을 때면 그가 점심을 먹거나 머리를 깎으러 가는 남쪽 해안의 호텔 몇 채가 전부니까(어느 날 필립스 씨가 내게 무심히 들려준 이 마지막 세부 사실로 인해서, 내 상상 속의 검은 안경을 쓰고 양복을 입은 은둔자에게 길고 부드러운 머리카락이 추가되었다. 내 장원 주인이 필립스 씨에게 부축을 받으며 빅토리아 시대 풍의 어느 호텔 로비로 떠밀려 들어가는 모습이 내 눈앞에 떠올랐다. 양손으로 장원 주인의 왼쪽 팔을 붙잡고 있는 필립스 씨와 자유로운 오른손으로 허공을 더듬고 있는 내 장원 주인이).

하지만 두 모습 모두, 내가 분명 보았다고 생각했던 모습이나 내가 머릿속으로 그렸던 모습 모두 그를 잘 알고 종종 방문하기도 하는 런던 사람들이 내 장원 주인에 대해 이야기하는 것과는 맞지 않았다. 이처럼 단편적으로 내게 모습을 드러내는, 그 또 다른 사람은 여전히 멀리 떨어져 있었다.

그는 지금 내가 돌아다니는 이곳 영지에서 응석받이 어린 시절을 보냈다. 나무들이 웃자란 과수원의 서늘한 그늘 속에, 둥근 2층짜리 아이들 놀이집이 있었다. 단단하게 지어진 초가지붕의 집은 아직도 꽤 멀쩡했다. 비록 주변의 식물들은 마치 진짜 숲 속에서처럼 말라죽거나 시들었지만. 아래층 방에는 진짜 벽난로도 있었다. 양쪽 벽에는 장식용 돌 혹은 콘크리트 선반들도 붙어 있었고, 위층으로 올라가는 사다리 계단도 있었다. 2층 방의 뾰족한 초가지붕에는 지붕창까지 뚫려 있었다. 커다란 인형의 집보다는 더 규모가 컸고 아이들의 놀이집보다는 작았다. 한마디로 아이들의 집이라기보다는 상상력이라고는 전혀 남아 있지 않은 어른의 작품이었다.

애지중지 보호받던 어린 시절 다음에는 예술적 재능과 장래성과 사교 활동으로 가득 찬 청년 시절이 이어졌다. 필립스 씨와 자동차 대여업자인 브레이는 그 시절 사진들을 내게 보여주었다. 브레이의 아버지는 평생 동안 장원에서 일했다. 그리고 브레이는 아버지가 오래전 영지에서 사들인 부싯돌과 벽돌로 만든 집에서 살았다. 이제 브레이는 장원에서 독립했고, 그 사실을 무척 자랑스럽게 여겨서 결코 장원 저택 사람들의 시중을 들려고 하지 않았지만, 그래도 장원의 추억이 될 만한 온갖 물건들을 소장하고 있었고 그걸 남에게 보여주길 좋아했다. 아직 풀이 제대로 자라지 않은 정원에서 열린 파티 장면을 찍은 흐릿한 흑백 사진들. 약간 어둑한 햇빛(새벽 아니면 황혼녘?) 속에 저지대 목초지의 샛강 위에 놓인 새로운 목조 다리 난간 위에 나란히 앉은 젊은이들의 사진들.

(멜랑콜리한 느낌이 나는 사건 스냅 사진들. 연출되지 않은 세세한 부분들과 더불어 시간외 한 순간을 포착한 스냅 사진은 한 장 한 장이 시간의 흐름을 생각하지 않을 수 없도록 만드는, 일종의 메멘토 모리memento mori*였다. 똑같은 상황을 그린 어떤 훌륭한 그림—화가의 노고와 영혼이 담긴—도 그런 효과를 낼 수는 없을 정도였다.)

---

* '죽음을 기억하라'는 뜻의 라틴어.

그러고는 수많은 파티들 이후, 두번째 전쟁 이후, 중년 초반에 찾아온 거의 질병이나 다름없는 지속적이고 심각한 우울증이라는 장애, 그 때문에 장원 저택으로 물러나 이어진 은둔, 칩거. 얼마 후에 육체적 질환과 결국에는 노쇠에 따른 증세 악화.

나는 사회적으로나 예술적으로나 성적으로나 모든 면에서 그와 정반대였다. 그의 가문의 재산이 19세기 제국의 확대와 더불어 어마어마하게 늘어났다는 점을 고려하면, 우리 사이에는 제국이 가로놓여 있다고 말할 수도 있을 것이다. 동시에 이 제국은 우리를 연결하는 고리이기도 했다. 이 제국은 신세계에서의 나의 출생과 내가 사용하는 언어와 내가 가진 야심과 직업의식을 설명해주는 것이었다. 그리고 종국에는 이 계곡, 이 시골집, 이 장원의 영지에 와 있는 내 존재를 설명해주는 것이기도 했다. 하지만 우리는 부와 특권에서 정반대 입장에 있었다(혹은 정반대 입장에서 시작했다). 그리고 서로 다른 문화의 중심에서 성장했다.

20년 전, 내가 얼스코트 하숙집에서 글을 쓰려고 애썼던 그 시절이었다면, 이곳 장원의 영지에 살고 있는 주민들이 그야말로 딱 적합한 소재로 보였을 것이다. 하지만 제국이라는 연결고리가 부담스러웠을 것이다. 이 계곡에서 인종적으로 유별나다는 사실은 한 인간(혹은 소년)으로서의 나를 괴롭혔으리라. 그러므로 (그 당시) 작가로서의 나는 오직 나 자신의 특정한 일면들을 억압—특정 종류의 서사가 조장하고 자극해온, 나로 하여금 심지어 지식과 경험을 열망하는 관찰자로서도 많은 걸 놓치게 만든 바로 그 억압과 은폐—함으로써만 그 소재들을 다룰 수 있었을 것이다.

하지만 세상은 변했고, 시간은 흘러갔다. 나는 계속해서 펼쳐지고 발전하는 내 재능과 내 주제를 발견했다. 내 경력도 변했고 내 생각도 달라졌다. 절망과 상처의 시기에 장원으로 오면서, 나는 내 장원 주인에 대해 한없는 공감을 느꼈다. 세상 반대편에서 시작했지만, 그 사람도 나와 마찬가지로 이제 어딘가 숨고 싶어 했다. 나는 그와 형제 같은 기분이 들었다. 그리고 이 장원의 보호에 대해, 이곳의 삶의 방식에 대해 깊이 감사했다. 나는 그의 칩거가 이상하다고는 전혀 생각하지 않았다. 그것이야말로 그 당시에 내가 간절히 원하던 바였다.

야심만만한 자부심 이후에, 이 장원으로 왔을 때, 나는 내 삶을 완전히 발가벗기고 싶었다. 나는 이 장원 영지의 시골집에서 내가 발견한 것들과 함께 가능한 한 오랫동안, 가능한 한 아무것도 바꾸지 않고 살고 싶었다. 나는 허영을 피하고 싶었다. 내게 허영이란 아주 작은 것들에도 깃들 수 있는 것이었다. 가령 재떨이를 사고 싶어 하는 바람처럼. 빈 담뱃갑으로 얼마든지 쓸 수 있는데 특별한 재떨이가 왜 필요하단 말인가? 그러므로 나는 장원에서 보는, 혹은 본다고 생각하는 모든 것과 조화를 느꼈다. 나는 내 안에 그와 똑같은 은둔의 정신이 있다고 생각했다. 그리고 비록 그 사람은 전혀 다른 이유들과 상이한 경로를 통해 지금과 비슷한 상태 혹은 자세에 이르렀다는 걸 알고 있었지만, 그리고 인간적으로 함께 어울릴 수 없는 사람일지도 모르지만, 나는 내 장원 주인과 동질감을 느꼈다.

우리 사이에는 또한 사회적 특권이 가로놓여 있었다. 하지만 나에게는 그에게 맞설 만한 가능성이 있었다. 도착 당시의 내 정신 상태가 어떠했든지 간에, 나는 반드시 나 자신을 구하고 건강을 찾으리란 걸 알고 있었다. 또한 언젠가는 활동해야 한다는 것도 알고 있었다. 반면 그의 특권—그의 저택, 그의 직원, 그의 수입, 그가 날마다 둘러보고 자신의 것임을 확인할 수 있는 땅—, 이 특권은 그를 계속 짓눌러서 종국에는 무용지물로 만들 수도 있었다.

그러므로 비록 우리가 서로 다른 문화에서, 그리고 제국과 사회적 특권의 정반대편 지점에서 출발한 사람들이지만, 이제 그의 세입자로서 그에 대해 진심 어린 호의를 느끼기란 내게 힘든 일이 아니었다.

나는 내 장원 주인을 한 번도 보지 못한 게 이상하다거나 혹은 문학계 손님인 앨런이 내게 했던 말을 인용하자면, '소름 끼치는' 일이라고 결코 생각하지 않았다. 내 눈앞에 나타나기 싫어하는 그의 소망은 그의 앞에 나타나기 싫은 내 소망과도 일치했다. 나의 오래된 식민지적 인종적 '예민함'의 잔재 때문이기도 했지만, 이곳의 마법이 깨질까 봐 불안해서이기도 했다. 만약 내가 내 장원 주인을 만났다면, 그의 목소리를 듣고 그의 말을 듣고 그의 얼굴과 표정을 보고 또 억지로 그와 대화를 나누고 공손하게 굴어야 했다면, 그때 받은 인상은 영영 지울 수 없었을 것이다. 아마 장원 주인은 허영심과 신경질, 어리석음과 같은 '성격'을 부여받게 되었을 것이고, 나는 그 때문에 어떤 판단을 내리고 말았을 것이다. 받아들임을 거부하는, 그래서 관계도 망쳐버릴 수 있는 판단을. 말하자면 내게 이곳 주인의 성품은 이 장원과 영지의 신비로움으로 표현되었던 것이다.

302

*

장원의 영지는 점점 더 내 마음을 사로잡았다. 하지만 나는 계절의 변화에 익숙하지 않았고(앞서 묘사한 대로), 특히 건축에 관한 한 '평범한' 건물들을 특정 장소의 자연스러운 표현으로만 보고 어쩌면 여전히 모든 것을 너무 당연하게 받아들이는 경향이 있었기 때문에, 눈에 보이는 것들을 이해하기까지는 약간 시간이 걸렸다. 내가 사는 시골집조차 그 명칭에도 불구하고, 그저 단순한 건물이 아니라는 사실을 깨닫는 데 시간이 걸렸다.

그것은 길고 낮은 2층 건물이었다(집 앞 도로에서 저지대 목초지와 강으로 향하는 약간 경사진 비탈이 있었다). 이 건물은 장원의 '풀밭' 혹은 잔디밭의 제일 끝에 서 있었다. 내 기분이 어떻든지 간에, 그 집을 얼마나 오래 혹은 짧게 떠나 있었든 간에(몇 달 동안 해외 업무차 떠나 있었든, 혹은 솔즈베리에 잠깐 다녀왔거나 그저 저녁 산책을 나갔다 왔든), 그 시골집이 눈에 보이는 첫 순간, 공공 도로에서부터 이어지는 컴컴하고 짧은 오솔길 끝에서 나를 덮치듯 시골집이 불쑥 모습을 드러내는 그 순간이 내게 커다란 기쁨과 경탄을 일으키지 않은 적은 한 번도 없었다.

공공 도로에서 이어지는 오솔길에는 주목이 가지를 길게 드리우고 있었다. 그리고 여름에는 밤나무와 너도밤나무가 겹겹이 그늘을 더했다. 나는 그 어두운 그늘 속에 있는 동안에도, 드넓은 잔디밭과 시골집의 부드럽고 따뜻한 색깔들을 볼 수 있었다. 나는 밤나무들 바로 오른쪽에 마주 서 있는 건물의 길고 낮은 형체를 보며 기쁨을 느꼈다. 밤나무 한두 그루는 시골집 담장 바로 너머에서 뿌리를 내리고 있었다. 하지만 어떤 이유에서인지 시골집의 토대가 흔들리거나 꺼지는 일은 결코 없었다. 나는 그 배경과 자연스러움, 적절함에 기쁨을 느꼈다. 그리고 이곳이 내가 사는 곳이라는 사실에 놀라움을 느꼈다.

이것이 결코 시골의 '자연스러움'이 아니라는 사실을, 이 시골집은 그렇게 보이도록 디자인되었을 뿐이라는 사실을 이해하기까지 시간이 걸렸다. 집 벽은 두꺼웠다. 아마 잡석을 채워 넣었을 것이다. 하지만 겉으로 보기에는 부싯돌과 벽돌 조각과 따뜻한 노란색 돌의 혼합물 같았다. 일단 그 디자인과 의도를 알아채자, 나는 석조건축물도 장인의 작품이라는 걸 알아차렸다. 어느 날 나는 측벽 위에 높이 서 있는 돌덩어리에 건축주 혹은 건축가의 머리글자—성의 머리글자는 그자가 내 장원 주인의 가족 중 하나임을 말해주고 있었다—가 새겨진 걸 보았다. 1911년이라는 연도와 함께.

머나먼 그해, 왕이자 황제였던 조지 5세의 대관식이 있던 그해에, 그 안전함 속에서 이 가문의 누군가가 한 놀이였다. 눈에 보이는 것을 순순히 받아들이는 나의 본능 때문에 내가 장원 마당의 건물 배치 속에서 놀이의 요소를, 그리고 그 범위를 깨닫기까지는 시간이 걸렸다.

키가 작은 주목 울타리가 내 시골집과 방 한 칸짜리 작은 목조건물 사이를 가로막고 서 있었다. 페인트를 칠하지 않은 이 건물은 풍파에 시달려 시커먼 회색이었다. 내 시골집보다 더 높고, 네모난 모양의 이 건물은 지나치게 시골풍 건축양식으로 지어졌다. 건물 벽은 거칠게 톱질을 한 두꺼운 널빤지였고, 널빤지의 아래쪽 가장자리는 베어낸 나무 몸통의 껍질과 모양을 그대로 간직하고 있었다. 그리고 전체 구조물은 버섯 모양의 돌들 위에 세워졌다.

나는 건축주가—내 시골집을 지은 이 가문의 일원과 같은 사람인지는 모르겠지만—이 기발한 모양의 집 혹은 헛간을, 잔디밭 혹은 장원의 '초원'을 둘러싸고 서 있는 장난감 마을에 속한 사냥터지기의 오두막으로 지었을 것이라고 생각했다. 내가 이곳에서 보낸 세번째, 혹은 네번째 해의 어느 여름날 오후, 정원사 피턴이 점심 식사를 마치고 돌아와서 한가로운 기분에 낡은 문을 열고 그 안을 내게 보여줄 때까지는 말이다. 몇 년 동안 사용하지도 않은 건물인데 그 문이 얼마나 쉽고 기운차게 열리던지!

내가 사냥터지기의 오두막이라고 생각했던 건물은 전혀 그런 것이 아니었다. 그것은 마구간이었다. 심지어 건초를 쌓아두는 고미다락까지 있었다. 그리고 고미다락에는 아직도 건초가 있었다. 아직도 밧줄과 마구가 못에 걸려 있었고, 말과 관련된 장신구와 가죽 제품들도 있었다. 그리고 여전히 말 냄새가 풍기고 거미줄 아래의 마루도 제법 깨끗했다. 건물 바깥은 모든 것이 풍파에 낡고 바랬다. 건물 안—그리고 이 나무집 혹은 나무 상자는 밖에서 볼 때보다 훨씬 높고 컸다—온 모든 것이 잘 보존되어 있었다. 특정 시기마다, 특히 봄에 두세 주 동안, 찌르레기가 이곳을 완전히 포위 공격했음에도 불구하고 말이다.

사냥터지기의 오두막 같은(나는 내 환상을 간직하기로 했다) 마구간, 그리고 잔디밭 건너편에 농가처럼 보이도록 지은(이곳의 거친 벽은 내 시골집 벽처럼 주의 깊게 고안해낸 것이 분명했다) 스쿼시 코트.

바로 그 옆에 목재로 투박하게 지은 차고 혹은 마차 보관소가 있었다. 그리고 오래된, 담쟁이덩굴로 뒤덮인, 부싯돌 벽의 창고 혹은 곡물 창고. 그 뒷벽은 교회 마당 담장의 일부를 이루고 있었다. 그러므로 고원지대와 저지대 목초지의 드넓음, 시골의 광대함 다음에, 갑자기 이곳에는 중세 시대의 혼잡함과 비좁음의 잔재와 그것을 연상케 하는 것들이 등장했다. 가축몰이 길 위에서 늙은 농장 관리인의 현대식 방갈로가 줄무늬 흔적이 남아 있는 고대의 산비탈과 나란히 서 있듯이, 이곳에서는 현대적 환상의 내 시골집과 사냥터지기의 오두막 그리고 농가가 중세 시대와 맞닥뜨리거나, 혹은 나란히 공존하고 있었다.

하지만 이것은 온전한 전체를 이루었다. 이것은 효력을 발휘했다. 내가 처음 그랬던 것처럼, 누구든 모든 걸 당연하게 받아들일 수 있을 것이다. 그리고 시골의 이 지역에서 에드워드 시대 풍의 대저택과 어울리는 어떤 것이라고 볼 것이다. 그렇지 않다면 환상 속으로 들어갈 것이다. 구체화된 어린아이의 꿈, 어른, 혹은 어른들이 하는 아이들 놀이. 한때는 훨씬 더 규모가 컸던(그리고 트리니다드 같은 곳들과는 멀리 떨어진) 사유지 한구석에서 엄청난 안전과 부에 대한 이 희한하고 쓸데없는 표현(트리니다드에서 '사유지estate'라는 단어는—그때 나는 처음 그 말을 알았는데—특히 사탕수수 사유지인 경우에는 호화로움이라든가 건축양식 같은 개념과는 전혀 상관이 없었다. 그 말은 단지 어마어마한 규모와 동일함, 그리고 재배지 가장자리의 수많은 작은 집들과 보잘것없는 삶을 함축할 뿐이었다). 하지만 내가 굴복한 것은, 그걸 알아차렸을 때, 바로 이 놀이—장원의 '초원' 혹은 잔디밭을 둘러싸고 세워진 장난감 마을 같은 어린아이의 놀이 ─의 요소였다.

사냥터지기의 오두막에서 '좁은 길' 건너편으로, 내 시골집 측면 창문에서 바라보이는 곳에 작은 시골 별장처럼 보이는 건물이 있었다. 그것은 사실 장원의 채원(菜園)을 둘러싼 담장에 기대어 지어진 헛간이었다. 하지만 마치 지붕 용마루, 그러니까 어느 귀퉁이에서부터 반으로 잘라낸 시골집, 문 하나에 창문 하나뿐인 반쪽짜리 시골집처럼 디자인되었다.

이 마을과 '초원'을 감싸고 돌아가는 이 좁은 길에는 버섯 모양의 돌들이 줄지어 서 있었다. 내가 들은 바로는, 이 돌들은 이 지역의 명물이었다. 쥐를 막기 위해서 그 돌들 위에 헛간을 세우곤 했다. 이 돌들은 사냥터지기의 오두막, 즉 마구간도 쥐들로부터 막아주고 있었다. 하지만 여기서 이용하는 것은 이 돌들의 장식적이고 동화 같은 모양이었다. 모든 버섯 돌은 저마다 다른 모양으로 만들어졌다. 갓을 각기 다른 모양으로 깎거나 때로는 대를 구부러지게 깎았다. 세월이 지나면서, 많은 버섯 모양의 돌들이 손상되었다. 이 돌들은 너무 섬세한 환상이었다. 많은 버섯의 갓들이 사실상 사라졌고, 그 길에서 치워졌다. 심지어 갓을 받치고 있는 돌들 중 일부는 옆으로 쓰러졌다. 하지만 기적적으로, 내 시골집 문밖, 좁은 길가, 채원의 담장 앞에 대여섯 개의 버섯들이 원래 모습 그대로 보존되어 있었다. 버섯의 갓들은 각기 다른 두께로 거칠게 쪼아놓았는데, 저마다 겨울의 작은 이끼 숲을 머리에 이고 있었다.

이것이 바로 그 첫번째 겨울에, 책을 쓰는 동안 내내, 내가 돌아올 때마다 항상 환영받는 느낌이 들었던 환상─장원과 그 '초원' 주변의 장원 마을, 장원 정원의 여러 가지 특징을 이루는 환상——이었다. 이것은 최초 설립자 혹은 설립자들의 환상이자, 나의 장원 주인이 물려받은 환상이었다. 그리고 이제 나는, 그 환상 속으로 점점 더 들어갈수록 그의 성격이 가장 잘 표현되어 있다고 느꼈다.

장원 마당의 나머지 부분——과수원, 저택 뒤편에 있는 정원, 저지대 목초지, 강변 산책로——은, 그 모든 것은 나중에, 늦은 봄, 혹은 초여름에 내가 병이 들어 가축몰이 길을 따라 오랫동안 산책할 수 없게 되었을 때 비로소 찾아왔다. 그때는 내가 특정한 계절을 구별하고, 꽃과 나무들과 강을 계절과 연결하는 법을 배웠을 때였다.

내 작품(아프리카가 중심이 되는 작품)을 끝낸 뒤에, 나는 돈을 벌기 위해 취재를 하러 외국으로 나갔다. 영국을 벗어나는 여행이자 정신적 재충전이었다. 그 임무는 몹시 심신을 지치게 했고, 많은 항공 노선들이 한 곳에 잠깐 머무는 일정은 제공하지 않았다. 나는 여러 기후를 거치며 천천히 돌아오는 여행길에 그만 병이 났다. 그리고 한 곳에서는 통증과 잠의 혼수상태로 사흘 밤낮을 호텔방에 누워 있기도 했다.

이 골짜기와 시골집으로 다시 돌아왔을 때, 나는 반쯤 정신이 나간 상태였다. 나는 이곳에서 따뜻한 환대와 보호를 느꼈고, 내 시골집 주변에서 자라는 모든 것이 지닌 천상의 아름다움(내 눈에는 그렇게 보였다)에 감동했다. 거실 창문 아래에 핀 모란은 특별히 인상적이었다. 내 상상은, 깨어 있을 때나 잠들었을 때나, 한창 피어오르고 있는 팽팽하고 둥글고 검붉은 꽃봉오리들의 모양을 끊임없이 떠올렸다.

의사는 내게서 어떤 심각한 이상도 찾지 못했다. 폐나 혈관도 멀쩡했다. 의사는 내가 지쳤다고 말했다. 의사는(우리는 군사 지역에 있었다) '전쟁 신경증'이라고 했다.

그리고 몇 주가 흐르면서, 내 병은 정말로 전쟁 신경증이 되기로 결정한 듯 보였다. 극심한, 그러나 불쾌하지는 않은 피로가 약간의 황홀감——안타깝게도 극히 드물게——과 더불어 찾아왔다. 마치 열대 '열병'에 걸린 어린아이처럼. 이 열병은 비가 내리는 계절의 한기와 관련이 있었다. 황당할 만큼 극적인 날씨의 계절, 일상생활이 방해를 받고 비와 홍수, 그리고 열병이 일으키는 기침과 고열 때문에 학교를 가지 못하는 날이 이어지는 계절이었다. 어렸을 때 종종 '열병'에 걸리곤 했던 나는 또다시 그 병이 찾아오기를 얼마나 갈망했었는지. 그 모든 지각의 이상증세를 경험하고 싶어서였다. 특별히 매끄러운 느낌(촉각뿐만 아니고 입안과 배 속까지)과 더불어 목소리와 소리들이 이상하게 아득하면서도 짜릿하게 들렸던 것이다. 하지만 내가 원하는 만큼 열병에 자주 걸리지는 못했다. 오히려 곧, 내가 성장함에 따라, 열병 대신 기관지염과 천식같이 좋은 면은 하나도 없고 사람을 힘들게만 하는 질병들, 진짜 고통이 찾아왔었다.

그런데 이제, 내 아늑한 시골집에서, 어린 시절 이후 처음으로, 행복하게도 나는 '열병'에 걸렸다고 느꼈다. 극도의 피로(일과 여행)로 인한 병이었다. 의사의 진단이 맞는 것 같았다.

나의 아늑한 시골집에서, 공공 도로에서부터 겹겹이 막고 선 밤나무와 주목들에 의해 깊숙이 감추어진 이 집에서, 나는 지난 스무 해 동안의 노동과 긴장이 한꺼번에 밀려드는 것 같은 느낌이 들기 시작했다. 글쓰기, 글쓰기에 대한 열정과 관련된 긴장도 있었지만, 팬아메리칸월드항공 비행기에 올라, 어린 시절부터 둘러싸여 지냈지만 그 순간까지 한 번도 보지 못한 트리니다드 들판의 규칙적인 모습을 보았던 바로 그날부터 시작된 개인적인 긴장도 있었다.

그 모든 작업, 모든 긴장, 모든 낙심과 회복이 이제 내 머릿속에 단단한 덩어리가 되어 들어앉은 것 같았다. 하지만 지금은 강바닥에 놓인 시체가 되는 환상도, 온몸을 떨며 기진맥진한 상태로 잠에서 깨어나게 만드는, 머리가 폭발하는 꿈도 없었다. 모든 스트레스가 '열병'으로 바뀌었다. 그리하여 나의 아늑한 시골집에서 나는 다시 어린아이가 되었다. 마치 20년이 지난 뒤 비로소 내가 고향을 떠날 때 마음속에 품고 있었던 환상과 동일한 곳으로 여행을 온 것 같았다.

내가 외출할 수 있을 만큼 충분히 회복되어 풀이 무성한 정원에 찾아온 봄을 탐색하고 다니기 시작했을─나에게 장원 주인의 사생활을 침범할지도 모른다는 생각을 버리라고 요청한 필립스 부부의 격려와 더불어─무렵에 내 상태는 이러했다. 내게 봄은 내 시골집 거실 창문 아래, 장군풀 같은 줄기 위에서 꽃봉오리를 맺으며 팽팽하게 피어오르는 모란에서 시작되고 끝이 났다.

영국에서 지낸 스무 해 동안, 나는 틀림없이 수천 송이의 모란을 보았을 것이다. 내가 변덕이 나서 솔즈베리까지 버스를 타고 나갈 때 보았던 것처럼, 모란은 흔한 꽃이었다. 계곡을 지나다 보면, 햇살이 내리쬐는 크고 작은 야외 정원들, 시골집 혹은 교외 스타일의 장원들에서 나는 밝은 햇살 아래에서 너무 빨리 피어났다가 금방 팽팽함과 짙은 색깔을 잃고 급속도로 시들어버리는 모란을 보곤 했다. 그리고 그 수천 송이의 모란 중에 내게 깊은 인상을 남긴 꽃은 단 한 송이도 없었다. 이번 봄이 찾아오기 전까지는. 나는 그 꽃들 중에 어떤 꽃을 '모란'이라고 불러야 할지도 몰랐고, 한 해 중 어느 계절이나 시기에 그 꽃이 속하는지, 다른 어떤 꽃이나 어떤 자연현상과 연결해야 할지도 몰랐다. 내가 회복하는 동안 만난 모란들, 내 시골집 주위에 핀 이 모란들이 내게는 처음이었다. 그것은 나의 새로운 인생을 상징했다.

거실 창문 아래에 핀 모란은 시골집 북쪽을 차지했다. 그리고 또 한 무리의 모란이 내 시골집과 사냥터지기의 오두막 사이에 있는 주목 울타리 그늘 아래에 피어 있었다. 그 모란들은 제 모양을 오랫동안 유지하며 천천히 피어났고 특별히 짙은 색깔로 물들었다. 주목과 밤나무 아래의 오솔길 쪽에서 바라보면, 내 시골집의 모란들은, 온통 황무지로 둘러싸이고 초록색뿐인 곳에서 선명한 색깔을 띤 두 개의 점을 이루고 있었다.

*

한때는 열여섯 명의 정원사들이 있었다. 지금은 오직 피턴뿐이었다. 그는 담이 둘러진 정원에 채소들을 길렀고, 장원과 내 장원 주인을 위한 꽃들도 길렀다. 그는 영지 내 다른 어딘가에 있는 내 장원 주인의 개인 잔디밭을 돌보기도 했다. 또한 잭처럼, 버려진 땅의 한가운데에 경작지를 만들고 가꾸기도 했다. 하지만 피턴이 하는 일들의 대부분은 내가 알지 못했다. 내가 본 것은 주로 황야에서였다. 피턴은 한 계절에 한두 번 황야의 풀을 베어내어 말 그대로 오솔길 중에서도 가장 좁은 오솔길을—나와 그를 위해서—내곤 했다. 위로 한 번, 아래로 한 번 낫질한 자리.

두 번의 낫질로 만든 피턴의 이 오솔길은 공공 도로로 이어지는 그 늘진 소로의 거의 맞은편, 잔디밭 끝에서부터 시작되었다. 그리고 오래된 회양목 울타리가 둘러쳐진 사유지를 지나갔다. 이 회양목들은 가지치기를 하지 않아 이제는 거의 나무처럼 울창하게 자랐는데, 마치 일부러 그런 것처럼 입구 위로 나뭇가지들이 만나서 둥근 아치를 이루고 있었다. 이 사유지는 예전에 작물이나 꽃밭을 가꾸었던 흔적조차 없이 텅 비어 있었다. 심은 것인지 씨앗이 날아온 것인지(주변에 제멋대로 자라난 게 분명한 단풍나무들이 몇 그루 서 있었다) 알 수 없는 단풍나무 한 그루만이 한쪽 구석에 서 있을 뿐이었다. 이제는 어린 묘목이 아니라 어엿한 나무가 된 이 단풍나무에 누군가 등나무 넝쿨을 감아놓았다. 그 등나무 넝쿨 자체도 이제는 오래되어, 이 숨겨진 구석자리조차 아름답게 꾸밀 수 있는 마음과 수단과 시간을 가졌던 사람들과 수많은 정원사들과 옛 시절에 대해 말해주고 있었다.

겨울이면 이 사유지는 때때로 옥수숫대만큼이나 높이 자란 메마른 잡초들과 가늘고 긴 수풀로 가득 찼다. 지금은 수액이 많고 굵고 짙푸른 줄기 위에서 잡초들이 다시 길게 자라고 있었다. 하지만 이런 잡초와 들풀에도 불구하고, 피턴이 풀을 베어낸 오솔길, 위로 한 번 아래로 한 번 낫질한 자리에는 정원 잔디밭처럼 고르고 평평하고 매끈하게 깎인 풀들이 깔려 있었다. 마치 거친 황폐함은 겉모습일 뿐, 그 아래에서는 오래된 질서와 아름다움 그리고 수많은 계절의 정성이 모습을 드러내기 위해 오직 이 낫질을 기다리고 있었던 것처럼.

울타리가 둘러진 이 땅은 장원 정원의 일부처럼 보였다. 하지만 자동차 대여업자인 브레이에게 듣기로는 이곳이 더 오래되었다고 했다. 실제로 웃자란 회양목 울타리는 훨씬 더 오래되었음을 보여주고 있었다. 울타리가 둘러진 이 땅은 장원이 세워지기 전에 있던 집의 것이라고 브레이는 말했다. 그리고 그전에는 이 자리에 수도원 혹은 수녀원이 있었다고 주장했다. 허무맹랑한 생각은 아니었다. 중세 시대에는 모든 것이 작은 강을 따라 있었다. 그리고 불과 몇 마일 떨어져 있는, 넓고 얕고 맑은 강이 흐르는 에임즈베리에는 사원과 기네비어 왕비가 아서 왕의 원탁이 깨어졌을 때 윈체스터의 카멜롯에서부터 찾아왔던 수도원의 잔재가 남아 있었다.

울타리가 둘러진 이 사유지, 가축몰이 길 위에 쌓인 축축한 돌 더미, 원래 그것들이 감싸고 있어야 했던 집의 몰락과 소멸 따위는 아랑곳하지 않고 끊임없이 자라서 풀 한 포기 자라지 않는(멀리 떨어진 폐허, 내 시골집에서 불과 몇 발짝 거리에 있는 키 큰 회양목 울타리 안의 공터만큼이나 헐벗은) 검은 땅 위에 서늘한 그림자를 드리우고 있는 단풍나무들에 둘러싸인 돌 더미처럼 인간의 흔적이 말끔히 사라진 이 사유지는, 교회와 교회 마당이 있는 마을 중심부와 붐비는 강과 풍요롭고 기름진 검은 땅을 경작하는 소작농들로 분주한 습한 들판, 저지대 목초지 사이의, 중세 마을의 번잡함과는 단절되어 있었다. 바로 이곳에서(만약 브레이의 말이 맞는다면), 또 다른 시대의 신앙심 깊은 남자 혹은 여자들, 어쩌면 세상을 등진 사람들, 응석받이로 자란 사람들, 또한 어쩌면 거의 죄수나 다름없는 사람들이 산책을 하거나 기도를 했던 것이다.

이 울타리가 둘러진 사유지의 끝에는 과수원이 있었다. 오래되어 심지어 죽어가고 있는 이 과수원은 더 오래된 나무들에 둘러싸여 있었다. 이곳의 회양목 울타리는 제멋대로 자라나 있었고, 출구 쪽 나뭇가지들은 아치를 이루고 있지도 않았다. 여기서는 여름의 녹음이 그 풍경을 감추기 전까지, 저지대 목초지(지금은 가축들에게조차 차단된 채, 풀도 뜯지 않고 건초도 베지 않아 전혀 분주하지 않은)를 가로지르는 강과 버드나무들을 볼 수 있었다. 저지대를 가로질러 강까지 가는 게 지름길인 건 확실했다. 하지만 버려진 수문의 잔재(마치 로마인이 했던 토목공사의 소소한 유적들처럼)와 더불어, 막힌 수로들이 사방을 가로지르고 있는 이 땅은 항상 '물에 잠겨 있었다.'

목초지에 물이 들었다가 빠졌다가 하는 신비—마치 수로 관리인이, 뒤엉킨 채 둥둥 떠다니는 웃자란 수초를 베어내고 강을 청소하듯이, 한때는 지극히 당연한 계절의 노동처럼 여겼던 일—가 이제는 사라졌다고 했다. 한때 이 계곡의 풍요는 물이 범람하는 저지대 목초지에 달려 있었다. 하지만 이제는 넓고 탁 트인 고지대의 영향을 좀 더 받았다. 이제 과수원 너머 장원의 목초지에서 자라는—그리고 절대 베어내는 법이 없는—것은 노란 야생 아이리스가 전부였다.

울타리를 친 사유지에서 나오면 곧장 마주치는, 과수원의 한쪽 편은 마치 숲 같았다. 키가 큰 오래된 나무들이 빽빽하게 서 있었고, 바닥은 죽은 나뭇가지들과 잡초들로 뒤덮여 있었다. 당연히, 이 숲이 바로 아이들을 위한 2층 초가집이 있는 곳이었다. 나는 봄에는 숲 안으로 들어갈 수가 없었다. 아예 길이 없었던 것이다. 나중에 피턴이 풀을 베어 이곳에 길을 내었다. 처음에는 정원의 쓰레기를 운반하는 손수레를 위해서, 그리고 나중에는 피턴이 모든 사람들의 눈에 띄지 않게 놀이집 뒤편에 만들어놓은 풀과 나뭇잎과 꽃 들의 묘지로 낙엽을 실어 나르는 데 사용하는 커다란 손수레를 위해서 네 번 낫질한 오솔길이었다.

이 식물의 묘지, 혹은 쓰레기 더미를 피턴은 '정원 피난소'라고 불렀다. 이렇게 감추어져 있으면서도 접근하기 쉬운 '피난소'를 찾아내거나 만드는 데에는 상당한 재주가 필요했다. 피턴은 그 단어를 이런 식으로 사용했다. 그는 각기 다른 곳에 이런 피난소를 두세 개쯤 갖고 있을 거라고 나는 생각했다. 쓰레기(refuse), 피난소(refuge). 서로 상관없는 별도의 두 단어. 하지만 피턴이 '쓰레기'를 지칭하기 위해 사용하는 '피난소'*라는 말은 가장 놀랄 만한 방식으로 두 단어의 의미를 모두 포함하고 있었다. 피턴의 '피난소'는 단지 '쓰레기'만을 뜻하는 것이 아니라, 전혀 부적절한 것은 아닌, 피난처, 성소, 은신처, 혹은 거의 숨바꼭질, 얌전하게 사람들의 눈길과 생각에서 벗어나 있는 것 같은 부가적인 개념 혹은 연상을 함축하고 있었던 것이다. 그는 잔디밭에 떨어진 너도밤나무 가지나 깎은 잔디 더미를 보고 이렇게 말할 것이다. '저건 피난소로 가야겠군.' 혹은 '당장 저걸 피난소로 가져가야겠어.'

처음에 나는 피턴만이 그 단어를 이런 식으로 쓴다고 생각했다. 하지만 그 계곡에서는 꽤 보편적인 용례라는 걸 발견했다. 나는 피턴의 이웃이자 자동차 대여업자인 브레이에게서도 이 말을 들었다. 지방의회의 근로자들이 일주일 동안 파업을 일으켰을 때, 혹은—가로

---

* refuse를 마치 refuge처럼 발음한다는 뜻이다.

수들과 계곡 마을을 오가는 버스 정류장에 나붙은 작은 전단에 적힌 대로—지방의회의 근로자들이 소위 '쟁의 행동'을 벌이기로 결정했을 때 그에게서 이 말을 들었던 것이다. "이번 주에는 피난소가 없겠군." 이 말은 쓰레기 수집이 없을 거란 뜻이었다. "이 일의 배후가 누군지 굳이 굳이 말할 필요도 없어. 그 작자들 사이에서는 세상에서 가장 평범한 일*이니까. 이름이나 행동이나 평범하기 짝이 없는 일이지."

나는 또한 필립스 씨의 아버지에게서도 이 말을 들었다. 그의 아내가 세상을 떠난 뒤로 이 노인은 가끔 토요일 오후(토요일은 피턴이 쉬는 날이었다)에 찾아와서 저택의 마당 안을 산책하곤 했다. 그리고 가끔 내 시골집 앞에서 걸음을 멈추고 이야기를 나누었다. 그는 배달 소년으로 인생을 시작했다. 그의 머릿속은 옛 시절에 대한 정보들로 가득 차 있었다. 그는 공공 도로변에 있는 노동자들의 집이 왜 그토록 폭이 좁은지 내게 말해주었다. 마차와 수레가 다니던 옛날 길은 더 넓었다. 그런데 도로포장을 한 뒤로 길이 더 좁아졌다. 그리고 양쪽 도로변에 한동안 어느 누구의 소유도 아닌 좁고 긴 땅이 생겨났다. 노동자들이 이 땅에 무단 정주하고 그들의 집을 지은 것이다. 그는 또한 딱총나무 울타리가 왜 그렇게 많은지, 그리고 울타리에 왜 그렇게 높은 둔덕이 쌓였는지 말해주었다. 딱총나무는 빨리 자랐고, 울타리는 토지 불법 거주자들이 자기 땅의 경계를 표시하는 방법이었다. 울타리들은 내가 상상하듯이 몇 세기에 걸친 식물의 성장 때문이 아니라, 영원히 썩지 않는 지난 세기의 가정 쓰레기들로 높아진

* commonest: 공산주의자를 뜻하는 communist를 빗대서 하는 말.

것이었다. 수많은 울타리 주변 둔덕이 유리병과 고철, 낡은 신발, 폐기처분할 수 없는 쓰레기들로 이루어졌다. 노인은 이렇게 설명했다. "그 시절에는 피난소가 없었다오."

나는 옷을 말끔하게 잘 갖춰 입은 걱정이 많은 한 남자에게서 또다시 이 말을 들었다. 그는 가끔씩 작은 자갈을 앞뒤로 굴리거나 떠미는 것 같은 소리를 내며 내 침실 천장을 돌아다니는 쥐들을 처리하기 위해 온 사람이었다. 그는 쥐와 생쥐에 대해서 자신이 알고 있는 모든 지식을 내게 말해주었다. 쥐는 엄청난 골칫거리지만 습관의 동물이다. 녀석들이 늘 다니는 '길'이 있기 때문에 잡을 수가 있었다. 반면 생쥐는 벽의 작은 틈새나 구멍에서 사는데 결코 밝은 빛이나 자유롭게 돌아다니는 생활을 아쉬워하지 않는다. 녀석들은 하루에 1그램의 식량, 빵 부스러기 정도만 먹고도 살 수 있다. 하지만 이 남자의 마음은 자신이 묘사하는 생쥐 지옥 혹은 연옥이나 생쥐 박멸에 있지 않았다. 아마 한때는 의욕적으로 그런 말들을 떠들어대고 상대방의 반응을 즐겼을 것이다. 하지만 이제 생쥐 전문가는 기계적으로 이야기할 뿐이었다. 그는 자신의 건강을 걱정하고 있었다. 어느 날 쥐약을 놓다가 갑자기 심장 발작이 일어났다는 것이다. 그는 무엇보다도 일자리를 걱정하고 있었다. 정부나 지역 당국이 7가 속한 이 작은 부서를 완전히 없애버리고, 개인 회사와 계약을 맺어 생쥐와 해충 박멸 작업을 넘길까 봐 전전긍긍했다. 그는 갑자기 비난하듯 손가락질을 하며, 피턴에게 그렇듯이 그에게도 두 가지 의미로 통용될 수 있는 단어를 사용하면서 말했다. "그다음 차례가 뭔지 압니까? 그다음은 피난소일 겁니다. 머잖아 이곳에는 어떤 공공 피난소도 없게 될 겁니다."

어쨌든 과수원으로 들어서자마자, 한쪽 편에는 아이들 놀이집과 피턴의 피난소가 있었다. 하지만 풀을 베지 않았기 때문에 아직은 접근할 수 있는 길이 없었다. 그리고 반대편에는 커다란 장원 저택의 정원들이 있었는데, 처음에는 저지대 목초지와 채원 사이의 공간을 채우고 있었고, 그다음에는 저지대 목초지와 장원 저택 사이의 공간을 채우고 있었다.

오래된 과수원 나무들의 옹이구멍 속에서는 알에서 갓 깨어난 새끼들이 쨋쨋거렸다. 작년에 떨어진 개암 열매의 껍질들—회색 다람쥐들의 작품인—은 과수원과 커다란 장원 잔디밭을 연결하는 개암나무 산책로 위에서 버석버석 부서졌다. 이 개암나무 산책로는 채원 옆으로 나 있었는데, 개암나무의 호리호리한 나뭇가지들을 옛날의—혹은 적어도 피턴이 오기 전 시절의—노련한 기술로 구부러뜨려 아치를 만들어놓았다. 빠르게 자라는 쐐기풀과 야생 장미들 사이로 예전 장미꽃밭 주변을 빙 돌아가는 돌이 깔린 보도가 아직도 보였다. 그러고는 뒤이어 제대로 가꾼 잔디밭이 등장했다. 여기서부터는, 혹시 방해가 될까(필립스 부부의 말에도 불구하고) 두려워서, 제일 가장자리, 저지대 목초지 옆으로만 걸어갔다.

저지대 목초지 혹은 습지는 한때 잘 가꾸어진 정원이었던 곳의 일부를 이미 완전히 차지하고 있었다. 장식용 나무들, 특히 분홍 산사나무들이 지금은 늪지 식물과 잔해들에 둘러싸인 채, 습지 안에서 자라고 있었다. 수많은 늪지 식물들, 특히 갈대—한때 창과 같은 줄기(마치 중국 혹은 일본의 서체처럼)의 아름다움 때문에 심었을 것이 분명한──는 피턴이 말끔하게 유지하려고 애를 쓰는 습지 가장자리의 오솔길을 건너뛰어서 잔디밭까지 씨를 날렸다. 마치 불타는 사탕수수 밭에서 날아오른 불티가 방화벽을 넘어서 인접한 푸른 들판으로 불꽃 화살을 쏘아 보내듯이.

잔디밭은 완만한 경사를 이루며 저택까지 이어졌다. 한가운데에는 저택보다 더 오래된 게 분명한 커다란 상록수가 한 그루 서 있었다. 필립스 씨 부부의 숙소와 작은 테라스(빨래가 널려 있는)가 조각상 너머, 저택 한편에 있었다. 저택 자체는 그렇게 오래되지 않았다. 금세기 초에 지어졌지만 마치 오래된 건물처럼 보이도록 지은 것이었다. 내 시골집 잔디밭 건너편에 있는 복원된 교회처럼, 이 저택도 과거의 특별한 이상, 즉 인종적 역사적 문화적 힘에 대한 자신감──믿을 수 없을 만큼 팽창된 제국의 부와 힘과 더불어──을 그리워하는 그 시대 취향의 일부였다. 반면 저택 뒤편은 얼룩덜룩하고 곰팡이가 낀 회색 돌 때문에 어두운 인상을 풍겼다.

나는 절대로 저택 뒤편을 빤히 쳐다보거나 하지 않았다. 훼방꾼이 되고 싶지 않은 마음도 있었지만, 또 다른 이유가 있었다. 내가 저택 내부 배치를 모르는 탓에 어느 창문에서 장원 주인──한없이 남아도는 시간과 길고 무료한 나날을 보내는──이 바깥을 내다보고 있을지 모르기 때문이었다.

그는 아마 완벽한 어떤 것을 바라보고 싶어 할 것이다. 전경에는 커다란 나무가 서 있는 잔디밭, 한쪽 옆에는 숲 혹은 나무들, 그리고 잔디밭 너머에는 울창하게 자라난 버드나무와 갈대와 대나무 덤불과 신딸기나무 그리고 물을 좋아하는 관목들과 더불어 바람에 쓰러신 저지대 목초지, 강가 식물이 우거진 강, 그 너머의 저지대 목초지, 버드나무, 수로, 아침 햇살이 비치는 물에 잠긴 들판, 그리고 충분히 떨어진 곳에는 저녁 햇살, 뒤이어 다시 벌거벗은 언덕들(벌거벗은 언덕위로 달이 떠오르고 달빛이 물에 잠긴 목초지를 비출 때의 그 광경이라니! 달빛 비추는 밤에 강과 안개의 그 광경이라니!).

이제 장원에 속한 대지는 상대적으로 말해서 불과 몇 에이커뿐이었다. 강 바로 너머의 땅은 다른 사람 소유였다. 하지만 이런저런 일련의 사건들—더 이상 목축을 할 필요가 없는 저지대 목초지, 지난 세기 말에 진행된 영농 기계화로 작은 계곡 마을들이 축소되고 수많은 농가가 없어지고, 멀리 벌거벗은 언덕들에 군사 시설이 들어선 것 등—에 의해서, 장원 저택 뒤편에서 내다보는 풍경, 내가 산책을 다니는 풍경은 화가 컨스터블의 시대 이후로 거의 변하지 않은 자연의 모습 그대로였다. 집 한 채 없는, 중세 혹은 언덕에 밭을 갈기 이전 시대처럼 강에서의 활동이나 소작농도 없는, 거의 자연 공원 같은 풍경이었다. 게다가 이 모든 풍경은 바로 사우샘프턴과 앤도버의 현대적 도시 밀집 지역인 솔즈베리나 윌턴 같은 오래된 유명 도시에서부터, 베이싱스토크의 빅토리아 시대 철도 마을*의 붉은 벽돌—오래되거나 새것인—과 고대 윈체스터 성당 심장부를 둘러싼 빅토리아 시대 고딕 양식의 검은 벽돌에서부터 불과 몇 마일밖에 떨어져 있지 않았다.

내 시골집이 있는 작은 마을—길도 없는 숲 속에 지어진 아이들을

---

* 베이싱스토크에는 1893년에 처음으로 런던 앤 사우스웨스턴 철도가 들어섰다.

위한 초가집과 함께―은 이 장원 영지의 보다 커다란 그림의 한 면일 뿐이었다. 하지만 내 장원 주인이 바라다보는 그런 완벽함에는 그 자체의 부패가 담겨 있었다. 그와 같은 완벽함은 당연하게 받아들여지기 너무 쉽기 때문이다. 그 풍경(넝쿨과 숲의 잔해와 수로가 막힌 저지대 목초지) 속에는 초조하게 하거나 의심을 불러일으킬 만한 어떤 것도 없었다. 또한 그 풍경 속에는 개인적 결함과 낙심 그리고 무엇보다 자신의 삶이 엄청나게 안전하다는 걸 알게 됨으로써 이미 정신적으로 허약해져버린 사람에게 행동을 촉구할 만한 어떤 것도 없었다. 그 풍경―그토록 완벽하고, 그토록 단순한―은 마치 이렇게 말하는 것처럼 보였다. '이것이 세상이다. 그런데 왜 걱정하는가? 왜 간섭하려 하는가?'

저 멀리 잔디밭 끝에, 그곳에서부터는 내가 한 번도 탐색해본 적이 없는 새로운 숲이 시작되었고 숲 사이로 산울타리와 풀이 무성한 오솔길과 포장된 산책길과 돌 항아리들이 보일락 말락 했는데, 그 잔디밭 끝에 아주 커다란 온실이 있었다. 온실의 목재 기둥은 단단했다. 어찌나 단단했는지 멀리서 보면 여전히 사용 중인 온실처럼 모든 게 멀쩡한 것 같았다. 하지만 온실 유리 뒤의 녹음은, 온실이라는 보호 환경 속에서 비정상으로 크게 자라버린 잡초들의 녹음은―잡초들의 황야였다. 그리고 많은 유리창들이 떨어져나가고 없었다. 나는(트리니다드의 오래된 저택들, 프렌치 캐리비언 양식의 저택들에 대해 알고 있는 나로서는) 이 온실에 부를 상징하는 뭔가―단지 크다는 사실을 넘어서는―가 있는 것 같았다. 이 온실은 '지나치게 꼼꼼하게' 지어졌다. 그 목재 기둥들과 콘크리트 바닥의 두께(경사진 장소에 2층으로 지어진), 그 출입문과 경첩, 금속 장치들, 이 모든 것이 필요 이상으로 튼튼했다. 이것은 건설업자가 부자를 위해 건물을 짓는 방식 ─ 어쩌면 요청받지 않아도 ─ 이었다. 마치 상점 주인들이 자기 가게의 제일 좋은 물건을 저택으로 보내듯이. 이런 건축양식에는 뭔가 매우 만족스러운 것이 있었다. 모든 것이 대단히 튼튼해 보였다. 모든 것이 오랫동안 사용될 수 있도록 지어진 것 같았고, 허약함이나 불안함은 전혀 없었다.

언덕 너머, 그의 시골집 뒤편(혹은 어쩌면 집 앞), 옛 농장 마당을 마주보는 곳에 잭 또한 온실을 갖고 있었다. 그 온실은 마치 텔레비전이나 라디오 프로그램과 함께 잡지들에서 광고하는 물건들처럼 카탈로그를 보고 주문한 것 같았다. 잭의 온실이 어찌나 허약해 보이던지! 그 목재 골조들은 어찌나 가늘고, 그 얇은 유리창들과 심지어 콘크리트 바닥까지도 어찌나 쉽게 부서질 것 같던지! 그리고 과연 때가 되자, 어찌나 순식간에 몽땅 사라지고 말던지! 콘크리트 바닥(심지어 그것도 나중에는 없어졌지만)만 빼고 모두 다 사라져버렸다. 또한 그 온실의 정령들은 어찌나 재빨리 정화되어버리던지! 하지만 저택의 온실은 20년 동안이나 방치된 뒤에도 여전히 굳건하게 서 있었다. 그리고 50미터 밖에서 보면, 목재 기둥에는 여전히 페인트가 칠해져 있고 콘크리트 바닥은 여전히 갈라진 금도 없고 온실 문은 가볍게 잘 열리고 닫히는 것이 여전히 튼튼하고 멀쩡하게 보였다. 온실 내부를 깨끗이 치우는 데에는 단 하루면 될 것이고, 엉망이 된 온실을 정리하고 제 기능을 되찾는 데에는 일주일도 안 걸릴 것 같았다.

커다란 온실 안에도, 온실 밖에도 수풀이 무성했다. 피턴의 잔디 깎는 기계는 계절이 다 끝날 때까지 이곳에 오지 않았다. 그러고 나서 다른 모든 곳처럼, 잔디 깎는 기계가 한번 지나가고 나면, 풀들은 손질되어 잔디밭같이 고르고 평평해진 모습을 드러냈다. 하지만 피턴이 잔디를 깎기 전까지는, 수로와 저지대 목초지의 샛강을 가로질러 강둑으로 이어지는 다리들 중 첫번째 다리까지 가기 위해서는 습지에서 빠르고 무성하게 자라는 쐐기풀과 덤불들을 대충 베어내며 길을 낼 수밖에 없었다.

잔디밭 다른 편 끝에는, 저지대 목초지가 과수원과 만나는 지점이기도 한데, 침입자들을 막기 위해 도랑 안에, 습지 덤불 한가운데에 가시철망 울타리가 세워져 있었다. 이쪽 끝에는 오직 덤불과 숲의 잔해들밖에 없었다. 하지만 옛날 저택 시절에는, 난간이 있는 목재 다리들이 줄지어 수로들 위에 놓여 있었다. 이제 그 수로들은 춘·추분 때의 모진 돌풍에 쓰러진 버드나무들에 뒤덮여서 마치 숲 속을 흐르는 샛강처럼 되었다. 수로에 흐르는 물은 수면에 반사된 하늘과 나뭇잎의 선명하고 깨끗한 색깔을 알아차리기 전까지는 그저 죽은 낙엽과 진흙 위로 시커멓게 보였다. 이렇게 감추어진 검은 샛강(반대편 끝에 있는, 노란 아이리스가 만발한 탁 트인 초원과는 달리)에는 청둥오리들이 살고 있었다. 청둥오리들은 아무 방해도 받지 않고 이 수로, 혹은 버드나무로 장벽이 둘러진 샛강의 특정 지류를 독차지하는 데 너무 익숙해져서 사람들이 접근하면 화들짝 놀라곤 했다.

저지대 목초지의 샛강 위에 놓인 다리들은 대단히 꼼꼼하게 건설되었다. 하지만 세월이 흐르면서 물에 썩기도 하고, 억세고 줄기가 긴 쐐기풀 같은 식물, 특히 뿌리와 버드나무 몸통이 자라면서 부러지기도 했다. 첫번째 다리 끝에는 육중한 문이 여전히(나의 산책과 발견이 시작된 그 첫번째 봄에는) 남아 있었다. 이 문은 다 낡아버렸지만, 기둥들은 비록 습기에 시커먼 녹색으로 녹이 슬어 손을 대기 싫을 정도이긴 해도 여전히 버티고 서 있었다. 그리고 문도 여전히 닫히고 녹슨 빗장을 걸 수가 있었다. 그러나 출입문, 혹은 장벽으로서는 아무 의미가 없었다. 지면과 수면의 높이가 달라져서, 더 이상 저지대 목초지를 가로지르는 마른 땅의 산책로를 막아서지 않았기 때문이었다. 그저 문 옆으로 돌아가면 그만이었다. 지금은 땅이 거의 잠겨 있지 않았고 유일한 장애물은 쐐기풀인데, 쐐기풀은 어디에나 다 있었다.

목초지를 가로지르는 이 산책로의 한 구간에서는 잡초와 갈대, 그리고 버드나무와 다른 야생 식물들이 너무 높이 자라서 강이 잘 보이지 않았다. 하지만 갑자기, 바로 제일 마지막 다리—부서졌거나 고정돼 있던 수많은 널빤지들은 이미 썩어 없어졌지만 커다란 녹슨 못들은 여전히 온전하게 남아 있는—에서부터 갑자기 덤불이 끝나고, 강둑을 따라 잘 손질된 오솔길이 무너진 보트 주택 옆으로 이어졌다.

이 보트 주택의 폐허 더미는 굉장한 구경거리였다. 이 보트 주택 혹은 보트들을 위한 정박장은 저지대 목초지의 오래된 수로 중 하나인 샛강에 있었다. 이 샛강 한쪽 편에 굵은 목재 기둥들 혹은 녹슬어가는 골진 철판 지붕의 기둥들이 서 있었다. 비록 이 샛강이 잔잔해 보이기는 해도—불과 몇 피트 깊이에 너비도 몇 피트밖에 안 되었다—, 그곳을 흐르는 물 역시 자연의 힘이라서 완벽한 예측은 불가능했다. 그리고 강둑과 강의 후미가 끊임없이 변했다. 보트 주택이 있는 샛강은 폭이 넓어지면서 혹은 단순히 물길이 바뀌면서 보트 주택을 한쪽으로 쓰러뜨리고 말았다. 쓰러진 각도, 썩어가는 목재 기둥, 시커멓게 보이는 물, 녹슬어가는 골진 철판 등은 오리노코 강이나 아마존 강, 혹은 콩고 강 같은 어느 열대 강가의 폐허를 연상시켰다. 하지만 이 폐허 옆을 지나가는, 강둑 위의 잘 손질된 오솔길은 마치 자연의 또 다른 질서, 거의 인간 사회의 또 다른 질서에 속해 있는 것 같았다.

저지대 목초지의 다리들은 애당초 그 걷기 편한 오솔길, 낚시꾼들을 위한 오솔길로 가기 위해 지어진 것이었다. 강 자체는 유유히 잔잔하게 흘렀다. 저지대 목초지부터 큰 강까지는 수로 위로 말끔한 널빤지 다리가 놓여 있었다. 질서 정연한 자연을 연상케 하는 것은 바로 사람의 손길, 즉 수로 관리인들과 그들과 같은 역할을 하는 사람들의 손길이었다. 그냥 내버려두었다면, 장원 뒤편의 저지대 목초지처럼, 강은 숲의 폐허가 되었을 것이다. 버드나무 한 그루만 쓰러져도(그러니까 돌풍에 쓰러지면) 강은 엉망진창이 되고도 남았다. 강둑은 무너지고 걷기 쉬운 통로도 사라질 것이며, 불과 며칠 안에 나뭇가지들 사이에 형성된 희뿌연 갈색 더께의 찰랑거리는 막과 더불어 물풀들과 강의 찌꺼기들이 뒤엉켜서 섬을 이룰 것이다.

강물의 색깔은 강둑에 뭐가 자라느냐에 따라 달랐다. 비록 규모는 작았지만, 강둑은 무척 변화무쌍했다. 강가에 키 큰 갈대나 풀들이 자라는 곳, 강둑 위로 나뭇가지들이 드리워진 곳에서는, 그리고 만약 소형 만(灣), 즉 작은 만입이 있다면, 강물은 깊고 신비해 보이는 짙은 초록색을 띠었다. 반면 강둑이 깨끗한 곳은 강물도 투명해서 하얀 모래나 강바닥에 깔린 백악, 혹은 나풀거리는 초록 물풀들이 그대로 들여다보였다.

강둑을 따라 산책하다 보면, 노란 아이리스들이 자라고 있는 저지대 목초지를 정면으로 바라보고 서 있을 때도 있었다. 그 너머에는 내 시골집 옆에 있는 회양목 울타리 친 땅과 함께 오래된 과수원이 있었다. 과수원과 채원의 담장 너머로 밤나무 아래에 있는 내 시골집의 굴뚝과 지붕이 보였다. 그럴 때마다 나는 내가 이런 곳에 살고 있다는 사실에 다시금 깜짝 놀라곤 했다.

이 지점을 지나 얼마 못 가서 내게 허락된 산책길은 끝났다. 그 너머에는 땅주인이 다른, 또 다른 강이 출렁거리고 있었다. 임시로 만들어놓은 울타리를 넘어가기는 어렵지 않았지만, 나는 그렇게 하고 싶지 않았다.

강은 여기서 구부러졌다. 반대편 강둑 위의 언덕은 강물 색깔에 주위를 둘러싼 숲의 색조와 엄청난 깊이를 던져주며, 갑자기 나무로 뒤덮인 절벽이 되어 뚝 끊어졌다. 또한 헐벗은 언덕에서부터 이곳까지 흐르는 새로운 수로도 있었다. 백악에서 솟구치는 샘물은 순식간에 시끄러운 작은 폭포로 변했다. 이 깨끗하고 유순하고 부드러운 풍경 속에도, 녹색과 흰색의 헐벗은 언덕과 번호가 붙은 순찰 구역들로 적절히 나뉘어 있는 몇 피트 깊이의 강이 있는 이 풍경 속에도, 또다시, 예측할 수 없는 물의 힘을 상기시키는 것이 있었다. 한편 새로 만든 수로에서는 오래된 골함석판들이 수문 역할을 하고 있었다. 사람이라고는 찾아볼 수 없는 이 풍경에서, 예상치 못한 도시 빈민가의 흔적이었다.

수로 관리인들은 이곳에 어린 송어를 풀어놓았고, 송어들은 멀리

가지 않았다. 뜻밖에도 송어들은 별로 매력적이지 않았다. 생쥐들처럼 불안해했고, 검은 수초로 위장하기 위해서인 듯 색깔도 그렇고 생쥐들만큼이나 재빠르고 교활하고 조용했다.

10분도 채 안 걸리는 이 강변의 산책로는, 거의 날마다 한 시간 반씩 걷는 데 익숙한 사람에게는 산책로라고 할 수도 없었다. 하지만 이 산책로는 언제나 새로웠다. 강과 눈에 보이는 것들이 항상 달랐다. 나의 첫번째 봄에 보았던 파란 아이리스가 있었다. 저지대 목초지 가장자리에 잡초들과 쐐기풀 틈에서 홀로 피어 있던 파란 아이리스. 나는 그 광경에 넋을 잃었다. 그리고 즉시, 만약 나도 내 정원을 가꾸게 된다면 저런 색채를 만들어내고 싶다는 소망을 갖게 되었다. 이윽고 나는 회복기 환자의 몽롱한 상태에서, 쐐기풀을 헤치고 아이리스를 향해 (다시 정신을 차릴 때까지) 걸어가기 시작했다. 마치 내가 본 아름다움이 전체 풍경 속에 있는 것이 아니라 바로 그 아이리스에 있는 것처럼.

한편 들장미 꽃밭에는 향기가 짙은 오래된 장미들이 있었다. 하지만 내가 첫번째 여름에 본 장미들이 마지막이었다. 나는 그 특별한 죽음의 현장에 있었다. 왜냐하면 가을이 되자 필립스 부인이 장미들을 잘라버렸기(부인의 표현에 따르면 '얼른 다시 잘라냈기') 때문이었다. 밑동까지 바싹 잘려나간 이 오래된 장미 덤불들은 몽땅 다시 찔레 덤불로 변해버렸다.

봄이나 여름 무렵에는 옅은 푸른색의 잔디 씨앗들이 마치 푸른 안개처럼 데이지꽃들이 점점이 피어 있는 잔디밭 위를 둥둥 떠다닐 때도 있었다. 그리고 언제나 강이 있었다. 이 모든 갈대와 잡초와 흐르는 물과 그 물에 비친 변화무쌍한 그림자들과 더불어, 나로 하여금 낯선 식물들과 조화를 이루고 이곳의 계절과 진정으로 조화했다고 느끼기도 훨씬 전에, "적어도 이번 한 해는 누렸잖아." 그리고 그다음에는 "적어도 이번 두 해는 누렸잖아"라고 중얼거리도록 만든 것은 바로 강이었다.

잭의 시골집을 지나서 언덕을 올라갈 때면 항상 산토끼의 따뜻한 갈색 털을 찾아보기 시작한 것처럼, 나는 이 짧은 강가의 산책로를 걸을 때면 강바닥의 하얀 백악 틈에 있는 화산 모형의 연어 둥지를 찾아보곤 했다. 갈대 그늘 아래 시커먼 물이 고여 있는 깊은 웅덩이에는 조용하고 검은 창꼬치가 기다리고 있었다. 그리고 나는 들쥐나 물쥐도 찾아보았다. 나는 들쥐가 털을 털고 난 뒤에 낮은 나뭇가지 위로 기어올라서 햇볕 쬐기를 즐기는 작은 나무를 알고 있었다. 한번은 아주 깊이 잠든—죽었다고 생각할 만큼—녀석을 발견하고 다가가서 허리를 숙이고 내려다본 적도 있었다. 나는 또한 그 녀석들이 수면 위로 고요한 진흙 구름을 일으키며 강물 속 굴로 뛰어들 때 별안간 풍덩 하는 소리도 종종 듣곤 했다.

해마다 겨울과 봄은 장원의 정원과 저지대 목초지에 새로운 파괴를 가져왔다. 수로 위의 다리들은 낡고 또 낡았다. 제일 마지막(혹은 첫번째) 다리에 있던 출입문은 결국에는 일 년 동안 활짝 열려 있더니 마침내 썩어서 무너졌다. 강은 몇 피트씩 경로를 바꾸면서 수로 관리인들이 깨끗이 관리하던 오솔길 위로 넘쳐흘렀다. 그리고 수로들 위에 걸쳐 있던 널빤지들은 물에 잠겨버렸다. 두 개의 널빤지 다리가 새로 놓였다. 하나는 아무것도 없는 널빤지였고, 다른 하나는 철망으로 덮여 있었다. 수로 관리인의 손수레 바퀴와 신발 모두 미끄러지지 않게 하기 위해서였다.

　이 산책로 위에서는, 잭의 시골집을 지나서 언덕으로 올라가는 좀 더 긴 산책로에서처럼, 나는 변화에 대한 생각만큼 쇠락에 대한 생각—내가 얼른 벗어던진 생각—은 하지 않으며 살았다. 나는 변화와 흘러감에 대한 생각을 하며 살았다. 그리고 심오하게도, 그것에 대해 슬퍼하지 않는 법을 배웠다. 나는 인간의 저 무수한 슬픔의 가장 흔한 원인을 지워버리는 법을 배웠다. 쇠락은 지나간 과거가 그만큼 완벽하고 이상적임을 의미했다. 하지만 열여섯 명의 정원사가 일하는 시절에 과연 내가 내 시골집에서 지내고 싶어 했을까? 성장하는 모든 식물들이 근심을, 모든 실패의 고통 혹은 비난을 불러일으키던 때에? 내게는 지금 이곳이 가장 최고가 아닐까? 내가 지금 어디 있는지를—그토록 오래전에 시작된 여행의 끝에—깨달을 때마다, 나는 축복받았다고 생각했다.

　그러던 어느 날, 전혀 뜻밖에도, 장원 뒤편을 자유롭게 거닐며 황폐해진 저지대와 무성한 장원 잔디밭 가장자리를 걷고 있던 나는 내 장원 주인을 보았다.

*

　이번이 장원 주인과의 두번째 마주침이었다. 그러고는 두 번 다시 이런 일은 없었다. 그의 아버지가 심어놓은 너도밤나무 아래의 좁은 길을 따라 달리는 자동차 안에 필립스 씨와 나란히 앉아 있는 장원 주인의 모습을 맨 처음 보았을 때만큼이나 두번째 만남도 당황스러웠다. 그때 나는 자동차 안에 있는 그를 거의 보지 못했고, 제대로 살펴볼 틈도 없었다. 자동차는 장원 주인보다 필립스 씨의 모습에 대해 더 정확하고 놀라운 인상만을 남긴 채, 지나가버렸다. 필립스 씨는 장원 주인과 함께 있어서 긴장한 기색이 아니라, 오히려 악단의 감독처럼, 자신의 임무와 가치를 정확히 알고 확신에 가득 찬 사람처럼 행복해 보였다.

그리고 마치 첫번째 마주침 이후에 내 장원 주인에 대한 불완전한 인상만 가지고 내 상상력이 날개를 폈던 것처럼, 그래서 어떤 때는 자애로운 사람을 상상하기도 하고 또 어떤 때는 하워드 휴즈의 은둔자같이 긴 머리에 검은 안경을 쓰고 단추를 꼭 채운 모습을 그리기도 했던 것처럼, 이번에도 나의 기억은 내가 힐끗 보았던 그 사람에 대해서만큼이나 그 순간에 대한 커다란 충격으로 가득 차 있었다. 왜냐하면 나는 (그와 마찬가지로 행여 내 모습이 눈에 띌까 불안해서) 그를 보자마자 휙 돌아서고는 한 번도 돌아보지 않았기 때문이었다.

나는 옛날 장미꽃밭(첫해 여름의 가시 많고 짙은 꽃잎이 달린, 향기로운 라일락핑크장미들 이후로 오랫동안 장미는 사라지고 지금은 찔레덤불만 자라고 있는)을 지나서 데이지꽃이 만발한 잔디밭으로 들어서는 순간, 먼발치에서 그를 보았다.

그는 잔디밭을 거의 그늘로 덮고 있는 거대한 상록수와 일부가 무너진 커다란 온실, 그리고 저택 옆의 나무 사이에 햇살이 가득 내리쬐는 곳에 앉아 있었다. 나는 그곳을 지나가는 작은 오솔길을 진작 보았지만, 한 번도 가보지는 않았다. 혹시라도 내 장원 주인을 방해하고 침해하지 않을까, 바로 지금과 같은 어떤 일이 벌어질까 두려웠기 때문이었다.

그는 (나중에 내가 생각한, 혹은 느낀 바로는) 내게 등을 돌린 채, 남쪽을 바라보며 햇빛 아래 캔버스 등받이가 있는 안락의자에 앉아 있었다. 그는 테가 넓은 모자를 쓰고 있었는데, 그 모자는 그의 머리 모양이나 벗어진 머리카락 혹은 다른 특징들을 감춰주었다. 마치 의자의 캔버스 등받이가 그의 등 혹은 몸통의 크기나 다른 점들을 감춰주듯이.

첫번째 그를 보았을 때, 나는 세밀하고 또렷한 신체적 기억을 얻었는데 그것은 자동차의 계기판 너머로 나지막이 살짝 흔들던 그의 손짓이었다. 나는 그 손짓에서 그의 수줍음을, 그의 병적인 수줍음, (내 생각에) 동시에 커다란 허영심을 수반한 수줍음, 사람들의 눈에 띄지 않고 싶은 소망이라기보다는 첫눈에 박수 받고 싶은, 흥미롭고 뛰어난 어떤 이들처럼 첫눈에 인정받고 싶은 소망에 더 가까운 수줍음을 보았다. 그리고 그의 너그러움도 보았다.

두번째 마주침에서 나는 또다시 또렷하고 세밀한 신체적 기억 하나를 얻었다. 그것은 바로 그의 꼬고 앉은 다리와 맨살이 드러난 무릎—햇빛 속에 빛나는—이었다. 그는 짧은 반바지를 입고 있었는데, 내 눈에 드러난 퉁퉁한 넓적다리가 바지통에 꽉 끼었다. 벌거벗음과 신체적 자기 애호에 대한 내 장원 주인의 소망—젊은 시절 내 장원 주인의 뛰어난 외모에 대한 이야기들은 필립스 부부와 자동차 대여업자인 브레이(그의 아버지는 오래전에 장원 저택에서 일했었다)를 통해 내게까지 전해졌다—, 아름다움과 육체에 대한 이상은 이제 정반대의 현실(방종과 게으름으로 인한 비만이라는)과 함께 가고 있었다.

내게 그 계절을 결정지은 것은 바로 그 세밀한 기억—황폐한 장원 마당의 햇살 웅덩이, 반짝이는 살찐 다리 위로 쏟아지던 햇살—이었다. 그가 추운 계절에는 줄곧 방에 틀어박혀 지내고 오직 날씨가 좋을 때만 밖으로 나온다는 사실을 물론 나도 알고 있었다. 그에게는 그 주(county)의 일부를 차지하는 습지대와 강둑 위, 계곡 아래(나의 또 다른 산책로의 전망대에서 내려다보면 그곳은 종종 완전히 안개에 뒤덮여 있곤 했다)의 광대한 풍경과 대저택이 태어날 때부터 당연하게 주어졌다. 하지만 그의 본능은 열대, 지중해적인 것이었다. 그는 태양을 사랑했다. 무력증, 습관, 친분, 자신의 가치가 알려진 곳에서 지내고 싶은 소망, 어쩌면 이런 것들이 그를 이 상속받은 집에 계속 붙잡아두는 것인지도 모른다. 만약 그가 친구들과 사회적 친분, 자신의 사회적 가치에 대한 인식, 그를 보호해주는 모든 것들을 가지고 갈 수만 있다면, 어쩌면 그는 거주지를 옮겼을지도 모른다. 하지만 그는 그의 배경이 되는 자신의 집에 머물렀다. 그리고 어딘가 다른 곳에서의 삶을 꿈꾸었다. 자기 나름의 방식대로.

그는 내게 크리슈나와 시바에 대한 시를—내가 그의 임차인이 된 첫해에—보냈다. 필립스 부인이 그 시를 타자기로 쳐서 직접 집까지 가져다주었는데, 장원 주인 나름의 환영의 표시였다. 필립스 부인도 이 시를 그런 의미로 받아들였고, 거기에다 시를 짓는 행위에 대한 자신의 경탄 어린 존경심까지 덧붙였다. 그 후에도 필립스 부인은 시를 몇 편 더 타자기로 쳐서 가져왔다. 그녀는 이를테면 내 장원 주인과 나 사이를 이어주는 살아 있는 연결고리가 되었다. 나는 장원 주인이 호의로 그런 일을 의도했을 거라고는 생각하지 않는다. 하지만 결과적으로는 그렇게 되었고, 덕분에 나의 시골집 정착은 훨씬 쉬워졌다.

크리슈나와 시바라니! 그곳, 그 강(컨스터블과 셰퍼드) 옆에서, 이런 마당들에서! 내 장원 주인이 이런 신들을 사용하는 방식은 요즘 시대의 컬트나 유행과는 전혀 상관이 없었다. 인도에 대한 그의 로맨스는 사실상 더 오래되고 심지어 낡아빠진 것이었다. 마치 그의 저택처럼 상속받은 어떤 것, 영광스러운 제국의 시절, 권력과 영광이─한 세기 이상 온전히 유지되어온 질서 그대로 이 세상이 계속 이어질 것이라는 기대와 물질적인 포만으로 인해─내부에서부터 스스로를 해체하기 시작했던 그때부터 전해 내려온 어떤 것이었다. 산업주의의 조악함에 등을 돌린 러스킨주의, 상류층적인 혹은 세련된 감수성, 돈으로 거의 중독되어버린 감수성들, 『옐로우 북』,* 심미주의로 녹아버린 철학, 그리고 감각적 자극 등, 내 장원 주인의 인도에 대한 로맨스는 이 모든 충동의 일부였고, 영국과 부, 제국, 영광에 대한 이상, 물질적인 포만, 아주 엄청난 안정감에 뿌리박고 있었다.

인도에 대한 그의 낭만적 동경은─그것은 나와는, 나의 과거, 나의 인생이나 나의 야망과는 거의 아무런 관계가 없었다─그의 배경에 어울리는 것이었다. 그의 크리슈나와 시바는 이름뿐이었고, 그의 시 속에서 그들은 그리스 신들과 유사했다. 그리고 고대 조각상의 색깔로, 말 그대로 한밤의 푸른색, 감각을 어지럽히는 쾌락의 약속(그

---

* 1894년부터 1897년까지 런던에서 출간된 문예지로 유미주의와 퇴폐주의가 주된 풍조였다.

리고 미와 키츠적인 진리*), 그 방탕함의 색깔로 물들어 있었다.

채색한 조각상에 대한 기발한 착상은 내 마음을 기쁘게 했다(옛날 시 같은 느낌이 들었다). 그리고 힌두 신전의 푸른색 토착신들, 음탕한 크리슈나, 약에 취한 시바(사실상 인도 원주민의 검은색을 뜻하는 푸른색)에 대한 지식도 있었다. 하지만 나중에 보내온 시들—일부는 필립스 부인이 타자를 치기도 하고, 일부는 낱장에 삽화와 함께 인쇄를 하기도 한—에서는, 이와 유사한 관능적 감각을 페루 혹은 말레이시아 혹은 브라질 항구에 있는, 분명히 지난 세기의 이탈리아 청년들이나 콘래드** 같은 젊은 선원들(또다시 분명히 지난 세기의)의 탓으로 돌렸다.

그의 환상들(그 시들로 판단해보건대, 노골적으로 성적이기보다는 관능적인)은 아무 제한도 없었지만 또한 초점도 없었다. 그에게서 비롯되기는 했지만 아마 곧 사라져버릴 흐릿하고 미적지근한 어떤 것이었다. 그의 바깥, 저기 어딘가에 있는 어떤 것, 그리고 궁극적으로는 그의 무기력증의 일면이자 그의 인생에 너무 일찍 찾아온 기묘한 영혼의 죽음의 일면이기도 한 것. 그를 지탱해주는 닻은 그의 저택, 자신의 사회적 가치에 대한 인식이었다. 그의 질병 혹은 무기력증이 악화와 호전을 되풀이하는 동안에도 줄곧, 자기 자신에 대한 인식만은 그에게 남아 있었다. 그가 필립스 부인을 통해 보내

---

* 영국의 시인 존 키츠는 상상력과 감수성을 통해 현실을 직시할 때, 현실의 본질이 드러나며, 그것이 곧 미(美)이며 진리라고 보았다.

** Joseph Conrad(1857~1924): 폴란드 출신의 영국 소설가. 실제 선원이었으며 바다와 이국에서 겪은 삶을 소재로『암흑의 핵심』『로드 짐』등의 작품을 남겼다.

는 시들에는 빠짐없이 과장된 필체로 서명이 적혀 있었다. 그의 서명 — 더불어 그 크기 — 에는, 사춘기 소년의 서명 같은 어떤 실험적 성격이 느껴졌다. 그 서명은 여전히 자신의 명성을 음미하는 사람에 대해 말해주었다.

그리고 지금 그가 내 앞에 앉아 있었다. 그의 저택, 그가 평생 알고 지내온 저택, 그의 황폐한 정원 안에 유리창은 깨지고 잡초가 가득한 온실 옆에 서 있는 그 저택의 마당, 햇살이 고여 있는 빛의 웅덩이 안에. 반쯤 벌거벗은 채, 꼬고 앉은 그의 다리. 살찐 오른쪽 허벅지(그쪽 허벅지가 위로 올라가 있었고, 그래서 내 눈에 보였다)는 그의 반바지에 꽉 끼었다.

저지대 목초지 옆, 잔디밭의 제일 가장자리를 따라 걷고자 하는 나의 소망을 쓸데없는 걱정이라고 비웃으면서, 내게 뒤뜰 정원을 지나 강둑을 따라서 산책하라고 권유한 사람은 다름 아닌 필립스 부부였다(그 부부의 손님들은 그렇게 조심성 있게 행동하지 않았다). 내 장원 주인은 자기만의 구역이 따로 있으니, 나는 자유롭게 산책해도 된다고 그들은 말했다. 저택 한 옆으로 멀리, 숲을 통과하는, 풀이 무성한 산책로들의 끝 부분 어디쯤이라는 것이다. 장원 주인은 틀림없이 저택 창문 중 한 곳에서 나를 지켜보았을 것이다. 나는 그가 모습을 드러낸 데에는 아마도 의도적인 요소가 있을 거라고 믿었다. 장원 주인의 집 밖 행차는 중대한 행사였다. 가령 누군가 그를 위해 의자를 내놓아야만 했을 것이다. 그러므로 하필 그날 장원 주인이 뒤뜰 정원에 나와 앉아 있다고 필립스 씨도 필립스 부인도 내게 귀띔해주지 않은 깃이 어쩌면 그를 '보여주고' 싶은 바람 — 그의 서운함, 토라짐 때문에―에서 비롯한 것인지도 모른다.

그의 저택, 그의 정원, 그의 풍경, 그의 이름. 그는 무엇을 보았을까? 그가 무엇을 보았든 간에 내가 본 것과는 다를 것이다. 그토록 수많은 계절 동안 그 풍경과 강을 차지하고 알게 된 이후에, 나는 갑작스러운 충격, 침입자가 된 것 같은 갑작스러운 기분에 사로잡혔다. 그것은 어느 날인가 자동차 대여업자인 브레이가 그날따라(그는 그의 아내와 장원 정원사이자 그의 이웃인 피턴과 냉전 중이었다) 유난히 향수에 젖어 내게 1920년대의 사교 잡지를 보여주었을 때 느꼈던 충격만큼이나 컸다. 그때 나는 잘생기고 자의식에 가득 찬 그 당시의 젊은이들이 뒤편 잔디밭과 강 사이의 샛강을 가로지른 다리 중 한 곳의 난간 위에 걸터앉은 사진을 보았다. 또 다른 풍경, 또 다른 장소였다!

그는 무엇을 보았을까? 저기 저 그의 캔버스 의자에 앉아. 튼튼한 온실 안에서 천장 유리창에 줄기 끝이 닿아 납작 눌릴 정도로 높이 자란 잡초들을 보았을까? 모든 걸 바로잡고 싶은 바람으로, 혹은 관리 소홀과 쇠락함에 대한 생각으로 안달이 났을까? 담쟁이덩굴이 정원에 심어진 수많은 나무들을 죽이고 있는 걸 보았을까? 담쟁이덩굴을 보는 것은 확실했다. 어느 날인가 필립스 부인이 장원 주인이 담쟁이덩굴을 무척 좋아해서 절대 잘라내지 말라는 지시를 내렸다는 말을 내게 해주었기 때문이다.

그렇다면 나무가 쓰러졌을 때 그는 어떤 기분이었을까? 참으로 수많은 나무들이 쓰러졌다. 이제 저지대 목초지는 황폐함이 지배하고 있었다. 수많은 쓰러진 버드나무들과 일주일 동안 맞은편 강둑 위의 목초지 사이로 새로운 수로를 만들어버린 겨울 홍수에 휩쓸려 납작하게 쓰러진 노퍽* 갈대들, 그런 엄청난 숲의 잔해들이 저지대 목초지를 지배했다.

그는 꽃을 좋아했다. 피턴은 담장이 둘러진 채원의 한쪽 구석에 주인을 위해 꽃을 길렀다. 내가 들은 바에 따르면, 장원 주인은 햇살이 환하게 빛나기 시작하면 당장 꽃에 대한 열망에 사로잡혔다. 그리고 종종 피턴이 기르는 꽃이 피기를 기다리지 못하고, 겨울 칩거가 끝나자마자 솔즈베리나 다른 마을의 꽃가게로 외출을 나가겠다고 고집을 부렸다. 또 때로는 꽃과 화분을 사기 위해 유명한 원예용품점까지 멀리 여행을 다녀오기도 했다.

여느 때처럼 꽃 원정을 마치고 돌아오던 장원 주인이 주목 울타리의 그늘 속, 내 창문 아래에 활짝 피어 있는 모란을 보고 그늘에 가려진 모란 색깔의 깊이에 대해 내가 느꼈던 것과 똑같은 감동을 느꼈다는 이야기를 내게 전해준 사람은 바로 피턴이었다.

피턴은 (나를 기쁘게 해주려고) 이 이야기를 전하면서 몹시 당혹스러워했다. 장원 주인이 '피어니peony'**라는 단어를 발음하는 데 어려움이 있었는데, 피턴은 자신의 주인에게 불충을 저지르고 싶지 않았던 것이다.

"그분은 당신이나 나처럼 '피어니'라고 발음하지 않았어요." 피턴이 말했다. "'페-오니'라고 하시더군요." 그 발음은 '포니pony'와 운이 맞았다.

어디선가——옥스퍼드 아니면 서머싯 몸의 책 어딘가에서——나는

---

* 잉글랜드 동부의 주.

** '모란'을 말한다.

이런 에드워드 시대의 허세, 허세인 줄 다 아는 허세에 대해 읽었거나 들은 적이 있었다. '포니'와 운을 맞춘 '발-코니', 그리고 '포니'와 운을 맞춘 '페-오니'. 피턴이 전하는 허세는 좀 이상했다. 자기 이름의 가치에 대한 인식과 마찬가지로, 이런 허세, 특정 집단의 표식, 이전 세대에서 전해 내려온 이런 계급적 가르침은 장원 주인의 질병, 그의 무기력증에도 불구하고 살아남은 것이다.

그런데—이 허세는 잠시 잊어버리고—꽃에 대한 그의 취미와 자신의 정원의 황폐함—창문을 통해 종종 그 황폐함 속을 걷고 있는 나를 보았으리라—이 어떻게 나란히 갈 수 있었을까? 그는 실제로 그 쇠퇴를 보았을까? 아니면 단지 푸르게 우거진 것만—어쨌든 식물은 계속해서 자라났으니까—보았을까? 그것도 아니면 그 쇠퇴한 풍경을 자기 자신의 무기력증에 대한 반영으로 보고 위안을 얻으며 소중히 여겼던 것일까?

그것이 터무니없는 공상만은 아니었을 것이다. 그것은 나의 소망과, 그의 장원 마당에 있는 시골집에 와서, 아무것도 방해하지 않고, 내가 발견한 모습 그대로 받아들이고 싶은 나의 소망과 비슷한 것이었으리라. 그리고 이후의 나의 소망, 이 장소에 대한 나의 기쁨에서 비롯된 것으로, 쇠퇴를 보지 않고 싶은, 너무 미리 쇠퇴에 대한 생각으로 슬퍼지지 않기를 바라는, 그리고 그 대신 끝없는 흐름, 영원히 계속되는 변화를 보고 싶은 나의 소망과도 비슷한 마음이었으리라. 그리고 그 느낌을 나는 점점 더 소중히 여기게 되었다. 바로 이렇게 방치된 장원 마당에서 나는 가장 절정에 도달한 풍경을 만났다. 아마 열여섯 명의 정원사들이 만들어내는 질서는 너무 과도했을 것이고 긴장과 불안감을 자아냈을 것이다. 이곳의 진정한 아름다움은 전혀 의도치 않은 우연적인 것들 속에 있었다. 주목의 짙고 어두운 초록색 그늘 아래에서 아주 천천히 피어나는 모란들이나 키 큰 쐐기풀들 사이에 홀로 핀 푸른 아이리스, 수로 너머 썩어가는 다리들 옆 갈대숲 사이에서 인적이 드문 장소가 어디인지 스스로 터득하면서 몇 달 동안 생존하는 어린 사슴 같은 것들 속에.

　나 자신 역시 세상에서 도망치는 기분으로 이 장원에 찾아왔었다. 그러므로 그런 기분에 잠겨 있을 때 사람이 얼마나 조롱당하는 느낌인지 잘 알고 있었다. 지나치게 긍정적인 태도를 취하는 것이 사람을 쇠약하게 할 수도 있었다. 나는 긍정적이고 싶지 않다는 소망의 일부로, 내 시골집의 내 방을 진한 자주색으로 칠했다. 내가 생각할 수 있는 가장 덜 긍정적인 색이 자주색이었기 때문이다. 그런 생각은 내 어린 시절에서 비롯된 것이었다.

　포트오브스페인에 있는 내 초등학교는 빅토리아 가라고 하는 거리에 있었는데, 그 거리의 끝에는 묘지가 있었다. 나는 학교가 끝나는 저녁이면 거의 날마다 말이 끄는 영구마차와 잡석을 채워 만든 묘지의 높은 담장 위를 걸어가는 장례 행렬을 보았다. 이 묘지는 19세기 프랑스 정착민들에 의해(아이티와 다른 프랑스령 섬들에서 프랑스 대혁명의 영향을 느낀) 프랑스 탐험가 라페루즈La Pérouse 백작의 이름을 따서 라페이루즈Lapeyrouse라고 불렸는데, 라페이루즈까지 영구차를 끌고 가는 말들은 항상 검은색이나 자주색 그물 모양의 천을 덮고 있었다. 그 결과 내게 자주색은 결코 권력과 위용을 나타내는 색깔이 아니라, 죽음의 색깔이 되어버렸다. 이 시골집을 찾아왔을 때, 나는 바로 그런 상태였다. 뭐든 조금이라도 긍정적인 것, 삶에 기운을 북돋아주는 색깔은 오직 조롱처럼 느껴질 뿐이었다(하지만 나중에 그 색깔은 이곳의 아름다움과 자비로움, 환대를 연상시키는 것이 되었다). 그리고 사람이란 다른 사람들에게서 자기 자신의 일면을 찾음으로써 그들을 이해하려고 하기 때문에, 나는 기꺼이 나 자신의 움츠러든 마음가짐의 어떤 면이 나의 장원 주인에게도 있다고 생각했다.

하지만 어쩌면 그의 시에서만큼이나, 그의 감정들, 그의 감각적인 반응들에는 일정한 틀이 거의 없었는지도 모른다. 그는 여름과 태양, 꽃, 담쟁이덩굴을 좋아했다. 어쩌면 그는 질서를 바로잡으려는 어떤 노력도 할 수 없었는지도 모른다. 혹은 그저 아쉬운 것 없이 응석받이로 커서, 담쟁이덩굴와 돌풍이 아무리 그의 정원을 망가뜨려놓아도 여전히 자신이 바라볼 것은 있을 거라고, 여전히 여름에는 햇살이 비칠 것이며 황폐한 정원에도 자신이 나가 앉을 수 있는 공터는 있을 거라고 생각했을지도 모른다.

어떤 나무들은 어찌나 빽빽하게 담쟁이덩굴로 뒤덮였는지, 무슨 종류의 나무인지 구별하기도 어려울 정도—특히 아는 게 별로 없는 나로서는—였다. 어느 해에 쓰러진 나무는 벚나무로 판명되었다. 나는 오직 빽빽한 담쟁이덩굴의 그물망을 이따금 뚫고 나오는 꽃봉오리를 보고 나무를 알아볼 뿐이었다. 피턴과 필립스 씨는 벚나무 몸통을 둥근 원반 모양으로 잘랐다. 그들은 쇠톱을 사용했다. 그리고 담쟁이덩굴 그물을 벗겨낸 둥근 나무토막은 마치 장난감처럼 완벽하고 자그마했다. 나는 그 둥근 나무토막들의 일부를 땔감용으로 받았다. 나는 내가 받은 나무토막들을 내 헛간(채원 담장에 붙어 서 있는 반쪽짜리 시골집)에 쌓아두고 바싹 마르게 내버려두었다. 하지만 장작이 바싹 말랐을 때, 나는 그걸 모두 태울 만큼 기력을 회복하지 못했다.

나는 둥근 나무토막 하나를 정원의 기념품으로 간직했다. 그리고 그것을 매끄럽게 다듬고 니스를 칠했다. 그 나무토막은 광택이 나는 나무껍질과 함께 말라갔다. 껍질과 나무 사이에는 아주 좁은 공간만 있었다. 그리고 천천히 다 마르고 나자, 나무는 좀처럼 갈라지지 않았다. 톱질 자국만 보일 뿐, 나무로서 별다른 특징도 없고 뚜렷한 색깔도 없이 내 헛간에서 먼지만 쌓여가던 둥근 벚나무 토막은 매끄럽게 다듬자, 아름다운 모습을 드러냈다. 나는 나이테를 세어보았다. 47개였다.

처음 1, 2년 동안 이 벚나무는 종묘원에서 자라났을 것이다. 그러므로 1930년 가을에 옮겨 심었음이 분명했다. 처음 26년 동안 이 수액 나무는 건강하게 자랐다. 나무 중앙의 색깔도 하얗게 건강했다. 하지만 마지막 21년 동안, 이 나무의 성장은 점차 느려졌다. 나무의 나이테도 점점 좁아졌고, 둥근 나무토막의 바깥쪽 목재 색깔도 짙어졌다.

여기 정원 벚나무의 비밀스러운 식물의 일생 안에, 내가 장원 주인의 인생에 대해 들었던 이야기를 확증하는 것이 있었다. 1949년 혹은 1950년—1950년은 내가 고향 섬을 떠나, 글 쓸 소재를 찾기 위해 그리고 한 인간으로서보다 작가로서(내가 쓰려고 시도했던 작품들 속에서) 훨씬 더 많은 식견을 갖추기 위해, 그러니까 나의 진정한 경험에게는 나 자신을 감추고 나 자신에게는 나의 경험을 감추기 위해, 영국을 향해 멀리 우회하는 여행을 떠난 해이기도 하다—에 나의 장원 주인은 세상에 대한 과도한 지식을 벗어던지고, 세상에서 물러났다. 아마 장원 주인이 담쟁이덩굴을 건드리지 말라고 지시를 내렸던 때가 바로 그때였을 것이다. 어쨌든 그때까지는 전쟁이나 어떤 일에도 불구하고, 그의 부모가 설계한 정원은 그럭저럭 보살핌을 받고 있었다. 4, 5년 후에, 나의 벚나무 원반의 나이테가 증거를 보여주듯이, 담쟁이덩굴이 나무를 차지했다. 그리고 21년 후에 숨통이 막히고 목이 졸린 나무는 쓰러져서 정원의 잔해들, 삶의 잔해들의 일부가 되어버렸다.

어느 날 문득, 담쟁이덩굴이 나무를 차지했던, 혹은 벚나무 위에 자리를 잡았던 당시, 그러니까 아직 젊은 나이였던 장원 주인의 무기력증이 고질적인 증세가 되었던 그 당시에, 나는 옥스퍼드를 떠났다는 생각이 떠올랐다. 나는 뭔가를 해야만 했고, 작가가 되기 위해 고향을 떠났기 때문에, 그리고 내게는 다른 어떤 재능이나 소명도 없었기 때문에, 나는 더욱 일부러 나 자신을 작가라고 자처했었다. 그런 결정에는 어떤 기쁨도 없었다. 그리고 내 인생에서 가장 공허하고 가장 두려웠던 한 해였다. 그런데 어느 날 이 골짜기에서, 아무런 이유도 없이, 아마 단지 전망대를 향해서 소나무와 너도밤나무와 산사나무와 들장미의 방풍림 옆 언덕을 걸어 올라갈 때, 이 세상의 다른 어떤 장소도 줄 수 없는 기쁨을 내게 안겨준 그 풍경 속을 걷고 있다는 전율 때문이었는지, 어쨌든 나는 25년 전의 나 자신으로 되돌아가서 생각하고 있는 자신을 발견했다. 그리고 내가 거의 잊고 있었던 갑작스러운 공포를 다시 느꼈다. 그와 더불어 그 공포가 불러일으켰던 소망, 어디론가 달아나서 숨고 싶다는 소망이 떠올랐다. 돈도, 직업도,

개발할 재능도 없고, 그 저녁에 돌아갈 곳이라고는 사촌이 빌려준 어둡고 매우 축축한 지하방 말고는 아무 데도 없었던 처지. 게다가 그 전 해에 아버지가 돌아가신 뒤로 정신적으로 나만 바라보고 있는 가족들에게 해줄 수 있는 게 아무것도 없었다.

하지만 어찌어찌해서 나는 글쓰기를 끝냈다. 또 어찌어찌하다 보니—20년 후에, 그저 행운인 듯싶지만—나는 세상에 자리를 잡았다. 그리고 나의 장원 주인의 삶과는 정반대였던 20년 동안의 삶은 나를 그의 정원의 잔해, 바로 그 자신의 삶의 잔해가 주는 위안으로 이끌었다. 그럼에도 불구하고 결코 영광의 흔적을 잃지 않는 잔해가.

자신에 대해, 자신의 이름에 대해 보다 소박한 생각을 가진 사람이라면, 자신이 소유한 재산의 엄청난 가치를 알고 그 가치를 현실화했을지 모른다. 그리고 그 수입으로 어디 다른 곳에서 우아하게 살았으리라. 하지만 나의 주인은 자신이 알고 있는 것들과 함께 사는 쪽을 택했다. 다른 사람들이 그를 위해 이주를 고민해볼 수는 있었다. 하지만 그는 자신의 저택과 정원을 떠난 삶이란 생각할 수도 없었다. 어쩌면 그는 그것들을 자신만의 방식으로 계속 바라보고 있는지도 모른다. 심지어 온전하고 완벽한 것으로 보고 있을지 모른다. 우리가 오랫동안 살아온 집이나 아파트가 점차 낡아버려도 그 사실을 보지 못하는 것처럼.

*

장원은 정말 그 자체처럼 보였고, 장원을 이루고 있는 건물의 양식도 정말 확고해 보였기 때문에, 최근의 쇠락은 놀라운 일이었다. 하지만 일단 쇠락의 조짐을 보는 법을 터득하고 나니, 다른 곳들에서도 보였다. 나는 내 시골집 바로 바깥에 있는 콜드프레임*에서도 쇠락을 보았다.

이 콜드프레임은 원래 작은 묘목실로 설계되었던 것인데, 낮은 벽돌 벽으로 이루어져 있었다. 북쪽 벽이 남쪽 벽보다 50센티미터 정도 더 높았고, 목재 창틀의 커다란 유리 덮개가 지붕처럼 씌워져 있었다. 그리고 덮개의 경첩이 더 높은 북쪽 벽에 붙어 있어서 유리창은 남쪽으로 비스듬하게 경사를 이루었다. 이 덮개는 들어 올리기가 쉽지 않았다. 장원 마당에 있는 다른 많은 것들처럼, 이 덮개도 과도하게 주문 제작되어서 유리는 무겁고 목재 창틀은 지나치게 단단했다. 어느 시기인가 이 콜드프레임은 내버려졌다. 그리고 육중한 유리 덮개는 경첩을 떼서 높은 채원 담장에 기대어 세워놓았다. 내가 그것을 발견한 곳이 바로 그곳이었다.

주위에 잡초와 풀들이 무성하게 자란 콜드프레임은 무척 오래된 것처럼 보였다. 하지만 어느 여름, 엄격하게 내 영역으로 규정된 곳을 벗어나서 내 집 뒷문과 정원 담장 사이의 풀을 깎았을 때(피턴이 장원의 연료를 채워놓은 장원의 잔디 깎는 기계로), 그러니까 내가 처음으로 그곳의 풀을 깎고 잔디 깎는 기계를 정원 담장과 유리 덮개 바로 앞까지 가져갔을 때, 얼마나 달라보였는지! 오랫동안 방치되었던 영지 한구석에 우거진 수풀처럼 보이던 곳이, 풀을 깎고 나자, 평

* cold frame: 씨앗을 발아시키거나 작은 식물들을 추위로부터 보호하기 위한 작은 온실 같은 구조물.

평하고 말끔한 모습을 드러냈다. 그리고 유리 덮개도 마치 불과 몇 달 전에 담장에 세워놓은 것처럼 보였다.

그곳 담장 앞에는 나뭇재와 붉은 석탄재로 이루어진 흙더미가 있었다. 아마 내 시골집 벽난로에서(그리고 아마 '피난소' 시절 이전에) 나온 재도 섞여 있을 것이다. 이 만들어진 흙더미와 내 헛간의 측면 벽 사이에는 굵은 쇠창살이 덮인 구렁이 있었다. 언덕이나 도로, 포장된 좁은 길, 잔디밭, 대문에서 현관까지의 차도에서 흘러내리는 물을 배출하기 위해 마당 주변에 만들어놓은 수많은 배수구들 중 하나였다. 이곳에 자연적인 것은 하나도 없었다. 모든 것이 의도된 것이었다. 잔디와 나무들은 로마의 포럼*만큼이나 많은 공학 기술을 감추고 있었다. 잔디 깎는 기계로 그저 풀만 한번 베어내도, 내 시골집 뒷문 바깥의 황무지에 대한 생각은 없어지고, 담장과 흙더미와 헛간의 신중하게 고려된 설계도와 담장에 기대어놓은 목재 창틀의 유리 덮개의 견고함이 드러났다.

이 유리 덮개의 목재 창틀은 여전히 단단했고, 여전히 하얀 페인트칠이 남아 있었다. 유리창 몇 장이 깨지고, 네다섯 장이 퍼티**가 갈라져서 헐거워졌을 뿐이었다. 그리고 토양이 척박한 데다 정원 담장 북쪽 편에 자리해 거의 온종일 너도밤나무들이 그늘에 가려져 있었는데도, 유리 덮개 아래에서 자라는 풀과 잡초들은 이상하리만큼 무성하고 키가 컸다. 한편 벽돌 벽으로 둘러싸인 콜드프레임(유리판을 끼우기 위한 나무 테두리가 여전히 둘러져 있는) 안에도 바람에 날려온

* 공회용 광장.
** putty: 창유리의 접착제.

너도밤나무 잎과 열매들이 쌓여 있었고, 이상하게 노란 모래 바닥에서는 쐐기풀과 산미나리 그리고 내가 이름을 모르는 잡초들과 가시 달린 검은 딸기 덤불들이 무수히 자라고 있었다. 하지만 잔디 깎는 기계로 콜드프레임 주변을 딱 한 번 정리하는 것으로 오래된 쇠락이라는 생각을 싹 사라지게 할 수 있었다. 마치 5, 6년 후에, 쓰러진 벚나무의 원반에 그려진 나이테가 그러했듯이.

다시 제 모습을 드러낸 내 시골집 뒤편 마당을 보고 있자니, 묘하게 마음이 불안했다. 이곳의 퇴락이, 내게 이곳을 완벽한 피난처로 느끼게 해주는 그 퇴락이 새로운 현상이라는 생각이 들어 불안했던 것이다. 내가 그토록 커다란 위안을 느끼는 이곳이 내가 오기 불과 1, 2년 전부터 방치되었다는 걸 생각하면, 그 축소의 과정이 비록 20년이나 25년 전부터 시작되기는 했지만, 최근에야 가속화되었다는 걸, 그리고 내가 이곳에 있는 것 자체가 바로 그 가속화 과정의 일부라는 걸 생각하면 마음이 불안했다.

필립스 부부도 마찬가지였다. 내가 처음 그들을 만났을 때, 그들은 자신들이 속한 배경의 일부인 양, 자신들을 둘러싼 무심함에 의해 주조된 양, 그곳에 속한 존재처럼 보였다. 나는 그들의 응접실에 앉아서 얼룩덜룩한 돌로 만든 테라스를 통해 방치된 정원과 우람한 나무들, 그 너머에 있는 모든 것을 뿌옇게 가리는 풀이 무성한 저지대 목초지를 바라보았다. 이제 테라스 앞에 있는 키 작은 나무들의 가지에는 새들을 위한 모이통이 매달려 있었다. 그리고 한편에는 끝이 갈퀴처럼 갈라진 장대에 빈 빨랫줄이 걸려 있었다.

이 모든 것이 장원 저택의 일부처럼 보였다. 그리고 나는 대저택의 내부나 생활에 대해 아무것도 몰랐기 때문에, 그리고 문학(나는 그런 배경이 나오는 어떤 특정한 책을 생각할 수 없었다)보다는 만화나 영화에 의해 키워진 상상적 산물만을 보았기 때문에, 그리고 영국의 낯선 환경 속에서 나는 내 눈에 보이는 것들을 영국 생활의 또 다른 사례로 받아들이거나 범주화하는 나의 옛날 방식에 빠졌기 때문에, 필립스 부부가 대저택의 고용인 숙소에 거주하는 직원이나 하인들의 표본이라고 생각했다.

몇 달 후에, 필립스 부부가 나보다 앞서 장원에 온 지 일 년도 채 안 됐다는 사실을 알고서 나는 무척 실망스러웠다. 격식을 갖춘 그들의 태도는 저택 직원이나 하인으로서의 태도가 아니라 원래 그들이 갖고 있던 것이었다. 그것은 평화를 추구하고, 이 장원에서 찾은 평화를 만끽하는 사람들의 태도였다.

비록 장원의 고요한 삶에 완전히 정착한 듯 보였지만, 그리고 마치 이 지역 출신처럼 보였지만, 그들은 사실 '시골' 사람들이 아니라 시골 마을 취향을 지닌 도시 사람들이었다. 또한 완벽하게 이 장원의 일원인 양—숙소를 자기 집처럼 편하게 사용하고, 주변에서 벌어지는 직무 태만에 대해서도 아주 서서히 일어난 일이라 자신들은 전혀 눈치챌 수 없었다는 듯이 아랑곳하지 않으면서—보였지만, 사실은 뿌리가 없는 사람들이었다. 언덕 너머에 사는 잭보다도 뿌리가 없는 사람들이었던 것이다.

이들 부부는 자기 집이 없었고, 앞으로 가질 계획도 없었다. 그들은 일자리와 함께 제공되는 집에서 살았다. 내 생각에 거의 쉰에 가까운 나이였는데도, 일을 할 수 없는 노후를 전혀 걱정하지 않는 것 같았다. 그들의 고용주이자 내 장원 주인처럼 필립스 부부는 자신들을 위한 거처가 항상 있을 거라고 생각하는 모양이었다.

자동차, 소풍, 우리 골짜기 근처에 있는 서너 개의 도시 중 어느 한 곳에서의 쇼핑, 일주일에 두세 번쯤 이 도시 중 어느 곳에 있는 그들이 잘 아는 술집 가기—이런 일들이 그들의 기쁨이었다. 시골 생활의 기쁨이 아니라 도시 생활의 기쁨. 첫날, 내게 그토록 든든한 마음과 위안을 안겨주었던 그들의 모습, 자신들의 숙소(그곳의 가구들도 대부분 장원 저택의 것이었다)에서 오랫동안 살아온 사람들처럼 편안하게 보였던 그 모습은 뿌리 없이 떠도는 사람들로서 그들이 가진 재능 중 하나였던 것이다. 사실 잭의 재능도 이것과 별반 다르지 않았다. 비록 당장 눈에 드러나지는 않았지만 말이다.

관리되지 않고 버려진 농장 마당 한가운데에서, 그리고 불안정한 자신의 일자리와 주거지에서, 잭은 공들여 자신의 정원을 가꾸었고 채소와 꽃을 심기 위해 땅을 팠으며 정성을 다해 자신의 밭을 돌보았다. 결국 똑같은 불안정함—언제든 그들의 고용주가 세상을 떠나면 그들은 짐을 챙겨서 다른 일자리와 다른 거처를 찾아 떠나야만 했기 때문에—속에서 필립스 부부는 안락한 그들의 가정을 이루었고, 잭은 사계절과 그에 따른 정원에서의 노동을 통해 이곳에 정착한 것이다. 필립스 부부의 삶에 안정을 주는 기반은 그와 다른 종류의 것이었다. 그들의 도회적 삶에 리듬과 형식과 활력을 주는 것은 바로 집밖에서 벌어지는 사건들, 온갖 외부 행사들이었다. 소풍, 일주일에 두세 번씩 있는 술집 나들이, 매년 남부의 같은 호텔에서 보내는 휴가 등등.

아마 그들 생활의 이런 면이 필립스 부부를 밖으로 나돌게 했을 것이다. 그들은 사교적 습성에서 시골 사람들이 아니었다. 본능이나 성격상으로도 대저택의 하인 노릇을 할 사람들이었다. 그들은 도시, 바깥세상 사람들이었다. 게다가 필립스 부인이 정원의 오래된 장미 꽃밭을 잘라버린 일은, 만약 내가 아무 말도 듣지 못했더라면, 이 부부에 대해 의구심을 갖게 했을 것이다. 여름이면 무성한 장미 덤불 속의 장미꽃들이 얼마나 아름다웠는지! 그런데 가을이 되자, 장미 덤불은 두껍고 옹이가 진 그루터기 몇 인치만 남기고 몽땅 잘려나갔다. 그리고 필립스 부인은 종종 자신이 한 일을 이야기하곤 했다. "내가 얼른 다시 잘라냈다니까요." 그 말은 동시에 여러 가지 주장을 담고 있었다. 저택 뒷마당의 황무지를 길들이려는 자신의 노력에 대한 자랑과 동시에 '얼른' 잘라버리는 냉혹한 업무 처리를 좋아하는 성향, 그리고 외로운 정원사인 피턴을 은근슬쩍 비난하려는 의도까지 담고 있었다. 사실 피턴이라면 그녀가 손수 해야만 했던 가지치기를 아주 쉽게—그가 관심만 있었다면, 정말 신경을 썼더라면—해버렸을 것이다.

이제 더 이상 장미꽃은 피어나지 않았다. 다음 해 여름에는 오직 가시덤불, 꽃 한 송이 피지 않는 무성한 덤불뿐이었다. 가시덤불은 필립스 부인이 장미를 베어버린 증거마저 삼켜버리고 말았다. 부인도 두 번 다시 그 이야기를 꺼내지 않았다. 그리고 피턴이 그곳에 있는 동안, 더 이상 장원 정원에 어떤 간섭도 하지 않았다(어쩌면 장원의 한 시대가 정말로 막을 내렸을 때, 그곳을 알던 사람들은 모두 사라지고 새로운 계획을 가진 새로운 사람들이 엉시 안을 돌아다닐 때, 그 야생 가시덤불은 돌보지 않고 가지치기도 하지 않은 장미에게 어떤 일이 벌어질 수 있는지에 대한 증거로서 새삼 주목을 받을지도 모른다).

그곳에서 나는 모든 걸 그대로 받아들이는 신참자로서, 사람들이 자기 역할의 전형적인 예를 보여준다고 보았다. 하지만 곧 필립스 부부의 애매모호함은 내 머릿속에 깊은 인상을 남겼다. 그들은 저택의 시종 역할을 연기하고 있는 바깥세상 사람들이었다. 그리고 그 애매모호함은 사실이었다. 필립스 씨는 정신병원에서 남자 간호사로 일하다가, 그다음에는 호텔에서 근무했다. 이 장소들 중 어느 한 곳—병원 혹은 호텔—에서 필립스 부인이 신경쇠약을 앓기 시작했다. 그들이 장원으로 와서, 그러니까 세상에서 약간 물러나서 나의 장원 주인을 돌보게 된 것은 바로 신경쇠약 때문이었다.

필립스 씨는 사실 하인이 되는 것과는 거리가 먼, 사람들을 재훈련시키고 훈육하는 일에 종사해왔다. 그리고 종종 있는 일이지만, 사람들이 자신에게 필요한 사람의 마음을 사로잡으려고 하듯이, 강인한 남자인 필립스 씨는 자신이 돌봐야 하는 사람들의 마음을 사로잡았다. 아마 이 저택에서 그가 수행하는 직무에는 고용주와 그 사이의 이런 종류의 특별한 기쁨이 있는 게 분명했다. 그렇다면 내가 너도밤나무 아래 강둑 위로 주인의 차를 몰고 가는 그를 보았을 때, 그의 얼굴에 떠오른 묘하게 행복하고 만족스러운 표정은 설명이 가능해진다.

그는 보통 키거나, 어쩌면 다소 작다고 할 수 있는 키였다. 게다가 그가 입고 다니는 방한복—대부분 지퍼로 잠그는 두꺼운 풀오버—은 그의 몸매를 감추었다. 그러므로 내가 역도선수 같은 그의 잘 발달된 등 근육과 떡 벌어진 어깨, 우람한 팔뚝을 알아차린 것은 여름을 두 번이나 지난 다음이었다. 어쩌면 내가 그에 관해서 들은 이야기와 그가 나에게 자신에 대해 털어놓은 이야기 때문인지도 모르겠다.

매일 오후 3시가 되면, 채원 너머 어딘가에서 그의 고함 소리가 들려왔다. 얼마쯤 시간이 지난 뒤에야 나는 그가 뭐라고 고함을 지르는지 알았다. 그는 '프레드'라고 외치고 있었다. 차를 마시러 오라고 피턴을 부르는 소리였다. 이것이 우정의 표시인지, 아니면 단지 그가 해야 할 어떤 의무인지, 혹은 그들 모두 필립스 부부의 응접실이나 부엌에 모여 함께 차를 마시는 건지, 아니면 그저 와서 자기 차를 마시고 가는 건지, 나는 모른다. 하지만 그 고함에 섞여 있는 짜증과 권위는 필립스 씨—그리고 신경쇠약에 걸리기 전의 필립스 부인 또한—가 일하고 있는 또 다른 '장원'(인근에 알려진 대로)을 생각하게 했다.

*

한때는 열여섯 명의 정원사가 있었지만, 지금은 피턴 한 사람뿐이었다. 내가 그를 알게 되기까지, 그가 이 영지에 단순한 뜨내기손님이 아니라는 사실을 알게 되기까지 시간이—약 2주 정도—좀 걸렸다. 그리고 그가 정원사, 그 전설의 열여섯 명 중 마지막 정원사라는 사실을 알게 되기까지 다시 또 시간이 걸렸다. 그는 그런 이름에 전혀 어울리지 않았다. 피턴의 모습에서는 고풍스러움이나 쓸쓸함, 애수 따위는 전혀 찾아볼 수 없었다. 그는 50대 중반으로, 노년보다는 중년에 가까웠다. 그는 분명히 최초의 열여섯 명의 정원사 중 하나는 아니었다. 그는 단단한 복근을 가진 건장한 사내였고 옷차림에 최고로 격식을 갖추었다. 내가 처음 그를 보았을 때가 겨울이었는데, 그는 펠트 모자에 스리피스 트위드 양복을 입고 넥타이까지 매고 있었다(피턴은 겨울이나 여름이나 항상 넥타이를 맸다).

그는 열여섯 명의 정원사 중 한 사람처럼 보이지 않았을 뿐만 아니라, 심지어 정원사처럼 보이지도 않았다. 적어도 내가 생각하는 그런 정원사는 아니었다. 정원과 정원사라는 직업은 트리니다드의 특별한 풍경과 기억을, 19세기 말 소작농 이주민들인 나의 작은 아시아-인도 공동체의 기억을 불러일으키는 것이었고, 그래서 아픈 곳을 건드리는 것이었다.

트리니다드에서 어린아이였던 나는 정원사라는 사람을 알거나 본 적도 없었다. 인도인들이 주로 살았던 시골 지역에서는 정원 같은 것은 아예 찾아볼 수도 없었다. 사탕수수만이 온 땅을 뒤덮고 있을 뿐이었다. 사람들은 여전히 오래된 식민지 작물인 사탕수수를 키우며 먹고살았다. 사탕수수는, 노예제 폐지 이후 그 섬에 아시아 소작농들이 수입된 배경이었다. 그것은 또한 초라한 인도 양식의 집들과 좁은 아스팔트 도로변에 대충 초가지붕을 올린 오두막들의 배경이기도 했다. 이 작은 집과 오두막들의 지저분하고 평평한 마당에 정원 같은 것은 당연히 없었다. 더러운 물이 흐르는 도랑과 주로 히비스커스로 이루어진 산울타리는 있었다. 우리가 꽃들의 여왕이라고 부르는, 이따금 꽃이 피는 작은 나무 한 그루와 더불어 일일초, 정글제라늄, 백일홍, 금잔화, 개불알꽃 등이 피어 있는 꽃밭이 있기도 했다.

포트오브스페인에는 정원이 있긴 했지만, 빌딩 구역이 더 넓은, 더 부유한 동네에만 있었다. 어린 시절, 아마 나는 학교에서 집으로 돌아가는 저녁에 바로 이런 정원들에서 맨발의 정원사를 보았을 것이다. 그는 사실 정원사도 아니었을 것이다. 토양과 식물과 비료에 대한 지식을 가진 사람이라기보다는 단순히 정원 일꾼이었을 것이다. 바지를 정강이까지 둘둘 말아 올린 채, 꽃밭 위에서 호스로 장난을 치는 맨발의 남자, 풀 뽑는 사람 혹은 물 뿌리는 사람.

그 맨발의 정원사는 인도인이었을 것이다. 인도인들은 대개 땅과 식물에 대해 특별한 비법을 알고 있다고 여겨졌다. 이 남자는 아마 인도에서 태어나, 5년 이민 노역 계약에 의해 트리니다드로 실려 왔을 것이다. 그 기간이 끝나면 자유롭게 인도로 돌아갈 수 있거나 혹은 트리니다드에서 토지를 분양받을 거라는 약속만을 믿고서. 이런 종류의 인도인 노동자 계약은 1917년에 가서야 없어졌다. 1940년 당시의 내게는 옛날 옛적 일이지만, 그 정원에 있던 맨발의 물 뿌리는 사람(아마 아직도 인도어밖에 할 줄 모르는)에게는 여전히 쉽게 떠오르는 시절이었으리라. 이런 종류의 정원 일은, 주로 흑인들의 일자리로 그 단어 자체가 욕설로 쓰일 만큼 비천하고 아무 기술도 필요 없는 '마당쇠'라는 직업보다 거의 나을 것이 없는, 심지어 점차 그것과 같아지고 있는 도시의 직업이었다.

전쟁 이후에 새로운 종류의 농업이 발달하기 시작했다. 포트오브스페인은 날로 커졌고, 포트오브스페인에서 멀지 않은 아란구에스 이스테이트에서 더 이상 사탕수수를 경작하지 않게 되었다(아란구에스라는 이름은 18세기 후반 스페인 사람들이 스페인의 유명한 왕실 정원이 있는 아란후에스라는 도시 이름을 따서 지은 것이었다). 아란구에스에는 상당히 많은 주택들이 있었다. 하지만 남쪽에는, 베네수엘라의 오리노코 강 수위가 높아질 때면 파리아 만에서부터 툭하면 물이 범람하는 습지의 가장자리에, 이 땅 위에, 전쟁 동안 미국인들이 건설한 고속도로의 양쪽 제방에서, 예전 식민지 대농장의 일꾼들이 대농장에서 각기 몇 에이커의 밭을 빌려서 채소밭을 일구기 시작했다. 그리고 천천히 습지로부터 땅을 되찾아 재건하고 있었다.

그들이 기르는 채소—가지, 콩, 오크라—들은 사탕수수보다 재배 주기가 짧았고 상대적으로 손이 더 많이 갔다. 이 채소들은 더 섬세하게 보살펴야만 했다. 그러므로 식물의 주기 동안 날마다 잡초를 뽑거나 땅을 파거나 물을 주거나 비료를 뿌리는 농부들의 모습을 볼 수 있었다. 심지어 포트오브스페인에서 국제 크리켓 경기나 경마 대회, 혹은 큰 축제 행사가 열리는 날에도 마찬가지였다. 인간은 오직 자기 자신을 위해 일할 때만 그렇게 일하는 법이다.

코코아나무는 숲 혹은 산림과 같은 효과를 낳았고, 사탕수수는 키가 큰 풀이었다. 쭉쭉 뻗은 이 채소밭의 선들, 수많은 다양한 색조와 질감의 녹색은 우리에게 농사에 대한 새로운 개념을 심어주었고, 풍경과 자연의 아름다움에 대한 거의 새로운 개념을 가져다주었다. 채소를 기르는 사람은 인도인들이었지만, 이 채소밭은 전혀 인도의 시골 같지 않았다. 그 기술과 실행 방법은, 불과 2, 3킬로미터 떨어진 곳에 있는 열대 농업 임페리얼 칼리지(대영제국 전체에서 명성이 자자한)의 실험 경작지에서 나온 것이었다. 많은 인도인 채소 재배자들이 그곳에서 정원 일꾼으로 일했다. 인도인 채소 재배자들이 남부 아란구에스의 고속도로 양편에 만들어놓은 풍경 ─트리니다드나 인도에서는 그 원형을 찾을 수 없는─이 내가 영국에서 기차를 타고 가다가 본 마을 변두리의 텃밭과 비슷하다는 사실을 알아차린 것은, 영국에 다녀오고 불과 몇 년이 지났을 때였다. 열대 식민지 환경 속에 영국식 텃밭이라니! 계획에 의한 것이 아니라 순전한 우연의 산물이었다. 제국의 시대 말기에, 옛 사탕수수 대농장의 쇠퇴가 낳은 결과였던 것이다.

30년 후, 아란구에스의 채소밭은 수 제곱킬로미터에 달하는 땅을 뒤덮게 되었다. 습지에서부터 쌓아올린 땅은 계절마다 드넓은 평지를 만들어냈고, 네덜란드 효과*는 한쪽 방향으로는 맹그로브 습지까지 내내 퍼져나갔으며 다른 한쪽으로는 트리니다드 노던 레인지 기슭에까지 나타났다. 이제 노던 레인지는 더 이상 푸르고 아무것도 없는 곳이 아니라, 다른 섬들에서 건너온 불법 흑인 이민자들의 움막집으로 낮은 비탈이 완전히 뒤덮인 곳이 되었다. 내가 어렸을 때만 해도 여전히 토착적이고 대륙의 발견 이전의 특징들을 간직하고 있던 그곳의 풍경은 돌이킬 수 없게 완전히 변해버렸고 그와 더불어 사람들도 변했다.

30년 후, 오일 붐 시기에 이 채소 재배자들(혹은 그 후손들) 중 많은 이들이 부자가 되었고 그 자식들은 캐나다와 미국의 학교나 대학교에 다니게 되었다. 하지만 전쟁 직후인 초기에는, 그러니까 미국인들이 건설한 고속도로변의 원생식물인 갈대와 사초가 무성한 습지

---

* 천연자원에 의존하여 급성장을 이룬 국가가 산업경쟁력 제고를 등한시함으로써 결국 국가 경제가 뒷걸음치고 국민 생활도 하락하는 현상으로 '자원의 저주'라고도 한다.

위에 여전히 야자나무 잎으로 지은 축축한 움막들이 서 있던 시절에
는, 이런 채소밭에서의 노동은 아무리 과학적이라고 해도, 여전히 야
만적이고 보수가 적은 대농장 생활의 연장, 그러니까 진흙과 태양,
그리고 맨발, 축축한 움막, 햇빛 가리개처럼 머리에 꼭 맞도록 뒤를
접은, 기름이나 땀에 찌든 펠트 모자의 연장처럼 보였다.

꽃들은 아름다웠다. 누구나 꽃을 사랑했다. 포트오브스페인에는 영
국이 이 섬을 정복한 뒤에 건설한 수십 에이커에 달하는 로열 식물원
이 있었다. 그리고 암석정원의 수련 연못과 암석들도 있었다. 두 곳
모두 아름다운 장소로 알려졌다. 하지만 '정원사'라는 개념은 정원이
라는 개념 속에 들어 있지 않았다. 사실상 정원사는 정원과는 정반
대 개념으로 통했다. 정원이란 포트오브스페인과 안락하고 좋은 사무
직과 퀸스파크 사바나를 도는 일요일의 드라이브를 뜻했다. 반면 정
원사는 과거 식민지 대농장 혹은 재배지에 속한 존재였다. 그 과거는
포트오브스페인 바깥에, 인도의 시골에, 들판과 길과 움막에 있었다.

문학이나 영화(비록 딱히 떠오르는 영화는 없지만)가 이 단어에 어
떤 다른 의미를 덧붙여주었을 수도 있다. 하지만 그 인식—습지와
재배지와 채소밭에 대한—이 바로 내가 영국에 가져간 인식이었다.
그것은 또한 P. G. 우드하우스*의 정원사에 대한 나의 생각과 훌쩍이
는 여왕과 시적으로 대화를 나누는 「리처드 2세」**에 등장하는 정원사
에 대한 나의 생각 아래에 깔려 있는 인식이었다. 그리고 불가피하게
나는 새로운 인식을 얻었다. 런던의 커다란 공원들에는 정원사들이

---

* P. G. Wodehouse(1881~1975): 영국 출신의 소설가, 서정시인, 극작가.
** 셰익스피어의 희곡으로 왕실 정원사가 등장한다.

있었다. 내가 다닌 옥스퍼드 대학에도 정원사가 있었다. 친절하고 농담을 즐기며 파이프 담배를 피우는, (내 생각에) 신사의 풍모를 지닌 사람이었다. 그리고 내가 철도 주변의 텃밭에서 아란구에스 채소밭의 원형을 볼 수 있게 된 것처럼, 이 장원(영지의 대저택과 하인들의 자취가 남아 있는)에 와서 주변에 있는 농경 생활(트리니다드 재배지의 먼 옛날, 왜곡된 원형인)의 잔재들을 보고 나니, 예전의 인식이 다시 되살아났다.

그러나 전설적인 열여섯 명의 정원사 중 마지막 사람인 피턴은 상당히 독보적인 인물이었다. 그는 매일 아침 9시면 잔디밭 제일 끄트머리에 있는 하얀 칠을 한 넓은 출입문에 모습을 드러냈다. 슬리퍼스 트위드 양복을 입은 그의 모습은 정원사나 어떤 육체노동자와도 달랐다. 또한 어찌나 신중하게 내 시골집 앞을 피해서 멀리 떨어진 오솔길로만 다니고 주의 깊게 거리를 유지했는지, 나는 그가 뭔가 다른 일을 하러 장원 마당의 뒤편을 지나가는 줄 알았다. 그리고 하얀 출입문을 여는 것은 단지 오래된 공권(公權)을 발휘하는 것이라고 생각했다.

장원 마당을 드나드는 사람들은 상당히 많았다. 그래서 정확히 시간을 엄수하는 그의 규칙적인 일과 때문에 정체가 밝혀지기 전까지, 나는 피턴도 이런 방문객 중 하나일 거라고 생각했다. 아마 뒷길에서부터 농장 마당이나 교회 마당으로 가는 사람일 거라고. 그리고 또한 농가처럼 지어진 스쿼시 코트 옆에 있는 정원 헛간 근처의 수도꼭지를 사용할 수 있는 권한을 가진 사람일 거라고.

우리에게는 동물 손님들도 있었다. 피턴이 드나드는 길을 따라 내려오는 흑백 무늬 고양이가 있었는데, 그 녀석은 회양목 산울타리 근처 웃자란 풀과 잡초 속에서 위대한 사냥꾼으로 돌변했다. 그리고 그와는 반대편으로 순찰을 도는 래브라도 개도 있었다. 녀석은 계곡 위쪽에 있는 집의 개였다. 개 주인은 주중에는 런던에 가 있었다. 그래서 평일 아침에는 개 혼자 저지대 목초지를 순찰했다. 햇살이 빛나는 아침이면, 나는 내 거실에 앉아 더 이상 보이지 않을 때까지, 저 멀리서 녀석의 꼬리가 위아래로 흔들리는 걸 바라보곤 했다. 그러다가 마침내 녀석은 저지대 목초지와 무성하게 자란 과수원을 용케 헤치고 나와서 내 시골집 앞에 모습을 드러냈다. 시커멓게 젖은 아랫배와 시커멓게 젖은 네 발로. 녀석은 피턴처럼 잔디밭 건너편 건물들에 바싹 붙어 다녔다. 녀석의 웅크린 어깨와 정면을 똑바로 응시하는 시선(자신이 자기 일에만 신경 쓰고 있다는 확신을 심어주려고 애쓰는 피턴과 약간 닮은)은 자기가 남의 영역에 와 있다는 것을 아는 눈치였다. 엷은 황갈색의 이 우아한 동물을 모든 사람이 다 좋아하는 것은 아니었다. 녀석의 아침 순찰은 저지대 목초지에서 끝나지 않았다. 녀석은 쓰레기통의 단골손님이기도 했다. 장원 저택의 필립스 부부는 투덜거렸다. 심지어 피턴까지 투덜거렸다. 그 개는 그 점이 실망스러웠다. 그와 마찬가지로, 공들여 옷을 차려입고 배가 불룩 나온 근엄한 인물인 피턴에 대해 알게 되고 결국 그가 한낱 정원사임이 드러났을 때, 나는 피턴에게도 비슷한 실망감을 약간 느꼈다.

흑백 무늬 고양이와 엷은 황갈색 래브라도 개가 탐사하는 황무지는 피턴의 손길을 요구하는(혹은 요구하는 것처럼 보이는) 황무지, 그가 날마다 정원사로서 들락날락하는 황무지였다. 하지만 그는 래브라도 개처럼 더럽혀지거나 물에 젖어서 나오는 법이 없었다. 그는 고양이처럼 말끔한 모습으로 나왔다.

가장 큰 이유는 그의 침착함, 절대 서두르지 않는 자세 때문이었다. 피턴은 자신의 속도를 조절하는 법을 잘 알았다. 피턴의 노동에는 내가 밭이나 정원에서 잭을 보았을 때와 같은 저돌적이거나 거친 면이 전혀 없었다. 뜨거운 여름날 오후면 잭은 웃통을 벗어던지고 일을 했다. 하지만 피턴은 절대 그러는 법이 없었다. 피턴은 옷에 무척이나 신경을 많이 썼다. 잭의 다양한 노동들과 다양한 복장(내가 근무 시간 이후에 그의 정원에서 보았던 것처럼)이 마치 시도서(時禱書)에 실린 과장되고 상징적인 연쇄 삽화 같다면, 피턴은 좀더 현대적이고 유행을 좇는 사람이었다.

하지만 피턴의 유행 감각, 계절에 딱 어울리고 그 계절의 유행복으로 제작된 옷들을 주의 깊게 그러나 규칙적으로 구매하는 그의 습관, 바로 그 꾸준함, 낭비의 부재에는 일종의 의례 같은 면이 있었다. 옷과 계절은 피턴의 한 해를 주기적으로 규정짓는 의례였다. 펠트 모자와 스리피스 양복, 가시에 걸려도 좀처럼 찢어지지 않는 천으로 된 옷을 입어야 하는 시기가 있었다. 그런가 하면 밀짚모자를 써야 하는 시기와 스리피스 양복 대신 투피스 양복을 입어야 할 시기도 있었다. 풀오버도 한 벌의 풀오버, 두 벌의 풀오버를 입어야 할 시기가 따로 있었다. '시골풍'의 셔츠를 입는 시기와 좀더 가벼운 셔츠를 입는 시기도 따로 있었고, 퀼트 재킷을 입는 시기와 검은색의 얇은 비닐 우비를 입는 시기도 따로 있었다. 그의 복장은 그가 하고 있는 작업과 절기에 완벽하게 들어맞았다. 그의 한결같은 꾸준함, 그의 신체적인 조정 능력뿐만 아니라 복장과 날씨에 대한 뛰어난 판단력에 피턴의 비범한 단정함이 있었다.

그의 옷차림, 그의 겉모습, 정원사나 농장 일꾼처럼 보이지 않으려는 노력 등에는 그의 높은 자존심이 깔려 있었다. 나는 적어도 어느 정도는 피턴의 아내가 그런 허영심을 그에게 불어넣었으리라고 생각했다. 그녀는 대단히 섬세한 아름다움을 지닌 여자였다. 그녀와 같은 신분에서는 보기 드문 아름다움이었다. 그녀의 피부색과 이목구비, 자태는 고귀한 혈통에 더 가까워 보였다.

피턴과 그의 아내 모두 말재주가 없는 사람들이었다. 그들은 해야 할 말에 적당한 단어를 찾는 데 애를 먹었다. 그래서 별로 할 말이 없는 사람들처럼 보였다. 하지만 피턴의 아내의 아름다움은 그녀의 지적인 그리고 사회적인 무능함을 메워주고도 남을 만한 것이었다. 그녀를 바라보는 것은 언제나 기분 좋은 일이었고, 그녀의 반벙어리 같은 침묵은 언제나 놀라웠다. 그래도 아름다움은 아름다움이었다. 게다가 아름다움은 희귀한 것이다. 그런 아름다움을 소유한 사람은 어느 누구도 그것에 무관심할 수 없는 법이다. 나는 피턴의 옷차림이 피턴 부인의 미모를 상쇄하려는, 거기에 걸맞게 보이려는—피턴 자신이든 그의 부인이든 간에—의도라고 생각했다.

그런데 어느 날 이곳을 방문한 중년의 영국인 작가이자 내 오랜 친구인 토니가 내게 새로운 생각을 던져주었다. 작가로서 그는 사회적인 것에 빈틈이 없었고, 영국에서 상대를 희화하는 것과 스스로를 희화하는 것 둘 다 어떻게 꿰뚫어봐야 할지 그 방법을 알고 있었다.

토니는 하얀 출입문을 향해 느릿느릿 돌아가고 있는 피턴을 보았다. 여름이었고, 피턴은 밀짚모자에 여름옷을 입고 있었다. 오전 일과가 끝나서 점심을 먹으러 집으로 가는 길이었다. 그는 점심시간을 정확하게 지켜서 1시면 하얀 출입문에 도착하곤 했다. 피턴은 잔디밭 저편에서 내 창문 쪽은 쳐다보지도 않고, 앞에 있는 옅은 황갈색의 래브라도 개를 노려보았다.

토니가 물었다. "자네 장원 주인인가?"

"정원사라네."

토니가 말했다. "내가 오랫동안 갖고 있던 생각대로구먼. 사람들은 자기 주인을 닮으려고 한다니까."

나는 사실 장원 주인을 본 적이 없었기에 어떻게 생겼는지도 몰랐다. 토니는 어쩌면 예전에, 내 장원 주인이 칩거하기 전, 도시 사람으로서 사교적으로 활동하던 시절에 런던에서 장원 주인을 보았을지도 모른다.

하지만 피턴이 내 장원 주인을 닮은 것—만약 그런 유사점이 존재한다면—은 토니가 주장하는 그런 방식(즉 고용인은 고용주를 모방하게 되고, 고용주는 게으름에서든, 의기양양한 기분에서든, 그의 고용인의 모방을 또 모방하게 되는)으로 생겨난 일은 아니었다. 피턴이 내 장원 주인을 닮은 것은 우연한 사태, 우연의 일치였을 것이다. 왜냐하면 피턴은 내 장원 주인이 칩거하던 때, 심각한 우울증이 막 시작되었을 때 장원으로 왔기 때문이었다. 지금도, 필립스 부부에게 전해 듣기로는, 내 장원 주인은 날씨가 아주 좋은 날에만 자기 방에서 나왔다. 그러므로 피턴은 장원 주인을 거의 보지 못했다. 내 장원 주인과 정원사—좀더 정확히 말하자면 정원—사이를 중개하는 사람은 필립스 부부였다.

따라서 내 장원 주인은 피턴의 모델이 될 수 없었다. 하지만 토니가 피턴에 대해서 했던 말, 혹은 넌지시 던진 암시에 어떤 진실이 있음을 즉시 알아차렸다. 그의 스타일이 상관의 스타일을 모델로 삼은 것이라는 사실이었다. 내가 듣기로, 피턴은 이 장원에 오기 전에 군대에 있었다. 그리고 우리는 군사 지역에 있었다. 토니의 방문 이후 피턴의 모델에 대한 질문을 고민하던 중에—사실 내가 피턴을 보고 있는 동안에는 이 생각이 결코 떠나지 않았다—, 문득 피턴이 모델(피턴 부인의 부추김과 더불어)이 20년 혹은 25년 전에 피턴이 섬겼던 군사 장교(피턴의 기억 속에 여전히 살아 있는 어떤 이. 아마 피턴이 모방한 모습이 그 장교에 대한 최고의 기념물이겠지만)일지 모른다는 생각이 떠올랐다.

군대는 피턴에게 여전히 중요했다. 그의 아들이 군대에 있었던 것이다. 이 소년의 진급, 혹은 임명은, 피턴 부인이 눈을 깜빡이며 다만 한두 마디라도 이야기를 하는 유일한 화젯거리였다. 보통은 그저 예쁜 얼굴로 미소만 지었던 것이다. 우리는 이따금 검은 주목과 밤나무 그늘이 드리워진 버스 정류장에서 만나곤 했다. 버스가 많이 다니지 않았기 때문에 길은 무척 고요했다. 그리고 버스 정류장에서 떠드는 목소리는 거의 방 안에서처럼 메아리치며 울려 퍼졌다. 우리는 마치 그녀의 아들이 그저 학교에 다니는 소년인 것처럼 이야기했다. 마치 그가 공부도 그럭저럭 하지만, 수영과 운동을 조금 더 잘한다는 식으로.

실제로 피턴 부인이 아들의 군대 생활에 대해 이야기하던 중에 '학교'라는 말이 나오기도 했다. 어느 날 버스 정류장에서 "군에서 아들을 포병학교에 보냈어요"라고 내게 말했던 것이다. 아마 라크힐에 있는 포병학교일 것이다. 한때는 그곳에 딱 어울리는 지명이었다. 스톤헨지를 둘러싼 이 언덕들에서는 때가 되면 늘 종달새 노랫소리가 울려 퍼졌기 때문이었다. 하지만 지금은—비록 초록빛 언덕들은 그대로인 듯 보이지만—포병학교의 이름이 되어버렸다. 그리고 낮에는 하루 종일 포성이 울렸고 때로는 밤에도, 그리고 가끔 대규모 훈련이 있는 날에는 밤낮으로 포성이 울렸다.

피턴의 아들이 그곳에 있었기 때문에, 그리고 피턴이 내게 대단한 행사라고 말했기 때문에 나는 첫번째 여름에 포병학교 '방문의 날' 행사에 갔다. 그것은 학부생 가족들이 대학의 바지선을 점령해버리곤 하는, 옥스퍼드 대학의 여름 보트 경주 행사 중 하나 같았다. 혹은 식민지 트리니다드에 있는 내 학교, 퀸스 로열 칼리지의 운동회 날 같기도 했다. 나는 당장 그 행사를 알아보았다. 다만 선생님과 학생 대신, 장교와 병사가 있을 뿐이었다. 그리고 운동경기 대신, 총과 대단한 기술의 전시가 있을 뿐이었다. 하지만 박람회와 분위기는 똑같았다. 음식과 여자들의 옷, 특이한 색깔들, 평소에는 감추어져 있다가 이제 공공연히 드러난 가족 관계들. 박람회와 똑같이 살짝 익살스러운 확성기 안내 방송, 똑같이 잔뜩 옷을 빼입고 한껏 과시하는 분위기, 똑같이 특별히 그날에만 서로 뒤섞인 사교 분위기. 학교 운동회에서 자신을 과시하는 남학생들과 선생들, 이곳에서 자신을 과시하는 병사들과 장교들, 자신을 과시하는 온 가족들, 그리고 한껏 자기 모습을 드러내고 있는 여자들과 아가씨들, 이 경쟁에서 지지 않으려고 전전긍긍하는 좀더 가난한 사람들.

나는 피턴 부부가 이 행사를 왜 좋아하는지 알 수 있었다. 이것이 그들에게는 일 년 중 가장 중요한 사교 행사일 거라는 것도 알 수 있었다. 그리고 방문의 날은 한동안 버스 정류장에서 피턴 부인과 나눌 수 있는 약간 별도의 화젯거리를 제공해주었다.

그러던 어느 날, 부인이 내게 아들이 포병학교 훈련을 다 마쳤다고 말했다. 훈련은 무사히 잘 끝났다. "걔 친구들이 걔한테 작은 기념품을 주었어요." 그러고는 부인은 아마 '기념품'이라는 단어가 자신에게 그렇듯이 내게도 낯설고 알쏭달쏭한 또 다른 군사 전문 용어일 거라고 믿었는지, 다시 한 번 그 말을 되풀이하더니 자세히 설명해주었다. "함께 지낸 시간을 기리는 작은 기념품이에요. 다이아몬드처럼 투명한 플라스틱 안에 구식 놋쇠 총이 들어 있어요."

싸구려 기념품. 맹한 표정의 여인은 만면에 미소를 지으며 마치 아직도 아기인 양 자기 아들에 대해 이야기하고 있었다. 그 '기념품'은 조잡한 공예품이었다. 그러니 현실—군대, 군인 아들—도 거기에 걸맞아야 마땅했다. 하지만 현실은 달랐다. 현실은 심각했다. 피턴의 아들은 새로운 유형의 영국 군인인 특수 살상 임무를 띤 군인으로 훈련을 받고 있었다. 그리고 그는 그 임무에 딱 들어맞았다. 그는 매우 큰 발을 지닌 거인이었다. 피턴 부인의 우아한 외모를 낳은 고귀한 혈통은 그녀에게서 끝났거나 아니면 아들을 건너뛴 모양이었다.

이제 더 이상 나라를 위해 싸워야 할 큰 전쟁도 없는 요즘—19세기의 어리석은 만행 이후에 그래도 여전히 제국의 영광을 이어가는 세기인 요즘. 그리고 제2차 세계대전의 위대한, 그러나 소모적인 성취 이후에 제국의 영광이 저물어가는 요즘—, 영국 군대가 이런 종류의 엘리트 병사를 양성하는 데 힘을 쏟는다는 사실은 놀라운 일이었다. 솔즈베리 평원 주변의 작은 마을들에서는 이따금 사고가 일어나곤 했다. 그래서 가끔 택시 운전사들이 밤에 애를 먹었다. 하지만 우리가 사는 골짜기에서는 군인들이나 군용 차량을 거의 볼 수 없었다. 군용 차량은 그곳에 아예 들어오지 못하는 것 같았다. 이 골짜기 안에서 우리는 주변의 보호를 받으며 살고 있었다. 마치 19세기 거대 산업가들이 정작 재산을 벌어들인 산업도시 바깥의 시골 영지에서 살았던 것처럼.

어느 주말에 피턴의 아들이 '아가씨'를 데리고 집에 왔다. 일요일 오후에 그는 여자를 데리고 전망대까지 올라갔다. 나는 그때 두 사람을 보았다. 하루 산책을 마치고 언덕에서 내려오는 길이었다. 체구가 자그마한 여자는 거인 옆에 착 매달려 있었는데, 남자가 그녀를 둘러싼 것처럼 보였다. 이 골짜기에서는 한 번도 보지 못한 노골적인 포즈였다. 아니면 이제는 내가 그런 일들에 초연한, 그러니까 내가 열여덟 살에 목표했던, 그리고 나의 초고「축제의 밤」에서 썼던 초연함과 성숙함을 가지고 관찰할 수 있는 나이가 되었는지도 모르겠다. 소년, 아가씨, 그 부모의 집, 차를 마시기 전의 산책—멀리 관찰자를 세워둔 채 이루어지는 종족의 의례.

하지만 그 청년의 얼굴은 얼마나 불안해 보였는지! 커다란 덩치에도 불구하고, 그의 얼굴에는 어머니가 보는 어린아이의 모습이 그대로 남아 있었다. 아직도 완성되지 않은 이목구비, 피턴과 피턴 부인의 잘생긴 얼굴을 합쳐놓은 그 얼굴, 내가 아는 그 단순하고 자기 의

사를 제대로 표현하지 못하는, 하지만 자신들만의 허영심은 지니고 있는 두 사람, 그 두 사람의 얼굴이 군인의 위험한 복종, 새로운 허영심 속에서 만난 것이었다.

잭과 그를 구별 짓는 점이 바로 피턴의 순종하는 성격—그는 이 성격을 그의 군인 아들에게도 물려주었다—이었다. 언덕 너머, 반쯤 버려진 농장 마당과 길가에 있는 일종의 황무지에서 잭은 피턴이 장원 마당의 황폐한 땅에서 했던 똑같은 일들을 했다. 하지만 잭은 피턴이 전에도 그렇지 못했고 지금도 결코 할 수 없는 방식으로 자유로웠다. 아마 잭이 자신이 가진 것에 만족하며 살 수 있었던 것은 잭의 지적 부족함, 순수하게 육체적인 본성 때문이었을 것이다. 그것은 사소한 일이 아니었다. 잭은 운 좋게도 주변 환경들과 잘 맞았다. 그의 시골집, 그가 경작할 수 있었던 땅, 그리고 무엇보다도 그가 잠들고 깨어났던 그 고요함과 고독 등. 잭의 이런 주변 환경은 그의 천성과 더불어, 그의 삶을 마치 끊임없는 축하연처럼 보이게 했다. 농장에서 정식 근무를 마친 뒤 자신의 정원에서 하는 노동, 그 노곤함, 그런 다음 식사를 하고 술집으로 드라이브를 나가는 즐거움, 머리가 몽롱해질 때까지 늦도록 마시는 술, 달콤하고 아름다운—그리고 이익도 안 겨주는—자신의 노동의 열매들을 해마다 바라보는 기쁨. 그런데 왜 겨울에 불을 피우듯이 여름에 벌거벗은 등을 드러내지 못한단 말인가?

잭에게는 피턴이나 피턴의 아들이 결코 가질 수 없는, 음미하고 즐길 줄 아는 능력과 떠들썩한 활기 그리고 강인함이 있었다. 피턴의 아들이 가질 수 있었던 군인의 활기란 아마 내가 다닌 옥스퍼드 대학

지하실에서 저녁 식사 전에 학부생들이 보여주는 떠들썩함—특권 계급적 행동 방식의 한 형태, 격식을 차린 예의범절만큼이나 부자연스러운 후천적으로 획득된 어떤 것—과 비슷할 것이다.

피턴은 거칠고 한정되어 있는—농장, 집, 정원, 술집, 불과 몇 킬로미터 안에 모든 게 다 있는—잭의 생활을 좋아하지 않았을 것이다. 피턴은 좀더 지적이었고 더 많은 걸 보았다. 그에게는 잭이 갖지 못한 인생의 모델들이 있었다. 피턴은 자신에 대한 기대가 좀더 높았다. 아내에게도 더 많은 걸 해주고 싶어 했다. 그는 아내의 미모를(비록 나는 그가 그런 말을 하거나 암시하는 걸 한 번도 들어본 적은 없지만) 무척 자랑스러워했을 것이다. 하지만 피턴에게 야심을 갖도록 만든 높은 지성과 지식이 그를 순종적이며 상처받기 쉬운 사람으로 만들기도 했다. 그리고 그의 인생을 다른 사람들의 손에 맡기도록 했다.

*

그러므로 피턴이 내게 심어준—매일 아침 9시에 하얀 출입문을 지나 장원 영지 안으로 들어오는 그를 보면서 받은—단순한 첫인상에는 뭔가가 있었다.

그는 정원사처럼 보이지 않았다. 펠트 모자와 트위드 양복 차림의 그는 이곳을 지나가는 방문객에 더 가까워 보였다. 하지만 사실 그는 자신의 탈의실이기도 한 정원 헛간으로 가는 중이었다. 그는 정장을 입은 손님으로 들어와서, 그날 날씨와 오전 일과에 적합한 복장을 갖춰 입은 정원사가 되어 나타났다. 그는 자신이 전설적인 열어섯 명의 정원사 중 마지막 인물이라는 생각은 전혀 없는 것 같았다. 그는 그 것과는 또 다른 자아상을, 또 다른 낭만적 이상을 갖고 있었다. 그러 므로 비록(나중에 때가 되어 드러난 것처럼) 장원에서 자신이 하는 일 과 직업의 자유—그는 어느 누구의 감독도 받지 않았고 근무 시간을 선택해서 일할 수 있었다—를 소중하게 여기기는 했지만, 그리고 밀 렵꾼이나 토요일 오후에 잠깐 사냥을 나온 그 지역의 신사들을 보고 도 못 본 척 눈감아줄 권한까지 갖고 있었지만, 또한 외부인의 눈에 는 이 장원의 화려함과 특권의 일부가 피턴에게도 있는 것처럼 보였 지만, 그럼에도 불구하고 장원은 피턴이 지닌 낭만적 이상의 한 부분 을 차지하지 못했다.

그 점이 내게는 실망스러웠다. 이 장원에서 피턴은 필립스 부부나 나처럼 이 폐허 더미 속에서 그저 자신이 발견한 것들과 함께 살면서 지나간 삶의 흔적들을 보고 즐거워하는 떠돌이에 불과했던 것이다. 마치 글로스터셔에 있는 고대 로마인들의 주거지를 우연히 발견하고, 그 경이로운 광경과 더 이상 이해하지도 못하고 필요하지도 않은 난 방 시스템의 유적에 잠시 기뻐하는 야만인들처럼 말이다. 혹은 한때 는 도안과 돌들을 갖고 다니던 상인들과 여기저기 돌아다니며 마루 를 깔아주던 장인들이 외치고 다니며 팔았지만, 이제는 모자이크 마 루 세공 기술 자체만큼이나 신비롭고 불필요한 신들이 새겨진 모자 이크 마루 위에 깔린 새로운 사막 모래를 무심히 쓸어내고 있는 북아 프리카의 야만인들처럼. 게다가 어떤 낭만적인 방식으로라도 이런 인 생에 대해 생각하면서 고통스러워하지 않고 당연히 '복원한다'거나 재창조할 소망도 없이.

과수원과 삼림지대의 관목들 사이로 '정원의 피난소'까지 길을 낸 뒤에 아이들을 위한 초가지붕의 2층집을 내게 보여준 사람이 바로 피턴이었다. 영지 안의 정교한 건축물 중 하나인 이 집은 겉모양으로 봐서는 결코 아이들이 많이 사용했을 것 같지 않았다. 오히려 그 시대의 환상과 우아함이 담긴 작품, 어른들의 정교한 장난감에 가까웠다. 피턴은 그 점을 이해했고 이 놀이집이 구경할 가치가 있다고 생각했던 것이다. 하지만 그가 몇 년에 걸쳐 만들어낸 정원의 피난소(시든 꽃들과 버려진 장식용 꽃들——전부 장원 저택에서 나온 것은 아니고 일부는 작은 교회의 장례식에서 나온, 죽음과 작별 예식을 상기시키는——로 인해서 특히 우울한 분위기를 풍기는), 피턴의 피난소가 바로 놀이집 뒤에 있었다. 그래서 높고 뾰족한 지붕이 있는 이 집은 사실상 쓰레기 더미를 감추고 그곳을 더욱더 '피난소'처럼 만들어주는 역할을 하고 있었다.

만약 피턴이 지금처럼 그렇게 덤덤하지 않았거나 과거의 잔해 곁에서 태연하게 살 수 없었더라면, 혹은 최초의 열여섯 명의 정원사 중 하나여서 애수 어린 공상에 마음이 약해졌더라면, 지금 그가 하는 일들을 할 수 없었을지도 모른다.

나의 첫번째 여름에 그의 고용주, 즉 나이 장원 주인에게서 '비밀 정원'을 개방하고 깨끗이 치우라는 지시가 내려왔다. '비밀 정원'이라고? 그렇다면 이 장원 마당 안에 (장원 주인만이 사용하는 공간인 저택 반대편의 잔디밭과 숲과 산책로 이외에) 내가 모르는 곳이 있었단 말인가? 과연 그랬다. 나중에 밝혀진 바지만, '비밀 정원'이 어찌나 감쪽같이 숨겨져 있었는지 나는 날마다 그곳을 지나다니면서도 뭔가 특별한 것이 있을 거라고 추호도 의심하지 못했던 것이다. 그것은 책장에 꽂힌 가짜 책처럼 눈속임이었다. 숨겨진 정원은 중앙 차고 뒤편에 있었는데, 영락없이 차고 뒤편의 채원 담장처럼 보였던 것이 사실은 숨겨진 정원의 외벽이었다.

그 외벽과 실제 채원의 담장 사이에 비밀 정원이 있었던 것이다. 그곳은 사방이 담으로 둘러싸여 있었고 나무문을 통해서만 들어갈 수 있었다. 내가 날마다 그 앞을 지나다녔던 이 나무문은 언제나 굳게 닫혀 있었고, 밖에서 볼 때에는 채원으로 들어가는 수많은 문들 혹은 출입구들 중 하나인 것 같았다. 그 문들은 직원의 숫자가 줄어들면서, 열여섯 명의 정원사들이 점차 사라지면서 영원히 닫혀버렸던 것이다. 이제 그 문이 활짝 열렸고, 피턴이 작업을 하러 들어갔다. 스스로의 무게에 납작 짓눌린 오래된 젖은 낙엽들과 너도밤나무 열매가 뒤섞인 흙을 손수레에 실어 날랐다(이때 나는 수레를 밀고 가기 전에 짐을 가득 실은 손수레를 정확하게 잡는 그의 방식에 주목했다. 그는 먼저 주의 깊게 위치를 잡은 다음, 두 팔을 아래로 쭉 펴고서, 잠시 쉬었다가 무릎을 구부렸다. 그래서 손수레의 손잡이를 붙잡고 들어 올리는 과정에도 그의 등은 거의 꼿꼿하게 펴져 있었다. 그 모습을 보자, 나는 18세기에 가마를 들던 사람들이 통증이나 부상을 막기 위해 아마 저런 식으로 자기 몸을 관리했을 것이라는 생각이 들었다). 피턴은 짐을 가득 실은 손수레를 연신 피난소로 밀고 갔다. 이윽고 숨겨진 정원에서는, 키만 껑충하게 크고 가지는 가느다란 꽃나무들 아래에, 거의 새로 만든 것처럼 보이는 타일을 붙인 작은 분수가 모습을 드러냈다. 금색 반짝이가 박힌 옅은 푸른색 타일이었는데, 백합에 금박을 입히

듯, 약간 과도하고 천박해 보이는 것, 이미 모든 게 완성되었는데 또 덧붙인 어떤 것, 1920년대나 혹은 1930년대 초반에 나왔을 법한 어떤 것이었다.

필립스 부부가 와서 보라고 나를 불렀다. 피턴도 나를 불렀다. 우리 모두 기대를 저버리지 않고 예의 바르게 정원의 비밀스러움에 탄성을 질렀다. 필립스 부부는 이토록 아름다운 곳이 방치되어 있었다는 사실을 탄식했다. 우리 모두는 그토록 많은 사람이 이곳을 지나다니면서 감쪽같이 몰랐다는 사실에 경탄했다. 그리고 우리가 한 일을 보면서 약간 우쭐한 기분도 들었다. 하지만 그런 다음에는 이 비밀 정원을 어떻게 해야 할지 아무도 모르는 것 같았다. 다시 문이 닫혔고, 정원과 타일로 만든 분수는 다시 감추어졌다. 곧 다시 낙엽과 너도밤나무 열매와 죽은 나뭇가지들의 잔해로 뒤덮이기 시작할 게 분명했다.

결국 장원 주인의 여름 한때의 변덕이었던 것이다. 어느 날 문득 무언가—햇빛의 어떤 느낌, 혹은 집 안에 있던 어떤 물건, 어떤 편지—가 그의 어린 시절 비밀 정원에 대한 기억을 일깨웠으리라. 장원 주인은 정원을 보고 싶은 마음이 생겼다. 그래서 지시를 내렸다. 피턴은 꼬박 일주일 동안 작업했다. 주인은 비밀 정원을 한번 보고 다시 까맣게 잊어버렸다(그런데 정말 보기는 했을까? 과연 그가 늘 지내는 보호구역에서부터 그렇게 멀리까지 걸어 나왔을까? 그가 장원 마당의 공용 지역이라고 여기는 곳과 내 시골집까지 그렇게 가까이 왔을까? 필립스 씨나 필립스 부인은 장원 주인이 실제로 그 정원을 보기 위해 왔었다는 말을 한 번도 하지 않았다).

이제 내가 실망스러워했던 일은 더 이상 나를 실망시키지 않았다. 아마 피턴은 지금처럼 그가 하는 일을 할 수 없었을 것이다. 그의 노동이 결국 아무 소용이 없게 되거나 웃음거리가 될 거라는 사실을, 장원의 질서를 유지할 수 없으며 정원 식물의 완전한 쇠퇴를 늦출 수 없을 거라는 사실을 알면서도 일을 계속할 수 없었을 것이다. 만약 옛 장원 영지와 정원의 영광이 그가 동경하는 꿈의 한 부분이었더라면, 만약 그가 전설 속의 열여섯 명의 정원사 중 하나였더라면 말이다. 피턴은 그의 겉모습, 군사 장교의 환상을 갖고 있었기 때문에 지금 그가 하는 일을 할 수 있었던 것이다.

결과적으로, 어쩌면 이렇게 겉모습에 치중하는 삶, 그의 이런 자부심에 대한 분개 때문에, 혹은 그의 태도와 허세에 대한 분개 때문에, 피턴이 정원 일에 대해서 잘 '모른다는' 생각이 퍼졌는지도 모른다. 그는 저택에서 요구하는 채소와 특정 종류의 꽃들을 키웠고, 그게 고용주가 원하는 바였다. 하지만 그럼에도 불구하고, 그는 실제로 알지는 못했고, 진정한 정원사, 그 신비를 간직한 사람은 아니었다.

피턴에 대한 이런 비난, 반감 속에는 무척이나 오래된 정원사에 대한 이상적인 생각이 담겨 있었다. 그것은 내가 옥스퍼드 대학 시절에 발견한 정원사의 이상을 넘어서서, 거의 옹이의 신이라는 이상, 풍요에 대한 이상과 숭배의 시작으로까지 거슬러 올라가는 것이었다. 눈에 잘 보이지도 않는 씨앗이 자라서 싹을 틔우고 줄기를 뻗고 꽃봉오리를 맺고 꽃을 피우고 열매를 맺도록 만드는 사람, 그 작은 씨앗에서 이 모든 걸 불러내는 사람인 정원사. 씨앗과 뿌리와 접붙이기의 신비에 통달한 마술사이자 식물학자인 정원사. 그 신비는 (요리의 신비함과 더불어) 어린아이들이 가장 먼저 발견하는 신비 중 하나이다. 그것은 또한 나와 나의 누이 그리고 나의 사촌이 발견한 최초의 신비이기도 했다. 그때 우리는 서로를 흉내 내어, 그리고 단지 그 마법이 일어나는 걸 보기 위해, 포트오브스페인의 단단하고 누런 흙이 깔린 마당에 얕은 구멍을 파고 딱딱한 옥수수 열매 세 알을 심은 다음 막대기로 울타리를 빙 둘렀다(마당을 자유롭게 돌아다니는 닭들을 막기 위해서였다). 그리고 사흘 뒤, 학교에 가기 전 아침에 그 기적을 보았다. 그날 아침에 옥수수 싹이 흙을 뚫고 솟아난 것이었다. 칼집처럼 뾰족한 초록색 싹은 재빨리 풀잎처럼, 혹은 사탕수수처럼 뒤로 늘어진 얇은 이파리가 되었고, 마침내 아이가 싫증이 나서 더 이상 그 모습을 지켜보고 보호하는 걸 그만둘 때까지 그래서 닭들이 울타리를 쓰러뜨리고 아직도 연약하기만 한 식물을 완전히 쪼아 먹을 때까지 계속 자라났었다.

내가 영국에서 도시의 변두리, 철도 옆에 만들어진 텃밭을 보았을 때 느꼈던 감정이 바로 이런 어린 시절의 느낌, 뭔가를 키우는 데서 오는 기쁨이었다. 나는 내가 옥수수 씨앗을 심었을 때 어린아이로서 느꼈던 어떤 감정이 이 텃밭에서 일하는 사람들에게도 있다고 생각했다. 그리고 그것, 그 오래된 감정, 그 욕구가 바로 여기, 최초의 산업국가인 영국에도 살아남아 있다고, 가장 추하고 가장 반복적인 빅토리아 시대의 산업도시들에서 살고 있는 사람들의 마음속에도 살아남아 있다고, 마치 인공적인 빛과 기차 터미널의 오염된 공기 속에서 자라는 잡초처럼, 철도 사이 기름 묻은 자갈밭에서 자라는 잡초처럼 끈질기게 살아남아 있다고 느꼈다.

씨앗을 심고 식물이 자라는 걸 지켜보는 이런 본능이 어쩌면 영원한 것처럼, 인간의 마음이 언제나 되돌아가고 싶어 하는 어떤 것처럼 보일지 모른다. 하지만 내가 떠나온 식민지 대농장—바로 농업을 위해, 특정 농작물을 기르기 위해 만들어진 식민지, 거대하고 평평한 사탕수수 밭(그곳의 모든 것, 집들과 정부의 행정 방식, 여러 인종이 뒤섞인 인구 등등에 대한 해답이자 핵심인)을 위해 만들어진 그곳—에서는, 산업화된 영국의 부와 힘이 창조해낸 그 식민지에서는 그런 본능은 완전히 근절되고 없었다.

트리니다드의 아란구에스에 미국이 건설한 고속도로 양편으로 펼쳐져 있는 채소 재배지는 열대 농업 임페리얼 칼리지의 학문이, 그 잔재가 우연히 노동자들 사이에 퍼져나가 만들어진 우연의 산물이었다. 그 재배지는 영국의 텃밭과 비슷했다. 그리고 학문과 과학이라는 연결고리가 있었다. 하지만 포트오브스페인의 변두리에 있는 아란구에스의 재배지와 영국 도시들의 변두리에 있는 텃밭들은 이제 전혀 다른 본능과 욕구, 다른 감정을 이야기하고 있었다. 경작과 풍요의 오래된 세계, 바로 태초의 세계는 어쩌면 식민지 땅에 그리고 아주 잠깐 동안 어린아이의 마음속에 존재했을지 모른다. 하지만 어른들의 눈이 농사에서 보는 것은 어떤 마법이 아니라, 고된 노역과 추악함이었다. 영국의 텃밭이, 포트오브스페인의 우리 집 마당에 옥수수 씨앗 세 알을 심었던 내 기억만큼이나 소소하고 아득하고 막연한 어떤 감정으로 다가왔던 것은 바로 그 때문이었다.

*

피턴이 아무것도 '모른다'는 생각은 그저 장원의 공기 중에 떠다니는 생각이었다. 나 역시 주변에 대해 알아가면서 점차 그런 생각이 들었다. 필립스 씨나 부인에게 직접 그런 말을 들은 기억은 전혀 없었다. 아마 내가 이곳에 적응하여 주변을 둘러보며 스스로 판단을 내리는 법을 터득하기 전에, 필립스 부부가 여러 가지 간접적인 방법을 통해 그런 생각을 내게 심어주었을 것이다.

가령, 내가 온 첫해 여름에 필립스 부인이(내가 나중에 알게 된 것처럼, 사실은 부인 자신도 이 장원에 와서 산 지 얼마 되지 않았을 때였는데) 장미 정원의 오래되고 무성한 이끼장미 관목을 몽땅 잘라내어 결국 억센 찔레나무 덤불만 자라게 만든 것도 피턴이 잘 모른다는 생각 때문이었다.

봄이 오고 일곱 개의 이파리가 달린 찔레나무 가지 사이로 진짜 장미 이파리는 하나도 모습을 드러내지 않았을 때, 그리고 가시 달린 장미 꽃봉오리가 끝내 보이지 않았을 때, 부인은 아무 말도 하지 않았다. 장미와 가지치기라는 말조차 꺼내지 않았다. 이 일은 내가 그 골짜기에서 변화에 대한 생각, 내가 발견했던 완벽한 모습(내 생각에)을 점차 잃어가는 것들을 생각하며 초기에 교훈을 얻은 사건 중 하나였다. 하지만 그 후에도 몇 년 동안 나는 5월마다 그 자리에 서면 마법을 기대하는 심정으로 찔레 덤불 사이에서 장미꽃을 찾아보곤 했다. 장미에 대한 이런 침묵이 나로서는 장미꽃이 사라진 일에 대처하는 한 가지 방법이었다. 어쩌면 내게는 완벽한 것이 나보다 이전 사람들에게는 쇠퇴처럼 보였을지도, 그리고 맨 처음 이 정원의 설계자들이나 정원사들에게는 상상할 수 없는 것이었을지도 모른다.

그 후로 장미에 대해서는 더 이상 아무 일도 없었다. 하지만 이때쯤에는 피턴에게도 나름대로 '성격'이 부여되었다. 그리고 점차 나는 장원의 필립스 부부나 피턴의 가까운 이웃인 브레이 같은 사람들에게 피턴이 자신의 신비스러운 직업에 전문 지식이 부족한 사람으로, 진정한 소질이 없는 사람으로 비난 받아야 한다는 사실이 이상하게 여겨졌다. 사실 그들 중 번듯한 직업이나 가게를 가진 사람은 아무도 없었다. 그 때문에 영국의 농업 지역, 혹은 비산업 지역에서 흥미롭게도 한곳에 정착하지 못하고 떠도는 사람들이었다.

나는 필립스 부부가 그럭저럭 되는대로 살아가는 사람들이라고 생각했다. 평생 야망을 좇으며 전전긍긍 살아온 나로서는, 이들 부부가 아무런 장래 계획이 없다는 사실을 알았을 때 무척 인상적이었다. 이들은 미래에 대한 생각이 거의 없었고 아무 계획도 세우지 않았다. 그리고 만약 이곳에서 일이 잘못되면, 어딘가 다른 곳에 그들을 위한 숙소 딸린 일자리가 언제든 있을 거라는 가정을 하며 살았다. 언제든 변화를 받아들일 수 있는 이런 자세, 그저 무슨 일이 닥치든 그에 따라 살겠다는 이런 자세가 (비꼬는 말이 아니라 진심으로) 내게는 무척이나 인상적이었다. 하지만 여기에는 직업적 신념이나 뭔가를 이루겠다는 생각은 전혀 없었다. 그저 앞으로 살아갈 날이 빠한, 끝을 바라보는, 그래서 그냥 그럭저럭 살겠다는 생각만 담겨 있었다.

피턴의 이웃인 브레이도 마찬가지였다. 브레이는 자동차 대여업을 했다. 비록 그는 이 마을의 어떤 구성원보다 이곳에 깊게 뿌리를 내리고 있었고 어떤 구성원보다 이 장원과 가까웠지만──그의 아버지는 예전에 장원 저택에서 일했다──, 그리고 정원 일을 잘 모른다고 피턴을 비난하곤 했지만, 이곳 정원이나 심지어 그가 살고 있는 이 골짜기에 손톱만큼도 애정이 없었다. 그는 자기 집 앞마당을 전부, 항상 바뀌는 자신의 다양한 차들을 세워놓기 위한 콘크리트 주차장으로 바꿔버렸다.

날마다 피턴에게 차를 제공해주는──"프레드!"라고 외치는 필립스 씨의 목소리에서는 우정이나 동료애보다는 권위가 느껴졌다──필립스 부부는 나한테 피턴을 직접 언급한 적이 한 번도 없었다. 하지만 브레이는 그렇지 않았다. 그는 좀더 솔직했다. 그게 그의 '독립적인' 스타일이었고, 그는 그런 스타일을 자랑스러워했다. 그는 장원 주인에 대해서도 거리낌이 없었다. 그리고 그런 거리낌 없는 태도를 남들이 알아주기를 바랐다. 그는 스스로 그런 화제를 꺼냈다. "그 작자는 차에 태우고 싶지 않아. 빌어먹을 새 같다니까. 앞에 앉고 싶어 했다가 뒤에 앉고 싶다고 하고 또 금방 다시 앞에 앉고 싶어 한단 말이야." 그리고 피턴에 대해서는 "그자는 정말 거만한 놈이야"라고 말했다.

'거만한'은 '세상에서 가장 평범한commonest'이라는 말처럼 브레이가 즐겨 쓰는 표현 중 하나였다. 브레이에게 '거만하다arrogant'는 말은 근본적으로 '무식하다ignorant'는 뜻이었다. 하지만 동시에 '거만하다'는 의미도 있었다. 그러므로 이 단어를 브레이가 쓰면, 그 두 가지 의미가 결합되고 공격적인 목소리까지 더해져서, 무적이나 강력하게 들렸다.

피턴과 브레이는 공공 도로변에 한쪽 벽이 나란히 맞붙어 있는 이웃집에 살았다. 슬레이트 지붕에 부싯돌과 붉은 벽돌로 벽을 쌓은 집이었다. 두 집 모두 한때는 장원 소유였다. 근처에 있는 '그림 같은' 초가집이나 이 장원 자체가 그렇듯이, 그 집들도 제1차 세계대전 이전에 장원 영주가 지었다. 피턴의 집은 여전히 장원 소유로 일자리를 얻으면 함께 주어졌다. 하지만 브레이는 자기 집을 갖고 있었다. 아버지에게 물려받은 것이었다. 그의 아버지는 평생 동안 장원에서 일했는데, 장원 영지가 줄어들기 시작하고 가족들이 다른 곳에서 활동하게 되었을 때 매우 싸게—그에게 은혜를 베푼 것이나 다름없는 가격이었다—그 집을 샀다.

그 집의 작은 규모와 튼튼함, 직선 모양의 설계 그리고 재료들(붉은색 혹은 오렌지색의 벽돌과 부싯돌) 때문에, 나는 이 시골집들이 도시풍이라고 생각했다. 하지만 나중에 점차 안목이 생기고 수십 킬로미터 안에 있는 오래된 농장 건물들의 양식을 보고 나니, 그것이 이곳에 풍부한 부싯돌을 이용한 이 지방 특유의 건축양식이라는 걸 깨닫게 되었다. 그리고 이 시골집들이 실험적으로 '개량한' 농촌 주택으로 지어졌다는 사실도 알게 되었다. 결과적으로 이 집들은 길 바로 아래쪽에 있는 초가집들보다 더 진정한 의미에서 '시대적'이었다. 지붕은 아직도 시골 풍경의 이상을 상징했다. 그리고 짚으로 지붕을 이는 일은 결코 사라져가는 기술이 아니었다. 초가지붕을 만드는 사람들이 윌트셔의 모든 골짜기 마을에서 한창 작업 중이었다. 하지만 개량 농가—부싯돌과 벽돌로 지은—의 건축양식은 이제 그 지역의 석공들이 더 이상 따르지 않았다. 부싯돌을 다루는 특별한 기술은 전수받기가 힘들었다. 게다가 농촌 노동자들을 위한 개량 농가라는 사회적 이상은 더 이상 호소력이 없었다.

결국 브레이와 피턴 모두 비슷한 집들, 쉽게 읽을 수 있는 과거를 지닌 집들을 갖고 있었다. 하지만 브레이 쪽의 벽과 담장에는 소유권 의식이 드러나 있었다. 브레이는 자기 소유의 집을 갖고 있었다. 그리고 그 사실을 알리고 싶어 했다. 거기에다 자신은 자유인이라는 생각, 독립적으로 일을 하는 사람이라는 생각을 더했다. 한편 피턴 쪽에는 '스타일'에 대한 생각이 드러났다. 피턴은 산울타리며 잔디밭 그리고 꽃이 피는 작은 나무들이 있는 정원을 항상 깔끔하게 관리했다. 하지만 브레이의 정원은 자동차와 미니버스를 세우기 위한 콘크리트 마당이 거의 대부분을 차지했다. 그리고 그것은 두 사람 사이에 불화의 원인이었다.

피턴은 브레이에 대해서는 한 마디도 하지 않았다. 두 사람 사이에 계속되는 다툼에 대해 내가 아는 이야기들은 모두 브레이에게서 들은 것이었다. 내가 그의 자동차를 이용했기 때문이다. 브레이는 자기 식대로 자기 이야기만 했다. 자신이 한 행동이나 도발은 쏙 빼고, 오직 피턴이 한 행동만 전달했다. 그리고 이 결과가 피턴에게—그토록 말끔하게 옷을 차려입고 장원 영지에서 그토록 한결같은 모습을 보여주며 그토록 점잖은 걸음걸이를 지닌—영향을 미쳤다. 대중의 모범인 그를 집에서는 미치광이로 바꾸어놓았던 것이다.

나를 철도역까지 태워다주면서 브레이는 이렇게 말하곤 했다. "우리 친구가 요즘에는 뭔가를 짓는 모양입니다. 글쎄, 새벽 3시에 드릴로 벽에 구멍을 뚫지 뭡니까. 그런 행동을 어떻게 생각하시나요?"

그렇게 브레이는 한동안 사람들이 전동 드릴을 손에 쥔 미친놈으로 피턴의 모습을 상상하도록 내버려두곤 했다. 밤이면 자기 집에서 미쳐 날뛰는 현대식 레이저 총을 든 하이드 씨. 그러다가 멀쩡하게 정신을 차리고서 아침 9시면 잔디밭의 하얀 출입문 앞에 말끔한 모습으로 등장하는 장원의 지킬 박사.

그러다가 나는 브레이와의 드라이브가 끝날 쯤에서야, 아니면 다음 드라이브 혹은 그다음 드라이브가 되어서야 겨우, 오히려 브레이가 온갖 그럴듯한 이유―일에 대한 그의 열정, 그의 자립심, 이 나라 전체를 망치고 있는 게으름에 대한 그의 증오심, 다른 사람들에 대한 불신 등등, 이런 모든 매우 그럴듯한 이유―때문에 자정이 훨씬 넘은 시각까지 시멘트로 포장한 자신의 마당에서 자동차 엔진을 부수거나 가동했다는 사실을 알게 되곤 했다.

브레이에게는 비뚤어진 면이 있었다. 그는 시멘트를 바르고 기름이 얼룩진 자신의 마당과 반쯤 부서진 자신의 자동차들이 사람들의 반감을 산다는 걸 알고 있었다. 특히 바로 옆집에 사는 피턴의 성질을 돋운다는 걸 알고 있었다. 또한 그것이 이 계곡에 전혀 어울리지 않는, 눈에 띄는 흉물이라는 사실도 알고 있었고, 자신의 관광객 승객들이 볼까 봐 걱정하기도 했다. 하지만 브레이는 비록 자신은 인정하지 않거나 혹은 뭐라고 설명하지 못할지도 모르겠지만, 올바른 행동거지와 스타일에 대한 피턴의 생각을 어떻게든 꺾어버리고 싶어 했다. 게다가 또 한 가지 이유가 있었는데, 브레이는 자기 땅과 자기 집에서는 자기 하고 싶은 대로 뭐든 할 수 있다고 생각했다. 왜냐하면 그곳은 자신의 소유였고, 피턴이나 자신이 알고 있는 거의 모든 노동자들과는 달리 자신은 자유인이기 때문이었다.

자유는 브레이에게 무척 중요했다. 비록 그는 자동차 대여업을 하면서 사람들을 수많은 공항의 여러 터미널로 데려다주고 또 공항에서 외국 아이들을 데려오곤 했지만, 비록 그 일이 대단한 기술인 양, 세상 어떤 사람의 직업과도 견줄 만한 고귀한 소명인 양 굴었지만, 그의 진정한 소명은 자유로운 사람이 되는 것, 다시 말해서 자신의 아버지가 그랬던 것처럼, '남을 섬기는' 사람, 즉 하인이 되지 않는 것이었다.

남을 섬기는 것 —이미 죽고 사라진 세계의 이야기였다. 하지만 브레이에게는 그렇지 않았다. 그의 어린 시절이 그 세계에 있었다. 마치 나의 어린 시절이 이젠 사라져버린, 사탕수수 밭과 오두막과 맨발의 어린아이들의 세계에 있는 것처럼. 도랑과 히비스커스 울타리, 순순히 받아들이기는 했지만 이해할 수 없었던 종교 의식들, 저녁 기도 후에 하나씩 밝혀지던 램프 불빛의 아름다움, 그리고 럼주 가게들과 말다툼, 격렬한 싸움에 대한 두려움의 세계. '재배지'니 '노동자들' '정원사들' 같은 말들이 내게 특별한 풍경을 떠올리게 하듯이, 브레이 역시 나 같은 사람은 오직 머릿속으로 막연히 그려볼 수만 있는 골짜기의 풍경들과 더불어 살고 있었다.

그는 내게 종종 지나간 시절에 대해 이야기해주곤 했다. 그는 추수 때면 아이들이 들에 나간 아버지들에게 차를 가져다주던 일이며 양치기들과 언덕 위에 있던 그들의 오두막에 대해, 그리고 날마다 맥주로 일당을 받던 노동자들과 지금은 무너져버린 노동자들의 오두막집들이 옹기종기 모여 있던 그림 같은 풍경에 대해 이야기해주었다. 그는 자신의 출신 배경을 감추기는커녕, 언제나 그 이야기를 화제에 올렸고 자신이 얼마나 멀리까지 왔는지 스스로에게(그리고 나나 그의 이야기를 듣는 사람 누구에게나) 상기시켰다.

브레이의 아버지는 무슨 일을 했을까? 브레이는 처음에는 자신의 아버지가 전설적인 열여섯 명의 정원사 중 우두머리인 '수석 정원사'였다고 말했다. 아마 자신의 시골집을 매우 낮은 가격에 구입할 특권을 누릴 수 있는 유일한 사람이었을 것이라고 말이다. 하지만 나중에는 그의 아버지가 집사이자 운전사(때로는 심지어 '마부' 노릇도 했다. 담쟁이덩굴로 뒤덮인 오래된 곡물 창고 옆 헛간에는 마차들이 있었던 것이다)였다고 말했다. 그러므로 그의 아버지가 전설적인 열여섯 명의 정원사 중 우두머리였다는 주장은 단지 '거만한' 피턴의 기를 죽이려는 브레이의 술수였을 가능성이 높았다.

그의 아버지가 장원에서 무슨 일을 했든 간에 브레이는 자신의 아버지를 자랑스러워했지 거부하지 않았다. 하지만 아버지가 장원에서 시종이었다는 사실과 관련된 일들은 브레이 자신을 욱하게 만들고 여전히 마음을 아프게 하는 기억이었다.

그는 마을 학교(지금은 더 이상 학교는 없고, 그저 건물, 시골집, 매력적인 주택만 남아 있을 뿐이었다)의 방학 동안 장원 저택에 일하러 갔던 어느 날의 이야기를 내게 털어놓기 시작했다. 그것은 무척 중요한 기억이었고, 여전히 그에게는 가슴 아픈 일이었다. 그는 내가 이 방인이었기 때문에, 내가 그의 심정을 이해할 수 있었고 그의 이야기에 관심이 있었기 때문에 내게 그 이야기를 털어놓을 수 있었다. 나는 1950년 이후로 장족의 발전을 이루었다. 말하는 법과 질문하는 법을 배웠으며, 오직 내가 작가이며 감수성이 뛰어나다는 이유로 진실이 내 앞에 활짝 나타날 거라는 기대―S. S. 콜롬비아 호 위에서나 얼스코트 하숙집에서처럼―는 더 이상 하지 않았다. 나는 나 자신―언제나 성숙하기도 전, 사회적 경험이 있는 성인이 되기도 전에 자신이 속한 섬과 공동체를 떠나온 이방인이며 낯선 자인―에게서 타인에 대한 깊은 관심, 타인의 삶의 시시콜콜한 일상을 생생하게 그려내고 싶은 소망, 그들의 눈을 통해 세상을 보고 싶은 욕망을 발견했다. 그리고 이런 관심과 함께 종종 어떤 순간에는 상대방의 머릿속에서 가장 먼저 떠오른 생각을 감지할 수 있는 감각―거의 육감에 가까운―이 생겨났다.

그러므로 브레이는 방학 동안 장원 저택에서 일하던 시절에 대해 털어놓기 시작한 것이다. 하지만 그때 어떤 일이 일어났다. 빨간 신호등이 켜졌거나 어쩌면 다른 운전사와의 인사 교환이나 말싸움이 있었던 것 같다. 그러고는 뼈아픈 기억의 아픔이 자신의 이야기를 내게 털어놓고 싶은 브레이의 마음을 눌러버렸다. 결국 그가 장원 저택에서 하인으로 지낸 시절의 이야기는 비밀로 남았다. 어쩌면 그 역할을 순순히 받아들였다는 사실이 그를 고통스럽게 하는지 모른다. 어쩌면 그 일이 그의 순수함, 그의 어린아이다운 천진함의 착취였다고 여기는 것인지도 모른다. 경험이 지극히 제한된 아이들은 학대받는 상황을 쉽게 받아들이는 법이다. 심지어 그의 놀이가 학대받는 상황을 견디며 살도록 어린아이를 조장할 수도 있고, 완전히 다르게 되었어야 할 누군가에게 마소히즘을 조장할 수도 있다.

내 과거, 나의 어린 시절을 돌이켜보면―내가 겪은 경험과 감정을 통해서만 우리는 다른 사람의 상황을 이해할 수 있는 법이다―, 당연하게 받아들였던 수많은 학대를 발견한다. 나는 시골길이나 도시 거리에 벌거벗은 어린아이들, 가난이라는 개념과 더불어 마음 편히 잘살았다. 나는 또한 잔인하게 아이들을 채찍질하고 불구자들을 조롱하는, 우리 힌두 가족과 그보다 위에 있는 우리 농업 식민지의 인종적 식민지적 체계에 의해 구현되는 전혀 다른 권위의 개념과도 태연하게 잘살았다.

아무도 반항아로 태어나지는 않는다. 반항은 우리가 훈련받아야할 어떤 것이다. 아버지의 분노―가족과 고용주에 대한 분노뿐만 아니라 정치적인 분노―라는 자극이 있었음에도 불구하고, 우리 가족의 삶과 태도와 우리 섬에는 내가 순순히 받아들인 많은 것들―나중에 나에게 굴욕감을 안겨준 순응들―이 있었다.

그 모든 것 중에서도 가장 고귀한 욕구―작가가 되고 싶다는 소망, 내 인생을 지배한 소망―가 사람을 가장 강력하게 구속하고, 가장 음험하며, 어떤 면에서는 가장 부패하기 쉬운 것이었다. 왜냐하면 내가 받은 반쪽짜리 영국식 교육에 의해 정제되고, 그때부터 더 이상 순수한 욕구가 아니게 된 그것은 내게 정신 활동에 대한 거짓된 관념을 심어주었기 때문이다. 그런 식민지 환경에서, 가장 고귀한 욕구란 가장 철저하게 자신을 묶는 것이었다. 내가 되고 싶은 사람이 되기 위해서 나는 있는 그대로의 나 자신이기를, 혹은 원래 모습 그대로 성장하기를 그만두어야만 했다. 작가가 되기 위해서는 그 야망과 함께했던 어린 시절의 수많은 생각들, 그리고 반쪽짜리 교육이 내게 심어준 작가에 대한 개념을 떨쳐버려야만 했다.

그러므로 나에게 ─식민지인이며 작가인 ─과거란 수치와 굴욕으로 가득 찬 것이었다. 그러나 작가로서 나는 그런 과거와 대면하도록 자신을 훈련시킬 수 있었다. 그리고 사실상 그것은 내 글의 주제가 되었다.

브레이는 그런 훈련을 받지 않았고, 그런 필요도 느끼지 않았다. 그와 그의 과거 사이에는 전쟁 전의 불황, 전쟁, 전쟁 이후의 재건과 급속한 경기 부흥이 놓여 있었다. 그가 그 과거에서 더 멀리 떨어지면 질수록, 세상은 점점 더 변했고, 아마 그의 고통은 점점 더 심해졌을 것이다.

정치적으로 그는 보수적이었다. "잘 알잖아요. 나는 완전히 철저한 토리당이에요." '완전히'라는 말과 '철저한'이라는 말을 합쳐서 쓰면서, 그는 이렇게 말하곤 했다. 하지만 그가 보수적이라는 말로, 사실상 의미하는 것은 자신이 남 밑에서 일하지 않는 자유로운 사람이라는 뜻이었다. 또한 자유롭게 살려는 의지 없이 남 밑에서 일하는 사람들(피턴 같은)을 무시한다는 뜻이었다. 그리고 국가의 기생충인 사람들을 조금도 존중하지 않으며 그런 사람들을 부양하기 위해 세금을 내는 걸 증오한다는 뜻이었다. 하지만 이런 토리당주의, 노동당과 공산주의에 대한 증오심과 더불어, 강력한 공화주의가 있었다. 그는 부자들에게 생계를 의지했다. 그는 부자들의 색다른 생활 방식을 좋아했고 그것에 대해 이야기하길 좋아했다. 하지만 동시에 그는 롤스로이스를 몰고 다니는 사람들을 증오했고, 지주와 작위가 있는 사람들, 왕족들, 그리고 생계를 위해 일하지 않는 모든 사람을 증오했다.

그는 내가 윌리엄 코빗*을 읽기 전까지는 영국에서 가능할 거라고 생각도 못했을 방식으로, 작위가 있는 사람들과 오래된 가문들과 부를 물려받은 사람들을 증오했다. 무려 150년 전의 편견과 완고함과 급진주의, 그러니까 프랑스 대혁명이 키운 급진주의(코빗의 글, 박력이 넘치고 무서울 만큼 속도감 있는 그의 산문 속에서 여전히 생생하게 느낄 수 있는) 속에서 나는 브레이의 수많은 태도들을 발견할 수 있었다. 부와 권력의 거대한 새 물결인 제국이 중간에 끼어 있음에도 불구하고, 브레이의 열정은 놀랍게도 여전히 순수한 농촌 사회의 열정, 그러니까 장원과 대농장과 고용 일꾼들과 연결된 열정과 비슷했다. 그 대부분이, 브레이에게는 자신의 집안과 장원과의 관계에 뿌리박고 있었다. 그리고 아직도 가슴에 사무치는 굴욕감은 그곳에서 '섬겨야만 했던' 그의 방학과 연결되어 있었다.

임시 사택에서 사는 정원사 피턴은 옷차림에 무척 신경을 썼다. 그는 일종의 시골 신사 스타일을 목표로 했다. 반면 자유인인 브레이는 운전기사의 챙이 있는 모자를 썼다. 그는 경찰을 상대할 때 도움이 되기 때문에 그 모자를 쓴다고 말했다(우리는 몇 달째 사업적 관계로 있다가, 마침내 마을 지인 같은 관계로 발전했다). 그리고 내가 수차례, 특히 공항에서 목격한 바에 따르면 그의 말이 맞았다. 제복을 입은 경찰들은 챙이 있는 그 모자를 알아보았고 반응했다. 그리고 직업을 표시하는 배지가 있는 게 (여러 가지 면에서) 더 수월했다.

또 한 번은 일반 택시 기사들과 자신을 구별하기 위해 그 모자를

* William Cobbett(1763~1835): 영국의 언론인으로 산업혁명에 맞서 전통적인 영국 농촌 사회를 옹호한 보수주의자였다.

쓴다는 말도 했다. 일반 택시 기사들은 손님 대기 택시 주차장에서 할 일 없이 장난을 치며 너무 많은 시간을 보낸다는 것이었다. 하지만 정작 택시 기사들은 챙이 달린 모자를 쓰는 것이 노예 근성의 표시라고 생각하고, 브레이가 낮은 요금(그들이 보기에는 이것 또한 노예 근성 탓이었다)을 받는 것과 함께 그 모자를 쓰는 것도 조롱했다. 그것 —브레이의 '노예근성'과 일반적인 옛날식 사고방식—은 바로 브레이가 다만 몇 시간이라도 자기 밑에서 일할 운전기사를 구하지 못하는 이유이기도 했다. 브레이는 시간을 잘 지키고 믿을 수 있었으며 적정 요금만 받았기 때문에, 자기 혼자서 감당할 수 있는 것보다 더 많은 단골 고객들을 갖고 있었다. 하지만 브레이는 자기가 고용하는 운전기사들에게 너무 많은 것을 요구했다. 그는 자신이 일하는 시간만큼 그들도 일해주기를 바랐으며, 격식을 차려 옷을 입기를, 심지어 제복을 입기를 원했다.

정작 브레이 자신은 격식을 차려 옷을 입지 않았다. 그는 챙이 달린 모자를 썼다. 하지만 그밖에는 모든 것이, 그 모자가 암시하는 경의의 표시와는 정반대의 옷차림이었다. 그는 주로 카디건을 입었고 양복은 거의 입지 않았다. 카디건은 여러 가지 방식으로 단추를 풀거나 잠글 수 있었다. 그것은 격식을 의미할 수도, 허물없음과 무관심을 의미할 수도 있다. 혹은 브레이가 종종 그러듯이, 난롯가와 슬리퍼와 텔레비전 앞에서 불려 나온 사람이라는 걸 암시할 수도 있다. 챙이 달린 모자 역시 여러 가지 다른 각도로 쓸 수 있었고, 존중을 드러내는가 하면 경멸을 드러낼 수도 있었다. 똑바로 쓴 모자는 (단추를 끝까지 잠근 카디건과 함께) 상대방에 대한 성의보다는 자신을 소중하게 다루는 사람임을, 그러니까 존경을 표하는 사람이라기보다는 자기 자신을 존중하는 사람임을 암시할 수 있었다.

그 모자는 브레이가 만나는 사람들에게 자신을 내세울 수 있도록, 그러니까 자기 의견과 판단을 전달할 수 있도록 도와주었다. 모자가 없었다면 그는 좀더 힘들었을 것이다. 적당한 말을 찾아야 하고 여러 가지 얼굴 표정을 지어야 했을 테니까. 결과적으로 그는 끊임없이 공세에 시달렸을 것이다(자동차 대여업이나 택시 사업이 그렇듯이). 여러 각도로 쓸 수 있는 챙 달린 모자는 다양한 방식으로 입을 수 있는 카디건과 더불어 브레이로 하여금 모든 다양하고 미묘한 판단들을 내릴 수 있도록(그리고 분명하게 드러낼 수 있도록) 해주었다.

남을 섬기는 아버지의 태도에 반발하려는 바로 그 이유 때문에, 사실 브레이는 다양하고 유연한 하인의 성격을 갖고 있었다. 다양한 억양과 목소리, 표정. 피턴과 달리 브레이에게는 모델이 없었다. 오직 자기 자신에게만 의존하기 때문에, 그는 특이한 사람이라는 분명한 인상을 풍겼다. 브레이의 다양하고 열정적인 성격, 다중적인 면을 지닌 성격은 모르긴 해도 근본적으로 불안정할 것이다. 그는 장원에서 일하지 않았다(나는 전혀 모르지만, 그곳에서 무슨 싸움이 있었던 모양이다. 필립스 부부도 그런 말은 일절 하지 않았다. 게다가 그 싸움은 그들이 오기 전에 일어났을 것이다). 하지만 피턴에 대한 그의 분노는 일부분 침입자라고 느끼는 사람에 대한 분노이기도 했다. 왜냐하면 브레이는 피턴보다 자신이 장원과 장원 주인에 대해 더 많은 걸 알고 있다고 생각했고 그렇게 주장했기 때문이다.

개량한 농가 주택이라는 비슷한 집에 살면서, 일꾼들을 거느린 두 사람은 그 모든 차이점과 갈등에도 불구하고 똑같은 한 가지를 목표로 했다. 바로 위엄이었다.

결국 피턴은 집에서나 직장에서나 팽팽한 긴장감에 둘러싸여 있었다. 왜냐하면 브레이가 자신을 외부인이자 침입자로 여기며 분노를 쏟아내는 것을, 피턴은 장원에서 필립스 부부에게 되갚아주거나 혹은 한껏 화풀이를 하기 때문이었다. 피턴은 조용한 표정과 적은 말수에도 불구하고, 자기 '감정'을 드러내는 그 나름의 방법을 갖고 있었다. 필립스 부부가 그에게 제대로 아는 게 없다고 지적하는 것처럼, 피턴은 그들에게 도회지 것들이며 장원의 신참들임을 주지시킬 수 있었다.

이렇게 삼각관계에 놓인 이 사람들은, 물리적으로 그토록 가깝게, 각기 다른 방식으로 장원 일에 '종사하면서' 서로에게 원한을 품고 살았다. 그들에게 재미있는 점 한 가지는 옷 입는 방식이 정말 각기 달랐다는 것이다. 옷—유행하는 옷의 저가 제품—의 선택은 솔즈베리의 가게들이 어떤 걸 제공하느냐에 따라 제한되었다. 그러므로 비록 피턴이 그의 시골 신사 같은 옷들(그 옷들은 딱히 싸지 않았다)을 사는 가게 혹은 신사용품점이 어디인지, 필립스 부부가 솜이 들어간 방한용 코트나 지퍼로 잠그는 풀오버를 사는 '스포츠용품점'(훨씬 더 쌌다)이 어디인지 금방 알 수 있었지만, 또한 내 눈에는 그 옷들이 그저 상품으로밖에, 입는 사람의 개인적인 어떤 것이 아니라 막대한 재고품 중에 한 견본으로밖에 보이지 않았지만, 그리고 솔즈베리의 이 옷가게들은 서로 가까이 붙어 있었지만, 그럼에도 불구하고 그들 모두에게 이런 옷차림의 '차별성'은 무척 중요했다.

이 사람들 모두 강인했다. 달리 말하면 무감각하거나 혹은 자신들의 처지를 제대로 보지 못했다. 그들은 그럴 수밖에 없었다. 브레이는 자신이 그토록 자랑스럽게 여기는 자유를 얻기 위해 돈을 벌어야만 했다. 그는 절대 일을 거절하는 법이 없었고, 놀랄 만큼 장시간 일을 했다. 사생활 따위는 전혀 없었고 밤에 온전히 잠을 자는 일도 드물었다. 한편 필립스 부부는 아무것도 모아놓은 것 없이 살았기 때문에 강인할—비록 필립스 부인은 '예민하고' 툭하면 두통을 앓았지만—수밖에 없었다. 게다가 언제든 이곳을 떠나 다른 곳으로 가서, 다른 사람들과 다른 관계를 맺으며 다른 조건 속에서 살게 될 수도 있다는 사실을 잘 알고 있었다.

또한 피턴은 브레이와 필립스 부부의 화를 참고 살아야 할 뿐만 아니라, 채원을 떠나면 그의 모든 노동—잭처럼 자발적인 노동이 아니라 돈을 받고 하는 그의 일—은 장원 마당의 황폐함에 있다는 걸 알고 견뎌야만 했다. 그것은 가을에 낙엽을 치우는 일처럼 아무도 알아주지 않는 반복적이고 고된 노동이거나, 잠깐 열렸다가 다시 닫혀버린 비밀의 정원을 청소하는 일처럼 무의미한 노동이었다. 장원 마당에서의 노동은 후임자를 기다리고 있었다.

개량 농가 주택, 정원의 창고, 장원 마당. 이것이 그의 작은 노선—마치 그것이 그가 가진 전부인 양, 끔찍하게 축소된 세계였다. 그는 또 다른 이상—시골 신사라는 이상—이 필요했다. 누군가의 감독을 받지 않고 정해진 근무시간이 없었다면, '시골 신사'라는 또 다른 이상과 그것이 그에게 부여해주는 '기질'이 아니었다면, 그는 게으름뱅이가 되었을지 모른다. 열정과 진정한 거칢, 생명력이 없는 책이 되어 부랑자로 전락했을지도 모른다.

나는 두번째 여름에 피턴의 기질을 직접 체험한 적이 있다. 멀리 여행을 떠났다가 여름이 거의 끝날 무렵에 돌아와 보니, 내가 없는 동안 집 주변 잔디밭을 한 번도 깎지 않고 내버려둔 것이었다. 내 집 주변 마당의 가장자리 끝은 기술적으로 내가 돌봐야 하고 관리해야 하는 내 구역이었다. 사실 잔디 깎는 기계로 단 5분이면 끝날 일이었다. 하지만 손바닥만 한 이 땅을 피턴은 주도면밀하게 그냥 내버려둔 것이었다. 그 때문에 잔디밭 경관을 헤치는데도 말이다.

필립스 부인은 "사람들이 참 재밌네요"라고 말했다. 마치 내가 결국에는 자신들이 뭘 참고 견디는지 알게 될 거라는 듯이.

아마 그녀도 내가 없는 동안 잔디와 잡초가 자라는 걸 보았을 것이다. 그리고 내가 돌아왔을 때 어떤 반응을 보일지 즐거운 마음으로 기다렸을 것이다.

하지만 나는 이 장원에서 원한과 다툼에 말려들고 싶은 마음이 전혀 없었다. 그러므로 장원 마당에서 피턴을 보자, 나는 다가가서 잔디 깎는 기계를 좀 빌려달라고 부탁했다. 그는 몹시 겸연쩍어했다. 얼마 전에 그는 소소한 다툼, 약간의 신경전을 일으켰었다. 그리고 몇 주 동안 필립스 부부가 뻔히 보는 앞에서 그렇게 해왔던 것이다. 그런데 이제—분쟁 시기, 다툼의 최고조임이 틀림없는—, 그는 부끄러워했다. 필립스 부부의 눈앞에서는 자기가 하던 대로 했다. 그러나 이방인인 나와는 어떻게 싸워야 할지 몰랐던 것이다. 그것은 감동적이었다. 그는 중얼중얼 변명을 늘어놓기 시작했다. 그러나 곧 생각을 고쳐먹고, 곧상 창고로 가서 잔디 깎는 기계와 연료가 든 깡통을 가지고 나왔다. 그는 나를 세심히 배려했다. 내가 연료를 채운 다음에 잔디 깎는 기계의 겉을 닦으라고 걸레까지 갖다주었다.

잔디 깎는 일이 끝났을 때, 나는 일부러 신경 써서 잔디 깎는 기계와 연료통을 바로 정원 헛간의 잠긴 문 앞에 갖다놓았다. 마치 이런 무언극을 통해 내가 그의 수고를 당연하게 여기지 않는다는 사실을 그에게 알려주려는 듯이(사실 전에는 그의 잔디 깎는 기계를 쓰고서 그렇게 신경을 쓴 적이 없었다). 그리고 그는 내가 결코 예상치 못한 방식으로 반응했다. 금요일 아침에 있는 쓰레기 수거를 위해 목요일 저녁에 내 쓰레기통을 장원 저택의 안마당으로 가져간 것이다. 그는 오직 한 손으로, 한쪽 손잡이만 잡고서 쓰레기가 가득 찬 양철통을 번쩍 든 채, 걸음걸이 하나 흐트리지 않고, 평소 걸음 속도로 걸어갔다. 그의 나이와 불룩 튀어나온 배, 그리고 눈에 띄게 굼뜬 동작에도 불구하고 엄청난 괴력을 보여주면서.

그렇게 우리는 친구가 되었다. 그리고 늦은 여름과 초가을 동안 저녁마다, 햇살과 그늘이 드리워지는 잔디밭 위에서, 우리는 함께 일했다. 그는 내가 잔디밭의 마지막 손질을 돕는 걸 허락했다. 나는 항상 잔디 깎는 일을 좋아했던 것이다. 그리고 낙엽을 모으는 일도 도왔다. 떨어진 나뭇잎을 모아 대충 깎아 만든 두 바퀴 손수레에 싣고 과수원과 아이들의 놀이집을 지나서 '피난소'까지 밀고 간 다음, 손수레의 문을 열고 앞으로 기울여서 질척질척하고 미끄러운 낙엽 언덕 위에 나뭇잎들을 쏟아붓는 일은, 이상하리만큼 평온한 오후(한두 시간 동안)의 즐거운 활동이었다.

크리스마스가 되기 며칠 전에 나는 피턴에게 위스키 한 병을 주려고 집으로 찾아갔다. 춥고 축축한 날씨였고, 길은 줄곧 진창이었다. 너도밤나무와 단풍나무들이 지금은 나뭇잎 하나 없는데도 여전히 햇빛을 가리고 있는 것 같았다. 피턴네의 대문과 현관까지 이어지는 보도는 브레이네보다 괜찮아 보였다. 나는 피턴네 현관문 바로 앞에 가서야 비로소, 현관문과 문틀의 페인트칠이 얼마나 심각하게 벗겨졌는지 알아차렸다. 앞쪽 창문틀도 반쯤 썩어 있었다.

피턴이 현관까지 나오는 데 꽤 오랜 시간이 걸렸다. 아마 손님 맞을 준비를, 그러니까 옷을 갈아입어야만 했던 모양이다. 그의 얼굴은 딱딱하게 굳어 있었고 당황한 기색이 역력했다. 그 모습은 자신의 집에 누군가 '갑자기 들이닥치는 걸' 좋아하지 않는다는 사실을 내게 분명히 말해주고 있었다.

그의 집은 내가 생각했던 것보다 훨씬 더 초라했다. 60여 년이나 된 개량 농가 주택은, 외관이 아무리 튼튼해 보여도, 내부는 너덜너덜하고 거의 쓰러질 지경이었다. 좁은 복도는 닳아서 반들반들 윤이 나고 색깔을 거의 알아볼 수 없을 정도였다. 작은 거실에는 아무렇게나 모아놓은 것 같은 가구들이 놓여 있었다.

오래되었지만 여전히 처음 이 물건을 샀던 가게들을 떠올리게 하는 소박한 가구들. 역시 싸구려 상점을 떠올리게 하는 소박한 텔레비전과 하이파이 오디오. 주름을 잡지 않은 싸구려 커튼. 오직 사진들—피턴과 그의 아내가 좀더 젊었을 때 함께 찍은 사진, 20년 전 피턴 부인의 독사진(부인은 어깨 너머로 이 사진을 바라보며 확실히 즐거워했다), 그리고 아들 사진—, 오직 이 사진들만이 피턴이 그토록 오랫동안 지내온 이 방을 개인적 공간으로 느끼게 해주었다.

창문틀은, 집 안에 들어오니 더 확실하게 볼 수 있었는데, 죄다 뒤틀려 있었다. 그 때문에 바람이 방으로 숭숭 새어 들어왔다. 어째서 피턴은 집 안 내부를 꾸미지 않는 걸까? 나는 그가 뭐라고 말할지 알았다. 내부 장식은 장원 소관이라고, 이 집은 자기 것이 아니라고 대답할 것이다. 그는 장원에서 자신의 거실은 물론 집의 나머지 부분도 당연히 꾸며주기를 기다리고 있었다. 그는 이런 우중충한 집에서 자기 인생의 한 부분을 보내는 걸 별 불만 없이 받아들이고 있었다. 실망스러운 일이었다. 여기에 바로 이 남자의 진정한 노예근성, 진정한 순종이 있었다. 그의 근엄함, 그의 신중한 행동거지, 그의 무게 있는 태도, 그의 자기애를 대면한 채, 그에 관한 또 다른 사실을 파악하기는 어려웠다. 그가 버는 돈의 상당 부분이 그와 부인의 옷값으로 나갔던 것이다. 두 사람 모두가 그토록 까다롭게 구는 바깥세상에 보여주기 위한 것이었다.

나는 그에게 위스키를 선물했다. 그는 고맙다고 말했지만, 딱히 기뻐하는 표정이 아니었다. 딱딱하게 굳은 그의 얼굴은 풀리거나 부드러워지지 않았다. 그 표정은 오직 대화를 나누다가, 이런 방문이 실수였음을 깨달은 내가 그걸 만회하기 위해서 그의 하이파이 오디오 장치를 언급했을 때야 비로소 얼굴 근육이 풀리면서 부드러워졌다. 내게는 그런 물건이 하나도 없다고 말했다. 그러자 피턴의 얼굴에서 당혹스럽고 굳은 표정이 자기만족에 가득 찬 바보 같은 미소로 바뀌었다. 그는 자신의 물건을 보고 내가 놀랐다는 사실이 ─정말 놀랍게도─무척 기뻤던 것이다.

피턴의 바보 같은 미소를 보자, 나는 옛날 어린 시절 ─여기, 이 계곡, 이 피턴의 집에서는 마치 꿈만 같은—과 가슴 아픈 기억이 떠올랐다. 우리 대가족 안에서 우리 집은 가난했다. 그리고 나는 기억하고 있다. 한두 번 멀리 사는 부자 친척이 우리 집을 방문하러 왔을 때, 우리가 겉으로 드러난 것보다 더 부자인 척하고 싶은 본능이, 자랑하고 싶고 과시하고 싶은 본능이 얼마나 강했는지를. 참으로 묘한 본능이었다. 우리는 똑같이 가난한 사람에게는 자랑하지 않았다. 더 잘사는 사람들에게, 우리의 허영심을 쉽게 꿰뚫어볼 수 있는 사람들에게 자랑했다. 나는 다른 사람들에게서도 그런 본능을 보았다. 내가 어린아이로서 제일 처음 목격한 것이 가난의 거짓말, 가난이 사람들에게 강요하는 거짓말이었다. 우리는 세계 대공황의 마지막 시기에 매우 가난한 농업 식민지 이민자들이었다. 돈을 가진 사람은 거의 없었다. 돈이 어찌나 귀했는지, 거대한 땅을 아주 적은 돈에 팔아야만 했다. 노동자들도 엄청난 고통을 겪었다. 하지만 어린아이였던 나는 사람들이 고용주, 그러니까 매주 그들에게 돈을 지불해주는 사람에게 그가 생각하는 것보다 사실은 더 부자인 척하는 걸 보았다. 일당 혹은 주급을 받는 사람들, 하루에 1달러가 안 되는 돈을 받기 위해 8시간 이상 일하는 그들은 남들이—거의—모르는 재산과 완전히 감추어진 삶을 갖고 있었다.

이런 것들—내 어린 시절의 늪지대와 습기와 오두막집의 훅 풍기는 냄새—이 크리스마스 때, 윌트셔의 계곡, 피턴의 개량 농가 주택에 있는 내 머릿속에 떠올랐다. 그는 가난했다. 이제 나는 그가 그의 가난 때문에 상처받았으며 수치심을 느꼈다는 걸 깨달았다. 또한 그의 신경이 필립스 부부나 브레이보다 더 예민했음을 깨달았다. 그는 그 사람들보다 훨씬 더 상처받기 쉬웠던 것이다.

*

3시경이면 장원 어디선가 "프레드!" 하는 외침 소리가 들려왔다. 하지만 외침 소리가 들린다는 걸 깨닫는 데에는 좀 시간이 걸렸다. 처음에는 그 소리가 시골의 수많은 소음들—동물들의 울음소리, 저 멀리서 들려오는, 저지대 목초지에서부터 낙농장으로 소를 몰고 가는 목동의 뻐꾸기 울음 같은 외침 소리(그는 그저 "어서 가! 어서 가!" 라고 외치고 있었다), 농장 기계 소리, 새소리, 비둘기들이 오래된 곡식 창고 벽에 붙은 빽빽한 담쟁이덩굴 사이의 둥지나 횃대에서 날개를 퍼덕거리는 소리, 교회 마당 너머 농장에서 들려오는 노후한 착유기 소리(이 기계는 꺼지기 직전에 날카로운 비명 소리를 냈는데, 그 소리를 듣는 순간 이미 두 시간 전부터 마치 매미 울음소리나 귓속의 울림처럼 뭔가 윙윙거리는 소리가 들려왔다는 사실을 문득 깨닫게 되었다), 군용기의 부르릉거리는 소리 등—과 비슷하게 들렸기 때문이다.

내가 그 소리를 알아듣고 나자, 필립스 씨가 "프레드!" 하고 외치는 소리가 꽤 또렷하게 들렸다. 나는 그 외침이 내가 이곳에 오기 오래전부터 있었던, 오래된 일과 중 하나라고 생각했다. 그러나 곧 그렇지 않다는 사실을 발견했다. 그리고 그 외침 소리에 성격과 기분을 부여할 수 있게 되자, 거기에 감도는 긴장감도 이해할 수 있게 되었다. 그때 문득, 피턴은 한 번도 그 외침에 응답하거나 알아들은 척하지 않는다는 사실을 깨달았다.

그것은 오후의 외침 소리였다. 하지만 가끔, 특히 봄에는 오전에도 들을 수 있었다. 그것은 필립스 씨가 나의 장원 주인과 피턴 사이에 지시사항을 전달하고 있다는 의미였다. 봄이면 나의 장원 주인은 꽃을 구경하거나 쇼핑을 나가고 싶어 했다. 그리고 때로는 그 두 가지를 한꺼번에 하고 싶어 했다. 그는 다른 사람의 정원을 찾아가고 싶어 하지 않았다(아마 다른 사람들의 집이나 영역 안으로 들어가는 일 자체가 그에게는 너무 심란한 일이었을 것이다). 대신 꽃 가게와 원예용품점에 가는 걸 더 좋아했다. 그리고 피턴과 함께 가길 원했다.

피턴이 멀리 불려 나갈 때, 이런 나들이 때, 그는 장원 자동차의 어느 좌석에 앉았을까? 장원 저택의 또 다른 고용인인 필립스 씨와 나란히 앞좌석에 앉았을까? 아니면 뒷좌석에 혼자 따로 앉았을까?

나는 피턴이 동행으로, 그리고 (필립스 씨의 동행과 더불어) 그의 동행이 나의 장원 주인에게 보호막을 제공해주러 따라간다고 생각했다. 피턴이 순전히 정원사로서 조언해주기 위해 따라가는 것일 리는 없었다. 왜냐하면 사가지고 온 식물들—피턴이 돌봐야만 하는—이 항상 적합하지는 않았기 때문이다. 내 기억에 한번은 진달래가 우리 백악질 토양에 맞지 않아서, 피턴이 모래 화분에 옮겨 심어야만 했다. 내가 그 이유를 물었을 때, 그는 한동안 허둥거리며 우물쭈물하다가 마침내 영감이 떠오르자 환한 표정으로 대답했다. "미네랄 때문이죠." 그는 진달래를 모래에 옮겨 심은 다음, 그때부터 진달래가 죽을 때까지 날마다 값비싼 '철분' 용액을 '먹여주었다.' '먹여주었다'는 말이 딱 적합한 표현이었는데, 왜냐하면 이 작은 진달래들은 새나 어미 없는 어린 동물들을 먹이듯이 점적기로 한 방울씩 떨어뜨려줘야만 했기 때문이다.

나의 세번째 해, 세번째 봄에, 전보다 더 자주 오전의 외침 소리가 들려왔다. 이것은 내 장원 주인의 건강 상태 변화와 관련이 있었다. 병이 몹시 심해서 무기력증으로 거의 움직이지도 못했던 장원 주인은—필립스 부부가 이 장원에 와서 그와 그의 저택을 돌보기 시작할 무렵부터—서서히 회복하기 시작했다. 온몸을 마비시키는 그의 무기력증을 완화할 수 있는 어떤 약물이나 치료제가 발견되었던 것이다. 그 덕분에 그의 오랜 칩거 생활과 공백기에도 불구하고 한구석에 살아남아 있던 그의 성격(혹은 성격의 일부가)이 다시 되살아났다. 게다가 수술이 부분적으로나마 그의 시력을 회복시켰다.

내 장원 주인이 이렇게 그의 특별한 세계와 삶에 다시 눈을 뜬 데에는, 필립스 부부의 도움이 아주 컸다. 필립스 씨는 전문적이고 사리 분별이 있는 보호자였다. 또한 고용주인 동시에 의존하는 사람인 병자가 자신을 믿고 맡길 수 있을 만큼 강한 사람이었다. 남편의 강인함에다, 필립스 부인은, 시를 쓸 뿐만 아니라 이제 시력을 회복함에 따라 그림까지 그리기 시작한 고용주의 예술적 측면에 대한 칭송과 다정한 부드러움을 더했다. 이 그림들은 마치 이전에 여러 차례 그려본 적이 있었던 것처럼, 혹은 이제 막 회복한 장원 주인의 과거 생활 중 어느 한 부분에서 나온 것처럼, 이상하게 쉽고 능숙하고 유려했다. 그것은 넝쿨손 같은 긴 선들과 넓은 여백을 돋보이게 해주는 작은 점들로 그려진 부분이 있는, 비어즐리* 풍의—그러나 다른 시

---

* Aubrey Vincent Beardsley(1872~1898): 심미주의 운동의 대표적인 영국 화가로 오스카 와일드의 소설 『살로메』에 실린 삽화 등이 유명하다.

대에 속한—그림들이었다.

　내가 여기 온 첫해에 보내주던 오래된 종이에 인쇄한 시 대신, 이제 장원 주인은 이 그림들 중 일부를 필립스 부인을 통해 내게 보내곤 했다.

　나의 장원 주인은 재각성, 재생 도중에 필립스 부부를 만났다. 그들이 전하는 대로, 장원 주인은 그들에게 친절했다. 그들은 장원 주인이 안녕을 고했다고 생각했던 인생의 일부였다. 따라서 필립스 부부도 자기들이 꼭 필요한 존재라고 느꼈다. 아마 이전 직장에서는 한번도 그런 느낌을 받지 못했을 것이다. 그러므로 필립스 부부 역시 더 부드러워지고 덜 날카로워졌으며, 장원에서의 자신의 위치에 대해 더 안정감을 느꼈다. 그들의 강인함은 이제 일부분 설명되었다. 그것은 거친 세상만큼 자신들도 거칠고 강해지기를 원했던 사람들, 그리고 운명이 그들에게 무엇을 내던지든지 대비하고 있으려는 사람들의 강인함이었던 것이다. 하지만 이 장원에서 확신을 얻은 필립스 부부는 더 이상 이곳에서 이방인이 아니었고, 더 행복해졌다. 아침마다 반복되던 '프레드!'라는 외침은 이 모든 걸 말해주는 듯했다. 그날 장원의 자동차에 주인을 태우고 오래된 너도밤나무 아래의 길 위를 달려가던 필립스 씨의 행복한 표정이 말해주었듯이.

　이런 분위기는 다음 여름까지 계속되었다. 피턴은 종종 나들이를 나가야만 했고, 가끔 내게 전해줄 몇몇 소식을 가지고 돌아왔다. "오늘은 정말 아무 일도 못했어요. 아침 일찍부터 불려 나갔거든요." 피턴은 불평을 하는 게 아니었다. 그는 '불려 나간다'는 생각을 좋아했다. 그는 주인과의 이 새로운 친분, 이 새로운 나태에 대한 자신의 기뺨을 그렇게 표현하는 것이었다. 그 친분으로 그의 일은 갑자기 거의 호사나 다름없게 되었다. 자동차 나들이, 쇼핑 여행, 관광 여행, 그것도 전부 근무하는 날 오전에. "그분은 나를 '피턴'이라고 부른답니다. 피턴 씨라고 부르지 않고요." 반면 나는 그를 피턴 씨라고 불렀다. 그가 이런 설명을 덧붙인 까닭은 그 때문이었다. "그분은 이렇게 말했어요. '피턴, 오늘 아침에는 울워스 백화점*에 가야 할 것 같네. 거기에 꽤 훌륭한 원예부가 있다고 들었거든.' 울워스라니요." 피턴은 즐거운, 그러나 존경심에 가득 찬 목소리로 말했다. "울워스에 간 그분을 한번 상상해보세요."

내 장원 주인의 이 여름 동안의 나들이에 대해서, 나는 가끔 필립스 씨에게 다시 한 번 설명을 듣곤 했다. 어떤 나들이는 심지어 세 번이나 설명을 듣기도 했다. 그것은 런던에서 온 문인이자 내 장원 주인의 먼 친척인 앨런을 통해서였다. 그는 때때로 장원에서 주말을 보내려고 찾아왔다. 그의 말에 따르면, 그는 전쟁이 시작되던 어린 시절부터 이곳을 방문해서 잘 알고 있었다.

앨런은 30대 후반이었다. 그는 나만큼이나 키가 작았다. 작은 키는 그를 괴롭히는 문제 중 하나였다. 그는 거의 나를 만나자마자, 마치 누가 그 화제를 꺼내기라도 한 듯이, 학교에서 선생 중 하나가 자신을 '난쟁이'라고 불렀다는 이야기를 했다. 자신의 외모에 대한 이런 고민이 어쩌면 앨런의 어릿광대짓과 미친 듯이 터져 나오는 웃음, 런던의 파티장(가끔 그곳에서 나는 그를 보았는데)에 그가 입고 나타나

* F. W. 울워스라는 사업가가 1879년에 처음 미국에서 문을 연 백화점으로 영국, 독일, 캐나다 등지에 연쇄점이 있다.

는 화려한 재단에 알록달록하고 번쩍거리는 옷들을 설명해주는지도 모른다. 이런 화려한 복장과 야단스러운 그의 태도는 거의 수상해 보일 정도로 불안하게 움직이는 그의 눈빛과는 정반대였다. 또한 그가 장원을 방문했을 때 보여주는 고독한 생활과 점잖은 옷차림이나 행동과도 정반대였다. 그곳에서는 사람들이 가끔 그의 얼굴에서 주름진 노부인의 모습을 발견하고 깜짝 놀라곤 했다. 하지만 그 주름들은 곧 쾌활한 표정의 주름이 되었다.

장원에 오면, 앨런은 혼자서 많은 시간을 보내는 것 같았다. 이상한 시간에 장원 안마당을 헤매고 돌아다니는 모습이 눈에 띄곤 했다. 대개는 야외에 어울리는 복장으로 주의 깊게 잘 차려입고 있었다. 하지만 그곳에는 그의 옷차림이나 그의 기분을 알아봐줄 관객이 아무도 없었다. 대체 그는 이런 방문에서 뭘 얻는 걸까? 그는 이 저택과 이곳을 둘러싼 정취가 좋다고 말했다. 그리고 내 장원 주인에게 홀딱 반했다고 했다. 그에게서 '한 시대'를, 앨런의 표현에 따르면 '대홍수 이전' '노아의 홍수 이전' 시대를 발견한다는 것이었다.

그는 피턴과 함께 울워스에 나들이 갔던 이야기를 장원 주인에게서 들었다. 그는 내게 그 이야기를 전하면서 폭소를 터뜨렸다. "피턴은 너무 부끄러워서 안에 들어가지도 못했다는군요. 그래서 완전히 질질 끌려들어갔다는 거예요."

내가 피턴에게서 이미 들었던 이야기를 이렇게 각색한 사람은 누구였을까? 그 이야기 속에서 피턴 본인은 울워스 백화점의 원예부 나들이에 그저 신나고 즐거울 뿐이었는데? 오랜 잠에서 깨어난 은둔자인 장원 주인이었을까? 아니면 앨런이었을까?

앨런은 자기 이름으로 낸 책이 없었다. 이따금 서평을 쓰거나, 라디오에서 책이나 영화, 이런저런 문화 행사에 대한 논평을 하기도 했다. 그의 라디오 작업은 글보다 훌륭했다. 그의 목소리와 말은 더 커다란 열정과 지성을 내비치고 전달했다. 비록 마흔이 다 된 사람, 이미 자신의 개성과 가야 할 길과 야망의 수준을 정확히 규정한 사람치고는 너무 빈약한 명성, 빈약한 성취이긴 했지만 말이다.

라디오에서 흘러나오는 그의 목소리와 비판과 재치는 스튜디오 안에서의 그 몇 분이 바쁘고 완벽하고 세련된 인생의 단순한 막간극에 불과함을 내비치고 있었다. 누구나 부러워할 만한 인생이었다. 그의 말을 듣고 있노라면, 이 사람 안에 정말 많은 것들이, 감수성과 교양과 정신이 들어 있다는 게 느껴졌다. 그것은 또한 그의 활자화된 글에서 느끼는—비록 좀더 약하기는 하지만—인상이기도 했다. 몇 개의 짧은 논평들은 인생과 예술과 역사에 대한, 그리고 그 글이 논하고 있는 책이나 연극에 대한 보다 넓고 보다 깊은 견해에서 살짝 떨어져 나온 부스러기처럼 보였다. 하지만 얼마 안 되는 이런 논평과 짧은 라디오 담화, 간단한 토론 들은 새로운 프로그램이 시작되기 전에 진행자에 의해 갑자기 종결되어버렸다. 그것은 앨런의 일과 인생의 전부였다. 그는 다른 일은 하지 않았다.

그의 이름을 알고 그가 이룩한 사소한 일들을 언급해도, 그는 얼굴을 붉히며 달아나지—그토록 세련된 사람에게 응당 기대할 법한 반응인—않았다. 오히려 신이 나서 자신의 글에 대해 떠들어댔다. 그는 자신이 만든 모든 문장—라디오에서는 자연스러운 격한 감정에서 넘쳐흘러 나온 것처럼 느껴졌지만 가끔 글로 옮겨놓으면 다소 밋밋해졌던 문장들—을 기억하고 있었다. 그는 이렇게 말하곤 했다. "몽고메리에 관한 그 책의 서평에서 제가 말했듯이, 그 작가는 아기였을 때 군인 손에서 거꾸로 떨어진 적이 있었던 것 같다니까요." 그는 말을 멈추고 자신의 농담에 폭소를 터뜨릴 것이다. 마치 울워스 백화점 문 앞에서 부끄러워 잔뜩 움츠리고 있다가 긴 머리의 은둔자 손에 억지로 끌려들어가야만 했던 피턴에 대한 농담—그가 지어낸 것이든 내 장원 주인이 한 것이든—을 하면서 폭소를 터뜨렸듯이.

"부자 친구가 있는 건 정말 좋지 않나요?" 어느 주말에 앨런은 이렇게 말했다. 그러고는 자신이 뭔가 솔직하고 우스운 말을 했다고 느꼈는지, 속눈썹을 바르르 떨었다. 전혀 예상치 못한 이런 교태는 이 친구의 불만족과 불완전함의 또 다른 면을 드러내주었다.

앨런은 부자 친구들 이야기를 하면서, 작가로서, 후원자들과 마음대로 쓸 수 있는 대저택을 거느린 인물로서의 자기 자신을 더 많이 생각하고 있었다. 하지만 그해 여름 우리는, 되살아난 장원 주인의 사치스러운 것들에 대한 감각, 되살아난 그의 과소비, 어떻게든 스쳐 지나가는 순간을 움켜쥐고 한껏 고양하려는, 모든 경험을 붙잡아서 공들여 다듬고 싶은 그의 소망에 완전히 감싸여서 약간 머리가 어지러운 지경이었다. 이것이 바로 앨런이 마치 자신의 요점을 설명해주듯이 말했던 '노아의 대홍수 이전 시대'의 예절과 양식이었다.

이제 필립스 부인은 내 시골집으로 새로 그린 그림들과 쇼핑 바구니, 꽃들을 가지고 왔다. 내가 뭐라고 감사를 표시하기도 어려운 우아한 선물들이었다. 왜냐하면 그 사람과 그의 선물의 성격은 그에 걸맞은 가벼운 우아함을 요구하는 것 같았기 때문이었다. 나는 그에게 보내는 답례 편지에서 그런 효과를 내려고 기를 쓰는 나 자신을, 그러니까 그의 후한 선물을 받을 만한 사람임을 보여주려고 애쓰고, 자신에게 그와 동등한 감수성을 부여하려고 애쓰는 나 자신을 발견했다.

햇살이 눈부신 어느 여름날, 커피 마시는 시간쯤에 나는 잔디밭 가장자리의 웃자란 회양목 울타리가 둘러진 공터 바깥에 서 있는 피턴을 보았다. 브레이의 말에 따르면, 한때 저택에 속해 있었던 그 공터는 지금 그 자리에 형식적으로(그리고 아마 더 오래된 종교적 내력을 간직한 채) 서 있었다.

울타리가 둘러진 공터 안에는 하얗고 작은 꽃들이 가득 핀, 가늘고 긴 잡초들이 자라고 있었다. 하지만 피턴은 매년 한 번은 위로, 한 번은 아래로 낫질을 하여 그 잡초들 사이로 과수원까지 이어지는 길을 냈다. 바싹 베어낸 그 길은 빽빽하게 엉켜 있는 평평한 풀들을 드러냈는데, 한 번 낫질한 풀들은 다른 풀들과 반대편 각도로 누워 있었고, 두 번 낫질한 풀들은 초록색과 거의 회색의 두 가지 뚜렷하게 구별되는 색깔을 드러냈다.

지금 피턴은, 오전의 중반에, 울타리가 둘러진 공터 바로 바깥 잔디밭 위에 가만히 서서 풀을 내려다보고 있었다. 웃자란 회양목들은 공터로 들어가는 입구 위로 아치를 이루고 있었다. 피턴은 액자처럼 이 야생의 녹색 아치 안에 들어가 있었다. 그의 등 뒤로는 하얀 꽃들이 가득 핀 기다란 잡초들 사이로 두 번 풀을 베어낸 길이 미로처럼 이어져 있었다. 그는 마치 비탈이나 기울어진 땅 위에 서 있는 것처럼 다리를 이상하게 벌린 채, 밑을 뚫어져라 응시하며 몸을 앞으로 기울이고 있었다. 그의 모직 넥타이는 그의 불룩 나온 배 위에 얌전히 놓여 있는 것이 아니라, 곧장 아래로 늘어뜨려져 있었다.

그 모습은 내가 13년 전에 보았던 한 사람을 기억나게 했다. 그는 기아나* 고지대의 새로운 선교구에 사는 숲 속 인디언이었다. 이 선교구는 강둑 위에 있었는데, 대륙을 흐르는 커다란 강이 아니라 고지대의 좁은 강이었다. 강둑 위에는 커다란 바위들이 있었고 강바닥에는 크고 매끈한 돌들—때로는 미세하게 금이 간—이 깔려 있었다.

그날은 일요일 아침이었다. 그 인디언은 지금 피턴처럼 격식을 차린 옷을 입고 있었다. 그는 푸른색 서지 바지와 하얀 셔츠를 입고 있었다. 그는 선교사들이 세운 예배당에 일요일 아침 예배를 드리러 갔다. 그 선교구는 새로 벌채해 만든 개간지에 세워졌다. 베어낸 나무의 그루터기들은 아직도 갓 베어낸 자리처럼 보였고, 숲은 여전히 삼면을 에워싸고 있었다. 그날 아침 예배 후에 인디언은 강 바로 위에 있는, 개간지의 가장자리 오솔길을 통해서 그의 숲 속 마을로 돌아가는 중이었다. 햇빛 속에서 강은 옅은 포도주색을 띠었고, 해 질 녘이면 검은색으로 변했다. 이곳에서 밤은 불안을 낳았고, 대낮의 빛은 언제나 위안을 주는 것이었다.

길 위의 무언가 그 남자의 주의를 끌었고 그는 화들짝 놀랐다. 그는 걸음을 멈추고 방금 본 게 뭘까 고민했다. 그것은 그 길에 있을 만한 것—나뭇가지나 나뭇잎, 혹은 꽃—이 아니었다. 어쩌면 끔찍한 위험을 암시하는 것일지 몰랐다. 이곳의 인디언들에게는 자연사 같은 죽음은 없었다. 문밖에는 언제나 살인자가 있었다. 카나이마**는 절

---

* 남아메리카 북동부에 있는 대서양 연안 지방.
** kanaima: 영국령 기아나의 인디언들과 북서쪽 브라질 사람들이 믿는 사악한 복수의 영

대 살인자가 될 것 같지 않은, 혹은 살인자로 알려지지 않은 어떤 다른 모습을 하고 있었다. 그리고 종국에는 모든 사람이 그의 손에 죽었다. 예배당에서 돌아오는 길이던 그 인디언은 아침 햇살이 쏟아지는 강둑에 꼼짝하지 않고 서서, 푸른 바지와 하얀 셔츠를 입은 채, 방금 자신이 길 위에서 본 것이 카나이마의 징조인지 아닌지(선교사들이 그와 그의 동족들에게 해준 이야기에도 불구하고) 고민하고 서 있었다. 하지만 종국에 모든 사람을 손에 넣는 카나이마가 마침내 그를 찾아온 것은 아니었다. 그곳은 땅속에 박힌 커다란 돌덩어리들 사이로 난 좁은 길이었다. 내가 그에게 다가갔을 때, 그는 내게 길을 비켜주지 않았다. 나는 그의 옆으로 돌아갔고, 그는 끝내 나를 쳐다보지 않았다.

웃자란 회양목 울타리 바깥에서 피턴은 그자와 비슷한 자세와 넋나간 표정으로 서 있었다. 하지만 그는 내가 자기를 쳐다보고 있다는 걸 알았다. 그리고 내가 다가오기를 기다리고 있었다. 내가 거의 근처까지 갔을 때, 그는 허리를 펴고 천천히 왼쪽 다리를 들어서 똑바로 섰다. 마치 의족이라도 되는 듯이, 뻣뻣하고 어색한 움직임이었다. 하지만 나를 향해 치켜든 피턴의 얼굴은 열정으로 빛나고 있었다. 나는 그렇게 들떠 있는 그의 모습을 한 번도 본 적이 없었다. 동그랗게 뜬 그의 눈은 반짝거리면서 촉촉하게 젖어 있었다. 그의 콧구멍은 파르르 떨렸다. 그는 새로운 소식으로 가득 차 있었다. 그 소식으로 터질 것만 같았다.

혼, 혹은 사악한 영혼에 사로잡힌 사람.

그가 입을 열었다. "샴페인을 마시고 있었답니다. 그분이 정원으로 저를 부르더니 샴페인을 주시더군요."

하지만 피턴을 취하게 만든 것은 포도주만이 아니었다. 그것은 눈부신 햇살과 그 시기, 사치스러움, 아침이라는 시간대, 어리둥절하기만 한 이 여름의 예상치 못한 발전, 놀이 위에 또 이어지는 놀이였다. 내 생각에, 만약 우연히 나와 마주치지 않았다면, 그는 이 소식을 아내에게 전하러 집으로 달려갔을 것이다.

그는 시시각각 점점 더 몽롱해지면서 두 눈을 거의 부릅뜬 채, 그 순간을 깊이 음미하며 다시 중얼거렸다. "샴페인을."

나는 한 달 뒤에 앨런에게서 이 사건에 대한 또 다른 이야기를 들었다. 여름이 거의 끝나갈 무렵이었다. 앨런은 선원 복장을 하고 장원 마당을 돌아다니고 있었다. 마치 내가 여기 온 첫해 여름에 나의 장원 주인이 내게 보내주었던 가장 초기 시절의 시들(시바와 크리슈나에 대한 시 이후로) 중 한 편에 등장하는 선원 같은 모습이었다.

앨런은 말했다. "그분은 정말 노아의 홍수가 나기 전 시대의 예의범절을 간직한 사람이라니까요. 피턴에게 분홍 샴페인을 먹였다는 이야기를 들었어요." 그 생각이 어찌나 재미있었는지, 앨런은 껄껄거리며 웃다가 숨이 넘어갈 지경이었다. 간신히 진정한 그가 말을 이었다. "아침 10시에 분홍 샴페인이라니. 그분이 내게 그러는데 피턴이 완전히 숨이 넘어갔다고 하더군요. 완전히 숨이 넘어갔다고 말이에요."

그제야 나는 지난번 이야기, 그러니까 울워스 백화점에 관한 이야기를 지어낸 사람이 앨런이 아니라 나의 장원 주인이었다는 걸 깨달았다. 그는 피턴과 샴페인 이야기를 담아두고 있었다. 마치 피턴 자신(그리고 틀림없이 그의 아내 또한)이 그 사건을 마음에 담아두듯이.
장원 주인은 그 이야기를 담아두었다가 앨런 같은 손님들, 그러니까
노아의 홍수 이전 시대의 방식을 간직한 사람이라는 그의 평판을 잘
알고 소중하게 여기는 사람들에게 들려주곤 했던 것이다. 하지만 그
날 아침 그 충동은, 그 순간을 기념하고 싶은 욕구는 진심이었을 것이
다. 하지만 나중에 자신만의 낭만적인 사건을 가졌다는 생각이 떠올
랐을 것이다. 그리고 나중에 이야기를 만들고 싶은, 이야기를 들려주
고 싶은, 자신의 전설을 널리 퍼뜨리고 싶은 소망이 생겼을 것이다.

오랜 병적인 은둔 생활 이후에, 거의 영혼의 죽음에서부터 그는
되살아났다. 하지만 자기 자신에 대한 이상 또한 되살아났다. 그것
은 그의 새 그림들에 적힌 부적절할 정도로 커다랗고 두꺼운 글씨체
의 서명에서 드러났다. 그 서명은 그가 내게 보냈던 시바와 크리슈나
에 대한 타이핑된 시들에 적힌 서명보다 훨씬 컸다. 그가 여전히 매
우 침울하고, 내면으로 움츠러들 때였다. 그 질병 속에서도 살아남은
인성은 이제 좀더 작은 유희의 공간을 갖고 있었다. 그것은 또한 좀
더 작은 인성이기도 했다. 그것은 오직 앨런—이제 앨런 같은 사람
은, 그의, 그러니까 나의 장원 주인의 전설을 아는 사람은 많지 않았
다—과 피턴 같은 사람들하고만 놀 수 있었다.

*

"부자 친구가 있는 건 정말 좋지 않나요?" 앨런은 이렇게 말했었
다. 하지만 그것은 앨런의 환상이었다. 그가 잠시 머물러 찾아오는

곳에 대해 그가 가지고 싶은 환상일 뿐이었다. 하지만 필립스 부부는 더 잘 알고 있었다. 그들은 이 장원 저택에 해야 할 일들이 얼마나 많은지 알고 있었다. 그리고 그 일들을 거의 할 수 없다는 것도 알고 있었다.

장원 저택은 제국의 권력과 부가 절정에 달했을 때, 그러니까 최고 전성기에, 심지어 지나치게 사치스럽게 지어진 중산층 가정집 건축물이었다. 장원 저택과 같은 집들의 사치스러움은 일부분 정교한 현대식 시스템—배관, 난방, 조명—에 있었다. 그 시스템들은 건물을 지을 때 아예 건물 내부에 설치해놓았다. 이 건물들의 건축양식 혹은 기발한 발상이 무엇이었든지 간에, 그리고 비록 어떤 특정한 면(초가지붕이라든가 부싯돌의 사용 같은)에서는 시골스러운 전원풍의 효과를 노렸을지라도, 장원 저택과 같은 집들은 작은 증기선과 마찬가지였다. 이 건물들은 자신감을 가지고 지어진 것이었다. 단지 부에 대한 자신감뿐만 아니라, 건물 내부에 설치하는 시스템에 대한 건축가와 기술자의 자신감이기도 했다. 그리고 이제 이 장원 저택을 엄청난 관리 비용이 드는 곳으로 만든 것이 바로 그 산업적인, 혹은 기술적인 자신감—달리 표현하자면 장원 저택을 건설한 그 부를 만들어낸 자신감—이었다. 장원 저택은 증기선처럼 지어졌다. 하지만 증기선과 마찬가지로, 이 저택은 쉽게 고장 나고 노후했다. 어느 날은 저택의 보일러가 폭발했고, 또 어느 날은 지붕의 일부가 바람에 날아가버렸다. 사고가 날 때마다 수천 파운드의 비용이 들었다.

배관과 배수 시스템도 완전히 낡았다. 늦은 밤에 장원 저택에서 물을 좀 사용하면 그곳의 물탱크가 다시 채워지기 시작할 때마다, 내 시골집의 금속 배관이 고요한 적막 속에서 윙윙 소리를 냈다. 낮에는 그 소리가 다른 소음에 묻혀서 들리지 않았다. 또한 내 시골집 벽에 묻혀 있는 금속 배관(자신들의 자재와 시스템에 대한 최초의 설립자들의 자신감이 그 정도였다)은 어찌나 벽에 습기를 내뿜는지, 마치 들쥐가 둥지나 은신처에 남기고 간 털처럼, 검은 회색의 흔적 혹은 줄들이 배관이 지나는 자리를 따라 벽 위에 생겨났다.

70여 년에 걸쳐 내린 비와 고원에서 굴러 내려온 백악과 부싯돌과 진흙이 배수구 곳곳을 막히게 했다. 잔디밭은 겉으로 보이는 것처럼 그저 단순한 평지가 아니었다. 그곳은 에드워드 시대의 배수관을 감추고 있었다. 그리고 그 배수관들은 이제 아무도 정확히 그 지점을 알 수 없는 땅속에서 터지곤 했다. 대홍수의 계절인 겨울, 폭우가 쏟아지던 어느 날 아침에 갑자기 잔디밭에 마치 토끼 굴 같은 작은 구멍이 뻥 뚫렸다. 그 구멍은 저절로 밑으로 꺼지면서 점점 녹아내리는 것처럼 보였다. 그러다가 점점 녹아내리는 구멍 속에서 세찬 흙탕물이 ― 처음에는 마치 두더지가 아주 빨리 흙을 파헤치는 것처럼 무슨 동물의 소행처럼 보이는 ― 30분쯤 콸콸 솟구쳐 나오는 것이었다.

이따금 우리는 재산 관리인의 방문을 받았다. 그 방문은 우리 역시 다른 사람들이 사는 세상에서 완전히 벗어나 있는 것은 아님을, 그리고 모든 일에 실무적인 측면 ― 소득, 회계, 수지를 맞춰야 할 필요성 ― 이 있음을 상기시키곤 했다.

내가 이 방문에 대해 맨 처음 이야기를 들은 것은 필립스 부부에게서였다. 필립스 부부가 아직 확신을 갖기 전인 그 당시에는, 재산 관리인의 방문을 일종의 시찰라고 생각하고 그에 맞는 준비를 했다. 그들이 지나치게 열성을 부리지는 않았지만, 장원 안뜰에서 벌어지는 몇 가지 활동들을 통해서, 심지어 때로는 내 북쪽 벽 앞에 쌓인 낙엽 더미(말끔히 치우는 것은 불가능했다. 그 벽은 주변 2, 3백 미터 이내에 있는 너도밤나무 낙엽의 자연적인 안식처였다)가 던져주는 암시를 통해서, '관리인'의 방문을 예측할 수가 있었다.

하지만 곧 그 관리인이라는 사람들은 종종 새파란 젊은이, 하급자, 학교나 대학을 갓 나온 신참, 회사에 막 들어와서 우리 영지를 부동산 관리 사업의 첫 경험으로 삼으려는 신입사원으로 드러났다. 이곳에 재산 관리인들은 수 킬로미터에 걸친 어업권과 수천 에이커의 농경지 또는 삼림지대를 도맡아 관리하고 있었다. 사실상 경작도 안 되는, 몇 에이커에 불과한 우리의 불모지는 비록 우리에게는 세상의 전부였지만, 재산 관리인에게는 도전할 만한 일거리도, 심지어 경험을 쌓는 훈련도 제공하지 못했다. 그러므로 한번 왔던 젊은이들이 같은 회사나 다른 회사의 더 높은 직위, 또는 더 큰 일을 맡아 떠나서는 두 번 다시 찾아오지 않는 일이 잦았다. 결국 그들과 안면을 트거나 통성명하는 것조차 쓸데없는 일이 되었다. 이제 우리는—혹은 적어도 필립스 부부는—'관리인'의 방문을 일종의 시찰로 여기던 입장에서 벗어나, 여기를 수리해달라, 저기를 좀 칠해달라, 이런저런 요구를 하는 기회로 여기기 시작했다. 그리고 환심을 사려고 깔끔하게 단장하던 것에서(그 사실은 어딘가 멀리 있는 상관에게 보고가 되었으리라), 어떻게든 가능한 한 추레하고 낡아 보이려고 노력하게 되었다.

자동차 드라이브와 꽃과 샴페인의 경이로운 여름이 지난 후에, 우리는 정말로 매우 추레해지기 시작했다. 잔디밭 가장자리에 서 있는 너도밤나무 세 그루가 언제 장원 저택 안마당으로 쓰러질지 몰라서 위험하다는 판정을 받았다. 결국 일주일 안에 너도밤나무는 베어 냈고, 잘게 잘라낸 나뭇가지들은 끈으로 묶어서 일부는 헛간 한 곳에 쌓아놓고, 나머지는 벌목꾼들이 수고비의 일부로 손수레에 싣고 갔다. 불과 일주일 사이에, 나는 짙푸른 그늘, 짧든 길든 여행에서 장원으로 돌아오면 언제나 나를 감싸주는 것처럼 느꼈던 녹음의 일부를 한순간에 잃어버린 것이다.

오직 집 앞에 있는 주목들과 너도밤나무들만이 길과 나 사이를 막아주었다. 너도밤나무들이 비록 크고 울창하긴 해도 실제 방음벽은 아니었지만, 나는 너도밤나무 세 그루가 사라진 뒤로 길에서 들려오는 소음이 더 커진 것 같은 기분이 들었다. 특히 5시 이후에 심했는데, 내가 이곳에 오고 처음으로 퇴근 시간 교통체증을 인식하게 된 셈이었다. 그리고 군용 비행기 소리도 훨씬 분명하게 들리는 것 같았다.

이곳은 얼마나 부서지기 쉬운 나의 작은 세계였는지! 단지 나뭇잎과 가지들뿐. 단지 나뭇잎과 가지들이 내가 살고 있는 울안을 만들고 색깔을 입혔을 뿐이었다. 그것들을 제거하고 나면, 공공 도로가 바로 저기, 불과 1백 미터도 떨어지지 않은 곳에 놓여 있고, 모든 것이 훤히 드러날 것이다.

피턴의 잔디 깎는 기계를 가지고 나는 얼마나 종종, 너도밤나무들 아래에 멋대로 자란 옅은 녹색의 얇은 풀들을 베어냈던가. 잔디밭 끝까지 곧장 올라갔다가, 마구 자라버린 주목 옆으로, 풀이나 잔디보다는 오래된 잔가지와 너도밤나무 열매, 빛에 굶주린 오래된 먼지가 더 많이 깔려 있는 곳까지 올라가곤 했다. 그곳에서 잔디 깎는 기계를 사용하는 것은 결코 만족스럽지 못했지만, 꼭 필요한 일이었다. 그래야만 근방 전체가 완벽하게 한번 싹 잔디를 깎고 손질한 티가 나면서, 작업을 완전히 끝낼 수가 있기 때문이었다. 그러면 잔디를 깎고 하루 이틀 동안은 내가 해낸 일, 풍요로운 풀밭과 성긴 풀밭에서, 잔디밭 끝에서 저쪽 끝까지, 내 손으로 직접 풀을 베어낸 자리를 바라보는 기쁨을 누렸다.

너도밤나무 세 그루가 쓰러진 뒤, 이제 그 공터에서는 심지어 가을인데도 잔가지들과 먼지가 깔린 땅에 풀들이 돋아나기 시작했다. 그리고 겨울과 봄 내내, 풀들이 본격적으로 다시 자라나기 시작할 때까지, 잔디밭 위에는 말 그대로 쓰러진 너도밤나무들의 흔적이 그대로 남아 있었다. 너도밤나무들은 벌목꾼에 의해 특정한 각도로 쓰러졌다. 그러므로 새로 생긴 공터, 장원 저택 안마당 주변에 새로운 양지에서 너도밤나무들은, 더는 존재하지 않으면서도, 반 년 동안은 유령 같은 그림자를 드리우고 있는 것 같았다.

너도밤나무를 베어내기로 한 것은 분별력 있는 결정이었다. 돌풍이 예년 봄보다 훨씬 매섭게 몰아쳤기 때문이었다. 어찌나 매서웠는지, 나는 내 시골집 부엌에 서서 (낮은 창문을 통해) 집 앞에 있는 너도밤나무와 (부엌 출입문 위쪽에 붙어 있는 유리창을 통해) 집 뒤에 있는 다른 나무들이 휘날리는 것을 지켜보았다. 나는 집에 혼자 있으면서도 이상하게 전혀 무섭지 않았다. 그러다가 실제로 장원 정원의 뒤편에서 커다란 사시나무 두 그루가 두 번 뚝 부러지는 광경을 보기도 했다. 나무 꼭대기 근처가 찢어지더니, 이윽고 좀더 아래쪽이 사나운 기세로 짧게 뚝 부러져 뒤로 쓰러졌다. 상해의 법칙을 이해한다면, 그것은 사람이나 동물의 사지가 부러지는 광경을 지켜보는 것과 약간 비슷했다. 나는 이 나무들을 심지는 않았지만, 나무들이 파괴되는 모습을 보았던 것이다.

봄과 여름이면, 대략 3미터 간격으로 심은 세 그루의 사시나무가 정원 담장 위로 반짝반짝 빛나는 커다란 초록색 부채 같은 모양을 이루곤 했다. 하지만 이제는 그 세 그루 중 두 그루가 잔가지처럼 뚝 부러져서 일종의 부러진 잔가지의 벌어진 상처 같은 것—그러나 훨씬 규모가 큰—을 드러내었다. 그리고 그 잔해는 저지대 목초지와 채원 담장 사이, 오래된 장미꽃밭의 무성한 찔레 덤불 바로 너머에 놓여 있었다.

그 잔해를 말끔히 치우는 데에는 피턴과 그의 톱만으로는 부족했다. 나는 그를 도와주려고 애썼다. 하지만 우리가 좀 작은 나뭇가지를 치울 때조차도, 언제나 톱이 축축하고 수액이 많은 나무 사이에 끼어서 몹시 뜨겁게 달아오르는 순간이 찾아오곤 했다.

그러면 피턴은 이렇게 말하곤 했다. "톱이 매였네요tying. 멈추는 게 좋겠어요."

"매였다고요, 피턴 씨?"

나는 그 단어를 좋아했다. 한 번도 들어본 적이 없는 단어였지만, 뭔가 많은 걸 암시하면서 꼭 맞는 단어 같았다. 그러면 피턴은 당황했다. 마치 내가 진달래를 모래에 심으면 뭐가 좋으냐고 그에게 물었을 때처럼. 혹은 그가 장원 주인이 내 시골집 앞에 있는 페-오니('포니'와 운을 맞춘)를 좋아한다고 내게 말해주었을 때처럼. 그때 그는 장원 주인의 젠체하는 에드워드 시대 풍의 발음을 사용하기가 거북

하다고 느끼면서도, 동시에 자신도 또 다른 발음, 그러니까 좀더 일반적이고 올바른 발음을 알고 있음을 보여주고—주인에 대한 불충이나 불경스러운 마음 없이—싶어 했었다.

이제 쓰러진 나무는 내가 강가로 산책을 나가고 싶을 때 큰 장애물이었다. 사시나무 그루터기의 삐쭉삐쭉한 하얀 나무는 천천히 생살이 아물었다. 그리고 봄과 여름을 지나면서 심지어 새싹이 돋아났다.

정원의 설계자 혹은 나무를 심은 사람은, 이 세 그루의 나무 묘목 혹은 어린 나무를 3미터 간격으로 심을 때 의도했던 부채 모양을 머릿속에 그렸을 것이다. 그리고 비록 그때나 그 뒤 5년 정도까지도 멀리 떨어져 있는 것처럼 보였을 나무들이 지금은 너무 가까이 붙어 있는 것으로 드러났다. 양옆에 선 나무들은 성장하면서 비스듬하게 기울어졌다. 그리고 부채 모양이 내 눈에 들어온 것이다. 나는 이 세 그루의 나무가 매년 수십 센티미터씩 성장하는 걸 지켜보았다. 또한 정원의 설계자가 생각하지 않았을 것도 보았다. 양쪽에 서 있는 두 그루의 나무가 뚝 부러지는 바로 그 순간에. 그 나무들은 나의 장원 주인의 인생 전반에 걸쳐 있었을 것이다. 혹은 그 안에 담겨 있었을 것이다. 장원 주인은 사시나무 두 그루가 더 이상 그 자리에 없는 걸 틀림없이 보았을 것이다. 그는 뒤편 정원의 거대한 잔해들도 보았을 것이다. 하지만 필립스 씨나 필립스 부인에게서, 장원 주인이 그것에 대해 어떤 말을 했다는 이야기는 한마디도 듣지 못했다.

가을 이후로 우리는 무척이나 누추해졌기 때문에, 초여름 어느 날 오전 중반에 재산 관리 대행사에서 한 사람이 아니라 두 사람을 보낸 것은 꽤 합당한 일 같았다. 게다가 이번에는 전형적인 새파란 젊은이가 아니었다. 둘 중 한 명은 젊은이였지만, 함께 온 다른 사람은 좀더 나이가 많고 키도 크고 몸집도 커다란, 40대 후반 혹은 50대 초반의 남자였다.

나는 잔디밭 위에 필립스 씨와 함께 서 있는 두 사람을 보았다. 지퍼로 잠그는 스포츠용 잠바를 입은 필립스 씨는 두 사람보다 키는 작았지만, 훨씬 근육질이었다. 젊은 남자는 짙은 감색 블레이저코트를 입고 있었고, 몸집이 더 크고 나이가 많은 남자는 낡은 회색 재킷과 전원풍 셔츠를 입고 가슴 주머니에 구식 물방울무늬 손수건을 꽂고 있었다.

그들은 곡물 창고를 살펴보았다. 그리고 곡물 창고 바로 옆에 있는 차고 혹은 마차 보관소 문을 열어보았다. 농가도 문을 열고 들여다보았다. 그들은 회양목 산울타리 공터를 따라 어디론가 멀리 사라졌다가 다시 나타났다. 블레이저코트를 입은 젊은이가 나를 만나러 왔다. 좀더 나이가 많은 남자는 필립스 씨와 함께 웃자란 주목 울타리를 지나고 한때 너도밤나무 세 그루가 그늘을 드리우던 새로 생긴 공터를 지나서, 저택으로 향하는 좁은 길을 따라 걸어갔다.

뒤편 정원에서 자신이 목격한 관리 소홀에 대해 이야기하다가, 젊은 남자는 이렇게 말했다. "이렇게 말하면 잔인한 일이지만, 이제는 너도밤나무들을 싹 베어내고 몽땅 새로 심는 게 최선입니다."

그렇게 말하는 것은 잔인한 일이었다. 내가 살고 있는 장소와 환경을 없애버리고 싶다고 말하는 것은. 하지만 그 젊은이는 어떤 대단한 확신이나 관심을 갖고 말하는 것은 아니었다. 그의 두 눈은 기쁨으로 빛나고 있었다. 멀리서 볼 때보다 더 어려 보이는 이 젊은이는 아침 내내 회색 양복을 입은 자신의 상사와 동행하느라 약간 짓눌려 있다가, 이제 이 시골집에서는 이상할 정도로 신이 나서 들뜨고 긴장이 풀려 있었다. 재산 관리인이 될 인물은 전혀 아니라고 나는 생각했다. 그리고 곧, 그가 이 사업에는 마음이 없다는 사실이 드러났다.

나무에 대한 그의 발언은—아마도—재산 관리 회사의 다른 사람들이 여러 상황에서 그렇게 말하는 것을 듣고 그저 따라 한 말이었다. 이웃 농장에서 온 낙농장 일꾼이 당나귀를 가두어놓는 작은 방목장(한때 유명했던 늙은 경주마가 와서 죽었던)을 보고 그가 한 말처럼 말이다. "저기다 벌통 한 쌍을 갖다놓고 키우면 되겠는데요."

벌통 한 쌍이라니, 그것이 정말 그의 언어, 그의 말투였을까? 그렇지 않았다. 자기 인식 혹은 자의식이 그의 생각의 표면에 어찌나 가깝게 깔려 있었는지, 그것을 끄집어내는 데에는 단지 대화를 시작하는 것만으로 충분했다. 그의 아버지는 멀지 않은 곳에 있는 꽤 괜찮은 영지의 사냥터지기였다. 그는 아버지 고용주의 추천을 받아서 재산 관리 대행사에서 수습 기간을 보내고 있었다. 그가 이 일을 하는 이유는 아버지와 아버지의 고용주 모두를 기쁘게 해주기 위해서였다. 하지만 그의 마음은 다른 곳에 가 있었다. 정확히 그곳이 어딘지 본인도 잘 몰랐지만. 그는 서비스직의 인생을 좋아할 것이다 사무원이 된다면 진심으로 기뻐할 것이다. 하지만 어떤 신체적인 무능력—어쩌면 시험 실패 역시—이 그를 자꾸 밖으로 밀어내고 있었다.

"당신은 그들과 좀 다르군요." 그가 말했다.

그들? 그가 말하는 '그들'이란 누구일까? 그가 걱정하는 '그들'이란 대행사에서 나온 다른 젊은이들로 밝혀졌다. 하루가 끝나면, 그들은 그냥 집으로 가버렸다. 그가 '그들'이나 혹은 그들 중에 그에게 집에 가냐고 묻는 사람과 함께 술집에 가리라는 것은 의심의 여지가 없었다.

그는 까불고 들떠 있으며 경박한 태도로, 불과 몇 분 만에 자신의 인성을 다 드러냈다. 그리고 회색 양복을 입은 덩치 큰 남자가 필립스 씨와 함께 돌아왔을 때에는 더 이상 할 말이 남아 있지 않았다. 블레이저코트를 입은 젊은이는 곧 말을 멈추더니, 계속해서 친절하고 공허한 미소만 짓고 있었다.

덩치 큰 남자는 내 허름한 안락의자에 주저앉았다. 그는 정말 피곤한 것 같았다. 그래서 의자에 앉아 있는 모습이, 권유받은 커피를 홀짝거리며 마시는 모습이 정말로 행복해 보였다. 그는 아무것도 보지 않으면서, 실제로 뭔가를 보고 있는 척하려고 애썼다. 하지만 나는 지금 그가 뭔가를 보고 있다는 생각이 들지 않았다. 그는 이미 충분히 보았다. 그는 통통하게 살이 쪘다. 한때는 강인하고 활동적이었을 몸에 최근 들어 살이 오른 것 같았다. 그는 40대 후반으로 숨 쉬는 데 애를 먹었다. 그의 머리카락은 가늘고 힘이 없고 윤기를 잃었다. 그의 가슴 윗주머니에 꽂은 물방울무늬 손수건은 묘하게 화려한 인상을 주었다.

그 남자는 나에게, 내 과거나 내가 하는 일에 관심이 없었다. 필립스 씨에 대한 관심도 이미 사라진 지 오래였다. 그는 내 안락의자에 앉아 있기는 하지만, 이미 혼자 저 멀리, 자신만의 고독한 세계에 가 있었다. 그런 남자가 무슨 일에 관심을 가질 수 있을까? 한때는 어떤 것들이 그의 호기심을 자극하거나 그를 놀라게 했을까? 어쩌면 지금 그는 활력 넘치던 인생이 벌써 그렇게 빨리 지나가버린 것에 대해 다소 울적해하고 있는지도 모른다(그런 인상을 풍겼다). 어쩌면 장원과 장원 안마당에서 목격한 방치된 풍경에 마음이 움직였는지도 모른다. 어쩌면 그 방치된 풍경이 자신의 감정과 조화를 이루어 그 감정을 더욱 격하게 만들었는지도.

그가 이렇게 말했다. "글쓰기에는 딱 좋은 곳이군요." 필립스 씨에게서 간단한 설명을 들은 것이 분명했다.

내가 말했다. "좋은 곳이죠. 하지만 언제까지나 지속될 수 없다는 걸 알고 있습니다."

그가 조용히 대답했다. "어떤 것이든 확신할 수 있는 사람은 없지요." 그 말은, 비록 아주 평범한 말이었지만, 나에게 했다기보다는 자신에게 한 말이거나 자신에 대한 말 같았다.

동시에 모든 시찰—그런 게 있었다면—이 끝났다. 세 사람 모두 떠났다. 그들은 시골집과 채원 사이로 난 좁은 길을 걸어서 장원 저택으로 돌아갔다. 회색 양복을 입은 남자는 무거운 발걸음으로 조심스럽게 걸어갔다. 그 모습을 보자, 나는 그 단단한 좁은 길에 육중한 석회석이나 돌 부스러기가 떨어져 있고 자동차 타이어가 만든 바큇자국에는 물에 휩쓸려 떠내려온 너도밤나무 열매와 낙엽들이 쌓여 있다는 게 생각났다. 그들은 피턴이 지난여름에 일주일이나 걸려 청소한 숨겨진 정원 옆을 지나갔다. 침착하고 체격이 늠름한 필립스 씨는 자신의 왼편에서 숨을 헐떡거리고 있는 회색 양복의 뚱뚱한 남자를 이미 반쯤 보호하는 자세를 취하고 있었다. 그의 오른편에는 호리호리하고 까불까불한, 심지어 약간 폴짝폴짝 뛰어다니고 있는 사냥터지기의 아들이 있었다.

*

　30분쯤 후, 점심 식사 전에 필립스 부인이 나를 보러 왔다. 그녀는 몸이 부풀어 보이는 솜을 누빈 푸른색 카디건 혹은 웃옷을 입고 있었는데, 마치 비상용 구명조끼를 입은 사람 같았다. 비행기가 바다에 불시착했을 때 비상 탈출 행동 요령을 담은 항공사 안내문에 그려진 그림 속 인물처럼 말이다. 그녀의 눈 밑 거무스름한 피부—그녀의 신경질 주머니와 그늘인—에 있던 주름살과 까다로운 선들이 사라지고 없었다. 심지어 거무스름한 그늘까지 거의 사라졌다. 비록 아직까지 아픈 척하면서 간호를 받아야 할 사람처럼 굴고 있었지만, 그녀는 이미 낫기 시작한 지 오래였다. 그녀의 머리카락은 점차 숱이 적어졌고, 이마가 벗어지기 시작했다. 그 바람에 그녀는 엘리자베스 시대의 그림에 나오는 귀부인 같은 높고 하얀 이마를 갖게 되었다. 결국 그녀의 얼굴은 섬세한 우아함과 조악함이 뒤섞였다.
　그녀는 안으로 들어오지 않고 부엌 문가에 서 있었다. 그녀의 등 뒤로는, 돌이 많은 좁은 길과 버려진 콜드프레임과 타일로 갓돌을 얹은 채원의 담장, 그리고 담장 양편에서 지난 5년 동안 자라고 있는 산사나무들이 있었다. 햇빛이 잘 드는 반대편 담장 쪽에 있는 잎이 무성한 나무는 담장 위로 높이 자랐다. 하지만 내가 볼 수 있는, 내 집 쪽으로 서 있는 나무는 가느다랗고 키만 컸다. 척박한 한쪽 구석에서 자란 이 나무는 주로 햇빛에 이끌려 쭉 늘어난 것처럼 보였다. 이 산사나무 묘목들과 꽃, 그리고 열매는 필립스 부부의 애를 태웠다. 그들은 비록 평생토록(필립스 씨의 아버지는 불과 몇 킬로미터 떨어진 곳에서 태어났다) 이곳, 이 지역에서 살아왔지만, 시골 생활에 대한 그들의 지식은 제한되어 있었던 것이다. 그리고 저 멀리, 어느 때보다도 더욱 저지대 목초지의 황무지가 되어버린 곳에서부터 솟아오른, 내가 정말 즐겨 바라보곤 하는 커다란 남쪽 하늘을 배경으로, 손상되고 가지가 부러진 사시나무 부채가 있었다. 양편에 서 있는 사시나무 두 그루는 삐쭉삐쭉하게 부러져나간 그루터기를 선명하게 보여주고 있었다. 아마 내가 알았던 것 같은 그런 사시나무의 푸른 잎사귀가 다시 그늘을 드리우고 장관을 이루려면 15년이나 20년은 걸릴 것이다.

필립스 부인이 말했다. "당신에게 알려줘야 한다고 생각했어요."

그녀는 마치 간호사 같은 태도였다. 부인은 필립스 씨와 똑같은 태도를 보였는데, 아마 어느 정도 남편을 따라 했을 것이다. 필립스 씨가 취한 태도의 이면에는 그의 권위와 힘, 성마른 성격이 있는 반면 필립스 부인은, 환자와 같은 태도였다. 눈 밑의 주름과 얇고 시커먼 피부, 당장이라도 터질 듯이 새파랗게 도드라진 가느다란 핏줄, 무한한 고통과 연약함을 암시하는 그녀의 이마에 새겨진 수많은 잔주름들.

그녀는 말했다. "당신에게 알려줘야 할 것 같았어요. 그 사람과 가까운 사이잖아요. 그들이 피턴 씨를 내보낼 거예요." '씨'라는 호칭은 나를 위한 것이었다. 내가 그를 부르거나 언급할 때 그렇게 불렀기 때문이다. 부인과 필립스 씨는 그를 프레드라고 불렀다. "물론 좀 시간이 걸리겠지만요." 그녀가 좀더 쾌활하게 말했다.

그것은 사실이었다. 하지만 나는 결코 그 사실을 직시하거나 너무 자세히 물어보고 싶지 않았다. 내 장원 주인의 엄청난 재산과 그의 사업이 막대한 재정적 성과를 이루도록 돌봐주는 사람들의 능력을—앨런처럼, 어느 정도는—믿고서, 모든 게 내가 처음 발견했던 모습 그대로 계속될 거라고, 마법 같은 일을 믿고 싶은 심정도 반쯤은 있었다. 하지만 나는 피턴과 그의 집에 돈이 들어간다는 걸 알고 있었다. 필립스 부부에게도 돈이 들었다. 무엇보다 장원 자체가 심지어 지금 그대로 유지하는 데만도 매우 많은 비용이 들었다. 나는 이 영지—뭔가 경작할 수 있는 땅이라기보다는 자연 보존지구에 더 가까운—가 거의 아무런 이득도 내지 못한다는 걸 알 수 있었다.

1970년대 중반의 엄청난 인플레는 내 장원 주인의 수입이 얼마였든 간에, 무자비한 타격을 입혔을 것이다. 게다가 장원 저택은 너무 많은 사람의 손길이 필요했다. 그곳은 그냥 내버려둘 수 있는 장소가 아니었다. 내 시골집과는 달랐다. 그곳의 규모는 사람이 감당할 수 있는 수준 이상이었다. 그곳은 인간의 필요를 침소봉대했다. 장원 저택 같은 건물을 사용하려면 따로 훈련을 받아야만 했다. 이것이 바로 이런 건물들—글로스터셔의 체드워스에 있는 고대 로마 장원 같은—이 자꾸 사라지는 이유였다. 사람들은 이런 건물들 없이 편히 살 수 있었다.

장원 저택에서 보일러가 터졌을 때, 높은 금속 굴뚝의 도자기 혹은 콘크리트, 석면으로 된 덮개가 수천 개의 뾰족뾰족한 파편으로 부서져서 장원 마당 전체에 흩어졌을 때, 나는 장원 저택의 일 년 난방비가 4천 파운드에서 5천 파운드에 달한다는 말을―필립스 부부나 아니면 밴을 몰고 와서 시골에서 여러 날을 지내곤 하는 젊은 중앙난방 기술자인 마이클 앨런에게서―들었다. 그 말은 아마 과장일 것이다. 마이클 앨런 같은 사람들, 자신의 기술이나 상술 덕분에 난생처음 부자들의 저택에 출입하게 된 사람들은 자신의 지방 명문가 혹은 지역 재산가들의 중요성을 과장하는 경향이 있다. 그렇다 해도 난방비로 5천 파운드라는 금액은 물가가, 그리고 우리의 세상이 얼마나 불안정해졌는지를 잘 보여주었다.

1857년에 플로베르는 『마담 보바리』에서 행상인이 받는 6퍼센트 이자를 고혈을 빨아먹는 착취라고 묘사할 수 있었다. 지금 우리는 그 정도 부담은 아무렇지 않게 여기며 살고 있다. 1955년, 내가 아주 젊고 런던에 처음 와서 글을 쓰려고 애쓰던 시절에, 나는 일 년에 5백 파운드만 있으면 더 이상 바랄 게 없었다. 30년 전 사람인 버지니아 울프보다 더욱 검소하게, 나는 그 5백 파운드에서 방세까지 지불할 의향이 있었다.* 1962년에 나는 유머 감각이 있는 작가, 만화가와 함께 런던의 한 클럽에서 점심 식사를 하면서, 나는 일 년에 2천 파운드가 필요하다고―다른 두 사람이 물어보기에―말했다. 셋방에서 독립된 셋집으로 이사를 갔기 때문이었다. 함께 점심을 먹던 동료들(그러나 나보다 나이가 많은)은 이 금액에 아연실색했다. 터무니없이 낮다는 것이었다. 정말로, 꼭 3년 후에 집을 사서 주택 융자를 받고 나자, 나는 일 년에 5천 파운드면 딱 적당하겠다는 생각이 들기 시작했다.

* 버지니아 울프가 『자기만의 방』에서 여성이 글을 쓰기 위해서는 연간 5백 파운드의 수입과 자신의 방이 있어야 한다고 주장한 내용을 언급한 것이다.

그런데 이제 그 수치는 겨우 난방비로 거론할 만한 금액이었다. 수많은 비용 중에 하나로, 그런 종류의 비용을 감당할 수 있는 재산가는 많지 않았다. 게다가 내 장원 주인은 1949년 혹은 1950년쯤부터 세상에서 물러나서 살았다. 그러니까 내가 일 년에 5백 파운드면 필요 경비로 충분하겠다고 생각했던 시절보다도 몇 년 더 앞선 해에 은퇴를 한 것이다.

나는 피턴을 지켜보았다. 그는 1시를 알리는 종소리가 울릴 쯤에 정확히 잔디밭 끝에 있는 하얀 출입문 앞에 도착하는 기가 막힌 재주—진중하고 흔들림 없는 그의 걸음걸이에도 불구하고, 때로는 마치 혼자 무슨 게임을 하는 것 같기도 했다—가 있었다.

그는 오전 일과가 끝나고 1시가 되기 4, 5분 전에 내 시골집 앞 잔디밭에 모습을 나타냈다. 그러고는 정원 창고에서 연장을 정리하고 공공 도로를 따라 그의 집까지 가는 짧은 산책을 위해 정장으로(필요하면) 갈아입는 등 할 일을 한 다음, 창고 문을 잠그고 시간에 맞춰 걸음을 조절하면서 정원을 향해 걸어가기 시작했다. 때로는 정원 담장의 오래된 나무문(이제는 그 자체의 견고함과 무게 때문에 한쪽으로 기울어진, 지나치게 정교하게 만든)을 통해 채원에서 잔디밭으로 곧장 들어가기도 했다. 또 때로는 고양이처럼 말끔한 모습으로 여름 덤불 속을 헤치고 나와서, 웃자란 회양목 산울타리로 빙 둘러진 공터를 지나 역시 과수들이 웃자란 과수원에서부터 곧장 걸어 올라가기도 했다.

오늘 아침에는 회양목 산울타리로 둘러진 공터에서 나왔다. 그는 바로 지난주에 그 공터 안에 길게 자란 잡초들 사이로 자신의 첫번째 여름 오솔길을 냈다. 한 번은 위로, 한 번은 아래로 낫질을 하여,

그는 비닐 우비나 긴 장화를 착용하지 않았다. 양복 상의는 입지 않았지만 야외용 셔츠와 모직 넥타이를 격식에 맞게 갖춰 입었다. 그는 전혀 변하지 않았다. 정원 창고에서 해야 할 일은 오래 걸리지 않았다. 정문까지 가는 그의 걸음걸이는 두 팔을 축 늘어뜨린 채, 매우 느린 걸음이었다. 아침 9시에 정문을 열고 들어올 때 걷던 걸음걸이가 아니었다. 일을 할 때의 걸음걸이도 아니었다. 아주 느린 이 걸음걸이는 피턴이 일과가 끝났을 때, 다시 자신만의 시간이 되었을 때, 걷는 걸음걸이였다. 그리고 지금 그의 걸음걸이에서는 일상이 끝나버린 기색을 전혀 찾아볼 수 없었다. 그가 점심을 먹기 전에 치르는 의식에서는 분노한 사람, 필립스 부인이 30분 전에 내게 알려준 그 소식을 들은 사람 같은 기미가 전혀 없었다.

2시에 그는 돌아왔다. 그는 키가 작고 검은 주목들이 가지를 드리운 오솔길과 탁 트인 장원 잔디밭을 갈라놓고 있는 하얀 출입문의 빗장을 열었다. 그러고는 돌아서서 다시 빗장을 닫았다. 그의 걸음걸이는 비록 서두르지는 않았지만 다시 일을 시작하는 사람의 자세였다.

그래서 나는 뭔가 착오가 있었다고 생각했다. 필립스 부인이 뭔가 잘못 들었거나, 아니면 그저 생각만 한 일을 결정된 것처럼 내게 전달했다고 말이다. 어쩌면 의논만 하거나 그저 한마디 던진 것인지도 모른다. 그만큼 피턴은 아무 흔들림이 없었다. 나는 피턴이 필립스 부인보다 사정을 더 잘 알 거라고 생각했다.

한 시간 30분 뒤에, 언덕을 산책하고 돌아와서 잭의 시골집 앞을 지나고 있을 때, 그러니까 고분들과 스톤헨지의 전망대 사이를 올라갔다가 한 시간 30분 뒤에 장원 마당으로 다시 돌아왔을 때, 나는 필립스 씨가 "프레드!"라고 외치는 소리를 들었다. 장원 저택 안에서 뒤뜰 정원 어딘가에 있는 피턴에게 소리치는 것이었다. 대답은 없었다. 늘 벌어지는 일이었다. 이윽고 5시에 피턴의 퇴근 의식이 거행되었다. 그는 정원 창고를 잠그고 하루의 노동이 끝났음을 드러내는 매우 느린 걸음으로 정문을 향했다.

하지만 다음 날 아침 9시에 그는 정문에 나타나지 않았다. 9시 반이나 10시가 되어도 나타나지 않았다. 내가 그를 본 것은 오전이 반쯤 지났을 때, 11시가 되기 직전이었다. 그는 사납게 내 부엌문을 두드리고 있었다. 내가 유일하게 사용하는 그 문은 버려진 차가운 골조와 높은 정원 담장에 기대어 쌓아놓은 육중한 목재 창틀의 유리 덮개, 그리고 그 유리 사이와 아래에 높이 자란 쐐기풀, 담장 너머 저 멀리 강가 버드나무들 근처에 키가 큰 포플러와 잘려나갔지만 벌써 싹이 돋고 있는 또 다른 두 개의 그루터기를 마주하고 있었다.

내가 그의 집에서 하이파이 오디오 장비를 칭찬했을 때 그가 드러냈던 어리석은 자존심, 그가 받는 정원사 월급과는 별개로 꽤 넉넉한 수입원이 있는 척했던 허식, 그가 웃자란 회양목 앞에서 넥타이를 목에 늘어뜨린 채, 이상하게 구부정하게 서서 내가 오기를 기다렸던 날, 아침에 마신 핑크색 샴페인으로 휘둥그레 부릅뜬 눈과 파르르 떨리던 콧구멍과 열정—그 모든 것, 그 어리석음과 자존심과 사나움과 열정이 바로 그의 얼굴에 드러나 있었다. 하지만 이번에는 샴페인의 놀라움 대신, 분노의 당혹감이, 미처 예상치 못한 감정의 심연으로 그를 데려간 것 같은 분노, 그를 거의 미칠 지경으로 몰아간 것 같은 분노가 있었다.

그는 말했다. "소식 들었나요? 소식 들었어요?"

그는 넥타이를 매고 있지 않았다. 셔츠는 전날 입은 그대로였지만 넥타이는 없었다. 넥타이를 매지 않은 그의 모습은 한여름날 어쩌다 일요일에만 볼 수 있었다. 점심시간 전에 아이스크림 차가 종을 울리며 지나가면, 우리는 함께 아이스크림을 사러 나가곤 했다.

그는 누군가 자신의 분노를 보고 함께 나누기를 원했다. 혼자서는 견딜 수 없었던 것이다. 하지만 그는 말재주가 없었다. 그런 재주는 한 번도 가져본 적이 없었다. 모든 격한 감정들이 그의 얼굴 표정—샴페인을 마셨을 때 놀란 표정과 비슷했지만, 몇 단계 더 강하고 일그러져 있는—과 급작스러운 동작에서 나타났다.

나는 문을 활짝 열고 그를 맞이했다. 하지만 그는 더 이상 할 말이 없다는 걸 깨달았는지, 문밖에 계속 서 있었다. 그러고는 돌연 휙 돌아서더니—갑자기 분명한 목표가 생긴 사람처럼—재빠른 걸음으로 실룩거리며, 한쪽에는 내 시골집과 주목 울타리와 '사냥터지기'의 오두막이 있고 다른 한쪽에는 정원 담장 앞에 반쯤 짓다 만 시골집(내가 석탄과 장작과 다른 물건들을 쌓아놓는)이 있는 오솔길을 따라 내려가버렸다. 반쯤 짓다 만 이 시골집 너머 작은 길—반쯤은 나뭇재로 이루어진 그 바닥이 얼마나 울퉁불퉁한지, 그리고 수풀은 얼마나 억센지, 그 버려진 모퉁이에서 잔디 깎는 기계를 사용해본 나는 잘 알고 있었다—에는 채원 담장에 커다란 출입문이 있었다.

그것은 피턴의 문이었다. 매일 저녁 사슬로 감고 맹꽁이자물쇠를 채워두는 문이었다. 그리고 열쇠는 피턴이 갖고 있었다. 장원 저택만큼이나 오래된 그 문은 육중한 목재 틀에 아래쪽 절반은 단단한 힙판으로, 위쪽 절반은 수직의 쇠창살로 이루어져 있었다. 하지만 그 육중한 무게와 튼튼함 때문에 살짝 어긋나 있었다. 그래서 피턴은 문을 열 때마다 살짝 들어 올려야만 했다. 일하는 날이면 하루에도 대여섯 번은 이렇게 힘껏 들어 올리느라 피턴이 꽉 움켜쥐곤 했던 쇠창살은 그 부분만, 녹슬고 메마른 나머지 부분보다 더 반들반들하고 시커멓게 변했다.

이 출입문으로 피턴은 실룩거리며 빠르게 걸어갔다. 자신의 영역으로 통하는 그의 문을 향해. 하지만 열쇠가 없었다. 정원 창고에 두고 온 것이다. 그는 '농가' 맞은편에 세워진 정원 창고를 향해 다시 서둘러 잔디밭을 건너갔다. 빛바랜 초록색 문가에는 오래된 넝쿨 장미 한 그루가 있었다. 피턴은 매년 가지치기를 해주었는데, 장미꽃은 몇 송이밖에 피우지 못했지만 하나같이 옅은 핑크색에 양배추처럼 크고 탐스러웠다. 피턴은 정원 창고의 열쇠를 갖고 있었다. 그 열쇠는 사슬에 매달려 있었고, 사슬은 그의 허리띠 고리에 연결되어 있었다. 그는 초록색 문을 밀어 열었다. 창고 안은 컴컴했다. 그는 정원 출입문 열쇠는 까맣게 잊어버렸다. 창고 문을 활짝 열어둔 채, 그는 잔디밭—그곳은 아직도 쓰러진 밤나무 세 그루의 잔상이 유령 그림자처럼 남아 있는—을 가로질러 장원 안마당 공터로 나왔다.

정원 창고의 문을 활짝 열어둔 채 그냥 오는 것은 피턴답지 않은 일이었다. 잠시 후에 그는 다시 내 시골집 앞을 지나서 정원 담장의 육중한 출입문으로 향했다. 그 자물쇠를 열 수 있는 열쇠를 갖고 있지 않다는 사실을, 그걸 가지러 정원 창고에 갔다가 딴 데 정신이 팔렸다는 사실을 다시 잊어버린 채.

그는 방향을 잃고 어쩔 줄 몰랐다. 반쯤은 오랜 일상의 습관에 이끌린, 이 당황스럽고 변덕스러운 짧은 왕복이 그의 격분을 드러내고 있었다. 정원을 돌보고 싶은, 그날 아침에 하기로 계획했던 일을 하고 싶은 그의 소망, 그리고 자신이 상실한 것에 대한 새삼스러운 각성. 방금 집이 허물어져버린 개미처럼, 피턴은 이쪽저쪽으로 갈팡질팡했다. 마침내 어느 단계가 되자, 그는 정원 창고 문을 꼭 닫은 다음, 떠나버렸다. 하지만 하얀 출입문을 통하지는 않았다.

점심시간에 필립스 부인이 나를 보러 왔다. 그녀는 마치 환자를 야단치는 간호사 같은 태도를 취했다. 그녀는 어느 환자에게 못된 행동을 한 다른 환자를 흉보듯이 말했다. "당신의 피턴 씨는 오늘 아침에 완전히 딴사람이 되었어요. 우리를 찾아와서는 세상 모든 일에 대해 마구 떠들어대더군요. 마치 우리가 무슨 일이든 다 관련이 있는 것처럼 말이죠. 그는 무슨 일이 일어나고 있는지 아주 잘 알고 있었어요. 어제 모든 걸 알고 있었다고요. 그런데 왜 아무것도 모르는 척하는지 모르겠어요. 아시겠지만, 그건 그냥 그런 척하는 거라고요. 그는 아무 말도 하지 않았어요. 아침에도, 점심에도, 우리랑 차를 마실 때도 말이죠. 그게 전형적인 피턴이죠."

필립스 부인은 마치 그 전날 피턴이 해고 통지 혹은 그 소식을 못 알아들은 척 굴었던 것이 무슨 사악한 짓이라도 되는 듯이, 그래서 벌 받아 마땅하다는 듯이 말했다. 그리고 피턴의 이런 사악함이 모든 걸 납득할 수 있게 만드는 것처럼, 피턴을 걱정하고 우리 자신의 앞날을 두려워해야 할 모든 필요성이 싹 해소된 것처럼 말했다.

어쨌든 그 전날 피턴의 침묵은 이상했다. 자신이 들은 말을 이해하지 못했거나 받아들이지 못했던 것일까? 단순히 귀를 막아버렸던 것일까? 회색 양복을 입은 남자의 말이 너무 완곡했던 것일까? 아니면 너무 충격적인 소식이라서 믿을 수 없었을까? 아니면 그가 만든 일종의 마법이었을까? 나는 잭이 병들었을 때, 그의 정원이 얼마나 황폐해졌는지 기억하고 있었다. 또한 한여름에 굴뚝에서 계속 연기가 피어오르고, 잭이 그의 침상에 누워 어떻게든 몸을 따뜻하게 하려고, 그의 폐에서 느껴지는 얼음 덩어리를 녹여보려고 애쓰고 있을 때, 정원이 완전히 엉망이 되고 있다는 사실을 잭의 부인이 어떻게 부정했는지 기억하고 있었다. 그녀의 태도는 심지어 내가 몹시 무례하고 잘못된 이야기를 하고 있다는 식이었다.

*

그렇게 느닷없이, 그야말로 하루아침에, 내가 익숙해졌던 장원에서의 일상의 일부, 나의 새로운 삶과 위안의 일부가, 나만의 개인적인 살아 있는 시도서(時禱書)의 일부가 휙 사라지고 만 것이다.

나는 아침 9시면 잔디밭 끝에 있는 커다란 하얀 출입문의 빗장을 열던 피턴의 모습을 두 번 다시 보지 못했다. 혹은 1시나 5시마다 오전 일과를 끝낸, 혹은 하루 일과를 끝낸 사람 특유의 여유로운 걸음걸이로 다시 정문을 향해 걸어가는 모습을 두 번 다시 보지 못했다. 그는 개인적인 물건들—긴 장화, 비닐 우비, 외투 같은—을 정원 창고에 두고 떠났을까? 나중에라도 그 물건들을 찾으러 돌아올까? 아니면 정원 창고의 열쇠와 함께 그냥 버린 것일까? 그가 그토록 밀접하게, 허리띠 고리와 연결된 사슬에 매달고서 오른쪽 바지 주머니에 넣고 다니던 열쇠. 그 열쇠를 그는 필립스 씨에게 넘겨줘야만 했다.

그 이후로 몇 시간 동안 색 바랜 초록색 정원 창고 문(그 옆에는 피턴이 해마다 가지치기를 해주고 이제는 거의 작은 나무처럼 보일 정도로 줄기가 굵은 장미 덤불이 있는)은, 그날 내내 꽤 오랫동안 열려 있었다. 피턴의 창고는 까발려졌고, 피턴의 영토는 더 이상 피턴의 것(창고도, 열쇠도, 연장도, 채원으로 통하는 살짝 기울어진 육중한 출입문도)이 아니었다. 활짝 열린 정원 창고 문이, 피턴이 특히 신경을 써서 항상 꼭 닫아놓던 그 문이 내 방 창문 너머로 빤히 바라다보였다. 그것은 사람의 마음을 불안하게 했다. 나는 그 문을 닫아주고 싶었다. 벽에 삐딱하게 걸린 거울이나 그림을 바로잡고 싶은 마음과 비슷했다. 그 활짝 열린 문은 다른 변화들과 더불어, 마치 관계자가 어떤 불경스러운 방식으로 죽어서, 이제 그의 소유였던 모든 것을 아무 예식 없이 멋대로 다룰 수 있게 된 것 같았다.

잭이—언덕 너머—병이 났을 때, 그의 꽃과 과일 정원은 황폐해졌다. 그리고 그의 채원은 열매를 맺고 시들어버렸다. 하지만 피턴의 채원은 시들어버리지 않았다. 그곳은 여름 동안 보살핌을 받았고, 생산물이 수집되었다. 이제는 수많은 낯선 이들이 장원 마당에 들어와서, 피턴이 서두르지 않고 체계적으로 했던 일들, 그가 자기 자신만의 제의를 통해 각 단계의 완성을 표시해가면서 그의 오전과 오후, 그의 평일, 그의 한 해를 그 주위에 차근차근 쌓아올렸던 그 일들을 불규칙적으로 조금씩 나눠서 했다. 이렇게 단편화된 그의 일은 사람을 더욱 격하시키는 것 같았다. 그래서 이제는 그의 수준을 떨어뜨리고 그가 과거에 했던 모든 일들과 그가 주의 깊게 행하던 모든 일상을 격하시킨 것 같았다.

장원에 드나드는 낯선 사람 중 일부는 평범한 일꾼들이었다. 필립스 부부가 내가 전혀 알지 못하는 어떤 곳(아마 필립스 씨가 전에 일하던 곳들)에서 데려와서 일당 혹은 시간당 임금을 지불했다. 한편 친구들도 있었다. 그중 한 사람과는 곧 친숙해졌는데, 바로 필립스 씨의 혼자 사는 아버지였다.

그는 아들보다 훨씬 더 작고 날씬했다. 육체적으로 그는 다른 세대, 다른 세계에 속했다. 그에게서 옛날 사진 속에서 보는 농사꾼의 체격을 발견할 수 있었다. 필립스 씨의 어머니인 그의 부인이 세상을 떠난 뒤로, 이 노인은 외롭게 살아왔다. 그러므로 장원 영지(전에는 단지 토요일 오후에만 이따금 찾아오는 손님이었던 곳에)의 출입 개방과 가벼운 소일거리를 할 수 있는 기회는 이 노인에게 커다란 축복이었다.

그는 대부분을 과거에 살았고, 과거에 대해 이야기하기를 좋아했다. 그는 사교적이었다. 고독은 그가 선택한 것이 아니었다. 그것은 마치 나이 듦과 같아서 어쩔 수 없이 견디며 사는 법을 배울 수밖에 없었다. 그는 이곳에서 멀지 않은 곳에서 태어나 평생을 이 주에서만 살았다. 내 부엌문 바로 앞에서 처음 만났을 때, 그는 배달업자—에임즈베리와 솔즈베리 사이의 8마일 거리에 사는 사람들에게 물건과 소포를 배달해서 생계를 유지하는 배달부—의 사환으로 인생을 출발했다고 내게 말했다. 노인은 자신의 첫 직업에 대해서 형용할 수 없이 풍요롭고 보상이 큰 것, 무슨 마법처럼 이야기했다.

그는 보다 편하고 '스포티'한 옷을 좋아하는 아들과 달리, 피턴처럼 단정하게 재킷과 넥타이를 갖추어 입었다. 또한 아들과 달리, 매우 옅은 색의 옷을 입었다. 마치 그가 평생 둘러싸여 살아온 백악질의 언덕들이 그의 색 취향에 영향을 미쳐서, 남들은 그저 밋밋하게만 보는 것에서 옅은 색조를 볼 수 있는 것 같았다. 노인은 이제 단지 영지 안을 산책하기 위해서 종종 찾아왔다. 그리고 고작 장원의 덤불숲을 걸어 다니기 위해서 마치 도시의 산책자처럼 차려입었다. 이 점에서는 피턴, 가장 초기 내 기억 속의 피턴과 비슷했다. 때로는 양복이나 스포츠 재킷과 넥타이를 갖춰 입고, 내가 이제껏 보지 못한 종류의 지팡이까지 짚으며 산책을 하기도 했다. 거의 어깨 높이까지 오는 이 지팡이는 꼭대기에 쇠스랑 모양의 갈래가 있어서 엄지손가락을 올려놓을 수 있었다. 배달업자의 사환은 이제 관리인 아들의 아버지로서 특권을 누리며 자유롭게 산책을 하고 다녔다. 구식 지팡이를 손에 든 채, 그가 배달업자의 사환이었던 시절에 지어진 대저택의 풀이 우거진 영지 안을. 이 노인이 그 관계를 만들었을까?

여름 작업이 끝났다. 쓰러진 사시나무―부러진 나무의 나뭇가지들이 뒤엉킨 채 넓게 퍼져 있는 주위로 풀들과 잡초들이 새카맣고 무성하게 자라서 별도의 식물군락을 형성하고 있는―는 쇠사슬 톱으로 베어낸 다음, 통나무로 잘라서 뒤뜰에 쌓아놓았다. 통나무 더미 주위에는 이제 풀들이 무성하게 자라났다. 마치 통나무들이 풀과 식물들을 끌어들여, 너무 커서 자르지도 못하고 쓰러진 자리에 한동안 그대로 내버려둔 나무 몸통 주변에 무성한 덤불을 이루게 하는 것 같았다. 그곳은 곧, 마치 오래된 잔해처럼 무척 오래된 것처럼 보이게 되었으며 저지대 목초지의 거친 황야가 뒤쪽 잔디밭까지 더 침범해 들어올 것을 암시하는 듯했다. 잔디밭의 잔디 — 사시나무가 쓰러졌던 부분은 끝내 원래 모습을 다시 찾지 못했다. 다시는 잔디가 자라지 못하고 잡초와 덤불에게 자리를 내주고 만 것이다 — 는 깎았고, 내 시골집 앞의 잔디밭도 말끔히 깎았다. 채원도 누군가 돌봐주고 있었다.

채원은 높은 담장에 가려 내 시골집에서 보이지 않았다. 내가 헛간으로 쓰는 반쯤 짓다 만 시골집 너머에, 쇠 빗장의 육중한 출입문이 달린 이 담장이 세워져 있었다. 출입문은 삐딱하게 달려 있었지만, 피턴은 제대로 닫을 수 있는 요령을 터득했었다. 하지만 그의 후임자들은 그런 요령을 갖고 있지 못했다. 결국 그 문은 빗장을 닫지 못한 채, 점점 더 바닥에 끌리더니 결국에는 그냥 열어두었다. 피턴의 정원, 그의 비밀스러운 노동 현장은 이제 완전히 노출되었다.

내가 그 안에 들어가서 볼 때마다 항상 놀라는 것은, 전혀 다른 느낌의 공간, 정원 담장 반대편에 탁 트인 공터였다. 반대편 담장은 햇볕을 받아 따뜻하고 하얗게 빛났다. 그리고 오래된 과일나무들이 예쁘게 다듬어진 채, 벽에 고정되어 있었다. 반면 내 시골집 쪽 담장은 항상 그늘지고 습기가 차서 오직 여름에만 잡초들이 그 담장 밑의 척박한 땅에서 자라났다. 내 시골집에서 바라보이는 담장이 북향이었던 것이다. 반면 반대편 담장은 지중해 연안이었다. 최초에 설계된 담장을 두른 정원의 호화로움을 일부 간직하고 있었다. 그 오솔길들과 묘상, 구역을 나누어 심은 채소들, 형태를 맞춘 과수원. 피턴은 이 정원의 오직 일부만을 계속 유지할 수 있었던 것이다. 하지만 그는 이곳

의 격식과 설계와 위엄을 존중했다. 그런데 이제, 그의 채원의 대성
공 이후로, 그의 후임자들은 그저 분할 대여 텃밭을 만들어내고 있을
뿐이었다.

장원에서의 생의 한 주기가 끝나가고 있었다. 어느 날 새로운 주기
가 시작할 것이다. 하지만 한때 많은 사람들의 손길을 요구했던 거대
한 담장이 둘러진 정원은 잠깐, 혹은 몇 년을 먼저 앞서서 소박하고
인간적인 규모로 돌아갔다. 그리고 분할 대여 텃밭을 위한 장소가 되
었다.

잔디밭 끝에 있는 넓은 하얀 출입문 — 피턴의 정문이었던 그
문—은 보안을 위해 자물쇠를 채워놓았다. 강을 따라 펼쳐진 영지를
거의 막아놓지 않고 개방한 상태인 데다, 요즘 이 지역에 수많은 이
민자들과 부랑자 무리들이 몰려들고 있기 때문이었다. 새로운 나태의
물결이 영국 남서부의 텅 빈 땅으로 밀려왔다 밀려가곤 했다. 그리고
좀더 안전을 강화하기 위해, 순식간에 갈색으로 변하면서 말라 죽는,
잘라낸 나뭇가지 더미를 정문 앞에 쌓아놓았다.

나는 쇠락이라는 개념을, 그토록 커다란 슬픔의 원인이 될 수 있는
이상적 개념을, 흐름이라는 개념으로 대체했다. 하지만 이제, 그런
생각을 했음에도 불구하고, 장원을 보면 연상되는 것들이 달라졌다.
나는 수많은 장소들—'피난소'와 그가(그리고 어떤 오후에는 나도 함
께) 퇴비를 만들려고 모아놓은(이제는 더 이상 필요 없게 된) 거대한
나뭇잎 무덤, 활짝 열어놓은 정원 창고 문, 그리고 더 이상 꼭 닫을
수 없게 된 정원 담장의 육중한 문—에서 피턴의 손길을 보았다. 하
지만 나는 또한 깨달았다. 내가 처음 이 장원에 왔을 때, 내게 기쁨이

되었던 것들이 어쩌면 나보다 앞서 그곳에 있었던 사람들에게는 슬픔의 원인이었을 거란 사실을. 마치 지금 나를 슬프게 하는 것이 양복을 입고 지팡이를 든 늙은 필립스 씨에게는 순수한 즐거움인 것처럼. 그는 황폐한 장원 마당과 작은 텃밭에 기뻐했다.

피턴에 대한 기억들, 그가 했던 일들(지금은 피턴 자신조차 결코 더 하지 못할 작업들)의 쉽게 사라지지 않는 흔적들은 마치 죽은 사람에 대한 기억 같았다. 하지만 피턴은 아직까지 우리 곁에 있었다. 여전히 브레이의 옆집, 그의 개량 농가에서 살고 있었다. 그가 결국 떠나야만 했던 이유는 바로 이 시골집, 그의 일자리와 함께 제공되었던 이 집이었다. 이제 그 시골집—튼튼하게 지어졌고, 공식 인정을 받을 만큼 역사적인 건축물은 아니지만, 충분히 오래되고 충분히 흥미를 끌 만큼 양식 면에서 진품인 데다가 관리할 수 있을 만한 크기인—은 매우 값비싼 물건이 되었다. 브레이의 아버지가 그의 시골집을 살 때 지불했던 2, 3백 파운드보다 수백 배 혹은 수천 배의 가치가 나갔다. 그리고 영지는 그 돈이 필요했다.

하지만 피턴은 이런 사실을 믿지 못했다. 나는 어느 토요일 아침에 솔즈베리에서 그를 만났다. 그는 어느 때보다도 시골 신사 같은 차림을 하고 있었다. 양복과 셔츠, 신발, 모자, 전부 그의 돈을 다 써가면서 정성들여 차려입은 옷차림이었다. 피턴의 솔즈베리 모자라니! 그 모자를 머리에서 반쯤 들어 올리며 인사하는 그의 동작은 어찌나 세련되고 우아하고 신사다웠던지! 이제 그 모방은 너무 오래되고 그 동작은 완전히 습관이 되어서, 어쩌면 피턴의 머릿속에서는 더 이상 어떤 스타일이라는 개념도 부여하지 않고 있을지 모른다.

살짝 들어 올린 모자 아래로 드러난 얼굴은 세련된 그의 동작과는 정반대였다. 그것은 여전히 내가 그의 난폭하고 분노에 찬 두드림에 응답하여 부엌문을 열었을 때, 그가 내게 보여주었던 충격에 가득 찬 그 얼굴이었다. 마치 우리의 만남—피턴이 옷을 사는 상점(피턴의 옷과 비슷한 옷들을 아직도 가게 앞 진열창에서 볼 수 있었다)에서 그리 멀지 않은 쇼핑가에서 우연히 이루어진—으로 인해서, 그가 말로는 어떤 해결책이나 배출구도 찾지 못했던 뒤틀린 모든 감정이 되살아난 것 같았다.

그는 장원에서 자신의 집을 팔고 싶어 한다는 말을 이미 들었다고 말했다. 하지만 그는 그 이야기를 믿지 않았다. 누가 브레이 같은 사람의 옆집을 원한단 말인가? 아무도 특별히 돌보거나 관리하지 않은, 그저 정원사를 위한 집, 농가 주택이자 임시 사택일 뿐인데. 그는 마치 내가 크리스마스 날 그의 집에 갔을 때 정원사의 봉급 이외에 다른 수입원이 있다고 은근히 내비쳤던 것처럼, 이번에는 자신이 25년 이상 살았던 집에 대해 이야기하면서 마치 그 집이 지금과 다른 종류의 주택이었다면 자신도 전혀 다르게 관리했을 거라는 식으로 말했다. 그리고 그 말은 거의 그가 어딘가 다른 곳에 진짜 집을 갖고 있다는 뜻으로 들렸다. 하지만 그는 그 농가 주택을 떠나고 싶어 하지 않았다. 장원에서 일을 그만둔 지 몇 달이 지났지만, 그는 실제로 다른 일자리를 찾으려는 노력을 하지 않았다. 마치 다른 일자리를 찾기 시작하지 않으면, 결국에는 다른 일자리를 찾을 필요도 없게 될 거라는 생각이 들기 시작한 것 같았다.

그는 혼란스러웠고, 갈팡질팡했으며, 무력했다. 그는 필립스 부인이 한 말을 입증하고 있는 것처럼 보였다. 그녀는 모든 사람이 피턴의 해고를 더 견디기 쉽게 해줄 만한 어떤 해명을 계속해서 찾고 있었다. 그러다가 한 가지 결론을 내렸는데, 그것은 피턴이 장원에서의 마지막 해에 매우 이상해졌다는 것이었다. 그녀는 피턴이 마침내 황무지에서의 외로운 노동—사실 일하는 시늉만 낼 뿐, 절반은 빈둥거리는—에 서서히 무너졌다고, '완전히 망가졌다'고 주장했다.

이전 직장에서 이렇게 망가지는 사람들을 여러 명 보았다고, 오직 신문 기사에 나오는 사람들만 망가지는 건 아니라고 필립스 부인은 말했다. 그때 나는 필립스 부인이 해명할 구실을 너무 열심히 찾다 보니 억지 해석을 하고 있다고 생각했다. 하지만 계곡의 버스 정류장에서 피턴을 만나고 때로는 솔즈베리에서 만나서 그의 문제들(그가 계속해서 해결할 수 없다고 주장하는)에 대해 이야기를 나누고 나니, 필립스 부인이, 열정과 노예근성과 허세와 자존심과 독립심이 묘하게 뒤섞여 있는 그의 성격에 적절히 반응한 것일 수도 있겠다는 생각이 들었다.

그는 다시 정원사가 되기는 싫다고 내게 말했다. 장원에서는 그 일을 할 수 있었지만, 그밖에 다른 곳에서, 다른 사람을 위해서는 할 수 없다고 했다. 너무 품위 없는 일이라는 것이다. 그렇다고 도시에서의 일자리도 원하지 않았다. 그의 내면에 있는 시골 신사, 혹은 자유로운 시골 노동자의 기질은 도시 노동자의 익명성, 무존재성을 두려워했다.

나는 계곡의 버스 정류장에서 피턴을 더러 만나곤 했다. 우리는 버스가 올 때까지 이야기를 나누었다. 하지만 버스 안에서는 한마디도 하지 않았다. 우리는 각자 다른 자리에 앉았다. 솔즈베리에서도 계속 마주쳤다. 때로는 내가 고원을 산책하고 돌아오는 길에 공공 도로변의 마을에서 만나기도 했다. 우리의 대화는 늘 제자리를 맴돌았다. 그는 내게 자기가 무슨 일을 할 수 있을지 생각을 털어놓았고, 나는 그를 격려해주었다. 그러면 그는 자신에 대한 '나쁜 감정'으로 되돌아가서 내 격려를 거부하곤 했다.

피턴의 어려움——내가 나 자신과 나의 두려움을 고찰하고, 그의 입장에 서서 이해한 바에 따르면——은 그가 일에 대한 감각을 잃어버렸다는 데 있었다. 사실 장원과 그곳에서의 자유, 스스로 만들어낸 규칙적인 일과, 스스로 확립한 평온, 계절과의 관계, 그 세월, 그 시간 이후로, 그가 두려워하는 것은 일이 아니라 바로 고용이었다. 그리고 어쩌면 고용보다는 고용주일지도 모른다.

결국, 조용히, 수치스러워하며 그는 일자리를 구했다. 그는 세탁물 배달차를 몰았다. 나는 배달차를 몰고 있는 그를 보고서야 비로소 그 사실을 알았다. 시골 신사 같은 그의 복장에 세탁소의 가죽 수금 가방이 더해졌고, 가방끈이 탄띠처럼 어깨와 가슴 위로 걸쳐져 있었다. 그리고 마침내 그는 시골집을 떠나서 옛날 런던행 마찻길 위에 있는 헌 도시의 공영 아파트로 들어갔다.

끝을 앞두고 있는 시골집에서 그가 행복할 수는 없었을 것이다. 그는 어서 떠나라는, 영지의 자산과 자본을 내놓으라는 압력을 계속 받고 있었다. 그러므로 나는 그가 다른 살 곳을 찾아서, 그것도 꽤 적당한 곳을 찾아서 기뻐하고 있을 거라고 기대했다. 하지만 이제 영원히 울분과 뒤틀린 감정들에 사로잡힌 그는 불평을 늘어놓았다. 아파트가 추레하다는 것이었다. 대체 어떤 점에서? 아파트는 아무 내부 장식도 되어 있지 않았다. 그들은 그가 직접 집 안을 꾸미기를 기대했다. 지금 그는 그런 식의 대우를 받고 있었다.

그가 순종하는 영혼, 순종하는 군인의 아버지임을 이해하기란—피턴의 태도가 그토록 확고했기 때문에—항상 어려웠다. 그의 모든 격한 감정에도 불구하고, 노예 기질, 혹은 의존성은 그의 본성 깊이 흐르고 있었다.

*

브레이는 말했다. "결국 우리 친구가 이사를 나갔답니다."

나는 그의 자동차 운전석 옆자리에 앉아 있었다. 그는 한쪽, 그러니까 내가 있는 쪽 입가로 슬쩍 흘리듯이 말했다.

브레이는 한마디 덧붙였다. "거만한 인간."

운전 모자 아래에서 브레이의 두 눈은 도로에 집중하면서도 동시에 마음속의 기쁨을 드러내고 있었는데, 얼굴이 양옆으로 축 처진 것이 마치 칼로 죽 베어낸 자국 같았다. 이윽고 그는 마치 영지의 가족들이 아직도 모두 그곳에 살고 있다는 듯이, 그리고 그의 아버지가 속했던 장원 체계가 여전히 존재한다는 듯이 그들에 대해 이야기하면서, 이렇게 말했다. "재밌는 가족이라니까요." 그의 말 속에는 찬사와 동시에 자부심이 깃들어 있었다.

그는 운전석 계기판 아래 선반에 놓인 책 한 권을 집더니, 도로에 정신을 집중하고 있는 사람의 반쯤 정신 팔린 태도와 책을 다루는 데 익숙하지 않은 사람의 서투른 손길로 내게 건네주었다. 그러고는 수수께끼 같은 말을 던졌다. "집에 가시면 이 책을 한번 보세요." 마치 신비스러운 물건인 그 책이 많은 걸 설명해줄 거라는 듯이. 그리고 마치 브레이, 그가 더 이상 길게 말할 필요가 없게 만들어줄 것이라는 듯이.

그 책은 나의 장원 주인이 쓴 것이었다. 거의 50년 전인 1920년쯤에 출간된 책이었다. 그 책에는 시로 된 짧은 이야기와 수많은 삽화가 실려 있었다. 종이는 꽤 좋았고, 값비싼 천으로 제본이 되어 있었다. 비록 당시 런던의 유명한 출판사 이름이 찍혀 있었지만, 이런 가벼운 책을 그렇게 호화스럽게 제작한 것을 보면 저자가 제작비를 대주었거나 보조해준 것이 분명했다.

줄거리는 간단했다. 젊은 여자가 영국의 사교계—1920년대 의상 그림을 책에 실을 수 있는 수많은 기회를 제공하는—에 싫증이 난다. 그녀는 아프리카 선교사가 되기로 결심한다. 작별 인사를 나누고, 연인들은 소나무 뒤에서 각기 다른 방식으로 버림을 받는다. 배. 바다. 아프리카 해안. 젊은 선교사는 아프리카 원주민에게 붙잡힌다. 그녀는 자신을 자기 구내에 가두어놓은 아프리카 족장에게 겁탈당하는 상상을 한다. 또한 흑인 내시들과 할렘에 대한 상상도 한다. 하지만 겁탈 대신 그녀는 식인 솥단지에 들어가 잡아먹히고 만다. 남은 잔해라고는, 그녀가 런던에 남기고 떠난 애인 중 한 명이 발견하는데, 마치 허수아비처럼 나무 십자가 위에 걸쳐놓은 20세기 의상뿐이다.

이것이 열여덟 살 소년이 도달한 세상에 대한 조롱 섞인 인식이었다. 이것은 또한 장원과 그 영지가 키운 인식(아마 대단히 지적이고 세련된 것처럼 보였을 것이다)이었다. 아마 이후에도 이런 인식은 농담의 수준을 벗어나지 못했을 것이다. 영국과 유럽 바깥에 대한, 아프리카에 대한 환상, 페루나 인도나 말레이시아에 대한 환상. 그리고 아마 열정 또한 결코 비어즐리의 간지러운 자극 수준을 결코 넘어서지 못했을 것이다. 브레이가 소중하게 간직해온 이 책에서 가장 놀라운 부분은 바로 그림들이었다.

이 그림들은 쇼핑 원정과 샴페인으로 점철되었던 지난여름 동안 필립스 부인이 장원 주인의 선물이라며 내게 가져다준 그림들과 똑같은 화풍이었다. 그는 자신의 형식을 고수했고 젊은 시절에는 자신의 화풍으로 찬사를 받았다. 또한 자신이 어떤 사람인지, 자신의 가치와 감수성에 대한 개념에 일찍이 도달했다. 그리고 그곳에서 멈추고 말았다. 아마 그는 완벽한 상태라고 여기는 지점에서 멈추었을 것이다. 하지만 그 완벽함—끊임없는 흔들림과 창조적 마찰이 없는 상태, 그의 뒤편 창문을 통해 내다보이는, 아무 손상도 없고 아무 고민도 없는 완벽한 세계의 풍경 같은—은 병적인 것과 무기력함, 영혼의 죽음으로 바뀌고 말았다.

그 병적인 상태는 마치 길고 긴 잠과 같았다. 이윽고 그는 기적적으로 깨어났다. 그리고 그의 세계가 여전히 자기 곁에 있음을 발견했다. 그는 예전 시절의 광대함은 사라졌다는 걸 알았다. 하지만 그는 항상 마음의 준비를 해왔듯이, 자기가 발견한 것에 만족하며 살아갈 준비가 되어 있었다. 이것이 그에게 나 자신을 투사해가면서, 내가 읽어낸 그의 모습이었다.

그는 담쟁이덩굴을 좋아했다. 하지만 그의 정원에 나무들이 쓰러졌을 때, 그는 불평하지 않았다. 그는 여러 해 동안 담쟁이덩굴을 즐겨왔다. 하지만 이제는 다른 것들에 만족하며 살아야만 할 것이다. 사람들과도 마찬가지다. 누가 되었든 때가 되면 오기 마련이다. 내가 필립스 부부에게 전해들은 바에 따르면, 그는 쓰러진 사시나무들에 대해 한 마디도 하지 않았다. 그가 최소한 50년 동안 지켜보아온 나무들이었다. 그러므로 이제 더 이상 정원사가 없다는 사실을 알고 나자, 그는 피턴에 대해—역시 필립스 부부의 말에 따르면—한 번도 묻지 않았다. 바로 작년 여름, 그와 함께 놀고 그에 대해 이야기를 지어내고, 앨런과 같이 그의 곁에 남은 몇몇 사람들에게 그 이야기를 들려주곤 했음에도 불구하고(마치 날마다 할머니와 놀았지만, 갑자기 할머니가 돌아가시고 나면 절대 할머니를 찾지 않는 두세 살짜리 어린아이처럼).

나는 가끔 세탁물 배달차를 몰고 다니는 피턴을 보았다. 내가 이 골짜기에서 찾아낸 새로운 삶과 위안과 치유의 한 부분이었던 그의 일상(하얀 출입문에 나타난 그의 모습)을 보여주던 그 사람의 모습을 지금 그에게서는 거의 찾아볼 수가 없었다.

가끔 우리는 토요일에 솔즈베리에서 만났다. 한번은 그가 내 뒤로 다가와서 내 이름을 불렀다. 단추를 목까지 잠그는, 과묵한 남자에게는 이상한 행동이었다. 하지만 나는 영광스러운 시절의 그를 알고 있었다. 나는 장원의 웅장한 정원에서 그의 일을 도왔고, 풀과 죽은 너도밤나무 잎을 함께 치웠다. 그리고 나는 그를 피턴 씨라고 불렀었다.

그는 날로 초라해졌다. 그의 시골 신사풍의 옷가지들 중에서 그나마 일부가 다른 옷과 짝을 맞추며 살아남았지만, 그의 스타일은 변했다. 이 골짜기를 순회하는, 피턴을 잘 아는 세탁업자가 점잖고 이해심 넘치는 어조로 그에 대해 이렇게 말했다. "좀 까다로운 사람이죠."

하지만 곧 피턴은 변했다. 이 골짜기의 세탁업자—너그럽고, 한때 피턴이 그랬듯이 시간이 흘러가는 데 만족하며 매주 반복되는 일상의 리듬과 한 해의 리듬, 매년 찾아오는 2주간의 휴가에 만족하는—, 이 골짜기의 세탁업자도 피턴의 변화를 알아차렸다. 그리고 피턴의 개선된 행동과 줄어든 짜증에 대해 말했다. "당신도 익숙해질 겁니다."

그뿐만 아니었다. 최근 10년 동안의 활동적인 생활을 통해서 피턴도 예전의 자기 자신에서 점차 벗어났다. 그는 직장과 자신이 살고 있는 공영주택 단지에서 더 많은 사람들을 알게 되었다. 그리고 한때 익명성을 두려워했던 그곳에서 공동체와 약간의 힘을 발견했다. 그는 자신의 이전의 삶을 거리를 두고 바라보았다. 그는 항상 자신의 현재 모습과 거리를 유지하려고 노력—옷차림이나 아내의 외모에 대한 자부심, 마치 또 다른 수입원이 있는 척하는 가난한 사람들의 이상한 허세—했었다. 하지만 이제는 그럴 필요가 없었다. 점차 그는 세탁물 배달차 안에서 내게 인사하는 걸 그만두었다. 어느 날 솔즈베리에서, 한때 그가 자신의 공포로 나를 채우려고 애썼던 그 쇼핑 거리에서, 그가 나를 보았다. 그런데 그는, 그 새로운 사람은 나를 '알아보지' 못했다.

4부
까마귀

"그렇게 피턴이 떠났군요. 내 어린 시절의 위대한 인물이." 앨런이 말했다.

어린 시절을 기억하는 사람, 감수성을 지닌 사람, 그것이 바로 작가 앨런이었다. 나는 이런 작가 개념이 뭔지 이해했다. 내가 처음 영국에 왔을 때 내가 품었던 개념과 무척이나 비슷했으니까. 그때였다면 나는 앨런이 써먹을 수 있는 소재들을 무척 부러워했을 것이다. 나의 장원 주인. 장원. 주변 환경. 그 환경에 대한 그의 깊은 지식, 그리고 이따금 내가 그를 발견하곤 하는 런던에서의 파티들. 하지만 앨런 역시 나만큼이나 자신만의 작가 개념과 소재를 찾는 데 어려움을 겪고 있는 것 같았다.

처음에 그는 뭔가 책을 쓰고 있다는 분위기를 풍기곤 했다. 지금 사람들이 보는 그의 모습은, 그러니까 그가 장원 영지 안에서나 런던 파티에서 보여주는 모습은 그의 본성의 극히 일부분이거나 혹은 심지어 가면일 뿐이며, 그의 진정한 본성은 지금 그가 쓰고 있는 책에서 나타날 거라는 식으로. 그의 라디오 논평과 토론, 짧은 기고문 들도 똑같은 암시를 주었다. 그는 어디 다른 곳에, 뭔가 더 원대한 모험에 완전히 헌신하고 있다는 식으로.

하지만 앨런은 아무런 책도 내지 못했다. 소설도, 자전적 소설(번쩍이는 밝은 색깔의 옷과 광대 같은 행동 뒤에 숨은 진실을 보여주는, 직설적인 기록)도, 현대 문학비평 연구서(그가 이따금 이야기하곤 하던)도, 그리고 그가 또 다른 때 언급하곤 하던 전후 독일에 관한 이셔우드* 풍의 책도. 결국, 내 앞에서는, 뭔가 쓰고 있는 척하는 걸 그만두었다. 하지만 그는 여전히 작가처럼 말했고 작가처럼 행동했다.

사실 앨런의 작가적 성격은 어느 면에서 진짜였다. 1950년의 내 자화상, 나 자신을 작가라고 생각했던 나의 개념보다 더 거짓된 것도 아니었다. 그 시절 나의 글에서, 내가 사실을 왜곡해가면서까지 나 자신에게는 나의 경험을 숨기고 나의 경험에게는 나 자신을 숨기면서도 동시에, 내가 목표로 하는 그 관습적인 말과 형식과 태도를 넘어 그 이면을 볼 수 있는 사람에게는 모든 걸 드러냈던 것처럼 똑같이, 앨런이 과시하는 그의 모든 문학적 성격들, 그가 쓰고 있다고 말했던 모든 책은 내가 그랬던 만큼이나 그가 대면하기 힘든 진실들을 암시하고 있었다.

전후 독일에 관한 이셔우드 풍의 책은 그의 감정생활의 불만족과

---

* Christopher Isherwood(1904~1986): 영국의 소설가로 수년간 베를린에서 머물면서 『굿바이 베를린』 『사기꾼 모리스 씨』 등 1930년대 베를린을 배경으로 한 소설을 많이 썼다.

고통을, 그리고 그가 한때 독일에 가서 함께 살기도 했던 젊은 독일인과의 관계를 암시했다. 그는 초반에 이 애정 관계에 대해 에둘러 말했다. 마치 (거의 절반은 광대인) 그가 털어놓는 애정 고백에 대한 나의 반응을, 혹은 성적 도착에 대한 나의 반응을 시험해보려는 듯이. 하지만 내 반응이 썩 신통치 않았는지, 혹은 그의 마음이 변했는지, 아니면 낯선 이방인인 내게 이야기를 털어놓기 시작하는 순간, 이 불행한 연애 사건에 대한 그의 입장이 바뀌었는지, 어쨌든 그는 화제를 돌렸고, 젊은 독일인에 대한 묘사는 미완성으로 남았다. 그리고 그 뒤로 앨런은 독일에 대해서는 정치나 문화 이야기만 직설적으로 언급했다.

또한 그의 자전적 소설이 있었다. 어린 시절 이야기와 함께 어떻게 감수성을 키웠는지에 대한 이야기였다. 이 책은 그런 책들의 완벽한 개설서가 될 예정이었다. 그의 소망(나 또한 잘 이해하고 있었던)은 세상을 향해 이렇게 말하는 것이었다. '나는 이런 일들을 목격했고 이런 감정들을 느꼈노라.' 하지만 이미 행해졌던 모든 것을 다 하고 싶고, 비슷한 책들에 나타난 모든 배경 지식(혹은 그와 동등한 것들)을 과시하고 싶은 소망 아래에는, 어린 시절이나 훈육 과정 또는 가정생활에서 그에게 깊은 상처를 준 뭔가 있었다. 그를 고독과 불확실함, 불완전한 삶으로 밀어 넣은 어떤 것이.

자신의 경험에 대한 그의 문학적 접근, '솔직함'(분명 동성애나 자위행위, 입신출세주의 같은 공인된 화제에 대해서)을 동반했을 자기 존중이 어쩌면 자신이 불완전할 수밖에 없는 이유를 자신한테까지 숨기도록 했는지 모른다. 종종 런던에서, 파티 때마다 지나치게 들띠

서 까부는 그를 보면, 그 기상천외하고 자조적인 옷차림, 자신이 존경하는 사람들 앞에서의 신경과민, 이런 사람들에 대한 과장된 아부 등, 나는 몇 년 전 나 자신의 일면을 보고 있는 것 같은 기분이 들었다. 나는 앨런의 이런 지나치게 들뜬 순간들 다음에는 틀림없이 아무도 없는 자기 방이나 아파트에서의 자기혐오와 분노, 비참함이 뒤따랐을 것이라는 암시를 받았다. 그리고 이 장원의 고독과 황폐한 정원의 산책로가 그에게는 일종의 치유(문학 작업에 적합하다는 점 외에)가 되리라는 것도 알 수 있었다. '부자 친구들'을 가지는 즐거움(왜냐하면 시릴 코널리*가 말했듯이, 작가들은 부자 친구들이 있어야 하기 때문에)에 더하여 치유가, "전화를 했더니 필립스—필립스 씨나 스탠리나 혹은 스탠이라고 하지 않고—가 기차역까지 나를 마중 나왔더군요" 하고 내게 말할 수 있는 기쁨에 더하여 치유가 있었던 것이다.

그리고 저택 자체가 있었다. 이 저택에는 직원들이 있었고, 어쨌거나 아직도 대저택으로서 돌아가고 있었다. 저택은 방과 새로 교체한 배관 시설이 있는 욕실을 제공했다. 또한 뒤편 창문을 통해(내가 말한 대로, 나는 보지 못한) 정원과 강과 강 양편으로 펼쳐진 저지대 목초지와 그 너머의 사람이 살지 않는 고원들이 바라다보이는 전망을 제공했다. 어느 누구의 손길도 닿지 않은 전망, 다른 집들이나 사람들은 전혀 보이지 않는 전망, 고요한 전망을. 앨런에게 이곳은 그에게 어떤 요구도 하지 않고 그에게 어떻게 행동하라거나 어떤 특정한 성격을 유지하라고 요구하지도 않는, 어떤 종류의 압박도 없는 집이었

---

* Cyril Connolly(1903~1974): 영국의 비평가, 소설가, 문필가로 유명한 문학잡지 『호라이즌Horizon』을 창간 편집했다.

을 것이다.

또한 나의 장원 주인이 있었다. 나의 경우에는, 장원 주인과 그 집에 함께 있는 것이, 그를 만나고 의도치 않게 그의 특이한 성격과 겉치레를 알아차리게 되는 것이 압박이었을 것이다. 그것이 마법을 깨뜨릴 수도 있으니까. 하지만 나의 장원 주인은──앨런에게 이전 시대출신의 어떤 인물이라는 '소재거리'로서 문학적 가치를 지녔을 뿐만아니라──앨런이 거의 권위자의 위치에 서서 대하는 단 한 사람이었다. 나의 장원 주인──최근에서야 무기력증에서 회복한──에게 앨런은 그가 오래전에 물러난 짜릿한 세계를 여전히 탐험하는 모험가였다. 또한 나의 주인은 앨런이 소식을 전달해줄 수 있는 유일한 사람이었다. 하지만 그들의 만남은 드물었고 길지도 않았을 것이다. 필립스 씨를 통해, 나는 장원 주인이 사람들과의 대화와 사교적인 만남에금방 지쳐버린다는 이야기를 들었다. 갑자기 불안해지면서 오래된 친구들조차 내보낼 수도 있다는 것이었다. 나는──간접적으로──필립스 부부에게서 앨런이 대개 장원 저택에서 혼자 식사한다는 이야기도 들었다(순간 내 머릿속에는 앨런의 방으로 가져다주는 식사 쟁반이아니라, 오래된 히말라야 삼목과 나무 방부제 냄새가 풍기는 퀴퀴한 방의 오래된 레이스 식탁보 위에 차려진 소박한 식사를 비추고 있는 희미한 천장 전구가 떠올랐다).

결국 내가 본 고독은 진정한 고독이었다. 만약 앨런이 내가 장원 주인과 안면도 익히지 않고, 그토록 오랫동안 그곳에서 살 수 있었다는 사실이 뭔가 '오싹하다'고 생각했다면, 반면 나는 앨런이 그가 주장하는 몇 가지 이유 때문에 이곳을 방문하고 싶어 하는 세 이상하다고─이곳이 그에게 특별한 위안을 준다는 걸 이해하기 전까지는─생각했다. 그가 작업하고 있는, 혹은 계획하고 있는 소설을 위해서 그의 어린 시절에 중요했던 장소에 있으려고 한다든가, 또는 (또 다른 책을 위해서) 나의 장원 주인의 말투와 몸에 배인 버릇들─보다 우아했던 시대, 노아의 대홍수 이전 시대(1914년에 끝나버린 시대가 아니라, 앨런에 따르면 1940년에 끝난 시대), 장원 주인의 저택과 같은 집들이 여전히 사회적으로뿐만 아니라 문학적이고 예술적인 평판을 만드는 데 중요했던 시대의 버릇들─을 연구하기 위해서 장원 주인 곁에 있으려고 한다는 등의 이유였다.

앨런은 눈에 뻔히 보이는 자신의 게으름에도 불구하고, 과수원과 정원 주변을 빈둥거리는 것, 언제든 내 시골집을 찾아올 준비가 되어 있는 것, 또는 장원을 방문하는 것 등이 모두 여러 권의 '짧은 기록'을 얻어가게 해주는 작업이라고 주장했다. 가끔 그는 자신이 작성하고 있는, 혹은 이미 작성한 비밀 기록들을 내게 공개하기도 했다. 한번은 나의 장원 주인이 그에게 이렇게 말했다는 것이었다. "토스트 좀 드시겠소? 필립스에게 풍로가 딸린 냄비에 토스트를 좀 담아 갖다드리라고 할까요?" 앨런은 피턴과 핑크샴페인 이야기에 껄껄대고 웃었던 만큼이나 큰 소리로 마구 웃어댔다. "풍로가 딸린 냄비라니!" 그가 말했다. "누가 그런 말 하는 걸 들어본 적 있어요?"

그래서 나는 앨런이 (25년 전 얼스코트에서 지내던 나처럼) 작가로서 자신이 찾고자 기대하는 것이 무엇인지 잘 알고 있을 뿐만 아니라, 나의 장원 주인 역시 비록 쪼그라든 세계에 살고 있지만, 그리고 무기력증이라는 어둠 속을 지나고 있지만, 여전히 자신에게 기대하는 바가 무엇인지 알고 있다고 느꼈다.

하지만 장원에 있을 때, 누군가 자신을 쳐다본다는 걸 의식하지 못하고 침울한 표정을 짓고 있는 앨런의 그 우둘투둘하고 작은 얼굴에는 고독이 분명하게 드러나곤 했다. 그 고독은 그가 어린 시절에 겪은 고통만큼이나, 또한 나의 장원 주인이 앓고 있는 무기력증과 주변에 야기하는 물질적인 퇴락만큼이나 진짜였다. 정원과 장원 마당을 걸을 때, 앨런의 그 고독은 마치 옛날 옛적에 그가 받은 심리적 상처에 대한 증거물처럼 보였다. 그에게는 아픈 구석이, 결코 누구도 닿지 못하는 구석이, 그래서 언제나 홀로인 구석이 있었다. 그가 받은 교육의 성격, 자신의 경험에 대한 지나치게 문학적인 접근, 금세기의 특정 작가들과 예술가들에 대한 그의 찬미, 그들이 이룩한 것들을, 하지만 자기 힘으로, 다시 한 번 해보고 싶은 그의 소망, 이 모든 것이 앨런 자신이 사실을 보지 못하도록 서로 공모했다. 장원 마당의 고독은 위안이었다. 그 바깥은 위협과 앨런 자신의 불완전함에 대한 환상이었다.

그는 자신이 찬탄하는 사람들, 그리고 자신이 갖고 싶은 힘을 지닌 사람들에게 빌붙음으로써 이런 불완전함을 만회했다. 마치 평화를 사기 위해 친구들에게 사탕을 나눠주는 어린아이처럼, 앨런은 여러 사람들에게 현대 문학에 관한 자신의 대작을 위해 그들에 대해 짧게 기록하고 있다고 말했다. 그는 무척이나 많은 사람들을 계속 지켜보면서, 그들의 대화를 기록하고 편지를 보관했다. 아주 많은 사람들의 이야기를 글로 쓸 예정이었다. 하지만 일단 앨런이 당신에 대해 '기록'하고 있다고 말하면, 그를 무시하기란 힘들었다. 당신이 말하는 모든 것을 정말로 기록할지도 모르는 지적이고 상냥한 사람의 의견에 따르지 않기란 (나의 장원 주인 같은 사람조차) 어려운 법이다.

그는 한편으로 자기 자신의 또 다른 모습—그러니까 사회 연대기 속에서 다른 사람들이 이룩한 일들을 따라 하면서 자신도 같은 일을 할 수 있다는 걸 보여주고 싶어 하는, 흉내쟁이들—처럼 보이는 작가들을 경멸함으로써 균형을 맞추었다. 이런 작가들에 대해서는, 그들의 결점을 매우 분명하게 보았고, 무자비하기 짝이 없었다. 내가 런던에서 만난 그런 작가—몸집은 앨런보다 컸지만 그 또한 옷을 잘 입는 멋쟁이였다—한 명은 내게 이렇게 말했다. "그 사악하고 조그만 벌레가 클러리서에서 방을 가로질러 의기양양하게 다가오더니 내게 이렇게 말하지 뭡니까. '이봐 친구, 이번 토요일에 남았다가 꼭 「비평」 방송을 듣도록 해. 내가 너를 완전히 난도질해버릴 테니까. 하하!'"

하지만 그런 사람들, 앨런이 공공연하게 적대감을 표시하는 사람들은 많지 않았다. 앨런의 공공연한 증오의 대상은 주로 특정 종류의 건물이나 그림, 정원, 꽃 등이었다. 이 점에서는 나의 장원 주인도 예외는 아니었다. 나의 장원 주인은 글라디올러스를 좋아했다. 피턴은 그를 위해 정원에 글라디올러스를 길렀다. 앨런은 그 꽃의 길이와 번지르르함 때문에 싫어했다. 그는 눈을 감고 온몸을 부르르 떨며 말했다. "그 꽃은 딱 이 정도 높이어야 했어요." 그는 허리를 숙이고 손바닥을 편 채, 손을 자신의 정강이 높이에 갖다 대며 말했다. 이런 것들—꽃이며 그림, 건물 들—에 대해 이야기할 때면, 그는 이렇게 혐오감으로 몸서리칠 수 있었다. 마치 자신의 심미적 반응의 격렬함을 통해서, 다른 사람들 앞에서 보이는 자신의 모든 수줍음을, 자신이 그들에 대해 쓰려고 준비 중인 글들과 '기록들'("이 모든 게 일기장에 적히고 있어요." 그는 이런 식으로 의인화해서 말하곤 했다. "이건 일기장을 위한 거예요." 혹은 "일기장은 적절한 기록을 하게 될 거예요.")에 대한 그 모든 발언을, 그리고 자신이 환심을 사려고 세상에 바치는 그 모든 아첨을 감추려는 듯이. 그의 라디오 대담과 토론에 신랄함과 공격성을 부여해주고, 그것은 단지 보다 충만한 삶과 보다 비범한 인물을 지극히 잠깐 보여준 것에 불과하다는 식의 암시를 던져주는 것이 바로 이 심미적 격렬함이었다.

가끔 우리가 한 번도 만나지 못하고 몇 달이 그냥 지나갈 때도 있었다. 그가 장원에 내려오지 않거나, 혹은 그가 내려왔을 때 내가 떠나 있거나 했을 것이다. 어느 날, 아주 드물게, 그가 런던에서 내게 전화를 했다. 나는 그때 비로소 그를 일 년 이상 보지 못했다는 사실을 깨달았다. 전화기 너머에서 음악 소리가 들려왔다. 음악 소리가 매우 요란했다. 나는 어디서 전화를 하는 거냐고 묻지 않을 수 없었다. 그의 아파트였다. 그는 말했다. "마치 내 이웃들처럼 말하는군요. 물론 나는 호통을 쳐서 쫓아버리고 있죠." 그러더니 그는 숨이 넘어갈 듯이 격렬한 웃음을 터뜨렸다.

예전의 앨런 그대로인 것처럼 보였다. 하지만 그렇지 않았다. 그는 술에 취해 있었다. 그가 말을 시작하자, 몹시 취했다는 게 분명하게 드러났다. 술과 음악. 고독을 견디게 해주는 것들. 하지만 내게는 새로운 사실이었다. 고독이 아니라 음주 말이다. 나는 한 번도 앨런을 술꾼으로 생각해본 적이 없었다. 하지만 심지어 취기도 앨런의 성격을 바꾸거나 그 사람의 다른 면을 보여주지는 않았다. 술은 그를 자유롭게 해주지 못했다. 대신 모든 사람의 비위를 맞추려는 그의 성격을 터무니없이 과장되게 만들었다. 그는 자기 말도 거의 제대로 통제하지 못하면서, 오직 사랑의 메시지를 전달하려고, 내 작품을 언급하며 아첨을 하려고만 애쓰고 있었다.

그는 그 보답으로 아무것도 요구하지 않았다. 왜냐하면 이 모든 것이 흘러나온 그 사람에게 돌려줄 방법이 없었기 때문이었다. 세상에게 환심을 사고 싶어 하는 사람이 정작 세상의 손길이 닿을 수 없는 곳에 있다는 사실을 앨런 자신만 거의 모르고 있는 셈이었다. 얼마나 많은 아첨을 되돌려주는지는 중요하지 않았다. 얼마나 많은 사랑을 되돌려주는지도 중요하지 않았다. 사람들은 결코 그 사람의 진정한 모습에 닿을 수가 없었다.

몇 달 후에 그는 다시 장원에 나타났다. 완전히 변해버린 모습이었다. 한때는 어딘가 수상한 구석이 있고 미심쩍어 보였던 그의 눈은 빛을 잃고 죽은 것 같았다. 거기에는 매우 오래된 슬픔만 있었다. 우툴두툴했던 작은 얼굴은 하얗고 부드러워졌다. 마치 허약한 노파의 얼굴처럼 변해버렸다. 마치 이런 변모가 그 인물의 모호성을, 어쩌면 앨런을 괴롭혀왔던 수많은 모호성 중에서 단 하나를 슬쩍 보여주고 있는 것 같았다.

특히 내 눈에 띄었던 것은 그의 뺨의 피부였다. 피부가 무척이나 창백했고 어찌나 얇아졌는지 앨런이 무슨 말을 할 때나 입을 꾹 다물 때마다 살 위에서 펄럭거리는 것(마치 피부와 살 사이가 들떠 있는 듯이)처럼 보였다. 그 얇고 섬세한 피부를 보니 활짝 핀 장미의 제일 바같을 싸고 있는 꽃잎이 떠올랐다. 그와 비슷한 질감을 지녔을 것 같았다. 혹은 가축몰이 길 위에 쌓인 시골집 모양의 오래된 건초 더미를 덮고 있는 색 바랜 검은 비닐 덮개가, 비바람에 시달려서 이제는 광택과 탄력을 잃었을 뿐만 아니라, 그 얇은 막 안에 작은 수포들과 공기 주머니들이 생겨난 것처럼 보이는 비닐 덮개가 떠올랐다.

앨런은 달라졌다. 그는 얌전하게 두 무릎을 모은 채, 내 시골집 윙체어에 반쯤 몸을 기대고 앉아 새로 천을 씌운 의자의 머리 위 작은 날개 부분을 멍하니 바라보고 있었는데, 마치 앨런은 미처 인식하지 못했던 내면의 인격이 가한 도덕적 공격에 거의 굴복당한 것 같았다.(그 순간 내게 떠오른 생각이었다.) 앨런을 무너뜨린 그 내면의 인격은 마치 주의 깊은 수호천사처럼 그의 어깨 위에 앉아 있었고, 이제는 앨런이 진정한 대화를 나눌 수 있는 유일한 존재였다. 옛 인격에서 유일하게 남아 있는 부분은 안락의자의 천을 칙칙하게 보이도록 만드는 그의 옷차림뿐이었다. 이 옷차림만큼은 여느 때나 다름없이 신경을 쓴 것이었다. 하지만 내면의 사람은 무척이나 조용하고 거의 움직임이 없었다. 그의 동작이 어찌나 느리고 신중한지, 그의 의상조차 옛 사람을 떠올리게 하지 못했다.

나는 나중에 필립스 부부에게서 앨런이 술에 취해 장원 저택으로 전화한 이야기를 들었다. 그가 내게 전화했을 무렵, 혹은 어쩌면 그보다 얼마 전에 벌어진 일이었다. 처음 서너 번은 그의 전화를 받아주었다. 하지만 그다음부터—아마 앨런은 지나치게 자신의 운을 믿고 무모하게, 이상한 시간대에 전화를 걸기 시작했거나 내게는 말하지 않았던 이야기들을 털어놓았던 모양이다—나의 장원 주인은 겁을 먹고 놀랐다. 앨런의 난동에서, 나의 장원 주인은 새삼 자신의 무기력증, 자신의 지옥을 보고 말았다. 그런 종류의 질병을 두려워한다는 것은 사실상 다시 병을 앓기 시작한다는 것이다. 그리고 장원 주인의 병이 한동안 재발되었다.

앨런의 전화는 거부되었다. 필립스 씨가 앨런에게 두 번 다시 전화하지 말라고 명령한 것이다. 앨런이 저택을 방문하는 것도 금지되었다. 그의 고용주, 병자를 향한 필립스 씨의 보호 심리가 일제히 깨어났다. 앨런의 저택 방문 금지는, 앨런이 술을 끊었다고 필립스 씨가 확신했을 때에야 겨우 풀렸다.

하지만 장원에 다시 나타난 사람은 완전히 피폐해졌다. 그 늙은 부인 같은 얼굴은 이제 치료 단계를 넘어선 사람의 얼굴이었다. 비록 그는 내가 권하는(당시에는 그의 최근 소식을 모르고 있었기에 완전히 순진무구하게) 포도주 잔을 거절했지만, (마치 내가 그의 손님이라도 되는 것처럼 지극히 정중한 태도로) 오히려 내가 한 잔 마셔야 한다고 주장하면서 거절했지만, 그에게 남은 확실한 치료—다른 고약한 질병들과 마찬가지로—는 오직 고통의 완화, 그러니까 어쩌면 잔인할 수도 있고 또 어쩌면 화해의 정신에서, 그로 하여금 이제 곧 떠나야 할 세상을 돌아보게 하고 작별 인사를 전하도록 하는 것뿐이었다.

그는 작별 인사를 했다. 그리고 두 번 다시 돌아오지 않았다. 나는 라디오에서 한두 번 그의 목소리를 들었다. 그는 언제나처럼 말이 많았다. 만약 그가 집에 가서 홀로 지내는 대신, 그곳에서 살 수만 있었더라면, 그런 상태로, 라디오 스튜디오 같은 그런 분위기, 어떤 인공적인 사회적 설비 안에서 계속 살 수만 있었더라면 얼마나 좋았을까. 얼마 후, 나는 그가 어느 날 밤에—그런 사건이 있고 며칠 후에—술을 잔뜩 마시고 약을 먹고 죽었다는 소식을 들었다. 어쩌면 아주 간단하게 상황이 달라질 수도 있었다. 누군가 전화를 하거나 아니면 그가 누군가에게 전화를 걸었을 수도 있다. 혹은 번쩍거리는 옷을 입고 파티에 가서 재치 있는 농담을 던지든 아부를 떨든 화를 내든, 그러기만 했어도 자살이라는 극적인 순간은 모면했을 것이다. 하지만 고독이 결국에는 또다시 그를 그 지점으로 몰고 갔을 것이 거의 확실했다.

나의 장원 주인에게는 이 소식을 감추었다. 필립스 씨는 장원 주인이 들으면 안 좋을 거라고 생각했다. 하지만 장원 주인도 어떻게 알게 되었다. 장원 주인으로서는, 자꾸만 좁아지는 자신의 세계에서 또 한 사람이 줄어든 것이었다. 혹은 두 번 다시 언급해서는 안 되는 또 다른 사람이 생겨난 것이었다.

앨런의 책들과 '기록'에는 물론 거의 아무 내용도 없었다. 정신적 삶에 대한 그의 사랑과 예술가적인 안목과 솜씨로, 그는 무척이나 많은 사람들을 우쭐하게 만들어주었다. 한두 주일 동안 이어진 그에 대한 기묘한 추모는 주로 이 아첨 때문이었다. 그의 사망 이후에 앨런에 대해 글을 쓴 여러 사람들은 자신의 인격 중에서 앨런의 아첨에 의해 거의 창조되다시피 한 그 부분을 가지고 썼다. 그들의 사망 기사는 기묘하게도 자기중심적이었다. 이 사람들은 앨런—이런 부고 기사들에서는 기이하고 시대착오적이며 '노아의 홍수 이전 시대'(실제로 한 작품에서 이 표현이 쓰이기도 했다)에서 온 어떤 사람으로 묘사된—에게만큼이나, 앨런을 알았고 그와 친구가 되었던 자신들에게 찬사를 바쳤다. 그의 재능과 감수성을 알아보았을 뿐만 아니라, 그의 속내와 슬픔에 찬 고백을 털어놓을 수 있는 친구로 유일하게 선택되었던 자신들에게. 아무도 그의 아첨에 대해서는 말하지 않았다. 그리고 그가 죽기 바로 며칠 전, 비탄에 빠진 앨런에게서 전화를 받은 사람이 한두 명이 아니었던 걸로 드러났다.

필립스 씨는 앨런의 죽음을 언급하면서 잠깐 동안 슬픈 표정, 회한의 아픔을 드러냈다. 하지만 이내 짜증스러움이 그의 얼굴을 뒤덮었다. 나는 그것이 일반 사람들을 대하는 그의 평소 표정이라고 생각했다. 이 짜증스러운 표정은 브레이의 챙 달린 모자 같은 것이었다. 그것은 필립스 씨가 많은 걸 표현할 수 있도록 해주었다. 그는 아주 노골적으로 짜증스러운 표정을 지을 수 있었다. 혹은 상대방을 조롱하거나 자기를 조롱하는 듯이 짜증스러운 표정을 지을 수도 있었다. 그는 이 표정을 권위를 드러내거나, 혹은 기분이 상한 노동자인 척하는 데 사용할 수도 있었다. 그것은 또한 자신의 행운을 요란하게 자랑하고 싶어 하지 않고, 조용히 지키려는 사람의 짜증스러운 표정일 수도 있었다.

지금 그의 짜증스러운 표정은 앨런의 죽음에 대한 인간적인 반응과 장원의 보호자이자 남자 간호사로서의 직업적인 자부심 사이의 간극을 메우는 다리였다. 자신은 한눈에 앨런을 알아보았다고, 그는 말했다. 앨런의 우울증적인 기질을 알아봤다는 것이었다. 그가 앨런을 저택에 오지 못하게 한 것은 올바른 처사였다. 술은 간단히 끊을 수 없는 것이었다. 그것은 장원 주인에게 재앙에 가까운 영향을 미칠 수도 있었다. 그리고 앨런은 자기 집에서 저지른 일을 장원에서도 쉽게 저지를 수 있었다. 그럴 때 일어날 골치 아픈 일들, 그 혼란, 이제 남은 맑은 정신과 건강을 겨우 붙들고 있는 장원 주인에게 미칠 영향을 생각해보라.

이것이 바로, 자신이 특별한 대우를 받고 있다고 생각했던 장소에서 앨런, 그를 기억하는 방식이었다. "전화를 했더니 필립스가 기차역까지 나를 마중 나왔더군요." 하지만 앨런은 장원에서 자신이 보낸 시간과 자신의 지위를 이렇게(한결같은 기분 상태에서) 생각했거나, 혹은 생각하고 싶어 했다. '씨'라는 호칭을 붙이지 않고 필립스라는 이름만 부르는 것—비록 앨런은 필립스 스탠리 씨 혹은 스턴이라고 불렀고 필립스 씨는 그를 앨런이라고 불렀지만—, 그리고 '기차역까지' 마중을 나오는 것—구시대의 시골 별장에서 보내는 주말과 연관된 그 모든 연상과 더불어—이런 것들은 한편으로는 상류사회의 이상이었고, 또 한편으로는 문학적 이상이기도 했다.

*

필립스 씨의 늙은 아버지가 내게 말했다. "당신의 친구인 앨런이 세상을 떠났구려. 좋은 사람이었는데. 잘 알지는 못했지만, 몇 번 본 적은 있다오. 언제나 무척 유쾌했었는데."

늙은 필립스 씨, 조그맣고 단정한 남자는 끝이 갈라진 긴 지팡이 (일하러 온 것이 아니라 산책하러 왔다는 표시였다)를 들고 장원 마당을 걷고 있었다. 그는 매우 옅은 색깔로 신경 써서 옷을 차려입었다. 그의 넥타이나 재킷이나 셔츠의 천에는 아무 무늬도 없었다. 옅은 옷

색깔에 그 시대 풍의 넥타이와 칼라, 넓게 접은 옷깃과 더불어 이 무늬 없는 천은 옅은 빛깔 아래에 깔린 백악을 연상하게 했다. 낮은 구릉 지대의 백악은 어린 풀이나 옥수수의 색깔을 살짝 다르게 보이게 하거나, 건조한 날씨에는 쟁기로 갈아놓은 들판을 하얗게 바꾸어놓곤 했다.

노인은 말했다. "이런 비슷한 이야기를 들을 때마다 내 사촌 생각이 난다오. 그 아이는 여덟 살 때 죽었지. 1911년 대관식 해에."

우리는 내 시골집 바깥에, 너도밤나무 아래에 서 있었다. 노인은 얼굴을 살짝 치켜들고 있었다. 그는 미소를 짓고 있었고 그의 눈은 촉촉하게 젖어 있었다. 나는 그 표정을 알고 있었다. 그 미소는 미소가 아니었고, 그 눈물도 눈물이 아니었다. 단지 자신의 어린 시절이나 지나간 인생 이야기를 꺼낼 때마다 그의 얼굴에서 일어나는 현상일 뿐이었다.

하지만 그는 내게 자신의 사촌 이야기를 할 수 없었다. 우리 두 사람 모두 엄청나게 깍깍거리는 소리에 정신을 빼앗겼기 때문이다. 우리 머리 위를 맴돌고 있는 까마귀 떼가 내는 소리였다. 커다란 검은 부리와 펄럭이는 거대한 검은 날개들. 나는 지금까지 이곳에서 까마귀 떼를 본 적이 한 번도 없었다. 갑자기 날카롭게 울며 떼 지어 날아와 검은 잎사귀처럼 나뭇가지 위에 내려앉는 찌르레기 떼에는 이미 익숙해졌다. 하지만 이 정도 숫자의 까마귀 떼는 본 적이 없었다. 까마귀들은 마치 우리를 평가하듯이, 깍깍거리며 천천히 주위를 맴돌았다. 내가 이곳에 온 첫해에, 초반의 탐사 산책 중에, 나는 두세 개의 고원을 지나, 잭의 시골집 맞은편, 나무가 우거진 언덕 위에서 매우 늙고 허리가 굽은 잭의 장인어른이 세워놓은 울타리에 독수리처럼 날개를 편 채, 꼼짝 않고 앉아 있는 이 새들을 본 적이 있었다.

늙은 필립스 씨는 말했다. "녀석들은 계곡에서 둥지를 잃었다오. 느릅나무가 죽었을 때, 둥지를 잃었지. 그래서 지금 답사를 하고 있는 거라오. 녀석들은 키가 큰 나무가 필요하거든. 아무래도 너도밤나무를 선택할 모양이구려. 사람들이 까마귀에 대해 뭐라고 하는지 당신도 알 거요. 까마귀가 집안에 돈을 갖다준다고 하지요. 아무래도 장원에 사는 누군가에게 돈이 생길 모양이오. 그래, 당신은 누가 될 것 같소? 물론 이건 지혜가 담긴 옛날이야기지만 말이오." '지혜가 담긴 옛날이야기'—이것이 그의 표현이었다. 그가 이 말을 할 때, 아이러니와 관용이 담긴 이 관용어는 케케묵기보다는 독창적으로 들렸다. "저 녀석들을 죽음의 새라고 생각하면, 당신은 저 소리를 견딜 수 없을 거요. 하지만 돈이라고 생각하면, 신경 쓰지 않겠지."

깍깍거리며 답사를 하는 까마귀 떼의 울음소리를 들으며, 노인은 자신이 영원히 잊지 못하는 죽음에 대해 이야기해주었다. 그 후로 다른 모든 죽음을 가늠하는 척도가 된 최초의 죽음, 다른 어떤 일보다 가슴 아프고 65년이 지난 지금도 여전히 사라지지 않는 슬픔에 대하여

그와 그의 사촌은 장난을 치고 있었다. 두 사람은 그 지역 회사 소유의 말이 끄는 마차 뒤를 쫓아 달려갔다. 그들은 뒤쪽 차축에 매달린 사료 주머니 위로 펄쩍 뛰어올랐다. 마부는 그들을 보지 못했다. 그들은 사료 주머니 위에 올라탄 채, 사과를 먹으며 1, 2킬로미터 정도 실려 갔다. 이윽고 심심해진 그들은 마차에서 뛰어내렸다. 그 순

간, 당시에는 무척 드물었던 자동차가 뽀얀 먼지를 일으키며 길을 따라 달려왔다. 포장이 되지 않은 시골길 위에는 흙먼지가 3, 4센티미터쯤 두껍게 앉아 있었다. 두 소년은 짙은 먼지 구름에 휩싸였다. 그때, 이상하게도 또 다른 자동차가 달려왔고, 늙은 필립스 씨는 사촌이 쓰러지는 모습을 보았다. 그가 볼 수 있었던 유일한 광경이었다. 그는 완전히 겁에 질려서 강둑으로 달려가 해가 저물 때까지 버들 사이에 숨어 있었다. 그곳에서 그는 먼지 구름이 서서히 가라앉는 걸 보았다. 그는 그의 이모, 그러니까 사촌의 어머니가 오는 걸 보았다. 그는 소년이 앰뷸런스에 실려 가는 걸 보았다. "군인 병원으로 실려 갔다오. 그 시절에도 이곳에 군부대가 있었으니까."

소년은 그곳에서 죽었다. 그가 줄곧 걱정했던 대로, 늙은 필립스 씨를 매질할 생각을 하는 사람은 아무도 없었다. 그날 저녁, 이모의 집에서 그는 사촌—바로 그날 아침에 함께 마차를 타고 가던—의 시신이 누워 있는 것을 보았다.

"이런 일들은 나중에 충격이 느껴지는 법이라오." 노인이 말했다. 장례식은 다음 날이었다. "그의 작은 관은……" 늙은 필립스 씨가 말을 이었다. 이번에는 진짜 눈물이, 65년 전의 죽음으로 인한 진짜 눈물이 그의 얼굴을 타고 흘러내렸다.

이윽고 노인은 마음을 가라앉히고 목소리를 가다듬었다. "아니, 작은 관은 아니었소. 적당한 크기의 관이었지. 나의 이모는 나와 다른 남자 아이들에게 이끼를 모아오라고 부탁했다오. 결국 나는 장례식 날을 그렇게 보냈지. 이끼를 모으면서 말이오. 햇빛에 새하얗게 반사되는 백악의 빛을 좀 부드럽게 하려고 무덤 주변에 이끼를 깔아놓으려는 것이었소. 지금도 장례업자들은 그렇게 한다오. 잔디처럼 보이는 초록색 매트를 무덤 양편에 깔아놓지. 물론 조문객들이 떠나면 다시 돌아와서 걷어가지만 말이오."

축축한 강둑, 고원들. 모든 사람이 각기 다른 것을 보았다. 늙은 필립스 씨는 백악과 이끼에 대한 기억을, 나의 장원 주인은 사랑스러운 담쟁이덩굴을. 장원 정원의 설립자들, 앨런, 잭, 그리고 나 또한.

*

답사를 하는 까마귀들이 어찌나 시끄러운 소리를 내던지, 내가 과연 저 소리를 견딜 수 있을지 의문이 들 정도였다. 하루 중 특정 시간마다 들려오는 비행기 소음과 어떤 날 밤에 사격훈련장에서 들려오는 탄막 포격 소리(공기가 어느 정도까지는 탄력을 가지고 버티다가 그 수준을 넘어서면 뻥 뚫릴 수도 있는 실질적인 물질처럼 느껴지게 만드는 소음이었다), 그리고 너도밤나무와 주목의 빈약한 차단막을 뚫고 내 시골집까지 전해지는, 매년 점점 더 커지는 퇴근 시간의 자동차들 소리에 또 다른 소리가 더해진 것이다.

하지만 그날은 시끄러운 소리가 유별났다. 날개를 퍼덕이며 천천히 맴도는 커다란 새들의 울음소리가 마치 토론하느라 깍깍거리는 소리 같았다. 토론과 답사가 끝나자 새들은 사라졌다. 그리고 이주민들 중 첫번째 무리가, 첫번째 둥지 건설자들이 왔을 때, 그들은 둥지를 딱 하나만 만들었다. 마치 나무들과 집터와 사람들을 시험해보고 있는 것 같았다. 너도밤나무 아래, 자갈이 깔린 좁은 길에는 일정한 길이의 유연한 나뭇가지들이 흩어져 있었다. 둥지를 만드는 재료였지만 쓸모없이 버려진 것들이었다. 성공적으로 엮여 둥지를 이룬 모든 나뭇가지들 중에 세 개나 네 개, 다섯 개는 없어진다는 걸 보여주고 있었다. 마침내 너도밤나무 한 그루의 제일 꼭대기에 까마귀 둥지 하나가 모습을 드러냈다.

그러고는 이제 벌거벗은 겨울 너도밤나무에 더 이상 까마귀 둥지가 생기지 않을 모양이라는 생각이 들 만큼 오랫동안, 휴지기가 있었다. 하지만 이윽고, 매우 순식간에 두번째 둥지가 모습을 드러냈다. 그리고 세번째 둥지가 나타나더니, 뒤이어 더 많은 커다랗고 검은 둥지들이 약탈자들의 손길이 닿지 않는 높은 곳에 생겨났다. 그리고 곧 봄과 여름의 잎사귀들로 감추어졌다. 런던으로 가는 기차 안에서, 윌트셔와 햄프셔 전역에 걸쳐, 나는 똑같은 식민지 건설이 진행되는 광경을, 까마귀들의 둥지가 전혀 없었던 곳에 생겨나는 걸 보았다.

계곡의 느릅나무들은 결국 멸종하고 말았다. 완전히 죽기 전에 많은 나무들이 베어져서 잘게 잘렸고, 그렇지 못한 나무들은 그냥 선 채로 고사했다. 그리고 휑뎅그렁하게 남아서 여름의 짙푸른 녹음 속에 점점 더 회색으로 변해갔다. 한때 초록으로 뒤덮였던, 신비스러운 깊이로 가득 차 있던 만곡부들은 평평한 들판을 드러냈다. 느릅나무 경계선과 느릅나무들 사이에서 자라던 야생식물들은 사라진 채, 경작된 언덕이 아스팔트 도로까지 그냥 쭉 경사를 이루었다. 주택지는 숨김없이 모습을 다 드러내고 있었고, 집들과 거기에 딸린 작은 골함석 헛간들은 벌거벗은 것처럼 보였다. 얕은 강과 축축한 강둑은 여전히 매혹적이었지만, 강 양편의 땅은 평범해져버렸다.

그리고 나에게는 시간이 달라졌다. 처음에는, 어린 시절처럼 시간이 길게 늘어났었다. 첫번째 봄에는 정말 수많은 선명하고 날카로운 순간들이 있었다. 모스로즈, 홀로 피어 있던 푸른 아이리스, 내 창문 아래에서 자라는 모란. 나는 그해가 다시 되풀이되기를 기다렸다. 그후로 기억이 뒤죽박죽 섞이기 시작했다. 시간이 질주하기 시작했고, 한 해, 한 해가 서로 중첩되어 쌓여가기 시작했다. 그리고 정확한 날짜를 기억하기가 어려워졌다.

브레이, 한때 정원사 피턴(솔즈베리에 사무소를 가진 젊은 측량사가 그의 집을 구매했는데, 그 집값이 브레이가 정신이 번쩍 들 정도였다)의 이웃이었던 자동차 대여업자 브레이가 내게 종교에 대해 이야기하기 시작했다. 그게 까마귀 떼가 오기 전이었던가, 그다음이었던가? 아니면 젊은 부랑자가 한동안 장원 마당 안에서 야영을 하고 지냈다는 사실이 발견되기 전이었던가, 다음이었던가?

그 부랑자는 과수들이 웃자란 과수원 안에, 피턴의 정원 '피난소' 근처에 있는 놀이집에서 살고 있었다. 그 전에도 여름이면 방랑자들이 나타나곤 했다. 하지만 이 남자는 수많은 새로운 떠돌이들——이제는 집시가 아니라 도시의 젊은이들로 그중에는 범죄자들도 섞여 있는——중 하나였다. 그들은 낡은 자동차와 밴과 캐러밴을 타고 축제나 공동체, 캠핑 장소 등을 찾아서 윌트셔와 서머싯 근처를 돌아다녔다. 이 남자의 발견은 엄청난 경각심을 불러일으켰다. 다른 사람들이 그를 따라 할 수도 있었고, 놀이집에 대한 정보가 퍼져나갈 수도 있었다. 그리하여 마침내 지어진 지 60년 혹은 70년 만에, 애초에 의도했던 어린아이들은 거의 사용해본 적도 없고 비록 초가지붕의 한쪽이 기울어지기는 했지만 여전히 거의 멀쩡한 이 집은 폐쇄되고 말았다. 문과 창문들에는 못질을 하고 널빤지로 입구를 가로막았다. 그리고 좀더 철저하게 출입을 막기 위해, 필립스 씨는 둥근 건물 주변에 가시철조망을 둘렀다.

피턴이 떠난 후 잔디밭 끝에 있는 넓은 하얀 출입문을 봉쇄하고 봉쇄된 정문을 지키기 위해 문 안쪽에 죽은 나뭇가지들을 쌓아놓은 일처럼, 이 놀이집의 폐쇄도 커다란 사건이었다. 하지만 나는 그 날짜를 기억할 수 없었다. 피턴이 장원 마당에뿐만 아니라 나의 계절 감각에도 부여해주었던 질서가, 그 질서가 사라져버린 것이다. 나에게는 더 이상 거기에 맞춰서 사건들을 배열할 수 있는 질서가 없었다. 이제는 질주하는 시간과 더불어, 사건들도 뒤죽박죽이 되었다. 심지어 까마귀 떼의 도래나 브레이의 종교적 발언 같은 중대한 사건들조차도.

*

이집트나 인도에 있는 비슷한 지역들만큼이나, 이 지역(한때 광대한 매장지였던)은 성지들로 가득했다. 나무나 돌로 이루어진 원형들, 거대한 무덤, 중세 성당과 사원 그리고 종종 그에 못지않게 웅장한 교회들. 그리고 이들 성지에서는 믿음이 멈춘 적이 없었다. 이런 기념물들, 문화적 성소들 주변에는 그 이후의 예배 방식을 보여주는 유적들이 흩어져 있거나, 때로는 나란히 놓여 있었다.

솔즈베리 중심부에는, 무척 유명한 케이크 상점이 있는 좁은 보도 건너편에 장엄하고 화려한 창문이 달린 고딕 교회가 있었다. 그리고 제일 끝에 있는 성단소 벽, 그러니까 지붕 바로 아래에는 심판의 날을 그린 원시적인 벽화가 있었다. 그림 속의 자주색과 초록색은 둘 다 색이 희미하게 바랬다. 그림 왼쪽에는 천국에 간 벌거벗은 중세 인물들이, 오른쪽에는 지옥이 그려져 있는데, 그림의 수준과 해부학적 지식이 중세의 정신과 영혼의 수준에 딱 맞는 것처럼 보였다. 자신들의 통제를 넘어선 세계에 있는 벌거벗은 인간들, 저주받은 자들을 잡아먹는 새나 파충류만큼이나 기괴하고 무서운, 위로하는 천사들들의 날개가 그려져 있었다. 이 중세 신앙의 기념물 바로 맞은편에는 손님들로 분주한 케이크 상점이 있었다. 그 상점의 안쪽 방은 빅토리아 시대의 주일학교였다. 문장을 새긴 방패처럼 글자가 새겨진 석판에는 이런 사실과 학교 설립 날짜가 빅토리아 시대의 고딕 글씨체로 기록되어 있었다.

솔즈베리 외곽의 하곡(河谷)들 중 한 곳에, 강에서부터 계속 이어져 올라가는 오솔길 꼭대기에는 아직도 방 한 칸짜리 작은 '선교사 오두막'이 있었다. 이것은 목재와 골함석으로 대충 지은 헛간이었는데, 아마 제1차 세계대전 직전에 세워졌을 것이다. 중세 시대의 장엄한 건축물에 그 시대의 경외감이 깃들어 있는 것만큼이나, 이 오두막의 소박함에는 대단한 자부심과 신앙심이 깃들어 있었다. 이제 이 오두막은 아무런 기능이 없었다. 또한 강의 이쪽 편에 있는 길을 따라 더 멀리 가면, 빅토리아 시대의 고딕식 창문이 달린 붉은 벽돌 건물이 한 채 있었다. 이 건물에는 아직도 꼭대기에 '웨슬리 교파 예배당'이라는 표시가 붙어 있다. 하지만 예배당으로 사용되지 않은 지 이미 오래되었다. 지금은 개인 주택이었는데, 빅토리아 시대의 고딕식 아치들과 글씨체는 주거지로서 이 건물의 특이한 '성격'의 일부를 이루고 있었다.

한편 장원 저택과 내 시골집 근처에 새로 개조한 교구 교회는——단지 지금도 여전히 교회로 사용되고 있기 때문이 아니라——완전히 달랐다. 이 교회는 솔즈베리에 있는 세인트 토마스 성당의 「최후의 심판」 그림의 종교적 불안(인간은 벌거벗고 무기력하며 오직 하느님만이 보호할 수 있는, 공포로 가득 찬 임의적 세계에 대한 느낌)과는 한참 떨어진 시대의 것이었다. 이 교구 교회는 위대한 빅토리아 시대의 집들과 장원의 저택들이 한창 건설되던 시기에 개조되었다. 그 시대는 자신감의 시기이기도 했다. 그러므로 신앙뿐만 아니라, 문화와 민족적 자부심, 힘, 스스로의 운명을 통제하는 인간들을 찬양했었다.

그것이 여전히 이곳의 분위기였다. 비록 그 분위기에 매혹당하는 사람들이 이제는, 부의 관점에서 보면 빅토리아 시대의 거물들보다 부족하고 덜 우월하지만 말이다. 또한 그들의 집들도 마치 위대한 빅토리아 시대 주택의 조그만 변형 같지만 말이다. 바로 그 교구 교회 회중의 빈약함이——이제는 일주일에 한 번이 아니라 겨우 한 달에 한 번 예배를 올릴 수 있을 정도인——폐쇄적이고 배타적인 문화적 제전의 개념을 지탱해주었다. 오르간(그 작은 교회에 아직도 남아서 작동하고 있는!) 소리 사이사이에 들리는 찬송가 소리와 더불어, 자동차 문소리, 예배 전과 후의 나지막한 말소리는 새로 개조한 돌과 부싯돌로 이루어진 바둑판무늬의 두꺼운 벽에 감싸여 밖으로 흘러나오지 않았다.

그곳에 잭, 살아 있는 동안 끝까지 삶을 찬미했던 잭을 위한 자리는 없었다. 필립스 씨나 요즘 장원 정원에서 몇 시간 힘든 일을 하기 위해 찾아오는 낯선 도회지 사람들을 위한 자리도 없었다. 그리고 늙은 브레이, 지독한 보수주의와 과격한 공화주의가 뒤섞인 묘한 시각을 가진 사람, 부자들(그의 차량 이용자들)을 숭배하면서도 상속받은 부와 작위에 대해 증오심을 보이는 그를 위한 자리도 없었다. 오래된 웨슬리 교파 예배당(고딕 양식의 창문이 달린 개인 주택으로 확장된), 텅 빈 선교사 오두막, 이제는 케이크 상점의 일부가 된 빅토리아 시대의 주일학교—이것이 19세기의 인기 있는 종교였다. 그리고 20세기까지 좀처럼 사라지지 않고 남아서, 브레이 같은 사람들을 일부분 형성했던 것이다. 찬미보다는 구속과 규율의 종교가. 브레이와, 브레이 같은 수천 명의 사람들이 바로 그런 구속 아래에서 성장했다. 그것은 또한 최근 기독교의 유적들이 이 지역에 점점이 흩어져 있는 이유이기도 했다. 이곳에는 그토록 여러 종류의 종교와 그토록 많은 유적들이 있었다.

하지만 지금, 브레이가 종교에 대해 이야기했다. 그것이, 그 말이 내게 어느새 슬금슬금 다가왔다. 나는 그가 '좋은 책'에 대해 이야기할 때, 얼마나 진지하게 말하는지 몰랐다. 나는 거의 귀담아듣지 않았고, 그저 그가 날마다 지껄이는 비꼬는 말의 하나로 들었다. 나는 그의 자동차 옆 좌석에 앉아서 그의 챙이 있는 모자와 비스듬하게 쭉 찢어진 눈, 가늘게 뜨고 도로를 바라보는 눈을 힐끔힐끔 곁눈질하고 있었다. 가늘게 쭉 찢어진 눈, 그의 얼굴 생김새, 그리고 내가 알고 있는 그의 기질 때문에 나는 그가 농담을 하고 있다고 생각했다.

나는 너무 오랫동안 그의 외모와 태도를, 성치가나 왕가의 몇몇 일원들, 노동조합, 뉴스나 법정에 등장하는 사업가들, 그리고 다른 모든 종류의 지나가는 화제들에 대해서 항상 냉소적으로 나불나불 떠드는 사람과 연결해 생각해왔던 것이다. 가령 노동당 정부가 제안한 새로운 1파운드짜리 지폐를 그는 순전히 다음과 같은 이유로 퇴박했다. "난 이걸 미키 마우스 화폐라고 부를 거요." 아마 누군가 그렇게 말하는 걸 들었을 것이다. 브레이에게 이것은 독창적인 견해들의 조합이었다. 하지만 그 견해 자체는——내가 몇 번이나 발견했듯이——라디오나 텔레비전 프로그램, 대중 신문 등에서 주워들은 것이었다.

하지만 그가 진심으로 말하고 있다는 사실을 이해하자마자, 그에 대한 나의 생각이 달라졌다. 똑같은 모습에 똑같은 말투였지만 그 속에서 나는 냉소에 찬 나불거림이 아니라, 개인적인 감정과, 곧이어, 열정을 보았다.

브레이가 종교에 대해 이야기할 때, 진지하다는 걸 이해하기까지 다소 시간이 걸린 데에는 어쩌면 다른 이유가 있을지 모른다는 생각이 나중에 들었다. 그것은 브레이 자신이 배우고 있는 중이었기 때문에, 그 자신도 완전히 이해하지 못하고 받아들인 어떤 새로운 교리에 막 입문했고, 이제부터 배울 것이기 때문이었다. 새로운 교리. 왜냐하면 브레이가 받아들인 종교는 그와 수천 명의 사람들이 거부했던 빅토리아 시대의 유물인 종교가 아니기 때문이었다. 그의 이야기에 등장하는 종교, 그가 한 주 한 주 빠져들고 있는 종교는 어떤 치유, 혹은 좀더 구체적으로 말하자면 한 치유자와 관련이 있었다. 한 현자 (브레이는 그 사람의 성별을 감추었다)가 있는데, '예배' 도중에 임의로 성경책을 펼치고 그 장에 적힌 말들을 해석해준다는 것이었다. 그러면 무릎을 꿇은 신자들은 제각기 개인적인 계시, 개인적인 안내를 받는다는 것이었다. 치유자, 성물인 성경을 둘러싸고 거행되는 '집회들', 함께 나누는 음식, 경건함 속에 이루어지는 교제, 심지어 연회에 대한 암시까지.

이런 이야기를 들으니, 나는 20년 전에 찾아갔던 런던 북부 교외에서 열린 '강령술사' 모임이 생각났다. (그 붉은 벽돌 건물 바깥에 그토록 사실적으로 광고를 해놓은 놀라운 모임을 보고 싶은) 흥미 때문이기도 했고, BBC 해외 방송 프로그램 중 하나의 5분짜리 라디오 대담 소재를 찾을 수 있지 않을까 하는 희망에서 찾아간 것이었다.

모임은 큰길에서 계단으로 곧장 올라갈 수 있는 2층 방에서 열렸다. 입구 위에 달린 램프에는 단순히 '회관'이라고만 적혀 있었다. 안에서 기다리는 사람들 대부분이 정기 참석자였다. 그들 중에는 건강하고 장난기 넘치는, 다소 산만한 아이들도 있었다. 그들은 맨 앞줄에 앉아 있었다. 영매는 몸집이 크고 평범한 중년 여성이었다. 우선 그녀는 늦어서 미안하다고 사과했다. 강의 남쪽에서부터 먼 길을 와야만 했다고 말했다. 그러고는 씩씩하게 모임을 시작했다. 우리 모두에게 전하는 메시지가 있었다. 심지어 나에게 전하는 말도 있었다. 나의 할아버지에게서 온 것이었는데, 그분이 아주 멀리 있어서 그 목소리가 희미하게만 들린다고 영매는 말했다.

하지만 아이들 중에서 서너 명에게 전하는 메시지가 가장 끔찍했다. 발을 한시도 가만히 있지 못하는, 무척 잘생기고 보살핌을 많이 받고 자란 아이들이었다. 영매는 메시지를 전하기 전에 자기 목을 움켜쥐더니 목이 졸린다고, 숨을 쉴 수 없다고 말했다. 그러자 아이들과 함께 있던 여자가, 아이들의 어머니가 분명했는데, 심각하지만 동요하는 기색은 전혀 없이 몸을 앞으로 기울이며(그 여자는 바로 아이들 뒷줄에 앉아 있었다) 마치 이 메시지를 전하는 영혼의 정체를 확인해주려는 듯이 고개를 끄덕였다. 그녀의 남편, 그러니까 아이들의 아버지는 목이 졸려 죽었다. 하지만 나는 그 아버지가 국가──영국이든 다른 나라든──에 의해 교수형을 당했는지, 아니면 스스로 목을 맸는지 끝내 알 수 없었다(내게 그 이야기를 해준 사람에게 한 번도 묻지 않았다). 이제 그 남자의 가족들은 2주마다 그와 영적 교류를 나누기 위해 찾아왔다. 그들의 침착한 태도가 분명하게 설명되었다. 그들은 신자였다. 아이들 각자에게 전해줄 간단한 메시지가 있었다. 엄마를 도와드리고 학교생활 잘하라는 것이었다. 아이들 각자 자신의 메시지를 기다렸다. 그리고 메시지가 전달되자, 엄숙해졌다. 아이들은 이 방문에 대해 과연 어떤 기억을 갖게 될지! 그 아이들을 또래 친구들과 구별 짓는, 새로운 인격, 새로운 열정이 그들에게 주어지고 있었다. 앞으로 20년, 혹은 30년 뒤에 이 인격은 (어른의 욕구를 지닌 어른의 몸에 깃든) 이 열정을 실행에 옮기게 될 것이다.

브레이가 내게 그의 집회에 대해 이야기할 때, 20년 전에 느꼈던 그 오싹한 기분이 엄습했다. 브레이도 20년 전 목을 매고 죽은 남자의 부인과 아이들만큼이나 침착했다. 하지만 그들은 절박한 필요에 쫓기고 있었고, 그 점은 누가 봐도 분명했다. 대체 브레이는 어떤 필요에 쫓기고 있었던 것일까?

브레이는 항상 지나치게 말이 많고 자기주장이 강하고 시끄러웠기 때문에, 나는 그의 인생이 만족스러운지, 아니면 정반대인지 생각할 틈이 없었다. 결혼한 딸 하나가 데번 주에서 살고 있었다. 그녀는 남편이 '땅 한 뙈기'(브레이의 표현에 따르면)를 찾자, 그곳으로 이사를 가버렸다. 그리고 한 번도 찾아오지 않았다. 처음 그 이야기가 나왔을 때, 브레이는 여러 가지 핑계를 대더니 그 후로는 아무 말도 하지 않았다. 그 딸이 무엇 때문에 다시 돌아오겠는가? 이런 관점에서 브레이를 생각해보니, 그러니까 멀리 떨어져 지내기로 결심한 딸의 입장에서 그를 바라보니, 나는 그에 대해 전혀 다른 생각을 갖게 되었다. 그리고 그가 얼마나 권위적일지, 그의 집안 생활이 얼마나 답답할지 짐작할 수 있었다. 결국 브레이에 대해서는 그가 추수철에 일꾼들로 가득 찬 들판, 맥주를 마시도록 허락받았던 일, 아버지와 할아버지들에게 차를 가져다주던 어린아이들에 대한 추억을 가지고 있는 남자이며, 짧은 방학 동안 장원에서 심부름꾼 소년으로 일했던 안 좋은 기억을 의식 저 깊숙한 곳에 간직한 남자(독립적인 존재가 되고 싶은 그의 소망은 의도치 않게 소유하게 된 인격, 즉 남의 기분을 맞춰주기 위해 훈련 받은 존재, 곧 하인으로서의 서너 개의 인격들과 결합되어버렸다)라는 생각에 더해 새로운 생각들이 덧붙여졌다.

나는 그가 불안정하다는 것을 어느 정도 느끼긴 했다. 그에게 무슨 일이 일어나고 있는 것일까? 내가 들은 바에 따르면, 이 집회(남쪽 해안의 어떤 도시에서 열린)에서, 그리고 함께 음식을 나누는 이 자리, 이 교제에서 브레이는 지독한 보수주의자로서 자신이 경멸하는 사람들과 어울렸다. 다시 말해서 브레이와 같은 부류의 사람들, 그러니까 아버지와 할아버지의 평생에 걸친 종살이 이후에 자신이 얻은 자유를 찬미하는 사람들, 자영업자들이 무시하고 내려다보는 노동자들,

일자리를 찾는 사람들과 어울렸다는 것이다. 피턴을 조롱하고 그의 불행에 크게 기뻐했던 사람이 이제는 피턴 같은 사람들에게 동정심을 보이고 있었다. 영국에서 비교적 부유한 지역인 이곳에서조차 더 이상 설 자리가 없는 사람들, 중부 지방에서 내려와 안전한 보호도 거처도 없이 모든 걸 빼앗겼다고 느끼는 사람들, 그리고 (세인트 토마스 성당의 「최후의 심판」 그림 속에 벌거벗은 영혼들과는 다르게) 자신의 운명을 책임지는 것이 어떤 것인지 알지만 통제력을 잃었다고 느끼는 사람들에 대해서.

브레이의 집회 이야기를 들으면 들을수록, 나는 20년 전 런던 모임이 생각났다. 그리고 적막한 거리에서 희미하게 빛나던 '회관'이라는 글씨가 적힌 램프에 이르기까지, 그 광경이 하나씩 상세하게 다시 재구성되었다. 그 시절 런던의 주거 지역은 밖에 나다니는 사람도 별로 없고 차도 거의 안 다녀서 밤이면 무척 고요했다. 그토록 평범하고 적막한 거리에, 높은 계단 꼭대기에 있는 방 안에는 그토록 필사적인 사람들이 있었다.

"세상일이 다 그렇듯이, 투자하는 게 있어야 얻는 것도 있는 법이죠." 브레이가 말했다. "더 많이 집어넣을수록 더 많이 나온답니다. 좋은 책은 언제나 당신을 향해 활짝 열려 있어요."

나는 브레이 부인에게서 더 많은 이야기를 들을 수 있었다. 사실 나는 그녀를 잘 몰랐다. 주로 전화기에서 들려오는 목소리로만 알고 있었다. 부인은 브레이가 외출했을 때 대신 전화를 받고 예약을 잡아주었던 것이다. 브레이는 밖에서 규칙적으로 부인에게 전화를 걸었다. 부인은 활발했고(손님과의 통화 요금을 절약하기 위한 브레이의 지시였다), 유능했다. 쓸데없는 대화 따위는 없었다. 전화상의 쾌활하고 가느다란 목소리. 하지만 거의 본 적이 없는 목소리의 주인. 그녀는 자신의 집에서 살았다. 그 집에는 정원이 없었는데, 브레이의 포장한 마당은 정원 같은 것을 위한 공간을 거의 남겨놓지 않았다. 브레이는 그녀가 쇼핑을 하도록 솔즈베리나 앤도버까지 차로 데려다주었다. 버스를 타는 일은 좀처럼 드물었다. 때때로 브레이는 차에 탄 채, 솔즈베리에서 부인과 마주쳐 인사를 하곤 했다. 그때 나는 그녀를 보았다. 매우 작고 호리호리한 여인, 거의 한 줌도 안 될 만큼 가냘픈 여인이었다. 마치 브레이와의 삶이, 운전사이자 기계공이며 강한 견해를 가진 남자이고 열심히 일하는 노동자, 계곡의 아름다움을 하찮게 여기는 이 고집불통과의 삶이 그녀를 닳아 없어지게 한 것 같았다. 나는 바로 그녀에게서 브레이의 종교와 '집회'에 대해 더 많은 이야기를 전해 들었다.

"요즘에는 제가 그이 대신 전화를 받아줄 수가 없어요. 지금도 그 사람은 집회에 갔을 거예요. 급속 냉동 냉장고를 몽땅 털어갔으니까요. 저는 그걸 보고 알지요. 당신이라면 냉장고를 그런 식으로 다루지는 않겠지요. 저는 그이를 이해하지 못하겠어요. 냉장고가 있으면, 채워 넣어야지요. 계속 비우는 게 아니라 말이죠."

나는 브레이에게 급속 냉동 냉장고 이야기를 들은 적이 있다. 그에게 그 냉장고는 중요한 것이었다. 내겐 냉장고가 없었고, 그는 냉장고와 관련된 제의들을 내게 이야기하면서 무척 즐거워했다. 대량 매입(그리고 분명히 특정 상점에서 할인된 가격에), 요리, 그리고 엄청난 묶음들의 서장—급속 냉동 냉장고는 음식을 새로운 종류의 제의의 중심으로 만들었고, 새로운 종류의 쇼핑과 새로운 종류의 나들이를 제공해주었으며, 풍요와 추수기와 축하연의 개념을 되살려주었다.

브레이 부인은 자기 나름의 개념이 있었다. 급속 냉동 냉장고와 관련해서, 그녀는 곡물 창고를 끊임없이 가득 채우고 싶어 하고 부지런히 저장하는 다람쥐 같았다. 어느 날 나는 버스 정류장에서 부인을 만났다. 무척 드문 일이었다. 보통은 브레이가 솔즈베리나 에임즈베리나 앤도버, 혹은 사우샘프턴의 외곽에 있는 특별 할인 슈퍼마켓까지 차로 데려다주었기 때문이다. 부인은 아직도 급속 냉동 냉장고 때문에 잔뜩 화가 나 있었다. 그토록 작고, 그토록 호리호리한 여인이 그토록 분노하고 있었다.

까마귀 떼가 우리 머리 위에서 날개를 퍼덕이며 까악까악 우는 동안, 부인은 이렇게 말했다. "급속 냉동 냉장고가 있다면, 그걸 채워 넣어야지요. 계속 비우는 게 아니라 말이죠." 그녀는 마치 이상적인 세계에서는 그녀의 냉장고를 영원히 꽉꽉 채워놓고 절대 건드리지 않기라도 할 것처럼 말했다. 그녀는 마치─브레이와 자동차의 부재라는 명백한 어려움에도 불구하고─냉장고를 다시 채워 넣는 것이 그녀가 솔즈베리로 나들이 가는 목적인 것처럼 말했다. 그녀는 되풀이해서 말했다. "그걸 채워 넣어야지!"

도로 끝─더 이상 느릅나무들과 나무 사이 길가에 자라났던 온갖 식물들에 의해 감추어지지 않은─에서 빨간 버스가 나타났다.

부인은 버스가 거의 멈춰 설 때까지 기다렸다. 그러고는 말했다. "이게 다 그 사람의 몹쓸 화냥년 때문이라고요."

그 말이 그녀의 입에서 불쑥 튀어나왔다. 마치 버스의 도착이, 버스 정류장에 갑자기 드리워진 그늘이, 그리고 접이식 문이 활짝 열리는 것과 엔진의 소음이 그녀에게 폭로를 위한 가장 적절하고 극적인 순간을 제공해준 것 같았다. 고상한 태도를 버리고, 그녀가 절대 생각지도 않았던 말을 내뱉는 순간을. 몇 배 더 화가 치솟은 부인은 쿵쿵거리며 버스에 올라탔다. 그리고 운전사의 작은 선반 위에 동전을 탁 내려놓으면서 자신과 자신의 분노에 관심을 끌 수 있을 만큼의 일반적인 행동을 했다.

그녀는 앞 좌석들 중 한 곳에——그토록 몸집이 작은 사람이 엄청난 소란과 야단법석을 떨면서——앉았다. 그리고 내게는 더 이상 관심을 기울이지 않았다. 나는 내가 열여덟 살이었을 때, 그러니까 처음 영국에 와서 막 성인으로서의 삶을 시작했던 1950년에 저 나이의 부인이 버스에서 저렇게 행동하는 걸 보았다면, 과연 그토록 늙고 자그마하고 머리가 새하얀 부인의 분노가 남편의 '화냥년'과 관계가 있을 거라고 짐작이나 했을까 의아해했다.

그 자그마한 부인의 입에서 그런 말이 튀어나온 것이 내게는 충격이었다. 나는 아주 오랫동안 전화상으로 들려오는 친절하고 활기찬 목소리, 내 목소리를 알아듣고 내가 말하기도 전에 내 이름을 알아맞히는 걸 좋아하던 목소리로만 그녀를 알았기 때문이었다. 그녀를 생각하면, '그럼요' '알겠습니다' '감사합니다' 이런 말들(내가 동전을 더 넣지 않아도 되도록 전화상으로 재빨리 말하는)만 떠올랐다. 그런데 '화냥년'이라니 정말 끔찍했다. 그것은 그녀의 품위를 떨어뜨리고, 그녀가 이야기하는 그 여자(만약 그런 여자가 실제로 있다면)의 품위를 떨어뜨리고, 그녀의 남편의 품위를 떨어뜨리고 우리 모두의 품위를 떨어뜨리는(그 말의 외설스러움이 품위를 떨어뜨리기에) 말이었다.

이제 나는 브레이 부인에게 전화상으로나 버스 정류장에서(최근에 부인은 점점 더 자주 이곳에 나타나기 시작했다), 혹은 솔즈베리의 쇼핑가에서 또 다른 여인에 대한 이야기를 듣곤 했다. 브레이는 어떻게 이 다른 여자를 만났을까? 대체 어떤 여자가 브레이에게 마음이 끌렸을까? 나는 한 번도 브레이를 어느 누군가의 짝으로 생각해본 적이 없었다. 하지만 이건 남자가 보는 시각이었다. 자기 짝을 찾고 알아보는 분야에서, 여자는 전혀 다른 세상에 살고 있을지 모른다.

처음에 나는 그런 여자의 존재에 대해서 의심을 품었다. 하지만 곧, 브레이 부인의 주변 상황 이야기를 들어보니, 분명 여자가 있다는 걸 믿게 되었다. 그리고 브레이 부인의 이야기들을 통해서, 브레이가 그의 택시 사업과 관련된 다른 이상한 일들을 이야기할 때 그랬듯이 그 여자와 함께한 이상한 집회에 대해서 말하면서 직접적으로, 혹은 무심결에 그녀에 대해 이야기했다는 사실까지 알아차릴 수 있었다.

그 여자는 어느 날 밤늦게 남쪽에서 오는 완행열차를 타고 솔즈베리 기차역에 도착했다(브레이 부인의 이야기에는 이 여자의 외모와 나이에 대한 자세한 묘사는 그저 몇 가지밖에 나오지 않았다. 게다가 이런 묘사들이 브레이가 부인에게 해준 이야기의 일부인지 아닌지 나로서는 알 길이 없었다). 그녀는 개표원에게 자신에게는 열차 표가 없고 밤을 지낼 숙소도 없다고 털어놓았다. 그러자 개표원 혹은 동료 직원이 경찰에 전화했다. 그들은(인류애를 당연하게 여기는, 호기심에 가득찬 영국의 지방정부와 그곳의 공무원들) 그 여인이 아침 식사가 나오는 숙소에서 하룻밤 묵을 수 있도록 주선해주었다. 그녀를 어떻게 처리할 것인지는 다음 날 고위직 공무원들이 내릴 예정이었다. 그 숙소는 원래 액자 제작과 중고품 및 골동품 가게를 하는 사람이 얼마 안 되는 수입을 보충하기 위해 운영하는 곳이었다.

그때 브레이(요금이 공정하고, 밤이나 낮이나 어느 때든 기꺼이 일을 하는)가 철도역에 가서 그 여자를 숙소까지 데려다주었던 것은 경찰서(혹은 경찰)의 요청 때문이었다. 그것이—기차역의 밝은 불빛과 거의 텅 비어 있는 역사, 그 여인의 고독함이 그에게 깊은 인상을 남긴 게 분명했다.

하지만 그의 감정이 개입되기 시작한 것은 다음 날부터였다. 아침에 그는 여자를 경찰서까지 데려다주기 위해 숙소로 갔다. 여자가 현관문에서부터 짧은 보도를 걸어 내려올 때, 그는 여자의 (그가 브레이 부인에게 말했던 바에 따르면) 지저분하고 얼룩덜룩한 얼굴과 그녀가 입고 있는 지나치게 헐렁한 트위드 코트(다른 사람의 것이 분명한)와 그가 그토록 혐오하는 인근의 '떠돌이들' 혹은 낙오자들에게서 흔히 볼 수 있는 태도를 보았다. 하지만 그때 갑자기, 그러니까 (그가 브레이 부인에게 말한 바에 따르면) 작은 출입문을 지나서 도로로 나왔을 때, 그녀가 분노와 냉소와 경멸에 가득 찬 얼굴로 그를 돌아보았다. 그러고는 가느다란 모들뜨기 눈을 한 여인은 거의 고함치듯 그에게 말했다. "하지만 아시다시피 난 돈이 없어요."

브레이 부인은 자기 자신의 냉소를 담아 그 여인의 냉소를 전달했다. 하지만 그럼에도 불구하고 브레이가 얼마나 깜짝 놀랐을지, 그리고 그 여인의 그 공격성, 그 특별한 순간에 그녀가 보여준 패기에 일마나 매력을 느꼈을지 충분히 짐작할 수 있었다. 아마 그는 그녀의 연약함에, 그 순간 그녀가 자신에게 의존하고 자신을 필요로 한다는 데 빠졌을 것이다. 그때 그녀는 계속해서 적의와 자존심(하지만 거기에는 분명히 그녀에게 흔들리는 모습을 보여준 누군가를 향한 호소도 담겨 있었다)을 드러내며 그에게 이렇게 말했다. "당신은 저들이 나를 어디로 돌려보낼지 알고 있죠, 그렇지 않나요?" 감옥은 아니었다. 그랬다면, 브레이는 대답하지 않았을 것이다. 그곳은 정신이상자들을 위한 일종의 보호소였다. 다 큰 어른인 그 여자에게는 자신의 호소가 어른들을, 혹은 다른 사람들의 마음을 움직일 거라고 기대하는 어린아이 같은 면이 아직도 남아 있었다.

이것이 브레이가 부인에게 해준 이야기였다. 그가 직접 들려준 초반 이야기는 여기서 끝났다. 그 이유는, 성숙한 여인의 육체 속에 숨어 있는 상처받고 호소하는 어린아이에게, 그 두 눈동자 뒤에 갇혀 있는 영혼에게, 브레이가 그만 한없는 열정과 타고난 보호본능을 느끼게 되었기 때문이었다. 그 여인과 브레이에 대해 생각할 때마다, 나는 이 문장들이 떠올랐다. 브레이 부인은 그들에 대해 종종 이렇게 말하곤 했다. 그녀에게 털어놓은 것은 오직 두 사람의 친밀감뿐이라고. "하지만 아시다시피 난 돈이 없어요." "당신은 저들이 나를 어디로 돌려보낼지 알고 있죠, 그렇지 않나요?"

브레이는 그녀를 경찰소로 데려가지 않았고, 그곳에서 어떤 서류도 작성하게 하지 않았다. 그는 그녀를 계속 그 숙소에서 지내게 해달라고 제안했다. 그는 중고용품점 주인인 남자를 잘 알았다. 그는 액자 제작자로 사업을 시작했고 자기 가게를 화랑이라고 불렀다.

이 남자도 다른 많은 이들, 가게 주인들이나 가게 주인이 되고 싶어 하는 사람들과 마찬가지였다. 그들은 솔즈베리의 문명과 부와 시골 환경에 이끌려 찾아왔지만, 이곳의 교통 흐름이나 주차장의 위치, 대단히 멀리 돌아가고 번거로운 일방통행 체계를 충분히 연구하거나, 혹은 도시 중심부에서 쇼핑객들이 돌아다니는 행로를 제대로 파악하지 못했다.

그러므로 어떤 가게는 시장이 있는 광장에서 걸어서 불과 2, 3분 거리에 있을지라도, 주요 쇼핑 통행로에서 완전히 벗어날 수도 있었다. 수많은 작은 사업체들이 눈에 띄게, 그리고 빠르게 망했다. 특히 유행을 겨냥한 가게들—중요한 물건을 살 사람들은 대개 런던으로 간다는 사실을 이해하지 못한—은 안타까울 지경이었다. 이런 부티크들과 여성복 전문점들이 얼마나 순식간에 암담해지는지, 가게 주인의 히스테리가 유리창 진열대에 고스란히 드러날 정도였다! 하지만 그것은 상품 진열대의 무질서와 혼란을 통해서가 아니라, 반대로 우울한 소심함, 좋은 취향이나 올드 패션에 대한 소심함이 아니라 불안한 상태에 더 가까운 어떤 것을 통해 드러났다. 마치 진열창이 사람들의 눈에 띄는 걸 원치 않는 것 같았다. 이런 진열창의 소심함은 장사를 그만 팽개치고 도망가고 싶은 가게 주인의 소망을 반영하는 것처럼 느껴졌다.

플라스틱 불가사리나 색칠한 나무 물고기 혹은 진짜 조개가 달린 어부의 그물, 혹은 떠내려온 나뭇조각이나 낙엽 따위를 매달아놓는 일도 더 이상 없었다. 이제는 그런 것은 하나도 없었다. 오히려 세탁소 세일, 손님이 되찾아가지 않은 물건들—치마와 블라우스 같은 옷가지들, 가게를 지키는 사람조차 사랑하지 않는 물건들의 세일에 더 가까워 보였다. 점점 줄어드는 손때가 많이 묻은 재고품들에 둘러싸인 채, 멍하고 퉁명스럽고 불친절한 가게 주인의 모습은 햇빛이 적당하고 유리창이 거리를 반사하지 않을 때만 이따금씩 슬쩍 볼 수 있었다. 그녀도 처음 가게를 시작할 때에는 항상 매력적이고 단지 물건을 팔기 위한 예의를 넘어서 그 이상의 친절(한 잔의 커피라든가 클래식 음악 같은)을 베풀었지만, 지금은 모든 사람을 쫓아내고 싶어서 안달이 난 것처럼 보였다. 그래서 가게를 다시 열겠다는 어떤 희망이나 구실도 가질 수 없도록 완전히 망해버리고 싶어 하는 것 같았다. 여행자들의 발길이 잦아 호황을 누리는 이른바 성공 지역에서 불과 몇 미터 떨어졌을 뿐인데 말이다.

바로 이런 가게 중 하나인, 액자 제작자의 '갤러리' 위층에 브레이의 여자가 머물고 있었다. 솔즈베리에는 이 가게를 유지하는 데 필요한 만큼의 액자 수요가 없었다. 그리고 가게에는 수지가 맞을 만큼 장사에 눈길을 끌 만한 진열대나 액자의 재고가 없었다. 우아하게 대각선으로 자른, 열 개 혹은 열두 개의 액자 견본들이 못에 걸려 있었다. 마치 장식된 작은 교수대처럼 보이는 이 액자 견본들은 중고 가구와 살림용품들, 고물 혹은 골동품 매매에 떠밀려 곧 사라져버렸다. 가게는 중고품상으로 바뀌었다. 하지만 이 사업조차 돈에 쪼들리는 가게 주인이 2층에서 시작한 민박 사업에 합쳐지고 말았다.

브레이가 그 여자 혹은 아가씨를 통해서인지, 민박집 주인을 통해서인지 어쨌든, 그 치유자와 집회를 알게 된 것이 바로 이곳에서였다. 그는 치유에 대해 배우자마자 내게 자신이 배운 것을 이야기해주었다. 처음에는 별로 깊은 지식 없이 그냥 떠들었다. 그가 진지하게 이야기하고 있다는 사실을 내가 깨닫는 데 시간이 걸렸던 한 가지 이유이기도 했다.

점차 그의 새로운 종교 생활에 대한 설명이 흘러나왔다. 치유의 집회, 제각기 돌아가며 임의로 '좋은 책' 펼쳐보기, 그리고 말씀 해석. 점차 그가 발견하고 완전히 빠져버린 공동체의 새로운 이상 또한 흘러나왔다. 마음과 정신에 상처 입은 사람들을 찾아내서 그들에게 물질적인 세상은 너무 과도하다는 걸 입증하고 세상의 통제에서 완전히 벗어나는 것. 그것은 물론 세인트 토마스 성당의 「최후의 심판」 그림 같은, 모든 게 제멋대로인 중세적 세계가 아니었다. 그것은 인간이 결코 이해할 수도 없고, 통제할 수 있다고 생각할 수도 없는 세계였다. 그 세계에서 인간은 오직 탄원하고 희생하고 예식을 거행함으로써만 뭔가를 얻을 수 있었다. 하지만 브레이의 이 치유의 세계에서는 달랐다. 기독교가 이제 막 시작되었을 때 고대 로마 세계에서 그랬던 것처럼, 슬픔과 영적 교류는 세상이 한때 통제 아래 있었지만 더 이상 그렇지 않다는 생각에서 비롯되었다.

이 애정과 깊은 연민의 중심에 그가 기차역에서 보았던 그 여인이 있었다. 바로 다음 날, 그의 자비에 자신을 내맡긴 여인, 전적으로 그에게 모든 걸 의존한 여인. 그녀의 외모에 대해서는 이미 들은 것 이상의 어떤 정보도 모을 수 없었다. 지나치게 헐렁한 트위드 코트, 축 늘어진 머리카락, 불행해 보이는 모들뜨기 눈, 나쁜 피부. 이것이 브레이가 첫날과 다음 날에 부인에게 알려준 내용이었다. 그리고 브레이 부인이 판단의 근거로 삼을 수 있는 전부였다. 부인은 이걸 가지고 이야기를 꾸미고 각색해야만 했다.

나는 이 여인이 브레이의 마음에 든 이유 중 하나가 아마 겉으로 드러나는 매력이 없다는 점이었을 거라고 생각했다. 매력적인 여자라면 브레이를 불편하게 만들고, 자기가 이용당하고 있다는 느낌이 들게 했을 것이다. 사진 속에 다른 남자의 사진이 있을 거라는, 혹은 있을 수 있다는 생각을 그에게 심어주었을지도 모른다. 하지만 브레이는 그 여인에게서 이 잔인한 세상에서 누군가를 필요로 하는 어린아이만을 발견했을 뿐이었다. 그리고 그 필요에 오직 자신만이 응답한다고 생각했을 것이다. 그리고 이따금, 여자의 그 도전적이고 불행한 두 눈에는 자신을 보호해주는 브레이의 능력에 대한 감사가 담겨 있었을 것이다.

브레이 부인은 브레이에 대해 이렇게 말했다. "만약 내가 택시 조합이나 그 사람이 그 애인을 데려온 지방의회에 이야기하면, 아마 그의 영업 면허가 취소될 거예요."

하지만 나는 그녀의 힘이 그렇게 멀리까지 미칠 거라고는 생각하지 않았다. 그녀 자신도 그렇게 생각할 것 같지 않았다. 그리고 그녀가 남편 브레이에게 어떤 해를 입히고 싶어 한다고는 믿지 않았다. 부인을 분노하게 만드는 것은 바로 브레이의 새로운 평온함이었다. 브레이는 마치 집에 아무 다툼도 없는 것처럼 행동했다. 어쩌면 정말 아무 일도 없었는지도 모른다. 브레이 부인의 분노는 나와 같은 사람들, 브레이의 또 다른 생활을 알 수도 있을 만한 사람들을 향한 것인지도 모른다. 하지만 내가 그 여자 이야기를 들은 것은 오직 브레이 부인을 통해서였다. 브레이에게서는, 오직 치유와 집회 이야기만 들었다. 모임은 그의 시간을 점점 더 많이 차지했다. 이제는 오후와 저녁에도 그는 한가하지 못했다. 하지만 택시 운전은 차치하더라도, 자동차 대여업 생활은 예전처럼 계속되었다.

어느 날 자동차 안에서 브레이는 긴 침묵 후에 내게 이렇게 말했다. 어쩌면 자기 말에 더 큰 효과를 주기 위해서 일부러 뜸을 들였는지도 모른다. "저는 십일조를 내고 있답니다."

그는 자부심과 자랑과 기쁨에 차서 그 단어를 말했다. 마치 입술 한쪽으로 흘리듯이 피턴이 떠난 이야기를 할 때나 계기판 선반에서 장원 주인이 1920년대에 출간한 책을 꺼내서 신비와 호의 어린 태도로 내게 건네줄 때와 비슷했다.

십일조라니! 그토록 고리타분한 단어. 자신의 소득의 10분의 1을 교회에 바치는 것. 격렬한 항의를 불러일으킬 만한 그런 주제. 어쩌면 중세 시대에조차, 세인트 토마스 성당의 「최후의 심판」 그림과 같은 세계에서 살았던 그때에도, 십일조는 저항을 받았을 것이다. 그런데 지금 브레이가, 특권과 세금을 증오하는 사람이 그의 치유자에게 십일조를 낸다고 자랑하고 있었다. 마치 힘들게 언덕 꼭대기까지 올라가서 멋진 풍경을 보았다는 듯이 십일조 이야기를 하는 것이었다.

그는 말을 이었다. "당신두 이해하겠지만, 그것은 세금보다 먼저 내야 하는 것입니다. 저는 총수입의 10분의 1을 내고 있어요. 가슴이 아프지요. 물론 가슴이 아픕니다. 원래 아픈 게 당연한 거예요. 희생을 해야만 하는 것이니까요." 그러고는 내가 그의 부인을 통해서, 지금 그가 이야기하고 있는 그 사람에 대해 어떤 이야기를 들었다는 사실은 전혀 모른 채, 계속해서 말했다. "제가 아는 어떤 사람이 있는

데, 작은 중고품 매매 사업을 시작했답니다. 잘되지 않았지요. 그래서 외국 학생들을 받기 시작했어요. 프랑스나 독일 학생들 말이죠. 이곳에 외국 학생들이 많거든요. 하지만 그것도 잘되지 않았습니다. 기관에서는 학생들이 가정집에서 지내기를 원했거든요. 그는 가스 오븐에 머리를 처박고 싶은 심정이었죠. 그런데 그때부터 십일조를 내기 시작했어요. 가슴이 쓰렸어요. 그것은 마지막 지푸라기 같은 것이었습니다. 하지만 그는 계속해서 십일조를 냈습니다. 그러고는 무슨 일이 일어났는지 아세요? 지난 두 달 동안 사회보장국에서 그에게 사람들을 보냈답니다. 2년 만에 처음으로 그는 정기적인 수입을 갖게 된 겁니다. 전쟁 중에 처칠이 말했던 대로, 인간사에는 밀물과 썰물이 있는 법이죠. 나가기도 하지만 다시 돌아오기도 합니다. 십일조도 똑같습니다. 집어넣는 게 있어야만 돌아오는 것도 있는 법이죠. 아픔을 겪어야만 합니다. 그러고 나면 두 배로 얻을 겁니다."

그렇게, 시끄럽게 우는 까마귀 떼—필립스 씨의 아버지가 말한 대로, 옛 속담에 따르면 이들의 출현은 죽음, 혹은 돈이 올 징조라고 하는—아래에서, 브레이에게 평온이 찾아왔다. 그는 여전히 자신의 포장된 앞마당에서 엔진을 너저분하게 분해했고(하지만 측량사 이웃에게는 피턴에게 했던 것보다는 좀더 조심스럽게 행동했다), 여전히 공식적인 유니폼인 챙 달린 모자와 카디건을 입었으며, 여전히 차 안에서 말이 많았다. 하지만 툭하면 덤벼들거나 무턱대고 트집을 잡고 고함을 치던 그의 옛날 버릇은 많이 누그러졌다. 아니, 차라리 그의 종교적인 이야기와 만나서 그 속에 얽혀 들어갔다고 해야 할 것이다. 그는 스스로에 대해 마음이 편한 사람이었고, 비밀과 내면의 비전을 지닌 사람이었다.

그는 브레이 부인의 격렬한 분노에 대해서는 무관심했다. 하지만 어쩌면 내가 짐작한 대로, 그 분노는 외부 사람들에게 보여주기 위한 것인지도 몰랐다. 부인이 사람들 앞에 나서기 좀더 쉽게 하기 위한 (그토록 오랫동안 자기 집에 숨어서 살아왔으므로) 연극, 배역일 수 있었다. 사람들 앞에 나서지 못하는 브레이 부인의 성격은 결코 변하지 않았고, 항상 그녀의 이야기가 어디로 흘러갈지 알 수 있었기 때문에, 나는 예전에 한동안 피턴(일찍이 그의 정원에서의 예식에 매혹되어 늘 지켜보았던)을 만나는 걸 두려워했듯이 부인(한때는 전화상에서 흘러나오는 점잖고 나이 든 목소리일 뿐이었던)을 만나는 걸 두려워했다.

*

어느 날 버스 정류장에서 커다란 자동차 한 대가 내 앞에 멈춰 섰다. 새로 온 이웃이었다. 측량기사보다도 더 최근에 온 사람이었다. 이렇게 차를 세우고 솔즈베리까지 태워다주겠다고 제안하는 것은 그 사람 나름대로 자신을 소개하는 방식이었다. 커다란 자동차, 50대 후반쯤 되어 보이는 중년의 남자. 그리고 넓고 큰 저택(나는 그 집을 팔려고 내놓았다는 말은 들었지만, 누가 샀다는 소식은 듣지 못했다. 심지어 지금까지 그 집이 팔렸다는 사실조차 모르고 있었다). 이웃 사람의 말투에는 여전히 시골 사투리가 남아 있었다. 그는 자신이 이 지역 출신임을, 그리고 오랫동안 이 골짜기를 알았으며 이미(비록 그 집에는 새로 왔지만) 이곳 사람들과 친분이 있다는 걸 내게 알려주고 싶어 했다.

그는 말했다. "지난주에는 브레이 부인을 태워다드렸답니다. 요즘 부인은 심기가 무척 불편하더군요. 존 브레이를 아시나요? 그 사람은 왜 그렇게 요금을 싸게 받는 거죠? 그는 아마 죽을 때까지 일을 해야 할 거예요. 훌륭한 서비스를 제공하는 데다가 믿을 수 있죠. 그래서 단골이 많아요. 사람들은 그를 좋아하지요. 저는 그에게 자동차 대여업자로서 시장이 감당할 수 있을 만큼 최대한 요금을 받아야 한다고 종종 말해주었죠. 하지만 그는 자기 방식대로 하더군요."

우리는 오래된 농장과 무너진 오래된 벽, 진흙투성이의 마당을 지나갔다.

나의 새로운 이웃은 말했다. "제 어머니가 저 집에서 자랐답니다. 물론 지금은 다른 사람들이 살고 있지요."

이것이 그가 이 골짜기에 대한 권리를, 이 골짜기 사람들과의 동족 관계를 주장하는 방식──하지만 불쾌하지 않은──이었다. 나는 필립스 씨의 아버지가 생각났다. 금세기 초반, 이 골짜기에서 보낸 자신의 어린 시절, 그리고 소년 배달원으로 일했던 그의 첫번째 직업, 자동차가 그의 사촌을 치었을 때 버드나무 사이에 숨었던 소년 시절의 모험에 대해 이야기하며 눈물을 글썽이던 노인이. 내 이웃의 이야기에는 그런 종류의 과거, 그러니까 브레이가 추수기와 들판에서 일하는 할아버지들에게 차를 가져다주던 아이들을 기억할 때 그 안에 담겨 있던 그런 과거와 연결되고 싶은 소망이 깃들어 있었다. 하지만 동시에 내 이웃에게는 굽힐 줄 모르는 부유한 남자의 면모──강가를 서두르지 않고 느긋하게 달리는, 그의 커다랗고 조용한 자동차──도

490

있었다.

"필립스 부인은 어떠신가요?"

나는 부인에게 딱히 무슨 나쁜 일이 있었는지 몰랐다. 나는 다만, 외출이 잦고 화려했던 두 번의 여름을 보낸 다음의 나의 장원 주인처럼 필립스 부인도 집에 틀어박혀서 눈에 잘 띄지 않는다는 것만 알고 있었다. 하지만 나는 그 이유를 묻지 않았다.

내 이웃이 말했다. "부인의 신경쇠약이 점점 심해지고 있는 모양입니다."

브레이 부인의 분노, 브레이의 운행 요금, 필립스 부인의 날로 심해지는 신경쇠약까지, 나는 이 새로운 이웃의 세밀한 정보에 감탄했다. 그리고 그가 내게 깊은 인상을 심어주려고 작정을 했다는 생각이 들었다. 내 머릿속에서—이 골짜기에서 똑같은 계절의 반복적 경험(매년 새로 얻는 지식은 점점 줄어드는 반면)뿐만 아니라 나 자신이 나이 듦의 결과로 세월이 점점 빠르게 느껴지는, 그리고 최근 사건들로 인해(피턴이 떠난 일과 같은) 기억의 혼란을 겪고 있는—그는, 그러니까 내 이웃은 단지 이 골짜기에 막 도착했을 뿐인데 말이다.

우리는 강 위에 다리가 있는 마을에 도착했다. 내 이웃은 골짜기의 주요 도로에서 벗어나서 난간이 있는 좁은 다리 위로 자신의 커다란 자동차를 부드럽게 돌렸다.

그는 말했다. "나는 종종 이 길을 지나가곤 합니다. 경치가 좋은 곳이 꽤 있거든요." 그는 부동산 소유자인 동시에 찬미자, 처음 내가 그랬던 것처럼 이 골짜기와 강의 찬미자였다. 내 경우에는 세월이 쌓이기 시작하면서 계절이 반복되기 시작했지만, 이 남자는 그렇지 않았다. 그는 나보다 나이도 많고 이곳에 깊이 뿌리를 내리고 있는데도 말이다. 아마 부동산 소유권, 그러니까 넓고 큰 저택의 소유권에 더하여 이곳에 대한 깊은 지식이 그에게 특별한, 거의 존경으로 가득 찬 시각을 심어준 것 같았다.

그 다리는 골짜기에서 강 위에 놓인 유일한 다리였다. 다리와 마을의 터는 모두 오래된 것이 틀림없었다. 비록 고분이나 무덤들은 없었지만, 그리고 마을 건물들은 대부분 금세기에 지어진 것이었지만, 이곳에는 과거의 분위기가 흐르고 있었다. 사원이나 신비한 곳의 분위기가 아니라, 저지대 목초지의 한계 안에서 수세기 동안 존재해온 주거지, 농경, 밭이나 목초지의 분위기가.

그런 분위기는 특히 우리가 지금 차로 지나가고 있는 커다란 들판에서 강하게 풍겼다. 나는 이 들판을 갈아놓은 걸 한 번도 본 적이 없었다. 길가 경계선은 커다란 떡갈나무들로 표시되었다. 몸통이 굵고 곧게 뻗었으며 일정한 간격으로 멀찍하게 떨어져 있는 이 떡갈나무들(경계선 밖으로 자라나도록 허용되었을)은 백 년도 더 전에 (산울타리를 만들고 떡갈나무를 심은 사람이 예전부터 알았던 것처럼 지구상의 이 구석진 곳이 앞으로 계속될 것이라는 대단한 확신을 가지고 안심하고) 심었다는 걸 드러내고 있었다.

내가 이 골짜기에서 맞이한 두번짼가 세번째 해에, 대홍수가 일어났던 그 겨울 동안, 강물이 여러 곳에서 강둑을 범람하여 저지대 목초지를 지나 골짜기 곳곳에 물살이 세차고 요란한 새로운 해협을 만들었을 때, 거대한 떡갈나무들이 경계를 이루고 있는 이 들판 전체가 물에 잠기면서 가끔 햇빛에 따라서 마치 거대한 하얀 호수처럼 보이기도 했었다. 그리고 백조들과 붉은 뇌조의 암컷들과 청둥오리, 좀더 몸집이 작은 들오리, 그밖에 강에 사는 새들이 낯익은 하천의 수로를 떠나서 호수가 사라지기 전까지 이 들판을 헤엄쳤다. 마치 새로운 거대한 서식지를 찾은 기쁨뿐만 아니라, 보통 때에는 그저 육지였던 곳에 물이 들어왔다는 데 흥분한 것 같았다. 며칠 후에 다시 물러간 홍수는 마치 물길이 풀들을 잘못된 방향으로 밀고 간 것처럼 헝클어진 풀들과 그 사이에 낀 검은 진흙 부유물과 더불어 물에 젖은 들판을 남겼다. 그 뒤로 매해 겨울, '홍수'라고 적힌 검은색과 노란색의 지방 의회 공고문이 길가에 나붙을 때면, 나는 이 드라마가 되풀이되기를 고대했다.

도로는 산중턱에 선반처럼 튀어나온 바위를 따라 구불구불하게 이어졌다. 오른쪽에 흐르는 강은 때로는 길과 가까워졌다가 때로는 멀어지기도 하고, 또 때로는 길과 거의 평행을 이루었다가 밑으로 내려가기도 했다. 구불구불한 골짜기를 따라서 구불구불하게 흐르는 좁은 강은 수많은 다른 풍경들을 제공해주었다. 이 자동차 길은 반대편 강둑 위의 자동차 길과는 전혀 달랐다. 마치 또 다른 강이 흐르는 것 같았다.

이제 도로가 급격하게 굽이치면서 강은 멀어졌다. 들판이 도로와 강을 갈라놓았다. 이윽고 들판을 대각선으로 가로질러 초록이 가득한 강까지 이어지는, 덤불이 우거지고 풀이 무성한 좁은 길이 나타났다.

나의 이웃이 말했다. "제가 소년이었을 때, 자전거를 타고 이곳을 돌곤 했죠. 저 오솔길까지 저절로 미끄러져 내려가려고 언덕 꼭대기까지 올라가는 걸 정말 좋아했어요. 이 길은 강 위의 보행자용 다리에서 끝난답니다."

그가 소년이었을 때라면 그러니까 아마 45년 전, 전쟁이 다가오고 있는 1930년대였으리라. 고요한 도로, 거의 텅 빈 하늘. 지금처럼 끊임없는 군용기의 요란한 엔진 소리는 없었으리라. 또한 서쪽으로 몇 마일 밖에서, 그리고 몇 마일 높이 하늘에서, 줄줄이 날아가는 민간 항공사의 비행기 꼬리에서 흘러나오는 비행기구름도 보이지 않았으리라. 이 비행기구름은 보통 때에는 점점 사라지는 분필 자국 같았다. 하지만 어떤 예외적인 대기 상태에서는 지구가 둥글다는 걸 확실히 보여주는, 지평선 한쪽 끝에서부터 다른 한쪽 끝까지 두껍고 새하얀 구름의 원호를 만들기도 했다.

나의 이웃은 오솔길 옆에 붉은 벽돌로 지은 황폐한 시골집 두 채를 향해 고갯짓을 했다. 이 오솔길에 있는 유일한 건물들이었다.

그는 말했다. "저는 종종 여기서 살면 근사할 거란 생각을 합니다. 예전에는 목동들이 이곳에서 살곤 했죠. 양들이 더 많았던 시절에 말이죠."

내가 장원 마당에 있는 시골집을 떠나 새로 이사해 들어간 시골집을 제일 처음 본 것이 바로 이때였다. 하지만 그 시골집을 사려고 협상할 때에는 내 새로운 이웃과 함께 그 집을 보았다는 사실을, 그가 내게 그 집을 가리키며 보여주었다는 사실을 기억하지 못했다. 그때는 그 시골집에 거의 관심이 없었기 때문이었다. 나는 내 이웃에게 더 관심이 있었다. 그리고 한 쌍의 농가 주택에서 살고 싶어 하는 그의 소망에서 그의 '굽힐 줄 모르는 자세'의 또 다른 징표를, 따로 비축되어 있는 힘들을 암시하는 부드러움의 또 다른 징표를 보았다.

나는 그 드라이브와 시골집들을 훨씬 나중에, 이사를 오고 그 오솔길에서 살고 있을 때 기억해냈다.

언젠가 토요일 오후에 자동차 한 대가 좁은 길을 달려 내려왔다. 자동차는 시골집들 앞을 휙 지나치더니 어렵게(시골집들 너머의 오솔길은 차 한 대가 지나지 못할 정도로 폭이 매우 좁았다) 내 집 입구 쪽으로 방향을 돌렸다. 그리고 그곳에 멈춰 섰다. 젊은 남자가 차를 몰고, 매우 나이가 많은 부인이 뒤에 타고 있었다.

노부인은 차에서 내려 좁은 길을 걸어 내려왔다. 그리고 시골집들 앞을 지나치더니 다시 좁은 길 위로 올라섰다. 그녀는 산울타리 사이로 안을 살펴보았다. 젊은 남자가 상황을 설명했다. 자기 할머니가 예전에 살던 장소들을 찾아다니고 있다는 것이었다. 할머니가 어린 시절에 양치기 할아버지와 함께 지내러 오곤 했던 시골집을 찾으러 왔다고 했다. 노부인은 차츰 폭이 좁아져서 오솔길이 되었다가 강 위에 놓인 보행자용 다리로 이어지던 좁은 길을 기억하고 있었다. 강 건너편에 있는 농장에서 우유를 얻기 위해 그녀가 아침마다 지나다녔던 길이었다. 할머니가 좁은 길은 제대로 찾아온 것 같은데, 그녀의 할아버지가 살던 시골집을 찾지 못한다고 젊은 남자는 말했다.

나는 끔찍하게 당황스러웠다. 내가 그 시골집에 저지른 일들 때문에, 노부인을 혼란스럽게 만들고 대체 여기가 어디인지 의문을 품게 만든 그 모든 일들 때문에 당황스러웠다. 새로 만든 입구와 차도. 노부인이 시골집 뒷문이라고 기억하고 있는 부분을 새로 고친 집의 현관으로 개조한 것. 부인의 할아버지가 살았던 건물의 절반을 없애버리고 집을 확장한 것. 아마 노부인이 기억하고 있을 과일과 채소밭의 정원을 조경 설계된 정원으로 바꾼 것 등(하지만 불에 타지 않는 오래된 가정 폐기물들도 있었다. 그중 일부는 내게까지 전해져서 산울타리 앞에 쌓여 있었다. 그리고 내가 이 집을 넘겨받았을 때, 무성한 덤불들로 질식할 지경이었던 정원은 아마 그전에 이미 수많은 변화들을, 많은 주기들을 거쳤을 것이다).

어쨌든 나는 그 노부인 앞에서, 내가 저지른 일에 몹시 당황했다. 또한 내가 다른 마을이나 주에서 온 사람도 아니고, 전혀 다른 반구에서 온 침입자라는 사실에 당황했다. 마치 다른 곳들, 나의 옛 고향 섬과 심지어 이곳, 나의 두번째 인생이 시작된 이 골짜기, 장원 마당의 시골집에서 내 과거가 파괴된 것처럼, 노부인의 과거를 파괴했거나 망쳐버렸다는 사실이 당황스러웠던 것이다. 그곳에서 나를 황홀하게 만들고 환영해주고 다시 일깨웠던 장소들은 조금씩 변화하고 변화했다. 마침내 내가 그곳을 떠나야 할 시간이 도래할 때까지.

노부인이 (70년 전의 기억과 함께) 나의 새집을 찾아오기 전까지, 나는 나의 새 이웃과 함께했던 드라이브와 우회로를 기억하지 못했다. 다양한 '작은 것들'의 아름다움과 이곳 사람들에 대한 그의 이야기를, 그리고 내게 오솔길에 있는 이 시골집을 가리키며 보여주었던 일을. 그 당시에 이 집은 노부인이 아이였을 때 알았던 그 시골집과 여전히 비슷했다. 하지만 부인이 이곳을 찾아왔을 때에는, 그 집은 영원히 사라지고 없다는 사실을 알았다.

구급차가 달려온 것은 필립스 부인 때문이 아니었다. 나의 장원 주인 때문도 아니었다. 필립스 씨 때문이었다. 어느 날 그는 장원 저택에서 쓰러졌고, 구급차가 도착하기 전에 죽었다.

그리고 장원 전체가 얼마나 그에게, 그의 활력과 그의 힘과 보호에 의존했었는지—심지어 시골집에 살고 있는 나까지도—단박에 깨달았다. 그는 본능적인 동시에 훈련받은 보호자였다. 그는 자신이 마음을 사로잡은 사람들에게서 나약함을, 보호받고 싶은 욕구를 일깨웠다. 동등한 사람들과의 관계는 맺을 줄도 몰랐고, 이해하지도 못했을 것이다. 그가 필요하지 않은 사람들에게는 오직 자신의 퉁명스럽고 짜증스러운 면만 드러냈다. 그것이 그가 그런 사람들을 쫓아내는 방법이었다.

처음 이 시골집에 왔을 때, 낯선 이방인으로서 수용적인 마음가짐을 가졌던 나는 필립스 씨를 나의 정신적 목록인 영국의 '전형적 인물' 중 하나로 추가했다. 그리고 그가 시골 저택의 하인 역할을 보여주는 모범적 사례라고 생각했다. 하지만 필립스 씨도 사실은 막 도착한 상태였으며 거의 나만큼이나 신참이었다. 그는 여전히 그 일과 저택의 고독함에 대한 자신의 반응을 시험해보는 중이었고, 장원 주인에 대해서도 잘 알지 못했다.

필립스 씨는 점차 그 일에 익숙해졌고 자신의 것으로 만들었다. 그리고 해가 지날수록 장원 주인에 대한 존경심을 키워갔다. 그 연약함과 상처받기 쉬움, 자존심, 완고함 등, 상원 주인을 유별난 존재로 만드는 모든 것들, 그리고 필립스 씨 같은 사람을 짜증나게 만들 거라고 예상되었던 모든 것들에 대해서. 그는 특히 장원 주인의 예술적인 면에 존경심을 품었다. 비록 브레이만큼이나 정치적으로 성마르고, 대중 신문의 '강력한' 단순함을 기꺼이 받아들이는 사람이었지만, 브레이가 그렇듯이 필립스 씨도 장원 주인의 예술적인 면을 조롱하지 않았다. 어느 날인가 브레이는 마치 장원 주인의 성격에 대한 열쇠라도 건네주듯이, 책을 다루는 데 익숙지 않은 사람의 서툰 손놀림으로, 장원 주인이 1920년대에 출간한 삽화가 들어 있는 시집을 내게 건네준 적이 있다. 거칠고 현실적인 두 남자, '현대' 미술을 거의 증오하는 이 두 사람이, 예술가 혹은 동떨어진 존재로서 예술적 기질을 가진 사람을 이렇게 생각하다니 특이한 일이었다. 어쩌면—다른 개념들처럼, 가령 사악하고 집착에 사로잡힌 연금술사 같은 오래전 인물에게서 유래된 미친 과학자라는 개념—, 예술가에 대한 이런 개념, 세상을 재창조하는 사람이라는 개념은 모든 예술과 학문이 종교적이었던 시절, 모든 예술과 학문이 신을 섬기고 신성함의 표현이었던 시절로 곧장 거슬러 올라가는지도 모른다.

나는 장원 주인의 예술적인 면에 대한 필립스 씨의 존경심 때문에 덕을 많이 보았다. 이 존경심이 나에게까지 확대되었기 때문이다. 그것은 이 골짜기에서 나의 두번째 인생을 지켜주었던 것들 중 하나였으며, 그 삶을 가능하게 해준 우연들 중 하나였다. 그런데 이제 그 든든한 보호가 한순간에 사라져버린 것이었다.

필립스 부인은, 필립스 씨가 장원 주인에게 앨런의 죽음을 감추었던 것처럼, 이제 남편의 죽음을 장원 주인에게 감추기로 결정했다. 부인 생각에 장원 주인이 이 소식을 평온하게 받아들일 것 같지 않았던 것이다. 그녀는 장원 주인이 어떤 식으로든 극단적인 행동을 하게 되면, 그를 감당할 수 없을까 봐 두려워했다. 그리하여 한동안 신경쇠약 때문에 칩거하며 지냈던 필립스 부인은 이제 다시 밖으로 걸어 나와 세상일을 떠맡으려고 노력했다. 부인의 그늘지고 미세하게 주름 잡힌 눈 밑의 파르스름하게 가는 핏줄과 성긴 머리카락 아래 관자놀이에 더 도드라지게 솟은 핏줄이 스트레스와 고통을 말해주고 있었다.

부인은 내게 전화를 걸었다. 이제는 전화상으로 똑같은 말을 되풀이하며 장황하게 떠들었다. 그녀는 필립스 씨가 자신의 두번째 남편이며, 비록 고인에 대한 기억을 더럽히고 싶지 않고 아무도 자신의 사랑이 부족하다고 생각하길 바라지 않지만, 필립스 씨에 대한 슬픔은 자신의 첫번째 남편에게 느꼈던 슬픔이, 마치 그 슬픔의 연장선인 것처럼, 그대로 반복된 것 같았다고 거듭해서 말했다. 그리고 남편이 쓰러진 뒤에 그녀가 해야만 했던 모든 일과 장원 주인에게 이 소식을 감추느라 겪는 어려움 때문에, 필립스 씨에 대해 느끼는 슬픔을 종종 잊게 된다고 말했다.

그녀는 똑같은 말을 반복했다. 하지만 그것은 계속되는 자기 자신 외 발견과 슬픔의 진화에 대한 보고였다. 슬픔은 마치 그 자체로 살아 있는 존재 같았다. 또한 그녀는 장원에 계속 머무를 작정이라고, 필립스 씨와 그녀가 함께 했던 일을 그대로 해볼 거라고—어쩌면 단지 자기 자신에게—말했다.

내가 필립스 부인의 인생에 느닷없이 찾아온 새로운 불확실성을 알아차린 것은, 이 사건과 필립스 부인의 전화 통화에 대한 나의 반응이 몇 번째 단계를 거쳤을 때였다. 나는 필립스 부부가 아무런 장래 계획이 없다는 사실을 알았을 때, 처음에는 커다란 충격을 받았다. 그리고 나서는 그들의 모험심, 언제든 옮겨 다니며 또 다른 곳에서 가정을 꾸릴 수 있는 자세에 감탄했다. 물론 그들은 이런 식으로 모험을 즐길 수가 있었다. 언제든 그들에게 새로운 일자리가 생기리라는 걸 결코 의심하지 않았기 때문이다. 이런 식의 기대가 그 자체로 일종의 장래에 대한 보장이라고 말할 수 있었다.

내 생각에 그들은 심지어 은퇴조차 고려해보지 않았을 것이다. 그들은 구식 직업에 종사하고 있다는 걸 매우 잘 알고 있었다. 하지만 자신들의 직업을 일종의 은퇴라고 생각했다. 그리고 아마 노인이 될 때까지 계속 이런 식으로 지낼 수 있을 것이라고 보았다. 그런데 활동적인 배우자가 세상을 떠나버렸다. 내 눈에는, 만약 필립스 부인이 이 장원을 떠난다면, 그녀의 앞날이 걱정스러워 보였다.

물론 내가 지나치게 부풀려 생각한 것이었다. 나는 필립스 부부의 친구들도 몰랐고, 그들이 어떻게 살았는지, 서로 농담을 주고받았는지도 몰랐다. 특히 그들의 일, 그들의 직업 세계에 대해서, 그리고 어떻게 그들의 자존심을 지키면서 노동자 신분에 적응했는지 알지 못했다. 나는 오직 필립스 부인이, 자신은 장원 저택에서 안전한 처지에 있으면서, 피턴이 쫓겨나는 걸 얼마나 담담하게 지켜보았는지 기억할 뿐이었다. 그리고 피턴이 떠나야만 했을 때, 얼마나 어쩔 줄 모르고 당황했는지, 또한 고용주라는 존재에 대한 말 못 할 두려움 때문에 새로운 일자리를 찾는 것조차 거부하며 얼마나 소극적으로 변했는지 기억할 뿐이었다.

하지만 필립스 부인의 슬픔과 늙은 필립스 씨의 슬픔이 같은 건 아니었다. 늙은 필립스 씨는 지금까지 아버지와 어머니, 여동생, 부인의 죽음까지 잘 이겨냈다. 1919년의 사촌의 죽음—그가 한 번이 아니라 여러 번 내게 들려준—이 그에게 그 모든 죽음을 대비시켰던 것이다. 하지만 정말 놀랍게도 70대 중반에 이르러, 인생의 마지막을 목전에 둔 지금, 그는 예상치 못한 아들의 죽음에서 앞선 슬픔들을 모두 능가하는 슬픔을 경험했다. 그리고 완전히 망가져버렸다고, 필립스 부인은 말했다. 피턴이 떠난 뒤로 그에게 그토록 큰 기쁨을 안겨주었던 장원의 안마당—노인은 더 이상 그곳에 가는 걸 견디지 못했다. 그리고 더 이상 채원에 일하러 가지도 않았다. 혹은 그가 좋아하는 매우 옅은 색깔의 양복이나 재킷과 바지를 격식에 맞춰 차려입은 채, 갈고리처럼 갈라진 지팡이를 들고 산책을 나가지도 않았다.

마치 노인 또한 죽어버린 것 같았다. 우리가 까악까악 울면서 장원의 너도밤나무 주위를 날아다니는 까마귀 떼를 맨 처음 보았을 때, 노인이 말했던 죽음이 바로 이 죽음—그의 아들의 죽음—이었던 것처럼.

*

담쟁이덩굴은 아름다웠다. 장원 주인은 담쟁이덩굴이 나무를 휘감고 자라나도록 내버려두었다. 결국 나무들은 죽어서 쓰러졌다. 하지만 나무들은 여러 해 동안 기쁨을 안겨주었다. 그리고 바라볼 나무들은 또 있었다. 장원 주인의 남은 시간보다 더 오래 서 있을 또 다른 나무들이 있었다. 사람들도 마찬가지였다. 사람들은 왔다가 때가 되면 떠나갔고, 그다음에는 또 다른 사람들이 그 자리에 있었다. 하지만 필립스 씨의 경우는 그렇지 않았다. 그는 장원 주인에게 너무 중요한 사람이었다. 장원 주인은 오랜 무기력에서 깨어나 필립스 씨의 보호와 존경을 받았다. 그를 보호해주는 이 강한 남자의 죽음을 2주일 이상 숨길 수는 없었다.

이 사실을 알았을 때, 장원 주인은 노발대발했다. 이미 죽은 사람을 마치 살아 있는 사람처럼 이야기하고 생각하도록 조장했다는 사실에 분노했다. 그는 싸움을 걸고 마구 소동을 일으켰다. 유리잔들을 쓰러뜨리고 재가 가득 찬 재떨이를 뒤엎고 식사 쟁반을 그의 침대에 내동댕이치는 등, 대개는 난장판을 만들려고 애썼다. 그것은 도저히 그가 감당할 수 없는 슬픔이었고, 너무나 그를 두렵게 했다. 그는 오직 분노로만 자신의 슬픔을 표현할 수 있었고, 그의 분노는 필립스 부인에게 초점이 맞추어졌다.

부인은 이것이 부당한 처사라고 생각했다. 그녀가 전화상으로 내게 말했던 것처럼, 그녀가 한 일은 모두 장원 주인을 위해서였다. 그러므로 이것이 이기적인 행동이라고 생각했다. 장원 주인의 분노에는 남편을 잃은 그녀의 감정에 대한 배려는 전혀 없었다. 부인은 이것이 어린아이 같은 짓이라고 생각했다. "그가 무슨 짓을 해도 스턴을 다시 살아나게 할 수는 없어요." 부인은 말했다.

초기에 부인은 이 장원과 주인에 대한 존경심으로 가득 차 있었다. 특히 장원 주인이 가진 특권의 또 다른 발산처럼 보이는 그의 예술적인 면에 대해서, 부인은 거기에 합당한 존경심을 품었다. 그래서 장원 주인이 부인을 통해 내게 보내준 작은 선물들—운율을 맞추거나 산문체로 쓴 시, 그림, 고상한 작은 바구니, 백단향 부채, 인도산 향 등등—에 대해서 거의 경외심에 가까운 감정을 가졌다. 이 초기 시절에는 심지어 가끔 산문시나 산문을 타자기로 쳐오기까지(아마 부탁받지 않았는데도) 했다. 이렇게 타자를 치는 행위는 그녀의 직업을 단순한 가정부가 아닌 그 이상의 것으로 만들어주었다. 아마 자신이 타자로 치는 내용을 모두 이해하지는 못했을 것이다. 하지만 그녀에게는 그 점이 신비와 아름다움을 더해주었다.

부인은 장원 주인의 예술적인 면모에 대한 자신의 존경심을 필립스 씨에게 그대로 전해주었다. 하지만 필립스 씨가 이 존경심을 점점 키워가는 동안, 필립스 부인의 존경심은 오히려 줄어들었다. 그녀는 모든 것에 점점 더 사무적이 되었다. 장원에서 안전하게 자리를 잡자, 그녀는 최초의 경외심을 잃어버렸다. 안정을 얻고 나자, 그녀의 관심은 내면으로 향했고, 온통 자신의 신경과민증에 쏠렸다. 그리고 점점 더 남편의 든든한 보호에 의존했다(마치 그녀의 고용주처럼).

그런데 이제 남편이 세상을 떠났고, 그녀의 안전한 보호막도 사라졌다. 그토록 오랫동안 쉽게 이루어졌던 장원 업무가 갑자기 힘들어졌다. 장원은 긴장으로 가득 찼다. 그리고 장원 주인을 대하는 데도, 필립스 부인은 곧장 다시 간호사의 태도로 돌아갔다. 하지만 이제 그 태도를 뒷받침해줄 기력은 없었다. "그 사람은 어린아이 같아요." 부인은 말했다. "단지 관심을 받고 싶어서 관심을 원한다니까요." 아마 한때는 그녀도 그런 일을 어떻게 다뤄야 하는지 알았을 것이다. 그러나 지금은 그렇지 않았다. 그녀는 장원 일에 지쳐가기 시작했다.

담장을 두른 정원 안에 있는 채원은 그대로 방치되었다. 그래도 여전히 낯선 사람들이 정원 마당에 들어왔다. 필립스 씨가 이따금 잡일을 시키기 위해 불렀던 사람들이었다. 필립스 씨가 살아 있을 때에는, 이들은 마치 행여나 눈에 띌까 걱정하는 사람들처럼 잽싸게 걷고 움직였다. 그러나 지금은 권위 있는 사람이 없었고, 이들의 태도도 변했다. 그들은 더 천천히 걸었으며 내 시골집 창문 앞을 지나가기도 했고 더 큰 소리로 떠들었다.

어느 날 강가 산책을 마치고 돌아오던 길에 나는 풀이 무성하게 자란 정원에서 두 남자를 보았다. 그들은 낫을 들고 있었다. 그들은 오래된 포플러 장작더미 근처에 있었다. 한 남자는 키가 작았는데, 앨런(자신의 체구 때문에 무척이나 고민했던)보다도 훨씬 작았다. 인상이 교활하고 험상궂어 보였다. 나는 그의 눈빛에서 자신의 잘못을 들켜서 분하게 여기는 것 같은 느낌을 받았다. 또 한 사람은 훨씬 더 큰 것은 아니지만, 어쨌든 키가 더 크고 검은 머리에 눈 주위가 거무스름했다.

그때 키가 큰 남자가 아무도 묻지 않았는데, 이렇게 말했다. "우리는 썩은 통나무를 치우고 있습니다. 마거릿도 알고 있어요. 그녀가 허락한 일입니다." 마거릿은 바로 필립스 부인이었다.

장원 마당 안에서 만나는 사람들의 일에 끼어들지 않고, 감시자처럼 굴지 않는 것이 나의 원칙이었다. 하지만 그들 손에 들린 낫과 키작은 남자의 춤추듯이 흔들리는 푸른 눈을 보니 왠지 걱정스러웠다.

나는 먼저 말을 꺼낸 사람에게 물었다. "이름이 뭔가요?"

그는 허리를 꼿꼿이 세웠다. 그리고 두 손을 양옆에 딱 붙이다시피

했다. "톰입니다. M 자가 둘이죠. 독일 사람이거든요."

"독일인이라고요?"

"저는 독일 사람입니다. 톰이라고 합니다."

그는 항상 이런 식으로 자기소개를 했다. 독일인이라는 것(하지만 그는 영국 중부 억양으로 말했다)이 그에게 가장 중요한 사실일까? 그래서 가능한 한 빨리 털어놓아야만 한다고 느끼는 것일까? 아니면 그저 농담을 하고 있는 걸까?

그는 말했다. "제 아버지는 전쟁 포로였죠. 옥스퍼드 근처 농장에서 일했습니다. 아버지는 그곳에 계속 머물렀고, 늙은 마부의 딸과 결혼했답니다. 그리고 5년 전에 돌아가셨어요. 제 어머니는 지난 크리스마스 때 버밍햄에서 돌아가셨습니다. 저도 그곳에서 살았죠. 하지만 직업을 잃고 아내마저 떠나버렸어요. 그래서 이곳에 왔답니다." 그는 낫질을 하며 풀을 베는 시늉을 했다. "저는 정원 일을 사랑한답니다. 제가 하고 싶은 일은 그것뿐이에요. 제 어머니에게서 물려받았죠."

나는 키가 작은 남자가 그 이야기를 듣고 무슨 생각을 하는지 궁금해서 쳐다보았다. 그는, 키 작은 남자는 나를 유심히 쳐다보고 있었다. 그의 작은 두 뺨은 씰룩거렸지만, 내게 이야기를 하지는 않았다. 그의 짧고 가느다란 팔뚝에는 초록색과 붉은색, 검푸른색의 문신이 새겨져 있었다. 현대식 기구를 이용한 이 천연색 문신은 이 지역의 새로운 유행이어서 공공연한 선전이나 광고 없이도 널리 퍼지고 있었다. 브레이가 이야기해준 적이 있었다. 그러니까 적어도 문신에서는, 키 작은 남자가 자기보다 덩치 큰 동료에게 뒤지지 않았다.

키 큰 남자가 말을 이었다. "저는 지금 어려운 시기를 겪고 있지요."

나는 그들을 두고 떠났다. 회양목 산울타리로 둘러진 공터(지금은 완전히 황폐해진) 바로 바깥에, 작은 픽업 밴 한 대가 내 시골집에서 그리 멀지 않은 곳에, 출입구와는 반대 방향으로 서 있었다. 단지 썩은 통나무만 실어가려는 것일까? 나는 다른 것들―정원의 조각상들, 항아리들, 돌 단지들, 심지어 온실의 문짝 등등―도 위험하다는 느낌이 들었다. 이 두 남자는 본격적인 도둑이라기보다는 청소업자에 가까웠다.

내가 전화를 하자, 필립스 부인은 기뻐하는 것 같았다. 하지만 부인은 그 독일인의 이름을 알고 있었다. "스턴 밑에서 일하던 사람이에요. 독일인이죠."

며칠 지나지 않아서 그 픽업 밴이 다시 왔다. 독일인과, 키가 그의 어깨 정도 되는, 몸집이 더 크고 뚱뚱하고 면도를 하지 않은 붉은 머리의 남자가 차에서 내렸다. 뚱뚱한 남자는 벨 모양의 단추가 달린 청바지를 입고 있었다. 그리고 손에는 자신의 머리카락 색깔과 거의 흡사한, 둘둘 만 비닐 자루를 들고 있었다. 그는 나를 쳐다보지 않았다. 그 뚱뚱한 남자는 내게 전혀 관심이 없었다. 그의 눈은 작고 뭔가에 열중하고 있었다. 그의 아랫입술은 두껍고 붉고 촉촉했다.

독일인이 말했다. "이 친구는 제 동생입니다. 아무 데도 묵을 곳이 없답니다. 지난주에 어느 노부인의 집에 숙박을 제공하는 일자리를 얻긴 했어요. 사무변호사가 주선을 해줘서 말이죠. 그런데 그 사람들은 하인 노릇을 하길 원하지 뭡니까. 노부인은 아침 5시부터 차를 가져오라며 종을 울리곤 했어요. 이 친구도 지금 힘든 시기를 겪고 있답니다."

피턴 시절에, 널리 알려진, 그러나 반쯤 눈감아주곤 하던 정원과 저지대 목초지의 침입자들은 토요일 오후에 잠깐 총사냥을 즐기려는 지역 신사들이었다. 이제 피턴은 없었다. 그의 시절과 그의 질서는 도저히 닿을 수 없이 아득하게만 느껴졌다. 내가 이곳에 막 도착해서 영광의 유물들 속에서 오직 피턴만을 발견했을 때 최초의 정원의 영광이 내게 그렇게 느껴졌던 것처럼. 이제는 늙은 필립스 씨도, 젊은 필립스 씨도 없었다. 그나마 남은 정원의 일을 하러 오는 사람들은 약탈자, 파괴자들이 되어버렸다.

장원의 전성기에는 목수나 석공, 벽돌공으로 최선을 다했을 바로 그런 부류의 사람들이, 아름다움과 장인의 기량에 대한 이상을 품고 자신의 기술과 솜씨, 고통을 인정받고자 노력했을 바로 그런 종류의 사람들이 이제는 권위의 부재와 조직의 와해를 재빨리 감지하고 정반대의 본능(쇠퇴를 부채질하고 약탈하고 한낱 쓰레기로 전락시키려는)에 의해 움직이는 것 같았다. 영국에서도 바로 이 지역에 있던 고대 로마의 제조소 또한 노동 인구가 감소해서가 아니라 단지 권위의 부재 때문에, 그토록 오랫동안 이어진 건축 비법과 기술들을 잃어버리고 2, 3세기 만에 갑자기 폐허로 몰락했다는데, 충분히 이해할 수 있을 것 같았다.

필립스 부인은 장원 마당에서 무슨 일이 일어나는지 제대로 알지 못했다. 그녀에게는 인상을 보고 사람을 판단할 만한 능력이 없었다. 이제 자기 자신밖에 의지할 곳이 달리 없자, 그녀는 사람들을 볼 때마다 깜짝깜짝 놀랐다. 대부분의 사람들이 주관적으로 축적한 성격과 인상에 대한 지식—가장 단순하게 예를 들어 살찐 얼굴은 탐욕과 연결하는 것처럼, 그저 특정 인상을 어떤 특정 성격과 연관 짓는 것에서부터 시작하는—, 그런 축적된 지식이 그녀에게는 없었다.

이것이 그녀의 무능력, 그녀의 새로운 불행의 한 부분이었다. 그런 면모는 그녀가 일손을 구하려고 했을 때, 또다시 드러났다. 부인이 장원 저택에서 일을 도와줄 여자를 찾는 광고를 냈을 때, 자기 자신과 똑같은 사람들을 뽑고는 몇 번이나 놀랐던 것이다. 혼자서는 사람을 판단할 능력이 없는, 무능하고 어찌할 바를 모르는 여인들, 일자리뿐만 아니라 감정적인 피난처를 찾는 여인들, 나름 소중한 것들(그들 혼자만의 유대로 가득 찬)이 있지만 남편도 가족도 없는, 여러 가지 이유 때문에 집단 혹은 공동생활에서 밀려난 외로운 여인들이었다.

나는 어느 날 점심때 버스 정류장으로 가다가 이런 부인들 중 첫번째 여자와 환영처럼 우연히 마주쳤다. 그녀는 주목 아래에 있었고 눈부신 초록색 옷을 입고 있었다. 나를 쳐다보는 그녀의 얼굴에는 초록색과 푸른색, 붉은색이 칠해져 있었고, 눈꺼풀 위에는 초록색이 칠해져 있었다. 늙은 여인의 얼굴에 칠해진 알록달록한 색깔은 마치 툴루즈 로트레크* 그림의 색깔 같았고, 그녀를 다른 시대에 속한 사람처럼 보이게 했다. 초록은 압생트 빛깔이었다. 그것은 압생트를 마셨던 또 다른 고독한 예술가들의 그림들을 떠올리게 했고, 술집을 생각나게 했다. 어쩌면 남부 해안 어딘가에 있는 술집이나 호텔이 그 여인

---

* Henri de Toulouse Lautrec(1864~1901): 프랑스의 화가로 파리의 몽마르트르에 살면서 독자적인 화풍으로 댄서, 가수, 창부 등을 중심으로 한 풍경을 주로 그렸다. 대표작으로「물랭루즈」가 있다.

의 배경, 그녀의 지난번 피난처, 이전의 삶이었는지도 모른다.

이 여름날의 점심 시간을 위해서 반짝이는 분가루를 바르고 저렇게 강렬하게 알록달록한 화장을 하느라고 그녀는 얼마나 오랜 시간을 보냈을 것인가! 오늘 같은 쉬는 날에 그녀는 어디로—그리고 누구에게—가는 길일까? 남자 앞에서 끔찍할 정도로 교태를 부리고, 즐겁게 해주려고 안달하고, 본능적으로 아첨을 하는, 그녀와 관련한 모든 것들이 나이 때문에 희화되었고, 그 희화는 시골 자연이라는 배경, 주목과 너도밤나무, 시골길에 의해 더욱 또렷하게 부각되었다.

대체 필립스 부인은 이 여인에게서 어떤 면을 보았던 것일까? 부인은 어떻게 이 여인이, 다른 지원자들을 제치고, 이 저택과 장원 주인을 돌보는 일을 도와줄 수 있을 것이라고 생각했을까?

머잖아 당연히 불평이 터져 나왔다. '직원'에 대한 불평으로, 필립스 부인은 다시 한 번 장원 주인의 편에 섰다. 그리고 잔혹하고 이해할 수 없는 세상에 맞서 장원 주인과 동맹을—거의 필립스 씨가 했던 식으로—맺었다.

"주인이 종을 울리고 셰리주를 한 잔 가져다달라고 했어요. 그랬더니 그 여자가 한 손에는 술병을 들고 다른 한 손에는 술잔을 든 채, 주인의 방에 나타난 거예요. 그러고는 마치 자기가 거나하게 취한 것처럼 쳐다보았다지 뭐예요. 한 손에는 술병을, 다른 한 손에는 술잔을 들고 말이죠. 아이고 못살아. 주인은 좋아하지 않았어요. '그저 약간의 격식만 차려줘요, 마거릿.' 주인이 내게 말했죠. '약간의 격식 말이오. 내가 요구하는 건 그게 전부요. 술을 마시는 게 그냥 술을 마시는 게 아니오. 그건 의미 있는 행사란 말이오.' 나는 주인이 약간의 격식을 누릴 만한 자격이 있다고 생각해요. 물론 나는 그녀에게 말했죠. 뭐든지 반드시 쟁반에 받쳐서 가져가라고. 그렇게 말했어요."

가엾은 초록색 옷을 입은 부인! 그녀는 그 뒤에 곧바로 뭔가 다른 잘못을 저질렀다. 내 생각에 그녀가 또다시 쟁반 없이 술병과 잔을 들고 갔다고 필립스 부인이 말했던 것 같다. 그 부인은 뭔가 배우기에는 너무 나이가 많았다. 그녀는 수습 기간을 넘기지 못했다. 나는 그녀가 떠나는 걸 보지 못했다. 주목과 너도밤나무의 짙은 녹색 그늘 아래에서 초록색 옷을 입고 공공 도로와 버스 정류장으로 이어지는 검은 아스팔트 길 위에 서 있는 그녀의 모습을 힐끗 본 것이, 시골에서의 짧은 유배 생활(그녀의 모습이 그렇게 보였다) 중인 그녀를 힐끗 본 것이 내가 본 전부였다.

나는 그녀의 후임자들 중 한두 명을 보았을 뿐 많이 보지는 못했다. 그저 필립스 부인에게서 그들에 대해 더욱 충격적인 얘기를 들었을 뿐이었다. 그중 한 명이 장원에 왔을 때 사람들은 모두 깜짝 놀랐다. 커다란 이삿짐 트럭에 자신의 물건을 잔뜩 싣고 장원 안마당으로 들어왔기 때문이었다. 아무도 버티지 못했다. 어떤 사람은 아무 일도 하지 않으려고 했고, 어떤 사람은 모든 일을 맡아서 지시를 내리고 싶어 했다. 또 어떤 사람은 수많은 방들의 가구를 재배치했다. 아마 그들 중에는 일을 매우 잘했지만 바로 그 이유 때문에 떠나야만 했던 사람도 있었을 것이다. 필립스 부인은 자신의 경쟁자나 후임자가 될 만한 사람을 훈련시키거나 키우고 싶어 하지 않았다.

'일손' 혹은 '직원'과 관련된 전체 일자리가 많아지면서 부엌과 숙소를 함께 쓰는 일도 많아졌다. 외부에서 온 사람들을 위한 별도의 숙소가 있어야 한다는 결정이 내려졌다. 굳게 닫혀 있던 저택의 방들 중 한두 개가 개방되었고, 실내장식업자가 등장했다. 나는—새로운 직원을 위한 숙소 준비와 더불어—이 시골집에서의 나의 시기가 끝났음을 느꼈다. 새로운 직원이 언제나 독신 여성이 아닐 수도 있었고, 가족이나 장원 마당을 배회할 특권을 누릴 친구들이 있을 수도 있었다. 그동안 우연들, 연이은 일련의 우연들이 위험에 노출된 상황에서 나를 보호해주었다. 이제 그 보호가 사라졌다. 너도밤나무 위에 둥지를 짓고 깍깍 우는 까마귀들은 어쩌면 이런 일을 예고했는지도 모른다.

실내장식업자—그는 변화의 대행자 혹은 도구처럼 보였지만, 피턴이 떠난 뒤 장원 마당을 산책하며 작업을 시작했을 때 늙은 필립스 씨만큼이나 그렇지 않았다—, 실내장식업자는 땅딸막하고 포동포동했고, 얼굴색이 분홍빛이었다. 아니면 하얀 작업 바지 때문에 짙은 분홍빛으로 보이는 것일 수도 있었다.

나는 점차 그의 하루 일과를 알게 되었고, 그가 어떻게 자신만의 속도를 유지하면서 고독한 육체노동을 해내는지 알았다. 정해진 시기 동안, 때때로, 그러니까 오전과 오후에 15분 동안, 그리고 정오에는 한 시간 동안, 그는 긁개와 롤러, 붓, 페인트 통 등에서 물러나서 자신의 자동차 안에 앉아 운전대 위에 신문 경마 면을 펼쳐놓았다. 그리고 오전과 오후의 휴식 시간에는 물병에 담아온 밀크티를 마셨고, 정오의 휴식 시간에는 샌드위치를 먹었다. 하지만 그때는 성급하게 샌드위치 통을 열지 않고, 먼저 15분 정도를 신문 경마 면에 할애한 다음, 깔끔하게 점심을 싼, 기름이 배어나지 않는 종이를 풀고 서

두르지 않고 천천히, 그리고 꾸준히, 하지만 맛을 음미하지 않고 먹었다.

처음에 그는 내 시골집 뒷문 바로 앞에 있는 좁은 길에 자동차를 세웠다. 하지만 내가 말보다는 동작을 더 많이 써서 그가 무슨 짓을 했는지 알려주자, 그는 아무 말 없이 장원 안마당에 더 가까운 곳으로 차를 옮겼다. 그곳에서는 장원 저택에서, 그리고 내 시골집에서 볼 수 없도록 모습을 감출 수 있었다.

그의 자동차는 그의 성과 같았다. 차에서 나오면, 그는 다른 사람의 집에서 일을 했다. 그러나 차 안에 들어가면, 자기 집이나 마찬가지였다. 그는 차분했으며 자급자족하는 것 같았다. 작업복(매우 두꺼운, 손으로 뜬 푸른색 스웨터 위에 덧입는) 윗주머니에는 뚜껑을 밀어 올려서 여는 빈 담뱃갑이 들어 있었다. 이것이 그의 재떨이였다. 담뱃갑 안에 담뱃재를 탁 떨어 넣는 그의 동작은 숙련된 것이었다. 실내장식업자로서 몸에 밴 깔끔함의 일부이자, 오랜 습관 혹은 비결인 것이 분명했다. 이 깔끔함, 페인트칠을 위해 요구되는 집중력, 때때로 그의 얼굴을 페인트칠하는 손에 바싹 갖다 대는 방식, 한 번에 90분쯤 견디며 일해야 하는 그의 침묵, 그의 고독, 이것이 그에게 불안해 보이는 인상을 심어주었고, 그의 직업과 그의 외모(분홍빛 피부와 하얀 작업복) 이상의 어떤 존재처럼 보이도록 만들었다. 그리고 나는 그와 말문을 트기 시작했을 때, 그가 부드럽고 단조로우며 어린아이처럼 수동적인, 기묘한 목소리를 가졌다는 걸 알았다.

그는 진지한 표정으로 담뱃갑 재떨이를 꺼냈다. 나는 그 아이디어가 마음에 든다고 말했다. 그는 그 말을 그냥 지나치거나 농담으로 받지 않았다. 그는 매우 진지하게 담뱃갑 재떨이에 대해 이야기했다. 그는 내게 그 아이디어가 언제, 어떻게 떠올랐는지 설명했다. "사람들은 항상 이걸 보고 한마디씩 하지요." 그는 말했다.

우리는 며칠에 걸쳐 여러 번 이야기를 나누었다. 그는 언제든 이야기를 나누고 싶어 했다. 그의 고독은 그에게 강제로 부과된 어떤 것, 잠시 옆으로 치워도 괜찮은 어떤 것이었다. 나는 그가 자신에 관한 모든 것을 진지하게 받아들인다는 사실을, 자기 자신을 일종의 경외심을 가지고 바라본다는 사실을 알았다. 또 다른 점도 있었다. 그는 자기 자신, 자신의 모든 습관과 의식들을 멀리 떨어져서 바라보는 것 같았다. 그는 자신이 보는 것에 경탄했다. 그는 자신이 보는 것을 이해하지 못했다.

중간중간 휴식 시간에 그의 자동차 안에 앉아 있는 것, 그것조차 그에게는 어리둥절한 일이었다. 왜냐하면 바로 그때가 그가 약을 먹는 시간이기 때문이었다. 그는 약을 먹고 경마 면을 꼼꼼히 들여다보았다. 그의 꿈은 전문 도박사, 본격적인 도박사가 되는 것이었다. 연금생활자처럼 승산이 없는 말에 돈을 거는 것이 아니라 항상 우승 예상 말에 돈을 거는 것, 이것이 도박으로 생계를 유지하는 유일한 방법이었다. 그는 약이 필요했다. 그래서 하루에 네 번 두 종류의 알약을 먹었다. 그를 계속 버티게 해주는 약이었다. 그가 이 알약을 발견한 것은 오래전 필립스 씨를 통해서였다. 이것이 바로 필립스 부인과의 연결점이었다. 그가 말한 대로 비록 그는 마거릿을 잘 알지 못했지만 말이다.

알약을 먹기 전에는 그는 아무 이유 없이 사람들 앞에서 툭하면 울음을 터뜨리곤 했다. 그냥 눈물을 흘리기 시작했다. 왜 그러는지 이유는 몰랐다. 그는 형편이 넉넉했다. 그가 아는 많은 사람들보다 더 잘살았다. 그는 집도, 아내도, 자동차도 있었다. 처음에 함께 일하는 사람들은 그가 울고 있다는 걸 몰랐다. 그저 새로운 합성 광택제나 광택 도료에 알레르기 반응을 일으킨다고 생각했다. 하지만 어느 날 눈물이 걷잡을 수 없게 되었고, 그는 병원에 가야만 했다.

그는 침대에 시트도 없이 매트리스와 담요만 있는 병동에 갇힌 자신을 발견했다. 침대 간격이 매우 좁았다. 간호사는 남자였다. 눈물을 흘리는 와중에도 그는 그 사실이 이상하다는 걸 알아차렸다. 간호사였던 그 남자, 바로 스턴. 필립스 씨가 그에게 어떤 알약을 주었다. 그리고 그는 잠이 들었다. 그때까지 그렇게 깊이 잠을 자본 적이 한 번도 없었다. 그렇게 해서 그는 그 알약에 빠져들고 말았다.

스턴이 그를 도와준 것은 그뿐만이 아니었다. "그는 내게 무척이나 잘해주었어요. 어느 날 내게 이렇게 말했죠. '이봐, 만약 자네가 자력으로 살아갈 수 없으면, 내가 자네를 장애인으로 등록해줄 거야. 그러면 아마 자네는 그 때문에 사회보장제도에서 뭔가 혜택을 더 받을 거라고 생각하겠지. 하지만 내 분명히 말하지. 자네에게는 아무 혜택도 없어. 별도의 혜택 따위는 없단 말일세. 병원의 사회사업부 직원에게 물어봐.' 그의 말이 맞았어요. 그래서 나는 자력으로 일어섰죠. 스턴 일은 정말 유감이에요. 예전에는 만약 경마에서 큰돈을 딴다면 스턴에게 모두 주겠다는 생각을 하곤 했죠. 전부 다. 이렇게 말이죠." 그는 만화에서처럼 자루에 동전을 담아 들어 올리는 시늉을 했다. "찾아가서 이렇게 말할 생각이었어요. '스턴, 이건 내가 딴 가장 큰 돈이오. 이걸 받아주면 좋겠소. 그동안 나에게 그토록 잘해주었으니 말이오.'"

그의 눈가에 눈물이 고이기 시작했다. 하지만 두 눈은 여전히 무덤덤하고 아무 흔들림이 없었다. 그의 얼굴색도 변하지 않았고, 그의 목소리 역시 어린아이 같은 특성을 전혀 잃지 않았다.

"이제 나는 모든 걸 다 잃었어요. 집도, 아내도, 가구도. 그러자 울음도 저를 떠나더군요. 아내와 헤어졌을 때였어요. 아내와 헤어지면서 제 모든 근심 걱정들도 떠난 거예요. 그날, 수요일에 나는 다른 남자와 함께 있는 아내를 발견했답니다. 나는 아내를 때렸죠. 그리고 금요일에 그들은 나를 집에서 쫓아냈어요."

이것이 그가 여러 날에 걸쳐 내게 들려준 이야기였다. 마지막까지 상세한 사실들은 아끼고 숨기면서. 가령 그 수요일의 발견은 꽤 많은 시간이 흐른 뒤에야 나온 이야기였다. 하지만 그것이 그가 사건을 보는 방식이었다. 그에게는 모든 일이 그런 식으로 작용했던 것이다.

그의 자동차 안에 앉아서 작업복 윗주머니에 들어 있는 담뱃갑에 담뱃재를 떨며, 그는 마치 짧은 경련 같은 메마른 울음을 터뜨렸다.

"아내 때문에 우는 게 아니에요. 스턴 때문이죠." 그가 말했다.

*

여름의 끝자락, 초가을의 날씨는 서늘했다. "외벽을 칠하기에 딱 좋은 날씨로군요." 실내장식업자가 말했다. "페인트의 농도도 더 적당하게 유지되고 붓질도 더 쉽게 되시오." 이것은 그가 지닌 몇 안

되는 빛나는 지식―외부 세계에 대한 지식―중 하나였다. 하지만 실내장식업자의 붓질에 딱 좋은 공기는 또한 여름 끝자락의 먼지와 온갖 종류의 증발된 물질들로 가득 차 있었다.

어느 날 오후 산책길에, 잭의 정원이 있었던 곳을 막 지날 때, 너도 밤나무 아래에 오래된 고철과 목재, 그리고 농장 마당의 가시철사 부스러기가 쌓인 길가 한쪽과 쓰레기를 태우는 깊은 구덩이(한두 달 전에, 이제는 훌쩍 자란 은빛 벚나무의 나뭇가지들이 지나치게 많은 쓰레기를 태우던 불길에 그슬리기도 했다)가 있는 맞은편 사이에서, 나는 갑자기 숨이 막히기 시작했다.

나는 점점 죄어드는 숨통을 틔우려고 가능한 한 깊게 숨을 들이마시면서, 옛날 농장 마당을 돌아 계속해서 가축몰이 길을 걸어갔다.

이 길의 오른쪽으로는 넓고 낮은 비탈이 있었다. 예전에는 이곳에서 얼룩덜룩한 가축들을, 특히 푸른 하늘을 배경으로 바라볼 때면, 어린 시절 트리니다드에서 알았던 연유 상표를 떠올리곤 했다. 그리고 특히 연유 판매업자가 일 년에 한 번 개최하던 미술 대회가 생각났다. 상표를 커다랗게 확대한 그림 또는 밑그림에 색칠을 하는 것이었다. 밑그림이 그려진 종이를 얼마든지 원하는 대로 얻을 수 있어서 얼마나 즐거웠던지! 그 그림 속의 소들과 매끄러운 풀밭(뱀 따위는 없을 게 분명한)이 펼쳐진 언덕이라고는 전혀 모르는 어린아이의 머릿속에 어떤 풍경이 떠올랐겠는가!

햇살이 좋은 날이면 언제나 이 산책길에는, 특히 가축들이 하늘을 배경으로 서 있는 비탈 꼭대기에는 내가 상상의 나래를 펼치곤 하던 은밀한 곳이 있었다. 그 상상 속에서 나는 어떤 소소하고 아스라한 열망—마치 아주 어린 시절에 보았던, 문득 머릿속을 스치지만 거의 잊어버린 영화의 기억처럼 아스라한—이 충족된 것 같은, 그리고 그 연유 상표 그림의 원래 풍경 속에 들어온 것 같은 기분이 들곤 했다.

이 길의 왼편, 풀이 길게 자란 넓은 가축몰이 길 건너편에는 지금은 가시철조망 뒤로 목초지가 펼쳐져 있었다. 반대편 목초지는 비탈 아래까지 모두, 이제는 높이 자란 소나무 조림지였다. 이 소나무 숲은 어느 날 그 뒤편에 있는 그루터기만 남은 밭이 화염에 휩싸이고 검은 소나무 몸통들의 빈약한 장막이 보일 때까지는 빽빽하고 컴컴해 보였다. 활활 타오르는 불길은 내가 예전에 들은 적이 있는 정글의 폭포처럼 으르렁거렸고, 내게 결국 모든 물질은 하나라는, 그게 물이든 불이든 공기든 혼란에 휩싸이면 똑같다는 생각을 심어주었다. 마치 스톤헨지 뒤편에 있는 사격 훈련장이 쾅 소리로 공기에 구멍이 날 수 있다는 암시를 던져주듯이, 그리고 매년 점점 더 하늘을 파괴하고 있는 군용기들이 마치 하늘에 깔린 공명하는 철로를 따라 거대한 열차가 빙빙 돌고 있는 것 같은 소리를 내는 것처럼. 1950년에 내가 얼스코트의 정원 끝에 있는 높은 벽돌 담 뒤에서 들려오는 열차 소리를 처음 들었을 때, 매우 이른 아침과 늦은 밤에 들었을 때, 그 소리는 내가 앞으로 여행하며 발견하게 될 더 커다란 메트로폴리탄에서의 삶에 대한 약속이자 드라마를 담고 있는 것처럼 여겨졌었다.

소 떼가 있는 비탈과 소나무 장막 사이에서, 내 가슴이 조여드는 증세는 찾아올 때와 마찬가지로 갑작스럽게 사라졌다. 나는 울타리가 둘러진 목초지와 소나무 장막이 끝나는 지점까지 계속 걸어갔다. 그곳에는 두 비탈 사이의 우묵한 곳에 거대한 건초 더미들이 몇 년 전부터 쌓여 있었는데, 아무도 사용하지도 가져가지도 않았다. 이제 이 건초들은 지나치게 새까맣고, 군데군데 녹색 이끼가 잔뜩 끼었고, 지나치게 순수한 두엄에 가까워졌다. 그걸 보면 초대형 스위스 롤 케이크가 생각났다. 혹은 너무 새까맣기 때문에 신문 인쇄기의 커다란 인쇄용 롤러가 생각났다. 쓰레기, 잔해, 이제는 시커먼 풀, 하지만 그 너머의 길고 얕은 골짜기처럼 풍경의 일부인 건초 더미. 휘히 트이고 한 번도 경작된 적이 없는 이 골짜기에는 백악과 부싯돌들이 점점이 흩어져 있어서, 마치 오래되어 더러워진 눈덩어리들이 군데군데 흩어져 있는 더 높고 험준한 골짜기처럼 보였다. 그리고 그 너머, 가축몰이 길에는, 종달새 언덕까지 비스듬하게 경사진 땅과 거친 뗏장으로 뒤덮인 고분과 무덤들, 그리고 강한 바람에 시달려 미처 성장하지 못한 나무들이 있었다.

나는 이 산책로를 마치 음악 작품처럼 훤히 알고 있었다. 그러므로 언덕 꼭대기까지 올라가지 않았다. 그럴 필요가 없었다. 이런 햇빛 아래에, 그곳에서 무엇을 보게 될지 알고 있었다. 나는 그만 돌아섰다. 산책로의 모든 풍경이 다시 펼쳐졌다.

그날 저녁에, 내 시골집에서 숨통이 막히는 발작이 다시 찾아왔다. 나는 기관지가 팽팽해지면서 수축하는 걸 느꼈다. 나는 발작이 지나가기를 기다렸다. 하지만 그러지 않았다. 온몸이 굳어지면서 죄어들었다. 몇 시간 동안 나는 심각하게 아팠다. 이상하게도 머리는 몽롱했다. 이런 몽롱한 상태—완전히 맑은 정신으로 모든 걸 지켜보면서, 구급차의 시커먼 창문 너머로 골짜기 풍경이 낯설게 느껴진다는 걸 알아채고는 기쁘고 놀라워하면서—에서 나는 시내에 있는 진료소로 실려 갔다.

나는 몇 년 동안 그 건물을 보아왔고, 그곳이 진료소, 그러니까 병원이라는 걸 알고 있었지만, 아스팔트 앞마당을 오가면서도 한 번도 병원에 대해 생각해본 적이 없었다. 나는 그저 하나의 건물로만 보았던 것이다. 나는 18세기 벽돌의 잔재를 보았고(1950년에는 그저 작은 집들의 건축 재료일 뿐, 아주 평범하게 생각했을 붉은색이나 적갈색 벽돌에서 연도를 파악하는 법을 배운 뒤로), 평평한 건물 정면 꼭대기 근처에 돌로 된 테두리를 따라 병원의 유래—자발적 기부로 설립된 이 진료소의 성격에 대한 언급과 1767년이라는 날짜를 알려주는—를 새겨놓은 우아한 조지 왕조 시대의 글씨들을 보았다.

진료소는 기차역으로 가는 도로변에 있었다. 그 길은 다리를 지나고 있었다. 백악 골짜기 주변의 모든 강이 이곳에서 만나서 함께 흘러갔다. 강물은 언제나 맑고 깨끗했으며 여기저기 흩어져 있는 쓰레기에도 특별한 광채를 부여해주었다. 강물은 (유리로 만든 문진이나 사진처럼) 일상적이고 익숙한 사물들을 분리시키고 그것들의 세밀한 부분을 잘 보이게 하는 힘을 갖고 있는 것 같았다.

10년 전에, 내가 장원 정원에 찾아온 봄을 발견했을 때 나는 병을 앓고 있었는데 그 병이 나의 발견을 한껏 북돋고 특별한 성격을 부여해준 적이 있었다. 그 당시 그 병—정신적인 피로와 여행으로 인한—은, 비록 여러 주 동안 지속되기는 했지만, 내 어린 시절의 잠시 지나가는 열대 '열병', 우기 때면 찾아오는 열병처럼 보였다. 그 열병은 내 생각에 너무 금방 지나가버렸고, 나는 다시 병이 찾아오기를 갈망하곤 했다. 어린 시절의 이런 열병은 환영을 받았는데, 왜냐하면 긴장을 탁 풀어지게 하는 몸속의 따뜻한 열기와 더불어, 열병이 촉각과 청각을 유쾌하게 왜곡해서 세상을 아득히 멀게 느껴지게 했다가 곧 다시 매우 가깝게 느껴지게 했기 때문이었다. 또한 시간을 속여서 마치 똑같은 사건을 두고 나를 여러 다른 순간에 깨우는 것 같았다. 이런 드라마와 신기한 경험(그리고 특별한 음식과 묽은 수프)과 더불어, 열병은 항상 아늑한 집과 보호의 느낌을 안겨주었던 것이다.

바로 그런 종류의 열병(그리고 영국에서 처음으로, 그 열병이 동반하는 모든 것, 즉 든든함과 평안함) 같은 어떤 것에 들뜬 채, 나는 내 창문 아래에서 모란들(반쯤 정신이 나간 몽롱한 상태에서, 팽팽하게 부푼 붉은 꽃봉오리가 줄기 위에서 쑥쑥 자라더니 바람에 흔들리며 내 창문을 톡톡 두드렸다)과 쐐기풀 사이에 홀로 핀 푸른 아이리스를 보았던 것이다. 그리고 가시가 많은 향기로운 이끼장미와 강의 눈부신 장관, '막 피어나는 풍경'으로 이어지는 검은 샛강 위의 썩어가는 다리들을 보았다.

하지만 지금은 그저 일시적인 무력함이 아니라 진짜 병이었다. 육체를 넘어서 내 존재의 핵심과 원동력으로까지 침투하는 것처럼 보이는 피로, 처음에는 내가 과연 몇 분이나 일어서 있을 수 있는지, 그런 다음에는 내가 과연 모든 기력을 쇠진하고 다시 병이 나서 쓰러지지 않은 채, 몇백 미터나 걸을 수 있을지 매우 조심스럽게 판단하게 만드는 피로였다. 내가 병원에서 돌아오고 얼마 지난 뒤에, 축축하고 황폐해진 장원 정원을 잠깐씩 돌기 시작한 것은 이 진짜 병 때문이었다. 영국에 온 뒤로 몇 해 동안 겨울을 대수롭지 않게 여기고 한 번도 외투나 장갑, 심지어 스웨터조차 입을 필요를 느끼지 못했던 내가 이제는 여태껏 전혀 느껴보지 못한 한기를 느끼고 있었다. 폐가 얼어붙는 느낌이었다.

풀과 잡초들은 키가 크고 축축했으며, 각기 다른 종류의 병에 걸려 뿌리 쪽이 새카맸다. 한때 가을은 저마다 다른 방식과 다른 색조로 '시들어가는' 나무와 덤불들, 그 사이에서 죽은 나뭇잎의 모양과 색깔을 흉내 내는 야생 버섯들, 그리고 작년에 죽은 사시나무의 성긴 레이스 혹은 열대의 부채 모양 산호 같은 나뭇잎들, 그러니까 각 나뭇잎의 뼈대 혹은 잎맥, 지지대 사이에서 썩어가고 있는(하지만 아직도 둥글게 말린 모양과 그 탄성이 남아 있는) 부드러운 물질로 가을 나름의 매력을 지니고 있었다. 나는 관목과 나무들의 이름을 조금씩 배워갔다. 그 지식은, 온갖 식물들 속에서 이것과 저것을 구별할 수 있게 도와주었는데, 머잖아 단순히 식물 이름에 대한 지식에 그치지 않고 나의 안목을 높여주었다. 그것은 마치 소리만 듣고 살다가, 언어를 배우는 것과 같았다. 하지만 이제, 잡초가 번성하고 습지식물들이 침범하고 장미꽃밭이 사라지면서, 정원에 있는 것은 풀들이 전혀 구별되지 않는 덤불 속에 있는 것이나 다름없게 되었다. 너무 커서 톱으로 자를 수도, 옮길 수도 없었던 쓰러진 사시나무 몸통은 무성한 덤불 속으로 모습을 감추었다.

이제 정원의 가을 색깔은 갈색과 검은색이었다. 나는 죽은 나뭇잎과 줄기의 갈색을 식물의 원래 색깔로 보는 법을 터득했다. 나는 풀과 갈대를 수집하고, 그것의 색깔이 초록색에서 구운 비스킷 같은 갈색으로 서서히 변해가는 걸 보면서 기쁨을 느꼈다. 심지어 꽃잎이 떨어지지 않은 채, 고스란히 꽃병에서 말라버린 꽃의 옅은 갈색에서도 기쁨을 느꼈다. 그래서 그런 꽃을 내버리기 싫어했다. 가을이나 겨울 아침이면, 나는 밖으로 나가서 하얀 서리가 앉아 도드라져 보이는 갈색 나뭇잎과 나뭇가지를 보았다. 이제 정원은 더 이상 사람 손길이 닿지 않았다. 정원의 모든 것들이 여름 내내 아무런 제약 없이 자라났다. 나는 다만 냉기를 느끼며 웃자란 풀과 습기를 보고 검은색과 갈색을 볼 뿐이었다. 황폐해진 장원 정원을 걷는 이 짧은 산책에서, 매번 조금씩 더 멀리, 사시나무들을 지나고, 커다란 상록수를 지나고, 그다음에는 하얀 틀만 남은 커다란 온실 근처까지 걸어갔다 돌아오는 이 산책에서, 갈색은 예전 트리니다드에서 그랬던 것처럼 다시 나를 위한 색깔이 되었다. 진정한 색이 아니라 죽은 식물의 색, 사람들이 아름다움을 발견하는 것이 아닌, 버려진 것들의 색.

어느 날 온실을 지나, 강으로 향하는 나의 예전 산책로에서 출입문(내가 처음 발견했을 때 여전히 작동했던)과 낙엽으로 가득 차 있는 시커먼 샛강 위의 다리들을 발견했던 곳까지 갔을 때, 바로 이 갈색과 검은색 배경 속에서, 나는 기둥을 박고 난간을 두른 새로운 목재 울타리를 보았다. 그새 울타리는 마치 독일인이 자기 동생이라고 소개했던, 면도를 하지 않은 뚱뚱한 남자의 머리카락 색깔처럼, 혹은 면도를 하지 않은 뚱뚱한 남자가 썩은 통나무나 아니면 약탈하겠다고 마음먹은 건 무엇이든 가지고 가기 위해 들고 다녔던 나일론 자루처럼 붉은 황금색이었다.

나는 이 울타리나 그것이 의미하는 토지 매각에 대해서는 아무 이야기도 듣지 못했다. 이 근처 땅은 모두 거친 황무지였다. 설사 내가 기운이 있었다 하더라도, 첫번째 샛강 너머조차 가기 힘들었을 것이다. 하지만 새로운 울타리의 선이, 정원에서부터 강으로 이어지는 옛 오솔길과 다리들을 대각선으로 가로지르는 걸 볼 수 있었다. 지적도에 그려진 토지 측량사의 선은 그 땅이 사용되는 방식까지 고려한 선은 아니었다.

나는 변화라는 개념에 익숙해지도록 나 자신을 훈련했다. 마음의 고통을 피하려는, 쇠락을 보지 않으려는 노력이었다. 그것은 꼭 필요한 일이었다. 왜냐하면 내가 이 두번째 삶의 은혜로움에 눈을 뜨자마자, 주변 환경이 달라지기 시작했기 때문이었다. 이끼장미는 잘려나가고, 탁 트였던 가축몰이 길은 가시철망 울타리로 양분되었고, 들판에는 울타리가 둘러쳐졌다. 잭의 정원은 점차 파괴되더니 마침내 콘크리트로 뒤덮여버렸다. 내 시골집 바깥의 잔디밭 끝에 서 있는 넓은 출입문은 피턴이 떠난 뒤로 봉쇄되었고, 나뭇가지를 잘라서 그곳으로 가는 길마저 막아버렸다. 그리고 얼마 후에는, 과수원 안에 아이들의 놀이터로 지은 작은 집을 가시철조망으로—모든 소름끼치는 것들 중에서—칭칭 감아버렸다.

나는 변화라는 개념과 더불어 살았고, 변화를 끊임없는 것으로 보았다. 세상은 흘러가는 것이며 인간의 삶이란 때때로 서로 겹치기도 하는, 일련의 순환 같다고 보았던 것이다. 하지만 이제 철학이 나를 저버렸다. 땅은 그저 땅에 불과한 것이, 단순히 그 자체인 어떤 것이 아니다. 땅은 우리가 거기에 불어넣는 모든 것을 받아들이며, 우리의 기분과 추억에 공감한다. 내 인생에서, 그리고 이 장원에서의 삶에서, 이번 한 주기의 끝은 내 병이 억지로 내게 안겨준 노쇠의 느낌과 뒤섞여서 나를 슬프게 했다.

나는 그 이웃을 좋아했다. 나는 그에게 반감을 가질 만한 아무 이유도 없었다. 게다가 그는 의도치 않게 내가 이사 갈 집도 알려주었다. 그는 자신이 손에 넣고 싶어 하는 것에 존경심을 갖고 있었다. 이 골짜기와 땅은 특별한 방식으로 그의 것이기도 했다. 그의 어머니는 어린 시절에 강가에 있는 농가(이제는 일부분 허물어진)에서 살았다. 그곳에 대한 존경심이 없는 건 전혀 아니었다. 게다가 나는 이 풍경을, 첫번째 봄 이후로 오직 내 마음속에서만 나를 위해 존재하는—그 특별한 순수함 속에서—이 풍경을 보전할 수 있는 방법은 없다는 걸 항상 알고 있었다. 그 첫번째 봄부터, 나는 이런 순간이 찾아올 것을 이미 알고 있었던 것이다. 하지만 이제 막상 그 순간이 찾아오니 충격적이었다. 그리고 마치 죽음의 순간처럼, 기쁨과 놀라움의 원천이 되었던 모든 것이, 나를 반갑게 맞아주고 치유해주었던 모든 것이 고통의 원인이 되었다.

*

장원 저택의 가정부들은 이곳에 와서, 한동안 다시 꾸민 두 개의 방에서 저마다 자신의 신성한 물건들을 가지고 자기 나름의 방식대로 지내다가 떠나버렸다. 하지만 마침내 적임자가 나타난 것 같았다. 그리고 필립스 부인은 자신의 사생활을 다시 이어가기 시작할 만큼 안정감을 느꼈다.

그 사생활이란, 부인이 필립스 씨와 함께 나누던 것으로 대중적 즐거움—술집, 클럽, 호텔 바, 댄스장이나 카바레가 있는 소박한 시골 읍내 식당들—으로 가득 차 있었다. 그런 즐거움은 집이나 주거지의 느낌, 혹은 직업이나 일자리보다 더 필립스 부부의 한 해에 리듬과 안정을 부여해주었다. 이제 그 리듬이 부인의 슬픔을 이기고 되돌아온 것이다. 그리하여 필립스 부부에게 주어진 두 번의 휴가 시기 중 한 번인 초봄에, 부인은 옛 친구들과 함께 2주 동안 휴가를 떠났다.

부인이 사라지자 부인을 도와주던 가정부가 저택의 그늘 밖으로 나와서 모습을 드러냈다. 그리고 마음 놓고 장원 마당을 살피고 돌아다녔다. 50대의 호리호리한 여인은, 몇 해 전에 벌거벗은 몸통 위로 셔츠 단을 묶고 다니던 또 다른 여인 혹은 젊은 여자만큼이나 장원 마당의 호젓함과 광활함에 기뻐했다. 좀더 나이가 많은 이 여인은 전혀 다른 종류의 옷을, 값비싼 트위드 치마를 입고 있었다. 그녀는 이 치마에 많은 돈을 썼다. 피턴과 비슷한 사람이라고 나는 생각했다. 처한 장소에 맞춰 사는 사람, 그리고 고용인임에도 불구하고 살짝 그곳과 경쟁하는 사람. 그녀의 등장이 내게는 이곳을 얼마나 바꾸어놓았는지! 몇 해 만에 나는 다시 감시받는 느낌이 들었다.

필립스 부인이 돌아오자 그 낯선 여인은 잔뜩 위축되어 소심하고 예민해졌다. 마치 필립스 부인과 자신의 관계를 내게 너무 분명하게 보여주기 싫은 것 같았다.

휴가는 필립스 부인에게 무척 좋은 영향을 미쳤다. 부인의 이마가 좀 펴지고 눈 밑의 그늘도 좀더 옅어지고 살도 덜 늘어졌다. 그리고 목소리도 밝아졌다. 밝아진 목소리는 전화상으로 특히 잘 알아챌 수 있었다. 부인이 휴가에서 돌아오고 2주일 후에 전화를 걸어서 내게 줄 선물이 있다며 갖다주고 싶다고 말할 때에는, 심지어 짓궂은 목소리처럼 들렸다.

그녀는 운동복 스타일의 퀼트 아노락*을 입고 있었다. 그리고 지팡이를 옆으로 뉘어서 두 손으로 가볍게 들고 있었다. 그녀가 다시 지팡이를 한 손에 쥐었을 때, 그것은 지팡이를 사용하는 데 서툰 사람, 그걸 어떻게 쥐고 어떻게 걸어야 하는지 모르는 사람의 동작이었다.

그녀가 말했다. "일요일에 스턴의 아버님을 뵙고 왔어요. 그런데 이 지팡이를 당신에게 주고 싶어 하시더군요."

끝이 쇠스랑처럼 갈라진 지팡이였다. 노인은 그 갈라진 부분에 엄지손가락을 올려놓은 채, 장원 마당을 산책하고 다녔다. 내가 만난 사람 중에서 이런 종류의 지팡이를 사용하는 사람은 그가 처음이었다. 나도 산책길에 지팡이를 사용했다. 나의 아버지—트리니다드에서 숲의 어떤 나무들을 가지고 재미 삼아 지팡이를 만들곤 했던—에게서 나는 지팡이에 대한 감각을 물려받았다. 그리고 초보 여행자였던 시절에도 항상 내가 여행한 나라에서 지팡이를 가지고 오려고 노력했다.

끝이 갈라진 지팡이는 늙은 필립스 씨와 내가 제일 처음 이야기를 나눈 물건이었다. 그 지팡이를 가지고 장원 마당을 걸을 때면 내가 관심 있게 본다는 걸 그는 알고 있었다. 그리고 이제는 그가 내게 주는 선물이 되었다. 새로운 물건, 선물로서 지팡이를 시험해보고, 나

* 후드가 달린 방한용 코트.

는 기억했던 것보다 지팡이가 더 짧다는 사실을 발견했다. 나는 그것이 거의 노인 어깨 높이까지 온다고 기억하고 있었던 것이다. 하지만 실제로 지팡이는 싸움꾼들이 사용하는 막대기처럼 사용자의 갈비뼈 아랫부분쯤 오는 높이였다. 또한 갈라진 머리 부분과 그 밑으로 1인치 정도의 나무껍질이 벗겨져 있었다. 그리고 바로 그 아래가 또 다른 멋진 부분이었다. 황동색의 금속 테가 둘러져 있었던 것이다. 나는 전에, 노인이 지팡이를 사용할 때에는 그걸 알아채지 못했다. 필립스 부인이 가져온 지팡이가 새로 니스를 발라 어찌나 반짝거리던지, 나는 노인이 나를 위해 새 지팡이를 샀나 하는 생각까지 들었다. 하지만 지팡이 끝에 씌워져 있는 약 3센티미터 높이의 검은 캡, 고무 혹은 합성물질로 만든 캡은 앞뒤가 닳아 있었다. 이것은 노인의 지팡이였다. 그는 선물로 주려고 지팡이를 예쁘게 단장했던 것이다.

"평생 간직하겠습니다." 나는 필립스 부인에게 말했다.

불과 몇 년 전이라면, 이런 말이 내게 대단한 약속처럼 느껴졌을 것이다. 하지만 지금은 그 말을 내뱉자마자, 내가 노인의 선물에 해줄 수 있는 보호는 보호도 아니라는 생각이 들었다. 마치 언덕과 강, 백악과 이끼에 대한 기억들이 아무에게도 전달될 수 없고 노인과 함께 죽게 될 것처럼, 설사 내가 이 지팡이를 어떤 사려 깊은 상속자에게 물려준다 해도, 나는 거기에 담긴 기억까지 전해줄 수는 없을 것이다. 그런 기억이 없다면, 이 지팡이는 마치 담쟁이덩굴 때문에 말라죽은 벚꽃나무의 검붉은 원판(장원 정원의 만년에 대한 기록이자 기념물로, 내가 매끄럽게 문지르고 니스를 칠한)처럼, 그저 한낱 물건에 지나지 않았다.

필립스 부인은 말했다. "참 재밌는 노인네예요."

그녀 자신과 노인 사이의 낯선 거리감을 보여주는 낯선 표현이었다. 그 낯선 거리감은 그녀의 얼굴에도 나타나 있었다. 한결 매끄러워진 피부, 새롭게 반짝거리는 두 눈, 사라진 피로감. 그리고 그녀의 목소리에도 되살아난 삶에 대한 애정과 비꼬는 말투가 담겨 있었다.

그녀가 말을 이었다. "당신이 다른 사람한테 소문을 듣기 전에 내가 직접 말하는 게 좋겠다고 생각했어요. 이 골짜기에서는 소문이 얼마나 빨리 퍼지는지 알잖아요. 사실은 해고 통지를 받았어요."

그렇게 해서 이 지팡이 선물은 또 다른 기억을 갖게 되었다. 필립스 부인의 지팡이 전달—거의 짓궂게 들리던 전화상의 목소리, 최근까지도 장원 마당에서 특권을 누리며 산책을 하던 늙은 필립스 씨와 거리를 두던 그녀의 태도—, 그 선물은 그녀의 장원 생활의 단계적인 정리 같았다. 그 일이 그녀에게는 얼마나 쉬워 보였던지! 필립스 부부를 잘 알게 되고 그들을 더 이상 그 직업의 전형적인 인물로 바라보지 않게 되자마자, 나는 그들의 모험심, 그토록 얼마 안 되는 것을 가지고도 그럭저럭 살아가는 능력, 언제든 떠날 수 있는 자세에 탄복했었다. 하지만 이제 필립스 부인의 소식은 그녀가 가져온 지팡이의 아름다움에 쓸쓸한 마음을 더했다.

부인은 말했다. "굳이 당신에게 말할 필요는 없겠죠. 스턴이 세상을 떠난 뒤로 이곳에서의 생활은 좋지 못했어요. 스턴은 어떻게든 관리할 수 있었지만, 나 혼자서는 안 돼요. 그 사람은 무척이나 까다롭거든요." 그 사람이란 장원 주인을 말하는 것이었다. "게다가 사정은 더 나아지지 않을 거예요. 그래서 이 일이 더 힘들어요. 내가 뭔가 하면 점점 좋아질 거라는 생각이 드는 그런 일이 아니거든요."

부인이 문 쪽으로 걸어가기 시작했다. 그러다가 문득 걸음을 멈추더니, 부엌문의 높은 유리창을 통해 부러진 포플러들을 바라보았다. 남은 그루터기에서는 다시 씩씩하게 잎이 돋아나고 있었다.

그녀는 말했다. 그녀의 목소리에는 내가 마치 가까운 인척이라도 되는 것 같은 친근감이, 반쯤은 의구심과 반쯤은 확신을 구하는 기대가 뒤섞인 친근감이 담겨 있었다. "사실은 휴가 동안 누굴 만났어요. 어느 날 저녁 식사 때 그 사람이 우리 모임에 자리를 함께했지요. 우리 친구들 중에는 중매쟁이들이 많거든요. 당신은 믿지 못하겠지만 말이죠. 어쨌든 당신 귀에까지 소문이 들어가기 전에 알려줘야겠다고 생각했어요. 스턴과 나는 미리 합의했어요. 누구든 혼자 남는 사람은 다시 결혼하기로 말이죠."

이상한 일이었다. 그녀는 한 번도 나를 이렇게 허물없이, 긴장감 없이 대한 적이 없었다. 처음에는 무엇보다 그녀의 낯선 장원 생활, 그리고 나에 대한 반신반의로 인한 긴장감이었다가 그다음에는 그녀의 병으로 인한 긴장감, 그리고는 그녀의 고독으로 인한 긴장감이 항상 있었다. 지금 생각해보니, 어쩌면 필립스 씨, 엄청난 활력을 지닌 남자와 함께 사는 것에서 비롯된 긴장감이었는지도 모른다. 그리고 나 역시, 마치 그녀의 새로운 면모에 응답이라도 하듯이, 그녀를 그토록 가깝게 느낀 적이 한 번도 없었다.

*

필립스 부인이 말한 대로, 그 소식은 순식간에 골짜기 전체에 퍼졌다. 브레이 귀에도 들어갔다. 그가 제일 먼저 생각한 사람은 장원 주인이었다. 그는 마치 자기 이야기를 하는 것처럼 중얼거렸다. "나이가 든다는 건 참 잔인한 일이군요. 아마 그들이 다 팔아치울 겁니다. 결국 아무것도 남지 않을 거예요."

내가 말했다. "그래도 그분은 평생토록 누렸잖아요. 그렇게 말할 수 있는 사람은 별로 많지 않아요. 그건 행복이죠."

그는 계속 자기만의 생각에 빠져 있었다. "젊으면 맞서 싸울 수가 있어요. 하지만 나이가 들면, 그들이 하고 싶은 대로 내게 무슨 짓이든 할 수 있죠."

그의 쭉 찢어진 눈이 가늘어졌다. 부드러운 중년 남자의 뺨 위로 눈물이 흘러내렸다. 그의 말과는 달리, 장원 저택의 위엄은 언제나 그에게 중요한 일이었다. 그는 저택의 모든 일에 항상 관심을 가졌다. 저택의 위엄은 그의 독립에 가치를 부여해주었다. 저택은 그가 자신의 존엄성을 가늠하는 척도였던 것이다. 그의 가장 깊은 내면에, 감추어진 기억들, 아마 그와 더불어 죽어버릴 기억들이 있는 내면에는 하인의 기질이 있었다.

가늘게 뜬 눈으로 도로를 쳐다보며, 뺨 위로는 눈물을 흘리면서, 브레이는 말을 이었다. "그녀가 떠났답니다. 병이 깊어져서 고향으로 돌아가야만 했어요."

브레이가 한밤중 솔즈베리 기차역에서 보았던 그 여자, 거의 텅 비어 있는 기차역의 눈부신 불빛 아래에 헐렁한 트위드 코트를 걸치고 서 있던 그 고독한 여자에 대해서 언급한 것은 그때가 처음이었다.

5부

고별식

나의 30대 후반에 좌절과 소진에 대한 꿈은 머리가 폭발하는 꿈이었다. 내 머릿속에서 들리는 소음의 꿈이 어찌나 요란하고 길었던지, 나는 멀쩡하게 살아남은 머리로 내 머리가 무사할 리가 없다는, 이건 곧 죽음이라는 생각을 했었다. 이제, 50대 초반에, 병을 앓고 난 다음부터, 장원의 시골집을 떠나서 내 인생의 한 시기를 마친 다음부터, 나는 죽음에 대한 생각, 세상의 마지막에 대한 생각에 눈을 뜨기 시작했다. 그리고 때때로, 아주 구체적인 사색도 아니고, 심지어 합리적이거니 희황된 공포노 아닌, 깊은 우울증에 빠졌다. 이 우울증은 내가 잠을 자는 동안 내 정신을 파고들었고, 그 자극에 반응하여 잠에서 깨어났을 때에는, 그 독이 너무 깊숙이 퍼져서 어떤 행동(사람들이 살면서 날마다 해야 하는 일)도 할 수 없었다. 그리고 그걸 떨쳐버리는 데 하루 대부분을 보냈다. 그렇게 낭비된, 혹은 암울한 한낮은 밤을 맞을 준비를 하는 마음을 한층 더 침울하게 했다.

 나는 여러 해 동안 『도착의 수수께끼』 같은 책을 생각해왔다. 내가 골짜기에 도착한 지 하루 이틀 후에 문득 떠오른 지중해의 환상——여행자, 낯선 도시, 지칠 대로 지쳐버린 삶에 대한 이야기——은 여러 해에 걸쳐 수정되었다. 환상과 고대 세계라는 배경은 버려졌다. 이야기는 점점 더 개인적인 것이 되었다. 나의 여행, 작가의 여행, 개인적인 모험에 의해서보다는 글쓰기의 발견, 그러니까 세상을 보는 자신의 방식으로 규정되는 작가, 여행의 초기에는 점점 분리되었다가 결말에 이르기 직전, 두번째 인생에서 다시 합쳐지는 작가와 인간.

 나의 주제, 그 주제를 전달하는 서사, 나의 등장인물들——나는 몇 년 동안 그것들이 내 어깨 위에 앉아서 말로 자신들을 드러내고 나를 사로잡을 순간을 기다리고 있음을 느꼈다. 하지만 내가 마침내 글을 쓰기 시작한 것은, 오직 죽음에 대한 이 새로운 인식에 의해서였다. 죽음이 모티프였다. 어쩌면 언제나 줄곧 죽음이 모티프였는지 모른다. 죽음과 죽음에 대처하는 방법——그것이 책의 이야기의 모티프였다.

 나를 촉발시킨 것은 신문 잡지사의 취재 임무였다. 1984년 8월에 나는 『더 뉴욕 리뷰 오브 북스』의 청탁으로 댈러스에서 열린 공화당 전당대회에 갔었다. 하지만 글로 쓸 게 하나도 없다는 사실을 발견했다. 행사는 과도하게 연출되었고 미리 대본이 정해져 있었으며, 정작 행사 자체는 빈 껍데기였다. 나는 수천 명의 분주한 기자들이 사실상 이미 다 쓰여 있는 이야기에 단지 새로운 단어를 찾고 있을 뿐이라는 생각에 짓눌렸다. 월트셔로 돌아와서야 비로소, 그러니까 컨벤션 센터의 배포 자료와 압박에서 벗어난 후에야 비로소 내가 무엇 때문에 그런 반응을 일으켰는지 깨닫기 시작했다. 형식적이고 연출된 행사 때문이 아니라 그 행사를 둘러싼 모든 일들 때문이었다. 그리고 갑자기 글로 쓸 게 하나도 없었던 곳에서, 엄청나게 많은 쓸 거리가 생겨났다. 한 주일 동안의 경험, 그것은 글을 쓰지 않았더라면 내게는 그냥 사라지고 잃어버렸을 완전히 새로운 경험이었다.

그 후에 내가 즉시 내 책을 쓰는 일에 착수한 것은, 아무것도 쓸 게 없다고 생각했던 그곳에서 새로운 경험을 발견한 그때의 그 흥분, 그리고 다시 깨어난 언어의 즐거움에서 비롯된 일이었다. 나는 내 손이 움직이는 대로 내버려두었다. 나는 수많은 다른 책들의 첫 장을 썼다가, 멈췄다가, 다시 시작했다. 그때 분명히 저 멀리서, 내 인생의 주변부에 머물러 있던 책의 기억이 내게 떠올랐다. 그와 더불어 책에 대해 쓰는 것이 『도착의 수수께끼』를 시작하는, 그러니까 그 책의 소재를 불러오고 그 배경과 주제를 설정하는, 내가 쓰고자 하는 책의 시간의 확산을 보여주는 가장 좋은 방법이라는 확신이 들었다. 몇 주일 동안 나는 내 손이 움직이는 대로 내버려두면서, 수많은 시작—각기 다른 지점에서 출발하는—을 시도해보았다.

그런데 방해물이 생겼다. 상한 어금니였다. 결국 어금니를 뽑았는데, 꽤 갑작스러운 일처럼 느꼈다. 내가 치과 의사를 찾아갈 때에는 이를 뽑을 거라고는 전혀 예상치 못했던 것이다. 그 의사는 대개는 치아를 뽑지 않고 살리던 사람이었다. 마취 상태에서 치과 의사의 강력한 손가락들이 무감각한 이를 잡아당기는 걸 느꼈을 때, 영원히 지울 수 없는 노쇠의 느낌이 내게 밀려들었다. 그것은 죽음의 느낌이었다. 이틀 후에, 입안에 짭짤한 맛이 나는 생살이 아직 느껴질 때, 런던에서 나이 든 작가 친구를 위한 문학상 수여 오찬이 있었다. 그리고 여기에 런던에서 새 아파트를 찾는 용무와 낡은 아파트들과 다른 사람들의 삶, 다른 전망들을 봐야 한다는 우울함까지 겹쳐졌다. 그때 간디 여사가 델리에서 경호원의 총에 맞아 숨졌다. 그 사건 직후에 내 출판업자를 만나기 위한 독일 방문과 40년이 지난 후에도 여전히 군데군데 파괴되어 있는 동베를린의 충격이 있었다. 몇몇 건물들의 부서진 석조물 위에서 키 큰 나무로 성장하고 있는 어린 나무들, 스스로 해체하고 있는 세계의 풍경이 내게는 새로웠다. 나는 벌써 오래전에 이곳을 보러 왔어야만 했다. 독일, 서베를린에서의 마지막 날 아침에 나는 이집트 박물관에 갔다. 그리고 윌트셔로 돌아와 내 여동생 사티가 바로 그날 트리니다드에서 뇌출혈을 일으켰다는 소식을 들었다. 내가 막 박물관을 떠나던 그 시각이었다. 여동생은 혼수상태에 빠졌다. 그리고 다시 회복되지 못했다. 1953년에 아버지가 돌아가신 뒤로 30년 이상 동안, 나는 슬픔을 겪지 않고 살아왔다. 그러므로 나는 그 소식을 냉정하게 받아들였다. 이윽고 나는 딸꾹질을 하기 시작했다. 그러고는 근심에 잠겼다.

1950년 내가 트리니다드를 떠났을 때, 그러니까 팬아메리칸월드항공 소속 소형 비행기에 몸을 싣고 멀리 날아갔을 때, 사티는 열여섯 번째 생일을 7주일 앞두고 있었다. 그리고 내가 다시 그녀를 보고 그녀의 목소리를 들었을 때에는, 이미 스물두 살이 다 되었고 결혼한 몸이었다. 그 뒤로 트리니다드는 내게 거의 상상 속의 장소처럼 되어버렸다. 하지만 그녀는 짧은 해외여행을 제외하고는 평생을 그곳에서 살았다. 그녀는 1952년 아버지의 발병과 1953년 죽음을 지켜보았으며, 1956년부터 계속된 정치 변화들, 인종 정치를 겪었고 1970년의 혁명에 가까운 무정부 상태와 거리의 위험 속에서 살아왔다. 그녀는 또한 오일 붐 시대를 지나왔다. 그래서 경제적 안락함을 알았고 자신의 삶을 성공한 삶이라고 생각할 수 있었다.

그녀가 사망한 지 3일 뒤에, 트리니다드에서 그녀를 화장하고 있을 그 순간에, 나는 윌트셔에 있는 내 새집의 응접실에서 낮은 커피 탁자 위에 그녀의 사진을 펼쳐놓았다. 나는 몇 년 동안 가족사진을 정리해서 앨범에 붙여야겠다는 생각을 하고 있었다. 하지만 언제든 시간이 있을 것처럼 보였다. 동생이 살아 있을 때에는, 이 사진들 속에서 나는 그녀의 나이를 알아채지 못했다. 이제 나는 그중에 많은 사진들—특히 동생의 짧은 신혼여행 사진들—이 날씬한 팔을 가진 젊은 아가씨의 사진임을 깨달았다. 그 아가씨는 이제 자신의 삶을 마친 어떤 사람이었다. 죽음이, 고통스럽게도, 젊음으로 가득 찬 이 사진들을 스치고 지나간 것이다. 나는 펼쳐놓은 사진들을 들여다보면서, 내가 그 어느 때 생각했던 것보다 더 골똘히 사티에 대해 생각했다. 그리고 35분 내지 40분—아마 트리니다드에서는 화장 의식이 진행되고 있을—뒤에, 나는 정화된 느낌이 들었다. 내가 따라야 할 규율 같은 것은 없었다. 하지만 나는 해야 할 일을 다 한 느낌이었다. 나는 그 한 사람, 그 인생, 그 독특한 성격에 온 정신을 쏟았고, 삶을 마친 사람을 추모했다.

이틀 뒤에 나는 트리니다드로 떠났다. 가족들이 내가 함께 있어주기를 원했던 것이다. 내 남동생은 여동생을 화장하는 날에 출발했다. 그리고 화장이 끝나고 6시간 뒤에 도착했다. 남동생은 화장터로 데려다달라고 부탁했다. 누나가 그를 차로 데려다주었다. 밤이었다. 여섯 시간이 지난 뒤에도 시신을 태우는 장작더미는 여전히 빨갛게 타고 있었다. 남동생은 빨갛게 빛나는 장작더미를 향해 홀로 걸어 올라갔다. 누나는 차에 앉아 불길을 바라보고 있는 동생을 지켜보았다.

2주 전에 남동생은 간디 여사의 화장 의식에 참석하기 위해 델리에 다녀왔다. 그러고는 런던에서 주요 기사를 작성했다. 그 기사 작성을 끝내자마자, 트리니다드로 날아온 것이었다. 현대의 비행기는 이런 엄청난 여행들을 가능하게 해주었고, 그를 이 죽음들에 노출시켰다. 내가 트리니다드를 떠나던 1950년만 해도 비행기 여행은 여전히 특별한 일이었다. 외국으로 가는 것은 한 사람의 삶을 동강낼 수 있는 일이었다. 나 역시 6년 뒤에나 다시 가족을 만나거나 소식을 들을 수 있었다. 나는 그들의 삶에서 6년을 놓쳐버린 것이다. 1953년에 아버지가 돌아가셨을 때, 나는 고향으로 돌아갈 수가 없었다. 결국 그때 여덟 살이었던 내 동생이 그 끔찍한 마지막 화장 의식을 거행하고 지켜봐야만 했다. 그 일은 그에게 깊은 흔적을 남겼다. 그때 그 죽음과 화장 의식은 그의 내밀한 상처였다. 그리고 이번에는 여동생의 화장이 있었다. 그가 런던에서부터 비행기를 타고 날아온 뒤에도 여전히 빨갛게 달아오른 장작더미가. 곧 비행기는 그를 다시 런던으로 데려갔다. 그리고 다른 가족들도 각자 다른 곳으로 데려갔다.

나는 며칠 뒤에 치러질 장례식의 한 과정인 종교 의식을 위해 트리니다드에 머물렀다. 사티는 종교적인 사람은 아니었다. 나의 아버지와 마찬가지로 종교 의식에 대해서는 아무 감정도 없었다. 하지만 그녀가 죽자, 그녀의 가족들은 고인을 위해 하나도 빠짐없이, 모든 흰

두 의식을 올려주고 싶어 했다.

사제는 덩치 큰 남자였는데 예식에 늦게 왔다. 내가 듣기로는, 화장 의식 때에도 늦었다고 했다. 사제는 바쁘고 힘들었다는 둥, 시계를 잘못 보았다는 둥, 한참 떠들더니 자신의 의무를 다하기 위해 자리에 앉았다. 그에게 필요한 물건들은 준비되어 있었다. 테라초* 바닥이 깔린 사티의 베란다에 펼쳐놓은 나무판 위에 야트막한 흙 제단이 세워져 있었다. 이런 배경—도시 외곽의 주택과 정원, 도시 외곽의 거리—에서 거행되는 의식이 내게는 낯설고 새로웠다. 내 기억은 오래전 일이었다. 그러므로 내게 이런 종류의 의식은 좀더 시골스러운 풍경과 연결되어 있었던 것이다.

비단 튜닉**을 입은 사제는 제단 한편에 책상다리를 하고 앉았다. 사티의 젊은 아들은 반대편에 그를 마주보고 앉았다. 그는 청바지와 잠바를 입고 있었다. 이렇게 격식 없는 옷차림 역시 내게는 새로웠다. 사제가 베란다 위에서 거행하기 시작한 흙의 의식은 사티의 화장 의식을 흉내 내는 것처럼 보였다. 하지만 이 의식은 불을 통해 육신을 흙으로, 원소로 되돌리는 것보다는 풍요와 성장을 의미했다. 희생과 공물 바치기—그것이 주제였다. 아리안 경전들에는 희생에 대한 이런 강조가 언제나 있었다!

수많은 힌두 예식이 그렇듯이, 이 예식에도 매우 복잡한 물리적인 측면이 있었다. 제단 위 어느 쪽에 제물로 바친 꽃을 놓아야 하는지 안다든지, 언제 어떻게 찬가를 낭송해야 하는지, 그리고 다양한 제

---

* 대리석 부스러기를 박은 다음 닦아서 윤을 낸 시멘트 바닥.
** 허리 밑까지 내려와 띠를 두르게 되어 있는 옷.

물들을 언제 어떻게 부어야 하는지 아는 것, 성직자 역할의 이런 모든 기계적인 측면들이었다. 사제는 신성한 불에 어떤 공물을 바치라고, 손가락을 아래로 하고서 공물을 내려놓을 때에는 '스와-하'라고 말하고, 공물을 불 속에 털어 넣기 위해 손바닥을 활짝 폈다가 손가락을 뒤로 젖혀 날릴 때에는 '쉬루드하'라고 말하라고 그에게 일일이 알려주면서 그 복잡한 의식을 거행하는 내내 사티의 아들을 이끌어 주었다.

잠시 후에 사제는 뭔가를 좀더 하기 시작했다. 그는 베란다에 있는 그의 청중들을 의식하기 시작했다. 그래서 사티의 아들에게 이런 지시를 내리면서, 한편으로는 일반적인 종교적 방식으로 우리에게 연설을 하기 시작했다. 그는 사티의 아들에게 욕망을 가라앉혀야 할 필요가 있다고 말했다. 그리고 수많은 다른 엄숙한 행사에서 사용했을 법한 말들과 경전 구절들을 들먹거리기 시작했다. 하지만 다른 어떤 점은 내게 새로웠다. 이 사제는 내가 어렸을 때라면 그럴 수 없었을 방식으로 '세계 교회주의자'였던 것이다. 그는 힌두교—정령숭배자의 뿌리를 지닌, 다면적이고 명상적인 종교인—를 기독교와 이슬람교의 계시적 신앙과 같다고 생각했다. 실제로 그 사제는 의식의 어느 단계에서—마치 우리가 트리니다드의 대중 집회에 참석하기라도 한 것처럼, 그리고 우리 대다수가 다른 신앙을 지닌 것처럼 우회적으로 우리에게 이야기하면서—, 『기타Gita』*가 『코란』이나 『성경』과 비슷하다고 말했다. 이것이 바로 우리 또한 경전을 가져야 한다고 할 때,

---

* 노래, 송가라는 뜻으로 힌두 경전 『바가바드 기타』를 말하기도 한다.

사제가 말하는 방식이었다. 이것이 바로 변해버린 트리니다드에서, 사제가 우리의 신앙과 관습을 지키는 방식이었던 것이다.

비록 청바지 차림이었지만, 사티의 아들은 진지했다. 그는 아마 다른 때, 다른 장소였더라면 별로 좋아하지 않았을 사제 앞에서, 정식 교육을 받은 사람도 아닌 사제 앞에서 겸손하게 굴었다. 그는 사제에게서 위안을, 장례 의식을 지탱하는 것보다 더 커다란 버팀목을 찾고 있는 것 같았다. 그는 사제가 하는 모든 말에 귀를 기울였다. 사제는 흙과 꽃과 정화한 밀가루와 우유를 가지고 자신이 거행하고 있는 복잡한 의식에 도덕적이고 종교적인 설교를 끊임없이 덧붙이면서, 우리의 전생이 현재의 삶을 결정한다고 말했다. 그러자 사티의 아들은 사티의 전생이 어떤 식으로 그녀의 잔혹한 죽음을 결정했느냐고 물었다. 사제는 아무 대답도 하지 않았다. 사티의 아들은, 만약 그가 힌두교도에 좀더 가까웠더라면, 그가 좀더 힌두적인 성격을 갖고 있었더라면, '카르마'*의 개념을 이해했을 것이고 그런 질문을 하지 않았을 것이다. 그리고 의식의 신비에 굴복하고 사제의 말을 의식의 한 부분으로 받아들였을 것이다.

사제는 자신이 맡은 업무의 물리적 측면을 계속해서 수행했다. 그것이 바로 사람들이 사제에게 바라는 일이었다. 사람들이 가능한 한 정확하게 수행되는 걸 보고 싶어 하는 것이기도 했다. 밥을 동그랗게 뭉친 덩어리들을 납작하게 누른 다음, 흙덩어리들을 누르는 일, 꽃을 배열하고 이런저런 것의 더미 위에 우유를 붓는 일, 신성한 불에 계

* Karma: 업보.

속해서 공물을 바치는 일.

그 후에 사제는 점심을 먹었다. 예전이라면, 사제는 제일 윗자리에 목화와 함께 펼쳐놓은 담요나 밀가루 부대 혹은 설탕 자루 위에 책상다리를 하고 앉아 식사를 했을 것이다. 그리고 정성스럽게 음식 대접을 받고 끊임없이 시중을 받았을 것이다. 하지만 지금은 베란다에 있는 식탁—호화롭게 차려지기는 했지만, 한 번에 모든 게 다 나온—에 앉아 식사를 했다. 그는 혼자서 먹었다. 그리고 방금 전에 흙제단 위의 흙과 쌀과 희생 제물들을 다루듯이 두 손을 써서 엄청난 양의 음식을 먹어치웠다.

그가 식사를 하는 동안, 사티의 남편과 아들은 사제 곁에 앉아 있었다. 그들은 사제가 음식을 먹는 동안, 마치 사제인 그가 알고 있기라도 한 것처럼, 사티에게 내세의 가능성이 얼마나 되느냐고 물었다. 엄격하게 말해서 그것은 힌두교도의 질문은 아니었다. 우리가 지켜본 바로 그 의식을 치른 뒤에 그런 질문을 하니 더 이상하게 들렸다.

사티의 남편이 말했다. "저는 그녀를 다시 보고 싶습니다." 그의 목소리는 담담했지만, 그의 눈에는 눈물이 고여 있었다.

사제는 곧장 대답하지 않았다. 힌두교식 환생의 개념, 계속해서 몇 번의 선한 인생을 살고 난 다음에는 환생의 굴레에서 벗어난다는 개념—만약 이것이 사제의 머릿속에 든 생각이었다면, 그토록 비통해 하는 사람들에게 전하기에는 너무 가혹했을 것이다.

사티의 아들이 물었다. "어머니가 다시 돌아오실까요?"

사티의 남편이 물었다. "우리가 다시 함께할까요?"

사제가 대답했다. "하지만 당신은 그 사람이 그녀인 줄 모를 겁니다."

이것이 환생에 대한 그 사제의 해석이었다. 그리고 이것은 아무런 위로가 되지 않았다. 오히려 사티의 남편을 절망에 빠뜨렸다.

나는 사제가 예식 동안 사용했던 『기타』를 보여달라고 부탁했다. 그것은 남인도 출판부에서 나온 것이었다. 각 구절마다 영어 번역이 붙어 있었다. 사제는 의식을 거행하고 매우 잘 알려진 산스크리트어 시 몇 편을 읊는 중간중간에 이 『기타』에 실린 영어 번역을 사용했다.

사제는 『기타』를 남에게 주어버렸다고 말했다. 그러고는 곧이어 '세계 교회주의의' 용어(내가 생각했던 대로)를 써서, 그는 『기타』를 '함께 나누었다'고 말했다. 사람들이 그에게 『기타』를 베풀었으니, 그는 사람들에게 『기타』를 베풀었다. 어느 독실한 사람은 한 번에 『기타』를 열두 권이나 사서 그에게 건네주기도 했다. 그러면 그는 그것들을 다른 사람에게 전해준다는 것이었다.

이윽고 사제로서의 의무가 끝나고 점심 식사도 끝나자, 사제는 활달하고 여유 있는 모습이 되었다. 나는 어린 시절부터, 사제들은 임무가 끝나면 그렇게 된다는 걸 알고 있었다.

사제가 이야기를 시작했다. 나는 그 이야기를 이해할 수 없었다. 어느 날 그 지역사회에서 중요한 인물이 그에게 물었다는 것이었다. "최고의 힌두 경전은 무엇이라고 생각하십니까?" 사제는 대답했다. "『기타』입니다." 그러자 그 사람은 즉시 다른 누군가에게 이렇게 말했다. "『기타』가 최고의 힌두 경전이라고 하는군요." 당연히 뒷이야기가 좀더 있어야만 했다. 하지만 그뿐이었다. 사제가 관심―유명한 지역 인사들을 언급하고 유명한 사람들과 한자리에 있었음을 입증하는 것―있는 이야기가 거기까지거나, 아니면 그 이야기가 자신이 원치 않는 방향으로 흐르고 있다는 걸 깨달았거나, 아니면 이야기의 핵심을 잊어버렸던 모양이다. 아니면 실제로 핵심은 그가 말했던 대로, 자신은『기타』가 가장 중요한 힌두 경전이라고 생각한다는 것이었는지도 모른다(비록 제일 마지막에, 그러니까 그가 떠나기 직전에, 사제로서의 의무 때문에『기타』를 읽을 시간이 거의 없다고 말했지만 말이다).

지적으로 제멋대로인 그 상황에 한 술 더 떠서, 사제는 다짜고짜 자신이 편을 드는 보수주의자와 자신이 위선자들이라고 생각하는 개혁주의자들 사이에서 벌어지는 국내 힌두교 논쟁에 대해 열성적으로 떠들기 시작했다. 나는 이런 쟁점은 이미 50년 전에 트리니다드에서 사라졌다고 생각했다. 그리고 그런 갈등은 우리 공동체의 생활이 좀 더 폐쇄적이었던 시절, 우리의 목가적인 과거의 일부라고 생각했다. 나는 그 문제가 인종 정책이나 독립의 압력보다 더 오래 살아남아 있으리라고는 상상할 수 없었다. 하지만 사제는 그것이 마치 여전히 무척 중요한 문제라도 되는 듯이 이야기했다.

이 사제는 친척, 그러니까 사촌이었다. 그리고 이 상황의 커다란 아이러니─혹은 적절함─는 이런 것이었다. 나는 글쓰기의 모험─여행뿐만 아니라 과거에 대한 서로 다른 탐험을 하게 만드는, 서로를 자양분으로 삼는 호기심과 지식─을 통해서 아버지의 할머니와 어머니가 아버지를 사제로 키우려고 했다는 사실을 알게 되었다. 물론 아버지는 사제가 되지 않았다. 대신 신문기자가 되었다. 그리고 그의 문학적 야망은 그의 두 아들에게 문학적 야망의 씨를 심어주었다. 하지만 제1차 세계대전 직전의 지독한 가난 속에서 아버지에게 공부를 가르쳤던 것은 그를 사제로 키우고 싶은 집안의 소망 때문이었다. 그동안 아버지의 동생은 하루에 단돈 8센트를 벌기 위해 어렸을 때부터 밭으로 내보내졌다. 그 후에 집안은 두 가정으로 완전히 갈라졌다. 내 아버지의 남동생은 소규모 사탕수수 농장 주인이 되었다. 하지만 말년에 그는 신문기자인 내 아버지보다 훨씬 더 잘살았다. 내 아버지는 오랜 병치레 끝에 가난에 쪼들리다가 1953년에 세상을 떠났다. 그리고 아버지의 남동생이 장례 비용을 대주었다. 하지만 두 집안 사이에는 거의 접촉이 없었다. 심지어 신체적으로도 우리는 서로 달랐다. 우리 집안은 (내 동생만 제외하고) 모두 키가 작았다. 반면 아버지의 남동생의 아들들은 180센티미터의 장신이었다. 이제, 흥망성쇠 끝에 집안에 사제 한 명이 생겼다. 그리고 내 여동생의 베란다에서 의식을 수행했던 180센티미터의 육중한 체격을 지닌 그 사제가 바로 내 아버지의 남동생의 집안 출신이었다. 이 사제는 내 아버지의 가족들의 의식을 맡아왔고, 이제 그 자식들 중에 첫번째 죽음에 참석한 것이었다. 그러므로 사제가 보여준 행동 중 일부는 일가친척이라는 사실로, 우리 사이에서 자신을 부각하고 싶은 소망으로 설명되었다.

또 다른 내적인 아이러니는, 내 아버지가 비록 힌두교의 명상적 사상에 대해서는 깊은 애정을 지녔지만, 제식들을 증오했으며 언제나, 심지어 1920년대에도, 사제가 싫어하고 이제는 위선자들이라고 단정지어버린 개혁주의자 집단에 속해 있었다는 사실이었다. 내 여동생 사티도 제식을 전혀 좋아하지 않았다. 하지만 그녀가 죽자, 그녀의 가족들에게는 이 일에 신성함을 부여하고 싶은 소망이, 오래된 의례, 그러니까 우리와 우리의 과거를 구체적으로 재현해준다고 느껴지는 것들에 대한 소망이 있었다. 그래서 사제가 불려온 것이었다. 그리고 테라초 바닥이 깔린 내 여동생의 베란다에서, 향기로운 리기다 소나무를 쌓아올린 작은 화장용 장작더미와 꽃들, 그리고 정화된 버터가 스며들어 불을 붙이면 달콤한 캐러멜 냄새를 풍기는 설탕을 올려놓은 흙 제단 위에서 상징적인 예식들이 거행되었던 것이다.

우리는 기억할 수 없을 만큼 옛날부터 시골 사람들이었다. 왕자들의 궁정에서 멀리 떨어진 시골에서, 항상 이해하지는 못했지만 어기고 싶지는 않은 제식들을 지키며 살아왔다. 왜냐하면 그것을 어기면 우리는 과거로부터, 신성한 땅과 신들로부터 단절될 것이기 때문이었다. 이런 땅의 제식들은 아주 오래전까지 거슬러 올라갔다. 그것들은 언제나 어느 정도는 신비스러웠다. 하지만 이제 우리는 그것들에 굴복할 수가 없었다. 우리는 자의식을 갖게 되었다. 40년 전이라면, 우리는 그렇게 자의식을 갖지 않았을 것이다. 우리는 순순히 받아들였을 것이고, 대지와 땅의 정령과 좀더 조화를 이루며 우리 자신이 좀더 온전해졌다고 느꼈을 것이다.

받아들이기도 훨씬 쉬웠을 것이다. 왜냐하면 40년 전에는 집이며 도로며 자동차, 의복, 모든 것이 훨씬 더 가난했고, 훨씬 더 인도의 과거에 가까웠을 테니까. 이제는 우리 모두 돈에 물들었다. 마치 어떤 디자이너의 터무니없는 변덕에 의해 잔가지나 나뭇잎 모양은 그대로 유지한 채, 황금에 담갔다 꺼낸 나뭇가지나 잔가지처럼. 새로운 종류의 교육을 받은 세대들은 우리를 우리의 과거에서 떼어놓았다. 그리고 여행과 역사, 석유와 천연가스로 인해 우리 섬으로 흘러들어온 돈 또한 마찬가지였다.

그 돈, 예상치 못한 보상금은 우리가 이 신세계에서 우리의 초기 시절을 보냈던 그 풍경을 파괴하고 다시 만들었다. 내가 어렸을 때, 시속 10킬로미터로 가는 기차를 타고 포트오브스페인으로 여행하면서 보았던 노던 레인지의 언덕들은, 군데군데 1차 산림은 여전히 남아 있었지만, 그냥 휑뎅그렁했다. 하지만 지금은 이 언덕들의 중턱까지 다른 섬에서 온 불법 이민자들의 움막과 오두막들이 들어서 있었다. 바다로 둘러싸인 작은 섬들. 대농장 노예 수용소. 노예제와 2세기 동안이나 고립되고 동시에 상처가 곪아터진 아프리카. 이 섬들에서 온 이민자들은 우리 섬의 풍경, 우리 섬의 인구, 우리 섬의 분위기를 바꾸어놓았다.

노던 레인지의 기슭에 늪이 있던 자리에는, 중간까지 차오른 습기가 다 보이는 흙벽으로 둘러싸인 진흙 움막들과 더불어 이제는 네덜란드와 같은 풍경이 펼쳐져 있었다. 몇 에이커에 걸친 채소밭, 밭이랑과 밭고랑 그리고 곧게 뻗은 관개수로들. 사탕수수는 더 이상 중요 작물이 아니었다. 인도인 마을들 중에 어느 한 곳도 내가 알았던 마을과 비슷하지 않았다. 좁은 길들도 없고, 나뭇가지를 길게 뻗은, 컴컴한 나무들도 없었다. 움막도, 히비스커스 산울타리가 둘러진 흙 마당도 없고, 예식을 알리는 등잔 불빛도, 벽 위에 어른거리던 그림자도 없었다. 반만 벽이 막힌 베란다에서 음식을 조리하는 일도, 탁탁 튀어 오르는 벽난로 불빛도, 개구리들이 밤새 개골개골 울어대던 하수구나 도랑가의 꽃들도 없었다. 대신 고속도로와 클로버 모양의 출구와 방향 표시판이 있을 뿐이었다. 나무가 우거진 땅은 벌거벗은 채, 그 은밀한 부위를 활짝 열어젖히고 누워 있었다.

우리는 우리 자신을 새롭게 만들었다. 우리가 어느새 들어와 있는 이 세계—내 여동생의 고별식이 거행되었던, 정원이 딸린 도시 외곽의 주택들—는 부분적으로는 우리 자신이 만든 세계였다. 그리고 우리가 곤궁에서 벗어나는 것과 돈을 간절히 소망했을 때, 갈망했던 세계이기도 했다. 다시 돌아갈 수는 없었다. 이제 우리를 다시 태우고 돌아갈 고풍스러운 모양의 선박은 없었다. 우리는 악몽에서 벗어났지만, 달리 갈 곳이 없었다.

사제는 마지막 지시를 내렸다. 신에게 바친 음식을 담은 놋접시 하나는 집 안 어딘가 놓고, 또 다른 음식 접시는 여동생의 재를 뿌린 강에 던지라는 것이었다. 마지막 공물이었다. 이윽고 크림 색깔의 비단 옷—그의 육중한 상반신을 고스란히 드러내는—을 입은 덩치 큰 남자, 사제는 그의 자동차를 타고 떠나버렸다(온 사방을 둘러싼 평평한 사탕수수 밭, 밭과 밭 사이에 풀이 난 오솔길, 밤이면 희미하게 빛나던 여기저기에 흩어져 있는 높은 기둥들과 지주 위에 세워진 집들과 움막들, 어느 집 마당의 동물들, 모기를 쫓기 위해 풀을 태우는 모닥불, 골진 함석지붕이 높이 솟은 잡화점, 그리고 침묵. 내게는 40여 년도 더 된 예전에, 내 아버지와 함께 아버지 친척집—아버지의 남동생 집—을 찾아갔던, 휴일 나들이, 그 일요일 방문에 대한 기억이 있다).

한 손님, 어떤 노인, 그러니까 내 여동생 남편의 먼 친척이 우리의 과거에 대해 이야기하기—아마 방금 치른 의식들 때문에—시작했다. 그리고 우리들 사이의 차이점에 대해서, 원래 1845년 이후로 갠지스 평야에서부터 신세계에 온 이민자들과 이 섬의 다른 지역에 사는 다른 인도인들, 특히 포트오브스페인의 북서쪽 마을에 사는 인도인들의 차이점에 대해서 말했다.

노인은 이렇게 말했다. "아시겠지만, 이 다른 인도인들은 1845년 부터 이곳에 산 게 아닙니다. 그들은 아주 오래, 오래전부터 이곳에 서 살았지요. 콜럼버스에 대해 들어보셨나요? 그러니까 이사벨라 여왕이 이 땅을 모든 사람에게 개방했지요. 단 가톨릭 신자여야 한다는 조건을 내걸고 말이죠. 프랑스인들이 들어온 것이 그때부터랍니다. 아시다시피 그들은 가톨릭이니까요. 그런데 혹시 인도의 폰디체리라 는 곳을 들어보셨나요? 그곳은 인도의 프랑스령이지요. 포트오브스 페인 근처에 사는 이 인도인들은 프랑스인들이 그곳에서 데려온 사람 들이랍니다. 그래서 부아시에르 같은 곳에 사는 인도 사람들, 그들은 우리와는 달라요. 그들은 4, 5백 년 전부터 이곳에서 살아왔답니다."

역사! 하지만 그는 콜럼버스가 이사벨라 여왕을 위한 세번째 항해 에서 이 섬을 발견한 1498년과, 스페인 당국이 3백 년 동안 방치한 끝에 자신들의 제국을 보호하고자 하는 소망에서 이 섬을 가톨릭 이 민자들에게 개방하고 노예를 데려올 수 있는 사람들에게는 우선권과 무상 토지를 제공한 1784년, 그리고 대영제국에서 노예제가 폐지된 지 10년이 지난 후에, 영국이 이 섬에서 일을 시키기 위해 인도에서 인도인들을 데려오기 시작한 1845년의 사건들을 뒤섞어놓았다. 그는 합성된 역사를 만들어낸 것이었다. 하지만 그에게는 그것으로 충분했 다. 인간은 역사를 필요로 한다. 역사는 자기 자신이 누구인지에 대한 개념을 가질 수 있도록 도와준다. 하지만 역사는 신성처럼 마음속 에 존재할 수 있다. 그곳에 뭔가 있는 것만으로 충분한 것이다.

우리의 신성한 세계, 가족을 통해 어린아이인 우리에게까지 그 신성함이 전해져 내려온 곳, 우리가 어린아이로서 그곳을 바라보았고 경이로 가득 채웠기 때문에 신성했던 우리 어린 시절의 신성한 장소들, 그리고 내게는 두 배, 세 배로 신성한 곳—왜냐하면 비록 그 땅이 피로 물든 곳이며 한때 그곳에 살았던 원주민들은 모두 학살당하거나 절멸당해야만 했다는 사실을 배워서 알고 있음에도 불구하고, 머나먼 영국 땅에서 나는 수많은 책들을 쓰는 동안 상상으로는 그곳에서 살았고, 내 환상 속에서 모든 것의 출발점을 그 장소들에 두었으며, 그곳들에서부터 고향에 대한 환상을 만들어냈기 때문에—이었던 우리의 신성한 세계는 사라져버렸다. 매번 새로운 세대는 우리를 이 신성함으로부터 점점 더 멀리 데리고 갔다. 하지만 우리는 우리 자신을 위해 세상을 다시 만들었다. 우리가 여동생의 죽음 때문에 한자리에 모이고 그 죽음을 기억하고 기려야 할 필요를 느꼈을 때 깨달은 것처럼, 모든 세대는 그렇게 한다. 그것은 우리로 하여금 죽음을 직시하게 했다. 그것은 나로 하여금 내가 밤마다 잠을 자면서 깊이 생각해왔던 죽음을 대면하게 했다. 그것은 마치 그 순간을 내게 대비시키기라도 한 것처럼, 우울증이 만들어놓은 텅 빈 자리에 진짜 슬픔을 채워 넣었다. 그것은 내게 신비한 수수께끼로서의 인간과 인생을 보여주었다. 인간의 진정한 종교, 슬픔과 영광을. 그리고 바로 그때, 실제 죽음과 대면하고 인간에 대한 이 새로운 경이와 마주했을 때, 비로소 나는 나의 초안과 숱한 망설임들을 옆으로 밀어두고 잭과 그의 정원에 대해 매우 빠르게 써내려가기 시작했다.

1984년 10월~1986년 4월

552

탄생과 죽음의 정원에서

비록 그 무엇도 꽃의 영광과 초원의 빛나는 시간을 되돌릴 수 없다 해도,
우리는 비탄에 잠기지 않고, 오히려 남아 있는 것들에서 힘을 찾으리.
〔……〕
인간의 고통 중에 솟아나는 위안의 생각 속에서
죽음을 꿰뚫어보는 믿음 속에서
사유의 정신을 가져다주는 세월 속에서
　　　　　　　　　　　　　　　　　—윌리엄 워즈위스, 「송가Ode」

1987년, V. S. 나이폴은 오랜 창작 활동 끝에 처음으로 영국과 영
국에서의 자신의 삶에 대한 이야기를 담은 『도착의 수수께끼The
Enigma of Arrival』를 발표했다. 그가 1950년 18살의 소년으로 당시 영
국의 식민지였던 트리니다드 섬을 떠나 영국으로 건너온 지 37년, 그
리고 그의 첫번째 소설인 『신비한 안마사The mystic masseur』(1957)
를 출간한 지 30년만의 일이었다. 이때 나이폴은 이미 『미겔 스트리
트Miguel Street』(1959), 『비스와스 씨를 위한 집A House for Mr Biswas』
(1961), 『흉내 내는 사람들The Mimic Men』(1967), 『자유 국가에서In a
Free State』(1971) 등 수많은 작품들을 출간하고, 서머싯 몸 상과 부커
상 등 영국의 권위 있는 문학상을 모두 수상한, 명망 높은 작가였다.

특히 그의 작품들은 유럽 제국의 지배와 약탈로 자연 뿐만 아니라 인간과 사회가 모두 황폐해져버린 식민지들의 현실을 냉철하면서도 유머러스하게 그려냈다는 점에서 많은 비평가들과 독자들의 찬사를 받고 있었으며, 이런 높은 평가는 결국 2001년 노벨 문학상 수상으로까지 이어진다.

하지만 『도착의 수수께끼』 이전까지, 30년의 창작 기간 동안, 어쩌면 아무리 오랫동안 영국에서 살고 훌륭한 글을 써도 결국 제 3세계 출신 작가가 다루어야 할(혹은 다룰 수 있는) 문학적 소재, 혹은 대상은 결국 그의 출신지인 식민지뿐이라는 암묵적 제한이라도 있는 것일까 의심스러울 만큼, 나이폴은 고향인 트리니다드나 인도, 아프리카 같은 유럽의 식민지가 아닌, 실제로 자신이 가장 오랜 기간을 살았고 지금도 살고 있는 영국이나 영국에서의 생활에 대해서는 한 편의 작품도 쓰지 않았다.

물론 『도착의 수수께끼』에도 나오듯이, 젊은 시절에 메트로폴리탄적인(다시 말해 영국적인) 문학의 소재를 찾아 헤매던 나이폴이 결국 그토록 벗어나고 싶었던(그리고 사실 겨우 18년을 살았을 뿐인) 고향 트리니다드 섬의 포트오브스페인의 초라한 거리에서 자신만의 진정한 문학적 소재를 발견하고 그곳에 대한 작품을 쓰기 시작한 것은, 백인 비평가들의 시선이나 평가 때문은 아니었다. 그것은 보통 사람들과는 달리, 태어나는 순간부터 그에게 저절로 주어지지 않은 선물, 바로 자신의 (더 나아가 그와 마찬가지로 유럽 제국에 의해 강제로 낯선 땅에 이식된 식민지 사람들의) 정체성을 찾으려는 자연스러운 시도였다. 그는 멀리 떨어진 영국 땅에서 고향에 대해 글을 쓰기 시작하면서 비로소 그곳 사람들을 진지하게 바라볼 수 있었고 영국 식민지의 인도계 이주민 노동자의 자식이라는 자신의 정체성을 규정할 수 있었다.

그렇지만 나이폴은 단지 식민지 출신의 이방인만은 아니었다. 문학 비평가들이 그에게 기대하는 작가로서의 역할은 분명했지만, 그는 어느덧 영국에 정착을 했고, '영국인'으로서의 정체성 또한 부인할 수 없는 그의 일부가 되었다.

그런 점에서 『도착의 수수께끼』는 V. S. 나이폴을 평생 따라다녔던 자기 정체성과 글쓰기에 관한 고뇌와 해답이 모두 담긴, 문학적 완결판 같은 작품이라고 해도 과언이 아니다. 분명 제국주의의 병폐를 누구보다 통렬하게 인식하고 제3세계의 모순과 비극을 문학적 주제로 삼는 식민지 출신의 작가이지만, 동시에 영국식 교육을 받고 어린 시절부터 영국과 영국 문학을 동경했던, 그리고 이제 영국에 살면서 영어로 글을 쓰는 작가이기도 한 나이폴의 두 가지 모습이 이 소설에서 비로소 온전한 하나로 드러나기 때문이다.

그의 조부가 사탕수수 대농장의 흑인 노예들을 대체할 계약직 노동자로서 영국의 식민지였던 인도를 떠나 역시 또 다른 영국의 식민지인 트리니다드 섬으로 이주해온 그때부터, 영원히 뿌리 뽑힌 사람들의 후손이었던 나이폴은 『도착의 수수께끼』에서 자신이 어떻게 바로 그 제국주의자들의 땅에 힘겹게 뿌리를 내리고 두번째 인생을 맞이하게 되었는지, 그리고 식민지 출신의 이방인과 작가라는 두 개의 자아가 어떻게 오랜 글쓰기의 여정 끝에 통합을 이루었는지, 그리하여 마침내 평생 처음으로 '집'(실제로 나이폴은 이 작품의 배경인 월트셔 주 솔즈베리에서 부인과 함께 지금까지 살고 있다)이라고 할 만한 곳에 어떻게 '도착'했는지를 이야기하고 있다.

*

『도착의 수수께끼』는 비록 자서전적인 형식을 취하고 있지만, 단순히 개인적인 회상록은 아니다. 그가 앞서 쓴 다른 작품들과 마찬가지로, 『도착의 수수께끼』에는 제국과 식민지, 개인의 기억과 집단의 역사, 개인과 문명의 기원, 식민지인으로서 글쓰기와 정체성 같은 정치적이고 역사적인 주제들이 담겨 있다. 그것은 아마 나이폴에게는 결코 떼어낼 수 없는 운명의 꼬리표 같은 것이리라.

하지만 『도착의 수수께끼』는 탈식민주의에 열을 올리는 비평가들이 단골메뉴처럼 거론하는 이런 주제들을 어떤 사건이나 인물들을 통해 분명하게 드러내지 않는다. 어쩌면 독자들은 답답하리만큼 느릿느릿 진행되는 이야기 속에서, 특히 윌트셔 계곡의 비와 안개에 휩싸인 듯 모호한 묘사가 이어지는 소설의 첫 장에서 나이폴이 대체 무슨 이야기를 하려는지 어리둥절할 수도 있다. 이 책을 펼치는 순간부터 독자들은 그야말로 어떤 이야기를 따라가고 그 끝(결말)에 도착하는 것의 '난해함enigma'에 직면하게 되는 것이다. 그리고 그 '난해함'의 원인은 주로, 자서전과 소설의 중간 형식처럼 보이지만 사실상 완전히 새로운 장르라고 해도 지나치지 않은 이야기의 구성 방식에서 비롯된다.

『도착의 수수께끼』는 '책의 정원' '여행' '담쟁이덩굴' '까마귀' '고별식'이란 소제목이 붙은, 다섯 개의 부로 나뉘어 있다. 나이폴은 각 부에서 현재와 과거, 영국의 윌트셔 지방과 트리니다드 섬을 오가면서, 자연 풍경과 평범한 이웃 사람들, 주변의 소소한 사건 등을 담담하게 서술한다. 그래서 얼핏 읽으면, 윌트셔 지방의 목가적 풍경에 대한 세밀한 묘사나 이웃과 일상생활에 대한 단조로운 기록이 이야기의 전부인 것처럼 보일 정도다. 한동안 독자는 나이폴이 왜 이토록 자세하고 반복적으로 장원 마당의 오솔길과 식물들, 건물들을 묘사하는지 의아해할 것이다.

하지만 빨리 어딘가에 도착하려는 성급함을 버리고 이 느린 이야기를 따라 헤매다보면, 어느덧 한 부에서 다음 부로 건너갈 때마다, 마치 단순한 음들이 겹겹이 쌓여 오묘한 화음을 이루듯이, 혹은 나선형 계단이 같은 곳을 맴돌면서도 점점 더 깊은 곳으로 들어가듯이, 역사적이고 정치적인 주제들과는 전혀 상관없어 보이는 오솔길과 언덕, 채소밭 같은 일상적인 풍경들, 산책이나 정원 가꾸기, 비행기 여행 같은 사소한 활동들, 집(house)이나 소(cow), 정원(garden) 같은 지극히 평범한 단어들이 제국과 식민지, 혹은 지나간 역사와 현재의 삶 사이에서 정교하고 중층적인 의미의 망을 형성하기 시작한다. 그리고 불현듯 독자의 눈앞에는 촘촘하고 거대한 서사의 태피스트리가 활짝 펼쳐질 것이다.

가령 영국에서 '정원'은 집집마다 딸려 있는 가장 흔한 풍경 중 하나이며 영국인들이 사랑하는 중요한 전통이기도 하다. 영국의 '정원사'는 일을 할 때조차 옷을 갖춰 입고 품위를 지킨다. 한편 나이폴이 떠나온 트리니다드에도 '정원'이나 '정원사'라는 '단어'는 있다. 그러나 3부에서 그 단어를 채우는 것은 전혀 다른 풍경이다.

〔……〕 정원과 정원사라는 직업은 트리니다드의 특별한 풍경과 기억을, 19세기 말 소작농 이주민들인 나의 작은 아시아-인도 공동체의 기억을 불러일으키는 것이었고, 그래서 아픈 곳을 건드리는 것이었다.

트리니다드에서 어린아이였던 나는 정원사라는 사람을 알거나 본 적도 없었다. 인도인들이 주로 살았던 시골 지역에서는 정원 같은 것은 아예 찾아볼 수도 없었다. 사탕수수만이 온 땅을 뒤덮고 있을 뿐이었다. 〔……〕 이 작은 집과 오두막들의 지저분하고 평평한 마당에 정원 같은 것은 당연히 없었다. 더러운 물이 흐르는 도랑과 주로 히비스커스로 이루어진 산울타리는 있었다. 〔……〕

포트오브스페인에는 정원이 있긴 있었지만, 빌딩 구역이 더 넓은, 더 부유한 동네에만 있었다. 어린 시절, 아마 나는 학교에서 집으로 돌아가는 저녁에 바로 이런 정원들에서 맨발의 정원사를 보았을 것이다. 그는 사실 정원사도 아니었을 것이다. 토양과 식물과 비료에 대한 지식을 가진 사람이라기보다는 단순히 정원 일꾼이었을 것이다. 바지를 정강이까지 둘둘 말아 올린 채, 꽃밭 위에서 호스로 장난을 치는 맨발의 남자, 풀 뽑는 사람 혹은 물 뿌리는 사람.

그 맨발의 정원사는 인도인이었을 것이다. 인도인들은 대개 땅과 식물에 대해 특별한 비법을 알고 있다고 여겨졌다. 이 남자는 아마 인도에서 태어나, 5년 이민 노역 계약에 의해 트리니다드로 실려 왔을 것이다. 그 기간이 끝나면 자유롭게 인도로 돌아갈 수 있거나 혹은 트리니다드에서 토지를 분양받을 거라는 약속만을 믿고서. (352~53쪽)

트리니다드에서 '정원'은 피폐함과 고된 노동의 장소이며 '정원사'란 가난한 이주민 노동자인 조상의 역사인 것이다. 나이폴은 '정원'이란 평범한 단어를 이토록 상반된 의미의 양극단으로까지 펼쳐놓는다. 그는 모든 단어에서 제국과 식민지 사이의 엄청난 간극을 볼 수 있을 뿐만 아니라, 그 의미의 차이를 지우거나 감추지 않은 채 고스란히 작품 속에 구현할 수 있는 드문 작가이다. 하지만 이런 두 개의 시각을 얻기 위해 나이폴은 먼저 영국의 자연에서 두번째 탄생을 맞아야만 했다. 다시 말해 트리니다드를 떠난 지 30여년 만에 자신이 태어난 땅에서의 '정원'이 어떤 의미인지 깨닫기 위해, 나이폴은 잭의 '정원'을 통해 영국의 계절과 식물에 대해 배워야 했고, 피턴의 '정원'을 통해 한때 무려 16명의 정원사를 거느렸지만 이제 한 명의 정원사도 고용하기 힘든 장원의 쇠락을, 사그라진 제국의 흔적을 보아야했던 것이다. 결국 영국의 '정원'은 트리니다드의 '정원'의 의미를 발견하게 하며, 트리니다드의 '정원'은 영국의 '정원'의 의미를 재해석하게 한다. 1부와 2부를 읽고 3부를 읽은 독자가 다시 1부로 되돌아올 때, 비로소 '정원'의 의미가 완성되는 것이다.

*

"처음 나흘 동안은 계속해서 비가 쏟아졌다." 오랜 불안과 피곤에 완전히 지쳐버린 나이폴이 우연한 기회로 윌트셔의 장원에 처음 도착한 순간을 그린 『도착의 수수께끼』의 첫 문장은 이렇게 덤덤하게 시작된다. 주인공은 목가적인 영국의 전원 풍경은 고사하고 자기가 있는 곳조차 어딘지 알 수 없었다. 이 짧은 문장은 어쩌면 장편소설의 서두치고는 너무 밋밋하게만 느껴지지지만, 2부의 첫 문장을 읽고 났을 때 새롭게 해석된다. 나이폴은 2장에서 이렇게 말한다. "잭과 그의 시골집 그리고 그의 정원에 대해 글을 쓰는 것은, 내가 그 계곡에서 두번째 삶을 시작하기 위해서, 그리고 자연 세계에 두번째로 눈을 뜨기 위해서 꼭 필요한 일이었다."

그러니까 1부의 첫 문장은 나이폴이 영국의 전원에서 맞은 두번째 탄생의 순간에 대한 기록이었던 것이다. 영국의 시골 마을에 처음 온 나이폴은 마치 탄생을 앞두고 어머니의 양수 안에 들어있는 태아처럼, 혹은 부활 전에 사흘 동안 무덤에 누워 있던 예수처럼, 나흘 동안 윌트셔의 짙은 안개와 비에 둘러싸인다. 이것은 그가 이곳에서 맞이하게 될 두번째 탄생과 두번째 삶에 대한 전조였다. 낯선 곳에 도착한 그는 마치 처음 세상에 태어난 갓난아이처럼 자기가 있는 곳을 제대로 '볼 수가 없었다.' 나흘 후에 비가 그치고 주변의 풍경이 차츰 눈에 들어왔지만, (마치 말을 배우지 못한 어린아이처럼), 들판과 가느다란 강을 보고도 그것이 무엇인지, 자기 눈앞에 서 있는 나무들을 뭐라고 불러야할지 몰랐다. 그는 오랜 시간에 걸쳐 그곳의 들판을 천천히 돌아다니며 어린아이처럼 새롭게 사물의 이름을 배우고 계절과 식물들을 배워야만 했다. 그리고 이 과정은 『도착의 수수께끼』 2부에서 난생처음 서구세계로 여행을 떠나는 어린 나이폴의 모습과 그대로 겹쳐진다.

나이폴의 삶과 문학은 한 개인으로서나 작가로서나 거듭되는 떠남과 어딘가에 '도착'하려는 시도의 연속이었다. 대부분의 사람들이 운명이란 파도에 실려 고향의 해변에 '도착'함으로써 삶을 시작하는 반면, 나이폴의 진정한 인생은 자신이 태어난 땅을 떠나는 순간부터 시작되었기 때문이다. 나이폴에게 그 전까지의 시간은 오직 문명과 성취의 장소인 영국으로 떠남을 준비하기 위한 기간일 뿐이었다.

V. S. 나이폴은 1932년 8월 17일, 서인도제도의 작은 섬, 트리니다드에서 태어났다. 나이폴의 조부는 사탕수수 대농장에서 일하기 위해 인도에서 건너온 이주민이었고, 아버지는 『트리니다드 가디언』지의 지역 특파원이었다. 당시 트리니다드 섬은 스페인에 뒤이어 영국의 지배를 받고 있었다. 식민지 지배 기간 동안 이 섬의 원주민들은 거의 사라지고, 아프리카에서 끌려온 흑인 노예의 후손들과 가난에 쫓겨 노동 계약을 맺고 이주해온 인도인들, 그리고 서인도제도 사람들이 저마다 다른 공동체를 이루며 살고 있었다. 이들은 트리니다드 사람으로서 그 어떤 공통된 정체성도 갖고 있지 않았다. 한 마디로 유럽의 제국주의에 의해 원래 태어난 땅에서도, 지금 살고 있는 땅에서도 이중으로 뿌리 뽑힌 존재들이었던 것이다.

포트오브스페인에 있는 퀸스 로열 칼리지에 입학한 나이폴은 영국식 교육을 받으며 반드시 이곳을 떠나 디킨스와 같은 위대한 작가가 되겠다는 야심을 품는다. 그리고 마침내 1950년에 트리니다드 정청 장학금을 받아 옥스퍼드 대학에서 공부하기 위해 영국으로 떠난다. 하지만 훌륭한 글을 쓰겠다는 시도는 번번이 좌절되고 외로움과 불안감에 시달린 나이폴은 『도착의 수수께끼』에 묘사된 대로 일종의 '신경증'을 앓게 된다. 1953년 아버지가 돌아가시고 잠깐 고향에 다

녀온 나이폴은 1954년 런던으로 이사를 한다. 그리고 런던에 대한 글
(그의 표현대로 '메트로폴리탄적인 글')을 쓰려고, 그래서 영국식 교육
이 그에게 주입시킨 '가장 문화적인 작가, 즉 영국적인 작가 되려고
부단히 애를 쓰지만, 마침내 자신의 진정한 문학적 주제는 트리니다
드와 자신을 분리하고 타고난 정체성을 부정하는 것이 아니라, 그곳
을 다시 기억하고 회복하는데 있음을 깨닫는다.

그것은 단지 내가 열여덟 살에 너무 미숙했거나 혹은 앞으로 무엇에
관한 글을 쓸지 아무 생각이 없었기 때문만은 아니었다. 내가 받은 교
육이, 그 교육 중에서도 더 '문화적'이고 가장 훌륭한 부분이, 작가는
분별력을 지닌 사람이며 내적 성장을 기록하고 보여줄 수 있는 사람이
라는 개념을 내게 심어주었던 것이다. 〔……〕 그런 종류의 작가(내가
해석한)가 되기 위해서 나는 거짓을 가장할 수밖에 없었다. 내가 아닌
다른 사람, 나와 같은 배경에서 나올 수 없는 다른 사람인 척해야만 했
던 것이다. 글 쓰는 인격체 아래에 식민지 출신의 힌두인이라는 자아
를 감추면서, 나는 나 자신과 나의 글쓰기의 소재에 상당한 손상을 입
혔다. (232~33쪽)

때마침 나이폴은 BBC 방송국의 「카리브 해의 목소리」라는 주말 프
로그램 작가로 취업을 하게 되는데, 이 일은 자신이 떠나온 고향을
문학적 소재로 삼는 결정적 계기가 된다. 그리하여 방송국에서 제공
해준 어수선한 프리랜서 방에서 그의 고향, 포트오브스페인을 배경으
로 한 그의 첫번째 작품 「보거트」가 탄생한다. 나중에 그의 유명한 소

설『미겔 스트리트』에도 실리는 이 작품은 처음으로『뉴욕타임스』의 주목을 받는다. 그 후로 나이폴은 불과 25세의 나이에 첫번째 소설 『신비한 안마사』를 출간하여 비평가들의 인정을 받고, 계속해서 고향을 소재로 한 일련의 작품들을 발표하여 상당한 성공을 거두었다.

하지만『도착의 수수께끼』에 나오는 대로, 마흔 살쯤 우연히 윌트셔 주의 시골집으로 오게 되었을 때, 나이폴은 자신의 성취를 즐기는 행복한 중년 남자가 아니었다. 오히려 매일 밤 머리가 폭발하는 악몽에 시달릴 정도로 우울하고 지쳐 있었다. 그런 그를 치유해주고 다시 글을 쓸 수 있도록 해준 것이 바로 이곳 윌트셔의 자연이었다고 나이폴은 말한다. 윌트셔의 자연에 날마다 새롭게 눈을 뜨면서 맞이한 두 번째 탄생을 통해 그는 치유될 수 있었던 것이다.

*

『도착의 수수께끼』의 배경이자 나이폴의 실제 거주지이기도 한 윌트셔 지방은 아름답고 목가적인 자연 풍경 이상의 깊은 의미를 지닌 장소이다. 이곳 솔즈베리 평원에는 아직 기독교가 들어오지 않은 고대 영국의 가장 신비로운 유물인 스톤헨지가 남아 있고, 마을 중심부에는 13세기 영국의 대표적인 교회 건축물인 솔즈베리 대성당이 우뚝 서 있다. 그런가 하면 제국의 영광을 간직한 장원의 대저택과 초현대적인 군사시설이 들어서 있기도 하다. 한마디로 이교적인 것과 기독교적인 것, 고대와 중세, 근대와 현대가 공존하는, 영국 내에서도 대단히 역사적인 장소인 것이다. 그뿐만 아니라 이곳은 문화적으로도 중요한 장소였다. 비록 나이폴이 『도착의 수수께끼』에서 직접 언급하고 있지는 않지만, 19세기 영국 소설가 토마스 하디의 『테스』를 읽은 독자라면, 살인을 저지른 테스가 애인과 함께 도망치다가 끝내 경찰에게 잡히기 직전에 신비로운 돌기둥들이 서 있는 들판에서 잠시 평화롭게 잠이 들었던 가슴 아픈 장면을 기억할 것이다. 그 잊을 수 없는 장면의 배경이 바로 나이폴이 산책길에 날마다 내려다보던 고대 유적지 스톤헨지였다. 들일을 하는 잭의 장인의 모습에 영국의 낭만주의 시인 워즈워스의 흔적이 각인되어 있듯이, 이곳 스톤헨지에도 영국문학의 가장 유명한 한 장면이 아로새겨져 있는 것이다.

또한 나이폴은 1부에서 19세기 영국의 낭만주의 풍경화가 존 컨스터블을 지나가는 말처럼 살짝 언급하는데, 컨스터블은 바로 이 솔즈베리 대성당과 솔즈베리의 자연 풍경을 무척이나 사랑해 그림 여러 점을 남긴 화가였다. 나이폴은 이 사실을 잘 알고 있었고, 1부의 섬세한 풍경 묘사는 마치 컨스터블의 풍경화를 글로 옮겨놓은 것 같은 인상을 준다. 나이폴이 윌트셔에서 치유를 받고 두 번째 삶을 시작했다는 것은, 영국의 자연 뿐만 아니라 영국의 역사와 문화에도 새롭게 눈을 뜨고 마침내 그 안에 뿌리를 내렸다는 의미인 것이다.

그렇다면 그가 식민주의 교육의 유산인 왜곡된 시선을 걷어내고 마치 처음 세상에 눈뜬 어린아이 같은 시선으로 바라본 영국의 민낯은 무엇이었을까. 그것은 빛나는 영광의 제국도, 목가적 전원의 이상 세계도 아니었고, 고대 영국의 순수함이 고스란히 보존된 영원불변의 역사도 아니었다. 아름다운 장원의 정원은 자연 그 자체인 듯 보이지만, 사실은 끊임없이 침범하는 황무지의 위협에 맞서며 인간이 힘들게 지켜내는 곳이며, 중세의 교회처럼 보이는 건물은 계속된 보수와 재건축의 산물이었다. 타고난 영국의 집사처럼 보였던 관리인 부부는 도시에서 온 뜨내기였고, 어떤 변화도 없이 고요하고 평화롭게만 보이는 시골 마을에서는 살인과 자살 사건이 일어난다. 나이폴은 제국의 도처에서 부조화와 쇠퇴를 발견한다.

그래서인지 『도착의 수수께끼』가 두번째 탄생과 치유에 대한 이야기라고 말하지만, 그 어조는 결코 밝거나 희망에 차 있지 않다. 오히려 살만 루슈디가 이 책을 "슬픈 전원시Sad Pastoral"라고 부르며 "자신이 근래 읽은 책들 중에서 가장 슬픈 책"이라고 평할 만큼 깊은 멜랑콜리가 작품 전체의 분위기를 지배하고 있다. 그 뿐만 아니라 거의 작품 전체에 죽음 혹은 죽음의 전조가 빠지지 않고 등장한다. 1부에서는 잭의 죽음과 새로 온 농장 일꾼인 레스와 브렌다 부부의 비극적인 파국이 일어나고, 2부에는 나이폴 자신의 죽음에 대한 공포가 짙게 드리워진다. 3부에서는 정원사 피턴의 은퇴와 더불어 장원의 몰락과 붕괴가 예고되고, 4부에서는 작가인 앨런의 자살과 장원 저택의 관리자 필립스 씨의 갑작스러운 죽음이 나온다. 그리고 이 책의 마지막인 5부는 아예 트리니다드 섬에 남아 있던 여동생의 죽음과 장례식 이야기로 끝을 맺는다. 사실 이 책은 나이폴과 마찬가지로 옥스퍼드에서 공부하고 글을 썼지만 불과 마흔 살의 나이로 죽은 그의 남동생, 시바 나이폴에게 바쳐진 것이기도 하다.

*

이런 부조화와 쇠락과 죽음들 속에서 나이폴은 과연 어떤 해답을 찾았던 것일까? 그를 죽음 직전까지 몰고 갔던 병을 치유하고, 그의 안에 분리되어 있던 식민지 출신의 자아와 제국의 언어로 글을 쓰는 작가를 화해시켜주고, 그래서 마침내 식민지인을 식민주의자의 땅에 뿌리내리게 한, '도착의 수수께끼'의 해답은 무엇이었을까.

나이폴은 이 모든 죽음들(심지어 여동생의 죽음까지)과 어느 정도 거리를 유지하며 마치 외부인처럼 초연한 어조로 서술하지만, 이들의 죽음은 매번 그를 삶의 더 깊은 진실로 이끈다. 자신만의 정원을 정성껏 가꾸며 평범한 일상에 충실했던 잭의 죽음은 나이폴에게 호시탐탐 정원을 침범하는 황무지처럼, 끊임없이 밀려드는 노쇠와 쇠락의 변화에 인간이 어떻게 맞설 수 있는지를 가르쳐주었다.

〔……〕 그의 주변은 온통 폐허로 둘러싸여 있었다. 사방의 모든 것이 변화였고, 성장과 창조의 주기가 얼마나 짧아졌는지 상기시키는 것들뿐이었다. 하지만 잭은 삶과 사람이 진정한 신비라는 걸 느끼고 있었다. 〔……〕 인생의 마지막 순간까지, 그는 삶 너머에 있는 어떤 것이 아니라, 삶 자체가 최우선임을 확신했던 것이다. (150쪽)

그런가 하면 필립스 씨의 죽음은, 우리가 딛고 사는 땅은 그저 단순한 땅이 아니라는 걸, "땅은 우리가 거기에 불어넣는 모든 것을 받아들이며, 우리의 기분과 추억에 공감"한다는 걸 깨닫게 해준다. 그리고 마침내 여동생의 죽음을 통해 나이폴은 삶의 진실에 가장 가까운 곳까지 다가간다.

하지만 우리는 우리 자신을 위해 세상을 다시 만들었다. 우리가 여동생의 죽음 때문에 한자리에 모이고 그 죽음을 기억하고 기려야 할 필요를 느꼈을 때 깨달은 것처럼, 모든 세대는 그렇게 한다. 그것은 우리로 하여금 죽음을 직시하게 했다. 그것은 나로 하여금 내가 밤마다 잠을 자면서 깊이 생각해왔던 죽음을 대면하게 했다. 그것은 마치 그 순간을 내게 대비시키기라도 한 것처럼, 우울증이 만들어놓은 텅 빈 자리에 진짜 슬픔을 채워 넣었다. 그것은 내게 신비한 수수께끼로서의 인간과 인생을 보여주었다. 인간의 진정한 종교, 슬픔과 영광을. 그리고 바로 그때, 실제 죽음과 대면하고 인간에 대한 이 새로운 경이와 마주했을 때, 비로소 나는 나의 초안과 숱한 망설임들을 옆으로 밀어두고 잭과 그의 정원에 대해 매우 빠르게 써내려가기 시작했다. (552쪽)

트리니다드와 영국, 과거와 현재, 삶과 죽음을 오고 가는 30여년의 긴 여정 끝에 나이폴은 자신이 그토록 두려워했던 죽음을 직시하고 인간과 삶에 대한 새로운 경이와 마주할 수 있는 지점에 '도착'할 수 있었다. 그 텅 빈 자리에서 그는 우울증에서 비롯된 공허한 감정이 아니라, 인간의 진정한 슬픔을, 진정한 종교를 발견한다. 그리고 비로소 식민지인도 영국인도 아닌 한 인간의 이야기를 써내려가기 시작했던 것이다. 바로 『도착의 수수께끼』를.